LA SENORA

ROMANS

Bildoungue, Christian Bourgois, 1978.
La Sultane, Grasset, 1981.
Le Maure de Venise, Grasset, 1983.
Bleu panique, Grasset, 1987.
Adrienne Lecouvreur ou le Cœur transporté, Laffont, 1991.

ESSAIS

Lévi-Strauss ou la Structure et le Malheur, Seghers 1970, Bibliopoche,
   édition entièrement remaniée et complétée, 1984.
Le Pouvoir des mots, collection « Repères sciences humaines », Mame,
   1974.
Les fils de Freud sont fatigués, collection « Figures », Grasset 1978.
L'Opéra ou la Défaite des femmes, collection « Figures », Grasset,
   1979.
Vies et Légendes de Jacques Lacan, collection « Figures », Grasset,
   1981.
Rêver chacun pour l'autre, Fayard, 1982.
Le Goût du miel, collection « Figures », Grasset, 1987.
Gandhi ou l'Athlète de la liberté, collection « Découvertes », Galli-
   mard, 1989.
La Syncope, philosophie du ravissement, collection « Figures », Gras-
   set, 1990.
La Pègre, la Peste et les Dieux, chronique du Festival d'Avignon, Édi-
   tions Théâtrales, 1991.

En collaboration :
Pour une critique marxiste de la théorie psychanalytique, avec Pierre
   Bruno et Lucien Sève, Éditions Sociales, 1973.
La Jeune Née, avec Hélène Cixous, 10/18, 1975.
Torero d'or, avec François Coupry, Hachette, 1981.

POÉSIE

Growing an Indian Star, Vikas Publishing House, New Delhi, 1991.

CATHERINE CLÉMENT

LA SENORA

roman

CALMANN-LÉVY

ISBN 2-7021-2062-8

© *Calmann-Lévy, 1992*

A la mémoire d'Alain Oulman qui, un jour de 1981, me demanda d'écrire l'histoire véridique de cette femme née dans son pays, le Portugal
Et pour Rebecca, ma mère.

Table

9

Lus Ojus

Kontami la kunseja
ki si kamina in tus ojus
kuandu lus avris
la manyana
kuandu il sol
entra su aguda di luz
ín tus suenyus [1]

Clarisse NíCOïSDKI

1. Extrait de *Lus Ojus, las Manus, la Boca,* poèmes écrits en judéo-espagnol. La traduction de ce fragment est l'œuvre de Haïm Vidal Sephiha : *Les Yeux.* « Conte-moi le conte / Qui chemine en tes yeux / Quand tu les ouvres / Le matin / Quand le soleil / Met son aiguille de lumière / Dans tes songes. »

1579

Dimanche, au coucher du soleil

– C'est le soir, déjà, murmura le vieil homme sur son balcon de marbre. Le soleil va plonger derrière la Suleymanie; l'heure où les janissaires montent vers les tavernes pour fumer leur tabac et s'enivrer bruyamment. Comme tous les jours, mon plant de jasmin me volera une fois encore la dernière lumière, la plus fauve. A la pointe de Topkapi, je ne distingue plus que les toits blancs du Harem et, sous les arbres obscurcis, les lueurs des premières torches. A peine si l'on aperçoit, au loin, sur le Bosphore, les lanternes de ce vaisseau tardif qui prend la mer.

Éternel bateau, semblable à tous ceux qui nous emportèrent, la Senora et moi, depuis un petit matin de Lisbonne, voici plus de quarante ans, jusqu'à cet horizon où elle s'est évanouie à mes yeux...

Je n'aurais jamais cru qu'elle pût s'enfuir ainsi, toute seule, sur un navire où je ne serais pas. Moi, duc de Naxos, prince juif de l'Empire ottoman, moi, son neveu, son principal soutien, elle m'a abandonné. Toute notre vie nous avions combattu les empereurs et les rois d'Occident; nous avions traversé ensemble l'Europe entière, et rien ni personne n'avait pu nous séparer, ni les princes, ni les papes, ni les rabbis! Mais la Senora était comme la Méditerranée, incertaine, violente, agitée d'imprévisibles rafales. Et quand le vent d'août se levait sur son cœur, rien ne pouvait arrêter sa tempête.

13

Depuis le jour où elle m'a quitté, chaque soir je guette cette voile, comme si c'était la même encore... Je sais pourtant bien qu'elle n'est plus, la Splendeur de l'Exil et la Fleur lumineuse des Marranes, l'Étoile du matin, l'égale d'Esther et de Judith, qui fut un homme pour son courage, et la mère de tous les Juifs qui voulaient marcher dans la voie du Seigneur... Voilà ce que nous ont chanté les pieux rabbins d'Istamboul quand nous parvint la nouvelle de sa mort.

Que me fait ce palais du Belvédère où je traîne ma mémoire, mon épouse muette et la douleur qui tenaille mes reins ? Il faudra se rendre à la fin, et laisser là cette maigre dépouille que je ne parviens plus à réchauffer. C'est pour bientôt; trop d'images se pressent, comme autant d'oiseaux perdus.

Ne plus voir ces navires. Au creux de mes mains, on dirait qu'ils ont tracé leurs sillons. Au plus profond de la ligne de cœur, un petit caïque oscillant sur les vaguelettes de la Corne d'Or... Ah! Je ne veux plus les voir! Je veux serrer ce poing et le tenir fermé, comme il fut toujours. La moitié de ma vie, je l'aurai passée sur les mers avec le poing serré.

Ils se réjouiront tous quand je mourrai. Maintenant que je ne suis plus rien, je les entends d'ici, ces ambassadeurs d'Occident auprès de la Sublime Porte, je les entends me railler, c'est si facile désormais. Le Juif Josef Nasi, c'est moi. Le neveu de la Senora, le conseiller secret des malheurs de l'Europe, le tourmenteur des rois, leur voleur, ce Judas, c'est moi, ce vieillard frêle qui a froid. Oui, elle et moi nous les avons combattus. Tous. Mais jamais je n'ai levé l'épée sur un homme.

Bien sûr, s'il avait fallu, je l'eusse fait sans hésiter; il eût suffi d'un ordre de Beatriz. Un seul mot, un seul geste, et j'aurais obéi aussitôt. Je me suis toujours plié à ses quatre volontés. On ne pouvait lui résister; personne n'y est jamais parvenu, à l'exception d'un rabbin obstiné qui lui tint tête en tremblant de tous ses membres. A tous, même à lui, elle inspirait la crainte et la vénération. D'où, sans cela, aurait-elle tenu le surnom que lui donnent encore aujourd'hui les Juifs de Méditerranée, la Senora ?

14

La Dame. La mienne, et personne ne le sait. Je vais mourir, et personne ne sait rien d'elle et de moi! Voici qu'elle demeurera pour l'éternité la Senora de tout un peuple en exil, et nul ne saura qu'elle était d'abord mon ciel et mes enfers!

Dona Mendès, dite aussi Gracia Nasi, dite encore la Senora. Lorsque je l'ai connue, elle s'appelait Beatriz.

Chapitre premier

1510-1536

LA PETITE FILLE À LA POMME ROUGE

(Enfances de Beatriz de Luna et de Joao Miguez, son neveu; le retour des Conquistadores au port de Lisbonne; le jour de la caraque; mariage de Beatriz et de Francisco Mendès; les progrès de l'Inquisition au Portugal; premières persécutions des Juifs convertis; mort de Francisco; la famille Mendès s'enfuit à Londres.)

Nous autres, les Marranes venus de la péninsule Ibérique, nous n'avons jamais eu le droit de porter nos noms juifs. Nous devions nous résoudre à partir, ou à changer d'identité. Combien de noms aurons-nous portés, combien de fois les avons-nous changés... De perpétuels déguisés, voilà ce que nous sommes. Au Portugal, j'étais Joao Miguez; en Angleterre, à Venise, à Ferrare, John Miquez, Juan Micquez, ou encore Juan Micas, comme on voudra; ici, Yusuf Nasi... Et elle, comment l'appelleront nos descendants? Gracia, Hannah ou Beatriz?

La Senora naquit au Portugal, en 1510, sous le nom très chrétien de Beatriz de Luna. Je vins au monde cinq ans plus tard; j'étais le fils de son frère aîné, qui de son côté avait pris le nom de Miguez. Notre vrai nom à tous était Nasi, ce qui signifie prince. Hélas! Déjà à cette époque nous n'étions plus des princes, mais des proscrits déguisés.

Quand le couple royal espagnol décida d'expulser notre peuple, la Senora n'était pas née. Mais l'histoire de ce

17

désastre marqua, dès leur venue au monde, les enfants des premiers exilés.

Ha! Je veux bien que la Chute du Temple soit notre plaie toujours ouverte, mais je ne crois pas que le premier Exode ait été pire que celui de 1492. Ceux qui quittèrent le sol de Palestine, notre patrie perdue, ont pu croire, leur vie durant, qu'ils reverraient Jérusalem et reconstruiraient le temple détruit, mais en 1492, quand la religion juive fut interdite, quand nos pères durent abandonner l'Espagne, puis le Portugal, l'exil était absolu, et le peuple juif condamné à fuir.

Pendant quinze longs siècles, nos aïeux avaient vécu en paix sous la domination des Maures; ils avaient conseillé des princes, et même des rois chrétiens, ils les avaient soignés; mon propre père portait encore le titre de médecin du roi. C'est l'un des nôtres, le peu clairvoyant Abraham Senior, Grand Rabbin de Castille, qui favorisa le sinistre mariage de Ferdinand et Isabelle, les Rois Très Catholiques à qui nous devons tous nos malheurs. Ils firent de l'Inquisition un tribunal royal qui commença de nous pourchasser. Puis, dix ans plus tard, une fois tombé le faible petit roi Boabdil, dernier souverain de Grenade, ils signèrent un édit d'expulsion des Juifs d'Espagne.

Le 31 mars de l'année 1492 fut un jour de deuil pour le peuple juif, et vit le commencement de son nouvel exode. On donna quatre mois à nos pères pour tout quitter; ils partirent en pleine chaleur d'août sur les routes desséchées, et n'emportèrent que les Thoras. Pour les encourager dans leur marche épuisante, les enfants, dit-on, jouaient du tambour, et l'on chantait; il y eut des morts, il y eut des naissances; les uns allèrent jusqu'à la mer, au Sud, et parfois s'embarquèrent; les autres passèrent au Portugal. Ce fut le cas de notre famille qui s'installa dans la capitale.

Si les Juifs étaient pauvres, ils payaient chacun huit cruzados en arrivant et gagnaient huit mois de répit; s'ils étaient riches, à raison de cent cruzados par personne, ils pouvaient s'établir au Portugal. Les Nasi avaient de l'argent; ils demeurèrent, changèrent leur nom et se crurent sauvés. C'était compter sans la fureur obstinée d'Isabelle la Catholique; elle donna sa fille, qui portait le même prénom qu'elle, à Manuel du Portugal; quatre ans après l'édit espagnol, le roi Manuel à son tour obtint de la Papauté le droit d'expulser ses Juifs, comme les souverains d'Espagne. Ce fut bientôt chose faite.

Frappés d'interdit, les Juifs du Portugal n'eurent plus le choix qu'entre la fuite et la conversion. Quelques-uns décidèrent de partir; d'autres, la rage au cœur, acceptèrent le baptême; d'autres encore furent traînés de force dans les églises. Enfin, vingt mille de nos frères furent rassemblés sur les quais du port de Lisbonne; sur ordre du roi, on ne leur donna ni à manger ni à boire, pour les obliger à se convertir. Ceux qui résistaient auraient, s'ils tenaient bon, le droit d'embarquer.

Mais le souverain n'avait sans doute pas les idées claires; l'histoire tourna différemment. Ce roi orgueilleux s'était affublé d'un titre aussi long que ceux du Padichah qui règne sur l'Empire ottoman. Il se faisait appeler « Seigneur de la Conquête, de la Navigation et du Commerce d'Éthiopie, d'Arabie, de Perse et d'Inde ». C'était l'époque où les Portugais s'en allaient conquérir des trésors lointains; leurs rois brûlaient de désir pour l'or et les épices, et leurs bateaux partaient à la recherche des Indes. Là se trouvaient la vraie merveille, le véritable objet de leur convoitise. Manuel Ier s'imaginait conquérir le monde. Il n'avait pas tort : les navigateurs portugais se montraient les meilleurs de leur temps, comme en témoignait le surnom légendaire de l'ancêtre royal, Henri le Navigateur. Le Seigneur des Conquêtes hésita : avec les Juifs partirait leur argent. Il laissa commettre quelques exactions sur les quais, en attendant. Puis il eut une soudaine inspiration.

Quand vint pour les exilés le moment du départ, le roi Manuel fit baptiser de force, à grands seaux d'eau bénite, ceux qui allaient embarquer. Je n'ai rien vu de tout cela, puisque c'était en l'an 1496, mais l'on m'a si souvent raconté la scène que je l'imagine parfaitement. Sur les quais venteux de Lisbonne, nos Juifs affamés, les bras pleins d'enfants, furent brusquement aspergés d'eau sale et sainte tandis qu'un prêtre en chasuble d'or traçait sur eux, mais de loin, le signe de la Croix...

Dûment mouillés, ils rejoignaient d'office le peuple des convertis, que les inquisiteurs, ces parvenus de l'Église, avaient appelés « nouveaux chrétiens ». Le roi Manuel, convaincu par ses navigateurs de ne pas laisser s'échapper l'argent des banques juives, dont ils avaient le plus grand besoin, déclara chrétiens tous les Juifs du Portugal. Et ceux-ci se résignèrent sagement à changer leurs noms propres en noms bien catholiques.

Les persécutions commençaient à peine; nos pères ne comprenaient pas encore le sort qui leur était réservé et continuaient d'espérer en la clémence des Rois Catholiques. Ils se trompaient; la terrible année 1506 vit nos premiers martyrs.

Ma vieille nourrice avait eu si peur qu'elle était incapable de raconter ce qu'elle avait vu; mais à la nuit tombée, si la lumière d'un simple incendie enflammait la ville, elle fermait les portes et se cachait dans un coin sombre, en me serrant dans ses bras. Parfois, des mots sans suite lui échappaient malgré elle. Plus tard, j'ai su.

Le Portugal avait d'abord vu arriver les cohortes misérables des Juifs d'Espagne avec leurs enfants. Il y avait eu ensuite une sécheresse abominable; puis la peste s'était déclarée. Les gens mouraient dans les rues comme ici quand ils sont empestés, la bouche racornie et le corps noir; les Portugais commencèrent à murmurer contre ces immigrés qui leur portaient malheur. Mais la peste, la sécheresse et le feu, les morts dans la rue, ce n'était pas encore le pire. Ma nourrice criait de frayeur quand lui revenaient dans son sommeil les souvenirs du massacre de Lisbonne, quelques mois après l'épidémie.

Un soir, il faisait encore clair, l'église des dominicains s'illumina d'une lueur rouge. La statue de la Vierge, la douce Madone aux yeux levés vers le ciel, auréolée de flammes immatérielles, exigeait le sang des Juifs : c'est ce que proclamaient les moines. Toute la nuit, leur Vierge flamboya. Le jour se levait à peine lorsque trois prêtres ascétiques, au visage couvert de cendres, sortirent de l'Église et se mirent à courir à travers les rues avec de grands cris, en brandissant leur crucifix. Je me rappelle encore ce qu'ils criaient : « Pitié, pitié, volez au secours du Christ et de la religion chrétienne! Viennent avec nous ceux qui veulent combattre les Juifs et les mettre à mort! »

20

Au petit matin, le mari de ma nourrice avait été égorgé par l'un des trois dominicains. La chasse aux porcs était ouverte.

Ce sont bien ces mots-là que la vieille femme disait en rêve. « Sale porc ! »

Nous étions devenus, pour les Portugais de la conquête, des porcs. *Leurs* porcs. Ils savaient bien que la viande de cet animal nous était interdite par les lois sacrées de notre religion. C'est pour cette raison qu'on nous a appelés « Marranes », par dérision, car ce mot est celui qui désigne le cochon. Un cochon, on l'évente, c'est tout ce qu'il mérite. On vit donc des femmes enceintes embrochées sur des piques, des enfants fendus en deux, au fil de l'épée, en mémoire du roi Salomon, et des cadavres éclatés par centaines. On vit cela. A y bien réfléchir, je ne constate guère de différences entre cette boucherie et celles que commettent les janissaires de l'Empire ; rien ne ressemble plus à un enfant tué qu'un autre. Mais nous étions ces enfants, nous étions le troupeau menacé. Et les terreurs de ma nourrice reflétaient celles de tout un peuple qui attendait dans l'angoisse de connaître son sort.

Les Nouveaux Chrétiens devinrent plus prudents ; leur christianisme forcé se fit plus démonstratif. Il le fallait bien ; et puis, qu'importait au fond ?

Certes, l'on avait changé de nom propre. Mais ni d'âme ni de cœur. C'est ainsi que ma jeune tante, dont le nom hébreu était Hannah, et que l'on surnommait Gracia, fut baptisée, à sa naissance, sous le prénom de Beatriz. Quant à moi, lorsque je naquis, cinq ans plus tard, on m'appela Josef en secret, mais publiquement Joao.

.*.

Nous avions donc assez d'années de différence pour que je la respecte, alors qu'elle n'était qu'une fille, mais pas suffisamment pour nous empêcher de jouer ensemble. Ai-je jamais songé, enfant, qu'elle était ma tante ? Jamais. Déjà, je la considérais comme ma Beatriz.

Elle, ma tante, cette enfant maigre, avec ses cheveux filasses, frisés comme la laine d'un agneau, avec ses yeux

21

noirs brillants comme des billes ? Cette compagne de jeux, la seule amie de mon enfance ? Et comment aurais-je pu seulement songer à cette parenté ?

Mes grands-parents et mes parents habitaient tous ensemble une vaste maison sombre, derrière le port. La famille Nasi vivait dans la simplicité; l'exil nous avait presque entièrement ruinés. J'ai le souvenir de fenêtres étroites, qu'on ouvrait rarement sur la rue, par prudence; dans certaines pièces, le sol restait de terre battue; nous n'avions qu'un seul serviteur, Pedro, et deux servantes, sans compter ma nourrice. Face à la porte d'entrée, sur un mur blanc, on avait ostensiblement suspendu un grand crucifix de bois peint, et le chandelier à sept branches se cachait sous une pile de draps. De ma mère, j'ai gardé le souvenir d'une jeune femme en noir, avec une chevelure prématurément blanchie et un visage inquiet; mais son sourire bienveillant protégea mon enfance contre les misères de l'époque, et je n'étais pas malheureux.

Mon père, beaucoup plus vieux que son épouse, et d'un caractère plus fataliste, avait à grands frais emporté de Cordoue, où il était né, tous ses livres, trésor plus précieux que l'or, disait-il; quand il n'exerçait pas son métier de médecin, il s'enfermait dans sa bibliothèque dont l'entrée me demeurait interdite; souvent, il y passait la nuit, enveloppé dans sa grande houppelande à l'ancienne dont les pans avaient tant traîné sur le sol qu'ils n'avaient plus de couleur. Il ne s'occupait guère de son fils; parfois, il me caressait la joue et promettait de m'enseigner les langues qui me permettraient d'avoir accès à ses livres. Il prit le temps de m'apprendre le latin, que je déchiffrai au rythme d'une page par jour dans un de ses volumes préférés, le *De originibus rerum*, où l'on trouvait de belles réponses à toutes les questions du monde : qui était l'inventeur de la roue et celui des cloches, de quand datait le célibat volontaire, et autres merveilles.

Mon grand-père de Luna, également médecin, était un vieil homme; très tôt, il avait perdu sa première femme, la mère de mon père, et avait attendu longtemps avant de se remarier. Au vrai, il s'y était décidé en arrivant au Portugal, comme nombre d'entre nous, pour engendrer de nouveaux Juifs et renforcer notre peuple. Sa toute jeune épouse, la mère de Beatriz, ne ressemblait en rien à la mienne; son teint très blanc et ses longs cheveux roux surprenaient, mais elle charmait les cœurs par la beauté régulière de ses traits; emportée, autoritaire, elle emplissait la maison de ses rires ou de ses colères; elle s'habillait de couleurs vives, elle ne tenait pas en place. Quelques années après la naissance de Beatriz, elle accoucha d'une seconde fille, Brianda.

Enfant, j'étais comme du vif-argent; ma nourrice n'y suffisait plus et le vieux Pedro, que son âge empêchait de courir, se plaignait de mes fugues incessantes. Les servantes s'occupaient de la maison et de ma petite tante Brianda, et ma mère était lasse. Je passais tout le jour hors de la maison, et l'on me cherchait partout avec angoisse; les rues du port n'étaient pas sûres, les marins rôdaient, les dominicains également, et j'aurais pu commettre un impair, parler du chandelier, lâcher par mégarde un mot hébreu entendu par hasard...

Pour délivrer ma mère d'un fils trop turbulent, on me confia à la jeune sœur de mon père. Beatriz était une enfant triste; elle me surveillerait et je la dériderais, pensait-on. J'y réussis en effet sans même y penser; j'étais irréfléchi, agité, parfois imprudent, et je n'obéissais à rien. La pauvre Beatriz prit l'habitude de me suivre partout, sans parvenir à me contrôler. Une fois franchi le seuil de la maison, j'étais son maître.

Longtemps, Beatriz avait été une petite fille silencieuse, élevée dans l'ombre de la maison, et qui ne pleurait jamais. La première fois que je prêtai attention à ma jeune tante, ce fut à l'occasion d'une de ces fêtes familiales comme nous en organisions souvent, malgré la gêne et les dangers. Les parents s'occupaient d'affaires très importantes; attablés autour d'une potée de choux et de volaille, sans doute parlaient-ils des dominicains de l'Inquisition, leur unique souci; de leur côté, les enfants s'ennuyaient ferme. Je devais avoir cinq ou six ans. Derrière la vaste jupe de soie cramoisie de ma grand-tante de Luna, se tenaient les deux fillettes. L'une n'était encore qu'un bébé bruyant, une minuscule gamine aux cheveux roux et frisés, avec une peau rouge de colère, et qui hurlait. C'était ma petite tante Brianda, la sœur cadette de Beatriz. Mon grand-père m'avertit que mon autre tante Beatriz serait désormais chargée de me surveiller, mais j'entendis à peine tant Brianda criait fort.

Les parents appelèrent la nourrice qui emporta l'enfant. Alors je vis ma gardienne lumineuse et perdue. Beatriz en guimpe blanche et corset vert, Beatriz avec ses cheveux crêpelés, pâles comme les étoiles des pissenlits quand on souffle pour les faire envoler. Elle me fixait sérieusement, avec un regard d'écureuil, tout à la fois fixe et un peu tremblant, intense et apeuré. Mais elle ne me voyait pas vraiment; à travers moi, c'était le vide qu'elle regardait.

J'éprouvai aussitôt le désir d'animer cette fine poupée trop sage. Mais elle ne voulait pas jouer à la toupie; elle refusait de courir dans la maison, et elle me regardait toujours avec un peu d'étonnement, sans bouger, même quand je lui tirais les cheveux. Alors j'entrebâillais la porte doucement et filais vers le port, lieu de mes délices.

Tout petit, accroché à la main de ma nourrice, j'allais déjà voir les bateaux lever l'ancre. Mon père me parlait souvent des navigateurs qui partaient conquérir, pour les rois de Portugal, une île inconnue, ou qui cherchaient à découvrir un cap, une terre. Toujours ils pourchassaient ces Indes obsédantes qui se retrouvaient des deux côtés de l'océan, comme si la Terre était ronde. Mon père n'aimait pas trop ces expéditions, qui coûtaient cher au royaume; il disait ne pas comprendre pourquoi l'on avait substitué aux navires marchands, qui assuraient depuis longtemps le commerce des épices, les vaisseaux guerriers des soldats. Les mots de « Nouveau Monde » lui faisaient hausser les épaules; il grognait contre cette passion onéreuse et se livrait à un interminable éloge des vieilles terres de la Méditerranée, plus familières et plus hospitalières. Il n'aimait pas l'océan; une fois, une seule, il monta sur un bateau en partance pour Londres. Il en descendit avant l'appareillage. Il n'avait pas le pied marin.

Moi, je l'avais, et j'adorais la mer. Je savais tout sur les histoires légendaires de notre pays d'adoption : comment les conquérants portugais avaient découvert Ascension, Sainte-Hélène, Trinidad, à peu près vingt ans auparavant. Éperdu d'admiration pour le Roi Navigateur et pour sa chaste retraite dans les terres désertiques de Ceuta, je ne cessais, malgré les agacements paternels, de poser des questions sur celui d'entre nous qui, sous le nom chrétien de Christophe Colomb, était parti découvrir de nouvelles terres avec de l'argent juif et la bénédiction de la reine Isabelle, le lendemain du jour maudit où nous fûmes chassés d'Espagne. Pourquoi mon père n'avait-il pas embarqué avec lui ? Nous serions aujourd'hui au paradis, au lieu de mourir de froid sous le vent du port; il nous avait inventé un nouveau royaume, et voici que nous en étions privés !

J'étais encore un gamin quand j'assistai au retour de Sebastian de Elcano, un Basque. Je n'avais guère plus de neuf ans, c'était en 1522. Le vaisseau de haut bord s'apercevait de loin, avec ses flancs ronds, percés de trous pour les canons. Immense, il avançait vers le port comme une oie majestueuse, se dandinant aux derniers souffles du vent.

A mesure qu'il approchait je distinguais les voiles trouées, les haubans cassés, le bois moisi. Quelques marins en loques tenaient à peine debout sur le bateau fantôme; spectacle de misère... Le capitaine descendit du vaisseau dans le plus grand silence. C'était Don Sebastian de Elcano; mais ce n'était pas lui qu'on attendait.

Don Sebastian de Elcano avait été le second du grand Magellan, qui avait découvert une nouvelle mer, si calme et si paisible qu'il lui avait donné le nom de Pacifique. Magellan ayant été assassiné aux Philippines, sa brillante expédition revenait avec un océan tout neuf, un nouveau capitaine et un héros mort. J'en eus pourtant le cœur enflammé; chacune des blessures du bateau m'apparaissait comme une glorieuse cicatrice. Ce fut mon premier souvenir de navire : couturé, rapiécé, lamentable et funèbre.

A l'époque, on parlait avec feu de l'amiral Don Vasco; en plein cœur de Lisbonne se dressait l'énorme Maison des Indes, qui traitait toutes les affaires de la terre de Vera Cruz et organisait les mondes de là-bas : l'Afrique, d'où venait la maniguette, Nicobar, Sumatra, et l'Éthiopie. L'on avait mis un bon siècle avant de le trouver, mais enfin c'était fait : on venait de rencontrer sur cette terre africaine le Prêtre Jean, l'empereur légendaire à la barbe blanche et bouclée, noir de peau mais chrétien. Je connaissais les noms de tous les navigateurs – Rodrigo de Lima, Balthasar de Castro, Manuel Pacheco, Cabral –, je les aimais tous, et j'étais bien certain que, plus tard, j'irais moi aussi sur les mers conquérir des terres nouvelles...

Et lorsqu'on me confia à la garde de ma jeune tante, je la guidai chaque jour, sans même qu'elle s'en aperçût, vers l'univers magique et infini du port, où personne ne pourrait nous retrouver... Je décidai qu'elle embarquerait un jour avec moi sur un bateau.

A la maison, on l'appelait Beatriz. Ma mère, pour être sûre que je ne me servirais pas du prénom secret de Hannah, ne me l'avait pas révélé. Mais les oreilles des enfants traînent autour des conversations des parents, et je n'avais pas tardé à surprendre l'autre prénom clandestin, Gracia, si doux à entendre, et que parfois ils chuchotaient entre eux.

Un jour, nous jouions sur les quais, nous cachant derrière le dos des gardes, entre les ballots de pièces d'argent et les paquets de corail, lorsque arriva un bateau qui venait de Guinée. Nous nous arrêtâmes pour regarder le débarquement; soudain, Beatriz me montra, sur un sac de maniguette, le poivre d'Afrique dont l'odeur forte donnait mal à la tête, un malheureux nègre, grelottant de froid; il parlait en sa langue à un perroquet gris, au plumage presque blanc, un bel oiseau au bec rose qui répétait ses paroles avec une voix stridente. Alors vinrent les Tsiganes.

Je les adorais, et j'entraînais Beatriz. Les Tsiganes tenaient en laisse un ours muselé et un singe drôlement vêtu d'un jupon écarlate bordé d'or. Beatriz recula un peu, je sentis sa petite main frissonner; elle avait peur de tout. Le singe tourna autour d'elle, en mesure, au rythme d'un tambourin. Les Tsiganes sourirent à Beatriz; leurs dents éclataient de blancheur, ils semblaient forts et gais. Beatriz rit nerveusement, et serra ma main. L'ours se mit à danser lourdement d'une patte sur l'autre, et le singe sauta en cadence par-dessus un long bâton. Beatriz rit alors pour tout de bon; j'étais heureux. Soudain, surgis de je ne sais où, les archers du roi coururent vers les Tsiganes et commencèrent à les battre.

Nous ne savions pas que le roi de Portugal venait de prendre un arrêt d'expulsion contre ces étrangers à peau brune qu'on disait venus des Indes. Depuis 1521, le roi n'était plus Manuel Ier, mais Jean, troisième du nom. L'Inquisition n'était pas encore officiellement installée au Portugal, mais depuis le triomphe des Rois Catholiques dans toute l'Europe, elle avait fait de grands progrès. Les Tsiganes n'étaient certes pas juifs; mais leur qualité d'étranger suffisait bien pour se faire chasser.

Je courus et comptai que, d'elle-même, Beatriz en ferait autant. Elle était plus grande que moi; à tout le moins, à seize ans, plus lucide... Mais non! Elle semblait paralysée. Je l'ai toujours connue ainsi, frappée de stupeur devant la violence des hommes. J'étais déjà loin, derrière les bâtiments du port, et elle restait figée sur place, au milieu des Tsiganes, sous les coups qui pleuvaient et allaient l'atteindre...

« Gracia! »

J'avais oublié la règle. J'avais crié le prénom interdit. Saisie, elle tourna la tête, me vit, et se mit enfin à courir vers moi. Je la rejoignis et elle se jeta dans mes bras en criant mon nom.

« Josef. » Je ne savais pas encore que tel était mon nom. Mes parents m'avaient toujours appelé Joao.

Elle ne m'a jamais appelé autrement depuis le jour des Tsiganes. Nous ne les avons plus revus. Et jamais plus avant longtemps je ne l'appellerai par son nom juif.

Le port devint notre unique univers. C'est là que je lui ai appris le goût des voyages; c'est là qu'elle a commencé à rire. Mais c'est aussi sur les quais qu'elle m'a enseigné à voir. Le nègre au perroquet gris, elle l'avait remarqué bien avant moi.

Je ne me trompais point; la Senora et moi nous aurons été des conquérants. Mais notre histoire ne suivit pas exactement le fil de mes songes. Je rêvais de longs voyages où j'irais découvrir avec elle de nouvelles épices et des couronnes de pierreries que je poserais sur sa tête sérieuse, pour lui arracher un sourire. L'odeur des épices était inséparable de l'or et de la réussite, et ce parfum mélangé de cannelle, de muscade et de cardamome est demeuré pour moi le plus vif de toute mon enfance. Sans doute aussi représentait-il la soif de nouveautés, puisque dans nos familles, et selon la coutume, on ne mangeait pas d'épices.

Beatriz les détestait. Un jour, je voulus lui faire respirer le gingembre à travers les rudes enveloppes des ballots posés sur les quais. Je déchirai un pan de toile pour en extraire une racine, toute sèche et tordue, où demeurait la tendre couleur de la robe argentée. Je la lui mis sous les narines, de force ; elle eut un haut-le-cœur et partit en courant. Pour la faire revenir, je trouai un sac qui avait transité par la France et contenait un beau blé de Dantzig qui ruisselait entre nos doigts ; elle s'extasia, caressa les grains de ses longues mains aux doigts étroits pendant que je mâchonnais ma racine. Prendre le blé à pleines mains, c'était bien d'elle ; et sucer le gingembre venu des Indes, c'était bien de moi.

Les épices n'entraient pas dans l'univers des Nasi. Mais elles fondaient l'empire des Mendès, les plus fameux convertis de Lisbonne, qui régnaient à la fois sur les piments venus du bout du monde et sur les créances des princes. Avant le retour de Don Sebastian de Elcano, l'expédition de Magellan avait réussi à convoyer jusqu'à Lisbonne trente mille quintaux d'épices venues d'Asie, presque toutes pour les Mendès. A ce premier débarquement j'avais aussi assisté.

Quelle belle arrivée ! Les marins chantaient je ne sais plus quelle chanson portugaise où le Maure avait laissé, chemin faisant, d'étranges graines musicales ; au port, les marchands, au rang desquels on comptait les commis de la maison Mendès, se frottaient les mains. Oui, vraiment, une belle arrivée, un superbe spectacle, avec les coups de canon traditionnels. Quand ils descendirent, les marins racontèrent comment, pour conquérir les épices, ils avaient pendu aux vergues de leurs bateaux une quarantaine d'équipages. Le Samoudir, rajah de Calicut, avait voulu résister : il avait fallu le punir. Ils se vantèrent ensuite d'avoir pillé et incendié un bateau de pèlerins qui revenaient de La Mecque ; et les marchands s'extasiaient.

Moi aussi. J'avais été joyeux de leur joie, comme si j'eus commandé le feu à Calicut et, intarissable, je recommençai cent fois le récit de cette journée mémorable. Plus tard, je racontai en exultant à Beatriz comment nos Portugais

28

avaient par trois fois déjà bombardé Calicut avant d'en venir à bout. Chaque fois, elle lâchait ma main, les larmes dans les yeux. Je n'échappai déjà à aucun frémissement de son âme; une honte étrange me gagnait. Mais je n'y étais pour rien, moi, si l'on avait pendu des hindous à Calicut! Et que faisait un bateau d'infidèles grillés? Autant de païens qui n'insulteraient plus le royaume de Portugal! Ah, j'étais bien Joao, un petit Portugais sur le port de Lisbonne...

Beatriz, elle, était déjà Gracia.

Il n'empêche. C'est bien avec moi qu'elle aura découvert la mer et les navires, avec moi qu'elle est venue chaque jour regarder grandir la caraque géante que l'on mit plus de dix ans à construire, et qui devait s'appeler *La Sao Joao*. C'était mon nom, ce serait ma caraque. Cachés derrière un tas de bûches fraîches, nous surveillions le chantier comme si nous en étions les secrets commanditaires. De loin, nous aidions les ouvriers en parlant bas; parfois, sortant de notre cachette, nous allions leur porter de l'eau, des fruits; ils nous connaissaient bien. Quand ils s'en allaient, nous grimpions sur la coque immense, dont on ne voyait encore que les côtes; nous caressions les troncs taillés et lisses, la trace des nœuds sur le bois, doux à la main comme une peau rasée de frais. C'était ma caraque, mais Beatriz en parlait comme de la sienne.

– Un jour, Josef, disait-elle, je t'emmènerai sur ma caraque.

La première fois qu'elle me dit cela, je fus stupéfait de son changement. Le ton, autoritaire, ne laissait aucune place au doute; Beatriz commandait. Ma Beatriz n'était plus la craintive créature qu'il fallait protéger, non. C'était... comment dire cela autrement? C'était une manière de jeune homme. Pour me rassurer, je me prenais à rêver qu'elle parlait de sa caraque comme de la nôtre, et qu'elle m'offrait un cadeau pour nos noces. Hélas! J'oubliais déjà qu'elle était ma tante.

Je crois bien que l'année des Tsiganes et du retour des navires de Calicut fut aussi celle où Charles Quint prit le décret autorisant les Juifs à s'installer à Anvers. Nous n'y faisions pas attention; nous, les enfants, est-ce que nous pensions à ces choses? Nos familles se gardaient bien de nous en informer. Pour moi, hormis le port de Lisbonne et les Indes, je ne savais rien de la Terre, sinon qu'elle était plate, et je connaissais mieux la route des épices que les chemins de l'Empire. Ces capitaines qui revenaient de l'autre monde comme de glorieux fantômes, morts ou vifs, semblaient plus grands que les rois couronnés. Je voulais devenir comme eux, un roi des mers.

Beatriz, elle, voulait simplement partir. Je ne l'ai vraiment compris qu'à son dernier départ, lorsque son écharpe s'envola comme une mouette le long du Bosphore.

Quand nous jouions sur les quais, elle raffolait de ces petites pommes rouges et dorées que l'on astique avec un bout de laine et qui deviennent luisantes comme du bois ciré. Je les volais pour Beatriz; je les frottais sur mes chausses, et elle les mordait à même la peau. Nous nous reposions sur les collines de bois humide qui sentaient les embruns et les Tropiques; le vent vif de Lisbonne nous piquait les joues; les nuages en passant jetaient sur nous leurs ombres capricieuses, puis, en s'enfuyant, libéraient le ciel bleu; et le soleil, brusquement sorti de sa prison grise, frappait nos fronts durement, comme une masse. Les dents de Beatriz plantées dans la chair de la pomme produisaient un bruit sec et doux, et un peu de jus clair coulait sur son menton. Elle me regardait par-dessus le fruit avec un tel feu de joie dans ses yeux noisette...

La Pomme rouge. C'est le nom d'un oracle ottoman qui traîne depuis un siècle dans toute l'Europe, et avec lequel on fait peur aux enfants : « Notre empereur viendra. Il s'emparera du royaume d'un prince infidèle, prendra aussi une pomme rouge et se l'appropriera. Il construira des maisons, plantera des vignes, mettra des haies aux jardins, engendrera des fils; après la douzième année qu'il aura soumis la Pomme rouge, paraîtra l'épée du christianisme qui mettra le Turc en fuite. »

La Pomme, c'est la capitale de l'empire, qui, du temps du « prince infidèle », s'appelait encore Byzance. Les premières maisons furent construites, dans les quartiers de Stamboul, de Pera et Galata, qui formèrent la ville d'Istamboul. Les jardins eurent leurs haies, et les sultans leurs fils. Restent l'épée, la fuite, le désastre.

Et c'est arrivé. Par ma faute, l'oracle s'est accompli.

Et me voilà ici, dans ce quartier grec que l'on nomme Galata, sur le balcon de mon palais qui domine la Pomme rouge, avec ses mosquées, ses synagogues, ses églises et, en face, le Sérail de Topkapi dont les torches luisent doucement dans le noir. J'ai ruiné la Pomme rouge, que j'offrais à ma Beatriz quand elle avait quinze ans sous la forme d'un fruit d'automne astiqué contre mes chausses. Pouvais-je deviner que je lui faisais cadeau du futur?

Un matin – était-ce un matin ou un après-midi? voilà que je me souviens plus... J'allais la chercher pour une promenade sur les quais, et j'avais justement une jolie pomme à la main. Je frappai à la porte de la chambre des filles, et étourdiment, j'entrai, comme j'en avais l'habitude.

Beatriz, habillée de satin blanc brodé d'or, était entourée de ses parents et de graves personnages en noir. Elle se tenait toute droite, un peu pâle, et me fixa sans rien dire. On me regarda comme un intrus, avec un peu d'étonnement. La mère de Beatriz, ma grand-tante de Luna, me poussa de côté en me montrant la porte; il fallait partir.

Je tendis ma pomme bêtement, là, dans le creux de ma main, et Beatriz la prit avec un petit sourire triste. Puis, au lieu de la mordre, elle la posa sur la table et se détourna.

C'est ainsi que je compris qu'on allait la marier. J'avais treize ans à peine, elle en avait dix-sept. La barbe ne m'était pas encore complètement poussée, et j'avais par moments des accents féminins dans la voix. Un autre me prenait Beatriz, et je ne la verrais plus.

Qui se souciait de la souffrance d'un garçon de treize ans? Le futur de Beatriz était un Mendès, un homme de bien, puissant et fortuné, converti, respectueux en secret de la religion de nos pères... Le bruit courait dans la communauté marrane qu'avant sa conversion il avait été un jeune rabbin érudit; de nous tous, il était le plus riche, le plus savant et le plus intouchable. Le mariage de ma tante Beatriz avec Francisco Mendès constituait une bonne nouvelle pour les grandes personnes, et une excellente alliance pour la famille Nasi. Et pendant qu'une serre de rapace me broyait les entrailles, j'imaginais le fiancé : un homme noir, grand comme un milan, avec un œil aigu et dur.

Le soir, quand je fus avec mes parents, mon père me dit simplement, avec un regard fuyant : « Il faudra que tu oublies les promenades avec ta tante Beatriz. »

Je m'enfuis sur les quais où désormais je serais seul. Le vent était léger, les vagues amicales, le ciel transparent ; la tour de Belem, enfin achevée, brillait ce jour-là d'une clarté de sucre blanc. Je mis un point d'honneur à ne pas pleurer. Je volai une pomme et, de toutes mes forces, la lançai dans l'océan.

Finies les pommes rouges. Finie Beatriz, qui m'avait trahi. Finis ses rires et ses tristesses, finie cette mauvaise fille aux cheveux clairs, je ne voulais plus la connaître...

On la maria un an plus tard quand elle eut dix-huit ans. Ce ne fut point un mariage fastueux ; les Marranes n'osaient guère déployer leurs richesses, qu'on leur reprochait déjà suffisamment. On m'habilla en gris souris, avec des flocards d'argent ; j'avais l'air du singe des Tsiganes ; et l'on me mit au cou, pour la première fois, un vrai col de linon plissé retenu par un cordon d'or. J'eus ce mariage en horreur. La jupe raide que portait ma mère oscillait devant elle comme les élytres d'un gros insecte, mon père croquait en cachette des cardamomes qu'il ne me donnait pas, mes vêtements me serraient, et Beatriz m'échappait, méconnaissable.

Était-ce vraiment Beatriz dont j'apercevais la coiffe de velours noir, entourée de perles blanches comme les Saintes Vierges de leurs églises ? Je ne voulais pas la voir. Mais on me poussa, de jupe en jupe, et soudain je fus devant elle. Elle aussi ressemblait à une libellule, avec son corset noir et or, si fine que j'avais envie de la casser d'un coup. Je ne reconnus pas son visage poudré de blanc, son cou découvert que je n'avais jamais vu, orné d'un collier de dame, ses oreilles d'où pendaient deux perles noires. Elle me regarda à peine. Une drôle de lueur orgueilleuse animait ses yeux, perdus dans le vide. Je baissai le nez et aperçus sa petite main enveloppée dans celle de son mari.

Je fus bien obligé de le saluer, ce Francisco Mendès. Il avait l'air d'un vieux prince bienveillant avec son beau visage plein d'une austère bonté. Rien en lui ne ressemblait au cauchemar dont je rêvais pour Beatriz. Lui aussi était vêtu de noir, avec de la fourrure sur le col de son pourpoint. Ils se souriaient.

Le pis fut ce double sourire. Le pis fut la couleur de ses joues, enflammées comme le bonheur.

Elle m'aperçut enfin, et dit à son mari que j'étais son neveu préféré, une sorte de frère, Joao. Ce fut sans doute la seule fois qu'elle m'appela de mon prénom portugais. Elle me reniait. Je rougis de colère.

Alors, mais je n'y fis pas vraiment attention, elle dégagea brusquement sa main de celle de son nouvel époux, et rougit à son tour. Je ne compris rien. D'ailleurs, je n'ai rien compris à notre enfance. Je crois bien que depuis cette nuit-là je n'ai plus pleuré.

— Tu mens, Josef ! souffla dans l'ombre une voix criarde.

— Qui ose ? tonna le vieillard en se retournant d'un seul coup.

— Qui oserait, Monseigneur, sinon le pauvre Caraffa ? grinça la voix.

— C'est toi, bouffon ! Et qui d'autre en effet se permettrait de troubler ma nuit ?

— Oui, et j'affirme que tu mens ! Je t'ai souvent entendu pleurer, moi !

— Comment sais-tu que je pensais à mes larmes, singe affreux ? Je veux bien que tu moques mes paroles quand tu les entends, mais comment pourrais-tu écouter mes pensées ?

— Oh, fit la voix, c'est assez simple. Il y a un bon moment que tu parles tout haut, mon maître. Il suffit de tendre l'oreille, voilà tout.

Le vieux duc quitta le balcon, et chercha la silhouette invisible dans l'obscurité.

— Non ! Laisse-moi dans le noir, veux-tu ? supplia la voix.

J'ai mes pudeurs. Si tu me trouves, je ne pourrai plus rien te dire, sinon mes sornettes ordinaires qui depuis longtemps ne te font plus sourire. Laisse-moi dans l'ombre, c'est mieux ainsi. Tu as pleuré de grosses larmes, on me l'a dit, le jour du départ de notre Senora. Et d'une. Et aussi le jour où t'arriva la nouvelle de sa mort. Et de deux. Crois-tu que je ne le sache pas?

– Tu dis vrai, soupira le vieux duc. J'avais oublié. Regarde, ajouta-t-il en dépliant ses doigts, mes mains sont toutes tachées de fleurs de cimetière. Même au clair de lune, je les vois; je ne tarderai plus à mourir, Caraffa. Ne t'agite pas comme un diable dans ta cachette, tiens-toi tranquille. Il est temps que ma vie soit éclairée de sa véritable lumière. Assez de mensonges. Elle était vraie, la souffrance que j'éprouvais. La Senora portait véritablement une robe noir et or, une coiffe de velours assortie et des perles aux oreilles. Des perles aux oreilles, tu entends? Le reste, je ne sais plus...

– Mais tu as pleuré le jour de son mariage, hein? Il y a du désordre là-dedans...

– Tu ne sais absolument rien, imbécile. Je n'étais que le bouffon de la Senora, comme tu es le mien. Je ne t'entends plus. Es-tu toujours là? Caraffa! Réponds!... Bien, tais-toi si tu veux. Je continuerai à parler à voix haute. Puisque tu as décidé de m'espionner, du moins quelqu'un saura la vérité.

***

Quelqu'un saura la vérité, si je parviens à la retrouver tout entière.

C'est étrange, je n'y avais jamais songé auparavant: l'année même du mariage de Beatriz, Charles de Habsbourg, qui n'était pas encore Charles Quint, épousa sa cousine. La rumeur colporta la magnificence des arcs de triomphe que l'on dressa dans Séville, et la transparente beauté d'Isabelle, princesse de Portugal, son épouse. Plus tard seulement, j'appris qu'il n'avait jamais aimé avant de la connaître, et qu'il s'en était follement épris au premier regard.

On disait que jusqu'au jour de la cérémonie, il avait été atteint du haut mal; on l'avait vu dans une église, un jour de chaleur, tomber raide sur le sol, la bave à la bouche. La douce Isabelle sut guérir ce mal impérial. Je n'imagine pas le Habsbourg l'écume aux lèvres; ce n'est point l'homme que j'ai connu. Charles Quint était un affamé, gourmand d'épices et de victuailles. Le fils de Jeanne la Folle ne pouvait qu'être fou de désir. Avec cette passion-là au cœur, il retrouvait la démence de sa famille et les divines illuminations qui lui venaient de sa lignée. De ce mal d'amour, il ne pouvait pas guérir.

Il eut bientôt faim d'argent, sans savoir quel en était le prix. Mais de cela il n'a pas su guérir.

Je lui ressemble. Un jour de tournoi, il fit inscrire en lettres d'or sur son écusson cette devise qui m'inspira tout au long de ma vie : « *Nondum.* » Pas encore.

Moi aussi je sais attendre quand je veux.

Après les noces de Beatriz, pourtant, je n'espérais plus rien. Je retournai sur les quais à la recherche d'un bateau que je ne trouvai point. Cent fois, j'ai failli embarquer, mais la peur de trahir notre peuple me retint. Trahir...

Puis me vinrent une barbe drue, une voix grave, et avec le tout, les femmes. Les ports font la vie facile aux garnements qui s'y promènent; qui fut la première? Une servante, une putain? J'ai oublié. Rien n'est plus doux qu'un corps de femme; mais je ne m'attardai jamais et je ne fus pas amoureux. Je voulais des peaux fraîches et des girons accueillants, pas davantage; et si l'une ou l'autre s'attendrissait un peu trop, je m'éclipsais sans espoir de retour. Seuls m'intéressaient le ventre qui s'ouvre et le rapide vertige du plaisir; mais le cœur et ses douceurs sucrées, ah non! Je n'en voulais pas. J'étais assez joli garçon pour ne pas avoir à payer; mais aucune n'était juive, et aucune ne parvint à me retenir.

Beatriz avait presque disparu de ma vie. Elle vivait dans sa maison avec son mari. Je ne la voyais plus qu'à l'occasion des réunions familiales, et c'est à peine si son regard m'effleurait. Je jouais à traquer ses yeux, et lorsque je les avais capturés je m'en détournais pour la blesser. Elle rougissait encore. Mais elle s'enfuyait rapidement près de Francisco Mendès, et je n'avais qu'à partir.

Je ne me comptais pas d'amis. A cause de cette femme que l'on appelait la Senora, je suis resté un être de solitude.

35

A peine si j'avais des compagnons de boisson, que j'écoutais raconter les femmes hindoues aux seins nus, avec les jasmins tressés dans leurs nattes luisantes d'huile, les arbres à pain de Vera Cruz, les prisonniers chrétiens qui se faisaient dévorer tout rôtis, les sirènes du fleuve Amazone, à la poitrine velue, une longue série de monstres et de bonheurs chauds.

D'autres errants revenaient d'Italie. Le lendemain du mariage de Beatriz, je rencontrai un Allemand qui arrivait de Rome, un capitaine de lansquenets au chapeau miteux et au costume rapiécé. J'ai oublié son nom, von Puterbach, Purtenbach, je ne sais plus; il était ivre tous les soirs. Une nuit, dans une taverne où nous étions attablés, il sortit de sa besace une vieille corde roulée, curieusement entourée de fils d'or.

« Tiens, fils, tu me plais, avec ta gueule d'ange et tes yeux de braise. Tu n'es peut-être qu'un sale porc, un de ceux qui ont assassiné notre Seigneur Jésus, mais par les cornes du Diable, je m'en moque. Et j'ai quelque chose à te vendre. »

C'était la corde qu'il vendait. Une misérable corde usagée! Je ne comprenais pas. La bouche pâteuse, mon lansquenet finit par me raconter son affaire. Il avait fait partie des bataillons allemands qui venaient de piller Rome et de mettre à mal les richesses du pape Clément. Il ne faisait pas bon dire tout haut qu'on avait participé au sac de Rome : Charles Quint, qui avait laissé faire cette entreprise, s'était repenti de son crime et réconcilié avec la Papauté. Le pauvre lansquenet voulait à tout prix se débarrasser de sa corde, volée à Rome, dans le trésor d'une église dont il ne savait même pas le nom.

« La corde de Judas, fils, c'est la corde de Judas que tu tiens là. Si tu es juif, tu l'aimeras, cette corde, *nicht wahr*? Elle est à toi, *mein Kerl*. Donne-moi de l'argent, tu dois bien en avoir un petit peu, non? »

La corde avec laquelle Judas s'était pendu après avoir dénoncé Jésus... Il me faisait pitié, et la corde m'attirait. Pour qu'il aille se coucher, j'ai acheté la corde de Judas.

Le vieil homme se leva péniblement et ouvrit un coffre. Il en tira la corde, enveloppée de velours.

— Tiens, Caraffa, attrape! La voici cette sainte relique que le pape n'aura plus! J'ai montré cette vieillerie à mon sultan; il riait, il riait! Est-ce que cela ne me va pas bien, la corde de l'Iscariote, à moi que l'on aura si souvent traité de Judas? Tiens, je fais sauter les fils d'or. Allons, prends, Caraffa, et émiette les débris où tu voudras. Il ne sied pas que l'on trouve la corde de Judas dans les richesses du duc de Naxos.

La corde se déroula, poussiéreuse; une main, sortie de l'ombre, s'en saisit.

— Tu trouves cela drôle, mon maître, fit la voix. Je vais le garder, moi, ce débris. Tes plaisanteries ne m'amusent guère. Ce n'est point cette corde-là que la vie t'a mise autour du cou.

— Tais-toi! gronda le vieil homme. L'autre corde, je la sens encore qui me tire vers la mer de Marmara, là-bas. Elle finira bien par me serrer le cou, à m'étouffer. Et pourquoi crois-tu que je parle tout haut, sinon pour la desserrer?

Comme la Senora était pâle, le jour où l'on baptisa sa fille... Beatriz avait la peau si fine que l'on déchiffrait les veines de ses tempes, comme les pages d'un livre. Mais ce jour-là, son front avait des couleurs cireuses, et Beatriz semblait indéchiffrable. On baptisa fort chrétiennement ma cousine Reyna, ce petit bout de chair dont on voyait à peine les yeux. Je fus admis à tenir la fillette pendant que la marraine se préparait pour la cérémonie. Ce bébé à l'odeur chaude me dégoûtait, et c'était l'enfant de Beatriz... Je détestais cette chaleur intestine. M'aurait-on dit à l'époque que j'épouserais cette chose-là, comme j'aurais ri!

Plus tard dans la journée, lorsque la famille entière se retrouva dans la vaste maison des Mendès, on s'affaira de nouveau. Solennellement, un rabbin dévêtit la petite Reyna et la baigna dans une vasque sur laquelle il avait dit nos prières. Il fallait purifier l'enfant de son baptême, car les Mendès, comme les Nasi, pratiquaient clandestinement la religion juive. Pour la première fois, je compris la signification du verbe « judaïser », et la gravité de l'accusation qui menaçait les convertis : il leur fallait être chrétien, rien que chrétien, et renoncer au judaïsme. Pratiquer secrètement le judaïsme, c'était « judaïser ». C'était risquer sa vie.

L'Inquisition n'était toujours pas installée au Portugal, mais l'on en évoquait souvent la menace. Depuis les seaux d'eau baptismale déversés sur les Juifs de Lisbonne, il ne se passait pas de semaine sans qu'on entendît une insulte dans la rue, qu'un caillou vînt frapper nos fenêtres, sans une ronde de police s'éternisant autour de nos maisons. Chacun savait que Jean III faisait le siège de la Papauté pour introduire chez nous l'Inquisition en bonne et due forme.

Chez nous... Cela m'a échappé. Les mots me reviennent de l'enfance. Chez nous, où était-ce? Et où est-ce aujourd'hui?

En 1527, les mercenaires du Habsbourg, Allemands et Suisses mal payés, avaient donc pillé Rome et mis le pape Clément en danger; à cause de mon pauvre lansquenet et de la corde de Judas, ce fut mon premier vrai souvenir politique. En 1529, sournoisement requis par le roi François Iᵉʳ, le Turc assiégea Vienne où le roi Ferdinand d'Autriche, frère du futur empereur Charles Quint, le repoussa tant bien que mal. La Chrétienté, harcelée de tous côtés, devint méchante; l'année suivante, en 1530, le Habsbourg acheta ses électeurs impériaux et fut solennellement couronné à Bologne par le pape qu'il avait pillé... Il portait enfin la couronne de Lombardie, dont l'anneau était fait avec l'un des clous de la Sainte-Croix. Maintenant qu'il était empereur, il se préparait à nous nuire.

Charles Quint, fils de Jeanne la Folle, avait pour père Philippe le Beau, dont si grande était justement la beauté qu'elle avait enfiévré la fragile raison de son épouse. Philippe venait des Flandres; et bien que son fils l'empereur eût des sujets dans toute l'Europe, bien qu'il eût été contraint d'apprendre quelques mots d'espagnol, d'allemand, d'italien et de néerlandais, sans oublier le français des rois qu'il parlait à la perfection, Charles Quint était resté d'une obstination toute flamande. Et c'est d'Anvers, sa ville bien-aimée, que nous vint la première alerte.

Là, depuis dix bonnes années, vivait le frère cadet de Francisco, Diogo Mendès. Leur père, Henrique Nunès sous son nom marrane, descendait de l'illustre famille Benveniste, qui comptait dans ses gloires le rabbin de la couronne d'Aragon. Henrique Nunès ne s'était occupé d'abord que du commerce des pierres précieuses; plus tard seulement vinrent les épices. Après sa mort, les deux frères s'étaient partagé son empire : à Francisco les pierres, à Diogo l'acheminement des épices depuis les ports jusqu'aux foires. A cela s'ajoutaient la banque de dépôt, les créances, les passages de l'argent par-delà les frontières. Avec les créances, Diogo Mendès tenait les princes, et surtout le Habsbourg.

Tous les puissants se ressemblent; ils veulent plus de terres et de l'argent pour leurs guerres. Le roi de France François Ier voulait tout ce qu'avait le Habsbourg et se battait contre Charles Quint; le Habsbourg voulait étendre son empire et envahissait la France; le pape voulait réduire le pouvoir des princes, et le roi d'Angleterre voulait répudier sa femme. Tout cela coûtait beaucoup d'argent; la banque Mendès tenait donc les princes.

Pas au point d'éviter la persécution.

Diogo arriva brusquement d'Anvers, sans crier gare. Le commissaire de l'Inquisition, sur ordre de l'empereur, avait commencé là-bas à traquer les Nouveaux Chrétiens. Sous n'importe quel prétexte, il les emprisonnait. Un samedi sans feu dans la maison, une bougie allumée un vendredi soir, un achat de farine en fin de semaine, tout ce qui pouvait se rapporter au Sabbat était prétexte à accuser les Marranes d'être « judaïsants ». On avait arrêté la vieille nourrice de Diogo parce qu'elle portait sous son manteau un paquet de bougies. En prison, elle avoua tout ce qu'on voulut, d'autant plus qu'elle n'y voyait pas malice et que, terrorisée, elle perdit ses esprits. On arrêta Diogo le lendemain, pour le relâcher presque aussitôt : il y avait cinq ans que Charles Quint avait signé un arrêt autorisant les Nouveaux Chrétiens à tenir commerce dans la ville libre d'Anvers. Le Habsbourg, déjà, avait besoin de nous.

Mais l'alerte était sérieuse. Les frères Mendès, réunis à Lisbonne, décidèrent d'ouvrir un comptoir à Londres et d'y installer des hommes sûrs, qui aideraient nos Juifs à survivre et à s'échapper. Ce furent les premiers éléments de ce que notre peuple nomme aujourd'hui les réseaux de la Senora. Ils prirent aussi quelques mesures de sécurité. On n'achèterait plus aucune farine le vendredi, on veillerait à entretenir un feu d'enfer chaque samedi, on se rendrait à la messe avec régularité et ostentation. Mais fallait-il renoncer au Sabbat ?

C'est Beatriz qui trancha. On ne la voyait pas ; discrète, elle était sagement assise derrière les larges dos des hommes, au rang desquels on m'avait placé. C'est à peine si l'on entendait la respiration un peu forte des femmes et le bruissement de leurs jupons. Soudain, une petite voix calme profita d'un silence et dit : « Nous continuerons à célébrer le Sabbat. »

Comme elle disait cela ! Elle avait la même voix qu'elle eut pour me dire, quand nous étions enfants, un jour, « Josef, je t'emmènerai sur ma caraque »... C'était sa voix de Senora. Son mari se retourna et lui caressa la joue ; Diogo se tut. Et l'on continua de célébrer le Sabbat.

Diogo séjourna quelque temps à Lisbonne. L'une des décisions que prirent les deux frères me concernait de fort près : je devais désormais apprendre la gestion de l'empire de Mendès. Mon père y donna son accord, car j'avais peu de goût pour les livres, mais beaucoup d'attirance pour les bateaux. Je dus néanmoins venir chaque matin chez les Mendès recevoir les leçons de Francisco et Diogo. Beatriz était toujours là, derrière eux, comme une ombre mouvante, passant et repassant en silence.

Diogo, que l'on surnommait le prince des épices d'Europe, traça sur une carte les chemins des poivres, de la cardamome, du gingembre, m'expliqua comment il fallait armer les navires marchands contre les pirates, me montra comment les épices circulaient sur les routes, tout comme l'or qui courait de pays en pays tel un grain de poivre éventé. Les foires de Champagne n'existaient plus ; seuls les vieux en parlaient, avec nostalgie, comme on évoque sa jeunesse enfuie. Bruges, longtemps reine des affaires, avait été détrônée par Anvers, désormais centre des nouvelles richesses. De temps en temps, Beatriz cessait d'aller et venir, et s'immobilisait dans la lumière.

Chaque jour, en pénétrant dans la grande maison des Mendès, je sentais l'opulence de la banque.

Chez nous, les carreaux mal rejointoyés laissaient apparaître la terre ; notre vaisselle se constituait de rustiques poteries à fleurs jaunes et de nos gobelets en bois cerclés de cuivre. Nos lits étaient de simples châlits avec une courtepointe ; malgré les récriminations de ma grand-tante de Luna, ma mère, chargée de l'intendance de la maison, économisait les chandelles, et l'on ne mangeait que du poisson et de la soupe, excellente pour la santé, disait mon père, peu attaché à ces contingences. Ma mère ne possédait que six chemises et quatre jupes, plus sa robe d'apparat qu'elle portait trois ou quatre fois l'an. Mais sur le sol de la maison Mendès, tout en carreaux rouges vernissés, je découvrais de fastueux tapis de Perse, de la vaisselle et des chandeliers de bon étain ; les lits avaient tous des baldaquins d'où tombaient des mousselines, et à leur table je dévorais des plats, pourtant assez sommaires, mais qui me paraissaient alors le comble du raffinement : des confitures, des compotes, ou du mouton en sauce, à la cannelle et au gingembre, dit à l'aigre-doux, avec beaucoup de sucre. Du sucre ! Chez nous, on le gardait pour les fêtes ; chez les Mendès, il était quotidien. Et si le maître de maison ne portait que du noir, il changeait souvent de pourpoint ; quant à Beatriz, même jeune épousée, elle se montrait déjà coquette et passait de jupon en jupon, changeant tous les jours de couleur, comme sa mère. A son cou, j'apercevais des rubis des Indes orientales, ou des topazes, et je me disais que les Nasi étaient vraiment de pauvres gens.

En dépit de ce que je croyais une splendeur digne de Pharaon, j'entendais souvent Diogo pester contre son frère.

– Quand te décideras-tu à tenir ton rang, Francisco ? grognait-il. Des chandeliers d'étain, quand ils pourraient être d'argent ? Des potées, du mouton, au lieu de gibier ? Ton avarice me désole. Ou bien tu as trop peur. Dans tous les cas tu nous gâches la vie !

Invariablement Francisco répondait à son cadet qu'il n'était pas, lui, le prince des épices, mais un simple commerçant et que, pour inspirer la confiance, les banquiers marchands doivent montrer de la décence et de la simplicité.

– Ha ! Laisse-moi rire ! répliquait Diogo. Si tu voyais, à Augsbourg, le palais des Fugger, qui ne sont pas moins banquiers que nous ! Arcades, galeries, fresques à l'italienne, vitraux rouge et vert comme dans une basilique, hommes d'armes rangés le long des escaliers, et les œuvres des meilleurs peintres sur les chevalets, rien n'y manque; et sais-tu ce qu'Anton Fugger a fait le jour où Charles Quint est venu dans sa maison? Oh! Il n'avait pas de vêtement de cérémonie; avec son éternel bonnet de brocart jaune et son manteau noir à revers de lièvre, il avait bien l'air d'un banquier, comme toi. Mais il a pris un billet de créance que lui devait le nouvel empereur, et il l'a enflammé pour allumer un feu de bois de cannelle. Voilà ce qui s'appelle montrer à un prince la puissance d'un marchand, et voilà comment nous devrions nous comporter!

Diogo était mieux informé que son aîné. Il appréciait la richesse du royaume de France, où les pauvres, disait-il, étaient moins pauvres que partout ailleurs; il connaissait dans le détail les rivalités des duchés, royaumes, États, principautés et républiques par-delà la chaîne des Alpes, où dominait Venise, invaincue et dominatrice, maîtresse de la Méditerranée. Le jeune et ferme roi d'Angleterre Henri VIII était un client de Diogo, qui tenait ses créances. Tout cela n'avait rien d'inquiétant pour le commerce.

Rien, sauf ce qui se passait en Allemagne. Diogo racontait interminablement l'éclatement des principautés allemandes, agitées depuis une dizaine d'années par un moine convulsionnaire nommé Martin Luther. Cet agitateur inspiré, entré au couvent après avoir vu la mort d'un ami sous un ciel d'orage, était sujet à des visions effroyables; le Diable venait le visiter sous la forme d'un immense chien noir aux yeux de feu, et pour s'en défaire le frère Martin s'était livré aux plus féroces macérations corporelles; en vain. Révolté, il avait changé d'ennemi, troqué le Diable contre le pape, et bataillait désormais contre l'Église, qui vendait les indulgences aux fidèles pour se faire de l'argent; Martin Luther prônait que seule la foi peut sauver le chrétien, et non l'autorité d'un pape. Sa Sainteté n'avait-Elle pas autorisé les épouses à prélever les offrandes chrétiennes sur le pécule familial sans l'autorisation de leurs époux? Intolérable relâchement! En 1520, le frère Martin avait été excommunié; il avait solennellement brûlé le papier qui le condamnait, et commencé un mouvement de réforme de la Chrétienté. En 1521, il avait été convoqué devant la Diète impériale, à Augsbourg. C'était précisément dans le palais des Fugger que le moine hérétique avait rencontré le cardinal Cajetan, grand maître de l'ordre des Dominicains, qui avait écouté ses hurlements avec la froide distinction des prélats, puis avait quitté la ville discrètement, de nuit, avant que ne fût décrété officiellement le bannissement du docteur Luther, comme on commençait à l'appeler. Son mouvement avait bientôt gagné certains princes allemands, et des foules entières qui, le lourd couvercle clérical soulevé, se laissaient aller à d'innombrables excès. A Lyon, grosse place commerciale en France pour la soie, le drap, les métaux et les épices, et ville où nous avions une agence, notre facteur avait rapporté à Diogo que les imprimeurs, au nombre d'une centaine, pour la plupart allemands, commençaient à lancer les idées de Luther ; la « Réforme » allait bon train.

Et puis, quelques paysans, un jour, avaient mis le feu à leur village ; comme une traînée de poudre, des émeutes avaient éclaté partout en Allemagne ; Luther, marié depuis peu à une nonne défroquée, avait appelé les princes à réprimer sauvagement les révoltés, et depuis lors les massacres ne cessaient plus. Tout cela n'arrangeait pas les affaires de Charles Quint, d'autant que les pirates infestaient déjà à l'époque les côtes adriatiques, au sud de l'empire.

C'est alors que Diogo me parla de Barberousse. A Lisbonne, on faisait peur aux enfants avec l'histoire de ce terrible pirate qui viendrait les enlever s'ils n'étaient pas sages. Diogo me raconta calmement que Barberousse était roi d'Alger, que son frère et lui, nés à Mytilène, étaient des grecs convertis à l'islam ; il me dit son nom musulman, Kheyr-el-Din, comment il servait d'intermédiaire entre le roi de France et le maître de l'Empire ottoman et de quelle façon il avait tendu une embuscade au pape... Et il ne cessait de répéter : « Tu verras, Joao, il fera parler de lui. Son vrai maître, c'est l'empereur ottoman, c'est Soliman. Tous deux veulent abattre Venise ; un jour, ils voudront abattre Anvers parce que c'est la ville du Habsbourg. Venise et Anvers, c'est la puissance des marchands, la nôtre, Joao. Vois-tu, entre les villes et les princes, notre voie est étroite. Qui sait où nous finirons nos vies ? »

43

Ce fut la première fois que j'entendis parler du Padichah Soliman autrement que comme du Diable. Diogo dessinait le portrait d'un monde où un pirate était aussi important qu'un pape, une cité plus riche qu'un État, un monde où les princes ressemblaient à des pantins. Et Beatriz écoutait toujours.

Puis Diogo Mendès, le prince des épices, repartit pour Anvers. J'aimais cet homme, sa gaieté, j'aimais Diogo qui me versait du vin dès que son aîné tournait les talons ; il avait le goût de la vie et mettait de l'animation dans la maison de son frère, qui tenait par-dessus tout à une aride sévérité. Francisco poursuivit mon éducation.

Je mis un certain temps à m'habituer à lui ; il gouvernait l'empire des Mendès de Lisbonne avec froideur, et l'on redoutait ses colères. Je ne pouvais l'aimer ; je le craignis. Il m'obligea à apprendre tout ce que mon père, le nez dans ses livres, avait négligé dans mon éducation, et qui ferait de moi un parfait cavalier. J'appris donc à monter.

Le cheval, au moins, m'emportait loin des Mendès. J'adorais galoper le long de la mer, sur la route des forêts de Cintra, où poussent des fleurs d'un jaune pâle, battues par le vent. Les embruns se mêlaient aux parfums, et l'animal semblait courir à la vitesse des nuages qui s'en allaient au loin, vers l'horizon que je rejoindrai un jour, plus tard, quand je serai vraiment un homme.

J'appris aussi à tirer l'épée ; puis on m'enseigna les langues du commerce : l'allemand, le flamand, l'italien, l'arabe dont les sonorités m'étaient familières depuis mon enfance sur les quais du port. Diogo avait précisé que je devais aussi apprendre le français, la langue des érudits et des princes, indispensable pour négocier avec les grands de ce monde. J'avais déjà entendu ces langues ; elles sonnaient à mes oreilles comme une cacophonie si confuse que j'eus quelque difficulté à les apprendre dans les règles ; et au vrai, je les pratique toutes sans en parler aucune. C'est le sort des voyageurs et des marchands, voilà tout. Je serai un cavalier marchand, un membre de la tribu des Mendès, avec de la fourrure sur le col de mon manteau, du linon plissé autour du cou et des gants de peau brodés d'or. Au moins, pensais-je, je prendrai la mer.

Deux ans plus tard, mon cher Diogo fut arrêté une seconde fois.

Pour d'obscures raisons, l'un de nos rivaux marchands, marrane comme nous, mais homme de peu de foi, s'en fut l'accuser de judaïsme auprès du propre confesseur du Habsbourg. Une Marrane du Portugal s'était échappée de chez son mari et s'était enfuie à Salonique avec la complicité de Diogo : voilà l'histoire dont s'était emparé le marchand pour jeter son concurrent en prison.

A cette époque, Charles, toujours amoureux de son épouse Isabelle, avait donné libre cours à une folle piété jusqu'alors dissimulée ; il y avait été poussé par l'agitation en Allemagne. Luther avait déjà torturé le Habsbourg de multiples façons, l'avait obligé à admettre une première réforme, et de diète en diète, de Worms à Ratisbonne, l'avait contraint, somme toute, à reculer. Entre les lacets tendus par le pape et la violence déchaînée de ce fou de Luther, le Habsbourg avait l'esprit inquiet. La dénonciation du Marrane toucha une fibre secrète ; aux hérétiques luthériens on ne saurait ajouter les hérétiques judaïsants ; c'était trop. Charles Quint inculpa lui-même Diogo pour crime de lèse-majesté.

Son ami et associé, Gabriel de Negro, parvint à s'enfuir et nous rejoignit ; Francisco Mendès fit alors savoir au représentant du Portugal à Anvers que, si Diogo demeurait en prison, son souverain, Jean III, serait bien en peine de payer le tribut qu'il devait au Habsbourg, environ deux cent mille ducats...

Les bourgeois de la ville libre d'Anvers, dûment prévenus, assumèrent leurs responsabilités. Ils protestèrent vigoureusement contre l'atteinte portée à leurs privilèges : l'empereur, en emprisonnant Diogo Mendès, touchait à la charte dite l'« Entrée joyeuse », qui interdisait à quiconque d'inquiéter l'un des leurs. Gabriel de Negro trouva le dernier allié qui manquait : le roi d'Angleterre en personne comptait parmi les débiteurs de Diogo. Nous rachetâmes sa liberté cinquante mille ducats, et Henri d'Angleterre se porta garant du christianisme de son banquier. Nous venions de faire connaissance avec le Habsbourg, et lui avec les Mendès.

Bientôt, en moins d'un an, toute ma parenté disparut. Mon grand-père fut frappé d'apoplexie et ne survécut que deux jours. Sans doute très affecté par cette disparition, mon père mourut cette année-là, en quelques semaines, d'une tumeur qui lui gonfla l'épaule, puis le cou, jusqu'à l'étouffer. Pendant sa brève maladie, il exigea mon éloignement de la maison, et je dus me réfugier chez les Mendès. Je ne le revis qu'enveloppé dans le linceul, le nez pincé, la bouche tumé-fiée, horriblement ouverte, dans laquelle ma mère ne parve-nait pas à faire tenir la rituelle pièce d'or des Marranes. Dans l'antichambre, les servantes hurlaient des mélopées que mon père n'eût point aimées, j'en suis sûr. Désormais, les livres à son chevet attendraient en vain la main qui les ouvrirait.
Mon père aura été l'un de ces grands médecins juifs d'avant les Rois Très Catholiques, l'un de ceux dont l'esprit souffle ici encore, à Istamboul. Certes, il n'était ni guerrier ni marchand, et n'aimait que ses livres; mais il m'avait d'abord appris l'hébreu, puis surtout le latin qui, selon lui, n'étaient pas séparables de notre langue : nous parlions, comme tous les exilés venus d'Espagne, un mélange d'hébreu et d'espagnol qui n'appartenait qu'aux Marranes. Il disait parfois en riant que ce goût pour les livres était une maladie de la famille Nasi, et que sa jeune demi-sœur Bea-triz, ma tante, n'y avait pas échappé. Mais mon père était par ailleurs très sévère avec sa cadette, qu'il trouvait excessive, rebelle et secrète; elle n'avait pas assez lu encore pour savoir raison garder; à cause des précautions contre l'Inquisition, elle n'avait pas reçu l'éducation judaïque qui lui eût permis de se servir intelligemment des livres qu'elle dévorait, mais dont il disait souvent qu'elle ne pouvait rien en comprendre. Le temps lui manqua pour former l'esprit de Beatriz comme il l'eût souhaité; quant à moi, les Mendès se chargeaient assez de ma formation pour lui laisser, à l'instant ultime, l'âme en repos.
Ma mère ne lui survécut pas; quelques jours après la mort de son mari, elle prit froid, se laissa dépérir et disparut à son tour. Avec eux s'évanouit de ma vie la tendresse humaine.

— Et elle, la Senora, Naxos, qu'en fais-tu ? susurra la voix invisible.

— Tu es donc toujours là, bouffon, soupira le vieil homme en s'asseyant. Non, je n'oublie pas Beatriz. Je parle d'un temps que tu n'as point connu, et d'une femme qui n'était pas encore la Senora. Je parle de Beatriz de Luna, épouse heureuse de Francisco Mendès : cette jeune femme-là n'était ni tendre ni dure. C'était un discret fantôme aux jupes glissantes sur les parquets, un corps sans chair et sans âme. Quand mes parents disparurent, je me sentis seul au monde, et je l'étais, crois-moi.

— Ha! Que dirait ton ennemi le grand vizir Sokolli, s'il t'entendait! Toi, seul au monde? Toi, Naxos, sans un jupon de femme sous lequel t'aller fourrer? Et tu voudrais que j'imagine une seule seconde que notre Senora ne te protégeait pas?

— Je ne crois pas qu'à cette époque elle en ait eu le droit, répondit le vieil homme après un silence. Ni que j'ai pu en forger l'idée. Elle m'avait abandonné, je ne lui pardonnais pas. Mais mon oncle par alliance accomplit avec rigueur son devoir familial; en compagnie de ma grand-tante de Luna que sa fille recueillit avec sa jeune sœur Brianda, je quittai sans joie la maison paternelle, désormais vide, j'emmenai les servantes et le vieux Pedro, et j'habitai une chambre de la riche maison Mendès.

— Tu vois bien, Micas le Judas! chantonna la voix. Voilà le loup dans la bergerie...

— Ricane à ton aise, mon pauvre Caraffa! Oui, je vivais sous le même toit que mon amie Beatriz. Mais c'était pis. Tous les jours, j'apercevais un peu de sa robe claire, je ne pouvais ignorer la sérénité de son visage, je voyais grandir Reyna, fillette aux cheveux noirs et à la peau foncée. Beatriz m'évitait, et Francisco me traitait en fils. Que restait-il de nos promenades? Rien. Pas un soupçon de tendresse.

Si! Une fois, cependant, il me semble... Oui, je pris une pomme sur la table, et je jouai à la faire sauter en l'air, pour raviver mes souffrances. Beatriz se leva, et saisit le fruit au vol. Comment ce souvenir peut-il revenir aujourd'hui? Elle mordit dans la pomme en me regardant par-dessus, comme autrefois... Mais il est vrai que son mari n'était pas là; minus-cule adultère, que j'avais oublié.

— Tu as si peu oublié que tu te parles à toi-même, Naxos, fit la voix. Je n'aime pas trop que tu retrouves des pommes cachées dans les recoins de ta vie – mauvais signe. La vérité, en vaut-elle la peine? Est-ce que tu ne devrais pas plutôt retourner à ton vin de Chypre, à tes ortolans confits et à tes jasmins? *Carpe diem*, puisque tu sais du latin, mon maître; profite de ton reste...

— Quel reste, bouffon? Je m'en vais, je quitte ce monde; il ne reste plus de lui que des vieilleries sans goût.

**

Nous ne devions plus guère jouer à croquer la pomme rouge; les temps de Lisbonne nous étaient comptés. Au moment où nous parvinrent les nouvelles selon lesquelles Jean III avait enfin gagné son combat et l'Inquisition s'ins-tallait au Portugal, Francisco se leva sur sa chaise et tomba à la renverse.

Le cri de Beatriz, Caraffa, le cri qu'elle poussa alors... Une bête n'a pas de ces hurlements.

Elle s'abattit sur lui, possédée par une fureur que je ne lui ai plus jamais connue. Beatriz, ma Beatriz secouait cet homme mort, le frappait de ses poings, et hurlait son nom avec une voix rauque... Elle était animale, surhumaine, divine, une folle! Il fallut la prendre à bras-le-corps et la détacher de force; elle s'accrochait à lui comme le lierre à la pierre, et je ne saurais dire des deux qui était la pierre. Je l'ai frappée au visage, pour lui faire lâcher prise; elle me mordit la main, au vol.

— C'est donc qu'elle l'aimait, constata la voix.

— C'est donc en effet qu'elle l'aura peut-être aimé, bouf-fon, répondit froidement le vieillard. Et il est bon que je me répète cela, jusqu'à mon dernier souffle, pour mieux l'emporter avec moi : Beatriz aura sans doute aimé le vieux Francisco Mendès, son époux. C'est à bon droit que j'en étais jaloux. Pourtant, de cet amour conjugal il n'y a guère à souf-frir au regard du reste, Caraffa.

48

Il fallut hisser le lourd Francisco sur le meuble qui, pour quelques heures, serait son lit d'apparat. Il fallut aussi secourir Beatriz, tombée dans une langueur inquiétante, et qui ne revenait pas à la vie.

Brianda, la jeune sœur, piaillait à fendre l'âme; les servantes s'agitaient en pleurant, et la grande maison des Mendès prit ces airs de fête lugubre qu'entraîne un mort sous un toit. Sous l'autorité de ma grand-tante de Luna, les servantes répandirent au-dehors l'eau des récipients de toute la maison, afin que l'âme du défunt n'essayât point de s'y noyer; elles servirent, selon la coutume, des olives et des œufs sur de petites tables basses, juste derrière la porte de la chambre mortuaire; et elles commencèrent à chanter les funèbres complaintes que j'avais déjà entendues au moment de la mort de mes parents: Beatriz tiendrait certainement à ce que l'on respectât à la lettre les pratiques des Juifs d'Espagne, et l'on n'attendit pas ses ordres. On se mit à chuchoter, on déplia des draps propres, on fit venir les menuisiers, on glissa sur les parquets avec des jupes sombres... Et l'on commença à préparer le mort; il fallait de l'eau chaude pour le laver, un rasoir pour la barbe et les aisselles, un linceul, une chemise, des chausses et une cape. Et puisque j'étais devenu à Lisbonne le seul homme de la famille Mendès, je me décidai pour ma part à expédier un courrier à Diogo.

Lorsqu'elle reprit ses sens, Beatriz écarta sa mère, ainsi que les servantes et leurs mouchoirs mouillés de vinaigre. D'un pas raide, elle se dirigea vers une armoire, prit une pile de mantilles et voila de noir tous les miroirs de la maison.

C'est depuis ce voyage à l'intérieur de sa maison en deuil qu'elle a pris la démarche un peu pompeuse que tous lui connaissaient, Caraffa: l'air qu'elle eut toujours de marcher sur les eaux, tu sais? On t'en aura certainement parlé. Beatriz avait vingt ans; elle était veuve et elle s'était égarée dans un monde dont elle n'est jamais tout à fait revenue.

Effrayé par son état, je me mis en travers de son chemin, entre elle et le prochain miroir... Beatriz marchait sur moi sans me voir. Je tendis les bras, elle était proche à me toucher... mais non, je ne pouvais résister, une invincible puissance me poussait de côté. Elle n'eut pas même un geste à faire pour m'écarter. Ce jour vit naître sa force, bouffon.

Elle lava elle-même le corps massif de Francisco, le rasa, lui enfila ses vêtements funéraires, et lui tourna la tête contre le mur, puisqu'il n'avait pas eu le temps de prendre de lui-même la sainte posture de l'agonie des Marranes. Puis elle prépara une perle pour placer dans la bouche du mort avant l'ensevelissement, et le coussin de terre vierge où reposerait sa tête.

Ce n'était rien encore. Les funérailles, très chrétiennes et fort publiques, devaient avoir lieu dans l'église où, trente ans auparavant, la Vierge, à la lueur des flammes, avait appelé au massacre des Juifs. La veille de la cérémonie, Beatriz me fit chercher. Je la trouvai dans sa chambre, debout, dans la robe noire et or de ses noces. Et maintenant encore je n'ose croire à ce que j'ai entendu, Caraffa...

« Josef, me dit-elle d'une voix fort douce, puisque ton père était médecin, toi seul peux me venir en aide. J'ai besoin de toi. Jure-moi d'abord que tu accepteras. »

Je ne jurai pas. Je redoutais le pire. Qu'elle ait décidé de mourir. Qu'elle veuille une cérémonie ouvertement judaïque qui nous condamnerait tous. Oh non, je ne jurai pas. De ce jour je n'ai d'ailleurs plus fait aucun serment.

« Eh bien, je ferai autrement, fit-elle simplement quand elle vit que je refusais d'obéir. Mais tu sauras, du moins. Je garderai avec moi le cœur de Francisco, et j'irai l'enterrer en Palestine, dans la vallée de Joshaphat. Il me l'a demandé au soir de notre mariage, et rien ne saurait m'en empêcher. »

Il fallut donc, Caraffa, qu'elle trouvât quelqu'un, je ne sais qui, acheté à grands frais pour venir pendant la nuit ouvrir la poitrine du mort et en ôter le cœur. Car elle fit ce qu'elle avait dit, bouffon, elle le fit !

Une femme comme elle se devait de demeurer au bord du lit ; j'en suis sûr, Beatriz ne sortit pas de la pièce, et ne manqua rien de l'affreuse opération. Moi, puisque j'avais refusé de l'aider, j'étais enfermé à double tour ; je ne pouvais sortir ; et par intermittence, j'entendais des bruits sourds, le cuivre

50

des bassines que l'on poussait sur les carreaux, des chocs. Je suis sûr qu'elle tenait encore la main du cadavre, et qu'elle ne l'abandonna point.

Le lendemain, le corps de Francisco, dissimulé sous le linceul, semblait intact; je ne l'avais jamais vu sans sa barbe, et son menton bleu me parut petit. Beatriz plaça calmement la perle entre les lèvres de son mari. Mais le sol était taché de sang noir, et les servantes jetaient au-dehors par baquets entiers, des linges souillés.

La messe eut lieu. L'église était pleine de sbires qui rôdaient autour de nos frères marranes et relevaient leurs noms, commodément, un par un. Nous savions que le décret de l'Inquisition allait entrer en vigueur. Quelques jours plus tard en effet, s'élevait à Lisbonne le premier bûcher de Juifs, coiffés de leurs bonnets d'infamie. L'Inquisition frappa fort, et vite. Je ne sus que faire.

Aucune nouvelle de Diogo, il était trop tôt. Beatriz s'était retirée dans sa chambre; elle ne mangeait plus et ne voulait recevoir personne, ni sa mère ni moi, pas même sa fille Reyna qui errait, désemparée, autour des servantes. Quant à Brianda, ah, Brianda...

Elle s'était autrefois brisée la cheville en courant sur les quais, derrière nous. La jambe blessée resta un peu plus courte que l'autre. Brianda boitait. A l'époque de la mort de Francisco, c'était une fillette rousse aux yeux bêtes et bleus, avec une peau laiteuse entièrement piquetée de taches diaboliques. Et pendant que je désespérais de voir Beatriz, Brianda passait son temps à se jeter dans mes bras en pleurant bruyamment. Entre ses baisers et ses larmes, je ne pouvais lui échapper; je m'imaginais sentir encore sur ses cheveux frisés une enfantine odeur de lait caillé. Elle s'acharnait plus encore lorsque je faisais mine d'aller dans la chambre de sa sœur.

— Personne n'aimait cette pauvre Brianda, murmura la voix. Il me semble que je ne l'aurais pas détestée, moi; nous avions tous deux l'esprit méchant, selon les servantes.

— Brianda la méchante, en effet, bouffon... Tu ne crois pas si bien dire. Toi, tu n'es pas mauvais; tu es bossu, c'est autre chose.

51

Une semaine passa. La mort de Francisco, le silence de Diogo, l'effacement de la veuve Mendès aux yeux du monde, bref, le laisser-aller des affaires, tout cela mettait la famille entière en danger. Nous devions à tout prix quitter Lisbonne ; et Beatriz devait assurer les devoirs de sa charge. Elle avait hérité de la moitié de l'empire des Mendès ; je décidai de forcer sa porte. Il fallut briser la serrure.

Beatriz, assise dans le fauteuil de Francisco, regardait sans le voir un coffret qu'elle tenait sur ses genoux. Elle avait voilé son visage d'une mantille noire, comme les miroirs de sa maison.

Je courus vers elle, je lui parlai doucement, comme à une enfant. Je l'appelai par son prénom, Beatriz, mais elle ne répondait point. Je lui pris les mains, mais elle les tenait crispées sur le coffret. Je tâchai de lui expliquer que l'Inquisition menaçait, que nous allions tous périr grillés, qu'il fallait rejoindre Anvers et que Diogo était notre seul recours. La tête voilée se contentait d'osciller de côté, comme pour dire non, obstinément non. C'était à pleurer de désespoir, et j'avais dix-sept ans.

Je me mis à hurler à mon tour, comme elle l'avait fait quand il mourut.

Je criais : « Tu es folle, folle comme la reine de Castille ! Tu ne vaux pas mieux qu'elle, comme elle tu gardes embaumé un morceau de ton mari mort, tu ne manges plus, tu ne te laves plus, Beatriz la Folle, est-ce cela que tu veux, veux-tu que je te prenne de force et que je t'emmène sur un bateau, dis, réponds-moi... »

Mais quand je levais les yeux vers son visage invisible, je ne voyais que le doux mouvement de sa tête qui s'en allait de droite à gauche, et revenait. Combien de temps suis-je resté à ses pieds ? Je ne sais plus. Je crois bien que j'ai suffoqué de fatigue, et que, à court de mots, je me suis tu. Je n'avais pas lâché ses mains qui ne se desserraient pas, et je sentais les angles de cuivre de ce maudit coffret. Enfin, elle poussa un petit soupir, et l'étau de ses doigts se relâcha légèrement.

Je bondis et lui arrachai le coffret que je jetai loin de nous. Elle poussa un cri de mouette et baissa la tête. Debout devant elle, j'avais l'air d'un bourreau ; je serrai les poings, je faillis la battre. Il fallait aussi lui enlever son voile. Je posai mes mains sur sa tête et je l'appelai de son nom le plus secret, Gracia...

Alors, comme autrefois sur les quais avec les Tsiganes, elle sembla se réveiller d'un long rêve. Une voix rauque et faible sortit de dessous le voile noir.

« Tu connais, Josef, le contenu de ce coffret que tu viens de jeter à terre ? Je suis sûre que tu le sais. »

Elle vivait donc ! Je caressai ses cheveux sous la dentelle, puis j'allai chercher le coffret que je reposai doucement sur ses genoux. Une main chaude saisit la mienne.

« Tu te souviens, Josef ? dit-elle en hésitant un peu. Je t'avais dit que je t'emmènerai sur ma caraque. Je n'ai pas oublié ; il faut partir, c'est entendu, il est temps. Vois-tu, je t'attendais. Je ne pouvais me résoudre à bouger mes membres ; j'étais tranquille, je causais avec ce cœur enfermé entre mes mains. Maintenant que tu es venu, je suis prête. Mais ne me laisse surtout pas ; hâte-toi, emmène-moi, nous allons au port chercher ma caraque. »

Puis, aussi paisiblement que pour partir en promenade, elle posa le coffret sur une table, se leva et prit mon bras. Sa mère, inquiète, la suivait du regard mais n'osa pas la suivre. Beatriz chancelait, mais ne s'arrêta pas. Nous partîmes à pied vers les quais.

Nous étions de nouveau chez nous. Les bateaux déchargeaient les richesses comme à l'ordinaire. Rien n'avait changé, les marins continuaient leurs chansons et les ballots sentaient toujours le poivre. La brise plaquait la mantille sur son visage, dessinant le nez aigu, et une esquisse de sourire sur la bouche, mais peut-être était-ce une ruse des nuages... Ma Beatriz, timide et silencieuse, m'était revenue. Soudain un coup de vent releva le voile ; elle ne fit pas un geste pour le retenir, et je vis qu'en effet elle souriait. Elle n'avait pas du tout changé.

Nous errâmes longtemps ; notre caraque, la *Sao Joao*, n'était toujours pas terminée. Épuisée par le long jeûne qu'elle s'était imposé, elle manqua tomber ; je la fis asseoir sur une barque retournée, le long d'un mur. Sa main ne lâcha pas la mienne. Soudain, elle se mit à parler.

– Nous ne partirons pas en caraque, Josef. La caraque restera ici, avec nos souvenirs, et c'est la dernière fois que nous venons regarder sa carcasse. Tu vois, elle n'est pas achevée. Retiens le premier de nos bâtiments pour nous conduire à Anvers; nous y chargerons tous nos biens. Je m'occuperai des gemmes; nous les mettrons dans le grand coffre génois. Tu emporteras les papiers de Francisco après les avoir classés, et tu me donneras les créances que je porterai sur moi. Nous ferons d'abord voile vers Londres où j'ai des décisions à prendre. Nous devons être partis dans un mois. Le plus difficile, Josef, sera de savoir qui viendra avec nous et qui nous laisserons ici pour prendre soin de la maison.

Quelle était cette nouvelle Beatriz que je voyais naître? La petite fille maigre n'avait pas disparu, mais elle était déjà animée de cette force qui fit d'elle, plus tard, la Senora de tout un peuple. Comme je ne disais rien, elle leva la tête et me sourit. « J'ai pensé à tout, Josef. »

Ce n'était pas à Londres que j'aurais voulu aller, mais plus loin encore, là où l'Inquisition n'avait pas tendu ses filets. J'avais entendu dire qu'aux Indes orientales les Portugais construisaient déjà des églises, mais qu'un peu plus bas, sur la côte du Malabar, un nizam venait d'autoriser une synagogue; les arbres y avaient de longues palmes et, sur les canaux paisibles, les jonques venaient de Chine... Mais je n'étais que son neveu, et c'était Beatriz qui m'emmenait avec elle, pas le contraire. Patience... *Nondum*; pas encore, me disais-je.

– Ce que je vois surtout, c'est que tes idées n'étaient pas mauvaises, fils! fit la voix. Plutôt que de nous enfermer dans la puanteur de cette ville ottomane, je nous vois bien sur une jonque, glissant le long des palmiers, loin des sultans et de leurs janissaires...

– Il n'en a pas été ainsi, Caraffa, coupa Naxos d'un ton sec. Car nous n'avions pas le choix; nos agences étaient à Londres et à Anvers, et nous étions comptables de nos biens devant nos frères.

Je ne pus rien faire d'autre qu'obéir. Je retins une de nos galéasses, un de nos bateaux les plus communs, qui n'attira pas l'attention des gardes.

La maison devint la proie d'une agitation nocturne extravagante. Le jour, la prudence était de mise ; nous vivions sans changer nos habitudes, comme si nous ne devions pas partir. Mais la nuit, les coffres se remplissaient dans la fièvre. Je revois les servantes, excitées par l'obscurité, voleter entre les jupons et les draps, avec des chuchotements d'où sortait parfois un rire vite étouffé...

La mère de Beatriz, ma grand-tante de Luna, trop âgée désormais pour affronter les rigueurs du voyage, demeurerait à Lisbonne avec quelques-unes des servantes et le vieux Pedro, qui semblait résister aux atteintes du temps mieux que tous ses maîtres successifs. Brianda partait avec nous, et ne s'occupait que de ses effets. Beatriz laissa faire ses servantes sans se mêler d'empaqueter ses robes ; elle demanda simplement que l'on n'oubliât pas le costume de ses noces. Calme, comme détachée des choses de ce monde, elle apaisait les inquiétudes de nos servantes et arrêtait net les flots de larmes de sa mère, qui voyait ses filles partir sans grand espoir de retour. Beatriz avait d'autres soucis en tête : le rabbin, qui jadis avait lavé Reyna de la souillure de son baptême, venait la visiter chaque jour.

Il s'agissait du fameux David Rubeni, qui devait plus tard agiter notre peuple en annonçant l'arrivée imminente du Messie de notre époque, lui-même, naturellement. Et ce David Rubeni de malheur semait dans le cœur de Beatriz de mauvaises graines qui germèrent lentement, comme dans une bonne terre en hiver. Plus tard, je sus aussi qu'il avait confié à Beatriz des rouleaux qui venaient d'une synagogue lointaine, dont il pensait qu'elle allait être détruite par l'Inquisition. Mais de ces secrets-là, Beatriz ne me dit rien.

Je dus choisir à mon tour ce que j'emporterais. C'est ainsi que je fis connaissance avec la bibliothèque de mon père, une caverne où s'enchevêtraient des rouleaux en toutes langues ; il y avait même des plaques de cuivre venues des Indes orientales, gravées de signes inconnus, que je voulus emporter, poussé par une vénération mystérieuse. Je reconnus sur les parchemins le latin, le grec et l'hébreu, mais je n'eus pas le temps de choisir les volumes que je pris au hasard. A peine si je distinguais le nom d'Aristote et celui de Mosche ben Maïmon, que mon père évoquait en marmonnant sa philosophie. Je ne me souviens que d'un seul de ces livres, rédigé en arabe. Je déchiffrai péniblement des mots qu'on eût dit soufflés à mon oreille par une voix familière. L'auteur souffrait de solitude, et n'aimait pas la rigidité des lois d'Israël. Le jour, écrivait-il, je me sens isolé, mais la nuit, « quand les conjoints s'abandonnent à l'étreinte conjugale, je deviens l'Amant de Dieu ».

L'Amant de Dieu! Comme c'était étrange et beau! Le nom de cet homme était presque illisible, tant le rouleau était vieux. Je parviens à déchiffrer « Bahya Ibn Paqudâ »; plus tard, j'appris qu'il était l'un de nos plus célèbres et anciens maîtres; mais le livre s'est perdu entre Anvers et Venise, quelque part en France, à Lyon sans doute, un jour que je le relisais.

Bientôt nous fûmes prêts; le mois avait passé.

L'embarquement se fit à la lumière de lanternes sourdes. Nous quittâmes la grande maison aux carreaux frais par une nuit aussi chaude que celle d'aujourd'hui; vingt serviteurs et autant de servantes furent de l'expédition, sans compter l'un des facteurs de Francisco et nos jeunes dames. Il faisait encore sombre quand le bateau leva l'ancre.

Nos amis s'étaient rassemblés sur le quai, manteaux fantômes que nous ne devions plus revoir. Ma grand-tante de Luna, abîmée dans son chagrin, agitait la main avec des sanglots nerveux. Les femmes de la maison Mendès, désormais ma seule famille, s'étaient massées à l'arrière du bâtiment, et regardaient Lisbonne une dernière fois. De la ville, on ne voyait que des masses indistinctes qu'éclairait vaguement la première lueur du jour. La tour de Belem soudain fut happée par le soleil, exactement comme les toits gonflés du Harem, que je vois s'illuminer déjà.

Comme cet instant reste vif, Caraffa! Et quelle douce brise soufflait sur ce premier départ! Je partais avec Beatriz comme elle me l'avait promis, et elle était veuve!

Elle seule ne se retourna pas vers Lisbonne. Debout à l'avant, elle regardait la mer.

Je la rejoignis. Enveloppée dans une mante noire, elle tenait le coffret contre son cœur. Je lui pris la main, elle était chaude de fièvre. Je lui dis quelques mots sans importance, et elle ne m'entendit pas. Je lui pris le bras, mais il se raidit. Je me penchai un peu pour regarder ses yeux, et je vis qu'ils fixaient le ciel. Beatriz s'était abîmée dans la langueur où elle était tombée après la mort de son époux.

Le bateau quitta le port; les voiles frémissaient, et les poulies grinçaient; à l'autre bout du pont, nos compagnons exhalèrent une sorte de clameur soupirée; mais Beatriz ne sortit pas de son rêve.

J'attendis. *Nondum*... A la fin, lorsqu'il n'y eut plus rien que l'horizon, elle trembla fortement et murmura un mot que je ne connaissais pas : « *Tsimtsum.* »

J'eus peur, et je ne compris pas. Ce rêve extatique, je ne le partageais pas.

Peu à peu le soleil sur la mer devint brûlant. Beatriz fixait toujours le bleu du ciel et n'avait pas cessé de trembler. Je montai la garde auprès d'elle pour que personne ne vînt la troubler. Puis, doucement, elle sortit de l'extase, et je la recueillis sans effort. Alors seulement sa main s'accrocha à mon cou; ses joues reprirent quelques couleurs, et elle me dit des mots sans suite. « Josef... Le Portugal... Partis ? Où est Lisbonne ? L'Amant divin... » Je la serrai plus fort; il ne servait à rien de répondre. Nous lui avions obéi; nous étions partis pour Londres, et le voyage serait long.

Le vieil homme se tut. Du port montaient les rumeurs des caïques et les cris des portefaix; la ville s'éveillait. Le soleil naissait en Asie, et les toits du Harem avaient pris des airs de laiteuses mamelles.

– Tu ne pourras plus te cacher longtemps, Caraffa, et le moment que je me serai retourné, je vous verrai, toi et ta bosse... dit-il sans bouger.

Il y eut quelques bruits furtifs. Un serviteur apparut sur le pas de la porte, les bras chargés de jattes. Derrière lui se tenait une femme en pantalon bouffant et court gilet brodé d'or, qui regardait le duc de Naxos avec inquiétude.

– Qu'on ne me dérange pas, murmura le vieil homme immobile. Laissez là ces plats et allez-vous-en.

Quand revint le silence, il se retourna. Mais le bouffon aussi avait disparu.

Chapitre II

1536-1545

MARIE DE HONGRIE,
RÉGENTE DE GAND

(L'escale des Mendès à Londres; l'arrivée à Anvers; le mariage de Diogo Mendès; la tutelle de la régente; la mort et l'héritage de Diogo; menaces matrimoniales sur la demoiselle Mendès; la fugue à Venise.)

Lundi, midi

— Il n'a pas touché au fromage, bougonna le bossu en passant la tête sur le balcon désert. Dans le panier de fruits, il manque une grappe de raisin... et deux pommes. Bon, c'est mieux qu'hier. Il n'avait rien mangé depuis trois jours et se contentait de son vin de Naxos, son orgueil. Vraiment, c'est mieux. Ma duchesse sera contente. Maintenant qu'il a commencé à parler, peut-être va-t-il se nourrir convenablement. C'est égal, n'était pour ma maîtresse, je ne jouerais pas les ombres innocentes sur un balcon de son palais, mais puisqu'il faut le protéger de lui-même... La duchesse m'a dit en ces propres termes : « Caraffa, quand viendra pour lui l'heure des remords, tiens-toi près de lui et sauve-le. » Je ne sais pas trop ce qu'elle entend par là, mais me voilà, comme promis, auprès de notre maître et en service de nuit. Il s'est allé coucher à l'aube, sans défaillir. Maintenant il dort; je ne le verrai pas avant le déclin du jour. Ah! Josef, fils, tu me donnes bien du souci...

Le bord d'un manteau de velours noir effleura ses doigts. Le bossu se dressa aussitôt.

– Comment, Naxos ? Toi, déjà ? Mais tu n'as pas dormi cinq heures ! Sommeil de moineau trahit son homme, duc, tu devrais retourner dans ta chambre. Au lit !

Le vieil homme s'était déjà assis sans l'écouter. La ville bruissait lentement, étouffée sous le grand midi ; seul le Sérail demeurait parfaitement silencieux. Le vieillard ouvrit son manteau, et offrit sa poitrine nue à la lumière ; la chaleur le frappa si fort qu'il pâlit soudain.

– Est-ce toi, Beatriz, viens-tu déjà me prendre ? dit-il à mi-voix. Cet étau suffoquant, est-ce toi ? Verrai-je enfin la face que tu ne montrais qu'à ton Dieu ? J'ai le cœur plein de ronces, ma Senora, et je les écarte pour retrouver la rose... Qui coupera ces épines, qui débroussaillera mon passé ? Vois ce vieux Juif qui souffre sans toi, ma sœur, mon unique ; ne l'abandonne pas...

***

Sur l'Atlantique, en juillet, régnait la même chaleur accablante qu'aujourd'hui, malgré le souffle de l'océan... Mais j'étais jeune alors ; je ne m'en souciais guère. Pendant notre voyage de Lisbonne jusqu'à Londres, les vagues et le soleil eurent vite raison des femmes qui gisaient sur le pont en gémissant. Seule l'enfant Reyna courait en tous sens et, pour jouer, se cachait derrière les coffres. Même Beatriz, la plus vaillante, qui allait de l'une à l'autre verser de l'eau dans la bouche des servantes, finit par s'affaisser contre un tas de cordages et ne bougea plus. Au bout de quelques jours, les nôtres avaient l'allure d'une horde de mendiants ; plus tard seulement j'appris qu'il en allait toujours ainsi. Et la robe noire de Beatriz, méconnaissable, se tacha peu à peu de blanches auréoles de sel.

T'ai-je dit, Caraffa, que le bateau s'appelait *Le Saint-Tobie* ? Le capitaine, un judaïsant comme nous, avait choisi pour son navire le nom du patron des Marranes. Tobie était ce héros de l'Ancien Testament auquel nous avions accolé le titre chrétien de saint. Pur mensonge ; Tobie n'était pas un saint de la Chrétienté. Sous ce déguisement de fortune,

60

Tobie nous protégeait comme il fut protégé par Yaveh; et dans la Bible, il voyage.

Je ne savais rien de l'histoire de Tobie. Le capitaine me prit en amitié et, surpris de mon ignorance, m'instruisit en me racontant le livre de Tobie. Au soir de ses noces avec sa sœur Sarra, dont le démon Asmodée a déjà tué par magie les sept maris, et pendant que son beau-père Ragouël creuse la tombe de son gendre, car il ne saurait survivre lui non plus, Tobie adresse à Yaveh une fervente prière. Je demeurai pétrifié lorsque le capitaine du *Saint-Tobie* commença la récitation de la seconde strophe.

> *C'est Toi qui as créé Adam*
> *C'est Toi qui créas Ève, sa femme.*
> *Pour être son secours et son appui...*
> *Et maintenant ce n'est pas le plaisir*
> *Que je cherche en prenant ma sœur*
> *Mais je le fais d'un cœur sincère.*
> *Daigne avoir pitié d'elle et de moi*
> *Et nous mener ensemble à la vieillesse.*

La houle, je m'en souviens, montait vers nous avec des lueurs blanches, reflets de la lune sur les crêtes; la nuit était si claire qu'on distinguait le moindre détail des voiles, le moindre nœud des cordages; je repris les paroles de Tobie et les répétai pour moi-même. Combien de fois depuis lors me les suis-je récitées, en priant d'un cœur naïf un Dieu auquel je ne croyais pas, pour qu'Il nous conduise ensemble, Beatriz et moi, au port de la vieillesse... Elle n'en sut jamais rien.

Ce capitaine marrane avait beaucoup navigué. Il m'apprit à connaître les puissants des mers, Istamboul et Venise. L'ours et la guêpe, disait-il.

« L'Ottoman, comme l'ours, ne bouge presque pas, et retient en ayant l'air de somnoler son immense force maritime. Venise au contraire s'agite et pique hardiment tout ce qui passe à sa portée. Mais Venise pourrait bien s'épuiser, s'endormir, et l'Ottoman un jour attaquer l'Occident sur les mers, et alors... »

Puis il enchaînait sur les histoires que les marins se content entre eux, folles filles de leurs angoisses. Barberousse, battu l'année précédente, en 1535, par la *galera bastarda* d'Andréa Doria, s'était refait une santé du côté de Chypre où il avait réussi à remonter trente galères. Le capitaine s'esclaffait, admirant le courageux pirate qui ne s'avouait jamais battu; il penchait du côté du Turc; son choix semblait fait.

Une fois, Beatriz entendit que nous parlions d'Istamboul, et se redressa sur un coude.

« C'est là que nous devrions aller, Josef... dit-elle. Mon époux Francisco me le disait toujours : si nous devions quitter Lisbonne, Istamboul serait notre refuge. Il savait que le sultan Soliman, à la différence des rois de France et d'Espagne, ne cherche pas noise à ses Juifs, au contraire. Il me répétait sans cesse qu'il fallait rechercher la protection ottomane. Francisco ne faisait pas confiance au Habsbourg.

– Pourquoi donc s'établir à Anvers, si le même danger nous y menace ? demandai-je, stupéfait.

– Simplement pour rassembler nos forces et protéger les Marranes, Josef. Il serait facile de fuir aujourd'hui vers Istamboul; les Mendès seraient sains et saufs. Mais il n'est pas question d'abandonner les nôtres, voilà tout. C'est pourquoi nous allons d'abord à Londres. Tu ne sais rien de tout cela, Josef; tu es trop jeune encore. »

Trop jeune! Elle avait vingt ans, et elle décidait tout! Et quand irions-nous à Istamboul ?

« Lorsque nous aurons achevé notre tâche, Josef. Quand nos frères seront tous en sûreté. Nous partirons les derniers, et plus tard, bien plus tard, nous rétablirons la Palestine. »

Je haussai les épaules. Ma tante Beatriz devenait folle. C'était la mer. Ou le bateau. Le Habsbourg avait signé l'arrêté qui protégeait les Nouveaux Chrétiens; il n'était nul besoin de s'exiler loin de l'Europe où fleurissaient nos affaires. Pourquoi l'empereur Charles pourchasserait-il ses banquiers dont il avait si grand besoin ? Quant à la Palestine, ce rêve messianique...

« C'est David Rubeni, sans doute, qui t'aura mis ces idées en tête ? » dis-je ironiquement à Beatriz.

Une rougeur violente envahit son visage.

« Que me parles-tu de David Rubeni quand j'évoque mon cher époux ? répondit-elle avec colère.

– Est-ce lui, vraiment, qui t'a conduit vers ce fou qui se prend pour un dieu?

– Non, dit-elle dans un souffle. Non... C'est moi seule, Josef. Et Rubeni le Messie est là, je le sens dans mon âme, il me guide vers Jérusalem. »

Ma pauvre Beatriz si frêle et entêtée... Elle ne résistait pas à l'incarnation du premier Messie venu. Je m'esclaffai encore; le capitaine se contenta de sourire.

Avec lui, je me sentais tout à la joie de naviguer. Le bateau me fascinait; sa coque pesante craquait souvent et j'imaginais cette œuvre des hommes comme un gros animal, avec de lourds os de baleine, et une âme subtile dont le capitaine s'était rendu maître. Sur ordre de Beatriz, j'avais choisi un bâtiment armé, car les pirates s'aventuraient souvent dans les mers océanes, et j'allais souvent lorgner la bouche des canons.

Le capitaine me montra les flottilles de petites nefs agiles, les zabras pointues de Biscaye, beaucoup plus légères que notre lourd équipage. Passé le golfe de Gascogne, il me désigna de loin les bateaux français de Nantes, tout aussi rapides, véritables fourmis sur la mer. J'eus du mal à comprendre. Lisbonne mettait sa fierté à construire des navires de plus en plus grands, des cathédrales flottantes capables de supporter des armées... Et l'on parlait aussi d'une caraque française, si énorme et dispendieuse que le roi de France hésitait à en poursuivre les travaux! En regardant les voiliers nantais, j'eus soudain le sentiment d'appartenir à un monde déjà mort. Ce lourd bâtiment sur lequel nous voguions n'avait plus de sens; l'avenir irait à la vitesse.

Nous arrivâmes enfin à Londres. Après ces semaines difficiles, les femmes étaient à bout de forces, et même Brianda me faisait pitié tant elle avait maigri. La chaleur citadine, privée de la brise marine, nous parut moins supportable encore. La ville, tumultueuse et brouillonne, reflétait le désordre de la royauté. Au regard des murs blancs du Portugal, les maisons nous semblèrent sombres et les Londoniens, souillons. Mais nous avions trop à faire pour nous en soucier.

Christopher Fernandez, le facteur de Francisco Mendès pour l'Angleterre, nous hébergea tous tant bien que mal. Avec lui, Beatriz devait perfectionner les réseaux qui permettraient à nos frères menacés par l'Inquisition de partir en sécurité tout en gardant leurs biens. Je n'assistai point à leurs réunions; je sais qu'ils décidèrent de mots de passe, et de la façon dont les chefs d'îlot préviendraient les maisons voisines en cas de danger grave. Il suffirait de deux jours pour garantir les biens et trouver une place sur un bateau; les Marranes, déjà, s'embarquaient par centaines pour Istamboul.

Christopher nous donna également des nouvelles des rois et des princes. Henri d'Angleterre avait répudié son épouse légitime, Catherine l'Espagnole, et épousé secrètement une demoiselle Ann Boleyn. Il avait été puni de cette trahison; au lieu de l'héritier promis par les astrologues, une fille lui était née, en 1533. Ces événements qui n'étaient point récents n'avaient pas encore atteint Lisbonne; nous les découvrîmes avec stupeur; le monde changeait vite. De mauvaises rumeurs entouraient désormais le gros roi dont la révolte contre le pape allait croissant.

Le roi François Ier de France avait recommencé à batailler contre Charles Quint, qui cherchait à lui voler ses terres; et le puissant Montmorency, « Grand Maître de la France », avait dévasté et brûlé des villages entiers de son propre pays, en Provence, pour que les troupes impériales n'y trouvassent plus rien en arrivant. On murmurait en Angleterre que le roi de France avait même conclu une alliance secrète avec le sultan Soliman le Magnifique, qu'ils échangeaient des lettres, et que tout paraissait bon au Français pour contrarier les desseins du Habsbourg, même un pacte avec l'Islam. Je compris confusément que les princes européens se déchiraient suffisamment pour ouvrir grand la porte à l'Ottoman; la puissance de cet empire oriental commença de m'apparaître, et j'approuvai la clairvoyance de Beatriz qui voulait nous placer sous sa tutelle, comme autrefois les Juifs sous celle des Maures en Espagne. François Ier aurait-il le courage d'aller au bout de son idée ? Le pauvre roi n'avait pas de chance : son dauphin venait de mourir, empoisonné par un verre d'eau glacée que lui avait versé son écuyer italien. On murmurait que le Habsbourg, qui s'en défendait fort, avait commandé l'empoisonnement. Je n'aimais pas les rois chrétiens; et j'ai ri, oui, j'ai ri en apprenant la mort du petit dauphin de France!

Beatriz gardait toujours avec elle un mince volume, où elle traçait des signes compliqués avec une plume qui ne la quittait pas, ainsi qu'un petit encrier. Quand elle écoutait parler quelqu'un, je la voyais marquer des croix, des points, des lunes et des étoiles, auxquels je ne comprenais rien. Elle m'entendit rire, et se fâcha.

– Tu as grand tort, Josef, de te moquer du malheur, fût-ce le malheur d'un roi chrétien. Et puis il n'est pas bon que le roi de France soit affaibli. Si le Habsbourg devient trop puissant, nous ne pourrons plus sauver les nôtres, et nous serons chassés d'Anvers avant même d'avoir terminé le sauvetage de notre peuple. N'oublie pas, Josef : nous devons jouer les princes contre les rois, et le sultan contre les rois. Pour cela, il nous faut un bon roi de France, bien établi, et bien solide. Je le plains, moi, ce François.

Et elle ajouta une étoile sous un nom.

J'étais trop jeune encore pour représenter les Mendès de Lisbonne à la *Merchant Advertisement Company*, qui regroupait les marchands établis à Londres; mais l'un d'entre nous devait absolument s'y rendre.

Le commerce y était réglementé proprement; la puissante chambre de commerce, que l'on appelait la *Stillyard*, avait édicté les règles de conduite pour les marchands. Ceux-ci n'avaient pas le droit de se mettre en colère; ils devaient faire le bien autour d'eux et s'assurer qu'on les respectait. Aucun mot violent ne devait s'échapper de leur bouche : le commerce était aussi une règle de vie. Il fallait sans attendre les convaincre de la bonne conduite des Mendès; la grande maison portugaise ne saurait être moralement prise en défaut. La présentation d'un représentant de Francisco Mendès à la *Stillyard* était obligatoire.

Christopher Fernandez hésita; devait-il m'y accompagner, ou prendrait-il le parti d'y conduire Beatriz? Il ne fit bientôt aucun doute qu'elle tenait à s'y rendre en personne; je pouvais l'accompagner au titre de simple témoin. Cela ne me plut pas – mais la veuve de Francisco Mendès avait certes le droit de représenter feu son époux. Je m'inclinai; je n'avais pas le choix, et ne l'eus d'ailleurs jamais.

Les marchands de Londres la traitèrent en homme. Seule femme de cette assemblée, en grand deuil au milieu d'hommes en noir, elle fut entourée de respect. Je revois sa petite tête fière, légèrement dédaigneuse pour qui n'apercevait pas son menton tremblant sous le voile de mousseline sombre; j'entends encore sa voix douce témoigner de l'honnêteté du comportement de son mari; au demeurant, personne ne songea à contester les mérites du défunt. Beatriz, au nom des règles de solidarité entre marchands, appela les membres de la *Stillyard* à soutenir les Nouveaux Chrétiens en cas de menace, et les remercia sans balbutier. En bref, elle fut naturellement parfaite.

J'étais comme un valet d'armes auprès d'un chevalier en armure, l'assistant sans mot dire, et au vrai, je n'aurais pas su comment m'y prendre. Cela m'irrita presque autant que Francisco au jour de leurs noces; je n'en avais pas fini avec la jalousie, et il me fallait plus de patience encore que je ne l'avais imaginé.

Quand nous sortîmes, elle s'appuya sur mon bras, et s'affaissa légèrement. Oh, presque rien, une voussure du dos, une pesanteur fugitive, signe ténu d'une timidité bien dissimulée; et comme si elle avait senti ma satisfaction devant sa faiblesse, elle me recommanda de bien appliquer les règles que je venais d'entendre, «dans l'esprit de nos pères», ajouta-t-elle.

– Même avec nos ennemis? demandai-je.

– Comme tu es enfant, Josef! Nous devons faire en sorte de n'avoir aucun ennemi. Nous devons être parfaits parce que nous sommes persécutés; ainsi le veut le Seigneur.

Elle m'exaspérait. Je la sentais fragile, mais elle n'en laissait rien paraître; et cette solide armure qu'elle avait revêtue semblait sans faille. Où était la Beatriz qui s'effrayait devant l'ours des Tsiganes? Où était l'enfant que je protégeais? Elle me faisait la leçon, me traitait en adolescent mal élevé, elle, la rêveuse qui croyait à l'arrivée du Messie sous la figure de David Rubeni!

– C'est bien, vraiment, madame veuve Mendès..., fis-je en m'inclinant exagérément.

66

Surprise, elle lâcha mon bras avec un air de reproche, et ne me parla plus de la journée.

***

Le bâtiment déchargé, remis à neuf, et la *Stillyard* conquise, nous ne restâmes pas à Londres plus longtemps. Les servantes semblaient reposées, et Brianda s'était suffisamment remise pour avoir trouvé un ou deux galants parmi les plus jeunes des marchands. Lorsque Beatriz vit sa cadette courir les masques et les mascarades, elle décida qu'il était temps de partir.

La traversée de Londres à Anvers, courte et sans histoires, se passa paisiblement; la mer ne nous était plus inconnue. Diogo nous attendait au port, où nous arrivâmes en même temps qu'un bateau français, léger comme une hirondelle, *La Fleur de Lys*, parti de Londres bien après nous et qui nous avait vite rattrapés. L'automne commençait.

Autant Londres nous avait paru un inimaginable désordre, autant Anvers nous sembla en tout point digne de sa réputation de capitale du commerce. Même le port était majestueux, bordé de hautes maisons neuves; ici et là se dressaient de grandes statues à l'antique drapées dans un marbre italien; partout, l'on bâtissait. A la porte de l'Escaut, demeuraient encore les tours et la grande halle, ainsi que les remparts du siècle dernier; mais jusque dans cette ancienne partie du port, les quais étaient larges et commodes. Les rues étaient presque propres, et les gens, habillés de bonne laine. Des arbres jaunissants bordaient çà et là les canaux, dont la ville était sillonnée autant que les campagnes; l'air était vif, le pays respirait une sereine richesse, et l'eau, qui manque si souvent ici, coulait d'abondance.

Depuis sa visite à Lisbonne, Diogo Mendès avait pris de l'embonpoint et paraissait un peu vieilli. Il embrassa Beatriz et la serra contre lui un long moment; elle s'agrippa à lui sans mot dire, et je remarquai, sur les épaules de Diogo, ses doigts crispés jusqu'à devenir blancs.

En un éclair me vint une terrible idée. Selon les règles de notre religion et l'institution du lévirat, du moins pour ce que j'en connaissais, Diogo devait épouser Beatriz. N'était-il pas écrit dans un de nos livres sacrés que le beau-frère doit épouser la veuve de son frère pour lui porter assistance ? J'étais à ce point ignorant du droit judaïque que j'avais oublié l'existence de sa fille ; la règle du lévirat ne s'applique qu'aux veuves sans enfant à qui elle assure ainsi une progéniture, et je ne le savais pas. Les Marranes respectaient pieusement le Sabbat et les coutumes de notre religion, mais il arrivait souvent que l'éducation judaïque souffrît de la confusion avec le vernis de la religion catholique ; et je n'étais pas le seul parmi nos frères à méconnaître les Livres Saints.

Comme si elle lisait dans mes pensées, Beatriz s'écarta doucement de son beau-frère et poussa sa jeune sœur devant elle. Diogo embrassa Brianda sans la regarder.

La maison de Diogo Mendès était bien celle d'un prince. Sur une façade de pierre de taille, se détachaient de vastes fenêtres entourées de feuillages sculptés ; le fronton autour de la grande porte, simple et austère, portait un grand M peint en or, et des colonnes toutes neuves séparaient les différents étages, ornés en leur milieu par des médaillons figurant deux têtes majestueusement barbues, qui représentaient l'Escaut et le Rhin. Il ne s'agissait pas d'une de ces maisons anciennes et basses avec des colombages et des sculptures en bois, mais d'un palais moderne, à l'italienne, et qui n'avait pas son pareil dans toutes les Flandres. Les sols de l'entrée n'étaient pas de brique rouge mais de marbre noir et blanc ; les carreaux des fenêtres, rose et vert, diffusaient une lumière changeante. Diogo avait même fait construire une salle des fêtes, entièrement couverte de fresques mythologiques, où l'on voyait une reine éplorée à sa toilette, assistée par ses suivantes, cependant que sur l'autre mur son époux enturbanné, assis sur son trône, fronçait le sourcil : on reconnaissait Esther et Assuérus. Diogo faisait grand cas des peintures d'Albrecht Dürer, un artiste allemand de grand renom, ami des Marranes, qui avait séjourné chez lui en 1520 ; le peintre avait laissé le portrait d'un vieux facteur marrane, Rodrigo d'Almada, aux longues papillotes grisonnantes et à la barbe bouclée, un admirable dessin du port d'Anvers et quelques planches de graminées. Diogo me montra encore un superbe coffret de bois d'ébène décoré de perles. Un peuple de servantes s'affairait à tous les étages; les nôtres, en coiffe noire, regardèrent d'un œil envieux leurs béguins parfaitement blancs, leurs cols de linon bien posés autour d'un cou dégagé, et leur teint éclatant.

Beatriz trouva dans une chambre aux poutres bleues un petit cabinet de Florence, surchargé de tiroirs marquetés et décoré de scènes amoureuses; lorsqu'elle aperçut les satyres agaçant les nymphes, elle fit la moue. Elle resta quelques minutes interdite devant un portrait de la Vierge, rapporté des Nouvelles Indes et composé de plumes de colibri de toutes les couleurs. Puis, sans même y penser, elle posa sur le meuble galant le coffret qui contenait le cœur de Francisco Mendès.

Dès le premier jour, je me laissai aller au charme de la vie flamande. A Lisbonne, je n'avais pas connu le luxe. Mon père n'était pas riche; au demeurant, il n'aimait que ses livres et sa famille. Quant à Francisco Mendès, il était demeuré, en vrai Portugais, un homme austère.

Mais son frère Diogo était vraiment le prince des épices d'Europe. C'est à sa table que j'ai compris leur pouvoir. A Lisbonne, nous n'avions droit, au mieux, qu'au piquant poivré de la malaguette africaine, maladroite assistante du goût, et qui l'assassine. A Anvers en revanche, Diogo faisait servir des plats au vrai poivre des Indes, dont les saveurs éclatent par rafales. A Lisbonne, chez les Nasi, le sucre n'existait presque pas; à Anvers, il trônait sur la table, sous la forme de cailloux translucides d'une belle couleur de topaze, et attachés par un fil; Beatriz l'adorait. Et pouvait-on comparer le fort vin du Portugal avec le vin de Chypre, roux et sucré, que versaient les serviteurs dans des verres à pied tourné? Et le *ros soli*, mon Dieu, le *ros soli* au goût chantant d'Italie...

Oui, Caraffa, c'est à Diogo que je dois le goût du luxe qui depuis cette époque ne devait plus me quitter. Que dire des huîtres vertes qui laissèrent Brianda dégoûtée et Beatriz indifférente? Moi je les idolâtrais. Beatriz ne tarda pas à me faire la guerre. « Tu bois trop de vin, Josef; ce n'est pas ainsi que mon frère t'a élevé. Ni mon pauvre mari, qui n'aimerait pas ce gaspillage. »

Infernale petite personne, qui mangeait peu, n'aimait ni les huîtres, ni le vin, ni les bières, mes délices...

Dans les Flandres, autant de bières que de semaines dans l'année, Caraffa! Des bières au laurier, au miel, au coquelicot, sans parler des pâles bières à la framboise que je préférais entre toutes. Il en était des bières comme des femmes : au coquelicot, elles étaient acidulées, maigres, avec des coudes légèrement anguleux et un œil vif; au laurier, elles avaient un peu d'amertume et de pesanteur; au miel, elles prenaient le goût d'une chair trop douce, un peu molle. Mais décidément aucune n'avait l'attrait de la transparente bière où l'on plongeait, avec une grosse seringue, le jus sombre et sanglant de la framboise; le goût alors disparaissait, inaccessible, mélangé, indéfinissable. A cette bière-là ne correspondait qu'une femme au monde.

Et quand j'étais lassé des bières, avec Diogo je revenais au vin. Il m'arriva souvent de m'enfermer avec lui dans la salle des fêtes, et là, sous l'œil de la triste Esther qui nous contemplait du haut de la tapisserie, chacun à une extrémité de l'immense table, nous dévorions en silence un baril d'huîtres en l'arrosant des meilleurs crus qu'il recevait du port de Bordeaux. Ce rite singulier nous appartenait; Diogo, levant de loin son verre, m'adressait un sourire amical et grave, comme si nous devions mourir le lendemain...

Beatriz ne participait jamais à nos agapes. Certes, ce n'était pas la place d'une femme, mais elle aurait pu, à tout le moins, partager de temps en temps un verre avec nous, par affection, pour nous faire plaisir... Mais non. La Senora était sobre. Et chaste, et pure, tout ce que l'on voudra. Pourtant, que savions-nous des fureurs que cachaient ce front lisse et cet impitoyable regard? Que n'a-t-elle entrouvert la porte à quelques moments de bonheur...

Elle ne céda jamais, sauf au sucre. C'est sans doute pourquoi je n'ai jamais cru en son Dieu, trop farouche à mon goût. Elle fut si sage que je devins un peu fou; c'est sa faute. Verse-moi du vin, Caraffa, là, dans l'aiguière de Venise...

A peu près vers cette époque, Beatriz commença à se plonger dans d'affreux grimoires qu'on lui apportait en cachette, sortis de je ne sais où, et qui sentaient souvent le moisi. Elle apprit le flamand, et tout le temps qu'elle ne consacrait pas aux affaires de la banque, elle le passa en lectures. Parfois, soigneusement voilée, elle montait dans une carriole de paysan et se rendait dans ces cours fermées où habitaient encore les béguines vêtues de blanc, qui vivaient de charité en prêchant leur doctrine. On n'en connaissait guère la teneur : apparemment, ces dignes chrétiennes avaient fait vœu de chasteté, et vivaient presque recluses dans de simples maisons entourées d'un jardin, à deux pas d'une chapelle. Mais on murmurait qu'elles croyaient en un dieu phénix, qui, comme le Christ, mourait et ressuscitait selon un cycle mystérieux; de plus, comme elles connaissaient l'art des plantes médicinales et qu'on les trouvait souvent en pleine extase, ravies dans un ciel inconnu, on les disait aussi un peu sorcières.

Beatriz se montrait friande de leur compagnie; ses visites aux béguinages de la région constituaient d'ailleurs ses seules sorties. Diogo s'inquiéta; une béguine, à Paris, avait été brûlée pour sorcellerie.

Pendant que Beatriz se raidissait dans cette studieuse austérité, sa sœur Brianda s'épanouissait. Elle apprit à se vêtir; les collerettes brodées au point de Bruges firent autour de son cou laiteux une savante apparition; les mèches rousses devinrent des boucles lisses. Brianda fut bientôt aussi potelée que Beatriz était mince et fine. Cette chair blanche ne déplaisait pas à Diogo, qui commença d'emmener sa jeune belle-sœur en promenade.

Puis on vit, aux oreilles de la boiteuse, des perles noires, cadeau de son beau-frère, et Diogo ne tarda pas à demander à Beatriz la main de sa jeune sœur Brianda. L'événement ne mérite pas d'autres commentaires, tant il était attendu. Beatriz accepta, sous réserve que le mariage n'aurait lieu qu'un an plus tard. A voir l'étrange façon dont elle regardait sa cadette, avec un mélange d'envie et de suspicion, on pouvait imaginer qu'elle voulait éprouver le sérieux de la jeune fille. Non sans raisons; mais Brianda en conçut du ressentiment.

De son côté, Reyna grandissait. Elle devenait une longue fillette maigre, assez disgracieuse, avec le regard noir de sa mère; mais tout laissait penser que Reyna ne serait jamais qu'une Portugaise au teint foncé. Je me souviens qu'elle marchait à grands pas, les coudes collés au corps; et malgré une attendrissante gaucherie, elle n'avait aucun charme. Comme sa mère Beatriz, Reyna « judaïsait » avec ferveur.

Sur le chapitre de la religion de nos pères, nous montrions à Anvers autant de prudence qu'à Lisbonne; nous simulions le catholicisme. Et cependant, de nombreux *conversos* pratiquaient, sans trop se cacher, un judaïsme libre et sincère; une synagogue s'était installée, petite, discrète, où nos frères se retrouvaient le vendredi pour le Sabbat. Ni Diogo ni Beatriz ne partageaient cette façon de faire; chez nous, on veillait encore à acheter de la viande au bon moment, à entretenir le feu le samedi, et nous allions solennellement à la messe le dimanche, pour la montre.

Mais Beatriz avait décidé que nous respecterions en secret toutes nos fêtes, à commencer par le Sabbat. C'est pour protéger ce rite qu'elle menait une vie retirée, et se déclarait vouée à son deuil récent. De sorte que le samedi, jour pendant lequel elle ne sortait pas plus qu'à l'ordinaire, semblait à tous un jour comme les autres.

Quant à moi, si j'assistais au Grand Pardon et au Sabbat, j'étais, comme à Lisbonne, attiré par tous les plaisirs. Au commencement de notre vie dans les Flandres, je gardai mes habitudes portugaises et j'allais traîner au port; puis je découvris vite que le neveu de Diogo Mendès pouvait faire d'autres rencontres, plus bourgeoises et moins vulgaires: jeunes femmes de marchands dont le mari était parti sur un bateau lointain, aventures délicieuses et secrètes, passades d'un jour ou attachements de quelques mois, j'étais riche d'amours légères, et souvent je réapparaissais à l'aube dans la grande maison des Mendès, le manteau de travers et la bouche gonflée de baisers, mes longs cheveux en désordre. Beatriz m'attendait en haut de l'escalier de marbre et me jetait des regards sévères, sans oser dire un seul mot; Diogo, naturellement, m'encourageait. Je délaissai les cols montant à l'espagnole pour ceux qui dégageaient le cou, que j'avais fort droit et quittai les couleurs brunes pour des pourpoints de satin vert sombre, ma couleur préférée. J'appris l'usage des gants, que j'aimais brodés, et bordés de fourrure; et sur ma collection de chapeaux à large bord, je raffolais des plumes à la mode. Diogo décida que je devais changer de nom; je ne m'appelai plus Joao, mais Juan. Juan Micas, ou encore Miquez, selon que l'interlocuteur était espagnol ou italien.

Diogo m'apprit encore les règles du commerce d'Anvers. « Le commerce, Juan, me disait-il, n'est pas seulement pour notre famille le moyen de bien vivre, voire l'unique instrument grâce auquel nous pouvons sauver nos frères, le commerce, petit, c'est une arbalète qui vise le cœur des rois. Ne l'oublie pas. »

Il est vrai que les marchands d'Anvers, comme tous ceux des grandes villes d'Europe, se montrent bourgeoisement épris de liberté. Que les princes violent les accords, ils se révoltent aussitôt. Les marchands auront été nos meilleurs et plus fidèles alliés.

On venait, à l'époque, d'inventer une nouvelle façon de tenir les comptes, en équilibrant les recettes et les dépenses. Lorsque j'y repense, je me demande comment on avait pu compter, auparavant, sans cette simple balance qui évite la confusion; et pourtant les vieux marchands, dont les habitudes devaient changer, ne se résolvaient pas à abandonner leurs calculs brouillons et éprouvaient le plus grand mal à se faire à cette modernité. De fait, Anvers, en écrasant Bruges, avait changé la nature du commerce; sous le nom d'épices, on comprenait aussi l'armoise, le santal, l'ambre gris, le camphre et même l'ivoire; les expéditions des conquistadores avaient chamboulé le monde dans de telles proportions que les échanges européens s'en ressentaient; les esprits évoluaient avec rapidité, pour peu que l'on fût assez jeune pour le comprendre. Les échevins gouvernaient la Bourse, fondée quelques années auparavant afin de réguler le trafic des nouvelles marchandises; partaient d'Anvers les toiles et la quincaillerie, cependant qu'arrivaient d'Espagne la laine et le sel, ainsi que le bois brasil et la cannelle. Le poivre? C'était déjà le passé. De plus, les affaires des Mendès se tournaient résolument vers la banque.

Les échéances des foires d'Anvers, au nombre de quatre, me parurent compliquées. Quatre foires annuelles, quatre carrefours de l'échange : Pâques qui se passait à Bergen-op-

73

Zoom, en février; celle de Pentecôte; la foire de printemps à la saison des fleurs; et la Saint-Bavon en novembre. Diogo m'y emmenait toujours; il me montrait comment revendre une assignation, tenir les crédits et les dettes, faciliter la circulation de l'argent. Tout cela m'ennuyait à périr.

Je n'aimais qu'une chose dans les foires, les tours fort malins dont les marchands de vin usaient pour duper leurs clients. Juste avant de faire goûter leurs crus, par exemple, ils offraient, avec des mines aimables, un peu de fromage bien sec, et des noix... Le chaland naïf avalait une bouchée de fromage, croquait un cerneau, et buvait une abominable piquette qu'il trouvait exquise parce que le goût en était caché par l'âcreté de la noix et le piquant du fromage. J'adorais les jouer à mon tour : j'avalais les leurres, dégustais le vin et faisais la grimace en crachant par terre. Le marchand était désemparé, et moi, ravi.

Un vieux serviteur de Diogo m'avait appris comment on doit goûter le vin en Flandre : avant la fin de la digestion, sous le vent du Nord exclusivement, et en plongeant une poire sauvage dans le verre. Si la poire descend, le vin est mauvais, et ne mérite pas d'être tâté. Par Dieu! J'ai beaucoup perdu, mais pas cette science qui me vient des foires d'Anvers.

J'étais loin de me douter qu'un jour elle me ferait prince.

Une fois, par extraordinaire, je parvins à convaincre Beatriz de nous accompagner à la foire de février. Elle apprendrait ainsi à connaître l'activité marchande autrement que dans les livres de compte; et puis il était grand temps d'en finir avec ce deuil interminable. Nous partîmes par un froid de loup. Beatriz, enveloppée de fourrures, avait le nez bleu et les mains serrées dans une poche fourrée de mouton. Lorsqu'elle descendit de voiture, elle eut un mouvement de recul en apercevant la foule, confuse et houleuse, qui vociférait.

Le marché avait été délaissé, les étals vidés, et les badauds massés autour d'une sorte de poteau au milieu de la place. Diogo et moi cherchions du regard nos connaissances et n'en trouvions aucune. Nous nous approchâmes tous les trois pour éclaircir la raison de ce rassemblement. Sous le poteau, un bûcher se dressait, avec de beaux troncs régulièrement entassés, et des fagots bien secs en dessous. Beatriz prit ma main, et la serra de toutes ses forces; allait-on brûler un de nos frères, ici, maintenant?

Nous demeurâmes silencieux. De temps en temps, la foule mouvante semblait la proie de clameurs incompréhensibles; puis elle se tut. Beatriz me poussa soudain le coude en soupirant : au loin arrivait une charrette, sur laquelle la condamnée hurlait.

C'était une jeune sorcière à qui l'on avait déjà lié les mains et qui se soutenait à peine; sur le devant de la charrette, un prêtre tenait un crucifix à la hauteur de ses yeux, et agitait les bras comme s'il voulait l'en frapper. La jeune fille n'écoutait rien, et poussait des cris affreux en fixant le bûcher. Bientôt, des hommes d'arme la prirent à bras-le-corps, et le bourreau s'empara d'elle pour l'attacher solidement au poteau.

Nous sommes restés, Caraffa; nous ne pouvions bouger. Beatriz avait mis la main devant sa bouche, pour étouffer un sourd grondement qui ne la quitta plus. Nous vîmes le supplice tout au long. Le bourreau passa derrière la jeune fille qui n'avait cessé de crier et, tout en vérifiant la solidité de ses liens, se pencha vers elle comme pour lui chuchoter quelque chose à l'oreille; elle baissa la tête d'un seul coup, prestement étranglée, sans doute, par charité. Enfin les flammes achevèrent leur travail; les cheveux blonds brûlèrent les premiers, puis la chemise, pour finir le corps racorni. La fumée bleue dégageait une passagère odeur de viande grillée, et jetait à travers la brume de brefs éclats de chair noircie.

Quand ce fut fini, Diogo demanda aux passants pourquoi cette jeune fille avait été prise; on lui raconta qu'elle avait le mauvais œil; un de ses yeux était vert, l'autre brun. Elle avait été attrapée avec un pigeon mort dans la main, preuve indiscutable de la sorcellerie dont elle s'était rendue coupable; on lui avait appliqué les brodequins, afin de découvrir sur sa peau les endroits insensibles, authentiques signes du Diable, et pour que justice fût faite on avait obtenu de véritables aveux. En se dispersant, les bonnes gens se félicitaient entre eux : la condamnation était propre et sans tache.

Il se trouva même un badaud pour déclarer en riant que ces bonnes flammes l'avaient pour un temps bien réchauffé.

75

– Voilà les chrétiens, murmura Diogo. Bientôt, ils se réjouiront de voir l'un d'entre nous monter à son tour sur un bûcher semblable à celui-ci. Il ne faut pas attendre de pitié de ces bêtes féroces ; un sac de farine, une bougie, du feu ou pas de feu, tout leur sera bon, et nous grillerons tous si nous ne savons pas partir à temps.

Beatriz enleva lentement la main de sa bouche, et me dit à voix basse : « Josef, c'était une enfant, rien qu'une enfant, avec des cheveux tout fins... Est-ce pour ce spectacle que tu m'as fait sortir ? As-tu voulu me montrer mon sort futur, crois-tu que mes cheveux brûleront aussi bien ? Je te hais, Josef ! »

Elle avait les lèvres blanches et bégayait de colère ; elle allait sangloter peut-être, crier, s'évanouir, et nous trahir tous les trois... Diogo la fit monter dans la voiture en toute hâte.

De ce jour, Beatriz fut obsédée par l'idée du départ. Elle parlait sans cesse d'Istamboul, dont elle se faisait une image trompeuse ; le sultan lui apparaissait comme un sauveur, et elle décrivait avec feu les théories de Marranes cheminant comme des colonnes de fourmis dans la direction de la capitale ottomane. Diogo calmait ses ardeurs voyageuses : les réseaux n'étaient pas encore éprouvés, ni nos frères délivrés du « fourneau de fer », tant s'en faut. Il fallait attendre.

Avec le temps, elle s'apaisa un peu. De la Palestine, elle ne soufflait plus mot ; il lui arrivait de sourire. Un jour elle consentit enfin à quelques sorties le long des canaux. Je retrouvai naturellement ma place à son bras, puisque nous nous promenions dans un port et que j'étais son neveu préféré ; mais il n'était plus question de se cacher derrière les ballots sur les quais, et nous ne pouvions plus courir à toutes jambes. J'avais à mes côtés une dame d'une stricte élégance, dont la longue jupe de soie noire balayait les pavés et les trognons de chou ; je ne tenais plus sa main nue, j'avais, posé sur mon poing, un gant fin ; ses cheveux frisés ne flottaient pas sur ses épaules, ils étaient pris dans un béguin brodé. Mais j'étais heureux ; en croquant des sucreries, nous regardions comme autrefois passer les nuages dans un ciel vif, et le spectacle des bateaux à l'arrivée. Nous ne nous parlions pas, c'était inutile; avec une tendresse complice, nous suivions les plongeons des canards au bord des rives et les reflets des maisons sur l'onde tranquille.

Beatriz guérissait lentement de la mort de son mari.

Au cours de l'année 1537, on célébra les noces de Diogo et de Brianda. La mariée, plus rousse que jamais, avait exigé une robe de brocart d'or avec un col de renard assortis à ses cheveux. Ce faste, ces couleurs fauves écrasaient sa beauté. Diogo son époux regardait son idole avec adoration. Mais quand Beatriz apparut en haut du grand escalier, il y eut un moment de silence. Telle une infante, en large jupe de satin blanc serrée sous les seins par une ceinture brodée, et en simple corselet cramoisi sans fourrure, elle portait un bijou unique, attaché sur le front aux arcelets de sa légère coiffe transparente, avec des chaînettes de perles. Une pierre bleue. Beatriz était d'une beauté minérale, avec quelque chose de surnaturel. Elle descendit lentement les marches et, d'un geste spontané, appuya sa petite main sur mon bras.

– Sois mon cavalier aujourd'hui, Josef, me dit-elle en souriant un peu tristement; comme autrefois sur les quais de Lisbonne.

Beatriz passait de la raideur au charme le plus sensuel, en un clin d'œil. Elle ramassa ses jupes satinées en se penchant légèrement, et noua affectueusement ses doigts aux miens. Je fus ébloui. J'oubliai même qu'il s'agissait du mariage d'une autre, et je la fis entrer dans l'église ivre d'un bonheur illusoire, comme s'il s'agissait de nos propres noces... Nos mains ne se quittèrent pas.

Ce jour-là, je m'aperçus seulement que sa chevelure avait foncé. Des cheveux filasse de la petite fille, ne demeuraient par endroit que des reflets pâles sur les tresses d'où s'échappaient des frisons. Mais ce jour-là aussi, pour la première fois, elle avait renoncé à la coiffe noire qui, depuis son veuvage, ne l'avait plus quittée. Pourquoi, ou pour qui ce cadeau? Elle seule aurait pu le dire.

Je me rappelle que la petite Reyna portait un bonnet de velours noir orné d'une plume écarlate, et que sa mère la regardait à peine. Je me rappelle que Beatriz ne voyait que moi.

Le soir, Diogo Mendès donna un bal. Beatriz se retira dans sa chambre, et je me retrouvai soudain privé de cœur. Brianda dansa comme une folle malgré sa boiterie, et fit la coquette avec ses cavaliers. J'eus peur pour Diogo que j'aimais : à n'en pas douter, il lui faudrait surveiller de près sa jeune épouse et les galants dont elle s'entourait.

Peu après les noces de Diogo, nous fûmes dans l'obligation d'aller présenter nos devoirs à la régente de Gand ; selon la rumeur publique nous n'avions que trop tardé. La régente Marie nous convoqua.

Marie de Hongrie, sœur de Charles Quint, régentait la ville de Gand et sa famille entière. Son époux, Louis Jagellon, roi de Hongrie, avait perdu la vie l'an dernier dans la sanglante bataille de Mohacs, gagnée par l'Ottoman ; devenue veuve, Marie avait confié la Hongrie à son second frère, Ferdinand d'Autriche. Sœur de deux princes – Ferdinand l'Autrichien et Charles l'Allemand –, Marie de Hongrie arbitrait durement les rivalités qui les opposaient. Charles, le Habsbourg, le plus puissant des deux, l'avait dûment mandatée pour étendre une vigilante protection sur les banquiers marranes. Plus encore sur les Mendès, à qui elle prêtait une attention particulière.

La première fois que je la vis en audience officielle, elle était vêtue de noir, simplement, comme Beatriz. Et comme Beatriz, elle était maigre. Là s'arrêtait leur ressemblance. Je ne connaissais pas encore le Habsbourg, dont, disait-on, elle avait le menton lourd, le nez droit, planté comme un étendard, et la bouche épaisse. La régente était d'une grande laideur, mais je fus frappé de l'intensité tout espagnole de son regard sombre, et ne pus m'empêcher de lui sourire.

Je n'étais guère différent d'un brillant cavalier des Flandres. Elle me rendit donc mon sourire avec un mouvement de tête, ma foi, assez gracieux.

Les dames Mendès se tenaient à distance respectueuse : Beatriz, raide et muette, Brianda, obséquieusement inclinée, et Reyna, figée par la timidité. Diogo, un peu courbé, tel un prince vaincu, ne les quittait pas des yeux. Moi seul je soutins son regard. La régente me pria donc d'approcher. A ses côtés, se tenait un jeune homme nonchalant, son neveu Maximilien. Marie de Hongrie accepta mon salut et m'invita pour le soir même, où elle donnait concert en son palais.

Je sus alors que la régente de Gand était aussi une femme. Elle aimait les musiques nouvelles et il en courait beaucoup à l'époque. Ce jour-là, les musiciens de sa cour jouaient des airs venus de Naples, où deux voix d'hommes se mêlaient à une voix de femme. On les appelait des *villanelle,* parce que ces chants naissaient dans les venelles, ou encore des *frottole,* parce qu'ils parlaient d'amour. C'était assez vif et léger pour choquer les Flamands, car on ne plaisantait pas, à Gand, avec la musique ; tout vrai musicien devait d'abord écrire des messes graves, puis de sérieux motets ; le reste sentait le soufre.

La régente s'aperçut du malaise de sa cour, et fronça le sourcil. Je n'étais pas loin d'elle ; elle me vit, me fit signe, et me tendit le rouleau de chansons d'un air dépité.

– Ils ne comprennent pas, murmura-t-elle avec cette voix rauque qu'ont les femmes d'Espagne et de Portugal, ces gens des Flandres ne savent pas ce qu'est une chanson. Mais vous, dom Micas, qui avez l'allure d'un gentilhomme, vous venez d'un pays où l'on chante. Dans l'Espagne où je suis née on connaît aussi ces plaisirs. Donnez-moi cette joie, *senor,* et chantez pour moi seule l'un de ces airs simples et tristes.

Certes, je connaissais, venues de mon enfance, des chansons de notre peuple, celles que nous appelions « romances » ; mais elles étaient en judéo-espagnol, la langue de tous les Marranes... Je ne pouvais les chanter sans me mettre à découvert. J'essayai d'éluder. « Votre Altesse doit comprendre que nos chansons sont anciennes, et n'ont rien de bien savant », hasardai-je. D'un geste autoritaire elle écarta ma prudence, et m'invita à m'exécuter. Je fredonnai, bouche fermée, une romance que Beatriz et moi avions souvent chantée ensemble, *Al resplendor de la luna.* La régente écoutait gracieusement.

– Cher Micas, vous oubliez les paroles, n'est-ce pas ? fit-elle lorsque j'eus fini.

Elle me provoquait. Je chantai les paroles. Elle sourit.

– Est-ce en portugais, *verdad* ? dit-elle ironiquement.

Je lui mentis et jurai que la chanson, née dans les quartiers de pêcheurs de Lisbonne, était en patois. La régente éclata de rire et reprit le dernier couplet de ma romance, avec une belle justesse, je dois le dire.

– Dom Micas, vous trompez votre monde, mais vous ne nous trompez pas. Vous êtes chrétien, *de seguro* ; mais pour être nouveau parmi la Chrétienté, vous ne manquez ni d'audace, ni de ruse. Soyez prudent, Micas. Nous ne souhaitons pas qu'il vous arrive un malheur, *amigo*.

Le ton avait changé. « Et ne chantez pas cette chanson à une autre femme que moi, *nunca* », ajouta-t-elle en se levant brusquement, comme une jeune fille à qui vient d'échapper un aveu.

Je demeurai coi : le message était ambigu. Je courus compter toute l'affaire à Beatriz et à Diogo, en évitant Brianda dont, déjà, je me méfiais. Diogo s'inquiéta et me recommanda de ne pas me prêter à ces dangereux jeux de cour. Beatriz, la tête obstinément baissée sur son carnet, dessinait des planètes et des lunes. Soudain, elle leva doucement une main qui tremblait un peu.

– Juan est assez fort pour affronter la régente, même au combat d'amour, dit-elle.

Et, poussant brusquement sa chaise, elle vint m'embrasser dans le cou et me souffler à l'oreille :

– N'est-ce pas, Juanito, que tu es un charmant cavalier pour Marie de Hongrie ?

– Cette laideronne !

– Il convient d'oublier ce point, Juan.

Elle m'avait appelé Juan, et non Josef. Beatriz voulait m'envoyer là d'où pouvaient lui venir toutes sortes de souffrances : la cour, la régente – une femme dont dépendait notre sort. Tout en elle pouvait se comprendre à l'envers ; à cause du tremblement de sa main, à cause du baiser sur ma nuque, je la crus jalouse. Je ne compris rien de son calcul politique.

J'appartenais donc désormais aux courtisans de la régente, en service commandé pour la maison Mendès. Entre les chevauchées et les bals, je fis plus ample connaissance avec le nonchalant Maximilien, son jeune neveu, fils de Ferdinand d'Autriche. Il eût été bel homme sans la lippe familiale et les lourdes mâchoires des Habsbourg. Les fastes de la cour l'ennuyaient, mais franchies les portes du palais, il quittait son air dédaigneux. Autant son cousin Philippe, le fils du Habsbourg, fut et demeure encore aujourd'hui sombre et reclus, autant Maximilien aimait la vie. Ni bigot, ni sectaire, il avait lu Érasme, et aussi Luther, qui ne le laissait pas indifférent.

– Tu n'auras pas connu Érasme, Juanito, me dit-il un jour ; il mourut quelques semaines avant ton arrivée. *Leider!* C'était déjà un vieil homme malade, qui allait de ville en ville en veillant à ne point s'enrhumer. Il passait le plus clair de son temps à combattre la religion réformée et les principes théologiques de Luther, et déambulait en tâchant de convaincre le monde de la vérité de la religion catholique ; mais il ne gagnait pas toujours, d'autant qu'il n'était sans doute pas convaincu lui-même de la justesse de la cause qu'on l'avait obligé à défendre. La fâcheuse issue de sa longue querelle avec Luther l'accablait, et s'il avait consenti à prendre le parti du pape, c'était en forçant sa nature. L'autre, ce diable de Luther, l'avait éteint comme une chandelle avec son soufflet de forge, sa grosse voix – *Diese Stimme!* Il n'empêche, Juanito, Érasme aura apporté à notre monde troublé une juste mesure, et le respect des choses antiques. Luther, c'est autre chose, mais ses indignations sont légitimes. *Ganz sicher!*

Maximilien d'Autriche n'eut pas de peine à me convaincre que les religions, qu'elles soient ou non réformées, engendrent de puissants désordres. Nous avions en commun une grande méfiance envers la papauté ; lui parce que les papes orgueilleux voulaient asservir l'Empire, moi parce qu'un pape avait autorisé l'Inquisition au Portugal.

Mais j'étais loin du compte ! Sur les intentions réelles des papes à l'endroit de notre peuple, Beatriz avait de plus sûrs pressentiments que moi.

Maximilien se révéla un bon compagnon de jeunesse, qui parfois demandait négligemment que la banque Mendès lui prêtât de l'argent. Nous appartenions au même monde, dont nous avions résolu qu'il serait moderne, nouveau, et libéral.

Il se moquait de la piété de son oncle Charles Quint, de l'inquiétude ombrageuse de son cousin Philippe, héritier d'Espagne; et comme moi, il aimait boire.

— Méfie-toi de ma tante la régente, Juanito, elle a besoin d'argent. Elle est princesse de Castille et, ne l'oublie pas, notre famille a le sang fou, disait-il souvent.

C'est encore Maximilien qui m'informa, au fil des jours, des malheurs du Habsbourg. Son épouse, la transparente Isabelle, mourut en couches; Charles Quint entra dans une retraite furieuse et désespérée. Maximilien me raconta que l'impératrice avait demandé avant d'expirer qu'on ne la touchât ni ne l'embaumât. On respecta ce vœu. Une longue marche funèbre conduisit ses restes mortels de Tolède, où elle s'était éteinte, à Grenade, où se trouvait alors le caveau des Rois Très Catholiques, ces maudits. Le jeune infant Philippe l'accompagnait. Nous étions au mois de mai 1538.

Selon la coutume, Philippe devait reconnaître le corps avant la mise au tombeau. Maximilien m'affirma que, lorsqu'on ouvrit la bière après dix longues journées de voyage par une chaleur torride, son cousin tomba en pâmoison. Telle est la raison de cette tristesse qui ne le quitte pas. Le roi Philippe II d'Espagne, de noir vêtu, malgré ses épouses successives et son immense Escorial, ne s'est jamais remis de l'odeur de sa mère morte.

— Et c'est à cet homme-là, Naxos, que, tout récemment, tu as écrit pour demander asile? Toi, un prince de l'Empire ottoman? N'as-tu pas honte? bougonna le bossu dans son coin.

— Ai-je fait cela, Caraffa? On le dit beaucoup. J'aurais donc pour finir trahi les sultans, mes bienfaiteurs... C'est pourquoi on me traite de judas, précisément. Tu ne peux pas comprendre; *nondum*, pas encore; de tous les actes de ma vie, celui-là – si je l'ai vraiment accompli, Caraffa! – demeurera le plus obscur. Quel esprit peut résister dans le tumulte des persécutions?

***

Je le vis bien lorsqu'un an plus tard notre situation changea brutalement.

Nous nous étions tous réjouis d'apprendre que Brianda était grosse; Diogo exultait et ne quittait plus sa femme, qui donna le jour à une petite fille que le rabbin nomma Dinah; tandis que sa mère, selon la tradition, l'appelait du nom de sa sœur, Beatriz, et qu'aussitôt la famille lui donnait le surnom de « la Chica », « la Petite » pour éviter la confusion avec sa tante. Baptême chrétien, purification judaïque, liesses publiques et cérémonies secrètes, tout s'était passé si heureusement que nous ne songions plus aux périls qui nous menaçaient.

C'est alors que nous vîmes arriver en Flandre une foule de nos frères portugais; l'Inquisition avait forcé le rythme. Ces nouveaux Marranes ne nous étaient pas inconnus; les réseaux mis en place par Beatriz et Diogo avaient été de longtemps préparés pour les aider à fuir. Les routes les plus sûres, les auberges complices, ils les connaissaient à l'avance. Ils étaient pauvres; une importante somme d'argent les attendait à Lisbonne, car ils n'auraient pu payer leur passage.

T'ai-je dit que nous les avions vus arriver? J'ai grand tort, Caraffa. Nous n'eûmes même pas le temps de les identifier. Le receveur de Zélande, Zandelin, les arrêta dès leur arrivée; maudit soit son nom de chrétien! Et bientôt le bourgmestre d'Anvers promulgua un édit contre les convertis.

Tiens, Caraffa, je crois que je le sais encore : « *Tous ceux qui connaissent les personnes vivant comme des Juifs, entretenant leurs cérémonies ou observant comme les Juifs, seront tenus de les dénoncer et de signaler à nous-mêmes, bailli d'Anvers, ou bourgmestre de la ville, sous peine d'être considérés comme faulteurs et réceptateurs des Juifs, et seront punis et corrigés.* »

Nos frères se retrouvèrent tous en prison. Diogo savait comment les libérer : il paya. Mais la ville s'agita, et devint menaçante. De vilaines rumeurs circulaient : on reconnaissait les Juifs aux douleurs qu'ils ont dans le dos, à cause d'une petite queue qu'ils y ont accrochée en pénitence de la mort du Christ. Les Juifs n'ont pas de salive, disait-on. Je me souviens d'une étrange après-midi de printemps; des enfants m'attendaient à la porte de la maison Mendès. Ils m'assaillirent et je les laissai faire en riant, croyant à un jeu. Ils m'ouvrirent les mains de force et les examinèrent avec soin. «Ce n'en est pas un!» cria l'un d'eux. Je l'attrapai par l'oreille et lui demandai le sens de cette bizarre coutume.

– C'est que, monsieur, répondit-il sans rougir, les Juifs ont sur les mains des plaies qui saignent le 25 mars de chaque année, et nous sommes justement arrivés au 25 du mois de mars... Mais vous ne saignez pas; vous n'êtes donc pas un Juif.

Aurais-je eu une simple égratignure que j'eusse aussitôt été dénoncé à Zandelin. Ô déraison d'un siècle qui fit flamber tant de torches vivantes...

Mais l'incident signifiait que la rumeur ne nous épargnait pas, malgré nos très chrétiennes précautions et les ennuyeuses messes dominicales. Diogo décida de convoquer plusieurs de ses amis, parmi lesquels Antonio de la Ronha, Marrane de Lisbonne, déjà établi à Ferrare où nos frères, depuis un demi-siècle, vivaient en si bonne harmonie avec la famille ducale qu'ils n'avaient pas même été contraints de se convertir.

Lorsque Diogo ouvrit la séance, les visages étaient tendus. Notre facteur londonien, le brave Christopher, avait fait la traversée pour l'occasion. Les Marranes réunis ce jour-là mirent sur pied des plans à long terme qui devaient permettre à la plupart d'entre eux de fuir un par un. Il y avait là trois des plus puissants négociants : Manuel Lopes, Manuel Serano et Lope de Povincia, sans compter Antonio de la Ronha et Gonçales Gomez, notre agent de Milan. Nos amis comptaient sur ce dernier pour tirer deux mille ducats sur notre banque milanaise, et déjouer l'attention de la commission de surveillance qui venait de se constituer dans cette ville, sous l'autorité d'un homme redoutable, Jean de Foix, chargé d'empêcher la fuite continuelle des Marranes, d'État en État, de cité en cité, à travers les frontières. Partout en Europe des polices ébauchaient de sérieuses nomenclatures; partout l'étau se resserrait.

A Lisbonne, avait eu lieu le premier autodafé, bien différent dans sa solennité des bûchers sommaires allumés par l'Inquisition. En Espagne, les procédures sur la pureté du sang, grâce auxquelles l'on pouvait être déclaré non-Juif, se faisaient plus contraignantes. Il fallait, après une longue enquête, jurer à genoux, la main droite au-dessus d'un crucifix posé sur un missel, qu'on ne descendait ni de Juifs ni de Maures, décliner le nom de ses parents, de ses grands-parents, dire où ils étaient nés. Aucun Marrane n'échappait plus aux mailles du filet. L'avenir semblait bouché. On nous interdisait de rester, on nous interdisait de partir, on voulait nous interdire de vivre.

Bientôt, l'attention se concentra sur le futur de la famille Mendès. Devions-nous obéir au devoir de fraternité et rester, au risque de voir nos biens confisqués, peut-être nos vies menacées, ou devions-nous, comme l'avait tant désiré la contradictoire Beatriz, gagner Istamboul au plus vite ? Antonio de la Ronha plaida vivement pour un départ aussi précipité que possible. Diogo, hésitant, se taisait. Une fois de plus Beatriz intervint.

– Chacun sait ici que j'espère un jour vivre en paix dans le refuge ottoman, mes frères, dit-elle d'une voix ferme. Mais le Habsbourg est encore notre débiteur, n'est-ce pas ? Alors il faut demeurer ; nous n'en avons pas terminé avec lui. S'il nous livre à l'Inquisition, il voudra confisquer nos biens. Il n'en prendrait, au mieux, qu'une partie, puisque nous avons des agences qui échappent à son empire en Italie, en Angleterre, à Lyon, et qu'il nous est facile de transférer les créances où nous voulons. Il nous tient, mais nous le tenons lui aussi. S'il veut du crédit, il faudra bien qu'il nous protège. Nous sommes retenus par les dettes que le Habsbourg a contractées envers nous ; c'est notre chance, et peut-être le salut pour tous.

Je me mis à crier « Nous sommes donc prisonniers ! »

Elle tourna sa belle tête et me fit face.

– Oui, Josef, nous sommes prisonniers. Nous le sommes pour quelque temps encore. Mais nous irons à Istamboul. Je te le jure. Souviens-toi de la promesse que je t'avais faite quand nous étions petits... J'ai tenu la première ; je tiendrai la seconde.

Beatriz me parlait comme à un enfant ! Furieux je me levai pour partir.

85

– Ne t'en vas pas, Josef, je te prie, fit la petite voix impérieuse. Nous avons besoin de toi. Diogo vient de recevoir un message de la régente : aucun mal ne nous sera fait, sous condition qu'aucun de nos membres ne quitte la ville d'Anvers. Particulièrement le sieur Juan Micas, a-t-elle pris soin d'ajouter.

Je rougis. La régente...

– Oui, Josef, ajouta Beatriz, la régente a du goût pour le cavalier Micas. Il faut, tu m'entends, Josef, qu'elle te laisse partir, et toi seul. Tu iras à Istamboul, et tu prépareras notre arrivée. Mais il faut aussi qu'elle n'en sache rien. Ce sont nos instructions, Josef.

J'écrivis une courte lettre à Marie de Hongrie, où je reprenais une autre chanson séfarade, *La rosa enfloresce*, qui m'autorisait un petit compliment, et confiai la lettre à Maximilien en faisant mine de lui avouer que mon plus cher désir était de guerroyer auprès du Habsbourg, en fidèle sujet de son empire, et que tel était l'objet de ma lettre.

Maximilien me regarda de travers, et éclata de rire.

– Toi, Juan, en capitaine ? Voilà un rôle qui ne te convient guère ! Tu es marchand, Juanito, rien d'autre... Mais je donnerai ces lignes à ma tante. Elle t'adore, nous le savons tous !

Peu convaincu, Maximilien transmit loyalement ma lettre et le résultat ne se fit pas attendre : la régente me convoqua.

– Cher Micas, notre neveu me dit que vous voulez nous quitter ? me dit-elle, la mine fâchée.

– Votre Altesse sait que ce n'est pas elle que je désire quitter, fis-je avec l'un de ces sourires que j'avais appris à poser sur mon visage de jeune homme.

– Ah, Juan, *amigo*, ne me mens pas ! cria-t-elle sans retenue. Tu veux partir pour la guerre, je le sais, tu veux devenir capitaine...

Il fallait brusquer la dame. Je tombai à ses genoux.

– Et que gagnerai-je, Madame, à demeurer aux pieds de Votre Altesse, puisqu'elle est princesse et moi marchand ?

Les dés étaient jetés ; je m'étais déclaré. Elle aurait pu me faire arrêter pour une telle audace ; mais elle plongea son visage dans ses mains.

– Tu es cruel, Juan. Oui, va-t'en, ou je ne réponds plus de moi. Ah, *Juan querido*, si jamais tu trahis notre secret, je vous ferai tuer, toi et ta trop belle tante Mendès...

Pauvre Marie aux cheveux grisonnants, tristes mains ridées sur une face ingrate... J'aurais aimé la prendre dans mes bras, l'y bercer, comme une mère malheureuse. Je me contentai de poser mes lèvres au creux de sa paume que j'écartai doucement pour la baiser. Elle me laissa faire.

– Qu'il soit entendu que ta famille demeure à Anvers, dit-elle d'une voix changée. Toi seul tu seras libre. Nous avons pour les Mendès de grands projets. *Es verdad*. De grands projets, Juan...

Puis sans hésiter elle rédigea elle-même le laissez-passer qui devait me permettre de rejoindre l'armée. Marie de Hongrie ne manquait pas de grandeur. Je pris congé d'elle le plus doucement possible. J'étais au seuil de la porte quand soudain j'entendis un cri :

– Juan! Jure-moi que tu seras prudent! Reviens!

Ah, Caraffa, cette fois ce n'était plus la régente, mais une simple femme privée de tendresse... Je ne me retournai pas et aujourd'hui encore, je le regrette. Que m'aurait coûté pourtant un baiser sur des lèvres vieillies?

Beatriz lut le laissez-passer paraphé par la régente, et ne me questionna pas. Il fut convenu que je prendrais prétexte de la guerre que conduisait le Habsbourg contre le renégat sarde Hassan Aga, roi d'Alger. C'était la direction d'Istamboul. Je m'apprêtais donc à faire partie de l'armée commandée par le vieil Andréa Doria, de dix ans plus jeune que son éternel adversaire Barberousse qui, à quatre-vingts ans, semblait toujours aussi alerte. Et quand je fus sur le seuil de la maison Mendès, j'entendis le même cri.

– Josef, jure-moi que tu seras prudent! Reviens!

Cette fois, je me retournai, Caraffa. Je courus me jeter dans les bras de ma Beatriz qui pleurait. J'embrassai sa blondeur, ses jeunes lèvres, son front bombé... Fallait-il donc la quitter pour qu'elle se laisse enfin protéger?

J'allais entreprendre avec les armées impériales la traversée de l'Europe, en longeant le Rhin et le Rhône. Maximilien voulut absolument m'aider à constituer un excellent équipage; nous choisîmes ensemble les meilleures épées, l'armure la plus légère et la plus élégante, et nous hésitâmes longtemps sur le choix de la monture, car nous partagions une passion pour les beaux chevaux. Je me prêtai à ce jeu amical avec d'autant plus de sérieux qu'il fallait donner le change; ma mission m'obligerait en effet à déserter cette armée de façade à la première occasion pour gagner Istamboul par la mer. Personne ne devait concevoir le moindre soupçon, pas même mon cher Maximilien. Je dépensai donc avec constance et largesse. Puis les armées s'ébranlèrent, et je chevauchai sans trop de difficulté, veillant à ne point trop me mêler à la foule des mercenaires.

Je n'aimai ni les rudesses des soldats, ni l'inconfort des campements. Ni les reîtres allemands, l'arquebuse sur l'épaule et l'épée au côté, avec leurs costumes multicolores et leurs rubans noués aux chausses, et ce grand air à vouloir dévorer le monde. Ni les maisons pillées, ni les femmes qui s'enfuyaient en nous apercevant, ni celles qui ne fuyaient pas, résignées aux violences... Les paysans étaient épuisés par toutes ces armées qui n'en finissaient pas de voler leurs biens au nom du même Dieu. Non, je n'aimais pas les routes qui conduisent à la guerre, et je garde de cette équipée de l'année 1541 le vague souvenir d'un grand désordre en marche, où un vacarme houleux se mêle à la boue des chemins, sans un coin de ciel libre pour apaiser l'esprit. Au moins, pensais-je, il serait aisé de s'enfuir.

Je vis le Habsbourg de loin, tordu sur son cheval; le goinfre avait la goutte. A Livourne, d'où l'armée devait gagner la Corse, je m'échappai; l'un de nos frères marranes avait préparé une galère. Ce fut ma chance. L'expédition d'Alger fut pour l'empereur Charles Quint un désastre; son armée fut écrasée par les orages; la tempête et la grêle engloutirent ses bateaux, et le grand Fernando Cortez, son amiral, l'ancien Conquérant, demeura impuissant.

Puis je découvris notre mer, que je ne connaissais pas. Notre Méditerranée, dont mon père Nasi disait qu'elle était notre unique univers. Quand j'embarquai, je ne pus me retenir de penser que j'allais vers Jérusalem, notre berceau, à l'autre extrémité de ces eaux déchaînées. Car je connus d'abord la pire Méditerranée, violente, brusque, avec des coups de vent et de hautes vagues imprévues. Puis le vent tomba ; le bleu de la mer vira au violet sauvage. Derrière la poupe de la galère, là où le bateau laisse un sillon d'écume, dansaient des groupes de joyeux dauphins qui jouaient avec nous, et hissaient d'un saut puissant leur museau amical au-dessus des vagues. Ne t'inquiète pas, Josef, semblaient-ils me dire, tu arriveras à bon port... Et parfois, comme tant de voyageurs l'attestent, j'avais la certitude qu'ils me riaient au nez.

Enfin j'abordai Istamboul, la merveille, ses coupoles, ses minarets comme des aiguilles, et ses cyprès rêveurs... J'étais arrivé dans la ville des songes de Beatriz, et je compris alors que Beatriz ressemblait à Istamboul : une ville blanche et blonde sous le soleil, énigmatique, une cité vivante et proté-gée, belle aux yeux de tous, et pourtant close sur ses secrets.

C'était l'époque où Sinan l'architecte construisait pour son sultan l'illustre mosquée qui s'élève aujourd'hui sous nos yeux, la Suleymanie, dont la hauteur et la beauté devaient l'emporter sur l'ancienne basilique de Byzance, Sainte-Sophie, indépassable modèle d'architecture, et hantise des maîtres ottomans. Contre toutes les règles en usage dans la famille impériale, Soliman venait d'épouser en grande pompe la première de ses cadines, que les princes d'Europe appelaient Roxelane et le Sérail Hürrem, ce qui signifie la Rieuse. C'était l'époque triomphante d'un grand souverain conquérant et bâtisseur qu'à bon droit on surnommait « le Magnifique », tant il est vrai que les innombrables chantiers de Sinan donnaient à la capitale de l'Empire ottoman un air d'ordre, de puissance et d'activité. Et si les rues étaient déjà aussi boueuses, aussi encombrées qu'elles le sont aujour-d'hui, si les maisons étaient de bois noir, leurs balcons ouvra-gés, les platanes, les mûriers et les fontaines ajoutaient à cette majesté un charme incomparable.

Et chaque soir, aujourd'hui encore, lorsque le crépuscule gagne la Suleymanie, je retrouve un peu de cet éblouisse-ment qui me saisit au moment où j'aperçus pour la première fois, à l'entrée de la Corne d'Or, la ville où je vais finir mes jours.

Je n'eus guère le temps de céder à l'émerveillement. Selon les instructions de Beatriz, je devais trouver un de nos frères

89

bien placés et bâtir avec lui un plan pour l'installation des Mendès. La communauté juive n'était pas encore considérable comme elle l'est de nos jours; elle se composait de quelques échappés de la Reconquista, arrivés en 1492, et des premiers Marranes débarqués autour des années 1530. Le Grand Seigneur faisait bon accueil aux Juifs, à qui il ne demandait qu'une loyauté sans faille et le port d'un vêtement violet.

C'est à son costume violet et à la fourrure qui l'ornait que je reconnus un Juif influent, simplement en me promenant dans les rues. Il portait sur la tête un drôle de bonnet pointu, de la couleur d'un coquelicot. J'eus de la chance : j'avais rencontré Mosche Hamon, un homme encore assez jeune, médecin du sultan. Son père avait déjà été le médecin personnel de Sélim Ier, le précédent sultan. Il n'avait pas encore beaucoup d'influence, disait-il, mais à n'en pas douter il y parviendrait. Il m'écouta fraternellement et me promit son aide.

Mosche Hamon avait besoin de temps pour atteindre la place : là, disait-il, il pourrait entretenir le Padichah en personne de la puissance des Mendès. Les lois du Sérail ne rendaient pas l'entreprise aisée : il lui fallait ruser avec les janissaires postés à l'entrée du palais, et surtout avec les dangereux iglochans, dont j'appris qu'ils étaient des pages farouchement attachés à la personne du sultan, et qu'ils le protégeaient mieux que ses propres soldats... Pour le convaincre d'aller vite, je rappelai à Mosche Hamon les malheurs des Marranes, le baptême forcé des Juifs du Portugal, les premiers autodafés, l'avancée de l'Inquisition, les prisons, les bûchers... Il ne semblait pas très ému.

Il m'expliqua, en tortillant sa barbe, qu'on ne pouvait avancer légèrement une si grande idée; le sultan, certes, pouvait trouver son intérêt dans l'arrivée des puissants banquiers Mendès, mais Hamon devrait aussi convaincre les Juifs d'Istamboul qui ne s'étaient pas convertis, eux, et qui voyaient d'un mauvais œil l'arrivée des Marranes qu'ils considéraient comme des traîtres à la religion judaïque, des chrétiens, en somme, peu différents des autres. Bref, Mosche Hamon se montra étrangement réticent.

J'avais appris que, contrairement à ses affirmations,

Mosche jouissait d'une influence déjà considérable, et pouvait tout dans le Sérail. Sans doute par modestie m'avait-il caché sa puissance... Je dispensai quelques largesses pour la communauté juive, et nous fîmes affaire.

En contrepartie, le médecin ne demanda qu'une seule chose : plus tard, quand nous serions en sécurité à Istamboul, il voulait être admis « dans l'intimité de la famille ». Je n'y prêtais aucune attention, j'acceptai; puis je repartis sans méfiance, le cœur léger, et ma mission accomplie.

Au bout de quelques semaines, j'étais de retour à Anvers : le temps de traverser la Méditerranée d'Istamboul à Ancône, puis, en forçant les étapes et en changeant de cheval toutes les cinq heures, de remonter de l'Adriatique aux Flandres en passant par Gênes, Avignon, Lyon, et Aix-la-Chapelle. Mort de fatigue, je m'écroulai dès mon arrivée, et je perdis la conscience des heures.

A mon réveil, je demandai Beatriz. Diogo ne me répondit pas; je le trouvai étrangement inquiet. Les soupirs de Reyna m'alarmèrent encore davantage; enfin j'appris que Beatriz était retombée dans la mortelle tristesse où je l'avais vue après la mort de Francisco. Personne ne parvenait à la voir; elle s'était retirée dans sa chambre depuis trois semaines, et de nouveau ne prenait plus aucun repas. Quelques noix, des fruits, du lait, c'était tout. Même plus de sucre.

En épiant le moment où une vieille servante allait lui porter un pichet d'eau, je réussis à la surprendre et je forçai sa porte. Pâle et désolée, affaiblie, les yeux brillants, elle ne sursauta pas, ne me sourit pas, indifférente. Je la pris dans mes bras et lui parlai avec une extrême douceur, comme on fait avec les agonisants. « Qu'a donc ma Beatriz qui l'accable à ce point ? »

Elle détourna la tête, mais resta blottie contre moi.

– David Rubeni est mort sur un bûcher au Portugal, à Evora, dit-elle simplement. Puis elle sanglota dans le creux de mon cou, aussi fort que si elle avait perdu un mari.

– Mais tu n'as pas tant pleuré pour ceux qui brûlèrent à Lisbonne...

Elle me cogna les épaules avec ses poings fermés, faiblement.

– Tu ne comprends jamais rien, Josef... Sans lui, j'ai perdu ma force.

J'eus la vision subite de noirceurs insoupçonnées. Avait-elle été ensorcelée ? Je la détachai de moi furieusement.

– Tu es folle, Beatriz... Est-ce là la religion de nos pères ? Veux-tu suivre les chemins des faux messies ? N'est-ce pas assez de notre persécution ?

Combien de fois lui aurai-je dit ces mots : « Tu es folle, Beatriz » ? Toute notre vie. Je la secouai si fort, je m'en souviens, que les arcelets de sa coiffe se détachèrent et que sa chevelure s'échappa. Elle se laissait faire comme une poupée.

– Un jour, Josef, murmura-t-elle les yeux fermés, tu comprendras le sens de notre vie. Ce jour viendra ; je serai déjà morte. Tu n'échapperas pas au Buisson Ardent, Josef... Il est en moi et tu l'auras en héritage, afin qu'il brûle dans ta poitrine, éternellement...

Dégrisé, je la lâchai. Elle se baissa, ramassa les rangs de perles tombés de sa coiffure, et renoua ses cheveux. Qu'elle était belle, Caraffa, les bras levés, les sourcils froncés, comme n'importe quelle femme...

Puis de nouveau elle fut Beatriz Mendès et plus rien n'échappait aux arcelets, sauf une indocile petite boucle frisée au-dessus d'une oreille. Mais elle ne posa aucune question sur mon expédition d'Istamboul ; elle persista dans sa désolation et me demanda de la laisser seule. Je me souviens avoir haussé les épaules en descendant l'escalier.

J'allais raconter les choses sérieuses à Diogo qui m'écouta sans mot dire.

– C'est bien, Josef. Maintenant nous pourrons partir. A combien estimes-tu le temps nécessaire pour que Mosche Hamon puisse s'entretenir avec le sultan ?

J'hésitai. Hamon n'avait pas été clair.

– Un an, deux peut-être, pas davantage... Le temps que grandissent nos filles, ajoutai-je en riant.

Mais Diogo s'assombrit.

– J'aurais préféré partir demain, Juan. Brianda... Ah, Brianda est trop jeune ! Enfin, tu verras toi-même, Juan. Quant à ta tante Beatriz, elle passe son temps dans les jeûnes et les divinations. Je t'attendais impatiemment, mon neveu ; un seul homme dans la maison, ce n'était pas assez.

Il me parla des nouvelles folies de Beatriz. Nous avions un cercle d'amis, souvent portugais, parfois espagnols, et leurs noms te sont familiers, Caraffa. Il y avait là Luis Perez de Saragosse, Martin Lopez de Villanevo, dont la sœur avait épousé à Bordeaux un certain Eyquem, et un homme jeune, dont le nom de naissance était Joao Rodrigues de Castel Branco et qui devint le grand, le cher Amato Lusitano, notre médecin, qui par sa bonté et sa patience aura bien mérité son surnom de « l'Angelicus ».

Un soir était arrivé avec eux Abraham Van Almaengien, dont le nom dit assez qu'il était flamand. Son père Jacob s'était converti bruyamment en la cathédrale Saint-Jean, à Hertogenbosch, dans le Nord du Brabant ; Philippe, roi de Castille et père du Habsbourg, avait été son parrain. Jacob Van Almaengien devint Philipps van Sint Jan.

Sous son nom de Nouveau Chrétien, il inventa une religion conciliatrice dans laquelle Juifs et chrétiens admettraient ensemble l'existence d'un Tsaddiq, un Juste, Nouveau Moïse qui réformerait le monde ; et son fils Abraham continuait l'œuvre de son père, bien qu'elle eût été condamnée par l'Église comme hérétique. Jusque-là, Caraffa, je ne vis rien à redire à l'entreprise fumeuse de notre ami flamand. Mais Diogo me fit signe d'attendre.

– Car vois-tu, ce Nouveau Juste, Philipps van Sint Jan l'appelait le Nouvel Adam. Ce pourquoi il recommandait à ses fidèles la nudité d'Adam ; aussi les a-t-on nommés Adamites, à cause des cérémonies clandestines où ils ôtent leurs vêtements pour ressembler au père de la race humaine.

J'éclatai de rire.

– Eh quoi ! Le fils Van Almaengien n'aura peut-être pas hérité de toutes les extravagances de son père Jacob, voilà tout !

– Voilà tout, en effet, fit Diogo. Mais cet Abraham s'enferme avec Beatriz, longuement. Et le Diable seul sait ce qu'ils font ensemble.

Pour le coup, je ne riais plus. Beatriz nue dans sa chambre avec ce Flamand fou ? Je le croisai le soir même ; il avait un sourire illuminé et une courte barbe noire. Il entra dans la chambre de Beatriz ; je l'y suivis résolument.

93

Un baquet plein d'eau était posé sur le carreau. Beatriz, vêtue d'une longue chemise, me lança un regard furieux. Elle tenait dans les mains un pigeon égorgé, dont la tête sanglante pendait.

Je bondis sur l'oiseau et le jetai à terre.

– La sorcière, Beatriz, souviens-toi, la petite sorcière... Elle avait été prise avec un pigeon mort, et on l'a brûlée, Beatriz!

Elle m'écoutait, toute blanche, plissant les yeux comme si elle cherchait vainement à comprendre. Elle n'avait plus l'air d'appartenir au monde des hommes. Soudain, je n'y tins plus et la frappai en plein visage. Elle s'écroula. Puis je jetai dehors cet Abraham de malheur, que nous ne revîmes jamais plus.

Beatriz bouda longtemps. Elle n'avait pas vingt-neuf ans; elle n'était encore que la jeune veuve Mendès et par ses folies elle mettait nos vies en danger... Amato Lusitano se chargea de lui administrer quelques potions traditionnelles, accompagnées de conseils apaisants; il n'y avait pas de meilleur remède à tous les maux qu'une certaine confiture de roses de sa confection. Je remarquai que Diogo n'avait pas eu la force d'intervenir; il avait vieilli.

Je me mis en devoir de me présenter à ma chère régente, à qui je fis un récit mensonger : des pirates m'avaient enlevé, j'avais été retenu captif. Elle ne fit aucun commentaire et ne marqua aucune émotion; visiblement, elle n'accordait aucun crédit à mes fables maladroites.

– Nous nous réjouissons de vous savoir de retour, dom Micas. Pendant votre absence, nous avons fait connaissance avec la jeune Brianda, qui est de votre famille. Elle se promène avec quelque seigneurs dans notre verger. Voulez-vous nous y accompagner?

Le poing de la régente se posa sur mon bras et je vis dans son regard une sorte de défi. Le verger était plein de fruits de l'automne, et de grosses poires tachées de rose tombaient à chacun de nos pas. Ce fut à son rire que je reconnus Brianda. Un éclair de satin rouge entre deux arbres, une petite main blanche sur le tronc tordu d'un poirier, et aussitôt, une grande main d'homme... Je compris en un éclair la douleur de Diogo. La régente avait bien joué.

94

— Voyez-vous, dom Juan, fit-elle distraitement, il nous importe que votre famille soit représentée en notre cour. Vous n'étiez plus là. Votre sévère tante ne sort jamais de votre maison. Sa jeune sœur en revanche est exquise. Enfin, nous sommes bien aise que vous soyez de retour. Vous n'avez pas menti, vous êtes revenu, c'est bien. Mais ne nous parlez plus de vos pirates, *querido mio*...

Son regard était dur. Elle savait, et s'était vengée sur la facile Brianda. Le premier galant venu avait fait l'affaire.

Diogo en mourut. On le découvrit un matin foudroyé en travers de son lit, la main crispée sur l'une des collerettes de sa femme : Brianda l'infidèle avait écourté la vie de son époux sous l'œil satisfait de la régente. Nous trouvâmes un testament que Diogo avait écrit de sa main, et serré dans un cabinet où il mettait les cartes des villes d'où s'enfuyaient nos frères, ainsi que leurs noms et les dates de leur départ. Diogo Mendès léguait aux pauvres seize cents livres; cent livres par an seraient allouées pour un tiers aux prisonniers, un autre tiers aux déguenillés, et le dernier aux orphelins; si possible, au Portugal, et sinon, dans les Flandres. Beatriz devenait légataire de la moitié de la fortune des Mendès.

Mais Diogo avait dépossédé sa femme et sa fille de toutes ses richesses, au profit de sa belle-sœur. Beatriz de Luna, épouse Mendès, devenait gérante de la totalité de la maison, administratrice des biens; elle exercerait sa tutelle sur Brianda et sur la petite Beatriz, sa nièce, la Chica; la veuve de Diogo ne recevrait que l'argent de son douaire.

Diogo à son tour s'était vengé, tout en ayant la sagesse de préserver l'intégrité de la fortune Mendès des fantaisies de sa légère épouse. Lorsqu'elle eut pris connaissance du testament de son mari, Brianda pâlit et, imitant sa sœur aînée, s'enfuit dans sa chambre d'où elle ne sortit point pendant une semaine.

La régente choisit ce moment pour placer nos biens sous séquestre.

Son frère le Habsbourg était pressé de mettre de l'ordre entre catholiques et adeptes de la religion réformée; pour ce faire, il voulait convoquer une diète. Or, ces énormes rassemblements de dignitaires ecclésiastiques et nobiliaires coûtaient beaucoup d'argent. En outre, Charles Quint voulait expédier aux Nouvelles Indes quatre mille Noirs d'Afrique que lui avait demandés Las Casas, afin de soulager la misère des indigènes : les colons les maltraitaient un peu trop, il fallait de nouvelles forces et un peu de charité chrétienne. L'empereur, décidément, avait besoin de notre fortune.

La régente me convoqua, et me dit d'une voix fort douce que, pour libérer les biens de Diogo Mendès, elle exigeait quarante mille ducats d'or, plus un prêt de deux mille florins.

Je la saluai sans un mot, sachant qu'elle ne céderait pas.

– Tu ne me dis rien, Juan, fit-elle subitement alors que je me demandai déjà si nous pouvions fuir pour Istamboul.

Je ne répondis pas, et quand je franchis le seuil, je crus entendre : « Pardon! »

Mais je n'en jurerais pas.

Nous n'avions pas les moyens de résister. L'année qu'avait demandée Mosche Amon pour entrer dans l'intimité du sultan ne s'était pas encore écoulée. Nous payâmes la rançon. Les biens de Diogo furent libérés.

Et Beatriz fit graver au-dessus du fronton, sur la grande maison où désormais j'étais le seul homme, un titre que je ne compris pas : « *Les héritiers de Francisco et Diogo Mendès.* »

Or, il n'y avait d'autre vraie héritière que Beatriz. Je regardais la pierre sombre où brillaient les lettres d'or quand Beatriz me prit le bras.

– Nous voici seuls maintenant, Josef, comme autrefois. Nous sommes devenus, nous, les Nasi, les héritiers des Mendès; c'est ainsi.

Et c'est ainsi en effet que je devins aux côtés de Beatriz Mendès, son compère, son partenaire, et son double.

Adieu, chevaux, conquêtes, escrime et passades... Je travaillais avec elle sur les livres de comptes, l'armement des vaisseaux, leur chargement, leurs parcours; côte à côte, jour après jour, heure par heure, nous ne nous quittions plus. Nos têtes rapprochées s'effleuraient parfois, je sentais sa chaleur, je pouvais presque l'enlacer sans me sentir coupable. Le soir, je la raccompagnais jusqu'à sa chambre. J'étais heureux.

J'avais suggéré que Brianda tînt auprès de la régente le rôle courtisan que naguère j'avais joué. Brianda hérita donc de mes chevaux inutiles, et partit en promenade avec ses galants. Beatriz avait approuvé mon idée; occupée, sa cadette serait moins dangereuse que confinée dans une oisiveté rancunière. Pendant quelque temps, les faits nous donnèrent raison.

Six mois plus tard, Brianda revint d'une de ses mascarades avec une mine satisfaite. Le cavalier qui l'accompagnait, disait-elle, souhaitait être introduit dans la maison, sur ordre de la régente. Don Francisco d'Aragon était cousin des Habsbourg; nous n'avions pas le droit de lui fermer notre porte. Mais l'ordre de la régente n'augurait rien de bon.

Don Francisco se présenta le lendemain. C'était un gentilhomme bedonnant, plein d'afféteries minaudières, mais au regard fureteur. Beatriz le reçut debout, courtoisement; je me tenais derrière elle. Nous nous attendions à une demande de prêt.

Il n'en était rien. Le gentilhomme, après quelques politesses, s'étonna de ne pas voir près de sa mère la jeune Reyna, sa fille. Beatriz maîtrisa mal un mouvement de surprise. A sa place, je répondis que la jeune fille était souffrante. Don Francisco, en toussotant gracieusement, nous fit savoir que la régente l'avait chargé de lui présenter Reyna le soir même. Il reviendrait la chercher à sept heures.

Je crois n'avoir jamais vu Beatriz dans une pareille fureur. Elle allait de long en large et renversait tout sur son passage, les chaises, la vaisselle, les vases et les fleurs...

– La régente veut donner ma fille à ce drôle, criait-elle, elle veut me voler mon enfant! Cela ne sera pas, Josef, je préférerais la voir morte!

A chaque meuble qui tombait, elle répétait d'une voix sourde : « Morte! »

L'heure approchait. Je décidai que j'accompagnerai ma cousine chez la régente; ma présence paralyserait Marie de Hongrie. Je laissai Beatriz à ses excès et montai préparer la petite Reyna, que j'habillai de mes propres mains.

Enfin elle fut prête, engoncée dans une stricte robe écarlate surmontée d'une petite fraise de quinze dés de linon empesé; j'avais veillé à ce que sa peau soit entièrement cachée, à l'exception du visage et des mains. Reyna, avec sa tête ronde et sévère entourée d'une coiffe rouge assortie, ressemblait à une infante juive.

Don Francisco fit irruption en tourbillonnant autour d'elle comme un bourdon. Il s'apprêtait à lui prendre la main lorsque je m'en emparai.

— Nos filles sont à nous, monseigneur, lui fis-je avec un large sourire. Et je suis le cousin de notre dona Reyna. Je l'accompagne.

La régente se montra nerveuse en m'apercevant. Don Francisco ne réussit pas à dissimuler un geste d'impuissance. Pendant que les musiciens s'accordaient, Marie de Hongrie me fit signe. « Venez, dom Micas. Et laissez votre belle cousine : don Francisco prendra soin d'elle. »

Le monseigneur prit la main que j'avais si bien protégée, la baisa, et parla à l'oreille de la jeune fille ; la petite, intimidée, reculait. J'aurais voulu percer cette seigneuriale bedaine à la pointe de l'épée.

— Vous faites un bien mauvais compagnon, Micas, fit la régente qui ne me quittait pas des yeux. Seriez-vous amoureux de votre cousine ?

— Et quand cela serait, Votre Altesse, où serait le mal ? répondis-je sans réfléchir.

— Nous avons d'autres projets, Micas, dit Marie de Hongrie. Nous voulons conclure une solide alliance, exemplaire aux yeux de tous les Nouveaux Chrétiens, et les convaincre de demeurer dans notre pays.

Beatriz avait vu juste. Quand nous rentrâmes, je serrai Reyna contre moi.

— Jure-moi, Reynita, que tu n'épouseras pas cet imbécile, jure !

Et elle, essoufflée, les cheveux défaits, riait de bon cœur.

— Mais Josef, bien sûr, ne me serre pas ainsi... Lui, je ne l'aime pas, ajouta-t-elle.

Sur le moment, je ne pensai guère à cette petite phrase, à laquelle plus tard j'eus souvent l'occasion de songer. Lui, elle ne l'aimait pas.

— Tu y viens enfin, Naxos, grommela le bouffon. Je me

demandai quand tu parlerais de ta future épouse, que tu as vue grandir, que tu as presque élevée, et dont tu ne me dis presque rien. Ne crois-tu pas qu'elle souffre l'enfer, notre duchesse Reyna, à te savoir sous le même toit, sans pouvoir t'approcher, sans avoir même le droit de t'apercevoir ? Ne renonceras-tu donc jamais à ta colère ? Une si faible créature...

– Je t'interdis de me parler de ma femme, bossu ! Et si tu veux que je parle à ta duchesse avant de mourir, tu serais sage de ne le point demander. Que sais-tu d'elle ? Rien encore.

Ma cousine Reyna m'appelait Josef comme le faisait sa mère ; elle était si fragile que je l'aurais cassée, comme sa mère au même âge. J'aurais parfaitement pu l'aimer dès cet instant, mais j'avais d'autres soucis en tête. Marie de Hongrie avait trouvé en Reyna le seul otage que notre famille ne pouvait tolérer. Il fallait fuir. Mais nous devions ruser ; nos trois dames, avec la petite Beatriz, la fille de Brianda, s'en iraient prendre les eaux d'Aix-la-Chapelle. Je me chargerais une fois de plus de demander une permission à la régente.

– Et nous ne reviendrons pas, conclut Beatriz.

– Si, pour cette fois, dis-je. Car vous serez trop surveillées, et Mosche Hamon n'a pas encore envoyé le signal de notre départ. Vous reviendrez au contraire. Nous résisterons tant bien que mal. L'an prochain, vous recommencerez ; forte de votre promesse si bien tenue, la régente accordera une seconde permission, et vous partirez pour Aix-la-Chapelle avec le même prétexte. De là, vous gagnerez Venise, d'où nous embarquerons pour Istamboul. L'année m'aura permis de vérifier notre affaire auprès du sultan.

Pour la première fois, Beatriz plia devant ma volonté. Quand sa fille était en jeu, elle perdait la tête ; elle ne contesta pas mon plan. Mais d'évidence, il était trop rusé.

J'obtins l'autorisation de la régente, et les femmes partirent pour les eaux. Elles n'étaient pas plus tôt arrivées à Aix-la-Chapelle que don Francisco les y rejoignit. Beatriz monta la garde auprès de sa fille. Elles revinrent. Nous avions gagné deux petits mois. Une semaine plus tard, don Francisco fit sa demande officielle à Beatriz, qui l'éconduisit poliment, sous le prétexte que Reyna était trop jeune encore pour le mariage. L'hidalgo au gros ventre se retira en souriant. L'après-midi même, la veuve Mendès était convoquée chez la régente. Je l'y accompagnai.

— Madame, vous accorderez la main de votre fille Reyna à notre cousin Aragon, dit-elle sans faire asseoir Beatriz. Nous ne voulons pas vous prier davantage; il s'agit pour vous d'une alliance inespérée. Nous savons qui vous êtes et d'où vous venez, ajouta-t-elle durement. Nous avons consulté notre frère l'empereur qui ne s'oppose point à cette union. Ne nous obligez pas à poursuivre, madame; ce mariage sera conclu dans trois jours.

Je n'eus pas le temps d'inventer une parade. Beatriz, telle l'archange Raphaël, brilla soudain comme une épée.

— Je préférerais la voir morte! lança-t-elle. Votre Altesse m'entend bien : ma propre fille, je préférerais la voir descendre au tombeau...

Et sans rien ajouter, elle quitta la salle, laissant la régente stupéfaite. Je voulus courir après elle, mais Marie de Hongrie me retint par la cape.

— Si elle n'obéit pas, Juan, vous brûlerez tous en place publique, sache-le! *Todos!* Même toi, Juan, même toi...

Violente, jalouse, laide... pauvre régente! Je tapai ses doigts d'un coup sec et me libérai d'elle pour toujours.

Le soir même, Beatriz exigea que je parte en cachette avec ma cousine Reyna. Elle demeurerait à Anvers, se lamenterait publiquement, et pleurerait le sort de sa fille qu'un parent indigne aurait enlevée à la veille d'un mariage décidé par la régente. Enfin, elle mettrait en ordre les affaires financières avant de nous rejoindre.

— Mais l'honneur de ta fille, Beatriz? Pourra-t-elle un jour faire un mariage digne d'elle, s'il se répand, fût-ce à dessein, qu'elle s'est enfuie avec son cousin sans le consentement de sa mère?

Elle fit sortir Reyna, puis me dévisagea longuement.

— Josef, écoute-moi. Je veux que tu épouses ma fille. Aujourd'hui, tu n'as pas pour elle d'autre sentiment que l'affection, je le sais; mais tu ne peux pas refuser de sauver ma fille unique, la fille de Francisco.

La colère me prit. La régente, Beatriz, Brianda, et maintenant cette petite fille que je n'aimais pas! Ces femmes, toutes ces femmes... Je criai des sottises : que si j'avais su, j'aurais guerroyé pour de bon auprès du Habsbourg; que j'aurais violé des paysannes comme un soldat; que depuis tant d'années j'étais son bouffon, son valet, rien d'autre; que j'avais le droit de donner mon cœur à qui je voulais; qu'elle volait ma vie; que je n'aimerais jamais d'autre femme, qu'...

Elle me coupa.

– ... que la fille de Francisco, mon époux, Josef, dit-elle d'une voix qui ne tremblait pas.

Je me tus. Je la connaissais suffisamment pour entendre ses ordres. Elle posa sa main sur mon front.

– Mon Josef, fit-elle avec douceur, tu vas te faire mal à t'enfiévrer ainsi, au moment où il faut rassembler les effets de ta fiancée et quitter la place.

Nous passâmes la nuit à préparer notre fuite. C'était en octobre, à l'époque des premières gelées. Contre le froid, nous emportâmes des chaufferettes et des couvertures, ainsi que de l'eau-de-vie. Je me chargeai de rassembler les sacs de pièces d'or auxquels j'ajoutai quelques gemmes; Beatriz rédigea en toute hâte deux ou trois lettres à l'intention des correspondants que nous avions sur le territoire de la république de Venise et dans les États du Pape; et elle traça sur une carte imprécise les étapes du trajet que nous devrions suivre. Nous passerions par les terres germaniques, puis en France par Lyon, enfin à travers les Alpes avant de gagner Venise. Là, nous attendrions le temps nécessaire pour que Beatriz et Brianda pussent nous rejoindre, et c'est à Venise que Reyna et moi célébrerions nos noces; puis nous traverserions la Méditerranée jusqu'à Raguse, où nous avions déjà quelques appuis; de là nous partirions par terre vers la capitale ottomane.

A l'aube, Reyna, mal éveillée, titubait de sommeil. Les chevaux massifs soufflaient de la buée dans le petit matin glacé. Les premières lueurs de l'aurore, l'éclat sinistre des torches tenues par nos plus vieux serviteurs – qui ne nous avaient pas quittés depuis le Portugal et qui tremblaient –, la grande masse obscure de la maison Mendès que nous allions

101

abandonner pour toujours, le silence des servantes, les premiers corbeaux dans le ciel de la ville, tout cela brisait le cœur. Beatriz serra sa fille contre elle avec une violence qui m'effraya; pendant leur longue étreinte, je ne vis plus Reyna, dont la chevelure noire se confondait avec l'ombre de Beatriz. On eût dit que la mère et la fille ne formaient plus qu'une seule et même personne, mon épouse et ma sœur.

Quand nous nous dîmes adieu, Beatriz pleura, convulsivement.

– Beatriz, Beatriz, viens avec nous... Nous pouvons fuir ensemble, nous pourrions..., chuchotai-je près de sa bouche.

Mais elle, en sanglotant davantage, me repoussa :

– Va, Josef. C'est ton destin, et c'est le mien. *Tsimtsum*... Va, et surtout, traite-la doucement.

Pas davantage que la première fois, je ne compris le mot hébreu qu'employait Beatriz. On piqua les chevaux. La lourde voiture s'ébranla et fit gronder les pavés. Il ne resta bientôt plus de Beatriz qu'une silhouette en contre-jour. Je la quittais, et j'emmenais à sa place, à mes côtés, sa fille.

– Voilà donc comment tu fus obligé d'épouser ma duchesse, mon maître, dit le bossu. Je ne vois pas que ce soit une raison pour la traiter comme tu le fais. Est-ce qu'elle ne t'aime pas, elle ?

– Tends bien l'oreille, fit le vieil homme sans répondre; là-bas, quelqu'un joue de l'oud, sur l'autre rive de la Corne d'Or, en Asie. L'air est tiède et le vent amoureux. Écoute la tendre tristesse de cette mélodie; elle vient d'Usküdar, sans doute... Je désirais la musique, la voici. Même ottomane, elle ressemble à nos chansons séfarades; nous les avons héritées des zadjals que composaient les Maures d'Andalousie, et la même nostalgie les habite. Quand j'aurai disparu, Caraffa, tu te souviendras de ce moment parfait où un luth lointain s'est accordé avec nos âmes. Et tu diras à mon épouse qu'en cet instant je pensais à elle. Plus un mot; peut-être se tient-elle cachée si près de nous qu'elle m'entend. Je suis fatigué. Écarte de mon chemin ces jattes inutiles qu'on tente de me présenter pour me faire vivre encore un peu. Et laisse-moi passer.

Il voulut se lever, et n'y parvint pas. Dissimulée dans l'ombre du balcon, la duchesse Reyna pleurait.

Chapitre III

1545-1550

LES PRISONS DE LA SÉRÉNISSIME

(La traversée de l'Europe; Juan Miquez et Reyna Mendès s'installent à Venise; Faustina; l'arrivée des dames Mendès; les intrigues de Brianda; Juan Miquez part pour Istamboul.)

Lundi, le soir tombé

— Plus personne, enfin, murmura le vieil homme. Seul avec la ville et la mer. Je ne te compte pas au nombre des vivants, Caraffa : tu es mon ombre. Tu m'écoutes, et c'est assez. Ta duchesse, qui vient de sortir, et à qui je sais que tu répètes tout, avait quatorze ans quand, sur ordre de sa mère, je l'enlevai.

Serrée contre moi dans la voiture qui nous emportait, effrayée par cette fuite imprévue, ma pauvre Reyna s'endormit en pleurant à moitié. Et moi je songeais sans relâche à ce que m'avait dit sa mère : « Je veux aussi que tu l'épouses, Josef... » La maudite phrase suivait le rythme des sabots et le hennissement des chevaux. Non! Je n'épouserai pas cette enfant que je n'aimais pas, je ne ferai pas son malheur. Ni celui d'aucune femme. Pourquoi lier ma vie à celle d'une autre ? J'attendrai Beatriz. Je cacherai la petite, je veillerai sur elle et serai son tuteur, son cousin, son père, mais je ne l'épouserai pas.

Quand il fit grand jour, les larmes de la nuit avaient laissé des traces sur ses joues enfantines; puis elle s'étira comme

103

font les jeunes filles, et me regarda avec étonnement. Ce n'était pas son habitude d'ouvrir les yeux sur un visage d'homme.

Nous traversâmes les terres allemandes, où les méprisantes cathédrales lancent leurs flèches vers le ciel. Aux aubergistes, je disais que Reyna était ma sœur; elle n'était pas accoutumée aux draps rudes et aux bières puissantes qu'on nous servit pendant plusieurs semaines, et elle passait son temps à se cacher derrière moi, pour éviter les regards trop curieux. Nous arrivions au milieu de l'automne; le ciel bas pesait comme un couvercle, il pleuvait fréquemment et des rafales humides pénétraient jusque sous nos fourrures. Souvent, le long des routes, les champs restaient à l'abandon; quand elles n'avaient pas brûlé, les haies poussaient en tous sens, envahies d'aubépine et de chardons; le bétail errait sans surveillance. Il nous arriva de croiser d'étranges paysans, armés de coutelas et de fourches, et qui marchaient vers une destination inconnue; le cocher leur demandait où ils allaient, mais pour toute réponse, on brandissait le poing, on menaçait, ou alors on mendiait du pain avec colère. Ils avaient faim. Souvent, au loin, une fumée noire montait d'une ferme. Nous vîmes aussi des vaches mortes et gonflées, aux pattes roides; un matin, j'eus à peine le temps de saisir la tête de Reyna pour l'empêcher de voir une femme éventrée sur le bord de la route. Des reîtres barbus, dont je ne reconnaissais pas l'uniforme – suisse, saxon, flamand, qui sait –, passaient au galop, la lance à l'épaule, sans raison apparente. Et personne ne savait vraiment les raisons de ces désordres.

Brusquement, nous arrivions dans des vergers tranquilles où l'on finissait de ramasser les dernières pommes; on gaulait les noix, on faisait rôtir des châtaignes autour de feux de bois, et nous n'avions aucun mal à trouver, contre quelques pièces, du lait frais, des œufs et des faisselles de fromage. On passait, sans explication et sans transition, d'un monde dévasté par une guerre inconnue à une paix tout aussi mystérieuse. Tout dépendait des querelles entre les catholiques et les partisans de la religion réformée; mais il était clair que des bandes de pillards profitaient de l'occasion pour rançonner les campagnes qui n'étaient pas surveillées. En France, la situation n'était guère meilleure; et je fus fort soulagé, en arrivant dans la ville de Lyon, de trouver chez lui notre facteur, à qui j'expliquai rapidement les raisons de notre voyage.

Il ne m'écouta pas jusqu'au bout, crut que la veuve Mendès s'était enfuie également, se précipita, chercha Beatriz au fond de la voiture, et leva un sourcil en apercevant Reyna. Je lui dis la vérité, mais il hocha la tête. Le brave homme ne me croyait pas; à jamais, j'apparaîtrais comme le séducteur de l'héritière des Mendès. Si je n'épousais pas cette cousine que Beatriz voulait me forcer à prendre pour femme, je ferais son déshonneur. Cette pensée me désespéra.

Reyna se comportait comme un animal familier; docile, douce, souvent endormie, distraitement curieuse du spectacle que nous offrait le voyage. Déjà, elle s'attachait à mes pas, comme aujourd'hui, en silence. Elle ne gênait point ma rêverie.

Lorsque apparurent les plus hauts sommets des Alpes, nous nous arrêtâmes pour reposer les bêtes, sur le bord d'un ruisseau de montagne. Un peu de neige fraîche brillait au loin sous un soleil vif. Reyna ne put se retenir de battre joyeusement des mains.

– Que c'est beau, Josef! Je n'ai jamais rien vu d'aussi blanc de ma vie. Pas même, ajouta-t-elle, la robe blanche de ma mère le jour du mariage de ma tante Brianda, tu te souviens, Josef?

La petite me plantait dans le cœur un coup bien ajusté. Je la regardai pour de bon : décoiffée, les joues rougies, elle relevait sa jupe poussiéreuse et sautait d'une pierre à l'autre pour cueillir des brins de menthe aux feuilles déjà noircies. Elle n'était pas vraiment laide. Elle me montra le bouquet en riant.

– Tiens, Josef, c'est pour toi. Un jour, quand tu m'épouseras, tu m'en donneras un autre...

Comme elle disait cela! Naïvement, avec une gaieté sans âge... Soudain, elle ne rit plus et me tendit sa verdure odorante avec cette mine inquiète qui ne la quitte jamais. « Tu ne veux pas de mon bouquet, Josef? » fit-elle d'une voix qui tremblait.

Je le pris ; ce fut mon premier geste d'époux.

Nous descendîmes de l'autre côté des montagnes, roulant au milieu des longues plaines coupées de vastes champs ; les vignes s'enroulaient autour du tronc des ormeaux, et les brumes du matin leur donnaient l'allure d'étranges divinités. L'air devint transparent, le paysage apaisé. Reyna s'émerveillait des accents musicaux des servantes dans les auberges ; nous retrouvions un peu des sonorités de notre propre langue, les provinces italiennes nous semblaient familières. De temps à autre, nous entendions chanter des paysannes et Reyna sortait la tête par la portière pour mieux les écouter. La bière laissait la place à des vins rudes et gais ; le froid reculait, les guerres également. Les peurs et les angoisses s'éloignaient comme si nous échappions enfin à nos persécuteurs, et Reyna se détendit tout à fait ; je n'osai pas la troubler. Un peu plus tard, j'aperçus des marais salants qui étincelaient au crépuscule, des reflets d'or rose au loin dans le brouillard... Venise.

La Sérénissime République de Venise n'était plus la cité dominatrice dont les marchands patriciens avaient fait la fortune. Certes, elle restait à la tête d'un empire puisque les deux rives de la mer Adriatique étaient siennes. Le Frioul, l'Istrie, la Dalmatie, Corfou, Gallipoli, verrou des Dardanelles, les ports de la mer de Marmara, Chypre enfin, reine des îles... La Méditerranée, qui lui avait appartenu presque tout entière, demeurait en son pouvoir. Au-delà de la lagune, sur la terre ferme, la Sérénissime avait étendu sa domination : Vérone, Vicence, Padoue, Bergame, Feltre, Trévise, Ravenne, Cadore et Ceneda, toutes ces villes étaient sous le contrôle de Venise.

Mais le Turc, nous le savions, commençait à sortir ses griffes. Déjà, Venise avait perdu deux villes de Morée, ainsi que ses accès en Égypte et en Syrie ; près d'un demi-siècle s'était écoulé depuis que la flotte vénitienne s'était honteusement enfuie devant l'armée navale ottomane, avec une telle couardise que le roi de France, Louis XII, s'était écrié : « Les Vénitiens sont riches et prudents, mais ils craignent la mort ! » Et les rois attendaient les conséquences de cette insigne lâcheté marchande.

Oui, Venise avait perdu sa bravoure; Venise l'indolente manquait le rendez-vous des Nouveaux Mondes. Et pendant que les rois d'Espagne et de Portugal s'employaient à conquérir d'autres univers, la République aurait à tout le moins pu servir de modèle aux cités, préserver ses règles citoyennes et la rigueur des origines qu'elle n'avait plus aux temps où j'y vécus... Il n'en était rien; la paresse des triomphes l'avait profondément corrompue.

Je savais cela. Chez les Mendès, Venise n'avait pas bonne réputation; cette grande prostituée du commerce européen donnait dans le luxe et la facilité. On décrivait ses fastueux bâtiments, on dénombrait les nouveaux palais qui ne cessaient de se construire, on condamnait ses fêtes et l'impertinence des fils de noble famille, ces vauriens...

Dès Anvers, en écoutant ces rustres de marchands parler avec mépris de la Sérénissime, j'avais fait de Venise ma part de rêve. La maison de Diogo s'inspirait du style de ses palais; les tentures, les peintures et les fresques, les vaisselles, presque tout venait de Venise. Dès que je posai le pied sur ces longues barques noires à la proue courbée qu'ils appellent des gondoles, je sus que j'aimerais Venise jusqu'à ma mort. Au premier regard lancé sur l'ombre des venelles et des canaux, j'avais compris que Venise, l'insolente, Venise la débauchée serait à ma véritable mesure. Je sus aussi que, pour ces mêmes raisons, Beatriz ne pourrait jamais y vivre heureuse.

Je me souviens, c'était l'aurore. Les servantes, avec de grands cris graves, jetaient les eaux usées par les fenêtres; les *pestrineri* vantaient leur lait, les bateliers aux yeux lents attendaient les clients, cependant qu'une cloche au son immense, la Marangona, semblait gronder tout ce petit monde comme une mère ses enfants. Le long des quais abordaient des barques chargées des fruits de l'automne et de légumes inconnus; bientôt, une sourde rumeur monta, où se mêlaient tous les accents d'Europe. Je reconnaissais les rugueux idiomes des marchands germaniques, les inflexions roulées des Français, le rauque chantant des Siciliens, les crêtes rocheuses des Grecs, et la charmante langue de Vénétie. Mais ces sons mélangés ne heurtaient pas l'oreille; ce qui, partout ailleurs, aurait pu s'appeler vacarme ou tumulte donnait au contraire à l'aube vénitienne le charme d'une musique inouïe. J'entendis des trilles semblables à ceux des oiseaux, et des éclats de rire; je levai les yeux et vis, au-dessus des tentures éclatantes qui pendaient du pont du Rialto, la foule légère des femmes qui passaient.

Reyna se taisait, renfrognée. Elle semblait jalouse et je crois qu'elle avait raison; j'éprouvais pour Venise une ardeur presque physique.

Nous traversâmes les canaux jusqu'à l'île des Juifs, où notre facteur de Lyon m'avait indiqué une discrète auberge où l'on protègerait la vertu de Reyna. Je posai mon coffre, installai ma cousine, la priai de défaire notre bagage et me hâtai de repartir. Je la laissai seule sans l'ombre d'un remords; quand Beatriz n'était pas là, quel mauvais homme je faisais, Caraffa...

Je connaissais déjà Istamboul. La lumière y jette les mêmes feux subtils qu'à Venise, et une brise identique y respire doucement; les blanches coupoles de la basilique San Marco ressemblent aux mamelles des mosquées que nous avons sous les yeux; les mêmes cris de bateliers rythment le point du jour, et les deux ports retentissent d'une commune activité, fébrile et joyeuse. Nacrées comme des perles d'eau noire, Venise et Istamboul, également insaisissables, exigent qu'on oublie son propre passé, et que l'on s'y donne d'un cœur entier, neuf et familier tout à la fois, comme si l'on y avait déjà vécu une vie antérieure. En arpentant la Piazzetta, j'investissais donc l'un de mes anciens royaumes.

Comme à Istamboul, abondaient les marques de l'Empire byzantin. Les quatre chevaux d'or qui surmontaient la basilique avaient été arrachés à l'Hippodrome de Byzance; ils venaient de notre grande place, là-bas, derrière Haghia Sophia dont tu vois le gros dôme mafflu derrière le Sérail. On respirait à Venise le même air de puissance et de conquête que seuls donnent les siècles passés, qui patinent les murs des maisons et font marcher les passants hardiment, avec morgue et nonchalance.

Mais à Venise, il y avait les femmes : fortes campagnardes qui venaient vendre leurs légumes en criant joyeusement, belles patriciennes un peu raides dans leurs robes de brocart, et putains aux cheveux rouges... J'étais arrivé en mes terres.

108

Je l'avoue, Caraffa, je négligeai Reyna. J'avais prudemment décidé que, pour son bien, elle ne devait pas sortir; quant à moi, il m'appartenait de préparer l'arrivée des dames Mendès, et de trouver un logis digne de notre rang.

Depuis 1516, les Juifs s'étaient réfugiés dans un quartier séparé auquel on donnait le nom de Ghetto. Pour la plupart, ils étaient venus de villes italiennes, Trévise, Vérone, Bassano, poussés par la peur des massacres; à partir de 1527, des prédicateurs fanatiques avaient profité de la menace des lansquenets de Charles Quint pour exciter les populations contre les Juifs et demander leur expulsion. Il traînait en effet à Venise un vieux décret d'expulsion, promulgué en 1497, et que la Sérénissime s'était bien gardée d'appliquer. Comme tous les gouvernements d'Europe, Venise avait grand besoin de notre argent; elle avait donc choisi de conserver notre peuple en son sein, mais en en réunissant tous les membres dans le même lieu, et en augmentant le tarif de leurs contributions financières. La communauté juive vivait confinée dans le Ghetto, où les Juifs portaient obligatoirement, comme ailleurs, le chapeau jaune et la rouelle sur l'habit.

Peu à peu, la vie s'était organisée; les Vénitiens de souche avaient quitté le quartier réservé, et les Juifs avaient construits, en 1528, une synagogue, fort grande et belle; parce que les premiers Juifs qui acceptèrent d'entrer dans le Ghetto étaient presque tous allemands, elle portait le nom de Scola Grande Tedesca, et l'on y parlait le langage ashkénaze; une autre, la Scola Canton, avec la même langue, venait tout juste d'être bâtie, en 1531. Mais ni l'une ni l'autre ne pratiquaient les rites séfarades; nos coutumes n'étaient pas reconnues, et nous autres les Marranes demeurions sans attaches. Nous n'avions pas davantage d'affinités avec les Juifs levantins, qui portaient le turban, le caftan et la barbe, comme ceux d'Istamboul; ils avaient d'ailleurs fondé leur propre synagogue, la Scola Levantina. Il se trouvait déjà un nombre suffisant de Marranes, récemment arrivés, pour rêver d'entreprendre un jour la construction d'une quatrième synagogue, où le rite serait accordé à la langue judéo-espagnole. Mais c'eût été reconnaître un judaïsme contradictoire avec l'affectation de conversion chrétienne, et l'on n'en était pas là. En ces temps-là, personne ne voulait confondre encore les Marranes et les Juifs : ni les premiers, par crainte, ni surtout les seconds choqués par les conversions. On m'a dit récemment que les travaux avaient commencé ; c'est bon signe. Voici quatre ans, en 1575 je crois, s'est édifiée à Venise une Scola Italiana toute neuve qui rassemble les Juifs « italiens » ; *meglio ancor*.

Ce problème était encore suffisamment sensible, quand j'arrivai à Venise, pour que les intérêts des Marranes eussent été confiés à un « procureur du peuple des Nouveaux Chrétiens », qui devait soit les défendre, soit les accuser en cas de judaïsme trop voyant. Pure hypothèse, aurait-on pu penser ; à Venise, la liberté nétait pas un vain mot, et les Marranes ne semblaient pas trop menacés. Du moins voulus-je naïvement le croire ; personne n'aurait pu me convaincre de la vilenie de la république. Je la voulais assez sûre d'elle pour ne pas faire le jeu de l'Inquisition.

Plus tard, je découvris l'obsédante présence des espions du Conseil des Dix, qui venait justement de s'adjoindre l'appui de trois inquisiteurs ; ils travaillaient sur les dénonciations des chefs de quartier et des « confidents », qui parfois se contentaient de glisser leurs accusations dans la bouche d'un lion de pierre, le lion de la mort, scellé dans un mur du palais des Doges. Interrogatoires, sentences, exécutions, tout demeurait secret, et l'on pouvait disparaître à Venise sans autre forme de procès.

Les règles, pour certains marchands, ne manquaient pas de rudesse : les sujets de Charles Quint devaient loger dans une vaste bâtisse, demeure admirable, somptueusement peinte de fresques toutes fraîches, qui leur était expressément réservée sur le Grand Canal. Mais les marchands devaient y déclarer leurs biens, et n'en repartir qu'après avoir consommé sur place le produit de leurs ventes. Voilà qui ne nous concernait pas ; je m'employais à louer un palais loin du Ghetto et des bâtiments allemands. Beatriz, qui savait les difficultés des Marranes à s'intégrer aux communautés ashkénazes venues du Nord, m'avait recommandé de nous écarter de la communauté, et surtout de ne pas nous mêler aux simples marchands ; afin de mieux nous protéger, elle voulait une maison patricienne, qui nous élèverait au rang de la noblesse. Pour le bref temps que nous devions passer à Venise, il n'était pas nécessaire de courir le moindre risque; et en nous rapprochant trop visiblement de nos frères, nous aurions pu nous retrouver moralement prisonniers du Ghetto.

Je prétextai cette obligation pour vagabonder seul et ne mis pas longtemps à m'acoquiner avec les plus élégantes prostituées vénitiennes, qui me recevaient aux chandelles, les seins couverts de perles, avec des rires éclatants. Superbement fardées, elles affectaient une méchanceté fort à la mode, maltraitaient leurs esclaves noirs, les *morettos*, et se moquaient de mon nom. Dom Juan Miquez, tout simplement? Et d'où vient ce grand seigneur? Prince de Nulle-Part? Du Portugal ou d'Anvers? Chrétien? Allons donc! L'on est juif, sans doute? Banquier? Voilà qui est mieux, monseigneur...

Mes belles amies eurent tôt fait de deviner en moi le débutant dans la débauche et se firent une joie de m'introduire dans leurs jeux collectifs; moi qui ne m'étais jamais attardé à aucune caresse, j'appris à servir leurs amours féminines, au cours d'enlacements variés où je ne distinguais plus le corps de Giulia de celui de Viola, ni de celui-ci encore, garçon ou fille, Eggidio ou Anetta, Gennaro, Bianca, et c'est à peine si je retrouvai, au terme de la nuit, le mien. Elles me firent passer mes manières de soudard, et je leur dois de vifs plaisirs; en outre, elles m'enseignèrent une sorte de discret et durable recul devant ce que les hommes appellent naïvement amour. Tout me plaisait en elles, jusqu'à la façon dont elles obtenaient des cheveux d'un si beau roux: elles le traitaient à l'urine mâle, en les étalant sous les grilles des endroits préposés à cet effet, d'où elles se faisaient copieusement arroser par les hommes.

Un jour, dans l'antichambre de l'une d'elles, j'aperçus de vrais cheveux blonds, clairs comme ceux de Beatriz. Cette chevelure-là n'avait pas été soumise au traitement vénitien; je regardai la petite de plus près. Le rouge de ses joues était mis de travers; elle avait les yeux fort écartés, une petite bouche sévère, et qui ne souriait pas. J'étais dans un lieu de plaisirs; je lui pris le menton mais elle se dégagea brusquement. Je fis avec elle ce que j'avais un jour crié à la face de Beatriz : je la pris brusquement, comme on viole, comme on se venge. Elle se taisait toujours, et cela m'intrigua.

Tout ce que je savais d'elle, c'est qu'elle était la fille ou la maîtresse d'un marchand de Munster qui l'avait installée pour un bref séjour, et n'était jamais venu la reprendre, marchandise abandonnée sur les quais. On l'avait appelée Faustina ; elle devait avoir quinze ans à peine et parlait une drôle de langue, faite de vénitien et d'allemand.

Chaque fois que je la forçais, je guettais un signe, un mot, un soupir, mais rien ; elle s'étendait et se laissait faire, le regard morne, sans un sourire. Faustina ne s'animait qu'en caressant son petit chien, un bichon blanc aux longs poils avec une truffe aplatie, auquel selon la mode du temps elle avait noué un ruban sur le cou. Nos ébats achevés, l'animal montait sur le lit en jappant, et ma maîtresse lui dispensait mille tendresses qui me rendaient pensif. Je partais insatisfait, mais je ne pouvais me passer d'elle. Je l'installai bientôt dans une maison où je la rejoignais chaque soir.

Ma frénésie pour l'indifférente devint si visible qu'un soir, comme je repartai le manteau sur l'épaule, Reyna se plaça en travers de la porte.

— Cousin Josef, n'y va plus, je t'en prie... Tu te fais du mal, il y a là quelqu'un qui ne t'aime pas, et...

— Reyna ! Comment le sais-tu ?

— Je le sais, voilà tout ! cria-t-elle en trépignant comme sa mère, et elle lança ses griffes sur mes joues. Je saisis ses mains au vol, et je la frappai — comme sa mère.

— Allons, petite corneille, ne fais pas la bête. Ce sont des affaires auxquelles tu n'entends rien ; tu m'as blessé, regarde, je saigne. Laisse-moi passer !

Je parvins à l'écarter sans lui faire mal et partis en courant. De loin, j'entendis sa voix coupée de sanglots : « Quand m'épouseras-tu, Josef, Josef, quand ? »

— Déjà, tu la faisais souffrir, fils ! dit tranquillement le bossu.

— Je t'ai ordonné de ne pas me parler de la duchesse, bouffon. Est-ce ma faute si sa mère m'avait enjoint de m'éprendre de ma cousine? Je les détestais toutes deux, Reyna et Faustina; mais la putain se faisait payer; c'était plus clair.

Puis je reçus d'Anvers un message de Beatriz. Les dames Mendès avaient, comme prévu, obtenu de la régente une nouvelle autorisation pour aller prendre les eaux à Aix-la-Chapelle; à ce signe, je sus qu'elles allaient s'enfuir, et qu'elles arriveraient bientôt. Le message me donnait bien une échéance que j'aurais dû attendre impatiemment, mais les jours passèrent trop vite; sans que je pusse me l'expliquer, je le sentais, le temps de mes amours avec Faustina m'était compté.

J'avais trouvé, non loin du quai de la Zecca, un palais de marbre et de brique construit au siècle dernier, avec de grands escaliers ornés de statues qui me rappelaient Faustina, et des fenêtres entourées de colonnettes torsadées. Je voulus pour Beatriz une demeure digne des Mendès; l'on accrocha des tentures sur lesquelles des dieux barbus contaient fleurette à des mortelles sans défense; un taureau divin lorgnait la blanche Europe, et des Tritons aux mains glissantes frottaient leurs écailles contre la peau fragile des Néréides. L'on coucha partout des tapis, on ne mit pas de paille. Enfin, je cédai à la mode, et j'achetai des tableaux.

C'est ainsi que je connus ce Tiziano dont tu as vu, Caraffa, la nudité allongée sur un velours pourpre... La Faustina accepta de poser devant Tiziano comme elle acceptait toute chose, avec indifférence; elle se contenta d'exiger la présence de son chien favori. Le seul souvenir qui me reste de Venise, c'est ce tableau qui représente une putain muette, aux cheveux d'un blond transparent, et qui m'appartenait. La belle affaire... Faustina était nue jusqu'au fond de son âme vide. Mais ce corps silencieux avait du moins effacé pour un temps la mémoire de Beatriz.

**

Elle arriva un beau matin d'été, par une de ces chaleurs insupportables dont Venise a le secret; la brise s'était enfuie, les canaux empuantis étaient encombrés de leurs ordures habituelles, et la Marangona semblait sonner le glas d'une invisible mort. J'allais à la rencontre de mes tantes dans la campagne vénitienne, du côté de la Brenta. Brianda, rouge et suante, ébouriffant ses cheveux roux, se plaignit d'une voix acide de l'inconfort du carrosse, de la saleté des rues de Lyon, et se tordit le pied sur le premier caillou venu.

Beatriz se jeta à mon cou et posa son front contre mon épaule avec un petit soupir animal. Son éternelle robe noire était couverte de poussière ; elle avait les traits tirés, le teint gris, mais je retrouvai sa moue d'enfant et son regard impérieux quand elle releva la tête. Quelque chose en moi se brisa et dit adieu à Faustina. Beatriz était de retour dans ma vie ; je n'étais plus libre.

Je les installai dans le palais de la Zecca. Brianda s'émerveilla de tout, mais je vis Beatriz s'assombrir. « Qu'as-tu fait, Josef, murmurait-elle en regardant les chandeliers et les brocarts. Qu'as-tu fait, ce ne sont pas là mes goûts... » Elle passa rapidement devant les dieux et les Tritons, s'arrêta devant le portrait de Faustina, et balaya l'espace de sa main comme pour l'effacer, avec un petit cri.

J'avais offert à Beatriz un palais merveilleux dont elle ne voulait pas. Dans sa chambre, elle ne regarda rien, et chercha du regard le meuble où elle pourrait poser le coffret qu'elle avait, tout au long du voyage, tenu sur ses genoux.

Quand le coffret fut en place, elle me fit signe de m'asseoir. Le monde de Beatriz ne s'animait qu'une fois le cœur de Francisco posé sur un meuble. Elle sourit enfin, apaisée.

– Voici Francisco arrivé, Josef. Nous avons à parler.

Reyna ne nous avait pas encore rejoints. Beatriz me posa mille questions sur sa fille : si elle avait dormi, ce qu'elle avait mangé et bu, comment elle avait supporté le voyage et l'absence de sa mère ; puis, après un silence elle n'y tint plus : « Quand l'épouseras-tu, Josef ? »

Je me jetai à ses genoux. Je ne pouvais répondre. Pouvais-je rappeler Lisbonne, et pouvais-je avouer Faustina ? Je gardai le silence. Elle me caressa la tête, et soupira. « Cela ne fait rien, petit frère. Tu l'épouseras un jour. Ce que tu as dans le cœur, mon Josef, il faudra que je te l'arrache de mes propres mains... » Puis elle me repoussa brusquement, et sa voix devint dure.

— Bien. Parlons sérieusement, Josef. Nous irons chercher Reyna tout à l'heure, et tu feras en sorte que nous soyons discrets. Quand nous sommes passées à Lyon, notre facteur m'a prévenue que l'Inquisition harcelait Venise; les autorités de la république peuvent nous traiter comme la régente de Gand l'a fait. Nous allons abandonner le patronyme des Mendès, trop illustre et dangereux; il susciterait un excès de convoitises; je vais reprendre mon nom marrane, Josef, et cette maison sera le palais de Luna. Ah, Josef, comme j'ai hâte de partir pour Istamboul! C'est là que je pourrai m'appeler Gracia, mon seul vrai nom. As-tu des nouvelles de Mosche Hamon?

Je n'en avais aucune.

— C'est un désastre supplémentaire, murmura Beatriz.

Et elle m'apprit ce qui se passait à Anvers. La régente n'avait pas dit son dernier mot. En apprenant la fugue des dames Mendès, elle était entrée dans une violente colère et avait une fois de plus fait mettre sous séquestre toutes nos créances. Nous n'étions pas sans appui : Maximilien d'un côté et la corporation des marchands de l'autre pouvaient nous aider à retrouver nos biens. Mais cette partie, il me revenait de la jouer en propre. J'allais quitter Venise, repartir sur les routes d'Europe, m'éloigner de tout ce que j'aimais au monde, l'âme de Beatriz, le corps de Faustina...

A la nuit tombée, nous allâmes chercher la petite Reyna, qui embrassa sa mère avec emportement; j'eus honte. Et pour les laisser à leurs attendrissements, j'allai rejoindre Faustina, le temps d'une froide étreinte qui ressemblait à un adieu. Enfin, je rejoignis le palais pour le dîner des retrouvailles. Brianda pérorait sur les chansons qu'elle s'était procurées à Lyon, sur la mode des femmes en France, sur les bijoux qu'elle avait eus, déjà, le temps d'apercevoir sur les femmes de Venise; Beatriz avait posé sa main sur celle de Reyna, rayonnante. Je contemplais la mère et la fille; la première, désespérante de beauté, l'autre, avec ses cheveux de corbeau et son teint foncé...

Dès le lendemain, je repartis pour Anvers en forçant l'allure; en une petite semaine, avec l'aide d'un ciel clair et printanier, j'arrivai sans encombre. Je trouvai la maison

Mendès fermée, les portes gardées par des soldats; nos serviteurs avaient trouvé refuge un peu partout chez nos frères marranes. Je courus me cacher chez notre ami Amato Lusitano, le médecin, qui évoqua la santé de Beatriz avec inquiétude. Ses langueurs avaient repris, elle avait mal supporté l'exil forcé de sa fille, et de cruels maux d'entrailles l'avaient constamment affectée. J'avais d'autres urgences; je fis avec lui le point de la situation des Marranes, et mis sur pied mes plans. Il fallut rencontrer un par un nos amis les marchands qui me promirent d'appuyer notre cause auprès du bourgmestre de la ville.

Cet homme-là m'attendait dans une grande salle voûtée, les mains posées à plat sur d'épais genoux, buté comme un bœuf. J'avais en face de moi un mur de muscles et de bêtise. L'appui des marchands lui importait moins que les ordres reçus.

– Voyez-vous, seigneur Miquez, me dit-il avec lenteur, nous savons parfaitement que votre famille est retournée à la religion des ennemis du Christ. Nous avons des accusations précises, concernant des faits dignes de foi. Et cela n'est pas tolérable, m'entendez-vous, pas... tolérable.

Le gros homme cherchait péniblement ses mots, et revenait toujours au « tolérable ». Le Nouveau Chrétien l'était à peine s'il vivait dans l'ombre, en participant discrètement à l'édification de la fortune flamande. Mais il ne l'était plus du tout s'il était trop riche, s'il vivait aussi pour lui-même et s'il devenait trop voyant; alors il n'était plus qu'un Juif, clandestin et intolérable. Le bourgmestre se faisait fort de prouver à l'Inquisition que nous étions judaïsants.

Je dus produire des témoins, qui avaient assisté au très chrétien mariage de Diogo et de Brianda. Je dus rappeler notre présence dominicale aux messes, attester de nos repas plantureux du samedi, de nos cheminées fumantes, et même rappeler le comptage – que nous avions prudemment établi – des farines que, selon une accusation malveillante, nous aurions achetées le vendredi.

– Mais voyez-vous, seigneur Miquez, répétait le bourgmestre, ce n'est pas suffisant. Nous avons des ordres, des ordres, entendez-vous! Pouvez-vous nous certifier que votre père n'était pas juif? Pouvez-vous nous affirmer que jamais vous ne célébrâtes le Sabbat derrière vos volets fermés ? Dans notre plat pays nous craignons le Diable, seigneur Miquez...

Le bonhomme ruisselait de sueur. Enfin, il invoqua en hésitant le nom de la régente, et me conseilla avec insistance d'aller me jeter à ses pieds. Je flairai le piège. La régente me retiendrait en otage à sa cour, et nous serions tous prisonniers de ses caprices.

Je fis porter un message à Maximilien, en qui j'avais toujours confiance, et lui recommandai la plus grande prudence. Il me retourna mon message en me fixant un rendez-vous en rase campagne, près d'un polder en construction. Je le retrouvai inchangé, toujours persifleur et léger, mais aussi, toujours fidèle ; il m'embrassa avec une affection sincère, me trouva minci et bruni, avec, me dit-il, une dureté nouvelle dans le regard. Avec lui je pouvais parler en toute liberté. Il m'écouta attentivement.

— Ton affaire est mauvaise, ami Juan, *mein Freund.* Mon auguste tante est aux abois ; ses ruses autoritaires ont lassé les bourgeois des Flandres, et la révolte gronde parmi les marchands. On pourrait l'imaginer plus prudente, moins raide ; mais c'est le contraire. *Gott verdammt!* Elle n'est pas d'humeur à négocier, et elle ne te pardonnera pas. *Niemals.* Songe donc : tu t'es enfui avec l'héritière dont elle avait arrangé le mariage à sa façon, et qui n'est point vilaine, à ce qu'on dit !

Maximilien éclata de rire.

— Je vois d'ici ma tante la régente avec ses faux airs de nonne et ses calculs subtils, enragée de voir son beau jeune homme se faire la belle ! Elle n'aime pas qu'on lui échappe, *weisst Du ?*

Il réfléchit.

— Mais elle obéit aveuglément aux ordres de son frère l'empereur. Ce n'est donc pas seulement par esprit de vengeance qu'elle retient vos créances ; elle n'aurait pas osé sans instructions précises. Mon oncle Charles de Habsbourg vient de quitter Bruxelles, où il soignait sa maudite goutte, pour Ratisbonne où il s'apprête à rassembler l'une de ces diètes qu'il affectionne. Cette fois, il veut un grand synode universel pour réconcilier sa religion et l'autre, la nouvelle, dont

117

les princes allemands sont devenus les défenseurs. Tu le sais, Juan, je ne déteste point la religion réformée, et je trouve que Luther a raison de vouloir la purifier un peu; mais l'empereur n'a pas tort; il faut en finir avec ces guerres perpétuelles. *Frieden, nur noch Frieden.* Il faut négocier une paix entre les religions. Partons ensemble pour Ratisbonne, trouvons-le; je le forcerai bien à te recevoir. Tu auras en face de toi ton véritable interlocuteur, et non point une femme censée le représenter... Je ne vois rien d'autre à faire, Juanito. *Nichts anderes.*

L'aventure était dangereuse. Si je ne parvenais pas à convaincre l'empereur, notre ruine était assurée et notre fuite impossible. Nous pouvions tout perdre d'un seul coup. Mais Maximilien disait vrai; il n'y avait pas d'autre issue.

— Et ne t'avise pas de déserter en route comme tu l'as déjà fait, traître! fit-il en me donnant une bourrade. Ne t'avais-je pas averti que tu n'étais pas un soldat? C'est en banquier qu'il faudra parler à mon oncle l'empereur. Il te suffira de négocier votre rançon.

Ce prince aimable parlait dru et visait juste.

Nous partîmes en petit équipage pour un voyage amical et plaisant. L'héritier de la couronne d'Autriche avait droit à une forte protection, et même pour un voyage aussi privé que le nôtre, une petite escorte d'hommes d'armes l'accompagnait partout. Plus question d'auberges de fortune, ni de bières un peu trop brutales; nous faisions halte dans les palais des évêques, ou dans les hôtels de ville, où nous accueillaient les dames allemandes avec leurs chapeaux plats et leurs colliers de pierreries à ras du cou; certaines, malgré leurs airs réservés, montraient hardiment la naissance de leurs seins, et coulaient vers nous des regards de vierge folle à damner un dominicain. Les lits étaient faits avec des draps souples, et rien ne manquait à l'agrément. Mais les campagnes allemandes souffraient toujours; les jeunes pousses de seigle avaient été dévastées, et l'on ne comptait plus les fermes incendiées. Chemin faisant, Maximilien me fit part de ses propres soucis; il craignait que son puissant parent ne le mariât contre son gré, comme il arrive à tous les princes, et comme il arriva bientôt à son cousin Philippe qui se retrouva l'époux de la reine Marie Tudor d'Angleterre. En revanche, la diète de Ratisbonne l'intéressait vivement; le jeune homme avait déjà l'étoffe d'un vrai roi.

– On ne tient pas uni un empire sous l'emprise de violences religieuses, ou alors on prend le risque de le voir exploser. Mon oncle va devoir lâcher du lest. Pour bigot qu'il soit, il connaît l'art du compromis – c'est là ta chance, Juanito. Et tu verras, Ratisbonne est une ville dissolue, où les femmes vont aux bains en même temps que les hommes... *Ach, diese Weiber!* Ah, elle sera loin, leur Espagne Très Catholique! A Ratisbonne, au moins, l'on vit ouvertement. Je me demande ce qu'en pense mon oncle, confit dans son veuvage et ses dévotions...

Nous n'allions pas tarder à le savoir. Le Habsbourg, perclus de goutte et animé d'humeurs sombres, avait mené une vie austère et confinée jusqu'au jour où, négligemment, l'un des princes allemands qui lui tenaient tête avait fait entrer dans la chambre impériale une fille jeune et charnue. Contre toute attente, ce veuf inconsolable avait aussitôt succombé; Ratisbonne avait accompli un miracle. La demoiselle se faisait appeler Barbara de Blomberg; mais on murmurait qu'elle était fille d'un simple artisan, et que ses mœurs étaient légères.

– *Sehr gut!* J'aime déjà cette belle enfant, dit Maximilien en apprenant la nouvelle. Mon oncle sera attendri comme venaison en marinade, et ton affaire n'en ira que mieux.

Enfin, après une longue semaine, mon ami me fit savoir que l'empereur allait me recevoir sans témoins, à son lever, après ses prières matinales.

Je m'habillai sans élégance, le plus simplement du monde, en évitant les dentelles et les plumes, et m'efforçai d'emprunter le comportement soumis qui convient à la fois à un suppliant et à un créancier. J'attendis dans une de ces antichambres où les conseillers des princes parlent à voix basse. Puis on me fit entrer sans bruit, comme dans la chambre d'un mort.

Le Habsbourg portait une simple houppelande noire, comme celle que tu me vois aujourd'hui, Caraffa. Il se tenait très droit, appuyé sur le bras d'un fauteuil; il n'était pas

119

grand, et pourtant il me parut immense. La légende ne mentait pas : sa gloutonne mâchoire occupait la moitié du visage, malgré une barbe encore blonde qui ne parvenait pas à dissimuler les terribles et puissants maxillaires agités d'un incessant mouvement. Son regard, froid et lointain, foudroyait ; je pliai le genou sans réfléchir.

– Nous avons là, monsieur, des lettres de notre sœur la régente de Gand, dit-il en détachant les mots. Elle nous dit que votre famille a désobéi à ses ordres qui sont aussi les nôtres. Vous ne deviez pas quitter Anvers.

Il parlait lentement, et semblait mâcher l'air. Je plaidai. Nous étions d'honnêtes chrétiens attachés à notre religion. Certes, nous étions convertis ; mais personne n'avait jamais trouvé la moindre preuve contre nous : nous n'étions pas judaïsants. Et nous nous étions résolus à fuir à cause des persécutions dont nous sentions la menace.

Maximilien m'avait répété maintes fois que son oncle redoutait les excès de l'Inquisition, et ne cédait qu'à grand-peine aux obligations des autodafés. L'empereur se crispa, et s'assit pesamment. Puis en tortillant sa courte barbe, il soupira : « La fuite est un aveu, monsieur. »

Je m'abaissai devant cet homme qui nous tenait dans le creux de sa main et, d'une voix mal assurée, parlai de l'injustice qui nous privait de nos créances. Le Habsbourg tapa le bras de son fauteuil d'une main impérieuse. « Oui, oui, nous savons cela aussi. » Nous approchions du cœur de la discussion. Je ne sais plus comment je parvins à énoncer un chiffre, cinq mille écus d'or.

Pas de réponse. La main impériale tapait toujours le bois du fauteuil. Je promis de remettre un tiers des créances qu'il nous devait, mais cela ne suffisait pas et la main frappait toujours. Le jeu continua ainsi ; je proposais des chiffres, et il se taisait, frappant toujours. A trente mille écus d'or – somme incroyable – la main s'arrêta enfin.

Alors il me regarda et me sourit. Je n'ai jamais rien vu de si laid que ce hideux sourire ; mais je n'ai pas non plus rencontré pareille majesté avant de me trouver en face du Magnifique, notre sultan. Le Habsbourg rayonnait de puissance et de ruse ; que pesait un neveu des Mendès face à cet empereur ? La force était de son côté ; il pouvait en effet sourire.

Nous demeurâmes un instant sans échanger un mot; je retrouvai ma fierté. Il voulut me contraindre à baisser la tête; et ses mâchoires happaient le vide avec frénésie. Je ne cédai point et le fixai. Mon regard, au moins, m'appartenait. Péniblement, l'empereur se leva sans me quitter des yeux.

– *Bueno*, fit-il. Nous avons besoin de tous nos sujets, et nous apprécions votre fidélité. Mais nous voulons faire plus, et vous laver des soupçons qui pèsent sur votre famille. Vous ne manquez pas de courage; vous serez chevalier avant ce soir, monsieur; vous déposerez ce dont vous avez parlé entre les mains de notre chambellan, et vous quitterez Ratisbonne aussitôt.

Le Habsbourg n'avait pas prononcé un seul mot qui touchât de façon explicite à l'argent; mais il n'avait été question que de cela. Il m'avait vendu notre liberté et un titre de noblesse contre trente mille écus d'or.

Un bras potelé apparut contre le pli d'une tenture; le regard de l'empereur brilla soudain, et s'éteignit aussi vite. Il me tendit sa main à baiser; l'entretien était terminé... la Blomberg, sans doute.

C'est à elle, je l'appris par la suite, que nous devions notre salut. Maximilien l'avait convaincue de plaider en notre faveur; elle avait prêché le pardon des offenses et l'intérêt général. Mon ami, pour se faire mieux comprendre, n'avait pas oublié de lui faire présent de quelques perles.

– Et pour couronner le tout, te voici noble, Micas! fit Maximilien enchanté. Est-ce assez drôle? Maintenant, tu n'es pas prêt de quitter l'empire. Mon oncle a retrouvé ses banquiers préférés. Il ne te reste plus qu'à faire revenir ta fournée de dames de Venise à Anvers; et si tu veux éviter d'autres ennuis, laisse donc l'Aragon épouser ta petite cousine... *Das wäre das Beste!*

Je ne quitterai plus l'empire, disait Maximilien d'Autriche. Je ne voulus pas le détromper, mais ma conviction était faite : au contraire, nous devions quitter l'empire quoi qu'il arrive. On ne nous achèterait pas avec un titre de noblesse. Pour remercier le prince, je lui offris l'un de ces grands genêts d'Espagne qu'il aimait, et pris congé d'un ami que je craignais de ne revoir jamais.

121

Lorsque je quittai Ratisbonne, la rumeur courait que la Blomberg était grosse. On riait beaucoup au sujet de cet enfant, on énumérait les pères, mais personne ne s'attendait à ce qui arriva : le Habsbourg reconnut le bâtard, et l'appela Juan d'Autriche.

Le bossu se redressa brusquement.

– Celui de Lépante? Le vaillant jeune homme qui mit la flotte ottomane en déroute?

– Celui-là même. J'eus l'honneur de rencontrer le Habsbourg au moment même où il engendrait le vainqueur de Lépante, la cause de ma déchéance. N'est-ce pas un signe du destin?

– Il y a de la sorcellerie là-dedans, Naxos! Comment, c'est à cause de toi que le Turc aura attaqué Chypre, par ta faute que l'Ottoman a été défait à Lépante, et que l'oracle de la Pomme Rouge s'est accompli, et le père de Juan d'Autriche t'anoblit le jour où il conçoit ton futur vainqueur!

– Et de sa mère la putain, je n'ai vu qu'une petite main blanche le long d'un velours, Caraffa...

Lorsque le chevalier Juan Micas reprit le chemin de Venise, il se croyait indemne de toute ambition de noblesse. Mais il s'abusait. Oui, je me pensais assez résolu pour ne pas succomber à cette vanité. Mais sur les routes, je commençai à songer malgré moi à nos frères anoblis en Espagne au cours des siècles précédents, et qui venaient de perdre leurs titres et leurs biens à cause des querelles sur la pureté du sang. Moi, j'avais au contraire *acheté* un titre. Tous les rois dépendaient de l'invulnérable famille Mendès. Qui donc m'empêcherait de briguer une royauté?

Je n'ai jamais su lutter contre mon ambition; j'en sais la mesquinerie, je la perçois chez les autres, je la condamne, mais ne peux m'empêcher d'y succomber. Beatriz détestait ce trait de mon caractère. Dieu sait pourtant que j'ai payé cher le prix de ces honneurs dérisoires; encore aujourd'hui, alors que j'ai perdu mes titres et mes possessions, quand je me sais malade, perdu sans doute, j'espère encore je ne sais quel miracle qui me rendrait une ultime gloire, et m'assurerait une dernière fois l'enivrement stupide qui rend les jambes légères, pour rien...

Mais quand j'arrivai à Venise, tout empli de ma ridicule chevalerie, le palais de Luna était en proie à la discorde. En mon absence, Beatriz et Brianda s'étaient violemment querellées. Jusqu'alors, Beatriz avait exercé sur sa cadette une autorité naturelle; elle se gardait bien de manifester sa méfiance, que j'avais remarquée à quelques menus tressaillements. Elle tenait discrètement sa jeune sœur sous surveillance. Mais Venise avait pris Brianda dans les lacets de ses galants, et avait révélé au grand jour la corruption latente de cette petite âme pervertie.

Brianda Mendès avait plongé sans hésiter dans le vertige des fêtes vénitiennes, qui comblaient ses goûts de faste et de facilité. Je ne la comprenais que trop bien; elle n'avait rien fait d'autre que de succomber aux charmes dont j'étais moi-même prisonnier. Comment résister aux bals, aux mascarades où l'on ne savait plus qui était homme, qui était femme, où l'on désirait, sous un loup de carton blanc, un regard inconnu, une démarche? Comment oublier les luths sur les gondoles, et les rues désertes où l'on pouvait chanter la nuit, au mépris des dormeurs... Même la pluie à Venise était douce; et quand les eaux mortes gagnaient la Piazzetta, quels fous rires j'avais pris en courant, enfoncé jusqu'aux chevilles, dans cette mer intérieure qui soudain disparaissait comme par magie... On eût dit que la boue des âmes s'exhibait sur le sol de la cité. Sur la place Saint-Marc, on pouvait dépouiller sans risque les treilles de leurs raisins mûrs; on pouvait pénétrer dans une maison anonyme, simplement parce qu'une main de femme avait rabattu un volet, allumé une lampe, fait un signe... Oui, cette facile galanterie séduisait. Une partie de moi-même ressemblait à Brianda, je le savais; au demeurant, je pouvais aisément dissimuler mes excès de jeune homme, et Beatriz ne cherchait pas à les connaître.

Brianda, au contraire, péchait à ciel ouvert et narguait sa sœur. Un jour, sans raisons, Beatriz était entrée dans l'une de ses trop fameuses fureurs; elle avait arraché d'un coup sec les colliers sur les seins nus de sa cadette, et lui avait jeté à la tête le contenu d'un pot d'eau, sous prétexte de la laver de ses souillures. Brianda, pour une fois, ne s'était pas laissé faire; les deux femmes s'étaient prises aux cheveux. Il avait fallu les séparer.

Mais l'ami Lusitano, qui pendant mon équipée de Ratisbonne avait quitté Anvers et rejoint à Venise le palais des Mendès, m'alerta bien davantage. Brianda ne s'était pas contentée de s'abandonner aux plaisirs de Venise; elle s'en était justifiée, avec de solides arguments, fort inquiétants.

Si son aînée s'occupait des affaires comme le testament de Diogo lui en avait confié la tâche, disait-elle, il lui appartenait à elle, Brianda Mendès, d'assurer le prestige de la famille, et de montrer avec ostentation le luxe qui convenait à de si grands banquiers. N'avait-elle pas une fille, à qui pouvait revenir la moitié de la fortune des Mendès? « A toi de faire rentrer l'argent, je le veux bien, avait-elle dit à sa sœur en riant méchamment, mais à moi de le dépenser! »

Frappée par le comportement de sa cadette, Beatriz était retombée dans ses langueurs.

– Il n'y a rien à faire, Juan, me confia Lusitano. Notre Beatriz se consume lentement d'une fièvre qui n'a rien d'humain. Les erquements de sa sœur n'y sont pas pour grand-chose; c'est de son esprit tourmenté que vient la flamme qui la brûle. Parfois, elle s'évanouit, et son corps reste raide; elle est souvent paralysée; elle a des sueurs froides et de violents maux de tête, et elle suffoque. Mes remèdes et mes essences de rose peuvent atténuer ces maux, mais je ne peux rien contre le sang trop fort qui coule dans ses veines. C'est un sang de reine, Juan, un sang de prophétesse... Beatriz sera notre Judith. Par exemple, je ne sais à quel Holopherne elle décidera de couper la tête!

En entendant la description de Lusitano, je reconnus l'état où j'avais trouvé Beatriz sur le pont du *Saint Tobie* au départ de Lisbonne.

– Aurait-elle trouvé un nouveau mage pour l'envoûter? demandai-je.

– Je ne crois pas. Elle n'aime pas Venise, et s'y promène peu. Elle vit presque aussi recluse qu'à Anvers, et mène une vie austère. Trop austère, Juanito; Beatriz est femme, et solitaire. Lorsque nous aurons passé le cap des tempêtes, il faudra la remarier.

Remarier Beatriz? Une fureur glacée me parcourut l'échine. Cela ne serait pas. L'image de Faustina me traversa l'esprit brusquement. Remarier Beatriz?

Ce n'était pas tout. Brianda s'était entichée d'un noble vénitien, héritier dissolu d'une grande famille patricienne; débraillé, mal lavé, il entrait dans le palais de Luna avec désinvolture, buvait mon vin sans scrupule, prenait d'une main négligente une coupe d'albâtre, la tournait à la lumière comme pour en évaluer le prix, et se comportait comme s'il eût été chez lui. Le petit Cibo était le neveu du grand cardinal qui, disait-on, dansait si bien la gaillarde; j'entrevis le vaurien qui cherchait fortune, comme autrefois don Francisco d'Aragon.

Brianda n'adressait plus la parole à sa sœur, ne venait plus la voir dans sa chambre, harcelait la petite Reyna de remarques méchantes sur la laideur de ses robes, se décolletait de plus en plus, et ne s'occupait plus de sa fille, Beatriz la Chica. Il lui arrivait aussi de lancer à la cantonade de confuses menaces sur l'héritage des Mendès...

Je trouvai Beatriz torturée. Plus de colère, pas de violence; elle qui avait su organiser notre fuite de Lisbonne et mettre en place les réseaux pour sauver notre peuple, elle si résolue, je la vis se tordre les mains et pleurer. Confrontée à Brianda, sa cadette, Beatriz se montrait sans défense.

La restitution de nos créances la soulagea à peine, et elle ne prêta aucune attention à mon titre de chevalier.

— Josef, que va-t-il arriver? Je ne peux pas partager avec elle notre héritage; tu connais Brianda, elle n'est pas mauvaise, mais elle le dilapiderait en futilités. Je sais bien, moi, pourquoi son mari Diogo l'a dépossédée de l'héritage... Ah! Josef, cria-t-elle soudain, ce n'est plus Istamboul dont je rêve... C'est Jérusalem où il nous faut aller. La terre d'où sont partis nos aïeux est à nous. David Rubeni me l'a juré; il l'a vue, Josef, il m'a entrevue dans une vision céleste, et je serai reine de Palestine...

Elle délirait. Je la portai sur son lit et contemplai, impuissant, ma Beatriz que de violentes convulsions rendaient méconnaissable. Au plus fort des mouvements saccadés qui secouaient ses membres, elle rayonnait d'une étrange lumière ; elle ouvrit la bouche, feula comme un fauve et ses yeux s'élargirent comme si elle voyait Dieu, ou le Diable. Un inquisiteur l'aurait aussitôt déclarée sorcière, un moine l'aurait révérée comme une sainte... Elle était animée d'une force surhumaine et grandiose ; j'eus envie de me prosterner devant cette majesté déchaînée.

Puis je me repris et la frappai froidement, plusieurs fois, jusqu'à faire apparaître des meurtrissures rouges sur ces joues décolorées. Tout son corps se cabra, retomba, et elle se mit à gémir. Je la serrai contre moi, et j'essuyai les larmes qui inondaient son visage. Nous ne pouvions rien contre ces transports inassouvis. Ni elle, ni moi.

« Si tu veux, tu seras reine, ma colombe... », fis-je en chuchotant au creux de sa coiffe. Un cheveu blanc y traçait une ligne lumineuse, comme un sillon de miel.

Le soir même, j'étais chez Faustina. La belle m'attendait, allongée sur notre lit, déjà dégrafée, et grignotait des dragées d'un air distrait. Je la retournai pour ne pas voir sa figure. J'eus envie de ses cheveux clairs et de sa blancheur ; et malgré l'obsédante présence de son chien, je passai la nuit entière à dévaster le corps pâle de l'inaccessible Faustina.

A l'aube, quand je revins au palais de Luna, il était trop tard. La maison était en deuil ; les servantes aux yeux rougis refermèrent hâtivement la porte derrière moi et Lusitano se précipita. Les officiers de la république, au nom du Conseil des Dix, avaient arrêté Beatriz en pleine nuit. Ils avaient également emmené Reyna.

Et Brianda ?

Brianda dormait paisiblement, elle était libre. Je soupçonnai le pire, et me ruai dans la chambre de ma jeune tante. Elle sommeillait en effet, enfouie sous ses longs cheveux roux. Je l'éveillai rudement.

– Au nom du ciel, Brianda, dis-moi ce que tu sais ! Pourquoi l'ont-ils arrêtée ? Pourquoi elle, et pas toi ? Et comment peux-tu dormir alors qu'ils ont emmené ta nièce Reyna ?

Elle bâilla.

– Oh, pour cela, Juanito, ils ne feront aucun mal à notre petite fille... On m'a promis de la conduire dans un couvent où elle sera mieux élevée que chez nous. Elle y sera bien, *certo*.

Et elle me sourit gentiment. Je la giflai de toutes mes forces. Elle se mit à pleurer.

– Je ne l'ai pas fait exprès, Juanito... D'abord ce n'est pas moi, mais Cibo qui a tout manigancé ! J'ai dit la vérité quand on me l'a demandée, voilà tout ! N'est-il pas vrai à la fin que Beatriz est judaïsante ? Je le sais bien, va, je l'ai assez observée. Ses sabbats du vendredi, tu sais ? Son grand dégoût des messes ? Et cette manie qu'elle a de se laver interminablement en revenant des églises... Et puis, est-ce qu'elle n'allait pas finir par se mettre sous la protection de l'ennemi ottoman ? Oh, je sais tout de vos projets ! A la fin, j'ai eu peur du danger, *e vero !*

Ainsi c'était bien elle. Par l'intermédiaire du petit Cibo, Brianda avait dénoncé sa propre sœur devant le Conseil des Dix. J'aurais tué cette écervelée.

– Sais-tu ce que tu as fait, garce ? Beatriz risque sa vie !

– Mais, Juanito, ils m'ont dit qu'on ne la tuerait pas... Ils vont juste la mettre un peu en prison, pour l'effrayer !

La moue boudeuse, elle tortillait un bout de son drap avec application. Elle murmura.

– Tu sais, Juanito, ce que je veux, c'est ma part de fortune, celle dont vous m'avez privée, toi et ta précieuse Beatriz. Le testament de Diogo n'a aucune valeur, mon cher Cibo me l'a dit. Ma fille a droit à la moitié du capital des Mendès ; je l'aurai. Ensuite, ajouta-t-elle en montrant un bout de langue rose entre ses jolies dents, Cibo m'épousera, il fera de moi une patricienne de Venise, et voilà tout, Juanito. Voilà...

Je la battis comme plâtre et pris soin de ne pas épargner le visage. « Tu n'étais que boiteuse, maintenant regarde-toi, monstre ! » Et je la forçai à contempler dans un miroir les marques de mes coups. Elle hurla.

– Tu ne m'as jamais aimée, Josef ! Même Diogo préférait Beatriz, et toi aussi, c'est Beatriz, toujours Beatriz ! Oui, je l'ai dénoncée ; oui, j'espère qu'elle sortira de prison avec de vilaines rides ! Cet argent m'appartient, je le veux, et je vous déteste, les inséparables, la tante et le neveu, vous autres les Juifs, les porcs! Et toi, Josef Nasi, *maledetto*, tu me paieras ce que tu viens de faire!

Sur le conseil de son amant, Brianda avait fait encore autre chose : les biens que nous avions en France avaient été mis sous séquestre, avec la complicité de notre facteur de Lyon. Le roi Henri II s'était empressé de satisfaire la requête de Brianda Mendès, qui lui évitait de rembourser de lourdes créances – les Français sont mauvais payeurs. Nous n'avions plus rien à Venise, et plus rien à Lyon.

Ainsi se vérifiaient les craintes de ma Beatriz, et la répulsion que de toujours m'inspira cette fille du Diable.

Lorsque j'allai le consulter comme m'y obligeaient les lois de la Sérénissime, le procureur du peuple des Nouveaux Chrétiens, chargé de leur protection, prit un air ennuyé. Il rongeait des pistaches et, la bouche pleine, parlait en crachotant les écorces.

Dans quelle prison se trouvait Beatriz? Allons! La dame de Luna n'était pas vraiment emprisonnée; elle était simplement assignée à résidence dans une maison où les fenêtres avaient de solides barreaux.

Serait-elle bien traitée? Le procureur leva les bras au ciel. Que convenait-il d'entreprendre? Attendre la décision des Dix, sans doute. Mais quand la prendraient-ils? Il n'en savait rien.

Le procureur se leva, époussetant ses vêtements. L'entrevue était finie.

Mais quand je fus sur le seuil de la porte, il lâcha d'une voix traînante qu'évidemment Beatriz serait plus sûrement libérée après avoir payé une forte amende, si l'on était assuré qu'elle ne quitterait pas Venise pour Istamboul.

J'avais pu séduire Marie de Hongrie, et négocier avec le Habsbourg; mais je ne voyais pas comment circonvenir dix personnes en même temps. Les Dix nous gardaient en otages pour empêcher la banque Mendès d'aller servir les intérêts de la Sublime Porte; Brianda, en accusant Beatriz, n'avait fourni qu'un prétexte. Plus irrémédiable aux yeux des Dix, l'aveu de nos projets ottomans avait décidé de tout.

La république, lâche et vénale, n'était pas meilleure que l'empire, Caraffa. Je retournai au palais, vide de ses femmes et de son âme; Brianda avait rejoint son galant quelque part dans Venise et, seul avec Lusitano, je fis le tour des appuis possibles.

Lusitano comptait des amis à Milan qui pouvaient peut-être arranger nos affaires. J'y partis à l'aube.

– Fais vite, Juan, me dit Lusitano en m'embrassant. La vipère n'a pas craché tout son venin, et tu es libre encore. Brianda connaît ton esprit d'entreprise; elle ne prendra pas ce risque très longtemps; et si d'aventure elle n'y songe pas elle-même, Cibo, lui, te fera jeter en prison.

Une semaine me suffit pour obtenir les secours nécessaires. Mais une semaine avait également suffi à Brianda. Lorsque je revins à Venise, un serviteur m'attendait dans l'ombre, aux portes du palais, à l'endroit où abordent les bateaux.

Je venais d'être condamné à mort.

Le serviteur tira un sac contenant un déguisement de simple marchand. Tu m'aurais vu, Caraffa, avec une grosse ceinture de cuir sans cabochon, des chausses vertes et un capuchon de grosse toile... Le serviteur ramassa de la boue et me la passa sur la figure. Je m'enfuis par les ruelles.

Sur les murs du Rialto, à la lueur d'une lanterne sourde, je pus lire de mes propres yeux la proclamation du Conseil des Dix. Était-ce vraiment moi, ce « Joao Miquez » dont la tête était mise à prix?

Tiens, ouvre ce coffre derrière nous, Caraffa. Tu trouveras un rouleau de papier sali. Déroule-le et lis.

Le bouffon fureta longtemps en bougonnant.

– Où l'auras-tu mis, Naxos? Ce sera sans doute ce vieux rouleau...

– Je l'ai décollé moi-même cette nuit-là. Lis, te dis-je!

– *Que Joao Miquez soit banni à perpétuité de Venise, de toutes les terres et villes de la République, de ses navires armés et de ses navires désarmés; que dans quelque temps qu'il soit pris et remis entre nos mains...*

– ... *il soit pendu par le cou entre les deux colonnes de la place Saint-Marc jusqu'à ce que mort s'ensuive*, enchaîna le vieil homme. Tu vois, Caraffa, ce passage, je le sais par cœur. Pendu entre les colonnes, sur cette place que j'aimais tant! Continue, Caraffa...

— *A ceux qui le prendraient, même sur une terre étrangère et pourront prouver qu'ils l'ont tué, quinze cents ducats seront donnés comme il est dit ci-dessus. Aux uns comme aux autres il est promis une pension viagère de deux cents ducats sur la caisse du Conseil des Dix. En aucun cas il ne pourra être fait grâce ni rémission de la présente condamnation, ni par voie de sauf-conduit ni autrement si la proposition n'est pas votée par les six conseillers, par les trois chefs du Conseil au nombre de trente au moins. La présente condamnation sera affichée sur les degrés du Rialto.*

— Voilà pourquoi je ne reverrai jamais Venise, Caraffa.

— Mais du moins tu sais ce que tu vaux : quinze cents ducats si on t'attrape et deux cents ducats de pension par an. Bon prix, pour un duc; je ne t'aurais jamais estimé ce prix-là, moi!

— Fais mine de te moquer, c'est ton rôle. Mais ne me dis pas que tu restes indifférent; je ne te croirais pas.

Ce soir-là, je conçus pour Venise une haine aussi puissante que mon amour. L'un et l'autre ne sont toujours pas satisfaits.

Je m'appuyai sur la rambarde du Rialto et attendis dans une sorte de rêve les bruits familiers de la cité qui m'avait trahi. Avec l'aurore, naquirent les hululements des gondoliers et les cris des maraîchères; bientôt, ma chère Marangona se mit à sonner au loin le glas de ma liberté. J'étais en effet comme mort, pendu entre les deux colonnes de marbre blanc de la place qui s'ouvrait sur la mer... Un navire! Qu'il vienne un navire, n'importe lequel, je monterai sur le pont et serai sur le seul de mes royaumes qui ne m'ait encore jamais trahi...

Au risque de me perdre, j'allai chez Faustina, qui me reconnut à peine. Je lui racontai tout; à ma surprise, l'indifférente sortit de sa réserve et se mit la main sur la bouche pour s'empêcher de crier.

« *Che volete*, monseigneur? » fit-elle simplement quand

j'eus achevé mon récit. Je lui demandai d'abord d'aller chercher Lusitano. Je la revois, traînante, se couvrir la tête d'un voile noir et sortir avec sa coutumière nonchalance... Je ne sais pourquoi j'étais sûr d'elle; Faustina ne me vendrait pas.

En effet, Lusitano ne tarda pas à apparaître. Il me fit part de ses informations. Brianda m'avait dénoncé comme judaïsant; mais ce n'était pas assez pour expliquer ma condamnation. Elle avait ajouté deux autres motifs. Le premier était si dérisoire que j'éclatai de rire. J'aurais suborné sa fille, ma petite cousine, Beatriz la Chica, l'aurais conduite à Ravenne où je l'aurais épousée sans le consentement de sa mère. La petite Beatriz avait neuf ans. Dans cette fantaisie, je reconnus la jalousie de Brianda, qui haïssait ma cousine Reyna, et s'était servie de la légende de l'enlèvement à Anvers. Sans doute aussi avait-elle fait disparaître la Chica dans quelque retraite campagnarde pour mieux assurer ses mensonges.

Le second motif était le bon. J'aurais, avait-elle assuré, comploté avec le Turc.

– Bien, dis-je froidement. Le Conseil indique la voie qu'il faut suivre. Je ferai en sorte que l'accusation devienne vraie. Je pars pour Istamboul et par Dieu! je comploterai pour de bon.

Je résolus d'en appeler au sultan Soliman. Entre la république et l'empire, les hostilités militaires avaient temporairement cessé, et la paix, précaire, exigeait de temps à autre quelques concessions diplomatiques. La guêpe craignait l'ours; et l'ours avait besoin de répit pour se préparer aux attaques. C'était la mi-temps de la guerre; souvent, dans ces périodes floues, on négociait secrètement.

Le sort de Beatriz pouvait dépendre d'une lettre du sultan; en échange, il libérerait un de ses prisonniers vénitiens, ou cesserait d'attaquer une des possessions de la république. Ces procédés étaient tout à fait communs. Nous pouvions demander au sultan de racheter notre liberté; en échange, nous ferions le serment de rejoindre l'empire et d'y installer la banque Mendès.

Lusitano approuva l'idée de mon départ; il garderait le palais, entretiendrait avec le procureur des Nouveaux Chrétiens des rapports quotidiens, s'informerait de la santé de Beatriz et de Reyna, et ne les laisserait pas oublier.

Mais je ne voulais pas partir sans punir Brianda. Faustina, ma pâle poupée inanimée, nous écoutait avec une passion contenue. Je me tournai vers elle.

– Veux-tu nous aider, ma belle?

Elle baissa les yeux.

– Séduis Cibo.

Faustina se leva tranquillement, disparut un instant et revint, les seins découverts, la bouche rougie, la tête voilée de bleu et d'étoiles.

– Je sais où le trouver; tu resteras ici, monseigneur, *e meglio*. Donne-moi deux jours, dit-elle en me caressant la joue.

Nous attendîmes.

Lusitano prédisait qu'en dehors de l'Empire ottoman il n'y aurait bientôt plus de refuge pour les Marranes. Que restait-il en Europe? Peut-être Ferrare. Le duc d'Este entretenait une tolérance pacifique, protégeait hardiment ses Juifs et faisait ouvertement profession d'humanisme. Ferrare?...

– Et s'il prend fantaisie à l'Inquisition d'ordonner au duc d'Este d'expulser ses Juifs?

– Il faudrait que le pape acceptât de s'en mêler. Et le pape actuel est prudent, Juanito...

Ferrare ou Istamboul? Et pourquoi pas Jérusalem? Enfin Faustina revint.

– *Tutto a posto*, monseigneur. Cibo me rejoindra ici cette nuit même, à onze heures. Es-tu content?

Vers dix heures, quand tout fut sombre, je me glissai jusqu'au palais de Luna d'où s'échappaient de joyeuses musiques et des rires. J'aperçus, à une fenêtre, Brianda, la tête renversée, à qui un jeune homme versait du vin dans la gorge. Puis Cibo sortit furtivement. La fête s'éteignit et le palais sombra dans le noir. J'y pénétrai.

Qu'aurait pensé Beatriz! Les tables avaient été renversées, les aiguières cassées; les os traînaient dans les vomissures et les sauces... Je montai jusqu'à la chambre de Brianda. Je ne lui laissai pas le temps de crier et la bâillonnai durement.

– Écoute. Tu as dénoncé ta sœur, et tu m'as fait condamner à mort, moi, ton neveu. Soit. Mais que dirais-tu si je te montrai la trahison de ton Cibo?

Elle me regardait effarée. Les marques de mes coups

n'avaient pas encore complètement disparu, et la peau de son visage était tachée de jaune, comme celle d'une bête.

– Ce sera ta punition. Tu vas me suivre, Brianda, et tu verras de tes propres yeux. Puis tu renieras tes accusations devant le Conseil des Dix. Si jamais tu cries en chemin, je t'étrangle.

Elle eut si peur qu'elle me suivit; je la fis courir et ne ménageai pas sa boiterie, elle trébucha souvent. Enfin nous arrivâmes chez ma maîtresse; j'ouvris grande la porte de la chambre où Cibo et Faustina s'ébattaient et jetai Brianda sur le lit. Puis je disparus.

Nous étions vengés. Brianda n'eut pas le temps de se renier devant les Dix; Cibo la dénonça le lendemain comme judaïsante; elle fut arrêtée à son tour et rejoignit Beatriz en prison.

A présent, je pouvais quitter Venise; mais, la mort dans l'âme, je ne m'y résignais point. Lusitano devait chercher à ma place un bateau en partance; par chance, il ne connaissait pas bien les ports, et n'y parvenait pas. Je retournai chez Faustina. Le jour, je m'y cachais; la nuit, j'errais dans la ville. Pendant plusieurs semaines, j'attendis ainsi le signal de Lusitano. Je trouvais un plaisir extrême à mes promenades nocturnes.

Sur la place de la basilique, de grands travaux commençaient; on arrachait les derniers pieds de vigne qui grimpaient encore sur les murs des maisons. L'hôtel de la Zecca était bien avancé; l'architecte Sansovino avait fait du bon travail. Parfois, alors que les ruelles retentissaient des éclats de voix des mauvais garçons, une fenêtre s'allumait, et un amant sortait de l'obscurité pour s'engouffrer par la porte entrebâillée. Chaque nuit, je croisais des moines qui s'en allaient porter les derniers sacrements à un mourant, et qui se hâtaient, en agitant leur clochette. J'écoutais le bruit de mes pas sur les pavés, je lançais des cailloux dans l'eau des canaux, je repêchais des fleurs tombées des gondoles. Une fois, j'écoutai longuement une viole solitaire. Je rentrais à l'aube, grisé de vin doux et de reflets, plus amoureux de Venise que je ne le fus jamais.

Un soir enfin, Lusitano m'avertit qu'un bateau avait à grand prix accepté de me prendre comme passager pour Istamboul. Il avait payé l'équipage qui garderait le secret. Lusitano portait avec lui un sac assez lourd.

– Juanito, c'est aujourd'hui Pessah. Oh! je sais que tu ne portes aucun intérêt à la religion de nos pères, tu es un moderne. Mais vois-tu, depuis Anvers, chaque année ta tante Beatriz et moi avons pris l'habitude de célébrer le Séder. Je sais bien que tu y assistais passivement, et que tu t'ennuyais. Mais puisque tu pars et que Beatriz ne trouvera ce soir, dans sa prison, aucun réconfort, nous allons célébrer le Séder tous les deux, en songeant à sa détresse et en priant pour sa délivrance. J'ai là ce qu'il faut.

Le bon Lusitano sortit de son sac les pains sans levain, l'os garni de viande noircie, trois feuilles de laitue, les herbes amères et l'œuf cuit dans la cendre. Il broya de ses mains, dans un petit mortier, les dattes, les amandes, les pommes et les noix qu'il avait apportées dans un sachet. Enfin il versa dans un bol d'eau quelques gouttes de vinaigre.

Puis il me prit par les épaules avec gravité :

– Beatriz me disait : " Josef, c'est différent, il comprendra après ma mort. " Jamais elle n'a cherché à te convaincre. Dans les derniers temps, elle faisait participer sa petite nièce à nos cérémonies. Je te sais ignorant en matière religieuse. Tu vas prendre ce livre, et répéter après moi.

Avec lui, je remplis la première coupe de vin, je dis les premières paroles : « Voici les fêtes du Seigneur, époques sacrées que vous proclamerez en leur temps »; je découvris le goût du pain de misère que nos ancêtres mangèrent en terre d'Égypte... A la veille de mon exil, comme autrefois nos pères, je connaissais en secret les herbes de l'amertume.

Quand vint le temps de la quatrième coupe, je ne pus retenir mes larmes, et c'est avec une sorte d'allégresse que je chantai avec Lusitano les paroles d'espoir de ceux qui voient la fin de leur esclavage : « Dieu pur qui réside aux célestes demeures, relève Jacob dont nul ne saurait dénombrer la poussière, guide et protège ceux que planta ta droite... Et dans la joie, ramène à Sion ceux qui seront délivrés. »

Oui, Caraffa, ce soir-là je priai, Juif retrouvé, versant des larmes de joie dans la maison d'une catin. Habitue-toi à cette idée; tu n'en as pas fini avec ces sortes de surprises.

Je redoutai la fin de la cérémonie. Mais les céleris, les laitues, le Harosset, tout à la fin fut consommé. Lusitano demeura silencieux, puis me serra dans ses bras, à m'étouffer.

– Bonne chance, mon petit, dit-il. Fais vite... Et reviens triomphant. Je garderai le palais vide, et je prendrai soin de nos femmes. Pars maintenant; je serais capable de te retenir.

A l'instant où j'ouvris la porte, Faustina apparut, en vêtements de voyage, avec un baluchon, et son bichon sous le bras. Nous la regardâmes avec stupeur.

– Cette fille a raison, soupira Lusitano. Si elle reste à Venise, Cibo la fera poignarder. Emmène-la; elle le mérite.

Et je quittai Venise avec Faustina.

Le bateau appareilla dans la nuit. C'est à peine si je pouvais voir les colonnes de marbre blanc entre lesquelles on aurait dû me pendre jusqu'à ce que mort s'ensuive. Faustina dormait avec son chien. A nouveau j'étais sur les mers, une femme à mes côtés.

Mais en prison ma Beatriz, et ma fiancée au couvent...

Nous fîmes escale à Chypre. L'île appartenait à Venise depuis que la Sérénissime l'avait arrachée à la reine chypriote, née patricienne vénitienne, Catherine Cornaro. Le commerce du sel y était considérable; à Famagouste, la place forte, une solide garnison vénitienne montait la garde. J'eus à peine le temps d'apercevoir les cèdres, les cyprès, et les vignes; assez cependant pour en rêver.

C'est à cette escale que j'abandonnai Faustina. Je ne pouvais l'emmener à Istamboul sans lui faire courir le risque d'être vendue comme esclave, et je n'avais pas le courage de la faire passer pour ma femme. J'avais avec moi assez de ducats pour lui trouver un logis, une servante, et lui assurer des conditions décentes pour quelque temps; je promis de lui envoyer régulièrement l'argent nécessaire. Elle ne protesta d'ailleurs pas, et me dit adieu simplement, comme elle faisait toute chose, sur le seuil de la maison blanche et fraîche où elle allait refaire sa vie. Elle tenait comme toujours son chien blanc dans les bras et ne semblait pas émue; seul un petit muscle tressaillait au coin de sa bouche énigmatique. Je l'embrassai; elle se laissa faire, et m'effleura le

front d'une main légère. Le petit animal aboya furieusement.

— Je ne t'oublierai pas, Faustina, murmurai-je à son
oreille. Je reviendrai te chercher un jour.

— *Un giorno, vielleicht*..., murmura-t-elle en écho en me
regardant avec ses grands yeux vides.

Je revis Istamboul avec jubilation, et Mosche Hamon
m'ouvrit les bras. Environ dix mille de nos frères, que nous
avions sauvés d'une mort certaine, étaient arrivés. Ils
venaient d'Italie, de Grèce, de Pologne, de France, et surtout d'Espagne et de Portugal. Les bonnets de fourrure et les
toques à la mode se mélangeaient joyeusement; beaucoup
d'entre eux avaient déjà adopté le caftan recouvert de soie, et
portaient un turban d'un violet flambant neuf.

Souvent, en passant devant une maison, Hamon s'arrêtait,
frappait aux fenêtres, disait mon nom, et ajoutait : « C'est le
neveu de la veuve Mendès. »

Aussitôt l'on ouvrait les portes, sortait le pain et le sel et
l'on me contemplait avec ravissement. Partout, j'entendais
les mêmes mots : « Le neveu de la Dame qui nous a sortis du
fourneau de fer... C'est le neveu de notre Dame! »

Beatriz était leur Dame. Elle était devenue leur Senora.

Mais certainement pas aux yeux du Juif Hamon dont la
famille, échappée de Grenade aux premières heures de la
Reconquista, ne devait rien à nos réseaux. L'ancienneté de
son installation à Istamboul lui conférait l'autorité sur notre
communauté.

Il avait enfin réussi à devenir premier médecin du sultan.

Les temps, m'assura-t-il, étaient mûrs pour que le Padichah pût accueillir favorablement l'arrivée des puissants
Mendès dans sa ville. Je voulais davantage, une intervention
rapide, une lettre pour libérer Beatriz, Reyna — et même
Brianda...

— Ce sera plus difficile, seigneur Juan, me dit-il en tirant
sur sa barbe. Il serait plus sûr de nouer entre nos deux
familles une solide alliance, avec un bon mariage; je n'aurais
alors aucun mal à obtenir l'appui du Padichah pour faire
libérer des parents de son médecin officiel. Pourquoi ne pas
me donner, par exemple, votre cousine pour épouse... Sans
cela, je ne peux rien garantir...

136

Je commençais à bien connaître la sensation de fourmillement au creux des mains à laquelle je reconnais toujours l'imminence d'une menace. Mosche Hamon voulait Reyna. Tel était le prix à payer pour la libération de Beatriz.

Hamon avait grossi et vieilli ; il était obèse, ruisselant de sueur, cauteleux... Nos frères, auprès desquels je m'indignai, me firent valoir que le Padichah n'écouterait que son médecin familier. L'un d'eux, qui n'était pas marrane, et qui, fort orthodoxe, leur reprochait vertement leur conversion simulée, alla plus loin et me prit à part.

— Vous devez bien considérer, seigneur Micas, qu'à nos yeux vous n'êtes qu'un simple chrétien. Lorsque vous faites état de la piété de votre tante, que Yaveh la garde en sa puissance, nous vous croyons, certes. Mais enfin, à Venise, elle porte son nom marrane, et se fait appeler madame de Luna ; elle a même renoncé au glorieux patronyme de son époux... L'alliance que vous propose notre frère Mosche Hamon aura pour nous la valeur d'une profession de judaïsme. Vous feriez bien d'accepter.

Un duc catholique avait voulu Reyna sous prétexte de nous baptiser chrétiens ; un médecin juif voulait Reyna pour nous consacrer juifs ! Nous n'étions reconnus ni par les catholiques ni, hélas ! par les Juifs, nos frères. Au reste, ni les uns ni les autres ne se souciaient d'orthodoxie : en la petite personne de Reyna, seul comptait son héritage. Je me mis en colère.

— Écoutez ! leur criai-je. J'ai moi-même fui Anvers avec notre demoiselle pour lui éviter un mariage honteux. Dona Beatriz a refusé la main d'un Grand d'Espagne, elle a tenu tête à la régente de Gand ; pour Reyna, elle a risqué nos vies. Je ne lui ferai pas l'affront de vendre sa fille à un homme gros, vieux et avide !

On dut répéter ces propos à Mosche Hamon, car il vint me voir le lendemain avec un sourire avenant. Il s'épongeait le front, soupirait ; à l'évidence, il souhaitait parler mais ne pouvait s'y résoudre.

— Eh bien, seigneur médecin ? Avez-vous avancé dans nos affaires ? fis-je pour lui faciliter la tâche.

— J'ai bien réfléchi, savez-vous... Je ne suis plus très jeune, et je me demande... Sans doute suis-je un peu âgé pour dona

Reyna, seigneur, fit-il en toussotant. Mais que diriez-vous si je vous la demandais pour mon fils Daoud, qui n'a que vingt ans et qui est beau comme le soleil?

Je songeai imprudemment que l'avenir était vaste et Beatriz imprévisible. Le temps pressait; je cédai. Hamon se frotta les mains, et sortit de sa poche, à l'instant même, une promesse de mariage que je signai.

Cette célèbre promesse de mariage qui fit couler tant d'encre et suscita tant de remous... voilà donc les vraies conditions dans lesquelles je l'ai signée, Caraffa. On dit encore aujourd'hui que j'ai vendu ma cousine, mais que je savais déjà qu'elle serait ma femme. On murmure que Reyna n'était plus vierge, puisque je l'avais depuis longtemps déflorée... Tels sont les mensonges que la famille Hamon fit courir dans la ville quand j'épousai ta duchesse, sans doute pour dissimuler son dépit. Qu'aurais-je pu faire, Caraffa, et qu'aurais-tu fait à ma place? Toute ma vie j'aurais joué le rôle du traître afin de préserver la pureté de Beatriz...

Le médecin du sultan tint sa promesse. Un chaouch quitta Istamboul deux jours plus tard, porteur d'une lettre du sultan Soliman à la Sérénissime République de Venise. Le Padichah y demandait la libération de la très puissante et très sage dona Beatriz de Luna, de sa fille Reyna et de sa sœur Brianda, à qui l'on rendrait sa fille la Chica. En échange, il promettait de ne plus harceler la ville de Candie avec ses pirates.

Par le bateau suivant, j'envoyais une lettre à Lusitano, où j'expliquais comment j'avais été contraint de céder au chantage du Juif Hamon.

Deux semaines plus tard, je reçus un message de Mosche Hamon. Le chaouch était de retour.

Hamon, rouge de colère, s'épongeait le front comme à l'accoutumée et pouvait à peine parler.

– Oui, seigneur Micas, l'envoyé du sultan... Il est bien là. Mais je ne comprends pas ce qu'il raconte...

– Quoi? Elles ne sont pas encore libres?

– Si! Ces dames sont sorties de prison. Mais... au lieu de nous rejoindre, seigneur, elles sont parties pour Ferrare. Ferrare! Monsieur, pourquoi Ferrare, et pourquoi ce détour?

J'exultais. Ma lettre était arrivée à bon port, et Beatriz, plutôt que de céder sa fille, avait choisi Ferrare.

– Autre chose m'étonne, ajouta Hamon. Dona Beatriz est partie sous un nom d'emprunt. Elle ne s'appelle plus de Luna, et pas non plus Mendès. Elle a choisi de s'appeler dona Gracia Nasi.

Gracia! Ainsi, Beatriz avait retrouvé son nom tout entier. Son prénom d'autrefois, et notre nom de Nasi... Je faillis embrasser le gros homme.

– Vouliez-vous, lui dis-je, une preuve des sentiments de dona Beatriz à l'endroit de notre religion? Eh bien, vous l'avez, monsieur! Car dona Gracia est redevenue juive à la face du monde, et tel est son nom véritable!

– Voilà qui est fort bien, grogna-t-il dépité. Mais Ferrare?

J'invoquai des intérêts que nous avions dans cette cité, je fabriquai quelques mensonges et promis au médecin que nos dames n'allaient pas tarder à rejoindre Istamboul. D'ailleurs, pour plus de sûreté, j'irais les chercher moi-même. Et je l'abandonnai à ses perplexités.

J'étais comme fou; il fallait à tout prix que je parte au plus vite; cette fois, j'allais rejoindre dona Gracia Nasi, libre, la grande dame juive des réseaux qui n'était plus la veuve Mendès. Nous en avions terminé avec la clandestinité, les ruses hypocrites et les simulations. Ferrare, Istamboul, peu m'importait, pourvu que je revoie ma Gracia retrouvée!

J'embarquai. Un bateau de plus, une galéasse sans histoires, croyais-je... Je retrouvai avec joie le capitaine du *Saint Tobie*, qui avait changé de bâtiment. A chacun de mes voyages, j'aurais pu tomber sur lui, sillonnant les mers pour le compte des Mendès; la chance voulut qu'il fût encore mon guide dans la traversée de la liberté. Je lui racontai par le menu notre vie à Anvers, et les multiples épisodes de notre libération. Il se réjouissait presque autant que moi de naviguer vers Beatriz, et se répétait avec étonnement le nom de Gracia Nasi, qu'il découvrait.

– Elle est digne de notre peuple, votre Dame, disait-il.

139

Oh! je l'avais remarquée pendant votre premier voyage, avec son air sérieux et sa vaillance. En prison, une femme comme elle, est-ce possible! Une femme comme elle...

En arrivant à Ancône d'où je devais rejoindre Ferrare, je me demandai de plus en plus quelle femme elle était vraiment.

Un soupir interrompit le vieil homme.

– Caraffa! M'entends-tu? Ma foi, entre Istamboul et Ancône, il s'est endormi... Le pauvre homme me veille chaque fois que je sommeille; il n'a plus de repos. Croit-il que je ne sache pas la mission dont l'a chargé mon épouse? Et quand il saura toute la vérité, quand il l'aura bien répétée à la duchesse, qu'en pensera-t-elle? C'est alors qu'elle souffrira pour de bon... Ah! Beatriz! Tu es plus cruelle encore après ta mort que tu ne le fus vivante!

Le duc de Naxos détacha sa houppelande pour en couvrir son bouffon, en prenant soin de remonter le col de fourrure autour du cou.

– Les nuits peuvent être fraîches, parfois, dit-il en se penchant sur l'obscurité.

Chapitre IV

1550-1553

LA BIBLE DE FERRARE

(L'installation à Ferrare; le duc Ercole et la duchesse Renata; Pomona, Fioretta et Benvenida font l'éducation de dona Gracia Nasi, veuve Mendès; les imprimeurs hébraïques et la Bible de la Senora; la peste à Ferrare et ses conséquences; préparatifs de départ pour Istamboul.)

Mardi, juste avant l'aurore

Le jour ne va plus tarder, reprit le vieux duc.

Les étoiles disparaissent l'une après l'autre. J'entends déjà le remue-ménage que font les janissaires aux portes de Top-kapi; la première lueur viendra du côté des collines, en même temps que l'appel des muezzins. Cela du moins ne change guère.

Sur le bateau, je me demandais sans cesse quelle femme était maintenant dona Gracia Nasi. Elle allait atteindre sa quarantième année, je n'en étais pas loin non plus. Mais je n'avais pas d'enfant, et n'avais toujours pas épousé Reyna. Combien de voyages avais-je entrepris pour sauver la famille Mendès? Des Flandres à Istamboul, d'Istamboul à Ancône, plusieurs fois, de Venise à Anvers, à marche forcée, de jour comme de nuit...

Ce refrain m'obsédait; que serait devenue Beatriz après trois mois d'enfermement à Venise? Aurait-elle des cheveux blancs, elle qui n'en avait presque pas, serait-elle vilaine-

141

ment ridée comme l'avait souhaité sa sœur? Et comment la petite Reyna, enfermée au couvent et séparée de sa mère, aurait-elle supporté cette épreuve?

Malgré le capitaine du *Saint Tobie*, le voyage me parut long; j'étais parfois morose, las de cette fugue interminable qu'était devenue notre vie, et il m'arriva de ne plus trouver de charme à cette mer que j'avais déjà tant de fois parcourue; j'eus envie de m'y jeter pour en finir avec l'absurdité du temps. Les dauphins ne m'amusaient plus; je revenais d'Istamboul une fois de plus et j'allais rejoindre Beatriz qui me demanderait encore d'épouser sa fille. Tout, dans notre histoire, suivait son cours étrange, hormis les années qui défilaient et les villes dont les noms changeaient. Je ne connaissais pas Ferrare, mais je savais qu'il n'y aurait plus ni Marangona ni canaux, et que la brise marine ne viendrait plus rafraîchir les maisons brûlantes sous le soleil d'été.

Nous étions en mars de l'année 1550, la saison des tempêtes. Le vent déchaîna les vagues et acheva de me troubler l'esprit. Ne voyant aucune raison qui permît de croire qu'à Ferrare nous serions moins persécutés qu'ailleurs, je me pris à espérer un naufrage.

En abordant au port d'Ancône, je trouvais certains de nos frères fort anxieux. A Venise, le Conseil des Dix venait de promulguer un nouvel édit d'expulsion des Juifs, précisant qu'il était cette fois décidé à le mettre en application; les Dix avaient interdit tout commerce avec les Nouveaux Chrétiens, sous peine de prison. A Anvers, le bourgmestre venait de prendre des mesures identiques. La communauté d'Ancône ne devait sa sécurité qu'à la papauté. « Mais le jour où ce pape-là mourra, dom Micas, qui sait comment sera le prochain? » disait l'un. « Si d'aventure il vient de l'Inquisition, nous sommes morts. Supposons par exemple que le terrible cardinal Giovanni Pietro Caraffa, l'actuel Grand Inquisiteur, monte sur le trône papal, c'en est fini, il nous grillera sans remords! » ajoutait le suivant.

— Je t'entends, mon maître! bougonna le bossu en redressant la tête. Je m'attendais tôt ou tard à ce que tu prononces le nom maudit qui m'a valu mon surnom de bouffon... Ne pouvait-on vraiment m'affubler d'un autre patronyme que celui d'un pape assassin ?

— Te voilà éveillé ! Caraffa... Au contraire, tu devrais te réjouir que l'on ridiculise à travers un bouffon celui qui nous fit tant de mal...

— C'est ton idée, mon maître. Que peuvent les serviteurs ? Je te dois bien cette petite joie. Caraffa je suis resté. Mais je n'en suis pas moins Josef que toi, puisque je porte le même prénom que mon duc. C'est égal, à la place de nos frères d'Ancône, je me serais méfié, je me serais enfui...

— C'est précisément ce qu'ils se refusaient de faire. " Partir ? Tout quitter pour l'Ottoman ? C'est trop difficile, don Juan. Nous ne sommes pas prêts ; et d'ailleurs il n'est pas encore temps ; nous verrons si Caraffa devient pape ", concluaient nos frères d'Ancône.

Combien d'entre nous ont disparu, simplement parce qu'ils n'étaient pas prêts à s'enfuir ? Je renonçai à les convaincre et me promis d'envoyer à Ancône des émissaires qui demeureraient sur place pour les encourager au départ. Je me fis aussi à moi-même la promesse de persuader Beatriz de rejoindre Istamboul au plus vite, car le sultan Soliman ne supporterait pas longtemps la trahison de la parole donnée, et nous pouvions compter sur la félonie de Mosche Hamon pour lui rappeler ce mauvais souvenir.

Seul, comme à l'accoutumée, je rejoignis Ferrare qui me parut austère. Certes, j'y trouvais les mêmes couleurs qu'à Venise ; mais la brique avait vaincu le marbre, dont il ne demeurait plus, éclatantes, que quelques taches de blancheur en guise d'ornements. Les murs, plus rouges que roses, produisaient un effet sévère. Le palais ducal, entouré de douves noires et profondes, n'adoucissait pas la ville dont les rues, désertes par la grande chaleur de l'été, semblaient mortes.

Je n'eus aucun mal à trouver le palais de pierre jaune où s'était réfugiée Beatriz, ou plutôt dona Gracia Nasi. La première commère à qui je demandai le chemin me l'indiqua avec de grands gestes et une voix claire. Dona Nasi vivait au grand jour.

J'avoue que je n'aimais guère l'appeler par ce nom. Quand tous la nommaient Beatriz, il m'était doux de rappeler le nom, secret encore, de Gracia. Du jour où ce nom devint public, elle resta dans mon cœur plus Beatriz que jamais.

Dona Gracia Nasi avait choisi, comme à Venise, d'éviter le quartier des Juifs, cette fameuse via Sabbioni où la communauté de Ferrare vivait paisiblement depuis plusieurs décennies. Mais ce n'était plus pour se cacher, puisqu'elle était désormais juive aux yeux de tous. Il se trouvait que la via Sabbioni était étroite et sombre sous ses petites arcades du siècle dernier, et Beatriz aimait l'espace.

Le petit palais où s'étaient établies nos dames était, comme les autres, construit de briques, avec un fronton de marbre blanc qui se détachait sur de grosses pierres de grès ocre. En descendant de mon cheval, j'entendis, par une fenêtre ouverte, une voix de femme qui chantait *Al resplendor de la luna*, la romance que je chantais pour Marie de Hongrie. Ce n'était pas la voix grave de Beatriz. Celle-là s'élevait légèrement, se posait soudain comme une aile qui se ferme, puis s'envolait encore, telle l'alouette au-dessus des champs... Ce n'était pas celle de Beatriz, mais à qui donc pouvait-elle appartenir ?

J'entrai et demandai dona Nasi à un serviteur inconnu, qui me regarda avec méfiance et disparut sans mot dire. Je l'entendis monter l'escalier, ouvrir une porte. Le chant se tut brusquement ; la porte claqua, et Reyna, toute vêtue de noir, descendit lentement les marches. Soudain, elle me vit et trébucha sur le dernier degré.

– Josef... Est-ce toi ? fit-elle dans un souffle.

Elle tenait serrés contre sa poitrine les rouleaux de ses chansons ; je fis un pas, elle recula et mit sa main devant ses yeux.

– Dis-moi que je ne rêve pas, Josef. On nous avait dit que tu étais mort pendu... Est-il possible ?

Elle courut au fond de l'entrée comme pour se protéger d'un fantôme.

Il n'y avait rien d'étonnant à ce qu'on me crût mort. Les nonnes du couvent où le conseil des Dix avait enfermé Reyna auraient pu lui donner à croire que j'avais été condamné et exécuté. Même Lusitano, qui me savait à

Istamboul, n'avait plus eu d'autres nouvelles au sujet de mes aventures que la libération des dames Mendès, obtenue par l'intermédiaire du chaouch ottoman. Et pour circuler tranquillement dans les provinces italiennes, j'avais laissé pousser ma barbe.

Je courus vers Reyna et la serrai contre ma poitrine.

– Reconnaîtras-tu les bras où tu dormais si tranquillement sur le chemin qui nous conduisait à Venise ? Et te souviens-tu, mignonne, de ton bouquet de menthe ?

Elle se retourna, encore crispée, et sourit à peine. Je baisai ses paupières, et le sourire se transforma en rire. Qu'elle était jeune ! J'embrassai tout ce que je pus trouver de peau fraîche. Elle riait, elle riait...

C'est ainsi que nous trouva Beatriz. J'étais tout à mes baisers de jeune homme lorsque j'entendis derrière nous une respiration oppressée.

– Josef..., fit une voix brisée.

Beatriz... Elle avait les cheveux blancs. Entièrement blancs, comme sa jupe et sa chemise.

La prison avait accusé la rigueur de ses traits, et les avait encore épurés ; on eût dit une Vierge de leurs églises au pied de son fils en croix. Mais je remarquai un semblant de lourdeur au menton ; elle s'était tassée, et son regard, toujours aussi lumineux, son beau regard souffrait encore. Je lâchai Reyna comme si j'avais été pris en faute, et je soulevai sa mère à bout de bras. « Beatriz, c'est toi, ma Beatriz, enfin ! »

Elle était si légère qu'elle tourbillonnait comme un mannequin de carnaval que j'aurais pu lancer en l'air. Elle se laissa faire, les mains sur mes épaules, et tout en tournant elle me jeta en haletant des mots brefs : « Ne m'appelle... plus... Beatriz, Josef... Mais... Gracia. »

Je la reposai et mis un genou en terre :

– Dona Gracia Nasi, je suis votre serviteur. Que Votre Grâce ordonne, et j'irai jusqu'au bout du monde comme je l'ai déjà fait tant de fois. Où Votre Grâce aura-t-elle décidé de s'enfuir la prochaine fois ?

– Vas-tu cesser, Josef, à la fin ! gronda Beatriz à qui j'arrachai une ombre de sourire. Nous ne sommes plus des enfants, voyons ! Je suis vieille ! Ne vois-tu pas mes cheveux ?

Je me relevai, je la pris par les coudes et je lui dis à voix basse :

145

— Regarde-moi bien, Beatriz, et sache que jamais plus je ne t'appellerai Gracia. Regarde-moi, *carissima*. Tu es la plus belle des femmes, et nous serons jusqu'à notre mort semblables à ces deux enfants portugais qui jouaient sur les quais du port de Lisbonne, épiant la construction d'une caraque qui s'appelait, comme moi, la *Sao Joao*. Ose me dire que tu n'as pas choisi ton nom juif en souvenir de nous ?

Elle s'éclaira, comme si le soleil la frappait.

— Tu avais compris, Josef... chuchota-t-elle. J'ai tant souffert... Je te croyais perdu.

Reyna s'était spontanément écartée et se taisait. J'aperçus son regard inquiet, et je pris les deux femmes par le bras.

— Montrez-moi cette nouvelle demeure, et racontez-moi tout. Quant à toi, mademoiselle la corneille, tu vas ôter cette robe de deuil puisque je suis de retour, ajoutai-je à l'intention de ma petite Reyna. Soudain je m'arrêtai. Brianda ? Je ne la voyais pas.

— Ne cherche pas ma sœur, Josef, dit Beatriz en devançant ma pensée. Elle est restée à Venise avec sa fille la Chica. Je lui ai concédé sa part d'héritage ; elle s'est convertie au christianisme le plus sincèrement du monde, et on l'a autorisée à vivre au palais de Luna, où elle se tient presque recluse, tant elle a honte. Ne proteste pas, Josef... Elle a été cruellement punie. Brianda n'a plus toute sa raison.

Il ne fallait plus parler de Brianda Mendès.

Reyna ne fit aucune difficulté pour décrire le couvent où l'avaient enfermée les Dix. Le légat du pape n'avait pas choisi un de ces couvents qui se révèlent des lieux de perversion ; les nonnes s'étaient contentées de faire l'éducation chrétienne de l'héritière des Mendès. Reyna savait tout sur la vie des saints, et connaissait par cœur les prières de la messe. Elle avait connu le charme des jardins clos et des chuchotements entre filles, les douceurs des cachotteries sans importance. Personne ne l'avait maltraitée.

« Mais surtout, Josef, j'ai appris à dissimuler mes pensées », conclut-elle. Je frissonnai. La petite aussi avait vieilli. Beatriz n'avait pas dit un mot. Je me retournai et j'attendis. Le front obstinément baissé, elle lissait son éternelle robe noire avec application.

— Ma mère n'aime pas parler de tout cela, Josef, dit doucement Reyna. Elle a eu faim et froid; les murs de la chambre d'où elle ne pouvait sortir étaient fort humides, et elle ne voyait pas le ciel. N'insiste pas...

— ... Le jour du Séder, ils m'ont servi du porc avec de l'eau croupie, ajouta ma Beatriz d'une voix presque inaudible, en se frottant les mains d'un geste singulier, comme si elle les lavait.

Lusitano lui avait-il raconté notre dernier Séder à Venise? Oui, elle savait.

— Je ne me suis pas inquiétée pour toi, Josef. Notre Dieu a tracé ton chemin d'une main sûre, et par des lignes tortueuses il te conduit à Lui. C'est ainsi.

Je retrouvais bien là ma Beatriz inspirée!

Je lui racontai les intrigues matrimoniales du médecin Hamon. Elle les avait devinées grâce à mon message, et malgré ses obscurités; telle était en effet la raison de sa fuite à Ferrare.

— Mais, Josef, me dit-elle fermement, le jour où nous rejoindrons Istamboul, il faudra dédommager ce malhonnête homme. J'ai entendu dire qu'il était puissant et je ne veux pas que notre vie future soit troublée. Je n'ai pas renoncé... Nous partirons bientôt. J'ai voulu venir à Ferrare pour nous laisser le temps de conforter notre fortune en Sicile, à Naples et aussi à Rome; nous y établirons des agents. Il faut remettre nos réseaux en état; ils sont tombés en désuétude avec la trahison de notre homme de Lyon, lorsqu'il a pris le parti de Brianda. Et c'est dans cette ville libre de Ferrare que j'ai choisi de remettre nos affaires en ordre. Avant de rétablir Jérusalem...

Allons! Décidément elle n'avait pas changé. Je m'aperçus plus tard qu'elle ne m'avait pas soufflé mot de mon mariage avec sa fille.

Nous avions besoin d'une halte; Ferrare nous offrit mieux encore, une trêve.

Au commencement, je regrettais amèrement Venise; pour tout canal, l'eau se réduisait aux étangs des douves autour du château ducal. J'avais eu raison de redouter la moiteur; aucune brise ne venait aérer la ville, ni la poussière de ses rues que soulevaient par instant de brusques et méchants coups de vent. Mais les murs épais des vastes bâtisses patriciennes donnaient de la fraîcheur à l'intérieur des maisons, et les jardins semblaient autant de paradis secrets pleins de poésie.

Au vrai, à Ferrare, la poésie était reine. De son vivant, la duchesse Lucrezia Borgia, sur qui l'on entendait toutes sortes de calomnies, s'était entourée d'une cour d'amour, où poètes et musiciens célébraient la beauté de l'existence et les charmes de leur muse princière. Dona Lucrezia avait laissé le souvenir d'une grande érudite, à qui Ferrare devait la fréquentation des artistes. Cette pacifique fièvre poétique avait gagné la communauté juive.

L'actuel duc, Ercole d'Este, avait maintenu la tradition humaniste de dona Lucrezia et notre peuple lui devait de vivre en paix, rassemblé. Dès 1538, lorsque le Habsbourg commença de rançonner les Juifs des Flandres, le duc d'Este offrit l'asile aux persécutés. En 1540, sa famille fit plus encore, et envoya à Milan Solomon de Ripa pour aider nos frères à se réfugier à Ferrare. L'asile n'était pas un vain mot, et il n'était rien que le duc ne fît pour attirer dans sa cité tout ce que le Portugal, l'Espagne et les Flandres avaient chassé sous l'impulsion du Habsbourg.

Le duc d'Este avait épousé une princesse de France, qui avait été dans son enfance l'une des petites fiancées du Habsbourg avant qu'il ne fût empereur; le futur Charles Quint en avait accepté plusieurs, puis les avait toutes repoussées pour se replier au sein de sa sombre famille et choisir sa cousine Isabelle. Renée de France avait épousé en 1528 le duc Ercole; ses sujets, qui l'avaient appelée « la Rose du jardin de France », ou plus simplement « notre Renata », l'adoraient. Elle n'était pas belle, mais possédait la grâce de l'esprit et les charmes de la bonté.

Dans les marchés populaires, on évoquait encore, vingt-cinq ans après, le mariage fastueux du duc Ercole avec la Rose française; et l'on servait dans les tavernes des mets qui reproduisaient le menu de ce jour mémorable : *polpe di cap-*

148

poni involte in bianco, cervellati in padella, latticini di vitello fritti, trutta in brodetto, lamprede arroste con suo sapore... J'en passe ; mais j'ai encore en mémoire les lamproies pompeusement servies par les aubergistes de Ferrare, qui ne manquaient jamais de souligner : « *Come al palazzo, signor.* »

La petite duchesse avait conquis les cœurs. Comme il était naturel, elle fit venir avec elle un poète de France, un de ces écrivains que les rois aiment avoir autour d'eux. Clément Marot, un joyeux luron plein de vie, grand lecteur de Virgile et d'Ovide, avait été choyé par Diane de Poitiers, la maîtresse du roi Henri, puis par la reine Marguerite, celle que l'on surnommait Margot, épouse du roi de Navarre. Il s'était ensuite attaché à Renée de France qui le chérissait fort. Marot écrivit pour le mariage de sa princesse un de ces poèmes gaillards dont les Français raffolent et qui faisaient rire sous cape les dames de Ferrare.

> *Fille de roi, adieu ton pucelage*
> *Et toute tu n'en dois faire pleurs*
> *Car le pommier qui porte bon fructage*
> *Vaut mieux que cil qui ne porte que fleurs.*

Et comme le pommier de France était resté en fleur, le couple ducal n'avait point eu d'enfants. De retour en France, Clément Marot s'était converti à la religion réformée ; il fut bientôt condamné à mort et banni, et revint se réfugier à Ferrare où la duchesse le pensionna comme son secrétaire. Tout doucement, il convertit aussi la duchesse Renata. Le duc, fort bon garçon, n'en prit pas ombrage.

Les poètes ne sont pas toujours distraits. Devant les progrès de l'Inquisition, Clément Marot s'effraya, s'enfuit à Lyon et abjura la Réforme. Pour se justifier, il écrivit deux vers :

> *Il vaut mieux s'excuser d'absence*
> *Qu'être brûlé en sa présence.*

Ainsi sont les poètes de cour, cœur enflammé et peur au ventre. La duchesse Renata, malgré la perte de son poète, demeura dans la religion où il l'avait convertie. En 1536, le grand Calvin trouva asile à Ferrare ; le duc ne s'en soucia pas davantage. Quant à ses sujets, ils moquaient gentiment leur duchesse, mais la respectaient. On espérait qu'elle fût grosse, et l'on ne se souciait plus du reste.

Quand nous arrivâmes à Ferrare, on n'attendait même plus l'enfant – mais on aimait toujours la duchesse.

Il ne fallut pas longtemps avant que nous ne fussions invités à la cour. Le duc, furieux joueur quoique fort maladroit, se montrait lent à payer ses dettes de jeu; sa bonté n'empêchait pas qu'il eût besoin d'amis banquiers. Mon titre de chevalier me permit de m'asseoir à sa table; lorsque le sort lui était contraire, ce brave colosse se levait, tout rouge, et lançait des regards foudroyants. Quand il avait fait trois fois le tour de la salle, il se rasseyait, et perdait derechef.

– Vous êtes un sorcier, chevalier! me disait-il en fronçant ses gros sourcils. Prenez garde, les prêtres vous brûleront, *certo*, et vous seriez sage de me laisser gagner une ou deux fois...

De tout autre que lui, c'eût été une menace à prendre au sérieux; mais le duc Ercole était bon. Il n'ignorait rien de notre histoire et cependant nous traitait en amis. Pour le contenter, je dus tricher; il gagna, méritant bien cette tricherie. Il fut si content qu'il me fit don d'une perle pour me récompenser. Ah, le gracieux souverain! Mon cher Sélim avait la même gaieté, la même candeur naïve...

La duchesse Renata, elle, ne jouait jamais. Elle écoutait les madrigaux venus de Venise avec ses dames. Parmi elles je remarquai vite une certaine Bianca, grande et forte femme à l'œil d'aigle à qui rien n'échappait. Celle-là était dangereuse.

Il faut dire que Ferrare vivait sous le commandement de ses dames.

Dans la communauté de nos frères, elles régnaient sans partage. Certes, le rabbin Soncino était respecté; certes, on vénérait don Pedro de Toledo, qui avait été vice-roi du royaume de Naples avant d'être chassé par le Habsbourg, parce qu'il était juif. Mais on parlait plus encore des trois femmes qui faisaient la loi.

La première s'appelait Pomona Modena. Pleine de vie,

joyeuse, elle fut aussitôt pour Beatriz une compagne quotidienne, et l'emmena faire ses charités aux pauvres. La seconde était la très savante Bathseva, que nous surnommions tous Fioretta tant, malgré ses cinquante printemps, elle semblait dans la fleur de l'âge. Quant à la troisième... Dona Benvenida Abrabanel, veuve de don Samuel, était aussi la bru d'Isaac, qui fut connu sous le nom de Trismégiste parce qu'il était passé maître dans l'art de la *Magna Scientia*. Dona Benvenida avait été, comme Beatriz, une fidèle de ce sinistre David Rubeni qui avait naguère tourné la tête de ma tante. Dona Benvenida avait même gardé le plus précieux des souvenirs de ce messie de pacotille : une bannière de soie, brodée de ses mains, où l'on pouvait lire les Dix Commandements, et que David Rubeni avait trouvé le moyen de lui retourner avant de monter sur le bûcher d'Evora.

Dès que le printemps revenait, à tour de rôle Fioretta, Pomona et dona Benvenida réunissaient leurs amis dans leurs jardins, le mercredi soir. Une grande table de bois nu, des laitages, des fruits et du vin composaient tout l'ornement de ces fêtes ; les meilleurs musiciens y jouaient de leurs instruments, et l'on s'y réjouissait en toute simplicité. Rien de plus exquis que les flammes discrètes des flambeaux plantés entre les premières branches des cyprès ou dans les chèvrefeuilles, et que l'on allumait à la nuit tombée avec une certaine solennité. La mode exigeait de disposer, entre les buis, des statues venues de l'Antiquité romaine ; les seins des déesses rougissaient à la lueur des torches, et leur nudité ajoutait à la cérémonie un je-ne-sais-quoi de sacrilège et de païen qui me ravissait. C'était l'heure où certains arbres, parmi les plus touffus, hébergeaient dans l'obscurité des centaines de moineaux et de mésanges, réunis pour un conclave quotidien et néanmoins querelleur sous les feuilles.

– Attendons encore un peu, que les nids se taisent, disait Pomona. Il ne faut pas gâcher aux oiseaux leur rendez-vous vespéral ; ils se racontent leur journée avant de dormir.

Quand les frondaisons devenaient silencieuses, Fioretta tapait dans ses mains, et les violes commençaient à jouer. Alors l'une ou l'autre de nos trois dames se mettait à chanter une romance en notre langue ; si c'était la belle voix grave de

Fioretta, Pomona enchaînait avec sa tessiture haut perchée; et Benvenida s'y mettait à son tour. C'est au cours de l'une de ces soirées que Reyna avait essayé sa voix, par aventure; désormais, le plus souvent, on lui demandait d'être la première à chanter. On se servait à boire sans faire de bruit, on piochait sur la table un brugnon, des cerises, de la polenta fraîchement préparée, et quand s'arrêtaient les chants, commençait la poésie, que les jeunes gens déclamaient avec un bonheur inégal. Mais qu'importait le talent du diseur? Lorsque la chaleur s'en mêlait, l'odeur des roses et des cyprès ajoutait au charme de la nuit. Nous étions heureux.

Chacune de ces trois grandes dames juives de Ferrare prit Beatriz sous sa protection; chacune lui fit la leçon. De Pomona, Beatriz apprit le contact des déshérités; Fioretta lui enseigna comment lire le Livre des Splendeurs, que nous ne connaissions pas.

C'est qu'on n'imagine pas, Caraffa, combien nous étions pauvres en esprit. A Lisbonne, notre religion nous demeurait interdite, et réduite à ses plus simples cérémonies; en dehors du rituel du Sabbat, du Grand Pardon et de certaines grandes occasions – comme les mariages et les naissances – nous ne savions rien. Nous n'aurions pu ouvrir les livres sacrés sans risque : ils restaient donc cachés dans les armoires et ne sortaient que rarement.

Certes, nos frères d'Anvers se révélèrent fort érudits, et Amato Lusitano en reste le meilleur exemple. Francisco Mendès, dont le bruit avait couru qu'il était un rabbin converti, eût pu également entreprendre notre éducation religieuse, s'il en avait eu le temps... Mais nous avions l'esprit trop occupé aux tâches de la banque et de nos réseaux pour avoir la liberté d'apprendre. Beatriz et moi nous étions démunis, nous ignorions mille choses; feindre le catholicisme nous obligeait malgré tout à en maîtriser les rudiments, et nos esprits erraient dans une inévitable confusion. Je vois là la raison des troubles qui si souvent agitèrent Beatriz, et la plongèrent dans ses aberrations. Son âme vulnérable ne pouvait résister. Après la mort de Francisco et de Diogo Mendès, qui pouvait la guider? Sûrement pas le mécréant que je suis, Caraffa...

152

Mais à Ferrare, nous ne manquions pas de maîtres. La communauté juive avait trop d'éclat et de puissance pour ne pas offrir à Beatriz le cadre parfait d'une véritable éducation judaïque. Rabbi Soncino la prit en main et la guida dans l'étude de la Bible. Et dona Benvenida Abrabanel se chargea des perfectionnements de l'exégèse, art complexe qu'elle maîtrisait mieux que tous les rabbis de Ferrare.

La petite dona Benvenida se réclamait d'un de nos frères, dont le nom est sans doute inconnu ici, car les rabbis ne l'aiment guère. Connais-tu Abraham Abulafia? Non? Tu vois que j'ai raison.

Ce savant voyageur prêchait la liberté de l'âme. Familier de l'Orient, c'est sans doute parmi les soufis qu'il apprit comment réunir l'âme avec son Dieu. Il est probable qu'il séjourna ici, à Istamboul, où il connut ces fous de Dieu dont tu sais, Caraffa, qu'ils tournent sur eux-mêmes jusqu'à l'extase. Abraham Abulafia respectait en tout point les textes de nos pères; mais il avait fabriqué, avec les différents noms du Dieu d'Israël, toute une science magique, si bien qu'en disant ces noms d'une certaine façon, on pouvait trancher, disait-il, le nœud du corps avec l'âme, pour la libérer de la chair et la transporter hors du monde terrestre, sans toutefois mourir. De cette façon, on allait et venait d'un univers l'autre, on sortait de soi-même et l'on y retournait, en toute quiétude.

Et cette « façon »-là, dona Benvenida la connaissait.

Je ne tardai pas à m'apercevoir que Beatriz n'était plus tout à fait la même. Nous menions cependant une vie qui jamais ne fut si douce. Beatriz n'hésitait plus à sortir; nous allions aux fêtes du palais où l'on ne nous marchandait pas l'amitié; nous nous réunissions dans nos jardins, et Reyna chantait ses chansons avec une douceur ravissante. Je n'étais plus torturé par l'idée du mariage que Beatriz semblait avoir abandonnée; et je goûtais sans crainte, pour la première fois de ma vie, l'illusion d'une harmonie familiale protégée du monde extérieur.

Puis, sous l'influence de dona Benvenida, Beatriz se mit à jeûner. Je ne te parle point de nos jeûnes rituels, non! A cette époque de notre vie à Ferrare, Beatriz jeûnait hors de propos, à tout instant ; parfois, pendant une semaine, elle se retirait dans sa chambre à l'heure des repas. Je fus si intrigué que je montais l'y voir.

Les mains sur les genoux, Beatriz était assise, le regard absolument vide. Mais si vide, et si plein d'une mystérieuse absence, que je compris aussitôt que je ne devais pas l'éveiller de ce sommeil-là. Les yeux ouverts sur un monde auquel je n'avais pas accès, Beatriz était partie.

Je posai très doucement ma main sur sa poitrine : la respiration était arrêtée. Je pris son poignet : le pouls n'y battait plus.

Et cependant, Caraffa, cela ne ressemblait pas aux transes qu'elle avait éprouvées sur le *Saint Tobie*. Ce n'était pas non plus la crise de Venise. En mer, elle était somnambule ; à Venise, elle paraissait possédée. Mais dans la maison de Ferrare, elle semblait maîtresse de son corps. Je m'assis à ses pieds, et j'attendis longtemps. Puis ses doigts bougèrent lentement, sa peau rosit, le souffle revint et elle baissa les yeux.

– Tu étais là, Josef, dit-elle d'une voix calme. Ne t'inquiète pas, petit frère. C'est la *devekhouth* que m'a apprise Benvenida.

Elle demeura assise, remuant légèrement tous les doigts de ses mains. Puis elle attrapa un bout de sucre candi qu'elle croqua lentement. Je ne lui demandai rien.

Une autre fois, je la trouvai prostrée, la tête engloutie dans les genoux, le souffle perdu. C'était encore une trouvaille de dona Abrabanel. Je voulus en avoir le cœur net et allai trouver cette dame.

– Voici longtemps que ma tante Gracia m'inquiète, dona Benvenida, lui dis-je en préambule. Vous devez certainement savoir que lorsqu'elle était jeune, ma tante fut sujette à d'étranges crises qui nous effrayaient tous. Or, d'autres crises la reprennent depuis peu, ou plutôt, depuis qu'elle vient régulièrement vous consulter... Que lui faites-vous ?

Dona Benvenida plongea longuement ses yeux gris au fond des miens. Puis elle redressa sa petite taille et soupira, comme si elle se trouvait en face d'un enfant indocile. Avec douceur, elle se mit en devoir de m'expliquer qu'il ne fallait pas avoir peur ; dona Gracia éprouvait le besoin de se réconcilier avec le Dieu de nos pères, qu'elle avait par le passé servi de toute son âme, certes, mais sans la nécessaire connaissance. Les exercices qu'elle lui apprenait n'étaient que de simples prières. Je me fâchai.

— A Anvers, il y eut un certain Van Almaengien qui, sous prétexte de prières, voulait la mettre nue et forniquer avec elle, dona Benvenida!

— Je le sais, Josef, coupa-t-elle fort émue. Mais ce que je lui apprends aujourd'hui est une science véritable où les mauvaises gens n'ont pas accès. Ta tante Gracia fait partie des femmes d'Israël à qui il est donné de pouvoir rejoindre notre Dieu, et de contempler la surnaturelle lumière qui dirigea nos frères dans le désert...

— Alors apprenez-moi! fis-je furieux. Car à toutes ces choses, je ne croirai jamais si je ne les vérifie pas moi-même. Enseignez-moi, je vous en prie!

— Toi, Josef? Toi, le chevalier Micas, ou encore Miquez, adepte d'Erasme et sujet du Habsbourg? Toi, dont nous savons les liens d'amitié avec Maximilien d'Autriche? Comment pourrais-je t'enseigner, pauvret!

Je ne supportai plus l'idée de voir ma Beatriz accéder à un univers où je n'avais pas de part. Je levai le poing, je suppliai, je me jetai à ses pieds que je baisai...

— Bon! Paix, Josef, du calme! dit-elle en riant. Voyons si tu peux apprendre. Relève-toi, et assieds-toi. Non, sans croiser les jambes. Les mains bien à plat sur les genoux. Il faut d'abord que tu t'apaises. Respire lentement, très lentement. Essaie de suspendre ta respiration le plus longtemps possible. Et tu diras le premier nom de Dieu quand tu exhaleras ton souffle.

Au bout de quelques secondes, j'étouffai.

« Reprends l'exercice », fit-elle. Au prix de violents efforts, je parvins à ce qu'elle demandait. « Maintenant, avant de relâcher ton souffle, ferme les yeux doucement et efforce-toi de contempler la lumière au fond de ton regard. » Je fermai les paupières et ne vis que des points très brillants qui tournoyaient en cercles de feu. Je réussis à garder les yeux clos pendant que, d'une voix monocorde, dona Benvenida récitait la litanie des noms de Dieu. Mais je n'aperçus que d'improbables étoiles.

155

Exaspéré, au bord de la suffocation, j'ouvris brusquement les yeux. Dona Benvenida me regardait avec un sourire énigmatique.

– As-tu vu la lumière, Josef ? Non, car tu n'as pas le contentement inscrit sur ton visage. Il te manque pour apprendre, comme tu dis, une vertu qui, je le crains, te fera toujours défaut : la patience. Laisse donc faire les femmes qui savent, Josef. Nous ne faisons pas le mal ; pourvu qu'elle n'oublie pas de manger du sucre après les devekhouth, dona Gracia ne court aucun danger. Elle sait voir la lumière...

Et elle me tapota la tête gentiment.

Moi, impatient, quand j'avais faite mienne la devise du Habsbourg, *Nondum* ? Moi, impatient, quand j'avais su retarder mes épousailles avec Reyna pour attendre... attendre quoi, au fait ?

Benvenida avait raison. Il est vrai que je n'avais jamais fait preuve de beaucoup de patience. Et même en ce jour où j'attends l'heure de ma mort, je brûle de la connaître. Pourtant, qu'aurais-je fait toute ma vie, sinon attendre une femme ? Voyager sans elle, la retrouver, m'en séparer, sur son ordre, attendre le retour, et la reperdre encore...

Je quittai dona Benvenida en maugréant. J'avais peur de ces exercices qui détachent le corps de son âme et le laissent à l'abandon, comme une enveloppe vide. J'ai toujours aimé mon propre corps ; Beatriz au contraire n'aima jamais le sien.

Quelques jours plus tard, je m'aperçus que les mets servis à notre table devenaient fades. Plus de poivre, plus de cannelle, plus de gingembre, pas même de girofle. J'appris aux cuisines que Beatriz avait ordonné que l'on supprimât les épices. Pas le sucre, évidemment.

Mais supprimer les épices ! C'en était trop, Caraffa. Beatriz me dit sereinement que les épices échauffent les chairs inutilement.

– Inutilement ! lui criai-je. Veux-tu vraiment ôter à la vie sa saveur, et te priver de tout plaisir ? Qui te commande ces privations ? Est-ce encore cette bonne Benvenida, du haut de toute sa science ? Aurais-tu gardé un tel souvenir de ta prison que tu souhaites t'enfermer pour en retrouver la paix ?

J'étais furieux. Beatriz aussi. Ses lèvres blanchirent, son nez se pinça et, attrapant un pichet d'étain sur une table, elle le lança de toutes ses forces. Je l'esquivai de justesse et me précipitai sur elle, mais elle s'évanouit.

Quand je la tins dans mes bras, si blanche et si fragile, je crus qu'elle était morte pour de bon, et je criai son nom comme un enfant. Je ne parvenais pas à la réchauffer; je la portai sur son lit, défis la coiffe, libérai les frisons de sa chevelure, la délaçai et embrassai ses mains, ses bras, ses joues, pour lui donner ma vie. Rien n'y fit.

Je pleurais, enfoui dans ses cheveux blancs, lorsque sa main se posa sur mon cou.

– Laisse-moi, petit frère... Laisse-moi, gémissait-elle.

Je me redressai, éperdu. Beatriz était à demi nue. A peine flétrie. A la naissance de ses seins, les premiers sillons de la vieillesse avaient creusé quelques rides; mais la douceur de sa peau sous mes doigts, et sa chaleur... Elle fermait les yeux et, sans le savoir, me tendait les bras.

– Ne craignez rien, dona Gracia, dis-je en m'écartant. Je trouverai ailleurs d'autres épices. Ne crains rien, Beatriz... Mais prends garde; tu vas si loin que tu t'épuises...

Je sortis en courant comme si le Diable eût été à mes trousses; je ne sais pas même si elle m'entendit.

Il fallait occuper Beatriz, toujours innocente comme une brebis. Les soirées poétiques, les bonnes œuvres de nos dames, l'apprentissage de notre religion, rien de tout cela ne lui suffisait. J'allais voir rabbi Soncino qui évoqua d'autres études encore, mais ce n'était pas là ce que je cherchais; fort opportunément, Amato Lusitano eut la bonne idée de nous rejoindre à cette époque, au moment précis où j'espérais sa présence. Comme d'habitude, je lui demandai son conseil.

– Oh! Je connais ces énervements, fit-il, et ces pâmoisons. Il lui faut de l'action, et de la politique. Quel est l'état des réseaux? A tout le moins, n'est-il pas nécessaire d'en revoir l'organisation? Que savons-nous des nouvelles auberges sur les routes, par exemple? Je sais qu'à Naples, la situation s'est détériorée, et nos chefs d'îlot partent en assez grand nombre pour qu'il faille renouveler ces responsabilités. Au travail, Josef!

Je remis en chantier l'organisation des réseaux; nous travaillâmes pacifiquement en compagnie du rabbi Soncino, qui voulait connaître exactement l'état global des communautés juives séfarades. Beatriz se reprit; elle serra de nouveau ses cheveux sous une stricte coiffe; elle redevint la Senora, et sa gourmandise pour le sucre ne connut plus de limites.

Ce fut vers cette époque qu'elle prit une grande décision. Toutes les Bibles existantes étaient en hébreu, selon la loi de notre religion; mais Beatriz savait mieux que personne le handicap des Nouveaux Chrétiens : nul ne leur apprenait la langue d'Israël. Nombreux étaient les Marranes qui ne savaient pas l'hébreu et se trouvaient devant la Bible comme devant un objet désirable mais interdit; ceux qui ne s'étaient pas convertis, les vrais Juifs, comme ils disaient eux-mêmes, le leur reprochaient cruellement, parfois à voix basse, souvent ouvertement, et c'étaient entre les communautés des conflits à n'en plus finir.

Beatriz s'en plaignait fréquemment au rabbi Soncino, qui invoquait la rigueur des temps et l'impossibilité d'imprimer une Bible transcrite de l'hébreu en judéo-espagnol. Il n'existait pas d'objection de principe, la chose n'était pas sacrilège, mais la tâche, disait-il, serait trop longue et trop coûteuse.

Beatriz aimait l'impossible. Elle décida donc d'investir l'argent nécessaire pour que l'on imprimât à Ferrare une Bible traduite de l'hébreu en judéo-espagnol. Ainsi, disait-elle, tous nos frères, même les plus démunis, pourraient avoir accès à nos textes sacrés.

L'idée scandalisa. Les plus âgés virent là un affront; à leurs yeux, l'hébreu, même incompréhensible, constituait la seule garantie de fidélité aux traditions judaïques; moderniser, c'était trahir. Les plus jeunes en jugèrent tout autrement, et manifestèrent un enthousiasme fervent. Pomona, Fioretta et dona Benvenida soutinrent fermement le projet de Beatriz. Seul rabbi Soncino hésitait à donner son aval, partagé entre l'évidente utilité de la nouvelle Bible et le respect de la tradition, dont il se portait garant, par définition;

déjà, il ne savait pas quoi penser, et malgré son élévation d'esprit, montrait une indécision qui devait engendrer bien des désastres.

Le clan des femmes l'emporta largement; Beatriz, résolue, mettait dans ses choix autant d'emportement que dans ses colères, c'est tout dire. Pour moi, je n'avais pas d'avis; j'étais cependant heureux de la voir retourner dans le monde extérieur, loin des devekhouth de dona Benvenida. Les deux imprimeurs juifs qu'elle avait désignés, Abraham Usque et Yom-Thom Athias, venaient chaque jour consulter Beatriz. La transcription fut longue et difficile et rabbi Soncino voulut bien se charger d'en vérifier le contenu. Enfin, en 1553, après deux années et demie de labeur, naquit la célèbre Bible de Ferrare, que nous connaissons tous.

Je me souviens du moment précis où nous la vîmes enfin. A force de l'évoquer, on finissait par ne plus y croire, et d'ailleurs dans la communauté on n'en parlait presque plus. Les imprimeurs s'étaient murés dans un prudent silence, et Beatriz désespérait de lire un jour sa Bible. Elle ne s'attendait point du tout à ce que le frère d'Abraham, le jeune Samuel, organisât sans le lui dire une cérémonie d'un genre inattendu.

Un beau jour, Abraham Usque sortit de sa retraite, demanda cérémonieusement une entrevue à dona Gracia Nasi, et l'avertit que son frère cadet voulait lui remettre un présent.

Je revois encore Samuel Usque, jeune homme imberbe, dont la glotte tressautait d'émotion; il tenait à bout de bras deux gros livres qui venaient de sortir des presses, et la plume de sa petite toque tremblait. Le premier n'était autre que la Bible de Ferrare; le second avait pour titre les *Consolations des Tribulations d'Israël*, et Samuel Usque lui-même en était l'auteur. Assise au creux d'un immense fauteuil droit, Beatriz, en tenue de cérémonie, l'attendait au fond de notre grande salle, le saphir attaché en ferronnière à la naissance de ses cheveux d'argent.

Imagine-toi, Caraffa, que le malheureux Samuel fut si troublé qu'il trébucha; les livres seraient tombés si je ne l'avais pas retenu. Il posa la Bible sur les genoux de Beatriz; et pour finir, avec force révérences, ouvrit son propre ouvrage et lut d'une voix mal assurée la fameuse dédicace qui célèbre la Senora : « Et vous n'avez pas oublié l'aide que vous avez vous-même reçue pendant votre long chemin sur les routes depuis le Portugal, jusqu'à ce moment où vous arrivâtes sains et saufs. Qui a vu, comme vous, la Divine Compassion révélée à travers les travestissements de l'homme ? Qui a vu revivre la piété essentielle de Miriam offrant sa vie pour sauver ses sœurs ? La grande prudence de Deborah qui gouvernait son peuple ? Et cette vertu infinie, la grande sainteté d'Esther qui aida les persécutés ? Et la force illustre de la chaste et magnanime veuve Judith, en délivrant ceux qui succombaient à la tâche ? De la même façon, le Seigneur a envoyé aujourd'hui et a choisi, parmi les rangs suprêmes de ses armées, d'incarner la Puissance de son âme dans la plus féminine et la plus juste des riches Juifs Nasi... »

La plus juste des riches Juifs Nasi, Caraffa ! Et ce n'était pas fini... Judith, Miriam, Esther, ce n'était point encore assez : « C'est elle, déclamait le petit Samuel, qui vous montre la route dans les rudes montagnes des Alpes allemandes et des autres pays, et quand vous êtes dans une misère extrême, au milieu des nombreuses horreurs et des mésaventures du long voyage, c'est elle qui s'efforce et vous aide. Oui, c'est elle qui vous secourt avec une maternelle tendresse et une céleste libéralité... »

La tête de Beatriz s'était redressée, plus altière que jamais ; sur ses traits rayonnait une sérénité que je ne lui connaissais pas. Jusqu'à ce jour, elle avait étayé son destin sur sa seule certitude, médiocrement soutenue par mes doutes et ma passion. Que lui faisait ma tendresse incrédule ? Ces lignes ferventes l'assuraient de sa gloire ; voici que ses frères en religion la consacraient. Le peuple juif de notre temps avait trouvé son héroïne.

Prudemment, la Bible de Beatriz fut dédiée au duc de Ferrare ; elle portait aussi une autre mention, moins aimable : « Vue et examinée par l'Office de l'Inquisition. » Abraham Usque et Yom-Thom Athias avaient également imprimé une version à l'usage des chrétiens, où apparaissaient leurs noms marranes : Duarte Pinel et Jéronimo de Vargas. Mais la Bible destinée aux nôtres, contresignée de leurs deux noms juifs, portait une dédicace particulière : « A la Très Magnifique Dame Dona Gracia Nasi. »

De ce moment précis date l'histoire officielle de la Senora. C'est au cœur de cette ville austère et fervente, au milieu de ses amis, entourée de jardins et des chansons de sa fille, que Beatriz aborda sa vie nouvelle. Elle avait mérité ces éloges. La communauté de Ferrare, trop protégée sans doute, n'eût pas songé à faire imprimer cette Bible sans l'impulsion de celle qui avait éprouvé dans sa chair les rudesses des voyages et l'humiliation des fuites. Et il était vrai qu'elle avait toujours fait passer avant son propre bonheur la sécurité de tous les autres, les inconnus, les pauvres Juifs jetés sur les routes d'Europe...

Samuel Usque referma le livre, en dit le titre d'une voix émue « ... les *Consolations des Tribulations d'Israël*, notre Senora »; puis il plia le genou et lui baisa la main.

Était-ce ma Beatriz, cette reine à qui l'on rendait hommage ? J'imitai le petit Samuel et me mis à genoux. Reine de Palestine, Beatriz ? Le visionnaire David Rubeni aurait-il vu juste ?

– Tu partiras demain pour Naples et Palerme, Josef, pour examiner l'état de nos réseaux, me souffla-t-elle pendant que je m'inclinais devant elle.

Je ne protestai point.

Ce fut une longue équipée. Dans les États pontificaux, je pouvais circuler sans peine ; mais dès que je fus sur les territoires du Habsbourg, je sentis se resserrer la surveillance policière d'un empire qui laissait peu de libertés à ses sujets. Ma tâche était rendue plus malaisée par les progrès constants de l'Inquisition ; Beatriz avait raison, le temps pressait. Je m'acharnai à trouver les agents honnêtes dont nous avions besoin pour constituer de nouveaux réseaux et pour aider nos frères du sud à nous rejoindre après notre installation à Istamboul. J'y travaillai six mois.

J'en profitai pour renouer avec la galanterie, fort peu en usage à Ferrare ; je rencontrai à Naples de jolies personnes aux cheveux couleur de charbon, mal éduquées au regard des belles Vénitiennes, et dont les aisselles sentaient la sueur. Mais je leur rendis grâce de se trouver sur mon chemin, et je compris que je ne remplacerais jamais le charme de Venise. Il fallut bien m'en contenter.

Entre Naples et Palerme, où je me rendis par les terres, je compris l'idéal antique du vieil Erasme. Je n'avais jamais vu de temple ancien; devant la puissance désolée de celui de Paestum, je me sentis plus grec que juif. Était-ce le ciel libre à travers les colonnes? Ou l'absence des dieux, privés de leurs autels et de leurs accessoires? L'effondrement des toits, la destruction des murs, l'effritement des blocs de marbre, leur blancheur usée, les restes d'ocre et de rouge, et la nature qui envahissait l'ensemble en reprenant ses droits, tout me paraissait restituer aux divinités enfuies une force que je ne trouvais pas dans les quelques synagogues où j'étais entré. Je préférai le vent soufflant sur les broussailles, et le bleu au-dessus de ma tête. La beauté de ce temple participait de la liberté de la mer; et ce n'était point hasard si les autorités catholiques se méfiaient des idées humanistes. Comment les chrétiens avaient-ils pu s'acharner sur tant de merveilles? Je m'en retournai à Ferrare, fort satisfait; j'avais couru les *donne*, fait connaissance avec les dieux grecs, et l'œuvre de la Senora dans le Sud de l'Italie était achevée.

Le printemps finissait; l'ombre se faisait rare, et mon cheval allait fort doucement, épuisé, comme son maître. Sur les routes qui me rapprochaient de Ferrare, je vis comme autrefois pendant les guerres d'Allemagne la fumée monter des maisons; tant d'incendies à la fois? Je croisai au moins trois cercueils avec leur cortège de femmes en pleurs, et sans prêtre. Je piquai mon cheval.

Le palais était fermé à double tour. Beatriz elle-même m'ouvrit, le visage tendu. « Entre vite, Josef, ne tarde pas. On entend d'étranges rumeurs depuis quelques jours. Les femmes meurent en couches, les avortements spontanés se multiplient. Les paysans disent qu'ils entendent des lamentations dans les cimetières, et que dans les nuages ils aperçoivent des armées de squelettes. Un prêtre a juré qu'il avait vu dans le ciel une comète... Tu sais ce que cela signifie, Josef? »

Oh oui! Je savais. On craignait la peste. Et la peste était toujours imputée aux Juifs.

Elle surgit tout armée, terrifiante. On trouva des gens qui mouraient en dormant au bout de trois jours, d'autres pris de folie qui dansaient à en crever, d'autres enfin qui devenaient tout rouges et brûlaient de l'intérieur. La ville entra en fureur.

On procéda à des fumigations d'herbes, si intenses que les jeunes hirondelles étouffaient dans leurs nids; les médecins se plantèrent sur le nez le long cornet blanc censé les protéger, et tout l'attirail de magies qu'attirent les pestes se mit en mouvement dans Ferrare. On apprêtait des boîtes à parfum avec de l'armoise, de la rue verte, de la valériane, du genièvre, de la fougère rouge... que sais-je encore. La pomme d'ambre et le tabac semblaient des panacées suprêmes et rares. Sornettes!

Les chrétiens ne mangeaient plus ni volailles, ni cochon de lait, ni gibier d'eau; l'huile d'olive cuite était considérée comme mortelle. Au moment de l'agonie des malades, on plaçait sur leurs lèvres un morceau de pain pour attirer le poison avec le dernier soupir. On recommanda à chacun de boire sa propre urine, mélangée avec de la jacobée et du sel, et coulée sur le quignon matinal avec de l'huile douce. Je vis des fous se frotter d'orties pour provoquer des cloques, puis entretenir les plaies en les imprégnant de gros sel. Les talismans abondaient; les amulettes circulaient des morts aux vifs. Et rien de tout cela n'empêchait les malades de mourir.

On brûlait les cadavres en plein milieu des rues; on marquait les maisons à la croix, une croix d'un rouge éclatant, avec une inscription : « Seigneur, ayez pitié de nous... » Le clergé conduisait de grandes processions avec le Saint-Sacrement, et les prêtres, dans leurs sermons, annonçaient la fin d'un monde corrompu par la religion réformée. Aucun d'entre eux n'osa cependant évoquer la conversion de la duchesse Renata à l'hérésie maudite.

Courageusement, le couple ducal était resté à Ferrare, et n'avait pas exigé, comme tant de rois le firent, d'avoir le privilège d'être les seuls à s'enfuir pour éviter la contagion. Si déchaînés que fussent les prêtres catholiques, ils savaient que leur duc était un bon souverain. Mais la présence ducale ne changeait rien à l'horreur de la maladie; la peur était partout, et les corps encombraient la ville. Bref, c'était, sans nul doute, la peste dans sa splendeur.

163

Seul Lusitano, en bon médecin juif, jurait que ce n'était pas elle. Les eaux corrompues de l'été, affirmait-il, avaient fabriqué une maladie des entrailles; tout le reste relevait de la plus pure fantaisie. Point n'était besoin, disait-il, de sacrements imbéciles, de processions et de fumigations, il suffisait de ne pas boire d'eau.

– Qui dit peste dit langue noircie ou anthrax, avec des vomissements de sang. Le bubon doit avoir la taille d'un œuf d'oie... Parfois, le malade saigne du nez et meurt. J'ai bien examiné les cadavres, et je ne vois rien de tout cela! Ce sont des flux de ventre, des fièvres malignes, de simples boutons purulents. *Ergo*, ce n'est pas la peste. On n'en meurt pas moins pour autant!

Mais personne ne pouvait rien contre la folie de Ferrare. Le vieil adage des temps passés ressurgit : *In Peste Venus pestem provocat*, pendant la peste, Vénus provoque la peste.

Au lieu de se tenir cois, les gens s'aimèrent avec furie. On les retrouvait, la nuit, dans les cimetières, occupés à forniquer devant les tombes fraîches. Les filles se promenaient les cheveux décoiffés, avec des rires bizarres; les prostituées firent fortune. Puis, quand venait l'aube, on entendait au loin l'appel des fossoyeurs : « Sortez vos morts! », et elles disparaissaient jusqu'au soir.

Au milieu de ce flamboiement, Lusitano grommelait de plus belle et recommandait de ne pas boire l'eau des puits. « C'est par elle que tout survient et c'est elle qui nous tue! » proclamait-il en levant un doigt sentencieux.

Il parla trop. On le regarda de travers. Puis un prêtre vint sous nos fenêtres en brandissant un crucifix; il cria que nous avions empoisonné l'eau des puits. Les cailloux se mirent à pleuvoir sur les carreaux du palais.

Lusitano sortit sur le pas de la porte, et voulut calmer l'émeute qui grondait devant la maison Nasi, en expliquant ses médications : peine perdue. Une pierre tranchante lui entama le front. Comme Beatriz pansait la plaie, Lusitano dit d'une voix qui ne souffrait pas la discussion :

– Mes enfants, il est trop tard. Ce n'est pas la peste qui nous tuera, mais à coup sûr nous allons mourir si nous ne quittons pas la place. Il est temps d'appliquer l'électuaire du médecin Rhasis d'Arabie, qui a formulé le plus sage et le plus thérapeutique des remèdes contre la peste : " Vite, loin et longtemps, partir vite, aller loin et droit devant. " Allons, pas de quartier. Soyons en chemin dès demain.

– Laisse-moi au moins aller demander la protection du duc d'Este! fis-je. Il ne tolérera pas qu'on nous attaque, et ce soir nous aurons une bonne garde pour nous éviter ces furieux.

Le duc me reçut gravement. Avec une gêne manifeste, il m'expliqua qu'il était contraint justement d'expulser de Ferrare tous les Nouveaux Chrétiens arrivés depuis moins de cinq ans.

– N'allez pas croire, chevalier, que j'accorde le moindre crédit à ces croyances : comment auriez-vous empoisonné les puits ? Vous savez combien j'exècre ces superstitions d'un autre âge. Mais en revanche, on m'assure que les Nouveaux Chrétiens ont apporté la peste d'Allemagne...

Je lui parlai des théories de Lusitano. Le duc eut un geste désolé.

– Peut-être est-il dans le vrai, chevalier; je sais que les médecins juifs sont très savants. Mais je n'ai pas d'autre choix si je veux assurer le calme dans mon duché. Au demeurant, la papauté me presse de donner satisfaction aux chrétiens. Je ne vous demande pas un exil définitif, non. Quittez Ferrare pour quelques mois, le temps que la peste s'en aille; et revenez-nous ensuite. Vous verrez les bonnes parties de cartes que nous jouerons alors...

Ainsi, même le vertueux duc d'Este nous rejetait! J'eus l'impression de perdre un ami. Beatriz alla voir la duchesse Renata. Ce fut pire. La duchesse lui fit d'étranges confidences : la dame Bianca qui m'avait paru si dangereuse s'était emparée de la peste pour exiger notre départ. Et c'était bien la perte des Nasi qu'elle avait décidée; car les Abrabanel, les Toledo, les Modena, tous installés depuis plus de cinq ans, demeurèrent. Ce délai ne concernait que les Nasi et leur proche entourage, dont Lusitano, justement.

Une chose était certaine : pour une fois, on n'en voulait pas à notre fortune. On se contentait de nous chasser; nous gênions. Beatriz supplia qu'on laissât sortir les Marranes sans encombre, et qu'ils ne fussent pas massacrés en chemin. La bonne duchesse Renata, émue aux larmes, promit des gardes.

165

Mais où aller? Les terres de Venise étaient dangereuses. Les États du pape ne l'étaient pas moins, puisqu'on tenait les Juifs pour coupables de la peste. Où aller, sinon nulle part?

Nous entassâmes dans de lourds chariots de quoi établir un campement de fortune dans les environs. Et comme nous aurions affaire aux hommes, qui sont pires que les loups, nous emportâmes des armes. La maisonnée étant nombreuse, avec les serviteurs et les servantes nous eûmes bientôt vingt chariots et trente chevaux.

De Lisbonne à Anvers, d'Anvers à Venise, de Venise à Ferrare, et maintenant sous quelle étoile?

La sortie de Ferrare fut terrible. Des groupes de paysans armés nous attendaient, prêts à nous attaquer sans pitié; et les gardes promis par la duchesse Renata nous abandonnèrent à la tombée du jour.

La ville s'éloignait; les champs à l'abandon s'obscurcissaient, à peine illuminés çà et là par quelques feux dans le lointain. Des bûchers sans doute, ou des brigands. Brusquement, je fus assailli par une odeur inconnue, de miel et de fleurs mêlées. Quelle féerie nous entourait?

Les chariots avançaient pesamment dans la pénombre; on n'entendait que les sourdes exclamations des cochers et les piétinements des chevaux. Beatriz murmurait des versets, et je reconnus notre Hagaddah, le poème de la libération du peuple d'Israël. « Le Seigneur nous fit sortir d'Égypte, avec une main puissante et un bras étendu, avec une apparition terrifiante, avec des signes et des prodiges... », priait-elle.

Je reconnus enfin l'odeur; c'était celle du bel été. Accoutumé aux pestilences malades de la ville, j'avais oublié le parfum des acacias et la senteur des blés. Certes, la famille Mendès s'enfuyait de nouveau sur les routes; mais n'étions-nous pas le véritable symbole du peuple juif en marche? « Mais combien grande et multiforme est la prévenance de Dieu qui est partout, à notre égard », continuait Beatriz assise dans son chariot.

Nous avions en effet survécu. Aux yeux de Beatriz, c'était un miracle; pour moi, je savais trop le poids de notre fortune qui nous avait sauvés d'une mort certaine. Les Mendès pouvaient être rançonnés, et le seraient sans doute encore; du moins survivraient-ils.

« Il a fendu pour nous la mer, et nous l'avons passée à sec ; il a englouti nos ennemis, il a subvenu à nos besoins dans le désert pendant quarante ans... »

Nous avions subvenu nous-mêmes à nos besoins, pensais-je. Mais cette fortune, à qui la devions-nous, et quel était notre véritable héritage ? La Senora, dans l'ombre, continuait sa prière, et l'image de Beatriz se fondit dans l'odeur des fleurs. Je m'imaginai soudain que je n'étais qu'un instrument à ses côtés, destiné à servir une plus haute gloire. Beatriz n'était pas une femme comme les autres ; et moi, à qui avait échu en partage la lourde tâche de contempler, impuissant, son corps torturé, moi, j'étais à jamais son gardien.

« Il nous a introduits sur la terre d'Israël, il y a édifié pour nous le Temple qu'il choisissait et où nous pouvions obtenir le pardon de nos péchés... »

S'il existait, ce Dieu qu'elle pouvait voir face à face, alors elle obtiendrait pour moi le pardon de mes péchés. A elle la prière, à moi la vie !

Je piquai mon cheval et galopai loin devant le cortège, animé d'une joie furieuse.

Au matin, nous nous trouvâmes au bord d'une rivière. Des hommes et des femmes étaient installés sous des tentes faites avec des toiles et des manteaux. Des haies de hauts peupliers bordaient la rivière et formaient une sorte de clairière ; non loin de là, un petit bois permettrait de trouver un refuge en cas d'attaque imprévue. Ces gens nous hélèrent amicalement. Je sortis mes pistolets d'arçon, mais Beatriz descendit de voiture et décida pour tous. Nous nous arrêtions ici, dans un lieu qui n'avait pas de nom.

A notre tour nous commençâmes à édifier un campement, en nous servant des chariots pour y accrocher des bâches. Le petit groupe déjà installé nous fit bon accueil ; les hommes se mirent bientôt à l'ouvrage et aidèrent nos serviteurs. Au crépuscule, tant bien que mal, nous avions un gîte.

Le soir, autour des feux, nous fîmes connaissance avec nos nouveaux voisins, des fugitifs, comme nous, parmi lesquels on comptait quelques-uns de nos frères. Certains n'avaient pas attendu d'être accusés pour fuir ; ils connaissaient déjà les procédures d'expulsion des Juifs en cas de peste. Avec eux se trouvait un homme d'âge mur, encore vert et un peu distant, en tout cas d'un abord malcommode. Il nous fallut quelque temps pour comprendre qu'il s'agissait d'un savant solitaire, du nom de Marsilio ; il exerçait aussi la profession d'astrologue et cherchait, comme dona Benvenida, la *Magna Scientia*.

Il avait quitté Ferrare par simple précaution ; il confirma les propos de Lusitano, et convint volontiers que le meilleur remède contre une prétendue peste, qu'elle soit véritable ou supposée, demeurait la fuite : « Mon illustre homonyme, le grand philosophe Marsilio Ficin, disait déjà qu'en cas de peste il faut aller visiter les beaux jardins, particulièrement lorsque les plantes sont odorantes. Évitons, c'est beaucoup mieux, de penser à la mort ; et cultivons les pensées agréables. Il faut aussi, c'est important, se réconforter le cœur en contemplant les pierres précieuses. » Ce disant, il sortit d'un petit sac en cuir quelques gemmes lumineuses qu'il fit tourner au clair de lune : des saphirs, des émeraudes, des améthystes, un rubis, qui, réunis au creux de sa main, jetaient des éclairs aux couleurs de l'arc-en-ciel. « Ah ! j'allais oublier, fit-il en sortant de sa rêverie. Il est indispensable d'écouter des airs mélodieux. Au vrai, c'est la seule chose qui manque à notre bonheur. »

Je me tournai vers ma petite Reyna.

– Veux-tu chanter, mignonne ? C'est moi, ton cousin, qui t'en prie...

Reyna hésita, puis s'en fut chercher sa guitare au fond du chariot. Bientôt, sa voix admirable fit taire les bavards réunis autour du feu ; grâce aux reflets des flammes on aurait cru une sorte de divinité païenne dont je n'apercevais que les mains et le visage, entourés d'une étrange lueur rousse. Je la contemplai avec une telle intensité que je sentis à peine le souffle de Beatriz qui s'était assise sur l'herbe à mes côtés.

« N'est-ce pas qu'elle est belle ainsi, notre Reyna ? » me dit-elle doucement. Je sursautai. Beatriz avait raison. Pour la première fois, je voyais en Reyna ma fiancée.

Le ciel était si doux que le sommeil ne venait pas. La nuit, grosse de ses étoiles, clignotait de lumières avec une maternelle affection ; notre astrologue détaillait les constellations et gribouillait sur un petit carnet; je ne fus pas surpris de voir que Beatriz avait sorti le sien. Je voulus regarder par-dessus son épaule, mais l'on n'y voyait rien, et tout ce que je pus distinguer, c'est qu'elle traçait des lignes et des dessins géométriques auxquels je ne comprenais rien et qu'elle se refusa toujours à m'expliquer. Mais peu m'importait. Les miasmes de Ferrare s'étaient évanouis; les parfums de l'été nous entouraient toujours; nous étions plus libres que jamais; ce fut un moment béni.

Pour nos nouveaux amis, notre arrivée était une aubaine. Nous avions des vivres pour longtemps, des armes et de l'argent; en échange, ils nous avaient offert le plus précieux des biens, l'hospitalité.

Une vie étrange et paisible commença. Nous n'avions plus à gérer la banque des Mendès, non plus que les réseaux; nos agents s'en occupaient pour nous, sans doute, et le Seigneur y pourvoirait. De toute façon, nous n'y pouvions plus rien. Notre temps se passait à organiser le quotidien du campe-ment. Avec des serviteurs, j'allais chasser des gibiers d'eau; certains pêchaient dans la rivière; les servantes lavaient le linge, qui séchait entre les peupliers; Reyna veillait au bon déroulement de la journée, et Beatriz conversait inter-minablement avec l'astrologue Marsilio.

Avec nous, ce dernier demeurait taciturne et ne prononç-ait que les mots indispensables pour se nourrir, se coucher, se préserver de la fraîcheur des nuits. Mais avec elle! Dès le matin, il la prenait par le bras, et tous deux s'éloignaient. Bientôt, ils eurent leur cabinet de lecture au pied d'un orme aux racines tordues; Marsilio parlait, Beatriz écoutait en griffonnant sans relâche sur son petit carnet.

« Il aura fallu qu'il se trouve sur ton chemin un autre de tes illuminés! » lui fis-je avec irritation au bout de quelques jours. Elle me regarda sérieusement et tourna les talons.

La nature l'avait rajeunie; son visage était redevenu lisse, ses yeux brillaient comme dans sa jeunesse. Je n'ai jamais compris qu'elle ait pu s'éprendre de la science à ce point. Et moi, qu'avais-je pour me distraire pendant qu'elle fleuretait savamment avec son astrologue? Reyna et ses chansons?

J'avais le vin, Caraffa! Moi aussi je disposais d'une science des remèdes contre la peste. En voyageant d'Anvers à Ratis-

169

bonne avec l'ami Maximilien, j'avais appris dans une auberge une chanson de Hans Folz, un *Meistersinger* des siècles passés. La bouteille à la main, je me la chantais chaque soir à tue-tête en défiant Beatriz et Marsilio.

> *Ayez du vin fort, clair et vieux*
> *Lavez-en bien chaque matin*
> *Mains, bouche, visage, nez, oreilles*
> *Et buvez-en une goutte au repas du matin*
> *Pour soutenir le cœur et épurer le sang.*
> *C'est ainsi que beaucoup ont surmonté la peste...*

La Senora en tout cas ne but jamais une seule goutte de mon vin. Et quand je la narguais en faisant mine d'être ivre, elle accourait à toutes jambes malgré ses quarante années et me giflait comme un gamin. Ah! le joli temps que nous eûmes pendant la peste de Ferrare...

Hélas! un jour, Beatriz me prit à part pour me confier un grand dessein. « Je sais qu'il existe une pierre si puissante qu'elle permet aussi de créer de l'or, Josef... Cette pierre sainte et précieuse, verte comme l'eau d'où nous sommes venus, je sais comment la trouver. »

Quel était ce nouveau délire ? Marsilio, c'était Marsilio, à n'en pas douter. J'avais entendu parler de cette pierre que les alchimistes recherchent pour leur Grand Œuvre. Où était l'astrologue ? Il avait disparu.

– Ne cherche pas notre ami, dit-elle. Il est parti où l'appelait son destin. Mais avant de me quitter, il m'a livré un secret : à Venise se trouve en ce moment même le vice-roi des Indes, qui cherche à la vendre. Personne n'a assez d'argent pour l'acheter. Je la veux. Va à Venise, et trouve-moi la gemme, Josef!

Ma tête était mise à prix, et elle voulait m'expédier à Venise! Je haussai les épaules sans me donner la peine de répondre. « Bien. J'irai moi-même », dit-elle de cette voix déterminée dont j'aurais dû me méfier. Je ne la crus pas assez folle pour s'aller mettre dans la gueule du loup. Pour une lubie d'astrologue!

Mais le lendemain, Beatriz avait disparu, et il manquait un de nos chevaux.

En jurant tous les jurons que m'avaient appris mes voyages, je sellai un autre cheval et partis à sa recherche. Vainement. A la frontière des terres vénitiennes, je dus m'arrêter et rebrousser chemin. Beatriz à Venise était perdue; et si j'avançais plus loin, j'étais mort. En rentrant au campement, je découvris que manquaient aussi certains de mes vêtements. Elle s'était déguisée en cavalier. Consternés, Lusitano et moi cherchâmes quoi faire. La solution apparut bientôt, inévitable. Je ne pouvais l'aller chercher à Venise sans courir le risque d'être pris; mais Lusitano, lui, risquait beaucoup moins que moi. Le brave homme prit son courage à deux mains et partit à la recherche de la Senora envolée.

Reyna et moi n'avions plus rien à faire qu'attendre. Ma cousine veillait à ce que nous ne manquions ni de nourriture, ni de couvertures, car les nuits, déjà, devenaient un peu plus froides. Elle dirigeait les serviteurs et les servantes avec une autorité silencieuse, et n'élevait jamais la voix. Reyna ne voulait même plus nous chanter ses chansons...

J'avais beau continuer à chasser, comme tous les jours, je n'avais plus le cœur à l'ouvrage. Non que je fusse vraiment anxieux : Beatriz sortirait du piège où elle s'était jetée, j'en étais certain. Mais je nourrissais une tenace rancune; quand nous tenions un moment de paix miraculeuse, elle l'avait brisé. Pour une gemme. Pour rien. Par superstition. Une femme si forte, comment pouvait-elle perdre le jugement... Et comment avais-je pu la laisser s'échapper! La Senora, que l'on disait si réfléchie...

Oui, par instants, je sentais en Beatriz une invincible présence qui me dépassait, m'envahissait; alors je la révérais comme le fait aujourd'hui notre peuple. Mais je connaissais trop ses faiblesses; j'en sais trop, encore maintenant cela m'étouffe. La Senora transfigurée par les *Consolations des Tribulations d'Israël*, ou Beatriz partie à la recherche d'une gemme, comme une petite chèvre capricieuse ?

Il s'écoula presque deux semaines avant le retour de Lusitano. Il avait trouvé Beatriz avec sa sœur dans le palais de Luna, qu'il nous décrivit comme un désert sinistre, où quelques serviteurs silencieux entouraient la déréliction de leur

171

maîtresse, et prenaient soin de sa fille, la Chica, qui supportait l'épreuve avec une surprenante gaieté. Brianda, méconnaissable, s'était transformée en une sorte de nonne; la tête rasée, voilée de blanc des pieds à la tête, les lèvres pincées, elle s'était plongée dans un mutisme dont elle ne sortait que pour pousser de longs gémissements sur ses péchés, et s'aller jeter aux pieds d'un grand crucifix planté au fond de sa chambre. Folle, en effet.

Beatriz s'était tranquillement installée auprès de la sœur qui l'avait trahie. Elle expliqua sans ciller à l'ami Lusitano qu'elle avait éprouvé le besoin de la revoir, que tout était oublié, qu'elle la chérissait comme jamais auparavant. Lusitano convint volontiers que l'état de Brianda était assez inquiétant pour justifier la présence de son aînée, mais qu'en était-il de la gemme? Toujours aussi tranquillement, Beatriz dit à Lusitano qu'elle avait rendez-vous le lendemain avec le vice-roi, à la Ca d'Oro, au milieu d'une fête où elle irait masquée.

Elle s'y rendit, enveloppée d'une mante noire, le visage dissimulé sous un loup rouge. Lusitano la suivait de loin, et la vit bientôt sortir; elle avait la pierre.

– Alors, Lusitano, tu l'as vue, cette pierre miraculeuse? fis-je avec impatience.

– Oui, Josef, répondit-il, je l'ai vue. C'est une grosse émeraude, assez belle malgré quelques inévitables crapauds. Mais ce n'est qu'une émeraude...

Beatriz s'apprêtait à repartir de Venise lorsqu'elle fut arrêtée; le vice-roi s'était empressé de courir à la police et de raconter qu'une femme masquée lui avait acheté la pierre en payant sans discuter une somme considérable. La police des Dix, fort bien faite, retrouva Beatriz sans effort.

« Ensuite, Lusitano, ensuite? Tu n'es pas revenu sans la sauver? » fis-je, la gorge serrée. Eh bien! C'était la pauvre Brianda qui avait fait l'essentiel. Suivant scrupuleusement les instructions de Lusitano, elle s'était traînée chez le procureur des Nouveaux Chrétiens, avait dépensé la moitié de sa fortune pour le corrompre, avait enfin obtenu de laisser Beatriz en liberté. Notre Senora revint au palais de Luna; mais elle devait y séjourner sans chercher à fuir, car il y aurait enquête, interrogatoire et, si nécessaire, procès.

Le chaouch du sultan se trouvait à Venise pour conduire l'une de ces négociations perpétuelles entre l'Empire ottoman et la Sérénissime, du diable si je sais laquelle. Brianda, guidée cette fois par son aînée, trouva le moyen d'introduire Lusitano auprès de lui; notre ami se fit l'avocat de la Senora. Le chaouch accepta de mauvaise grâce d'intervenir auprès de la Sérénissime, et Beatriz fut enfin libre de quitter Venise quand elle voudrait.

Mais Lusitano avait dû prêter le plus solennel des serments au nom de dona Gracia Nasi : elle rejoindrait Istamboul aussitôt. Le chaouch avait d'ailleurs menacé de venir en personne surveiller le départ de la Senora. Il n'y aurait pas de troisième intervention du sultan Soliman.

— Mais alors, elle est libre! Pourquoi n'est-elle pas avec toi? lui demandai-je avec inquiétude.

— Parce qu'elle a voulu ramener aussi Brianda, qui n'est pas en état de chevaucher, soupira Lusitano. Elles seront sans doute là demain, après-demain au plus tard. Notre Gracia est résolue à rejoindre Ferrare, le temps de tout préparer pour un départ; elle se moque de la peste comme de notre opinion, Josef...

Le surlendemain, un long cortège de chariots qui ressemblait au nôtre apparut dans la poussière. Beatriz, en descendant de voiture, me sauta au cou comme à l'accoutumée, d'un mouvement juvénile.

— Tu vois, Josef, j'ai réussi, toute seule! J'ai la gemme... et j'ai Brianda, ainsi que la petite. Peut-être croyais-tu que, sans toi, je ne pouvais rien entreprendre?

Et elle me montra l'émeraude qu'elle portait à son doigt.

— osef, ajouta-t-elle en parlant plus bas, il ne faut pas brusquer ma pauvre sœur, surtout...

Quand je vis Brianda descendre à son tour, je n'eus pas le cœur de la torturer; c'était une malheureuse créature au regard égaré, et dont le faible esprit s'était envolé. Comment avait-elle pu prêter secours à Beatriz? Lusitano, sans doute, avait accompli ce miracle. Brianda obéissait à tous les ordres qu'on lui donnait et n'effectuait aucune action sans y être

173

incitée. Au sortir de la voiture, elle resta sur place sans bouger, clignant des yeux comme une chouette en plein jour, serrant la main de sa fille qui ne parvenait pas à la faire avancer; Beatriz dut la prendre par le bras et la forcer à marcher, un pas après l'autre, jusqu'à un tronc d'arbre où elle l'assit doucement.

– Tu vois ce qui reste de Brianda Mendès, murmura Lusitano à mes côtés. Pour faire libérer Beatriz, je n'ai pas lâché Brianda d'une semelle; elle m'a obéi comme une marionnette. Je n'avais pas le choix, Josef...

Nous quittâmes à regret le bord de notre rivière et retournâmes à Ferrare. Trois mois s'étaient écoulés; Lusitano assurait que l'épidémie devait s'être arrêtée avec la fin des chaleurs; il avait l'esprit tranquille. La prétendue peste avait en effet disparu, et Ferrare renaissait à une vie normale.

Le palais des Nasi sentait le moisi, mais il n'avait pas été pillé. On ouvrit toutes grandes les fenêtres si longtemps fermées; les statues antiques se couvraient de mousse, le jardin était plein d'herbes folles et les fleurs sauvages y avaient poussé en tous sens, abandonnant au vent leurs tiges sèches et leurs pétales noircis; il restait encore quelques roses d'automne, que la Chica cueillit en un clin d'œil pour les offrir à sa pauvre mère. Mais le temps n'était plus à l'ordonnancement des arbres et des rosiers; nous devions préparer le départ.

Beatriz et moi nous mîmes devant une grande table et commençâmes d'établir la liste des personnes et des biens que nous allions emmener jusqu'à Istamboul; la route devrait passer par le Nord, éviter Venise, redescendre sur le Frioul, rejoindre Raguse, Salonique, et enfin gagner la capitale de l'Empire ottoman.

Nous comptâmes une centaine de servantes, à quoi s'ajoutaient des caméristes et nombre de « dames de compagnie » auxquelles Beatriz donnait ce titre dans le seul but de les sauver avec nous. Nous leur adjoignîmes des « maris », vrais ou faux; cela faisait deux cents de plus. Combien fallait-il d'hommes d'armes pour escorter tout ce monde, et les chariots qui allaient contenir les meubles, les coffres de vêtements et de tableaux, les effets, nos papiers? Je calculai qu'il fallait cinquante gardes armés.

174

La voie maritime restait possible; elle eût même été plus sûre qu'un long chemin à travers les plaines autour de Venise et les abords de l'Empire ottoman. Nous en discutâmes à perte de vue. Beatriz voulait à tout prix se rendre à Istamboul par la terre ferme.

– Ainsi, disait-elle, je pourrai protéger quelques-uns de nos frères qui se joindraient à nous, Josef... Il faudra prévoir quelques chariots vides, c'est tout.

Des chariots! Il en fallait déjà trente; Beatriz m'en fit chercher vingt autres. Et ce n'était pas encore assez pour la grandiose traversée dont elle rêvait; elle ajouta quatre grands carrosses, un pour Reyna et la Chica, le second pour elle et Brianda, le troisième pour Lusitano « et le dernier pour toi, Josef, où tu mettras qui tu voudras ».

Il fallait encore obtenir les sauf-conduits jusqu'à l'entrée de l'empire. Quelques mois s'écoulèrent avant que nous les obtenions tous. Pour y parvenir, je dus faire appel aux bons offices du duc d'Este qui, trop content de réparer l'injustice à laquelle il avait consenti, nous aida de son mieux.

Nous passâmes le temps qui nous restait avec nos chers amis de la communauté; chacun était conscient de la fuite du temps; c'était l'hiver, et les jardins désolés ne permettaient plus les mêmes soirées. On se réunissait dans les maisons, devant un feu de bois plus mélancolique que les flambeaux sur les cyprès; Brianda se tassait dans un coin, poussant de temps à autre de petits cris incompréhensibles qui interrompaient nos chansons. Mais à mesure qu'approchait la perspective de notre départ, l'amitié devenait plus vive encore. Beatriz tenta à mainte reprise de persuader nos frères juifs de partir avec nous.

A la surprise générale, elle réussit à convaincre rabbi Soncino en personne, provoquant dans la communauté un événement considérable; la renommée du rabbi s'étendait dans toute la péninsule. C'est cette célébrité que Beatriz avait utilisée comme principal argument pour le convaincre: s'il consentait à nous accompagner, rabbi Soncino serait le meilleur garant du judaïsme authentique de l'illustre famille Nasi; de plus, il apaiserait les tensions latentes entre les différentes communautés d'Istamboul, à qui manquait un maître en orthodoxie. Rabbi Soncino était aussi sage que savant, sa douceur légendaire ferait merveille. Il s'en fallut de peu que son départ entraînât celui des membres les plus influents des Juifs de la ville; mais pour finir, ils résistèrent et nos amis de Ferrare ne nous suivirent pas; ils gardaient leur confiance au couple ducal, et se sentaient en sécurité. Pourtant, la perspective de notre longue équipée les remplissait d'émotion.

Vint le moment des adieux; ce fut une fête particulière.

Pomona, Fioretta, Samuel, Abraham, Benvenida, Toledo... tous étaient rassemblés dans le jardin de notre palais, où, avec l'aide de la Chica, Reyna avait suspendu des lanternes à chaque arbre; un grillon attardé chantait de toute sa petite âme; une vague odeur de cyprès, mêlée à celle des chandelles, envahissait la douceur de l'air. Reyna avait dressé une grande table avec une nappe blanche, sur laquelle elle avait déposé du pain sans levain, du sel et de l'eau. Tout le monde était debout, saisi d'émotion, et personne n'osait parler.

– C'est le départ vers la Terre Promise que vous allez entreprendre, commença Pomona d'une voix qu'elle voulait joyeuse. Espérons que vous ne serez pas retenus, comme Moïse, sur le bord de votre nouvelle patrie! Quant à nous, s'il nous arrivait quelque accident, nous ferions appel à vous, ma bonne Gracia... N'avez-vous pas tout mis en œuvre pour préparer notre sauvegarde?

– Quand saurons-nous que vous êtes arrivés à bon port? Nous reverrons-nous un jour, dona Gracia? Pourrai-je jamais assez vous remercier pour cette Bible que vous m'avez permis de réaliser? soupira Abraham Usque.

– Peut-être les rejoindrons-nous à Istamboul, mon frère, chuchota timidement Samuel.

– En attendant, ajouta Fioretta avec son joli rire, nous allons vous regretter, et vous nous manquerez, Gracia, dans nos causeries savantes! Vous étiez devenue la plus sage d'entre nous...

– En attendant, répéta gravement Beatriz, prions ensemble pour la dernière fois.

On fit silence, au point qu'on entendit une chouette qui s'éveillait dans le lointain. Tout le monde se tourna vers

176

rabbi Soncino qui toussota et, sans tenir compte des règles de notre religion, se mit à réciter quelques fragments du Séder. Pessah était déjà loin. Beatriz l'arrêta.

– Mais pour cela, rabbi, et même si ce n'est pas la bonne date, il faut du vin mêlé d'eau au moins, si nous n'avons pas les herbes et l'œuf... Josef, va chercher notre meilleur vin, car le vin, c'est ton affaire, nous le savons. Et toi, Reyna, va chercher les coupes!

Nous obéîmes sans discuter. Bientôt chacun eut en main sa coupe pleine de vin de Venise. Rabbi Soncino commença : « Puissant par la royauté, justement honoré, ses cohortes lui disent, il est bon de danser pour toi le jour... »

Est-ce « danser » ou bien « chanter » ? Voilà que j'ai oublié. Je n'ai jamais été fameux en matière de prières. Il faut dire qu'à rappeler le souvenir de cette dernière soirée à Ferrare, je retrouve l'émotion qui nous envahissait alors. Chacun retenait ses pleurs, pour préserver la gravité de l'instant; mais Brianda n'y parvint pas, et éclata bruyamment en sanglots. Le pauvre Soncino n'acheva pas la prière, et fondit en larmes à son tour.

– Rabbi, ce n'est pas bien, fit Beatriz sur un ton de reproche. Et elle continua la récitation en chantant de sa belle voix grave : « Tu as opéré de nombreux miracles la nuit. A la première veille de cette nuit, tu donnas la victoire à Abraham la nuit. »

Tout le monde reprit en chœur, gravement : « C'était au milieu de la nuit. »

Nous étions en effet au milieu de la nuit, et nous allions partir. Je me mis de la partie et entonnai « Had Gadeya », le tout dernier chant de l'adieu à Ferrare. « Un cabri, un cabri que mon père a acheté pour deux sous. Un cabri, un cabri... »

Rabbi Soncino eut cette fois la force d'achever notre prière, soutenu par la voix de nos amis, et l'on but d'un même geste la coupe unique qui n'était pas, en cette fin d'automne, la quatrième coupe du Séder, mais la coupe de notre fuite vers Istamboul, et le vin de notre liberté.

Il fallut un jour entier pour aligner le cortège en ordre de marche. Les servantes, les dames de compagnie et toutes les autres grimpèrent dans les chariots. Rabbi Soncino prit place dans le carrosse de Beatriz, où l'on avait installé une Brianda gémissante, qui ne comprenait pas la raison du départ. Quant à nous, les hommes, sur les chevaux, nous étions prêts.

Nos amis, les larmes aux yeux, agitaient la main en chantant nos vieilles chansons séfarades. Il m'appartenait de donner le signal du départ; je mis mon cheval de côté et baissai le bras. Dans un tumulte indescriptible, les cinquante chariots, les quatre carrosses et l'escorte des cinquante hommes d'armes s'ébranlèrent.

Nous mîmes plusieurs heures pour rejoindre la sortie de la ville, et la traversée de Ferrare ressembla à un triomphe. Les bourgeoises sortaient des maisons, les artisans arrêtaient leur travail et nous faisaient de grands signes, on envoyait les enfants nous offrir des boules de pain, de grosses fiasques de vin doux, et même des branches couvertes de prunes, cueillies dans les vergers. Les enfants nous firent une telle fête qu'il fallut souvent s'arrêter de peur de les écraser. Le bon peuple de Ferrare, celui-là même qui avait demandé au duc d'Este de nous chasser pendant la peste...

Le duc et la duchesse n'avaient pas donné signe de vie. Nous eûmes la surprise de les trouver plus loin dans la campagne, dans un carrosse où ils attendaient discrètement notre passage. «Souvenez-vous de votre amie, *carissima*», dit la duchesse Renata à Beatriz en l'embrassant, et elle lui glissa dans la main un rouleau de poèmes. Le duc Ercole nous fit de grandes protestations d'amitié, et promit de veiller sur la communauté.

Malgré sa lâcheté, je me souviens de lui comme d'un honnête homme, au regard des autres que j'ai connus en Europe. Notre dernier prince européen se montra sincèrement bouleversé par notre départ.

– Il est vrai que tu me ferais pleurer, Naxos, dit Caraffa en s'étirant. Enfin, vous voilà partis sur les routes. Le soleil est tout à fait levé, lui; et ma barbe me pique. N'as-tu pas dit l'autre jour que ton moretto était prêt à me raser, mon maître?

— Si fait. Il suffit de l'appeler, dit le vieil homme en frappant dans ses mains. Un jeune Noir en caftan vert apparut aussitôt, avec un plat à barbe, un rasoir, un savon, et commença son office en silence.

— Tu sais, Naxos, malgré la mousse qui me mange la bouche, je suis encore capable de penser... fit le bossu la tête renversée. Crois-tu vraiment que tu vas mourir bientôt ? Je te trouve bien gaillard, moi !

— Je vivrai aussi longtemps que mon vieil ennemi le grand vizir Mehemet Sokolli. Le jour où il mourra lui-même sera le jour de ma mort, Caraffa.

— C'est ton astrologue qui te l'a dit, hein ? rit le bossu.

— Oh ! pas seulement. Plusieurs personnes m'ont fait cette prédiction.

— Et tu oses railler la Senora, Naxos ?

Le vieil homme ne répondit pas, et rentra dans l'ombre du palais.

Chapitre V

1553-1554

LA SORTIE D'ÉGYPTE

*(La traversée des Alpes; la halte de Raguse; Salonique acclame la
Senora; entrée triomphale dans la capitale de l'Empire ottoman; le
mariage de Reyna.)*

Mercredi, au lever du soleil

– Non! Non, madame, il n'a rien dit de tel. Le duc de
Naxos rêve, il médite, il refait sa vie et le monde, voilà tout.
Que votre époux parle de la Senora, pour cela, oui, concéda
le bouffon; mais aussi de vous, madame, de plus en plus
souvent, je vous jure...

Allongée à même la pierre du balcon, la duchesse Reyna
secoua la tête silencieusement.

– Vous l'avez entendu vous-même. Pas plus tard qu'hier,
le duc espérait que vous recommenceriez vos chansons,
ajouta Caraffa avec insistance.

La duchesse écarta un pan de son voile blanc, leva vers le
bouffon son regard fatigué, et posa un doigt sur ses lèvres.

– Oui, je sais, vous ne voulez pas sortir de votre silence,
mais vous entendez tout, bougonna Caraffa. Après sa mort,
a-t-il dit. Mais une fois qu'il aura fini de parcourir sa
mémoire, votre époux ne voudra plus mourir, et il vous
reviendra.

Elle détourna la tête et pleura.

– Aussi, avec votre mutisme et vos larmes... Pourquoi

181

revêtir ces lourds velours ottomans qui vous escamotent la taille, pourquoi ce voile inutile, pourquoi refuser de vous parer un peu ? Vous savez son goût de l'élégance ; il n'aime que les modes de Venise et, à ce que je sais, votre mère la Senora...

Avec une étonnante souplesse, la duchesse bondit sur ses pieds et se jeta sur le bossu, les ongles en avant.

– Hé là ! fit Caraffa en reculant. Vous êtes bien sa fille ! Admettons que je n'aie rien dit. Mais alors ne me demandez pas l'impossible. Écoutez, il s'est retiré dans sa chambre. S'il n'est pas occupé avec ses livres, il dort ; mais il va revenir, et il ne faudrait pas qu'il vous trouve... Moi, c'est différent. Je ne suis qu'une ombre bossue à ses pieds ; je ne compte pas, dit-il. Mais vous, c'est tout autre chose !

La duchesse Reyna lança sur son bouffon un regard douloureux et, relevant ses pantalons bouffants, quitta le balcon dans un frôlement soyeux. A peine était-elle sortie qu'un pas lourd se fit entendre.

– Il était temps, murmura le bossu en approchant le fauteuil, le voici.

– Je ne veux pas même savoir à qui tu parlais tout à l'heure, mais je sais qu'on ne t'a pas répondu, fit le vieil homme.

Notre voyage devait durer presque un an ; de 1553 à 1554. Cette longue équipée, folle errance d'un monde l'autre, nous n'étions pas les premiers à l'accomplir. Tous les Marranes que la Senora avait aidés à s'enfuir avaient traversé les mers ou arpenté les mêmes terres que nous. Aujourd'hui, installés bien au chaud dans la ville d'Istamboul, songent-ils parfois au chemin parcouru ? Auraient-ils encore le courage de recommencer ? Leur faudra-t-il un jour ramasser les paquets, plier les effets, choisir l'essentiel, quitter une maison, un foyer, apaiser les enfants angoissés et s'en aller sur les cailloux des routes pour s'y blesser les pieds et s'arrêter la nuit, dans le froid qui gerce les lèvres ? Rien n'est acquis ; nous autres Juifs, nous pouvons tout perdre en un seul jour. J'ai été duc, j'ai failli être roi, et tu vois, tout cela a passé, on m'a tout retiré, je n'ai plus rien qu'un titre creux, un palais et de l'or. Ah ! pour cela, de l'or, j'en ai.

Heureusement, à l'époque, il y avait déjà l'or, qui aura racheté nos vies, de Lisbonne à Istamboul, et des princes aux sultans. L'or, la fortune, et la puissance pour laquelle Beatriz a sacrifié mon bonheur au nom de son Dieu et du peuple qu'Il a élu...

Je ne donne pas cher de ma réputation après ma mort; que ne dira-t-on pas de Josef Nasi, duc de Naxos! Banquier corrupteur, traître comme tous les Juifs, Judas! Personne, tu verras, ne parlera de l'épopée que fut notre voyage; mais on n'oubliera rien des tours que les princes nous ont obligés à leur jouer pour nous défendre, et on leur tressera des lauriers pour nous avoir persécutés. Beatriz du moins aura sauvé sa mémoire; il lui restera sa Bible, ses édifices, ses œuvres, et la légende de la Senora. Mais moi, l'homme de main! Moi, je suis le mauvais, le noir, l'espion de la Senora. Son gendre et son ombre. Rien d'autre.

Nous abandonnions notre monde et partions vers l'est, dans la direction de Jérusalem. Nous ne le disions pas, mais nous en rêvions tous : ce n'était pas encore « l'an prochain à Jérusalem »; l'an prochain, nous le passerions à Istamboul, mais nous nous rapprochions de l'inaccessible. On pouvait bien souffrir pour gagner Jérusalem, et ce voyage était notre Shekhina, la voie et le chemin, l'incarnation d'Israël sur la terre. Notre longue marche vers le pays retrouvé.

Nous devions longer Mantoue, contourner les domaines dangereux sous tutelle de la Sérénissime, gagner le lac de Garde, y demeurer pendant l'hiver, monter au printemps vers les sommets du Trentin, redescendre jusqu'à Fiume; puis nous diriger vers Raguse à travers la Bosnie.

Là, nous ferions une longue halte avant de descendre, d'abord en longeant la mer, puis en traversant les montagnes, jusqu'à Salonique. Le reste de la route jusqu'à Istamboul comportait moins de difficultés.

Nous commençâmes par rechercher les berges des rivières, quand il s'en trouvait; chaque halte nous rappelait le campement sous les peupliers pendant la peste de Ferrare. Les jours raccourcissaient; nous levions le camp dès les premières lueurs de l'aube, et ne nous arrêtions qu'à la nuit tombée. En quelques jours nous atteignîmes Mantoue; rien

183

n'était difficile; nos dames trouvaient le voyage aisé, la route était plate, les auberges nombreuses, et nous ne manquions de rien. L'humeur générale rappelait celle d'une promenade : Lusitano allait de carrosse en carrosse, les femmes riaient, les enfants galopaient de voiture en voiture et le rabbi ne quittait pas la Senora.

Il en fut ainsi jusqu'au lac, où nous trouvâmes assez de place pour loger les dames; les hommes campèrent, et eurent un peu froid. De violents orages s'abattirent alors sur la région; mais ce n'était rien encore; bientôt, les longues pluies d'hiver nous transirent les os. Rien n'était plus triste que ces averses grises et ces maisons noyées, d'où sortaient la fumée de feux qui n'étaient pas pour nous. Nous passâmes là quelques semaines humides et monotones, non loin de Brescia, près d'un gros bourg opulent que nous enrichîmes et où l'on nous traita bien. Reyna, silencieuse et vigilante, chargée de l'intendance, se levait la première et ne se couchait qu'après s'être assurée du sommeil de toutes les femmes; de mon côté, je devais chaque soir compter mes hommes, veiller à l'entretien des armes et au train de tous les équipages. Lusitano, couvert d'un capuchon de laine, se promenait par tous les temps dans la campagne à la recherche d'herbes médicinales, et rapportait des brassées de plantes inoffensives dont il faisait des tisanes; quant à Beatriz, elle parlait théologie avec le rabbi Soncino, sans lâcher la main de la malheureuse Brianda qui demeurait à ses côtés, les yeux vides, et poussait de temps à autre un petit cri sans objet.

Les enfants s'ennuyèrent rapidement, et je les comprenais. Pour me distraire, je chevauchais beaucoup, et longtemps; parfois, je prenais en croupe ma cousine la Chica, que la promenade et le cheval parvenaient à égayer; mais ces rives, gracieuses sous le soleil et funèbres sous la pluie, finirent par me lasser. J'avais hâte de voir l'hiver finir, et s'éloigner ce pays trop calme et ce brouillard trop pénétrant.

Le mois de février 1553 fut assez doux. Nous n'attendîmes pas davantage pour repartir, et nous commençâmes la longue et difficile ascension vers les sommets. Nous ne pouvions éviter la neige dans laquelle les chevaux glissaient sans cesse; parfois, un chariot versait dans le fossé et nous arrêtait, le temps de le sortir d'affaire. Alors, les femmes devaient marcher, les pieds dans la boue.

Aux haltes, elles se réfugiaient dans les voitures vides en s'enroulant dans les peaux et couvertures que nous avions emportées en quantité; nous n'avions plus grand-chose pour nos repas, si ce n'est du fromage sec et piquant, du gruau et de la polenta. Sous des toiles tendues hâtivement entre les arbres, Reyna faisait préparer de grands feux, chauffait du vin avec de la cannelle; Lusitano y versait du sucre, et aussi une poudre de sa composition, un certain mélange d'épices avec de la cardamome pilée, dont la recette venait des Indes orientales; enfin il enflammait la boisson avant de nous servir ce breuvage où dansaient des lueurs bleues et courtes. L'azur de ces incendies était notre seule joie quotidienne; l'alcool faisait le reste, et le sommeil emportait les douleurs du jour.

Nous eûmes la chance de trouver chaque soir un abri; le plus souvent, ce n'étaient qu'une hôtellerie et des granges, mais nous ne demandions pas davantage.

Je me souviens qu'un jour nous ne trouvâmes que des granges. La Senora s'endormit entre deux bottes de foin; à ses côtés, sa fille passa un long moment à ôter une à une les brindilles qui s'étaient accrochées à ses longs cheveux. Je contemplai longuement Reyna glisser ses doigts gourds dans les mèches emmêlées... Beatriz, paisible, souriait en dormant, les mains jointes sous le menton, alors que le visage de Reyna n'était qu'inquiétude. Enfin, elle consentit à s'allonger, et se lova contre sa mère.

Ce matin-là, Reyna ne s'éveilla pas la première; on eut besoin d'elle, j'allai la chercher dans la grange. Brianda, hirsute et en chemise, jouait machinalement avec un morceau de bois, qu'elle lançait en l'air et qui retombait parfois sur le sol sans qu'elle ait pu l'attraper; elle poussait alors l'un de ses cris animaux. La Chica avait déjà revêtu son jupon et enfilait sa jupe à la hâte. Beatriz venait de sortir du sommeil, et tressait ses cheveux. Elle me sourit en désignant sa fille.

« Elle dort comme une enfant, Josef... Quand nous serons arrivés il faudra régler cette affaire », me dit-elle la tête penchée sur sa natte, sans même me regarder.

185

J'y étais résigné. La fourrure avait glissé de côté et découvrait les jambes de ma cousine, et ses bas de laine rayée; les chevilles étaient épaisses, et les mollets, lourds. Je regardai son visage; jusque dans son sommeil, elle fronçait les sourcils, et sa bouche était agitée de petits tressautements nerveux. Telle était donc ma fiancée... D'une seule de mes mains, je m'en souvenais, je pouvais encercler la cheville de Beatriz. Elle suivit mon regard.

« Oublie, Josef, oublie. Est-ce que je rêve, moi? fit-elle en poussant brutalement le peigne au bout de ses cheveux emmêlés. Vois; quand au réveil je trouve un nœud au bout de ma tresse, je l'enlève, comme cela! » et elle tira le peigne violemment, arrachant un minuscule écheveau de fils blancs.

Pour toute réponse je m'assis près d'elle et lui pris la cheville d'une main; mes souvenirs ne m'avaient pas trompé. Elle rougit, ôta ma main doucement et remit la couverture sur les jambes de sa fille, qui ouvrit les yeux. Pauvre Reyna.

Brianda avait éclaté d'un rire strident, comme si elle comprenait encore – mais ce n'était pas méchant.

Nous passâmes les cols enneigés et vîmes disparaître les maisons aux toits de pierre sombre. Le paysage s'éclaircissait, la pierre passait du brun au blanc avec des coulées rousses, les sapins se clairsemaient. Les montagnes se firent collines, les champs plus fréquents, et les pâturages reculèrent. Ce fut cependant le moment le plus difficile. La fin de l'hiver et la fonte des neiges relâchèrent l'effort que nous avions tous consenti, et les femmes, surtout les dames de compagnie roulées au fond des chariots, souffrirent de fièvres et de toux pendant des semaines.

La santé délicate de Beatriz résista moins longtemps que toutes les autres; elle ne se contenta pas de tousser, elle suffoqua; et d'une voix qui sifflait à chaque respiration, elle se plaignit de violentes douleurs qui lui déchiraient le dos. Lusitano, qui d'ordinaire traitait avec un joyeux mépris les maux de la Senora, cessa de se montrer bourru et de se moquer d'elle; il ne la quittait plus, lui tâtait le front et les mains dix fois l'heure, et regardait attentivement la couleur de ses joues, qu'on eût dit échauffées par le vin.

« Je vivrai, sifflait-elle péniblement. Je ne me laisserai pas déchirer davantage, Josef! Je ne mourrai pas ainsi. Seulement si je le veux, pas avant! » et elle sombrait dans une sorte de fébrile hébétude, les cheveux collés sur le front. Pendant une interminable semaine, elle tomba dans une profonde inconscience. Reyna se désespérait, et le rabbi sanglotait à son chevet. Quand j'étais là, Beatriz sortait de son étrange sommeil, et me parlait d'une voix enfantine :

– Josef, allons sur les quais, demain! Les ours, ils doivent être là, tu sais, devant notre caraque?

Elle délira longtemps. Puis, un matin, on la crut morte; elle était froide et blanche. En réalité, elle dormait. La fièvre était tombée.

Elle vécut, comme elle l'avait dit, au grand étonnement de Lusitano qui la croyait perdue; d'autres, plus faibles, succombèrent. Une vieille servante mourut, qui s'était cassé la jambe; un enfant aussi, qui s'était égaré, et que l'on retrouva à l'aube dans un fourré, les lèvres bleues.

Je me souviens qu'un matin les chevaux butèrent sur un cadavre en travers du chemin. Le cortège s'arrêta; derrière le talus gisaient trois autres corps que des bêtes avaient presque entièrement dévorés; à notre approche, des pies et des corbeaux, jusque-là invisibles, s'envolèrent dans un fracas soyeux. Un peu plus loin une carriole attendait ses passagers près d'un feu depuis longtemps éteint. Je fouillai leurs bagages pour en savoir plus, et trouvai une Thora : ces morts étaient des nôtres. Près de l'une des carcasses, à côté de ce qui fut une tête, brillait une étoile; les loups ne s'attaquent pas à l'or. Bouleversée, Beatriz accrocha à son cou le bijou qu'elle ne quitta plus – et l'étoile du Marrane inconnu devint le symbole de ses rares échecs.

La boue neigeuse avait mordu le cuir de nos bottes et causé de profondes entailles; les vêtements n'étaient plus lavés, nous avions les mains crevassées de gerçures; notre expédition commençait à ressembler à un pèlerinage de pauvres gens. Oui, nous ressemblions enfin à nos frères, ceux qui, grâce à nous, avaient déjà effectué le passage du monde. Nous n'avions jamais vraiment su ce qu'étaient leurs épreuves; nous pouvions favoriser leur fuite, et nous assurer qu'ils étaient arrivés à bon port; mais nous ne nous étions

187

guère préoccupés de ce qu'ils subissaient en traversant les montagnes. Désormais, nous savions.

Puis la naissance du printemps accomplit son œuvre miraculeuse. De tout l'hiver, on n'avait pas entendu les servantes chanter ; à la première éclaircie les haltes reprirent leur gaieté, et les chants réapparurent dès que nos femmes virent le nez d'un crocus pointer sur les pentes des prairies. Reyna elle-même, au cours de l'une de ces haltes, recommença aussi ses chansons.

J'étais occupé à regarder le pied abîmé d'un cheval quand j'entendis soudain une voix de tourterelle qui me saisit le cœur. C'était la même voix joyeuse que j'avais entendue au premier étage du palais de Ferrare, quand je revenais d'Istamboul. Je courus dans les genévriers pour la regarder chanter ; ses yeux brillaient d'un éclat extasié. Elle m'apparut belle, enfin.

Mais dès qu'elle m'eût aperçu, Reyna s'arrêta net et son visage se ferma. On eût dit qu'elle mettait dans son chant une joie merveilleuse qu'elle ne pouvait exprimer autrement. Cette fille manifestait une incroyable tristesse, sauf dans ses chansons.

Comme elle chantait, Caraffa, si tu savais ! Les constellations, les mouvements de l'âme, l'animal et l'esprit, les sentiments et les insectes, et toujours cette rose éternelle qui fleurissait dans toutes nos chansons, comme un cœur... Tous les soirs, au campement, sa voix dépassait les autres, s'enflait légèrement comme fait la gorge d'une grenouille surprise en pleine nuit, puis palpitait pendant que ses yeux dilatés s'échappaient en contemplant le ciel, et j'en faisais autant, Caraffa, je regardais l'étoile qui la première s'allume dans la nuit et fait oublier les autres, qui jamais n'auront le même éclat tremblant. Comme elle chantait... Alors, autour d'elle une première voix s'arrêtait, puis une autre, enfin toutes les femmes se taisaient, et ne restait plus que le chant de Reyna. Je me rappelle encore les paroles d'une ritournelle dans laquelle une barque de cannelle vogue sur une mer de lait. Cette chanson, que Reyna aurait pu dédier à sa mère si celle-ci avait chanté, s'appelait « *La Serena* » :

Si la mar era de leche
Los barquitos de canela
Yo me mancheria antera
Por salvar la mi bandiera

Si la mar era de leche
Yo me haria pexcador
Pexcaria las mis dolores
Con palavricas d'amor

Moi aussi j'étais las; moi aussi je sentais se détendre en moi la rudesse d'un cœur bâillonné pendant ce long hiver. Les chansons de Reyna éveillaient des images confuses et mélangées : la cathédrale de Belem en construction, à Lisbonne, les polders que l'on asséchait dans le Nord du Brabant, au-dessus d'Anvers, les moulins sur les digues, les vignes qu'on arrachait la nuit sur la place Saint-Marc, à Venise, et notre paradis de fortune, au bord de la rivière, pendant la peste de Ferrare. Tous mes navires refluaient sur une mer très douce, ceux de l'Atlantique et ceux de la Méditerranée, les soleils flamboyants et les lunes silencieuses sur les canaux des Flandres, les crépuscules d'où surgissaient les pirates et l'aube des arrivées dans la Corne d'Or. Je ne sentais pas mes larmes monter qui soudain obscurcissaient ma vue. Il me semblait que Reyna chantait l'âme de sa mère, qu'elle me disait de secrètes paroles qu'elle ne pourrait jamais me confier autrement.

Est-ce qu'on peut aimer une voix sans son corps ? Dès que j'abaissais mon regard jusqu'à son visage, je retrouvais ses traits ingrats et ses solides mains de fermière.

A chaque halte, on faisait cercle autour d'elle, parmi les rumeurs des campagnes et les hennissements des chevaux. Reyna ne se lassait jamais; elle savait nos chansons portugaises, des cantiques chrétiens qu'on lui avait enseignés au couvent, des chants sacrés venus de Ferrare, des complaintes populaires, et les derniers madrigaux qu'elle avait appris à Venise, « *Amor mi fa morir* »...

Mais pour entendre son cœur, il fallait ne pas la regarder. A mesure que nous avancions j'imaginais notre mariage avec ennui. Mariée, elle se tairait sûrement.

189

Nous avions passé la partie la plus éprouvante; en descendant vers la mer, nous trouvâmes bientôt les premières sauges. Les enfants couraient à nouveau le long des champs; les chênes verts et les oliviers firent leur apparition, et le crissement des cigales peupla une nouvelle fois les midis. Puis une brise nous vint de la mer qui n'était plus très loin. Le plus dur était derrière nous.

A la sortie d'un village, nous aperçûmes dans un brouillard de poussière blanche un groupe de cavaliers en armes et qui nous attendait en bon ordre. Strictement engoncés dans leurs caftans sombres, ils portaient les hauts bonnets de feutre blanc et les longues plumes auxquelles je reconnus des janissaires de l'Empire. L'un d'eux se détacha du groupe et s'avança vers la tête de notre cortège. C'était le chaouch en personne, qui venait s'assurer de la présence de la Senora parmi nous.

Nous quittions pour toujours les marches de l'Europe et entrions dans l'Empire. Au prochain village, j'aperçus les minarets d'une petite mosquée, non loin de l'église, et le premier établissement de bains. Le chaouch indiqua qu'à partir de Raguse, le Padichah avait fait disposer des gardes de sipahis, qui devaient se relayer tout au long du chemin pour assurer notre protection. J'étais le seul à connaître le monde ottoman, et je reconnus là la puissance, parfaitement ordonnée, du sultan Soliman.

Mais je fus aussi le seul à en apprécier le poids. Les femmes regardaient les janissaires avec effroi, et mes hommes portaient un peu trop souvent les mains au pistolet. Il fallut aller de chariot en chariot, et calmer les frayeurs; à la halte suivante, Beatriz gronda les servantes et apaisa les dames, en leur représentant que leurs craintes à elles seules pouvaient susciter des soupçons. Nous entrions dans notre nouveau pays, que nous avions librement choisi; il ne s'agissait pas de manifester la moindre répugnance, le moindre mouvement de dépit. La leçon fut entendue, et chacun se tint coi.

L'entrée que nous fîmes dans Raguse n'eut rien du triomphal départ de Ferrare. Nos hardes étaient malpropres, nos bottes fendillées et blanchies, les dentelles salies, les mantes poussiéreuses; les chevaux ne valaient guère mieux, et les armures n'avaient pas été frottées depuis longtemps. Nous étions tous si fatigués que nous ne fîmes pas l'effort d'astiquer les aciers et d'arranger nos vêtements; nous devions avoir l'air de fantômes barbares.

Aux portes de la ville nous attendait une délégation de la communauté juive. A peine si nos frères nous reconnurent... L'un d'eux s'approcha de mon cheval, et me demanda en hésitant si j'avais entendu parler du long voyage d'une très haute dame nommée dona Gracia Nasi.

— Je suis son neveu Juan Micas, seigneur, et voici son cortège! fis-je avec un geste plein d'emphase en désignant les carrosses et les chariots.

Je vis le regard de ce bourgeois de Raguse flotter sur nos équipages avec un air d'incrédulité.

— Eh quoi, seigneur Micas, vous me dites que ce sont là les gens de dona Gracia? Sans doute elle n'est pas avec ces pauvres diables et vous rejoindra plus tard...

— Point du tout, monsieur, vous la trouverez dans le premier carrosse, juste derrière mon cheval.

Notre frère hésita, puis alla jusqu'à la voiture indiquée. Je le vis ouvrir la porte, j'entendis confusément qu'il posait deux ou trois questions; enfin il poussa un cri et aida Beatriz à descendre en lui tendant la main.

Les membres de la délégation se rapprochèrent avec curiosité. Beatriz sortit de son carrosse dans le plus grand silence. Elle avait le visage poussiéreux, de méchants souliers crottés, autour du cou une fraise qui avait dû être blanche, et des mèches frisées flottaient, échappées de la coiffe; mais elle se tenait droite, avec le maintien d'une reine, et une telle dignité que les Juifs qui représentaient la communauté de Raguse s'inclinèrent devant elle.

Notre halte devait durer longtemps. Nos facteurs, Abner Alfarin et Isaac Ergas, avaient obtenu un permis de séjour pour six mois. Selon Beatriz, c'était là le temps nécessaire pour embarquer la moitié de nos coffres sur des bateaux qui partiraient de Raguse afin de rejoindre Istamboul; nous n'aurions pu les faire partir ni de Venise, ni même d'Ancône où la commission de surveillance nous aurait empêché de charger. La Senora avait prévu pour la république de Raguse une somme de cinq cents ducats en prévision de cette hospitalité consentie.

Et en effet, nos frères nous guidèrent jusqu'à des auberges où nous pûmes enfin nous laver. Les femmes sortirent des coffres des jupes encore humides, des jupons froissés, et les firent sécher sur les terrasses; les hommes ôtèrent leurs bottes et chaussèrent les souliers de feutre sur de longues chaussettes chaudes, selon l'usage de la région. Beatriz appela la Chica, et se mit en devoir de changer Brianda des pieds à la tête et de l'habiller de frais; il fallait l'aider comme une fillette, lui passer ses jupes par-dessus la tête, nouer son vertugadin autour de la taille, passer les manches de sa chemise, et la coiffer; seule, elle en était devenue incapable.

Pour moi, je retrouvai avec délices les plaisirs des bains de vapeur que je connaissais depuis mes séjours à Istamboul. Seul Lusitano accepta de tenter avec moi l'expérience, et grogna fort d'avoir à demeurer nu dans la moiteur suffocante à laquelle il ne trouva aucun bienfait.

« C'est trop de peau ôtée, Josef; on n'est plus protégé. Et tu dis qu'on en sort régénéré? Je me sens tout juste l'énergie d'un linge qu'on vient de mouiller, à peine bon à être étendu sur un fil », grommelait-il en se rhabillant à grand-peine.

Quand elles furent enfin prêtes, les dames Mendès, toutes trois vêtues de noir, reçurent les membres du gouvernement de la république, qui vinrent les visiter en grand équipage, coiffés de grands bonnets rouge et jaune, leur ceinture enroulée sur des tuniques ottomanes. Dona Gracia et sa famille pouvaient demeurer dans la cité tout le temps qu'elles le désireraient; c'était pour Raguse un honneur d'accueillir la « princesse juive » protégée par le Magnifique.

Bien entendu, j'avais hérité de la responsabilité du parcours de nos biens par bateau. Beatriz m'accorda une semaine de répit; assez pour faire dix fois le tour de la petite ville, de son port et de ses palais.

Certes, je ne détestais pas les rues dallées d'un marbre si

blanc qu'il étincelait au clair de lune, les tuiles d'un bel orange vif, les maisons aux céramiques turquoise, les balcons d'un fer exquisément forgé, et les fleurs qui poussaient autour de chacune des fenêtres. Certes... Mais Raguse n'égalait pas Venise; c'était une toute petite Venise sans l'eau dormante des canaux, sans le rose des toits, sans les brumes légères. A Raguse, on jouait, on trafiquait; l'or circulait de main en main; et comme à Venise des bandes de garçons rôdaient sous les arcades, la nuit. Mais sans folie, sans grâce; aucune femme ne circulait librement; déjà, l'enfermement était de règle. Nous arrivions aux contrées où l'on cloître la gent féminine, au pays des harems.

C'est ce que, sous les arcades, je ne cessais de dire au bon Lusitano, qui soupirait de son côté.

– Je me moque bien de Venise, Josef; mais Raguse n'est pas non plus Ferrare. C'est Ferrare sans ses rues chaudes et désertes, sans les cyprès dans les jardins, sans nos amis, surtout, et ces femmes qui m'étaient si chères...

Quant aux dames Mendès, elles se dirent enchantées de Raguse. Elles y trouvaient une Venise miniature entourée de montagnes, sans la pourriture des ordures, sans les vauriens dans les rues, et sans les espions du Conseil des Dix. Et sans les courtisanes, ajoutait Beatriz à mon intention.

Il est vrai que chaque journée s'achevait par une fête en leur honneur, que les musiques bruissaient autour d'elles et que la république de Raguse avait mis un soin extrême à célébrer dignement le passage de la Senora. Nos dames firent connaissance avec les instruments en usage dans l'Empire ottoman : le minuscule rebab et son archet rudimentaire, l'oud, plus savant, et ses mélopées plaintives, et bien sûr les tambours, plus rapides qu'en Occident. Reyna, charmée, se détendit. Je l'étais beaucoup moins qu'elle : impossible de boire la moindre goutte de vin, sur lequel pesait un interdit sévère. L'idée de retrouver mes fiasques familières rendit mon départ plus facile.

Avant de quitter le port, je trouvai à Beatriz un air légèrement fiévreux et gai, une allure rajeunie qui m'étonnèrent. J'attribuai ce phénomène à notre libération de l'Europe, et n'en conçus pas d'inquiétude.

Deux mois plus tard, je revins d'Istamboul après avoir accompli mon office. Parmi nos fausses dames de compagnie et leurs faux maris, nombre de nos frères et sœurs s'étaient si bien habitués aux charmes de Raguse qu'ils avaient décidé d'y rester. Certains avaient même résolu de passer du faux au vrai, et de se marier pour tout de bon. Quant à ma Beatriz, un feu neuf animait son regard, et elle me traitait avec une distraction lointaine que je ne lui connaissais pas.

Elle ne répondait même plus à mes provocations! Nos disputes avaient par le passé été assez fameuses pour qu'on pût imaginer ma stupeur devant son indifférence. J'essayais de l'intéresser. Pendant la traversée, j'avais croisé des bateaux de pirates conduits par le nouveau roi de la mer, Dragut; Barberousse était mort et Dragut avait repris le flambeau. Les pirates, alliés de l'Empire, comptaient dans notre jeu; j'avais rencontré Dragut près de Malte, et je contai toute l'affaire à Beatriz.

A peine si elle m'écouta; je l'ennuyais avec mes pirates. Je la raillai de plus belle; mais au lieu de bondir toutes griffes en avant, elle répondait des oui et des non avec retard, comme si elle n'entendait qu'avec difficulté. Nos capacités de colère avaient fondu au chaud soleil de Raguse.

Avait-elle trouvé un autre mage pour l'enchanter? J'étais en train de la quereller vainement lorsque, soudain, son regard flamba joyeusement. J'entendis une voix qui la fit s'élancer brusquement et rougir; et un homme entra dans la pièce. Je le regardai avec stupeur; je reconnus, également rajeuni, rabbi Soncino.

– Par les cornes du Diable, Naxos, tu vas trop fort! La Senora et rabbi Soncino! Mais qui ne sait à Istamboul qu'il devint ensuite le pire ennemi de dona Gracia! Tu délires, mon maître; tu as la fièvre, pour salir ainsi doublement la mémoire de notre Dame, et même celle de ce maudit rabbin...

– Bah! S'ils m'entendent de là où ils sont tous deux désormais, Caraffa, ils en rient ensemble, sois-en sûr. D'ailleurs, ai-je dit qu'ils commirent le péché de chair? Ils ne furent nullement coupables. Ils ne surent même pas ce qu'ils éprouvaient l'un pour l'autre, bouffon...

– Si tu dis vrai, fils, je comprends mieux pourquoi par la suite rabbi Soncino fut la cause du désastre des Mendès. Sans doute voulut-il la faire plier en souvenir de Raguse...

– Sans doute, Caraffa, sans doute. La passion qu'ils connurent ensemble à Raguse était si éclatante qu'il suffisait de les voir pour en comprendre l'innocence... Rabbi Soncino avait presque cinquante ans; Beatriz venait de fêter son quarante-troisième anniversaire. Elle n'avait presque pas changé; j'étais seul à connaître l'emplacement des rides, invisibles pour tous, seul à mesurer le léger affaissement de son menton; la blancheur crêpelée de ses cheveux lui donnait l'air d'une fée. Le rabbi n'était pas bel homme; petit et maigre, il portait une barbe de trois poils qui le faisait ressembler à un singe; mais son regard gris, constamment noyé d'émotion, ne manquait pas de charme, et ses lèvres charnues témoignaient d'une ardeur que démentait la sévérité de son allure.

Ils étaient encore assez vifs pour éprouver les frissons d'une séduction réciproque. Mais ni l'un ni l'autre n'était jeune, et ils n'auraient pas osé penser qu'ils étaient épris l'un de l'autre. Au demeurant, le rabbi ne pouvait prétendre publiquement à l'amour de dona Gracia; de son côté, Beatriz ne pouvait perdre son honneur pour un simple rabbin de Ferrare, fût-il le plus érudit au monde.

Une divinité raisonnable les protégea; ils ne se dirent sans doute jamais rien, et ne conçurent aucun soupçon, ni sur leurs propres sentiments, ni sur ceux de l'autre. Ils se voyaient chaque jour, faisaient ensemble des lectures, continuaient leurs éternelles causeries théologiques en se promenant sur le port, et recevaient les bourgeois de Raguse comme s'ils eussent été mari et femme, à la différence qu'ils ne l'étaient point du tout. Il est vrai que nous mariâmes beaucoup de nos compagnons de voyage, et que l'air de Raguse était fort conjugal...

Ai-je souffert? Je n'en ai aucun souvenir. Je me souviens avoir moqué ce couple rassis qui ne se quittait pas; je crois bien cependant avoir jalousé l'illusoire et éphémère bonheur de rabbi Soncino. Mais quoi? N'avais-je pas eu ma part, ici ou là, dans la vie de la Senora ? Ai-je souffert ? A y repenser, oui, sans doute.

Un soir, je les vis tous deux qui marchaient sous les arcades ; leur conversation était assez animée pour que rabbi Soncino s'emparât de la main de Beatriz dans un mouvement naturel. Lusitano et moi étions assis sous l'un des grands platanes aux feuilles jaunes ; je ne sais plus trop quel geste j'esquissai alors, mais ce dont j'ai le souvenir fort précis, c'est que Lusitano me retint par ma cape et me força à me rasseoir. « La Senora est libre, Josef, entends-tu, libre ! Et tu n'as aucun droit sur elle. »

Lui, si jovial, semblait tout à coup grave, et sa main serra la mienne à l'écraser. « Je t'interdis de la troubler. Laisse-lui le temps de vivre, Josef, c'est une femme qui étouffe... »

Je me rassis. Oui ! Je m'en souviens, je remis ma dague au fourreau. J'ai donc souffert, Caraffa. M'en plaindre eût été ridicule ; ils s'aimaient sans se le dire, je fus donc jaloux sans me l'avouer.

C'est à Raguse en tout cas que je me rapprochai de ma cousine, sous le prétexte de nous préparer l'un et l'autre à un mariage devenu inévitable. Je fis comme rabbi Soncino avec la Senora ; je me promenai longuement avec la petite Reyna. Taciturne, timide, elle ne parlait guère, et c'est à peine si de temps en temps je pouvais cueillir un regard, brusquement abandonné et vite repris. Le pauvre bouquet de menthe qu'elle m'offrit sur un sommet des Alpes, et que je m'évertuais à rappeler, gaspilla en un instant le charme du souvenir. Nous n'avions rien à nous dire.

Alors je lui demandais de chanter ; nous allions lentement chercher sa petite guitare et elle commençait ; mais sa voix mourait au bout de trois notes.

« Je ne peux pas, Josef. Pas ainsi, pas toute seule devant toi. Ne me demande pas cela... » disait-elle en posant l'instrument sur son genou. L'ombre de sa mère pesait entre nous de toutes ses forces, et nous le savions. Dès qu'elle était seule avec moi, Reyna entrait dans une désolation dont rien ne pouvait la sortir. Je m'obstinai, autant pour me convaincre moi-même que pour l'habituer à ma présence. Elle se laissa faire, et je m'habituai à elle comme on se fait à un nouveau manteau. C'est à Raguse qu'elle commença de porter les gilets ottomans sur son jupon portugais, et les voiles qui la transformaient en une étrange créature à la fois familière et lointaine. Je la plaisantai sans relâche ; je trouvai cet attirail ridicule.

J'eus des maîtresses parmi les servantes, mais c'était sans importance.

Enfin, il fut temps de quitter Raguse. Avant le départ, rabbi Soncino me prit à part.

— J'ai bien vu que tu prenais ombrage, Josef, me dit-il d'un air embarrassé, de mes longues conversations avec ta tante. Vois-tu, la Senora avait grand besoin d'en savoir davantage sur notre Bible ; il n'était que temps, et je me suis fait une joie de veiller à la formation de cette belle âme.

— Une joie bien douce, rabbi..., ironisai-je.

— Oui, Josef, c'est vrai, répondit-il avec gravité. Nous avons l'un et l'autre trouvé de la douceur dans ces rencontres. Notre Senora est très exaltée ; parfois, elle m'inquiète. Tu ne peux pas me reprocher de vouloir brider ses élans ; après tout, elle n'est qu'une femme, et comme ses semblables a le cœur prompt à s'enflammer. Tu sais bien que sans un guide elle se laisse aller à des excès... dont je ne veux même plus parler.

Le cher homme avait les larmes aux yeux.

Nous dûmes faire nos adieux à nos compagnons qui s'étaient mariés pour s'installer dans la petite république ; nous avions moins de chariots et moins de gens, moins de chevaux, mais plus d'ânes et de mulets. La fin de l'équipée serait désormais aisée.

En quittant Raguse, nous rencontrâmes sur notre route les bornes encore visibles de l'antique route romaine que l'on nommait la *via Egnatia*. Lusitano et moi étions les seuls à reconnaître dans ces larges dalles régulières les vestiges de la Rome impériale. Beatriz s'irritait de nos émerveillements ; pour elle, l'Empire romain était la cause de la Chute du Temple, et avait ruiné l'avenir du peuple juif ; et si les dames de la communauté de Ferrare s'étaient entichées des exégèses mystiques des nouveaux rabbins de l'époque, aucune ne voulait entendre parler de l'humanisme et de l'Antiquité. Ces simples pierres tout usées formaient pourtant les routes qui reliaient Rome à la Grèce, où nous allions; mais ces mots n'évoquaient pour les femmes que des images de philistins et des orgies coupables. Au demeurant, elles avaient fort à faire pour découvrir les marques de l'Empire ottoman qui les surprenaient à chaque pas : les mosquées, les bornes, les uniformes des janissaires, la présence des cadis, l'organisation des régions, tout leur était nouveau et occupait leur esprit.

Les sipahis se relayaient comme l'avait annoncé le chaouch; leurs chevaux nerveux et fins nous firent pâlir d'envie, et réduisirent à néant la beauté de nos propres montures, les barbes et les genêts d'Espagne dont nous étions si fiers, et qui nous avaient bien servis. Mes hommes aussi firent connaissance avec l'Ottoman; ils constatèrent avec stupéfaction que les guerriers du sultan regardaient dédaigneusement nos superbes escopettes; les janissaires avaient horreur des armes à feu, qu'ils trouvaient sales. Il fallait placer la poudre dans une poche, se noircir les doigts, c'était affreux, disaient-ils, et mes gens ne comprenaient pas.

Je chevauchais aux côtés du carrosse où se trouvait Beatriz quand son rabbi passa la tête par la portière et me héla : « Peux-tu me dire, Josef, ce que font ces soldats ? »

Les sipahis s'étaient courbés sur la crinière de leur monture, et se frottaient les mains, les bras et le visage avec application. Le soleil était sur son déclin, et ils avaient arrêté leurs chevaux, tous dans la même direction. Ils priaient.

J'avais déjà, à Istamboul, vu les musulmans faire leurs prières aux heures régulières rythmées par la course du jour; mais ils se tenaient toujours près d'une fontaine, ou d'un bassin, ou ils trouvaient une source; bref, ils se lavaient avec une eau fraîche. Sur cette route sèche et blanche qui traversait les abords de la Grèce, ils avaient le droit de faire leurs ablutions rituelles avec une eau imaginaire. Plus tard, nous les vîmes prendre entre leurs mains ferventes du sable, eau de poudre dont le grain coulait à travers leurs doigts serrés.

Rabbi Soncino rentra la tête en grommelant. Pour ma part, je m'émerveillai devant cette foi capable de transformer en eau la poussière des chemins, et j'admirai ce Dieu sans visage et ce prophète absent qu'indiquait la direction de La Mecque.

L'ordre de l'Empire était tel qu'il ne pouvait rien nous arriver ; nous étions loin des campagnes incendiées et des paysans qui marchaient sur les villes pour les brûler. Celui qu'en Europe on appelait le Magnifique et que dans l'Empire ottoman on nommait déjà *Kanouni,* le Législateur, avait fini d'édicter les lois que son père avait esquissées ; il avait étayé sa rigueur sur le système du *devchirmé* : en prélevant dans chaque famille chrétienne, slave ou romaine, un enfant mâle pour en faire un janissaire musulman, il unifiait ses territoires.

Horrible usage, qui arrache l'enfant à ses parents ; j'ai connu des janissaires qui avaient la haine au cœur, non pour leurs ravisseurs, mais pour leurs propres familles qui les avaient livrés sans combattre, et je n'ai jamais vu de musulmans plus fanatiquement attachés à leur foi que ces anciens petits chrétiens que l'on avait brutalement forcés à une camaraderie virile, chaste, fière et riche. Leur esprit était passé au feu, capable de mourir pour le sultan ou de le renverser en fomentant une émeute ; la force de l'Empire était là. Là aussi résidait sa faiblesse.

En ce temps-là, je te parle de l'année 1553, l'Empire n'avait déjà plus la toute-puissance que lui prêtaient les princes d'Occident. L'année précédente, la Horde d'Or, joyau de l'armée tatare, avait été défaite et Kazan, leur capitale, avait été prise d'assaut par les chrétiens. Plutôt que de tomber aux mains du tsar Ivan, que l'on surnommait le Terrible, les Tatars se donnèrent la mort, tous ensemble. Certes, ils n'étaient point vraiment des Turcs ; mais pour l'Ottoman, c'étaient de solides alliés, et voici que la Horde d'Or avait disparu.

Les conséquences de cette défaite n'étaient pas encore sensibles ; elles n'apparurent que dans les marches persanes, vers l'est, d'où je suis sûr désormais que viendra la fin de cet empire. La Horde d'Or rayée du monde, restaient les janissaires qui pouvaient faire et défaire les sultans comme les soldats romains leurs empereurs. Ils pouvaient aussi terroriser les paysans des contrées que nous traversions. Les popes, surtout, s'enfuyaient devant eux, et parfois leur présentaient d'eux-mêmes les enfants qu'ils emmèneraient avec eux. Il arrivait qu'on leur offrît des petites filles aux joues sales et au corps à peine fait, qu'ils s'en iraient vendre comme esclaves au marché. Notre cortège, avec sa haie de janissaires, suscitait l'effroi à l'entrée des villages.

Nous établîmes un soir un campement sur le bord boueux d'un étang, où déjà des feux brillaient, qui nous avaient attirés. Nous vîmes des hommes à l'aspect farouche et libre, qui ne manifestèrent aucune peur à la vue des sipahis; c'était déjà assez rare pour susciter l'étonnement. Leurs femmes s'accrochèrent aux carrosses avec des yeux hardis, et forcèrent les portières en riant. C'étaient des Tsiganes qui campaient là depuis peu, et qui nous aidèrent à installer nos tentes. Sur le territoire impérial, on les appelait les Roms.

A la nuit tombée, l'un d'eux arriva près des feux, accompagné d'une silhouette épaisse et courbée qui se dandinait bizarrement au son d'un tambourin. Beatriz comprit aussitôt. « Josef, cria-t-elle, un ours, c'est un ours, comme à Lisbonne ! » La bête dansa pesamment, puis s'assit et ouvrit le museau en tordant de grosses lèvres roses et édentées, dans lesquelles l'homme versa du vin; nos gens se mirent à rire, c'était un joyeux compagnon que cet animal tenu en laisse qui semblait inoffensif. Il baissait la tête comme un gros chien et la relevait d'un air plaintif. Quand il se redressa, les pattes tendues, montrant ses griffes puissantes, ce fut une autre affaire; on recula devant lui. L'homme sans doute le contrôla mal; alors l'ours avança vers nous, eut un mouvement vif et, soudain, Beatriz se trouva entre ses pattes.

Elle n'avait pas reculé. Pas davantage qu'en 1536, sur les quais de Lisbonne. Pétrifiée, elle avait laissé l'animal s'emparer d'elle... En un instant j'étais sur l'ours, la dague à la main; j'allais frapper quand une petite main m'arrêta rudement. J'entendis une voix de femme prononcer trois mots dans une langue qui n'était pas le turc, et la bête relâcha son étreinte en grognant. Beatriz n'avait au bras droit qu'une estafilade.

La femme prit l'ours par le cou et le fit rentrer dans l'obscurité où il la suivit à quatre pattes. Le tout dura quelques secondes à peine ; mais pendant ce bref moment j'avais vu une sorte d'homme velu et massif étreindre Beatriz, menacer sa vie, et elle ne s'était pas défendue...

Reyna, qui frémissait encore, fendit la manche de la robe ; la plaie était sanglante et sale, mais peu profonde. Lusitano, en un tour de main, l'eut bientôt pansée. La femme revint près du feu, et ramassa la coiffe de Beatriz, que l'ours avait arrachée au passage.

– Il ne t'aurait pas tuée, lui dit-elle en mauvais turc. Il t'aimait, toi la dame, l'ours, beaucoup. Ceci, je garde, fit-elle en montrant le bonnet de velours brodé ; c'est un cadeau de lui.

Je tremblais plus que Beatriz qui fixait curieusement la Tsigane qui l'avait sauvée. De son animal, elle avait la sauvagerie. Ses cheveux la couvraient presque tout entière et luisaient comme un pelage noir ; noirs également étaient sa longue tunique et le voile sur ses épaules ; le long de ses bras montaient des bracelets d'ivoire empilés les uns sur les autres ; à ses oreilles étaient passés de gros anneaux d'or brut ; dans l'aile d'une de ses narines brillait un petit diamant ; elle mâchait une herbe avec insolence. Elle examina la plaie de Beatriz avec la plus grande attention, traça des signes sans la toucher, puis souffla sur la peau et releva la tête.

« Tu n'es pas comme les autres, toi. Tu n'as pas peur de mon ours... » et elle lui prit la main qu'elle retourna. « Ton mari est avec toi dans un petit coffret, il y a très longtemps. Des étoiles là, et encore là... Beaucoup d'argent dans les coffres derrière, et... est-ce que tu es reine ? Méfie-toi du serpent, il te tuera. Amour, je ne vois pas. Rien. Attends, attends, là... »

Beatriz referma le poing. La Tsigane éclata de rire et se blottit contre elle. « Ila dormira près de la reine, murmura-t-elle. Demain, la reine me donnera une perle de ses oreilles. Babûr sera jaloux... », et elle demeura là avec une sorte de ronronnement satisfait. Ila était son nom, et Babûr celui de l'ours.

Le lendemain, elle avait disparu. Beatriz s'aperçut qu'il lui manquait une perle de ses pendants d'oreille, habilement détachée du joyau. En montant dans son carrosse, elle y découvrit Ila, pelotonnée sur les coussins de cuir, et qui jouait avec la perle.

Les Tsiganes ne tentèrent pas de la retenir. Eux-mêmes ne savaient pas d'où était venue Ila, tombée du ciel un beau jour en compagnie de Babûr. C'était, dirent-ils, son destin. Mais avec Ila nous héritâmes de l'ours, qu'il fallut caser dans l'un des chariots. La jeune femme ne savait pas son âge; elle n'avait sans doute pas trente ans; l'homme qui avait laissé échapper l'ours était son mari, mais elle en changerait, voilà tout. Babûr appartenait à Ila, et en effet la suivait partout comme un chien son maître. C'est donc flanquée d'Ila et de son ours que la Senora entra dans Salonique.

Je me rappelle cet incroyable triomphe. Les dernières semaines, de village en village, la Senora avait donné à profusion de l'argent pour construire des écoles; la rumeur avait couru plus vite que n'avançaient nos équipages. La communauté de Salonique attendait donc la Senora avec des guirlandes et des palmes; à l'entrée de la ville, nos frères avaient édifié un petit arc fait de toile blanche, sur laquelle ils avaient piqué des brassées de lauriers rouges. Quand le carrosse apparut, ils poussèrent des clameurs vibrantes où je reconnus un cri, un seul : « Esther, Esther! » et un autre que je ne compris pas.

« *Ha-Geveret* », criaient nos frères en hébreu.

La Dame. C'est à Salonique qu'on l'appela ainsi pour la première fois.

Je vis Beatriz plonger la tête dans ses mains, puis elle sortit du carrosse, pleurant d'émotion. Bientôt, elle fut happée par ceux qui voulaient la toucher, baiser sa robe, et elle disparut. J'appelai Ila à l'aide, et Babûr fit reculer la foule qui l'avait engloutie.

Beatriz s'attarda quelque temps à Salonique. Elle y dispensa des trésors et notamment les fonds pour construire la grande synagogue qui porte aujourd'hui son nom, Ha-Geveret. Elle fit commencer les travaux d'une nouvelle yeshiva; il n'est pas de plus grande preuve de la puissance des Nasi que ces semences qu'elle jetait en passant, et qui, en germant comme des épis, firent une partie de sa gloire.

Je dus une fois encore repartir pour Ancône, d'où je devais acheminer vers Istamboul la totalité de nos richesses collectées dans nos agences européennes. Aucun des biens de la banque Mendès ne devait demeurer en Europe, ni les pierres précieuses, ni les caisses d'or, ni les monceaux de dossiers; seules quelques agences assureraient le recouvrement des créances royales, et notamment celles des rois de France qui n'étaient toujours pas remboursées, et qui traînaient depuis la mise sous séquestre demandée jadis par Brianda Mendès. Cette affaire n'était toujours pas réglée, et nous empêchait de fermer toutes nos agences d'un coup. Mais pour l'ensemble, la banque Mendès, conformément à ses engagements, s'installerait dans l'Empire ottoman.

Brusquement, Lusitano décida de rebrousser chemin et de s'embarquer avec moi. Ferrare lui manquait trop, il n'y pouvait tenir.

– Je n'ai nul désir de vous quitter au moment où vous apparaissez dans toute votre gloire, ma mie, disait-il à Beatriz en lui tenant les mains. Mais madame, à Ferrare, nos amis ont plus besoin de mes services que vous, qui trouverez à Istamboul toutes sortes d'excellents médecins. Le voyage était si périlleux que j'ai voulu vous accompagner; mais je vois bien que je vous suis devenu inutile, et l'on m'attend à Ferrare où j'ai promis de retourner. Laissez-moi aller, et disons-nous adieu...

Beatriz eut beau lui démontrer que la faiblesse de caractère d'Ercole d'Este mettait la communauté de son duché en péril, que le pape pouvait à tout instant lui tenir rigueur de la religion de la duchesse Renata, rien n'y fit; Lusitano tint bon. Sur le bateau, il m'avoua que c'était à Fioretta qu'il avait promis de revenir.

Nous nous séparâmes à Ancône, d'où il devait gagner la ville de son cœur, et nous ne le revîmes jamais. Il parvint à fuir quand les Juifs de Ferrare furent tous chassés de la cité; il gagna Ancône, où il échappa au bûcher en reprenant son nom marrane, Juan Rodriguez, et retourna à Salonique; j'ai parfois de ses nouvelles; il vit peut-être encore à Salonique, à Chypre, au Caire, je ne sais. J'ai reçu de lui un jour sept volumes d'un *Essai de médecine*; il me l'avait dédié en souvenir. Pour une fois, l'hommage était pour moi.

Je ne vis pas l'arrivée de Beatriz à Istamboul puisque j'étais occupé à fréter nos galéasses et à composer nos équipages. Mais l'événement est si légendaire que tu peux le raconter à ma place, Caraffa... Je te corrigerai; cela me reposera.

Le bouffon se mit debout, avança délicatement un pied cambré, posa une main sur sa poitrine et tendit pompeusement l'autre vers la mer.

– C'est par un matin d'été que la Senora entra dans Istamboul, monseigneur. Son carrosse d'or était le premier d'une immense file de quarante carrosses d'argent et de vermeil, et nos frères l'attendaient le long des routes bien avant l'entrée de la ville. Le sultan, qu'Allah le protège, descendit du Sérail pour l'accueillir, et du haut de son cheval lui fit de grands saluts pour témoigner son amitié; puis il lui tendit la main et la traita en reine. La Senora jeta des pièces d'argent sur son passage, et s'en fut loger dans un palais à Galata, don du sultan qui lui fit cortège avec ses janissaires, accompagné de toutes les femmes de son harem!

– Bien, Caraffa, bien! Tu connais ta leçon par cœur.

– Quoi encore? N'est-ce pas ainsi que je l'ai entendu raconter, cette fameuse entrée, par les mères et les enfants dans les maisons de notre communauté?

– Avec le Padichah en personne et les favorites sorties du harem, en effet. Je connais cette fable. Tu la crois vraie?

– Peu m'importe, fils. Tu vas me la gâcher avec ta vérité. Dans moins d'une seconde, tu me diras que le carrosse n'était pas d'or, que le Padichah n'était pas là et que les favorites ne sortirent pas du harem pour accueillir notre Senora. Laisse-moi mes rêves, Naxos...

– Il est vrai du moins qu'elle jeta des pièces sur son passage. C'est le seul point sur lequel la légende ne mente pas. C'eût été beau pourtant, et digne d'un si grand sultan, que de se déplacer pour faire honneur à Beatriz... Mais le Magnifique ne se déplaçait pas pour les ambassadeurs de Venise et de France, qu'il faisait attendre devant le Diwan pendant des heures; ses cadines sortaient une fois l'an, en voiture fermée; le palais n'était pas celui-ci, mais une triste maison

204

noire, et l'or gravé sur les cuirs du carrosse de la Senora avait beaucoup souffert.

Il est cependant vrai que, de mémoire ottomane, on n'avait jamais vu arriver des hommes d'Occident en pareil équipage. Encore moins conduits par une femme, entourée elle-même d'autres femmes! A ce que je sais, et que Beatriz m'a raconté, nos servantes, avec leurs gorges à l'air et leur peau nue, firent plus pour la gloire du cortège que ne l'aurait fait le Grand Seigneur.

Nos servantes, Caraffa... Elles ont vieilli aujourd'hui, ou elles sont mortes. Mais par exemple Rosalinda, si revêche maintenant, avait la peau des seins transparente et le cheveu blond des Flamandes; la vieille Lucia avait dans le regard le feu effronté de l'œillade italienne, et les reins à l'avenant; et tu n'as pas connu Julia, qui est morte, et qui les surpassait toutes, avec ses cuisses fines et le grain de beauté qu'elle avait au coin de la bouche. Elles venaient de partout, ces courageuses créatures; les plus âgées avaient quitté Lisbonne avec nous, les adolescentes s'étaient jointes au cortège à Raguse; exilées du Portugal, du Brabant, de la Vénétie, de la Bosnie, nos servantes racontaient à elles seules notre longue histoire.

Les Ottomans écarquillaient les yeux; ils n'avaient jamais vu tant de peau claire et de chair découverte. Même nos frères installés à Istamboul furent surpris, car ils avaient pris l'habitude de vêtir leurs femmes à l'ottomane, couvertes jusqu'au cou, la tête enveloppée d'un voile blanc. Il paraît qu'aussitôt des rumeurs entourèrent les chariots où s'entassaient les suivantes; la joie se mêla à l'étonnement, et l'étonnement se mua en une confuse réprobation. C'était trop d'argent, trop de femmes, trop d'Europe...

La Senora parvint avec peine à rejoindre l'immense maison de bois noir que lui avait réservée le sultan, par l'intermédiaire de son médecin Hamon, qui attendait le cortège sur le seuil, ventre en avant et sourire aux lèvres. Beatriz me raconta plus tard qu'il avait évalué Reyna avec un regard mercantile, « comme s'il jaugeait une brebis ». Il fit les honneurs du « palais » en maître, et ne put s'empêcher de glisser une allusion à l'« honorable alliance » dont l'« honorait l'honorable Senora ». Beatriz le foudroya du regard, et le gros homme se retira en maugréant.

205

Les fatigues du voyage et la lassitude qui accompagne l'arrivée à bon port avaient aveuglé la Senora. En ne ménageant pas le médecin du sultan, elle venait de commettre une imprudence.

Quelques jours plus tard, me raconta-t-elle, surgirent parmi nos frères les premiers signes d'hostilité. Les servantes, qui devaient tout apprendre de leur vie nouvelle, ne furent point aidées; dans les rues qu'elles découvraient, nos frères détournaient le regard et ne leur adressaient pas la parole. Puis quelques enfants se mirent à leur jeter des pierres.

Rosalinda attrapa un jour une Juive de la communauté par le revers de sa tunique et, après lui avoir arraché son bonnet, la força à s'expliquer, en la houspillant en plein milieu des ballots sur le port. La pauvre femme finit par parler.

– Tout ce beau monde qui vient de loin, ce ne sont peut-être pas tout à fait des Juifs, dit-elle en hésitant. On les dit convertis, mais pas revenus encore dans la vraie religion. Ni poisson ni volaille, voilà de drôles de gens... Pourquoi dans vos contrées les appelle-t-on des cochons? Est-ce qu'ils en mangeraient, par hasard? Celle que l'on nomme la Senora porte aussi un autre nom, madame de la Luna, ou d'on ne sait quoi, et son neveu, ce grand monsieur si élégant, ce Juan Micas si connu, est absolument chrétien, pour sûr... On dit que les suivantes sont des femmes de mauvaise vie, avec leurs poitrines... Oh, on est bien déçu!

Qui donc avait répandu ces sornettes? Qui avait suggéré qu'il n'était pas nécessaire, après tout, d'aider ces riches qui se faisaient passer pour Juifs? La ménagère avoua. C'était le médecin du sultan. Personne ne remarquait l'absurde comportement d'un homme qui avait tout fait pour attirer la Senora à Istamboul, avec l'appui de son maître le sultan. On en tirait au contraire argument : qui, mieux que lui, pouvait savoir la vérité? D'ailleurs le soutien du Sérail était-il vraiment acquis?

Les premières semaines de la vie à Istamboul se déroulèrent dans cette incertitude chaotique, au milieu des coffres qu'il fallait déballer, dans ce monde inconnu et malveillant. Tout manquait; le bois pour se chauffer, le lait pour les enfants, les légumes, les fruits, le sucre pour la Senora. Beatriz se refusait à écouter les rumeurs; Reyna n'osait pas sortir, et les servantes elles-mêmes répugnaient à se rendre au marché de peur de recevoir des cailloux. La Chica, plus hardie, se risqua à sortir avec deux de nos femmes : on cracha sur leur passage. Nos hommes s'énervaient et tournaient en rond. Puis, un jour, arriva un message du grand vizir. Dona Gracia Nasi devait payer vingt mille ducats d'or pour prix de son accueil.

C'est à ce moment que ma flotte parvint à Istamboul. J'avais là avec moi, sur trois solides vaisseaux, tout l'argent que j'avais ramassé de nos facteurs.

Une fois de plus, je courus dans une maison nouvelle pour y retrouver ma Beatriz en exil. Des maisons, j'en avais connu plusieurs; toutes étaient belles et accueillantes. Aucune n'avait la tristesse de celle d'Istamboul; pas même la maison de Lisbonne après la mort de Francisco Mendès.

Les pièces semblaient vides; quelques tapis déroulés sur le sol de bois ne suffisaient pas à remplacer les meubles, qui n'étaient pas en usage dans la ville ottomane. Les fenêtres, étroites, laissaient passer peu de lumière; les moucharabiehs, pourtant finement ciselés, n'en constituaient pas moins autant de grillages. Il n'y avait pas de chandeliers, et les petits braseros ottomans scintillaient dans l'obscurité tandis que les plus vieilles des servantes, enroulées dans les couvertures du voyage, se chauffaient les mains en soupirant. Les femmes passaient en silence, et Beatriz, près de son propre brasero, gardait le visage fermé.

A ses pieds, près du coffret, où se desséchait chaque jour le cœur de Francisco son père, Reyna, assise, jouait avec des brindilles. Seuls les cris effrayants de Brianda peuplaient cette désolation. Je demeurai stupéfait; Beatriz ne se leva pas.

– C'est toi Josef, fit-elle d'une voix monotone. Tu vois, c'est ici notre Terre promise... Nous y sommes bien malheureuses, sais-tu, Josef? Je m'étais trompée, je m'étais trompée...

Et elle détourna la tête. Ma Beatriz, la Senora, la vaillante qui avait supporté les cruautés de ce long voyage, ma tourterelle, mon amie… Je m'agenouillai près d'elle, et me retrouvai à ses genoux. Le meilleur de ma vie s'est passé contre ces genoux-là, dans les moments fugitifs où nous pouvions oublier tous deux notre identité et feindre d'être deux époux qui se reposent ensemble des fatigues de la vie. Elle posa ses mains sur ma tête et je serrai ses jambes. Cela du moins ne pouvait nous être arraché.

– Dis, Josef, fit-elle d'une voix plaintive, tu nous sortiras de cette cage où nous sommes prisonnières ? Tu trouveras comment nous protéger ? C'est ton ami, ce Mosche Hamon, qui nous persécute. Faut-il te dire pourquoi ?

Cette voix rauque qui me faisait frémir… Il était inutile de m'expliquer. J'étais en effet le coupable ; j'avais signé la promesse de mariage du fils Hamon avec ma cousine Reyna. Beatriz me montra le commandement du grand vizir.

– Nous paierons, ma douce. J'ai là plus d'or qu'il n'en faut. Nous avons connu une régente, nous avons maintenant un médecin. J'irai le voir ; il est couard, nous avons des gens d'armes, il cédera…

– Bien, Josef, coupa Beatriz. Mais je t'avais demandé d'épouser ma fille. Si tu avais tenu ta promesse à Venise, ce médecin félon serait sans pouvoir sur nous. Demain, il viendra réclamer son dû. Il leur faut à tous notre sang, comprends-tu ? Notre sang, c'est l'accès à notre fortune, voilà pourquoi je te destinais ma fille…

Dès le lendemain, je cherchai des alliés pour approcher le grand vizir en personne. Roustem Pacha n'était pas un dignitaire que l'on pût rencontrer aisément. Il avait épousé l'une des filles de Soliman et de la rousse et redoutable sultane que l'Occident appelait Roxelane, avant de succéder dans la faveur du Magnifique au fameux grand vizir Ibrahim Pacha, ami du sultan, son amant aussi, que son bien-aimé avait fait étrangler par ses muets au temps de leur jeunesse amoureuse. Maintenant que le Magnifique était vieux, Roustem Pacha, son gendre et grand vizir, était immensément puissant.

Je trouvai mon intermédiaire, une Juive fort riche qui faisait profession d'introduire au harem les dentelles, les bijoux et les soies pour les cadines, favorites recluses et ennuyées.

Esther Kyra jouissait du même pouvoir que le médecin; si Mosche Hamon passait par le Diwan, Esther Kyra passait par le Harem. Toute ronde, essoufflée, avec des yeux vifs de moineau, elle savait tout, riait tout le temps, amassant tranquillement son bien. Je lui fis envoyer des robes vénitiennes, quelques vaisselles et un miroir orné de fleurs de verre soufflé. Puis je me rendis chez elle avec mon escorte, et la saluai comme une reine, en ôtant mon chapeau et en m'agenouillant : elle éclata de rire. Esther Kyra connaissait la légende de la Senora et n'ignorait rien des rumeurs répandues par le médecin Hamon. Généreuse, elle accepta le miroir, refusa le reste et promit de nous aider de son mieux. « Ce médecin n'est pas bon, disait-elle en clignant de l'œil d'un air rusé; je vais lui tordre le cou et le discréditer auprès du sultan, vous verrez... » Esther fut rapide. Trois jours plus tard, j'étais admis près du grand vizir. Je m'y rendis à pied, sans escorte, en costume noir, comme il convient à un exilé d'Occident.

A l'entrée de la porte monumentale, les janissaires campaient sous le platane de leurs conciliabules, autour des grandes marmites où cuit leur riz quotidien. Les armes qui jonchaient l'herbe, les feux qui crépitaient, l'odeur fade de l'eau du riz, les cris, les regards curieux et confusément hostiles, rien ne permettait d'oublier la force de l'Empire et sa soldatesque à toute épreuve.

Une escorte m'encadra; à côté de leurs pourpoints cramoisis et de leurs boutons d'or, je ressemblais à une corneille espagnole. La grande porte s'ouvrit, et j'eus un éblouissement. Un instant, je crus revoir Venise. Comme sur la place Saint-Marc, resplendissaient les coupoles blanches, le même marbre... Les pavillons coiffés d'or avaient la même majesté. L'instant fut bref; à Venise, il n'y a pas de ces jardins. Et le Sérail était un vaste jardin. Venise bruissait de cris et de babils qui bourdonnaient dans l'air au milieu des pigeons envolés. Au Sérail, même les oiseaux se taisaient; un énorme silence écrasait tout; il se nichait dans les grands arbres, s'élevait de la mer invisible, glissait le long des colonnes peintes; on devinait un peuple de muets et d'âmes enfermées, traversé de dignitaires à l'air important, qui parlaient à voix basse.

Cependant, des marchands y trottinaient, affairés; cependant, on y gouvernait, on y traitait le sort du monde. Une formidable puissance émanait de cet immense enclos où rien ne trahissait la présence du maître des lieux. Au fond des jardins, sur la gauche, je remarquai les petites coupoles mafflues couvertes de zinc bleuté, d'où s'élevaient des fumées claires : le Harem, entièrement neuf, gardé par des Noirs.

Roustem Pacha m'attendait dans l'un des pavillons. J'avais emporté pour lui une coupe d'albâtre, et un coffret plein d'or qui contenait la somme due. Le grand vizir me regarda en silence; c'était un homme fort laid, au visage marqué de petite vérole; le turban, orné d'un joyau serti de perles, s'enfonçait sur les sourcils touffus, et donnait au regard un air assez méprisant. Mais je remarquai ses mains, larges et courtes, des mains sereines et rassurantes. Il fallait plaider.

– Monseigneur, commençai-je humblement, ma famille et moi-même nous appartenons désormais au Padichah, Ombre d'Allah sur la terre, qui nous a sauvés de la mort. Les princes d'Occident nous ont tous rançonnés. Ne vous étonnez pas de nous voir en vie : si l'on nous a épargné le bûcher, c'est qu'on voulait notre or, et nos filles. L'empereur Charles Quint fut le premier de nos tourmenteurs; le pape nous fit chasser de Ferrare, et j'aurais mauvaise grâce d'oublier le Conseil des Dix qui jeta mes tantes en prison, mit mes cousines au couvent et me condamna à la peine capitale.

Dans l'œil impassible du grand vizir, passa un éclair noir à l'évocation de la Sérénissime.

– Le Padichah, qu'Allah le garde en sa puissance, a bien voulu intervenir auprès de la république de Venise pour nous sortir de ses griffes. Nous pensions trouver ici la tolérante sécurité d'un grand empire respectueux de ses minorités, et voici qu'aujourd'hui nous sommes la proie d'une nouvelle machination, monseigneur... Je ne parle pas des ducats que l'on nous a demandés; les voici, dans ce coffret. Je pensais au médecin du sultan, qui veut ma cousine Reyna pour épouse alors qu'elle est ma fiancée depuis l'enfance.

En entendant mentionner le médecin, Roustem Pacha tressaillit légèrement.

– Je vous demande votre appui, continuai-je. Permettez-moi d'épouser selon nos rites ma cousine, déboutez publiquement le médecin de ses injustes prétentions et je serai le plus heureux des hommes...

– Selon vos rites, seigneur Miquez? fit Roustem Pacha. On vous dit chrétien, monsieur; cela d'ailleurs nous indiffère, nous avons à Istamboul autant de chrétiens que de Juifs. Mais je ne vois pas pourquoi j'irais intervenir dans une affaire entre communautés. Chrétien, vous, vraiment?

– Vous voyez en moi un vrai Juif, monseigneur! On m'appelle Juan Miquez; on m'a appelé également Joao Miguez, que sais-je encore, nous autres Marranes avons été contraints de renoncer à nos identités, vous le savez certainement. Mais mon nom de naissance, celui que je revendique aujourd'hui, c'est Josef Nasi, monseigneur. Nasi veut dire prince; avant la *Reconquista*, ma famille était l'une des plus puissantes de la communauté juive espagnole.

C'était la première fois que je disais mon propre nom; j'en fus enivré et furieux tout à la fois. Le grand vizir eut un geste d'agacement.

– Peu nous importe votre nom, seigneur Nasi. Nous avons besoin de sujets fidèles, capables de servir le Padichah; nous voulons un homme qui puisse nous renseigner sur les desseins des princes d'Occident, et nous savons que vous les connaissez bien. Ces ducats, certes, sont le premier prix qu'il vous faut payer pour votre sécurité; vous avez contracté certaines dettes d'honneur envers l'Empire, seigneur Nasi, et je ne doute pas que vous compreniez le sens de cette taxe d'arrivée. Mais vos ducats comptent moins que les services que vous pouvez nous rendre; mariez-vous vite, et servez-nous bien.

Je présentai la coupe d'albâtre, que le grand vizir admira sous toutes ses facettes, longtemps.

– Vous avez le goût de la beauté; nous nous entendrons bien, seigneur Nasi. Donnez plutôt cet objet magnifique à ce médecin ventru, qui sera flatté, même s'il n'est pas capable d'en évaluer la splendeur, dit-il en souriant enfin. Vous reviendrez me voir; nous aurons bientôt des affaires à vous confier, et puis je vous parlerai un peu de l'Empire, dont vous ne connaissez pas les secrets. Quant à votre tante, le

Padichah la veut heureuse. Est-elle bien installée ? Cette maison lui convient-elle ? A votre mine, je vois qu'il n'en est rien. Nous changerons cela. Je crois savoir qu'on fait reproche à vos servantes d'être trop dévêtues, n'est-il pas vrai ? Nous arrangerons aussi cette affaire ; tâchez qu'elles ne soient pas trop provocantes, cependant. Pour le reste, il suffira que dona Gracia fasse comme à Salonique, seigneur Nasi, et elle retrouvera bientôt le nom que lui donne votre peuple, soyez-en assuré. Pour elle aussi nous avons de grands projets ; mais il faut d'abord qu'elle règne sur les siens, et cela vous regarde tous deux. A vous revoir, seigneur Josef Nasi, fit-il ironiquement en portant la main à son front.

J'avais gagné un palais, et perdu ma liberté. Mais j'avais retrouvé un nom propre. Je m'inclinai et partis ivre d'une joie que je comprenais mal. Les janissaires me parurent amicaux, je crus qu'ils me lançaient des regards complices, j'étais comme fou. Sans même m'en apercevoir, je me mis à courir joyeusement dans les rues et heurtai des portefaix, leur chargement attaché au front ; un étalage de melons et de raisins s'écroula, et les fruits roulèrent sur mes talons. Les marchands hurlèrent, je me retournai maladroitement, et m'étalai dans une flaque, d'où je sortis boueux des pieds à la tête. Je payai les melons avec une bourse de pièces d'or qui suscita encore des cris, on m'entoura, on s'efforça vainement de brosser mon pourpoint souillé... Mais je me dégageai en riant, et je courus encore plus vite. Dans une boutique de plein air, j'achetai un plat de tripes que je dévorai à même l'écuelle. Soudain, en approchant de l'endroit où se tenaient les bateliers, j'aperçus un oiseleur qui vantait avec volubilité le talent de ses rossignols. J'en achetai un pour Reyna, ma cousine à la voix d'oiseau. Et quand, la cage à la main, je revins dans la triste maison de bois noir, Beatriz me reconnut à peine.

— En quel état t'es-tu mis, Josef ! Les vêtements déchirés, couverts de boue, tes chaussures pleines d'éclaboussures, et ces pépins de melon... Qu'est-ce que ce malheureux oisillon gris que tu nous rapportes ? L'as-tu volé en passant, t'aurait-on molesté ? t'es-tu battu au Sérail ? est-ce qu'on t'a attaqué dans les rues ?

Je riais. Ce n'était rien de tout cela; j'avais simplement retrouvé mon nom. J'étais Josef Nasi.

Nous appliquâmes strictement les instructions du grand vizir, qui nous donna ce grand et clair palais du Belvédère que nous pûmes meubler à l'européenne; pour le chauffage, en revanche, nous ne disposions que des braseros ottomans que tu connais, Caraffa, et dont tu te plains assez, car ils ne chauffent guère; mais, peu à peu, je parvins à placer partout des tapis et fis venir de Florence les cabinets de marqueterie, les lits à baldaquin, les fauteuils et les chaises; je remis la main sur quelques tapisseries qui ne sont point mauvaises, je trouvai même une autre *Esther à sa toilette* qui valait bien celle de Diogo Mendès, et plaçai mes tableaux qui ne nous avaient pas quittés; le portrait de la Faustina trouva sa place en face de mon lit. Rapidement, des chandeliers d'argent ornèrent chaque pièce, ainsi que des lustres comme Beatriz les aimait, à la mode d'Anvers, avec des boules de cuivre où se reflètent les lumières. Reyna accrocha la cage de son oiseau à la fenêtre de la chambre qu'elle partageait avec la Chica, mais je lui installai sans tarder une volière d'admirables rossignols qui rivalisaient avec ses chansons. La vie devint plaisante.

Beatriz alla visiter une à une les familles de la communauté juive, et à chacune elle apportait des présents, soigneusement préparés selon les besoins. Aux pauvres, de la nourriture et de l'argent; aux bourgeoises, des tissus et des bijoux; aux savants, la Bible de Ferrare et les *Consolations des Tribulations d'Israël*. A tous elle donnait la grandeur de sa présence et son sourire – ce même sourire de charité, plein d'innocence et de grâce, qu'elle ne m'accorda jamais et qu'elle réservait aux autres...

A force de donations à chaque synagogue, à chaque yeshiva, elle désarma les plus hostiles; en quelques semaines, on la vénérait comme à Raguse et Salonique, et elle redevint Ha-Geveret, en dépit de Mosche Hamon.

Pour « arranger », comme il disait, l'affaire des costumes de nos femmes, le grand vizir poussa la générosité jusqu'à publier un firman, signé du sultan en personne, qui autorisait « la très puissante senora Gracia Nasi et ses suivantes à porter le costume de Venise ». Les servantes sautèrent de joie, et même Beatriz, par orgueil, daigna porter des robes près du corps, et qui laissaient voir la naissance de ses seins sous une chemisette transparente. Les modes de Venise et des Flandres gagnèrent quelques matrones juives; il est vrai qu'avec leurs tuniques molles au velours souvent taché, et leurs hauts bonnets couverts de plaques d'or, elles ressemblaient à de vilaines idoles; les Turcs les jugeaient fort sales. Esther Kyra se fit l'ardente propagandiste des cols de dentelle, des vertugales, des basquines et des résilles de rubans; on vit disparaître quelques tuniques et apparaître des cheveux, ici ou là.

Restait le médecin du sultan. Je l'allai voir sans me presser, avec la coupe qu'avait refusée Roustem Pacha. Hamon me reçut fort mal, ressortit la promesse de mariage, me menaça, mais nous savions l'un et l'autre qu'il avait perdu sa partie. En bougonnant, il accepta la coupe; pour finir, je rachetai ma promesse de mariage, et la liberté de Reyna.

Enfin mon mariage eut lieu, au mois d'août, en pleine chaleur moite. Beatriz le voulut digne des Nasi et des Mendès; le palais ouvrit toutes grandes ses portes pour trois jours de fêtes.

C'était le premier de nos mariages qui pouvait se célébrer au grand jour dans une synagogue. La cérémonie religieuse fut célébrée par rabbi Soncino au milieu d'une communauté réconciliée; Mosche Hamon et son fils se tenaient à l'écart, mais ils étaient là, et la Senora leur fit bonne figure.

Reyna avait voulu revêtir la tenue noire brodée d'or que sa mère portait à son propre mariage, et que la Senora avait pieusement gardée; avec son corselet serré sur les hanches, la robe trop chaude était passée de mode, et donnait à ma fiancée un air portugais de l'ancien temps. Dans ses cheveux, Esther Kyra avait tissé des réseaux de rubans dorés, et piqué, ici ou là, deux ou trois fleurs de pierreries; Reyna n'était pas laide ainsi, mais elle ne souriait pas. Beatriz, en jupe de brocart blanc à courte traîne, portait un corsage entièrement brodé de croisillons de perles, avec de grandes manches à crevés amarante ; elle avait pris un peu d'embonpoint et resplendissait de jeunesse. Sur sa tête, elle avait posé une simple tresse également faite de perles nacrées, de la couleur de ses cheveux; à son doigt brillait l'émeraude du vice-roi des Indes. Elle rayonnait, inaltérable malgré la chaleur. On eût dit la sœur de sa fille...

Reyna se tenait à mes côtés, la tête basse, les lèvres pincées. A peine si elle me regardait parfois, à la dérobée, d'un regard farouche, malgré nos mains serrées, et malgré la ferveur de la petite foule.

C'est à peine si, le second jour, vêtue d'une lourde robe bleu nuit, et ses cheveux noirs cette fois tressés de jasmin, elle sembla voir les acrobates sur les tables à la fin du banquet. Beatriz avait convié pour cette fête les meilleurs divertissements : des danseurs de corde, des montreurs de marionnettes et de ces ombres découpées, le *karagheuz*, comme disent les Turcs; tu connais cela par cœur, Caraffa. Les plus habiles magiciens venaient des Indes orientales; ils pouvaient enfiler avec leur langue des perles sur un fil, et faire disparaître un garçonnet dans un panier d'osier. Il y avait même une femme de ces contrées qui accomplissait un tour extraordinaire : elle se laissait tomber de tout son haut sur une lance fichée dans le sol, mais la pointe en l'air. La pointe touchait l'œil de la femme, on poussait des cris d'effroi... Mais non, elle se relevait, et la prunelle était intacte. Je me couchai sur le sol à côté de la lance pour découvrir la ruse; il n'y en avait aucune. Elle était également capable de courber avec sa poitrine, en s'appuyant de tout son poids, une longue et grosse tige de fer. Au diamant qu'elle portait enchassé dans la narine, notre Tsigane, Ila, la reconnut pour une compatriote, et elles ne se quittèrent plus de tout le jour. Ila amena son ours, qui se dandina et fit mille tours pour la plus grande joie des convives, mais aucun sourire n'apparut sur le visage de ma nouvelle épouse.

Et pourtant, l'ambassadeur de France, Michel de Codignac, s'était déplacé. Et pourtant, Roustem Pacha en personne avait tenu à assister aux festivités. Et pourtant, Beatriz paraissait au comble du bonheur.

La Senora, en gaze noire sans ornements, avait posé sur ses cheveux nattés une toque de même couleur ornée de plumes vertes, assorties à son émeraude; à son cou, un collier de grosses perles fines lui faisait la peau plus blanche que jamais; ses cheveux n'avaient jamais eu autant d'éclat. Elle attirait tous les regards. Rabbi Soncino la contemplait avec adoration, et le grand vizir revenait toujours à elle, avec un étonnement qu'il ne dissimulait pas. Il y avait par trop d'injustice dans ces regards, et je supportais mal l'admiration dont Beatriz était l'objet; mon épousée mélancolique, qui baissait les yeux, je l'avais prise pour femme et je voulais pour elle autant de splendeur que pour sa mère. La jalouse timidité de Reyna m'inspira une tendresse et une pitié dont je ne me serais jamais départi, Caraffa, malgré les apparences, si, plus tard... Mais laissons cela.

A cet instant du moins, j'étais décidé à veiller sur elle comme sur la chair de ma chair. Telle elle était en effet, fille de ma Beatriz, presque ma fille à moi, ma pauvre petite désolée...

Le troisième jour était réservé à ceux qui nous avaient suivis, ceux et celles de Lisbonne, d'Anvers, de Ferrare, nos compagnons, les nôtres. Nous étions entre nous, en famille, et goûtions le simple plaisir de nous retrouver sains et saufs, avec la douce mémoire des épreuves enfin achevées. Nous n'avions plus à nous surveiller. Nous aurions moins chaud. Et ce jour-là, nous pouvions boire le vin interdit que nous n'avions pas servi en présence de nos hôtes musulmans.

La malheureuse Brianda, autorisée à sortir de sa chambre, souriait béatement en mangeant de façon fort malpropre. La Chica étrennait sa première robe de demoiselle, et portait une ancienne coiffure qui lui seyait fort bien, cette résille de rubans de soie de couleur qu'on appelait un escoffion. Ila avait été affublée pour la circonstance d'un costume fleur-de-seigle guindé qui couvrait sagement le cou mais ne lui allait point, et de chaussures qui la faisaient crier à chaque pas. Soudain, les souliers volèrent à l'autre bout de la salle, la jupe tomba sur le sol, le col de dentelle suivit; Ila, vêtue d'un seul jupon rouge et d'un petit casaquin vert attrapa un voile sur la tête d'une de nos dames, s'en cacha le visage, et bondit sur une table pour y danser, éperdument, sans autre musique qu'une chanson rauque venue de son pays inconnu et le son joyeux de ses anneaux de pied.

216

Nos compagnons l'accompagnèrent en tapant des pieds et en frappant dans leurs mains. Rabbi Soncino prit la main de la Senora et la pressa longtemps, avec passion. Je pris celle de la mariée, mais elle demeura molle et inerte ; je chuchotai à l'oreille de ma femme, mais Reyna ne me répondit pas. Beatriz se pencha vers moi.

– Après tant d'années, Josef...

Vingt ans. Vingt ans avaient passé depuis le bouquet de menthe fraîche. Ma petite Reyna n'avait plus l'âge de la fiancée du Cantique, et voilà qu'elle devenait ma femme.

– Oui, ma Senora, après tant d'années, répondis-je d'une voix brisée. Tu as gagné, Beatriz. Mais notre petite princesse ne sourit pas.

Son visage se décomposa et elle regarda sa fille avec un regard où je crus voir une sorte de haine.

– Elle est ton épouse, Josef, et c'est assez ! Que lui faut-il ? Elle t'aime !

Et rageusement, elle se tourna vers son vieil amoureux.

Dans un dernier tourbillon, Ila s'arrêta brusquement devant la mariée, et ôta lentement son voile.

– Chante ! Chante pour Babûr ! lui dit-elle avec l'un de ses irrésistibles sourires de fauve.

Toute la maisonnée se joignit à la Tsigane pour réclamer à Reyna ses chansons ; une suivante courut chercher la guitare et Reyna se leva docilement pour s'exécuter. On fit silence ; sa voix du moins restait fraîche, et les romances séfarades convenaient à sa tristesse. Les convives s'alanguissaient, les femmes se laissaient aller sur l'épaule de leurs voisins, et nous retrouvions sous le ciel d'Istamboul la suavité des nuits de Ferrare ; les chandelles luisaient dans la nuit, l'odeur des cyprès, retrouvée, entrait par les fenêtres du palais. Dans tous les regards brillaient des larmes d'émotion ; rabbi Soncino s'essuya les yeux, et posa tendrement un baiser sur le poignet de la Senora, qui se leva de table brusquement et se retira.

Alors, quand sa mère fut sortie, Reyna s'anima, ses joues rosirent, ses yeux se mirent à briller, et elle me lança un regard presque gai. Je posai doucement la main sur les cordes de sa guitare, et l'attirant contre moi, je l'embrassai.

Ce fut, je crois, notre seul moment de bonheur.

A l'aube, je laissai Reyna enroulée dans nos draps conjugaux et m'en fus errer dans la ville qui s'éveillait. Je bus une coupe de ce nouveau breuvage noir et amer qui commençait à faire fureur à Istamboul, et que le sultan, cédant à l'aspiration de ses sujets, venait enfin d'autoriser. On disait du café qu'il coupait l'appétit, et qu'il était un « nègre ennemi du sommeil et de la copulation » : juste ce qu'il me fallait! Mais le café ne fut pas suffisant pour apaiser mon angoisse et je retournai au palais du Belvédère pour y boire mon vin. Je m'assommai.

   — Et elle, Naxos? fit le bossu. As-tu seulement pensé à son réveil? Le lit vide, plus d'époux, personne pour la caresser?

   — Elle? Elle avait mis pour notre nuit de noces un caleçon en drap frisé bleu céleste, démodé, ridicule... Le pire, Caraffa, c'est qu'elle m'adorait toujours. Suis-je homme à supporter l'adoration d'une femme? Ce matin-là, quand je revins, je la retrouvai déjà tout habillée, sévère et douce; elle me versait le vin à mesure, sans mot dire. Et quand je fus bien ivre, quand je pus enfin oublier, elle se mit à me masser les pieds. Je crois avoir entendu, dans mon sommeil, l'écho d'une chanson; mais je n'en suis pas sûr.

   — Et la Senora?

   — Nous ne la vîmes pas pendant une semaine; elle s'était enfermée dans sa chambre. Appelle quelqu'un, qu'on me masse un peu, et que revienne au moins le meilleur de l'aube de mon mariage.

   Le bossu frappa dans ses mains, un tintement léger retentit et une vieille apparut, toute ridée, engloutie dans un voile noir.

   — C'est toi, noirpiaude, ma pauvre Ila! soupira Naxos. Allons, voici mes jambes qui te sont familières. C'est vrai que depuis la mort de ton ours, tu ne danses plus, tu masses. Au moins tu as gardé tes bijoux tsiganes, c'est bien.

   La vieille voulut sourire, mit la main sur sa bouche pour cacher ses gencives édentées, et s'approcha du fauteuil.

Chapitre VI

1554-1558

L'EMBARGO DE LA SENORA

(La Senora en Palestine; les bons conseils de Roustem Pacha; le prince Sélim; histoire de Roxelane; le blocus d'Ancône et les déchirements des communautés juives; la trahison de Soncino; le meurtre de Bajazet.)

Jeudi, à la tombée de la nuit

— On étouffe sur ce balcon! s'exclama le vieil homme. Ce mois de septembre est aussi chaud que celui qui suivit mon mariage; je ne me promenais que la nuit, au grand dam de mon épouse. Tristes journées...

Reyna essayait de chanter, mais la guitare lui tombait des mains et je la retrouvais allongée sur des coussins, languissante comme une almée de harem, avec des regards serviles. Quelquefois, elle arrivait près du lit avec des brassées de pivoines, qu'elle adorait; comme on s'en doute, je déteste l'odeur entêtante de ces fleurs, où je trouve un relent de décomposition dès qu'elles sont écloses. J'enrageais; ce rôle de séductrice ne lui convenait pas. J'eus beau faire, elle s'en tint au costume des femmes des Balkans, qu'elle estimait plus avenant, plus confortable aussi à cause des chaleurs, disait-elle. Quand un simple jupon de chez nous et un corset à lacets croisés lui vont si bien!

Beatriz surmonta son accès de solitude, sortit un beau matin de sa chambre, et nous annonça avec résolution

219

qu'elle partait pour la Palestine inhumer en Terre sainte les restes mortels de Francisco Mendès, son époux, selon la promesse qu'elle lui avait faite. Je l'écoutai froidement. Personne ne la retint, et je ne l'accompagnai point. Je n'avais pas ce courage, et depuis mon mariage je nourrissais à son encontre un trop vif ressentiment. Je me contentai, en la quittant, de fredonner à ma belle-mère ces quelques vers qui bercèrent notre enfance et prenaient enfin un sens nouveau : « *Mi suegra, la negra, con mi se daquileya...* » – qui me valurent un regard furibond.

La Senora embarqua sans escorte, en compagnie de trois servantes et de la Tsigane; sa fille et moi la vîmes monter sur l'un de nos bateaux et se diriger vers l'avant où elle se dressa bientôt, sombre figure de proue qui veillait, immobile, sur un cœur embaumé.

Le grand vizir avait demandé à me voir une première fois, puis avait renouvelé son ordre le premier jour du mariage. Je pris ce prétexte pour fuir le palais Nasi et allai quotidiennement rendre visite à Roustem Pacha, qui m'instruisit des affaires de l'Empire. Le grand vizir revenait de l'Orient, où il s'était rendu pour préparer une négociation d'importance; puis, sur ordre de Soliman, il était rentré dans la capitale que son maître avait désertée.

Le sultan, absent du Sérail, était parti se réconcilier avec son fils Mustapha, le Généreux, qui voulait épouser la fille du roi de Perse et conclure une alliance orientale. Le prince héritier avait déjà massé des troupes sur les marches de l'Est pour affronter son père qui désapprouvait ses projets. Roustem Pacha avait préparé la réconciliation et obtenu de Bajazet les plus sérieuses assurances ; il se montrait serein et confiant, car il avait bien travaillé; la rencontre solennelle entre un père et un fils que tout avait opposé allait mettre fin à un dangereux conflit familial et restaurer la paix au sein de la lignée déchirée. Le Magnifique se faisait vieux; il devenait irascible; le sage et fougueux Mustapha avait au contraire le cœur courageux et semblait un excellent successeur, paré de toutes les vertus. Il le fallait; car en Europe les événements se précipitaient.

Le fils de Charles Quint, le jeune Philippe, venait d'épouser Marie Tudor, rousse comme Roxelane, mais vieille fille et fort laide, et qui s'était follement éprise de son jeune mari avant même de le connaître, à la simple vue d'un portrait. La reine Marie, farouchement catholique, risquait fort de vouloir se venger de son père Henri VIII pour avoir trahi sa foi; pour l'heure, elle était tout à sa joie amoureuse et semblait pleine de sagacité politique. Pourtant, le grand vizir n'augurait rien de bon de ce couple sinistre; un futur empereur jeune et mélancolique, une reine un peu trop mûre et autoritaire... A eux deux, ils pouvaient susciter de grands troubles. Le pape et l'empereur, comme le sultan, vieillissaient, et n'avaient plus l'énergie nécessaire pour contenir l'Europe; la Sérénissime pourrait fort bien en profiter pour reprendre les terres qui lui avaient été arrachées; de plus, on était moins sûr de Dragut que de Barberousse. Voilà pourquoi Roustem Pacha espérait tant de la réconciliation des Osmanlis.

J'étais en compagnie du grand vizir lorsqu'un messager essoufflé apporta une nouvelle qui plongea le Sérail dans la terreur. Roustem Pacha blêmit; il n'avait rien deviné.

Il était prévu que le prince Mustapha rencontrerait son père à Eregli, sous une tente autour de laquelle se masseraient les deux armées, qui déjà fraternisaient. Dans la plaine battue par les vents, l'héritier de l'empire entra sous la tente où se tenait son père pour l'embrasser. Soliman le Magnifique attendait son fils en effet. Mais les muets du Sérail l'attendaient aussi.

Le Padichah avait fait tendre des toiles pour qu'on ne soupçonnât point leur présence. Le jeune homme, saisi par les muets dès qu'il pénétra dans la tente, parvint à ébranler par son courage la résolution de ses assassins. Mais son père passa la tête par-dessus les toiles tendues et, d'un regard foudroyant, galvanisa ses hommes.

Mustapha mourut étranglé sous les yeux du sultan. En apprenant la nouvelle, Roustem Pacha s'assit, le souffle coupé.

– Ah, seigneur Nasi, me dit-il à voix basse, nous ne sommes pas de la même espèce que ces Osmanlis! Nous qui sommes nés en terre chrétienne, nous avons parfois le cœur trop tendre encore... Le sultan a fait étrangler son fils, comme autrefois Ibrahim Pacha qu'il aimait, et il a assisté au meurtre! A quel horrible dessein a-t-il obéi? Le prince Mustapha n'est plus; on verra dans ce crime la main de la Rieuse, qui déteste l'ancienne favorite du sultan, la mère de Mustapha; on dira qu'elle veut l'empire pour ses propres fils, et puisque je suis l'allié de la sultane, je serai mis au banc des accusés... On ne m'épargnera pas!

Le grand vizir avait raison. La rumeur accusa aussitôt Roxelane et son fidèle Roustem Pacha; les ambassadeurs étrangers, trop contents de pouvoir disculper le « Grand Seigneur », s'en firent l'écho; Soliman fut confronté à la colère de ses propres soldats, qui vénéraient le prince Mustapha; il ne pouvait répudier sa femme, mais il pouvait désavouer son vizir innocent. Roustem Pacha perdit sa fonction; le sultan lui retira son sceau de grand vizir, qu'il mit deux ans à retrouver.

Pendant sa disgrâce, je le vis souvent.

Roustem Pacha, né en Roumélie, avait trouvé en moi un confident et un compagnon d'exil. Nous n'étions pas des guerriers; fils de bouvier, razzié dans son enfance, l'ancien grand vizir était devenu par hasard janissaire, et s'était converti à l'islam parce qu'il n'en avait pas eu le choix; à onze ans, on l'avait envoyé au palais; il avait gravi les degrés de la hiérarchie de l'empire et conquis les faveurs de Roxelane, qui lui avait donné sa fille Mihrimah en mariage. Nous étions tous deux fils du malheur et de la ruse. Roustem Pacha me recevait dans sa magnifique résidence aux céramiques toutes neuves, dont il était extrêmement fier; il avait encouragé les potiers à sortir des sempiternelles tons turquoise, et raffolait du beau rouge tomate que ces artistes venaient d'inventer pour lui... Aujourd'hui, ce serait commun; mais à l'époque, c'était une nouveauté. Son épouse Mihrimah n'avait qu'une passion au monde: commander des mosquées à l'illustre architecte de son père, Sinan; une avait été construite en l'honneur de son mari, une autre pour elle.

Roustem Pacha participait avec ardeur à l'essor de la capitale impériale. Parfois, il contemplait de loin les enceintes du Sérail où il n'avait plus ses entrées. « Quoi que vous fassiez, Nasi, n'entrez jamais là-bas sans prudence. Vous savez, ces hommes énormes à la haute coiffure blanche, les Eunuques Noirs, si bien châtrés, et qui sont chargés de veiller sur les femmes... Eh bien! Personne n'est plus cruel. Il faut les voir enfermer une fugitive dans un sac de cuir, avec un chat vivant, et les jeter au Bosphore... Les Eunuques Blancs du sultan, ces hypocrites, aussi maigres que les autres sont gros, ne valent pas mieux. Trop prévenants, ils vous feront des courbettes et vous enverront un de ces charmants jeunes gens, un page ichoglan qui vous présentera un sorbet meurtrier avec un sourire exquis... L'Empire est méchant, Nasi! Écoutez ce monde qui chuchote et soupire dans sa coquille vide. Le maître s'est absenté, il est parti tuer, et tous ceux qui ne vivent que par lui, Eunuques Blancs ou Noirs, ichoglans, janissaires, cadines et almées, esclaves et cuisiniers, palefreniers, serviteurs, ceux-là ne connaissent plus rien de la vie, simplement la vie... N'oubliez pas le monde où vous naquîtes, seigneur. L'Empire tolère mais assassine; il est libéral, mais aveugle. »

Roustem Pacha évoquait aussi les autres fils du Magnifique. « Mehmet est mort noyé, en 1543, pendant les chaleurs; de toute façon, il eût été trop doux pour un sultan; Bajazet ressemble trop à son père, ombrageux, révolté, susceptible... et presque trop parfait; il ne survivra pas. Ne parlons pas du malheureux Djihangir, c'est un pauvre infirme, même s'il a l'âme inspirée. Reste Sélim que personne ne prend au sérieux; on le dit joueur, et il est sensuel, à n'en pas douter. Mais sous ses airs balourds, il se montre rusé, intelligent; je suis comme sa mère, je crois en son étoile, moi, et vous devriez l'aller voir. Il gouverne en Asie la province de Saruhan, où son père l'a envoyé pour l'écarter de la capitale, à tout hasard. Auparavant, seigneur Nasi, ajouta-t-il en me prenant par le bras, je souhaiterais vous confier une affaire. Si je ne suis plus grand vizir, j'ai encore quelques pouvoirs, dont le sultan se sert d'ailleurs quand cela l'arrange. »

Comme tous les grands vizirs, Roustem Pacha surveillait sans relâche la Méditerranée. Une rébellion avait éclaté en Corse, que les Génois occupaient au détriment des populations d'origine; les Français cherchaient à chasser les Génois, et pour leur venir en aide militairement, le roi de France demandait l'appui financier du sultan.

223

– Et que vous fait cette petite île, si loin de vous ? lui demandai-je étonné.

– Vous êtes encore trop neuf pour comprendre la puissante lenteur de l'Empire, répondit-il. Lorsque le Padichah emmène au loin une grande armée, nous devons à tout prix manifester notre force de l'autre côté, afin que nul ne soit démangé par le désir de nous attaquer pendant que nous sommes à découvert. Les armées envoyées à l'est viennent à peine de commencer à rentrer, tout doucement ; nous avons besoin d'un coup d'éclat en Méditerranée, pour décourager les tentations européennes. Nos troupes ne seront pas ici avant plusieurs mois. Et voyez-vous, la Corse est un lieu de passage obligé entre l'Espagne et Gênes, sans compter les navires qui vont vers Naples et ceux qui tentent d'éviter les pirates barbaresques, nos alliés... Elle mérite donc un effort. Déjà, les partisans de la révolte ont réussi un premier débarquement ; il ne manque plus grand-chose pour parvenir à chasser les Génois. Je vais vous dire plus, ami : en Espagne, l'empereur commence à persécuter les Morisques, comme on vous a persécutés. Ce sont des musulmans baptisés, comme vous le fûtes, et qui se cachent eux aussi ; ils vont à la messe, mais voilent leurs femmes et ne mangent pas de porc ; je gage qu'ils seront pourchassés bientôt. Et le jour où nous voudrons leur venir en aide, la Corse sera commode... »

En effet, l'expédition d'Alger à laquelle j'avais feint de prendre part avait, par commodité, fait escale en Corse pour rejoindre la flotte commandée par l'amiral Andrea Doria. Roustem Pacha voyait juste. Il n'avait plus de pouvoir militaire, mais restait un fin politique. Il me demanda de rencontrer le chef de la rébellion, Sampiero Corso, qui venait d'arriver dans la capitale avec une lettre du roi de France.

Petit, râblé, sombre quand il parlait de sa patrie, mais rieur dès qu'il buvait du vin, le rebelle me plut. Je promis de lui prêter à fonds perdus de quoi équiper la troupe des exilés que Roustem Pacha voulait transformer en véritable armée, et qu'on enverrait sur l'île pendant que les Français mèneraient l'assaut. Cette promesse contenta le grand vizir.

Telle fut ma première ingérence dans les affaires de l'Empire. J'y pris d'autant plus de plaisir qu'en suivant les instructions de mon nouvel ami j'échappais à la loi d'airain de Beatriz. J'obéissais encore, mais j'avais changé de maître. Pour la première fois de ma vie, j'avais agi et décidé sans consulter Beatriz, qui naviguait vers la terre de nos aïeux. Alors même qu'elle poursuivait ses chimères de Palestine, je me sentais pour ma part prêt à m'impliquer dans un avenir ottoman. Nos destins, enfin, se séparaient.

Roustem Pacha, considérant que l'épreuve avait été réussie, me conseilla ensuite d'aller rejoindre le prince Sélim à Magnésie. J'avais grande envie de quitter l'étouffante capitale, et j'acceptai sans hésiter. Il me recommanda sous le sceau du secret d'apporter de notre vin italien, car le prince, qui s'ennuyait fort, aimait boire. Le Coran interdisant le vin, il fallait donc faire preuve de prudence et de délicatesse. Je devais prendre garde à ne point compromettre un prince ottoman, et Roustem Pacha me fit jurer de veiller à ce que Sélim ne s'enivrât pas. Par-dessus tout, le sultan détestait l'ivresse.

Je partis pour Magnésie, capitale de la province que gouvernait le prince Sélim, avec plusieurs tonneaux de vin de Bordeaux que je faisais venir au prix de longues traversées; c'était là l'un des heureux bénéfices de notre flotte marchande, qui continuait le commerce des épices avec l'Europe et faisait escale aux endroits bénis par Bacchus. Je profitai de mon expédition pour demander à un Arménien de m'organiser une caravane, pour en connaître l'équipement. Le marchand me procura avec empressement un bonnet fourré pour la nuit, un turban de lin pour la campagne, afin d'avoir l'air d'un musulman, un autre turban bleu et blanc pour ressembler, dans les villes, à un chrétien, plus un feutre rouge contre la pluie; je dus tout essayer, malgré mes protestations. Il apporta ensuite des tapis, des couvertures, des coussins, puis un cuir rond en guise de table, une outre pour le vin, une autre pour l'eau, des boîtes de bois couvertes de peau pour le fromage, la viande et les fruits; quoi encore? un petit sac pour le café, une hache pour couper du bois... Il n'en finissait pas... Une marmite pour le riz, une tasse pour boire et d'autres pour les voyageurs qui viendraient nous visiter le soir. Sans compter les chevaux et les mulets, bien sûr.

225

— Ne dirait-on pas que nous allons voyager des mois! lui disais-je.

— Monseigneur veut une caravane, et une caravane ne se conçoit pas sans tous ces accessoires, répondait-il chaque fois que je voulais freiner ses ardeurs.

Le chemin traversait le détroit du Bosphore, partait d'Üsküdar, première ville d'Asie, passait par Bruse, puis longeait la côte avant de s'enfoncer dans le pays; je changeai sagement de couvre-chef selon les instructions de l'Arménien et ne fus pas inquiété, et j'arrivai à Magnésie. Située au pied d'une haute montagne, la ville avait été le théâtre de multiples combats, dont témoignaient d'innombrables ruines anciennes, grecques, romaines, byzantines, et même plus récentes, car les Turcomans, sous la conduite de Tamerlan, avaient repris Magnésie avant qu'un derviche rebelle ne vînt à nouveau la dévaster. Et malgré ses vergers et ses jardins, Magnésie n'avait rien de la vitalité d'Istamboul, non plus que de sa splendeur. Rien d'étonnant qu'un jeune homme pût s'y ennuyer à périr, malgré son harem et ses cadines. J'avais des lettres de Roustem Pacha à transmettre au gouverneur de la province; je n'eus donc aucun mal à obtenir l'entrevue avec Sélim.

Grand et fort, le prince avait l'apparence d'un lourdaud, mais l'allure imposante de son père lorsqu'il se tenait droit. Comme Soliman, il avait le teint pâle, et l'œil toujours sur le qui-vive; mais il avait les cheveux d'un blond intense, presque roux. Il m'écouta sans sourire, en me fixant d'un regard méfiant et dur; je remarquai ses mains immenses, d'une force peu commune. L'homme ne semblait guère aimable; je ne comprenais pas l'affection que lui portait Roustem Pacha. J'eus vite épuisé ce que je pouvais dire, et lui parlais prudemment du vin et de mes tonneaux.

Son regard s'éclaira comme celui d'un enfant; il se leva d'un geste vif, et toute sa lourdeur disparut. J'avais devant moi un jeune homme plein de gaieté qui me prenait le bras et me forçait à s'asseoir à ses côtés, sur ces damnées banquettes trop étroites, couvertes de tapis, où il faut croiser les jambes. Je ne savais que faire, et lui non plus, qui me regardait de ses grands yeux sombres avec un peu de crainte, mais tant de joie...

226

Il me tapa sur l'épaule avec un bon rire, et me demanda où étaient les tonneaux. On les apporta devant lui, un serviteur se précipita, en ouvrit un ; un autre serviteur courut chercher la coupe du jeune prince, une merveille de jade clair finement ciselé d'or. Sélim but, rit encore, puis, les yeux brillants de plaisir, fit remplir à nouveau sa coupe et me la tendit.

Je savais qu'il ne pouvait pas me faire plus grand honneur que celui de boire dans sa propre coupe. Je me mis à genoux devant lui et bus avec solennité, comme on prie. Nous avions fait connaissance et à cela avait servi le vin ; ce prince pataud et lourd n'avait connu que les serviteurs du Sérail. On n'imagine pas l'enfance d'un prince en pareil enclos, séparé de sa mère et de la tendresse humaine, entouré d'esclaves qu'il redoute, vivant dans la crainte de son père, accablé de gardes et de pesants honneurs. Sélim ignorait la confiance ; l'amitié, davantage encore. Je ne dirais pas qu'il n'aimait pas le vin ; ce serait mentir. Mais le cadeau que je fis alors à mon prince m'ouvrit le chemin de son affection simplement parce qu'il n'en avait reçu aucun qui vînt du cœur.

Oh! Je n'étais certes pas entièrement désintéressé, c'est vrai. Mais j'étais sensiblement plus vieux que lui, et je n'avais ni frère ni enfant ; Beatriz avait volé pour elle seule toute la tendresse dont j'étais capable. Subitement, j'éprouvai pour ce jeune homme isolé un attachement que je ne compris pas moi-même, comme pour le fils adolescent que je n'aurais jamais. Comment t'expliquer, Caraffa ? Personne n'a compris l'amour que j'eus pour lui. Depuis Maximilien, je n'avais plus d'ami ; Lusitano était trop vieux, et je le considérai davantage comme un oncle ; à Magnésie, tout était simple : Beatriz était loin, et ce jeune homme chaleureux s'adressait à moi comme s'il m'avait toujours connu ; j'oubliai son rang. Je ne saurais dire combien j'exècre les mauvaises langues qui attribuent à la courtisanerie mon amitié d'alors avec le prince héritier.

Roustem Pacha l'avait prévu, mais le charme de cette rencontre fut si puissant qu'il balaya tous nos calculs. Je trouvai en Sélim une faiblesse aimable, issue de sa pénible enfance et des duretés du Sérail, mais aussi une innocente énergie qui le rendait courageux, audacieux, passionné. Je découvris

227

aussi qu'il était poète. Son grand-père et son père écrivaient des poèmes, conformément à la tradition des sultans; mais encore fallait-il en avoir le talent, et parmi les fils de Roxelane, Sélim était celui qui avait hérité ce don. Il rêvait de réunir à Edirne, plus tard, un cercle littéraire semblable à celui qui siégeait autour du Padichah, et s'irritait de voir que les poètes officiels le boudaient. « Ce sont des courtisans, se plaignait-il, ils préfèrent mon frère Bajazet, parce que c'est lui qui désormais succédera à mon père, et ils me délaissent... Croirais-tu que cet Azéri de malheur, qui s'est rallié à mon père l'an dernier, ce Fuzulî que tous admirent, m'a volé une strophe que j'avais composée ? Écoute, Nasi, comme c'est beau : " La voûte céleste d'émail azuré deviendra, par le crépuscule couleur de tulipe, comme une coupe de cristal qui laisse transparaître les reflets du vin couleur de rose.. " Ce sont mes vers, il les a pris, et l'on dira qu'il a du génie ! Écoute encore une fois, Nasi... »

Et le gros Sélim levait sa coupe où transparaissaient les reflets de mon vin, couleur de rose; il dodelinait doucement de la tête à la façon des chanteurs de gazel, et les larmes lui montaient aux yeux. Il m'attendrissait, et devenait presque beau.

Au fil des jours, j'appris à le guider; je l'encourageai à la patience et à la ruse; il m'obligea de son côté à me livrer davantage. Je lui enseignai le monde, et lui la chasse aux fauves du désert; je lui fis connaître le vin, et lui la science des fauconniers. Jamais je n'eus avec lui de relation servile. Je me souviens que, son faucon préféré juché sur un poing ganté de cuir, il me lançait du haut de son cheval : « Tu es lâche, Yusuf, comme ceux de ton peuple, on ne t'a pas appris à te battre, tu ne sais pas tuer tes ennemis... Je les tuerai pour toi! » Et il décapuchonnait l'oiseau qui ouvrait ses serres et s'envolait vers les collines. Puis, frottant pensivement le gant où le faucon avait laissé des égratignures, il me comparait à lui.

– J'ai deux amis : mon faucon et mon Juif. Je t'enverrai un jour chasser le lynx, Yusuf, et tu reviendras te percher sur ma main comme lui, tiens, regarde...

L'oiseau revenait, se posait, lissait ses ailes et se laissait couvrir la tête du capuchon orné de plumes rouges, d'où pendait une chaîne en or.

Mon ami ne parlait presque pas de son harem ; Nour Banou était sa favorite, et parfois, en fourrageant dans ses cheveux blonds d'un air embarrassé, il disait qu'elle se sentait souffrante – pas davantage. De la cadine qu'avait choisie Sélim, je ne savais presque rien, de simples rumeurs : née dans une grande famille vénitienne, elle s'appelait en réalité Cecilia Venier-Baffo, et avait été capturée par les barbaresques qui l'avaient vendue au harem du sultan ; elle devait être assez belle pour qu'on lui ait donné le nom de Nour Banou, la « lumière du ciel ». On disait que le prince Sélim l'adorait ; mais ce que je voyais surtout, c'est qu'il éprouvait pour sa mère une passion poétique, et qu'il parlait de son père avec hargne.

– Il l'étouffe, disait-il, il l'épuise, il la tient prisonnière... Même aujourd'hui qu'elle a pris de l'âge, elle voudrait sortir, respirer, se libérer de l'Empire. Elle n'a rien oublié de ses origines, et nous répète à tous que si nous sommes fils d'esclave, son père en revanche était pope en Russie, qu'elle s'appelait Alexandra, et qu'elle fut razziée quand elle était enfant, ensuite...

Sélim n'aimait pas la suite de l'histoire de sa mère.

– Ensuite, on l'a vendue au marché aux esclaves, tu sais, au bazar qu'on nomme le *bezestan*, mais elle n'en dit jamais rien. Moi je m'y suis rendu souvent ; et j'ai vu les filles aux seins fardés, à qui les acheteurs ouvrent la bouche toute grande pour examiner les dents. Ma mère eut de la chance ; elle était si belle qu'elle fut directement vendue au harem de mon père, sans passer par de douteux intermédiaires. Je ne sais pas même combien de temps dura son apprentissage entre les mains des femmes. Après quoi, il la remarqua, en fit assez vite sa cadine, et sa vie changea d'allure. Pour sa première nuit avec le sultan, elle n'aura pas échappé à la règle : ma mère, ma propre mère, aura rampé sur les coudes et les genoux, comme un chien malade, pour parvenir jusqu'à la couche de son maître... Tiens, si je deviens sultan, je te raconterai cela.

– Pourquoi, demandai-je un jour, les ambassadeurs de Venise l'ont-ils appelée Roxelane ?

– Si tu la voyais, ami, tu ne le demanderais pas! s'enflamma-t-il aussitôt. Ma mère est rousse; mais tu ne sais pas à quel point! Sa chevelure est rousse comme une fourrure de renard, et vivante, avec des crépitements... On dirait qu'il en sort des étincelles. Son nom d'esclave est difficile à prononcer pour des étrangers; songe donc, Hürrem... Les ambassadeurs auront inventé Roxelane pour éviter la difficulté, et parce que Roxelane, la Rousse, la Russe aussi, cela va bien. C'est à cause de sa rousseur encore, sans doute, qu'on la dit cruelle... Cruelle, ma mère? Tiens, cette tulipe à la tige bien droite, et qui n'est pas encore éclose, voilà comme est ma mère; d'abord un calice aux verts sépales bien serrés, mais lorsque le soleil l'attendrira, alors la fleur s'ouvrira; tu découvriras dans toute sa splendeur la couleur des pétales, avec de larges griffes noires sur leur peau orange, et le pistil dressé, gonflé, charnu, plein de pollen... Vois, j'écarte doucement les pétales, je le caresse du bout du doigt, et voilà mon doigt couvert d'une poussière d'or, au parfum de miel. On la dit dure, ma mère? Regarde, je casse la tige avec l'ongle; rien n'est plus fragile que la tulipe. Ainsi de ma mère; sa prétendue dureté, celle de la tige de ma fleur. Et si je l'abandonne, bientôt les pétales se courberont, desséchés, ridés, hélas... Il n'en restera plus que le pistil racorni et des reflets de feu.

En dehors du vin, de la chasse et de la poésie, Sélim avait une autre passion : les tulipes, qu'il cultivait avec un soin jaloux dans un jardin qu'il allait surveiller chaque jour. Mais chaque jour aussi, quand il rendait visite à ses fleurs, il revenait à sa mère.

– Ce surnom qu'ils lui ont trouvé, la Rieuse, ne lui va pas. Il paraît que, jeune cadine, elle faisait rire mon père aux éclats pendant qu'ils jouaient aux échecs. Il est vrai qu'elle joue bien; mais elle sourit si peu... Aujourd'hui mes tulipes penchent la tête; ma mère, sans doute, est triste. Mon frère Djihangîr aura encore fait une crise, je parie; je sais que la mort de notre demi-frère Mustapha l'a beaucoup abattu.

Le dernier enfant de la Rieuse était atteint du haut mal, et il boitait. Son intelligence prodigieuse, selon les astrologues, le condamnait à mourir jeune; il chantait à ravir en s'accompagnant au rebab; et il se rendait souvent chez les derviches soufis, qui le considéraient comme un véritable initié, tant son âme était magnifique. Sélim parlait de Djihangîr avec tendresse, de la vie au Sérail comme d'une geôle, et de son avenir avec incertitude.

– Les fils des sultans sont depuis longtemps fils d'esclaves, répétait-il souvent, et nos mères des étrangères. Depuis qu'une princesse, épouse d'un de mes ancêtres, fut prise en captivité après une défaite, et attachée par les poignets au char triomphal d'un vainqueur qui la fit défiler ainsi dans les rues, les sultans ont renoncé aux alliances royales, et font leurs enfants à des filles enlevées par leurs janissaires, n'importe où sur les vastes territoires de l'empire... Ma mère était de Ruthénie, à la lisière de la Russie; c'est là qu'on l'a prise. Mon père a désobéi à la règle des sultans et l'a solennellement épousée; elle a beau porter le titre de *Hasseki*, je ne suis qu'un bâtard, au fond, l'un des princes que mon père tient en réserve, et le sultan peut d'un moment à l'autre décider de m'assassiner comme il vient de le faire pour le malheureux Mustapha. Et croirais-tu, Nasi, ce que l'on murmure justement à Istamboul? Que ma mère est juive!

C'était, à n'en pas douter, une insulte à ses yeux.

A mon tour, je lui parlais du sort des Juifs depuis les Rois Très Catholiques; je ne cherchais pas à l'émouvoir mais lui montrais ce que, en chassant leurs Juifs, perdaient les rois d'Occident : la richesse marchande, la médecine, la science, la philosophie. Des princes de l'Europe, Sélim ne connaissait pas les déchirements; il n'avait rien imaginé des faiblesses de l'empire de la Sérénissime, trop vaste et trop dispersé; je lui racontai le caractère du Habsbourg, notre rencontre à Ratisbonne et les langueurs de la régente de Gand, qui l'étonnaient. Sélim se montrait bon élève, et le vin nous aidait à échafauder des plans que nous devions réaliser plus tard, quand il serait sultan. C'est à cet instant qu'il m'arrêtait en éclatant de rire.

– Quand je serai sultan... Et si je prends la succession de mon père, Yusuf! N'oublie pas que mon frère Bajazet est sur les rangs!

Quand je repartis enfin, il m'embrassa. « Tu as choisi l'exilé, Nasi. Tu n'auras pas à t'en repentir. » Je ne me souciais guère du futur. Je désirais passionnément que ce jeune homme pût simplement survivre, et qu'il ne lui fût fait aucun mal. Il me fit promettre de revenir bientôt, et ma caravane se mit en route en direction de la ville d'Izmir, où je pris une felouque pour rentrer plus rapidement par la mer.

Quand j'arrivai dans la capitale, le palais Nasi vivait dans l'inquiétude. Certes, Beatriz, revenue de Palestine, avait enterré le cœur de Francisco Mendès dans la pieuse vallée de Josaphat. Cela du moins avait été accompli. Mais pendant mon séjour à Magnésie, Reyna avait reçu de mauvaises nouvelles d'Italie. Le pape Jules III était mort, et son successeur n'était autre que le redoutable inquisiteur Caraffa, qui monta sur le trône papal sous le nom de Paul IV.

— Ah! s'exclama le bossu. Voici qu'entre en scène celui dont je porte le patronyme, fils! Par quelle méchanceté m'as-tu affublé de la sienne? Je me serais bien passé de cet habit-là.
— Ma foi, quand je t'ai ramassé sur la mer accroché à ta planche, tu avais l'air si féroce que l'idée m'en est naturellement venue. Je trouvais cocasse d'appeler un pauvre diable du nom de celui qui déshonora la tiare, et qui grille aujourd'hui dans l'enfer des chrétiens. Souviens-toi : c'était celui-là même que redoutaient nos frères marranes d'Ancône, et voilà qu'il était devenu pape!

Jusqu'alors les papes avaient contenu tant bien que mal les progrès de l'Inquisition, qu'ils jugeaient trop puissante. Paul III, puis Jules III, son successeur, avaient même soigneusement exonéré de taxes les Marranes installés à Ancône, et avaient signé un acte par lequel ils les garantissaient contre les poursuites des tribunaux ecclésiastiques, Inquisition comprise; les Nouveaux Chrétiens d'Ancône ne porteraient aucun signe distinctif et relèveraient exclusivement de la juridiction pontificale. En échange, ils paieraient

232

mille ducats par an et par tête. La tolérance intéressée de ces deux pontifes avait été sévèrement jugée ; on les accusa de corruption, d'autant que leurs États, du coup, prospéraient. Le cardinal Caraffa, le futur Paul IV, s'était déjà rendu célèbre par l'autodafé de livres hébraïques qu'il avait ordonné, à Rome ; c'était en 1553. Son élection fut le signe du triomphe des inquisiteurs sur la Papauté.

Son premier souci fut de promulguer une bulle qui infligeait à tous les Marranes de ses États un traitement indigne. Tiens, mon pauvre bouffon, va jusqu'au meuble dans la salle, tu y trouveras un autre de mes rouleaux entouré d'un ruban noir.

En boitant, le bossu trottina, et revint avec le rouleau dont le ruban tombait en lambeaux.

— Prends garde ! Je le veux entier. Déroule-le soigneusement, et lis.

Le bouffon regarda de près, et se mit à rire.

— C'est en latin, Naxos ! Comment veux-tu que je lise ?

— Donne-le-moi. « Lois devant être observées par les Juifs vivant dans les États de l'Église. »

— Qu'est-ce que cela ?

— C'est le titre de la bulle, et voici le contenu : « Puisqu'il est très absurde et non convenable que les Juifs, tombés dans la servitude de par leur propre faute, et sous prétexte que la piété chrétienne les a recueillis et a accepté de cohabiter avec eux, soient devenus néanmoins des ingrats qui, en guise de remerciement, lui ont rendu l'arrogance et le mépris, puisqu'au lieu de les respecter comme ils le devraient, ils s'en proclament les maîtres... »

— Les Juifs, se proclamer les maîtres des chrétiens ? grogna le bossu, allons donc !

— Attends la suite. « Nous, à qui il est revenu que ces mêmes Juifs dans notre féconde ville et dans quelques autres de nos cités, terres et localités, sont allés si loin dans l'insolence que non seulement ils vivent au milieu des chrétiens et près de leurs églises, si bien qu'aucune différence n'existe plus entre eux et nous, mais de plus qu'ils ont l'audace de louer leurs maisons dans les meilleurs endroits, ont acquis des biens dont ils sont propriétaires et utilisent des nourrices, des servantes, des serviteurs et autres employés, et perpétuent avec mépris diverses ignominies... »

– Mais comme c'est bien d'habiter ce palais, Naxos, pourvu de ces ignominies-là!

– Le pire est à venir, bouffon. « Considérant que l'Église romaine tolère les Juifs en témoignage de la vraie foi chrétienne, afin que, grâce à la piété et la générosité de Dieu le Père, ils reconnaissent à la fin leurs propres erreurs et s'occupent entièrement à la lumière de la vraie foi chrétienne; considérant au contraire qu'aussi longtemps qu'ils persistent dans leurs erreurs, ils devraient admettre qu'ils sont esclaves, et les chrétiens des hommes libres grâce à Jésus-Christ notre Seigneur, et qu'il est injuste que les enfants des femmes libres soient esclaves de fils d'esclaves... »

– Pharaon, va! Dira-t-il enfin, au bout de son galimatias, ce qu'il va faire?

– C'est simple, Caraffa, fit le duc en laissant tomber le rouleau. A compter de la promulgation de cette bulle, il fut interdit à nos frères marranes de construire des maisons, d'avoir des nourrices, des fêtes, des propriétés; les chrétiens n'eurent plus le droit de se faire soigner par nos médecins, qui sont les meilleurs au monde; ils n'eurent plus même le droit de mendier auprès des riches Nouveaux Chrétiens. Ceux-ci durent porter la *biretta*, cet affreux béret qui leur était réservé, et les femmes un insigne bleuâtre sur la peau. Les Marranes des États du pape n'avaient plus droit de cité. Il ne s'agissait plus d'accuser l'un ou l'autre de « judaïser »; ils étaient tous présumés coupables, plus encore que les Juifs dans le Ghetto de Venise.

Le jour de mon retour de Magnésie, arriva au palais du Belvédère notre facteur de Ferrare, avec de mauvaises nouvelles. Plusieurs Marranes d'Ancône venaient d'être jetés en prison. Vincenzo Fallongonio, légat muni des pleins pouvoirs, arrêtait vingt de nos frères la semaine.

Beatriz, les narines pincées par la fureur, marchait de long en large en hurlant des malédictions de prophétesse. Rabbi Soncino, à ses côtés, tentait vainement de la calmer.

– Je vous en prie, dona Gracia, ils ne sont pas morts, vous

aussi vous avez été emprisonnée, et vous êtes aujourd'hui la Dame triomphante. Je vous en prie...

— Taisez-vous, rabbi, je ne triomphe pas si mes frères sont en prison dans les États du pape, ce maudit, ce démon! Oubliez-vous comment j'ai gagné mon surnom de Senora? Combien de fois faudra-t-il vous répéter que je veux être l'égale de Judith? Non, rabbi, non, je ne peux pas demeurer sans rien faire. Je trouverai bien quelque chose. Écartez-vous, ou je vous assomme!

L'heure n'était plus à l'idylle, et plutôt que de laisser notre Judith décapiter le nouvel Holopherne qu'elle avait sous la main, je proposai de corrompre le légat qui venait de Naples. L'un de mes capitaines partit avec des ordres et de l'argent et revint quelques semaines plus tard. Il avait réussi; le légat avait laissé échapper un par un une trentaine de Marranes. Nous respirions lorsque nous reçûmes par le bateau suivant une lettre nous apprenant que le pape venait de s'apercevoir de la corruption du légat. Il avait nommé quelqu'un d'autre, un incorruptible cette fois, Cesar della Nave, originaire de Bologne; et cinquante de nos frères demeuraient en prison.

La première décision du nouveau légat avait été de les enchaîner l'un à l'autre. De son côté, le pape s'était permis d'attaquer le Habsbourg sur ses ascendances juives; aucun pouvoir ne faisait plus obstacle à l'Inquisition.

Le lendemain, un marchand levantin qui revenait d'Ancône vint raconter à la Senora la mort d'un de nos frères qu'il avait vu de ses yeux périr par le supplice de l'estrapade. Après qu'on l'eut laissé tomber de haut cinq fois déjà sur le sol de la grand-place, le mourant avait crié au marchand qu'il avait reconnu: «Va parler à la Senora!»

— C'était un si vieil homme, Senora, un si vieil homme... Et les autres, tous enchaînés, qui le voyaient agoniser!

Le brave marchand s'essuyait les yeux avec sa manche. Beatriz mordit nerveusement ses joues. Que faire?

L'Inquisition obligea ensuite les Marranes d'Ancône, coiffés de bonnets jaunes, à renier leur religion par un acte de foi proclamé en place publique, avant de les étrangler et de brûler leurs corps. Parmi les premières victimes se trouvait Josef Oheb, parent d'Amato Lusitano qui depuis quelque temps avait quitté Ferrare pour vivre à Ancône. Une quarantaine de Marranes tentèrent d'échapper à leur sort en refusant de s'alimenter. Beatriz décida de jeûner pour accompagner leurs souffrances, mais ils ne furent pas libérés pour autant.

Enfin, c'était en juillet de l'année 1555, nous apprîmes que vingt-cinq Marranes avaient refusé de renier leur foi, et avaient brûlé vifs. Quel brasier! L'un d'eux, Salomon Jachia, harangua la foule, lui expliqua qu'il sacrifiait sa vie au nom de notre Dieu, et se jeta de lui-même dans les flammes en chantant le *Chema Israël*...

– *Adonaï Elohenou Adonaï Ehad*, enchaîna le bouffon à mi-voix. Pauvre vieillard dans la fournaise...

– Tu sais qu'on les appelle désormais les « martyrs d'Ancône », et qu'on a composé des poèmes en leur honneur. Par surcroît, nous apprîmes que, parmi les prisonniers encore vivants, se trouvait notre propre facteur, le malheureux Jacob Mosso. La maison Nasi ne pouvait pas rester inerte.

Rabbi Soncino fit lire des prières dans la synagogue dont il était devenu le grand rabbin, mais cela ne protégea personne. Les Marranes qui avaient cédé, et solennellement effectué leur retour au sein de l'Église, furent condamnés aux galères et envoyés à Malte; on ne leur fit pas grâce de la robe jaune, même pour ramer. Quelques-uns, par bonheur, parvinrent à s'échapper, en se débarrassant de leurs gardiens avec un bon poignard que l'un d'eux avait caché sur lui; ils s'enfuirent à Salonique. Il s'en fallut de peu que Lusitano lui-même ne fût arrêté; sa maison et sa bibliothèque médicale étaient déjà sous séquestre.

Cette fois, les réseaux de la Senora n'avaient servi à rien; Beatriz, affaiblie par le jeûne, le regard fixe, ne quittait plus sa chaise, où elle attendait chaque jour les nouvelles d'Ancône; elle avait remis à son cou l'étoile de David trouvée sur le cadavre, déchiqueté par les loups, et que nous avions découvert dans les bois, pendant notre long voyage vers Raguse. J'eus l'idée de faire appel au sultan; puisqu'il avait consenti à intercéder auprès de la république de Venise pour sauver la Senora, il accepterait peut-être de récidiver.

Roustem Pacha, à qui j'en parlai aussitôt, m'écouta attentivement, et lissa sa barbe noire.

– Il est vrai, seigneur Nasi, que si le pape s'attaquait aux marchands juifs qui ont choisi l'Empire ottoman, alors le Padichah serait dans l'obligation de défendre ses sujets. Mais pour l'heure, le pape légifère sur ses propres territoires, où il est souverain. Pas d'ingérence! Il faut attendre que Sa Sainteté aille plus loin... Ou alors il faudra que votre Senora trouve des arguments convaincants. Nous verrons.

Je rentrai du Sérail à pied, découragé. Les lieux qui d'ordinaire m'enchantaient me navrèrent; les jardins près de l'Hippodrome, les pigeons sur l'esplanade d'*Haghia Sophia*, les fidèles qui lavaient leurs pieds avec une application qui d'habitude me distrayait beaucoup, tout cela me serrait étrangement le cœur. Le spectacle des femmes dans les rues d'Istamboul m'angoissa; avec leurs tuniques informes et leurs vestes brodées, couvertes de leur sinistre voile, je leur trouvai un air de mauvais augure; c'est de ce jour que je hais ce vêtement. Près d'une fontaine, l'une d'elles me jeta à travers le voile blanc qu'elle tenait entre ses dents un de ces regards qui défient l'islam; mais je détournai la tête. Je croisai l'un de ces jeunes vauriens qui, armés d'un sexe rouge de chiffon, jouent les bouffons dans les fêtes, et parfois, les gitons; mais ses gestes obscènes et ses œillades aguichantes ne m'amusèrent pas. Un marchand de boza, cette bière de millet dont je raffole, me héla en pure perte; il me proposa aussi de l'orgeat, et même du raki qu'il sortit en se cachant un peu, mais rien ne me tentait. Près de l'embarcadère, le marchand de rossignols me salua avec des cris joyeux qui me firent honte. Nous vivions en sécurité, et nos frères d'Ancône grillaient en place publique!

Une semaine plus tard, Roustem Pacha m'avertissait que le Padichah était désireux d'écouter la Senora en personne. Stupéfiante nouvelle: le sultan, accorder une audience à une femme! Une profonde détresse envahit le regard de Beatriz.

– Il faut encore supplier, expliquer, convaincre, s'agenouiller... Nous ne sommes pas encore sortis d'Égypte; il faut, décidément, rebâtir Israël!

Puis elle se leva en chancelant, et tapa du poing sur le bras de son siège.

– Bien. Je verrai ce philistin, puisqu'il le veut ainsi et qu'il est le maître.

Je la chapitrai dûment; elle devrait porter un voile noir, ne l'enlever sous aucun prétexte, remercier le sultan, qu'elle rencontrait pour la première fois, de l'avoir sauvée des geôles vénitiennes, et ne rien manifester à l'intérieur des enceintes du Sérail.

Lorsque nous entrâmes dans la cour des janissaires, la Senora, entièrement voilée de sombre, ne détourna pas les yeux devant les têtes des soldats désobéissants exécutés la veille, que l'on posait sur deux niches creusées dans la porte. Elle demeura impassible devant les gardes et les eunuques, et se laissa conduire à travers les cours silencieuses où des milliers de regards épiaient la femme juive, jusqu'au Diwan où l'attendait le Magnifique, Ombre de Dieu sur la terre. Je pris la main de Beatriz.

Le sultan Soliman était vieux; on voyait à peine son visage émacié envahi par une barbe blanche, et surmonté d'un turban immaculé où brillait une émeraude. Autour de lui, les ichoglans, vêtus de blanc comme leur maître, le visage poudré et l'œil fardé, nous dévisageaient d'un air moqueur; une rangée de muets se tenait au fond, un faucon sur le poing; les janissaires montaient bonne garde sur les côtés. Je sentis frémir Beatriz que j'obligeai à plier le genou en même temps que moi.

Deux yeux gris, tantôt rêveurs, tantôt perçants, nous immobilisèrent. Le sultan se taisait, comme ses jardins. A la fin, il fit un geste las, et Beatriz commença de réciter la supplique que je lui avais apprise.

– Qu'Allah daigne protéger le Padichah, sultan de l'Empire, Ombre de... je... le Padichah, dans sa puissance, continua-t-elle précipitamment, a peut-être entendu parler de nos frères d'Ancône.

Le sultan fronça les sourcils. Beatriz avait écourté les titres, et simplement oublié qu'il l'avait sortie de prison; malgré mes recommandations, elle avait été trop vite et avait omis de le remercier. Je me relevai et me ruai devant elle en la bousculant.

– Le Padichah, Ombre d'Allah sur la terre, eut jadis la bonté d'être le sauveur de notre famille, qui grâce à lui aujourd'hui a l'honneur de faire partie des sujets de l'Empire, et...

Il me coupa.

– Ah! Vous n'avez pas été invité à parler. Nous savons qui vous êtes, et l'amitié que vous porte notre fils Sélim. Mais c'est votre tante à qui nous avons accordé une audience, et non à vous. Qu'elle explique son affaire.

– Si le Padichah n'intervient pas auprès du pape, bientôt celui-ci s'en prendra à la vie des Juifs des communautés ottomanes, enchaîna Beatriz avec violence. Le puissant sultan sera humilié devant la Chrétienté, et le pape ne s'arrêtera pas en si bon chemin. Que le Padichah continue au contraire sur le chemin de la clémence, qu'il sauve nos frères, et les marchands juifs viendront tous se réfugier ici comme nous l'avons fait nous-mêmes. L'Empire y gagnera, et le Padichah sera célébré comme un libérateur.

Le Magnifique ne disait rien, et regardait le voile noir qu'agitait à chaque mot le léger souffle de la Senora.

– Voyez-vous ces infidèles, dit-il après un silence. Est-ce que nous brûlons les chrétiens, nous?

Et il se tut. Rien n'avançait.

– Il est peu probable que le pape veuille s'en prendre à nos sujets, fit-il en caressant sa barbe. Cet argument n'est pas valable. A moins que...

Beatriz faillit se relever; le sultan faisait-il la sourde oreille? Je la retins, mû par un pressentiment. Puis il reprit, comme s'il se parlait à lui-même.

– L'empereur Charles vient d'abdiquer en faveur de son fils Philippe, et s'est retiré dans un couvent, murmura-t-il. Sa mère Jeanne la Folle est morte; sa bru Tudor a cru se trouver grosse, et ne l'était que de vent. L'empire du Habsbourg se désagrège, et ce pape sera tout-puissant. C'est bien, conclut-il en se levant. Nous écrirons, et nous lui ferons valoir que nous protégeons les Juifs où qu'ils se trouvent. »

Beatriz poussa un cri et releva son voile étourdiment. Soliman recula; se dévoiler en public était strictement interdit.

– Voilez le visage de la femme, voilez-le! cria-t-il, et ses ichoglans se précipitèrent sur la Senora qui rabattit son voile à la hâte.

239

Le sultan était devenu jaune, et se frottait les mains avec nervosité.

– C'est égal, c'est égal, fit-il pour calmer son émoi, la mort doit prendre un empereur au combat ; se retirer, ce n'est pas digne d'un *gazi*, d'un guerrier de la foi. Voilà comme sont les chrétiens, ils sont lâches ; ou alors, Charles de Habsbourg doit être devenu fou.

Il fit un pas en arrière, des ordres retentirent, sa garde l'entoura, puis il disparut. La partie était gagnée.

Beatriz, immobile sous son voile, s'était retirée dans sa paix intérieure ; les cyprès frémissaient sous la brise du soir, celle que l'on nomme *meltem*, et la lumière s'attendrissait.

– Combien sont-ils à vivre ici ? demanda-t-elle brusquement.

– Vingt mille, trente mille, dit-on... répondis-je en regardant le dernier soleil illuminer les toits du Sérail. Viens, ils allument les torches. Ne restons pas ici, Beatriz ; il fait nuit.

L'obscurité engloutit brusquement le Sérail, et la puissance de Soliman, l'Imam Exalté, se fondit dans la pénombre.

Avec l'âge, le vieux sultan manifestait d'imprévisibles pudibonderies, et à l'instar de Charles Quint, il était devenu farouchement bigot. Il s'en était fallu de peu que notre démarche échouât ; le visage nu de Beatriz aurait suffi à faire manquer l'entreprise. Pour moi, je pensais à mon vieil ennemi, boitillant lourdement sur ses pieds gonflés par la goutte. J'imaginais mal le Habsbourg à la retraite.

Mes marchands m'apprirent que l'abdication solennelle avait eu lieu à Bruxelles, et que la régente de Gand avait abdiqué également. L'empereur avait attendu d'avoir signé la paix d'Augsbourg ; puis, avant d'abandonner le pouvoir, il avait partagé son empire entre son fils Philippe, à qui il avait légué l'Espagne et un titre de roi, et son frère Ferdinand d'Autriche, à qui il laissait son titre d'empereur, mais rien d'autre. Philippe avait l'or des Amériques, Ferdinand était pauvre. Le flanc est de l'Europe s'affaiblirait, et Soliman le savait. A nouveau, comme en 1529, il essaierait de prendre Vienne ; les guerres ottomanes n'étaient pas finies. Le sultan aurait besoin d'argent ; il aurait donc besoin de nous. Ainsi s'expliquait son intervention auprès du pape.

Le vieux Charles Quint devait se retirer en Espagne, où il attendait la construction d'une simple résidence près du couvent de Yuste. Le royaume n'avait jamais été joyeux; il allait devenir lugubre; à Bruxelles, le nouveau roi d'Espagne avait surpris par la noirceur de ses vêtements. Qui, désormais, ferait face au Saint-Père?

Une semaine plus tard, un envoyé du Padichah partit pour Ancône demander, au nom de la Sublime Porte, la relaxe des Juifs emprisonnés. Mais le chaouch revint bredouille; le pape Paul ne voulait pas traiter avec l'Infidèle. Mieux, il emprisonna sans tarder des marchands levantins. Le sultan avait compté sans le goût du pape pour les actions illégitimes.

Roustem Pacha, au cours d'une entrevue tumultueuse, somma le *bailo* de Florence d'intervenir au plus vite auprès des principautés latines, pour obtenir leur appui; parmi les négociants arrêtés, disait-il, certains, qui étaient turcs, n'étaient que de passage à Ancône; le sultan avait perdu déjà quatre cent mille ducats: la plaisanterie avait assez duré.

L'ambassadeur de France, Codignac, me montra une lettre qu'il allait confier à l'un des siens, le baron Cochard, à la demande du sultan. Le Magnifique écrivait à Sa Sainteté, en date de l'an 934 de l'Hégire, c'est-à-dire le 9 mars de cette mauvaise année 1556 : « Quand vous recevrez ce pli à mon sceau impérial et divin, vous saurez déjà que certaines personnes de la race des Juifs ont informé ma Haute et Sublime Porte que, lorsque certains de nos sujets et tributaires se sont rendus dans vos territoires pour commercer, et spécialement à Ancône, leurs biens et propriétés ont été saisis sur vos instructions... » Le ton était ferme, malgré les formules de politesse qui souhaitaient, selon les usages, prospérité à l'infâme.

Pour toute réponse, le même mois, d'autres arrestations et d'autres bûchers suivirent. Jacob Mosso périt brûlé. Enfin, trois mois plus tard, le pontife daigna répondre au sultan. Les vrais Juifs, s'ils observaient les prescriptions de la bulle, n'avaient rien à craindre; mais les Nouveaux Chrétiens n'auraient droit à aucune indulgence. Il acceptait de relâcher les sujets ottomans s'il s'en trouvait qui fussent arrêtés par erreur, mais sous condition qu'ils pussent prouver qu'ils n'avaient jamais été chrétiens : Sa Sainteté exigeait de pouvoir faire la différence entre les hommes et les esclaves. Le Magnifique abandonna.

Puis arriva une lettre de l'un de nos frères. Le message de Judah Farah était accablant; il mettait tout son espoir dans les actions de la Senora, à qui il lançait un ultime appel. Il était temps de démontrer à la face de l'univers, écrivait-il, « que tous les fils d'Israël étaient garants les uns des autres ». Pas un ducat ne devait plus s'échanger avec les États du pape, pas un bateau ne devait s'y rendre. Judah Farah partit à Salonique pour exhorter ses frères, puis arriva à Istamboul, où Beatriz le reçut en pleurant.

Le lendemain de l'installation de Judah Farah au palais Nasi, Beatriz me fit venir dans sa chambre. Elle n'avait pas dormi et affichait sa figure des résolutions passionnées.

Le duc d'Urbino, disait-elle, était prêt à offrir le port de Pesaro à nos marchands; il leur avait fait des avances, Judah Farah en avait été témoin.

– Voilà, Josef. Nous dériverons tout notre commerce sur Pesaro. Ce duc Guidubaldo y cherche son profit; il l'aura. Nous sauverons nos frères, nous n'y perdrons rien, l'Ottoman non plus, et les États du pape ne verront plus nos bateaux.

Je n'osais comprendre.

– Veux-tu dire que tu espères affamer les États pontificaux? Car enfin, Beatriz, tu sais bien que notre flotte fait l'essentiel de leurs richesses. Ils n'auront plus ni sel, ni épices, ni laine, ni camphre, non plus que l'ivoire; ils perdront leurs revenus!

– Précisément, dit-elle. C'est l'archange Gabriel qui nous a envoyé Judah Farah et plaça le duc Guidubaldo sur notre chemin. Lorsque ses États seront entièrement appauvris, le pape Paul sera bien obligé de céder. Il suffit d'obtenir du sultan le principe d'un embargo.

Toujours prompt à nous soutenir, et familier de ce genre de procédé qu'il avait déjà appliqué une fois à Venise, le Padichah mit l'embargo sur les marchandises à destination du port d'Ancône.

Le résultat fut d'abord excellent. En quelques semaines, privés de l'activité portuaire, les habitants de la cité d'Ancône virent les prix monter à une effarante vitesse, et des troubles éclatèrent. Les conseillers du pape lui recommandèrent de relâcher la pression; on éteignit les bûchers. Mais Beatriz voulait punir le pape une fois pour toutes; il est vrai que si l'on ruinait ses États, Sa Sainteté ne serait pas tentée de recommencer.

Il fallait donc tenir. Or il était clair que si ses sujets souffraient, le pape, à Rome, ne manquait de rien; l'infâme Caraffa pouvait résister longtemps et continuer ses persécutions. Beatriz, obstinément, poursuivait sa vengeance. Notre blocus, il est vrai, avait commencé à porter ses fruits. « Ses premiers fruits, Josef », corrigeait toujours Beatriz.

Je lui arrachai un délai de huit mois qu'elle pourrait ensuite renouveler.

Mais déjà nos marchands se plaignaient. Le port de Pesaro étant plus étroit que celui d'Ancône, plusieurs galéasses avaient été abîmées au cours des manœuvres, et l'équipement des quais se révélait insuffisant pour un si gros trafic. Le duc d'Urbino avait promis des travaux qui n'avançaient guère, nos marins grognaient.

Puis les marchands de Salonique, réunis en délégation, demandèrent audience à la puissante Senora. Avec respect, ils l'avertirent qu'ils ne pourraient continuer à accoster au port de Pesaro que s'ils étaient suivis par les marchands d'Istamboul, d'Andrinople et de Bruse.

Beatriz s'étonna : que craignaient-ils? Leur initiative n'allait-elle pas au contraire entraver le fonctionnement, déjà difficile, de l'étroit port de Pesaro? Embarrassés, les marchands de Salonique tortillaient leurs bonnets. La Senora leur adressa une émouvante exhortation à la solidarité, et ils se retirèrent. Beatriz crut les avoir convaincus.

– Les marchands sont gens inquiets, disait-elle, toujours prêts à redouter le pire, et toujours prompts à rejeter sur autrui leurs propres responsabilités : l'accord des marchands de Bruse, et pourquoi pas de ceux des Indes orientales pardessus le marché?

Mais les marchands d'Ancône savaient quelque chose que nous ignorions encore et que l'un d'eux, plus courageux, revint nous dire ensuite. Le rabbin d'Ancône, Moïse Bassola, craignait pour ses fidèles, les Juifs non convertis, et abandonnait les Marranes à leur sort désespéré; en excitant les fureurs du pape, on courait le risque de voir les persécutions s'étendre aux « vrais » Juifs. Le vieux rabbin jouissait à Ancône d'une autorité indiscutable. Un autre combat commençait.

Beatriz contint sa colère et ne voulut rien entendre. Que l'infâme Caraffa fasse la distinction entre les Marranes et les Juifs, c'était bien d'un chrétien; mais qu'un rabbin fasse siennes ces différences, c'était impie! Les craintes de rabbi Moïse ne trahissaient que sa couardise.

« Juifs contre Marranes, alors? Non! Point de différence entre les Juifs d'ici et les Juifs d'ailleurs, les vrais et les faux, les anciens et les nouveaux, résistons, voilà tout », répétait-elle à qui voulait l'entendre.

Je m'inquiétais d'un simple détail. Le rabbi avait chargé les marchands de porter le message à la Senora, et ils l'avaient fait sans hésitation. C'est donc qu'ils partageaient les craintes de leur rabbin. Si de telles inquiétudes gagnaient toute la Méditerranée, si nos frères se divisaient entre vrais Juifs et Nouveaux Chrétiens revenus au judaïsme, si, pour sauver les premiers, il fallait se résoudre à sacrifier les seconds, l'embargo tournerait au désastre. Qu'adviendrait-il du rêve de la Senora, la reconstruction du peuple uni d'Israël?

Je ne me trompais guère. Bientôt la communauté d'Istamboul se divisa en deux camps; les Juifs d'Espagne et de Portugal épousaient avec ferveur les positions de Beatriz, par fidélité à leur sainte, mais ceux qui venaient du Saint Empire, de Grèce, et même de la péninsule Italienne, et qui souvent étaient arrivés avant la constitution des réseaux de la Senora, ne l'entendaient pas du tout de la même oreille et ne semblaient pas prêts à sacrifier les Juifs d'Ancône pour une poignée de Marranes – leur commerce pas davantage.

Deux Juifs de Bruse, Solomon Bonsenior et Joseph Hodara, commencèrent à répandre des propos critiques sur l'embargo de la Senora; ils chantaient les louanges de rabbi

Moïse Bassola, qui avait fait le pèlerinage de Palestine, en avait rapporté des documents, avait publié un guide des Lieux Saints et fait campagne pour la publication du Zohar, un vrai saint homme, une âme d'élite... Sans le dire, ils opposaient les mérites du rabbin d'Ancône et ceux de la Senora – une simple femme, après tout.

Un matin, nous apprîmes que trois bateaux avaient accosté au port d'Ancône. L'embargo lâchait.

Ce n'était rien encore. Les Marranes de Pesaro eux-mêmes s'inquiétaient. Ils avaient milité auprès de leur duc pour obtenir la dérivation sur Pesaro, à la seule condition que le commerce du Levant désertât Ancône. Tel n'était plus tout à fait le cas. Les Marranes d'Ancône et ceux de Pesaro s'affrontèrent.

Les premiers voulaient arrêter l'embargo, les seconds le maintenir. Ceux d'Ancône accusaient ceux de Pesaro de mettre en danger le peuple juif tout entier, les jugeaient irresponsables, et intéressés; ils affirmaient aussi qu'une peste larvée décimait les marins, et notamment à Pesaro. En réponse, ceux de Pesaro les traitaient de menteurs; point de peste, c'était une rumeur sans fondement; les travaux du port, justement, avançaient, et si l'on voulait parler de danger, eux-mêmes encourraient les représailles du duc d'Urbino si l'on arrêtait l'embargo. Nous reçûmes des messages angoissés de nos frères de Salonique, de Morée, d'Andrinople : fallait-il continuer ? demandaient-ils.

L'échéance des huit mois approchait de son terme. Au moment où elle devait décider de renouveler ou non sa décision, Beatriz reçut une terrible lettre des Marranes de Pesaro, qui lui adressaient une solennelle supplique. Ne pas renouveler l'embargo revenait à les mettre en grand péril. Ils n'étaient plus sûrs des intentions du duc Guidubaldo, dont ils découvraient subitement les sentiments hostiles, et ne pouvaient répondre de leur sécurité. Si l'on voulait sauver la communauté de Pesaro, il fallait maintenir l'embargo.

La Senora pâlit en recevant le message. Il était grand temps de remettre de l'ordre dans la tête des Juifs de Méditerranée. Je profitai de son désarroi.

– Beatriz, sœur chérie, arrêtons ce désastre. Ne prends

245

pas la responsabilité de déchaîner les divisions entre Marranes. Souviens-toi que même le bon duc d'Este céda aux pressions d'un pape, meilleur pourtant que Caraffa...

– Tais-toi, Josef, cria Beatriz indignée. Je ne veux rien entendre. C'est pour Israël que nous travaillons, et c'est à Lui, notre peuple, que je songe en réunissant nos frères dans une commune résistance. Ne me dis pas qu'ils se déchirent, je le sais! Mais nous devons apprendre à nous défendre au lieu de nous enfuir... J'ai moi-même préparé la fuite de milliers de nos frères; maintenant, il ne s'agit plus de clandestinité et de réseaux. Il faut se battre! Cesser de craindre les représailles, car cette menace sera toujours suspendue au-dessus de nos têtes, et c'en est assez! Il faut en finir avec la peur. Je veux un peuple juif debout!

Ce n'était plus la Senora, mais la reine de Palestine, Esther et Judith tout à la fois, oublieuse des vies qu'elle mettait en danger, intrépide, inconsciente, une guerrière irritée. Je l'abandonnai à ses fureurs et allai parlementer avec la communauté d'Istamboul.

Judah Farah eut une idée. Nous pourrions provoquer une réunion de rabbins dans la capitale de l'Empire, et ils décideraient tous ensemble de la prolongation de l'embargo. Beatriz enragea; la décision lui échappait; mais elle ne put refuser. Judah proposa de réunir des signatures en faveur du blocus et partit les recueillir.

La première fut immédiate. Rabbi Josef ibn Loeb présidait une école fondée par la Senora, l'académie de la Talmud Thora; il ne pouvait rien refuser à sa bienfaitrice, et prit la tête du mouvement. Deux autres rabbins suivirent aussitôt; pour la quatrième signature, il fallut l'arracher au rabbi Abraham Jerushalmi sur son lit de mort. Rabbi Josef, homme énergique, se rendit dans la maison du mourant, fit sortir de force la famille éplorée, exigea qu'on le laissât seul pendant un temps convenable, et guida lui-même la main qui ne pouvait signer, tant elle était faible. Ce n'était point malhonnête; si amoindri que fût le malheureux rabbi Abraham, il avait encore assez de raison pour acquiescer d'un mouvement de tête, et, disait rabbi Josef, ses yeux brillaient de joie à l'idée de secourir son peuple au moment de mourir.

Une autre signature ne faisait aucun doute : celle de rabbi Soncino, devenu rabbin de la Synagogue Majeure où avait été célébré mon mariage. Rabbi ibn Loeb devait effectuer la démarche ; nous n'avions aucune inquiétude.

Oh ! le soir où celui-ci frappa à la porte de notre palais ! Il était tard et nous ne l'attendions plus. Le rabbi Josef, si vaillant d'habitude, s'épongeait le front, et cependant il faisait grand froid. Il n'osait pas regarder la Senora, qui consultait nerveusement ses tarots.

— Allons, rabbi, plaisantai-je, avez-vous croisé un monstre dans les rues de la ville ?

— Pas tout à fait, seigneur Nasi, mais vous ne croyez pas si bien dire.

— Que signifie ? Vous n'allez tout de même pas nous annoncer que rabbi Soncino refuse de signer ?

— Justement, Josef, justement...

Beatriz retourna une carte.

— Vous aurez parlé à un serviteur, rabbi. Il n'aura pas compris, voilà tout.

Et elle se plongea dans ses tarots comme si son malheureux rabbin n'avait pas existé.

— Senora, je vous assure, gémit-il, rabbi Soncino ne veut pas signer... Il a des raisons politiques, des arguments talmudiques aussi, selon ses allégations... Je lui ai rappelé votre fuite commune, votre long voyage, Raguse, Salonique, vos bontés, votre amitié, mais rien n'y a fait. Il m'a claqué la porte au nez !

Beatriz plaqua ses cartes d'un geste brutal.

— Eh bien ! Allez lui dire qu'il est convoqué chez moi, au palais Nasi, dès l'aube. S'il refuse, demandez-lui pourquoi il a quitté Ferrare.

Vers midi, rabbi Soncino arriva sans se presser, affable, inchangé, comme si nous l'avions simplement invité à partager notre repas. Beatriz, furieuse de son retard, refusa de le recevoir, et s'enferma dans ses appartements. J'en fus soulagé ; je promis de m'en occuper, mais vite ; le sultan partait pour Andrinople, et je faisais partie de la suite, à titre exceptionnel, pour la première fois. Je reçus donc notre vieil ami ; rabbi ibn Loeb m'assistait.

247

Soncino entra en se frottant joyeusement les mains. Il avait dans son regard timide une flamme de défi.

— Rabbi Josué, vous allez tout de suite apposer votre signature sur ce papier que vous connaissez déjà. Voici la plume, lui dis-je.

— Tout de suite, Josef, fit rabbi Soncino qui s'approcha de la table sans une hésitation.

J'échangeai un regard avec rabbi Josef, qui ouvrait de grands yeux. Bon! Ce rabbin était un maladroit, à qui je dirais deux mots lorsque j'aurais le temps. Soncino avait la plume en main lorsqu'il se retourna.

— Il est entendu, Josef, que je signe sous condition, ajouta-t-il d'une voix étonnamment ferme.

— Des conditions, rabbi?

— C'est à condition que, s'il fait peser sur nos frères d'Ancône des menaces sérieuses, l'embargo soit immédiatement abandonné, n'est-ce pas? Je ne me trompe pas?

Que me chantait-il là? Je regardai rabbi ibn Loeb qui levait les bras au ciel. Rabbi Josué avait la plume en l'air, et attendait.

— A cette condition j'accepte de signer, Josef, pour obliger dona Gracia. Mais j'exige que cette condition soit transmise à nos frères de Salonique, et aux autres.

La signature de rabbi Soncino, dont chacun connaissait les liens d'amitié avec Beatriz, suffisait à elle seule à décider du succès de l'embargo; mais assortie de cette restriction qui touchait au cœur du débat, elle détruisait toute l'entreprise. Je ne savais que faire. Rabbi Soncino, prenant mon silence pour un agrément, se pencha sur la table.

— Fort bien! fit-il. Tu ne dis rien, c'est donc que tu m'approuves. Dans ce cas, Josef, je rédige la clause et je signe.

Je ne fis qu'un bond jusqu'à lui.

— Au diable le rabbin! hurlai-je en arrêtant son bras. Ne faites rien! Allez-vous-en, Soncino, et soyez maudit...

Rabbi Josué remit sa houppelande sans broncher, et sortit. Beatriz entendit mes cris, descendit l'escalier et aperçut le rabbin quitter la maison dans un silence de mort.

— Il ne signe pas, Josef, c'est cela?

Je ne sus quoi dire.

— C'est donc à moi de le convaincre, puisque c'est pour me défier qu'il ne veut pas signer, murmura-t-elle. Nous avons eu tort, Josef ; j'aurais dû le traiter avec égards, le recevoir moi-même. Appelle mes gens, qu'on m'apporte mon palanquin, je vais m'habiller. Non, ne m'accompagne pas, il faut que je sois seule.

La Senora partit au crépuscule pour arracher à son vieil amoureux la signature qu'il lui refusait. Vers onze heures du soir, la neige se mit à tomber ; pareil événement n'est pas courant dans la capitale. Il fallut précisément qu'il se mît à neiger quand la Senora courait en pleine nuit les rues d'Istamboul.

Elle ne revint qu'aux petites heures de l'aube, les pieds couverts de boue et les yeux rougis. Elle avait expliqué, supplié, elle s'était humiliée, mais rabbi Soncino n'avait pas cédé. Tout ce qu'elle avait obtenu, c'était d'envoyer un messager à Venise et Padoue pour obtenir l'avis d'autres communautés, ce qui élargirait le débat.

— Soncino t'a piégée, Beatriz, lui dis-je. Les communautés italiennes ne voudront pas prendre le risque de représailles qui se retourneront contre elles. Elles craindront les actions du pape. Le rabbin gagnera du temps, et le temps joue contre nous. Comprends, Beatriz, que l'Inquisition tient le pouvoir en Occident...

Elle s'effondra soudain, et son dos se voûta.

— Il a osé me dire que je ne méritais pas mon surnom de Senora, que mon orgueil me perdrait... Il m'a dit que je ferais bien de songer à m'en aller à Rome séduire le pape en lui coupant le col après l'avoir enivré, puisque je me prenais pour Judith, et que ce serait là une belle action qui se transmettrait d'âge en âge, au lieu de jouer les chefs de guerre comme si j'étais un homme... Il m'a susurré de sa maudite voix doucereuse qu'il savait bien, lui, pourquoi je me démenais ainsi... Oh ! Josef, comme il s'est moqué de moi ! Mais je n'en ai pas terminé avec ce vieux Mardochée, fit-elle en redressant la tête ; il reste encore assez de rabbins autour de notre Méditerranée pour lui clore le bec. Nous verrons bien.

Sans même prendre de repos, elle manda dès l'aube le représentant de la Synagogue Majeure, le très vieux Moses di

Segura, qui lui résista pied à pied. Elle dépêcha alors un navire en Palestine, avec un messager chargé d'obtenir l'accord des deux rabbins de Safed, qui représentaient déjà à l'époque l'autorité spirituelle la plus importante de toute la Méditerranée. Elle l'obtint.

Josef Caro et Moses ben Jacob Mitrani se rallièrent à la Senora, qu'ils connaissaient depuis qu'elle avait enterré le cœur de son époux non loin de Tibériade et de Safed. Les deux rabbins n'avaient pas à protéger des communautés de marchands. Hors du monde et de l'histoire, ils n'avaient rien à voir avec le commerce du Levant. Leur contribution représentait donc une victoire parfaitement inutile.

Sur tout le reste du pourtour méditerranéen, les rabbins se sentirent placés devant un choix impossible ; comment trancher entre les Marranes d'Ancône, menacés par le pape Paul, et ceux de Pesaro, menacés par le duc Guidubaldo ? Toute l'année 1557 se passa en querelles d'école ; on y perdait le sens des vies que l'on cherchait à défendre. Débordés, les rabbins refusèrent de s'engager sans avoir consulté leurs communautés avant de prendre position. Notre blocus provoqua d'interminables conflits. A Istamboul, le parti de la Senora parvint à faire reconduire l'embargo dans deux synagogues importantes, celles des Castillans et celle des Portugais ; les autres, à cause de rabbi Soncino, hésitèrent. Une fois de plus, nous crûmes la partie gagnée.

Chaque fois que je rencontrais le grand vizir, ce dernier ne me dissimulait pas sa perplexité.

— Mauvaise affaire, seigneur Nasi. En étalant au grand jour leur différend, vos Juifs prennent des risques considérables ; le jour où les rabbins auront contraint votre tante à lever définitivement le blocus, les inquisiteurs s'abattront sur les Juifs comme des oiseaux de proie. Cela ne fait pas de doute. Dona Gracia n'est pas un chef d'armée, et ces gens-là font la guerre, seigneur Nasi...

— Mais parmi les Juifs de notre temps elle est la première à se battre, justement !

— J'entends bien. Malheureusement, elle vit dans un empire dont elle n'est pas le souverain ; en affaiblissant ses positions, elle met notre sultan à découvert, puisqu'il l'appuie. Je m'emploie quotidiennement à apaiser la sourde colère du Padichah contre cette Juive qui l'a fait quémander vainement la relaxe des Juifs d'Ancône. Il n'interviendra plus, soyez-en assuré; et le plus clair de toute l'affaire, c'est que sa vieillesse le rend vulnérable aux affronts des princes d'Occident. Vous seriez sage de ne plus dépenser votre fortune à de vaines entreprises; le sultan pourrait en prendre ombrage, conclut-il.

Nous n'étions pas en danger pusiqu'il restait assez d'or pour apaiser le courroux du Magnifique; mais nous étions devenus suspects. Je n'essayai même pas d'avertir Beatriz. Elle n'aurait pas voulu comprendre; il était trop tard pour reculer.

Nous n'en avions pas fini avec rabbi Soncino. L'affaire gagna les Juifs de toutes origines; on eût dit qu'ils prenaient plaisir à leurs discordes. Dans la capitale de l'Empire, deux minuscules communautés allemandes de rite askhénaze se déchirèrent longtemps : l'un des rabbins suivait la Senora, l'autre non. Celui qui nous était fidèle était sur le point de signer solennellement la pétition de la Senora dans sa synagogue, lorsqu'il envoya un jour un signal à dona Gracia : un rescapé d'Ancône, un certain Josef Ashkenazi, en racontant ses malheurs et l'appauvrissement des États du pape, avait retourné sa communauté en un clin d'œil, et il voyait venir le moment où il ne pourrait plus convaincre ses fidèles.

Cette fois, c'est moi qui me mis en colère. Ce rabbin ne vivait que de nos subsides, et il s'avérait incapable de soutenir ses bienfaiteurs? Je le pressai de s'exécuter, et fis préciser par notre envoyé que ses trente aspres par jour lui seraient supprimées s'il refusait. La congrégation de ses fidèles comprit aussitôt la menace et profita un jour de l'absence d'Ashkenazi pour voter son accord sur l'embargo, à l'unanimité. Ah! la couardise et l'avidité des hommes!

— Je ne vois pas de différence, mon maître, entre cette campagne et celle de Charles de Habsbourg quand il se fit élire empereur, sauf que par la suite il devint le grand

251

Charles Quint et toi duc de Naxos. Vous achetiez vos soutiens comme lui ses électeurs, voilà tout, glissa le bouffon du bout des lèvres.

— Tu as raison, Caraffa. Beatriz était sans doute inspirée par notre Dieu, mais en politique, elle avait l'innocence des héroïnes. Elle avait mis en marche une machine infernale qui se retournait maintenant contre la maison Nasi.

— Et si elle avait eu raison malgré tout ? Si le blocus avait tenu ?

— Il eût fallu préparer le terrain et tenir compte de tous les rabbins. Déjà beau, Caraffa, qu'elle ait pu mettre en place pareil embargo et le maintenir aussi longtemps...

— Beau ! Comme tu y vas, fils ! Pour la Senora, je préfère ses réseaux à son blocus. Ou ce qu'il en reste, car tu n'as plus qu'à me raconter comment il s'est achevé, n'est-ce pas ?

En effet rabbi Soncino s'en chargea. Il déploya une énergie peu commune pour rallier à sa position tous les réalistes ; la Senora fut accusée de faire valoir son intérêt commercial, de ne penser qu'à ses propres ambitions politiques, de vouloir damer le pion aux autorités spirituelles du peuple d'Israël ; malgré le soutien des rabbins de Safed, elle perdit du terrain. Cependant l'embargo tenait toujours et gardait des partisans encore assez nombreux. Les marchands qui commerçaient avec la péninsule, désormais tous opposés à Beatriz, s'agitèrent et relancèrent Soncino.

Alors ce dernier publia un mémoire contre l'embargo de la Senora.

Le droit rabbinique interdisait, selon lui, qu'un homme assurât sa protection au détriment de celle d'autrui. Juridiquement, l'argument était irréfutable. Il menaça des pires malédictions les Marranes qui, plutôt que d'obéir aux autorités religieuses, préféraient mettre en péril l'unité des Juifs. Le rabbi s'indigna aussi contre ceux qui refusaient de se placer sous l'autorité tolérante du sultan, et qui ne quittaient pas l'Italie alors qu'ils pouvaient encore le faire. La manœuvre était habile : Soncino ne reniait pas les réseaux de la Senora, dont il rappelait combien ils s'étaient montrés irréprochables ; il mentionnait la dette qu'il avait contractée envers elle, et faisait apparaître le conflit dans toute son ampleur. Rien n'était plus dangereux que la division des communautés; rabbi Soncino, en appelant à l'union retrouvée, mettait la Senora en accusation. La division, c'était elle.

Rabbi Soncino concluait en affirmant qu'il n'hésiterait pas à prononcer une sentence d'excommunication contre les Marranes impies.

Puis il expédia son libelle dans toutes les communautés juives du Levant. Beatriz écrivit aussitôt une lettre qu'elle envoya à tous les rabbins des communautés de l'Empire, pour les supplier de songer aux Juifs de Pesaro, à leur sort affreux si l'on abandonnait l'embargo. En vain. Le mémoire du rabbi et la lettre de la Senora circulèrent partout, s'affrontèrent, furent commentés dans les synagogues; mais pendant que les rabbins discutaient, les marchands agissaient, et le port d'Ancône retrouva son activité.

Nous avions perdu. La Senora était déshonorée; pour la première fois dans sa lutte contre les puissances d'Occident, elle subissait une défaite infligée par ses propres frères.

Par fidélité aux Marranes de Pesaro, et pour la gloire, Beatriz maintint sa décision personnelle : nos bateaux, c'est-à-dire la flotte marchande de la maison Nasi, n'abordèrent jamais plus à Ancône. Encore aujourd'hui j'hésite à lever ce qui demeure de l'embargo de la Senora; il me semble que, même morte, elle en souffrirait.

La catastrophe fut complète. Les deux communautés payèrent pour les divisions entre Juifs et Marranes. Les Marranes d'Ancône furent arrêtés un par un, ceux de Pesaro bientôt tous bannis par le duc d'Urbino, comme ils le craignaient depuis longtemps. Le désastre gagna Ferrare : le cardinal Michele Ghislieri, inquisiteur général de l'Inquisition romaine, dont je te reparlerai tout à l'heure, obligea le vieux duc d'Este à persécuter ses Juifs. L'imprimerie de Samuel Usque fut fermée. Je t'ai déjà dit comment Lusitano, qui par malchance avait regagné Ferrare, échappa; mais Pomona, Fioretta, et dona Benvenida disparurent dans la tourmente; nous ne sûmes pas si elles avaient péri ou si elles parvinrent à s'enfuir.

Rabbi Soncino n'était pas très fier de lui; pour prix de sa victoire sur la Senora, à Ancône, à Pesaro, à Ferrare, trois communautés avaient péri; son entêtement avait été la cause de nombreuses morts. Beatriz ne lui pardonna jamais, malgré les timides tentatives qu'il fit pour s'expliquer encore. Personne ne peut dire ce qu'il serait advenu si les communautés avaient d'un seul bloc suivi la Senora. Le pape Paul aurait-il cédé? On ne le saura jamais.

* * *

Quatre années s'étaient écoulées depuis notre arrivée triomphale dans l'Empire ottoman. Quatre ans d'angoisses et de combats perdus, quatre ans pendant lesquels la cause de notre peuple recula pour jamais. Quatre ans passés à attendre les bateaux, les messagers, à écouter les sanglots des uns, les arguties des autres, à persuader vainement, à espérer, à désespérer; et tout cela pour aboutir à d'autres massacres! Viendra-t-il, le jour où nos frères sauront se rassembler contre un seul ennemi, et se battre comme savent faire les rois, avec un seul objectif, sans arguties rabbiniques et démesure orgueilleuse? Ah! C'est à bon droit que le Seigneur nous accuse d'être d'un peuple à la nuque raide; mais du moins, si elle ne plie pas, que ce soit pour vaincre, non pour perdre...

Les fastes de mon mariage me semblaient bien loin; nous avions passé trop d'années à nous battre contre la Papauté, et le paradoxe de l'embargo nous avait obligés à déplacer ce combat dans un affrontement avec nos propres frères. Nous sortions de l'épreuve épuisés, et Beatriz n'était plus la Senora de tous les Juifs.

Elle perdit d'un seul coup toute la fraîcheur de son teint; son regard se ternit. Je ne lui voyais plus ces éclairs de glace d'où jaillissaient la force et la vie. Elle se traînait dans le palais en époussetant de la main une table, un vase; elle grignotait du halva, l'abandonnait aussitôt, ou jeûnait pendant des jours en s'enfermant dans la solitude, sa panacée. Quand, revenue avec nous, elle s'animait, c'était pour maudire le rabbin qu'elle avait sauvé, disait-elle, et qui l'avait trahie. La Tsigane et son ours furent relégués dans un coin du palais; ils faisaient trop de bruit, surtout Babûr quand il grognait, prétendait-elle. Reyna s'attacha aux pas de sa mère, et tenta

254

de la distraire avec les soucis de la maison; mais elle se faisait rabrouer par une Senora irascible qui n'avait plus de goût à rien. Parfois, je l'entendais sangloter dans sa chambre fermée à double tour. Les amis qu'elle avait parmi les rabbins d'Istamboul vinrent régulièrement la visiter; mais elle leur tenait rigueur de son échec, revenait sans cesse sur les arguties de Soncino, cherchant comment on aurait pu, on aurait dû les réfuter. Le rabbi ibn Loeb, à qui elle s'en prit rudement, écourta ses visites, puis se lassa et ne vint plus du tout. Beatriz, solitaire, semblait avoir tout oublié de ses expériences contemplatives: plus de méditation, plus de devekhouth... Oh! comme je déplorais l'absence de dona Benvenida! J'en vins à chercher moi-même s'il ne se trouvait pas dans la ville quelque kabbaliste de passage qui aurait pu la détourner de son chagrin... Peine perdue. Personne ne pouvait aider la Senora, abîmée dans une morosité sans remède.

J'en avais vu d'autres; un beau jour, je ne m'inquiétai plus. Brusquement, je sortis moi-même de plusieurs années d'obnubilation. Il n'était que temps de remettre de l'ordre dans les affaires de la maison Nasi. J'avais besoin de réfléchir, car tandis que nous étions occupés à débrouiller l'écheveau de nos propres conflits, la carte des empires s'était insensiblement modifiée. Tu vas en juger, Caraffa.

J'appris en 1558, alors que l'affaire du blocus s'achevait, que le Habsbourg, dans son couvent de Yuste, avait assisté à ses propres funérailles, qu'il avait voulu somptueuses, avant de se couper du monde pour toujours. Il avait pieusement assisté à la messe des morts devant un cercueil vide. Moins d'un mois plus tard, il mourut, et la même cérémonie se répéta, devant un cercueil où reposait son corps.

Cela ne changeait presque rien puisqu'il avait déjà abdiqué, mais son autorité disparut avec lui, et les Flandres commencèrent à secouer le joug de l'empire des Habsbourg.

Le monde ottoman souffrait aussi du vieillissement de son sultan. Pendant la première année de l'embargo, une rumeur stupéfiante avait secoué la capitale. Le prince Mustapha serait vivant! Il aurait réussi à échapper aux lacets de ses assassins et aurait rassemblé une armée en Anatolie; à Eregli, à l'endroit même où il avait failli périr, il aurait formé un gouvernement en bonne et due forme;

aujourd'hui, on disait qu'il marchait sur Istamboul. La rumeur manqua de passer dans la réalité. La Thrace et la Macédoine le reconnurent pour sultan ; le prince ressuscité, fidèle à la légende de générosité qui avait toujours été la sienne, prêchait le partage des terres et la distribution des richesses.

Le Magnifique envoya son fils Bajazet combattre l'imposteur ; Bajazet vainquit le faux Mustapha, le fit pendre et massacra des milliers de ses partisans. Nul doute, il était un bon héritier pour le sultan.

Le pauvre prince Djihangîr, l'infirme inspiré, avait tant souffert du meurtre de Mustapha qu'il avait pris la route, comme un ermite ; il avait erré longtemps dans les retraites des derviches avant de mourir, anonyme, sans qu'on sût où il avait disparu.

L'année où la Senora perdit la bataille du blocus, Hürrem Sultane mourut. La Rieuse du Magnifique fut enterrée simplement dans un petit mausolée construit par Sinan et qui l'attendait, au pied des cyprès de la mosquée toute neuve qu'on nomme aujourd'hui la Suleymanie.

Peu de temps après, Roustem Pacha me convoqua.

– On croyait Hürrem Sultane favorable à Bajazet qu'elle voyait fréquemment et chérissait. Ce n'est pas tout à fait vrai. Elle seule retenait l'ambitieux Bajazet de s'assurer de la succession de son père en écartant son frère, fût-ce au prix du sang. Elle était certaine qu'il le ferait périr avant même la disparition du Magnifique. Le prince Sélim est donc en danger ; partez vite, Nasi, et veillez sur lui.

Mais je ne pouvais abandonner Beatriz au moment où elle essuyait une si terrible défaite ; je refusai. C'était une question de temps, une simple question de semaines... Or le grand vizir était pressé ; il envoya en poste dans la province de Magnésie, à la cour de Sélim, le second écuyer de la cour, Lala Mustapha, un homme apparemment dévoué à la cause de Bajazet ! Personne ne comprenait les intentions de Roustem Pacha, que l'on accusa de vouloir ruiner les espoirs de Sélim. Le bruit en court encore.

Personne ne savait non plus que Lala Mustapha s'était laissé convaincre par le grand vizir de l'idée selon laquelle

Sélim serait meilleur sultan que son frère, et qu'il fallait changer de camp. Roustem Pacha avait acheté Lala Mustapha, sans trop d'efforts; le complot qu'il avait préparé était à double détente. Tu vas voir, Caraffa.

A force de propos insidieux, l'écuyer finit par persuader Sélim de le laisser envoyer à son ancien ami, le prince Bajazet, une lettre mensongère où Lala Mustapha lui proposerait de se débarrasser de son cadet. Sélim, persuadé que son frère Bajazet refuserait de le faire mourir, accepta.

Bajazet, sans méfiance, se fia à la lettre de son fidèle Lala Mustapha, ne décela pas le piège et envoya par écrit son accord pour l'assassinat de son frère. Roustem Pacha avait prévu la noirceur de l'âme du prince Bajazet; il en avait désormais la preuve écrite. Lala Mustapha apporta cette missive à Sélim qui, l'ayant lue, comprit qu'il n'échapperait pas à un conflit irréductible avec le prince Bajazet. Mais mon prince avait le tempérament d'un poète et ne se pressait pas.

Comme il ne se décidait cependant pas à combattre son frère, Lala Mustapha fit plus; il rédigea de sa main une fausse lettre de Bajazet, insultante pour son frère Sélim, et que ce dernier reçut accompagnée d'une jupe, d'un bonnet de femme et d'une quenouille. Sélim entra dans une violente colère, et résolut d'en appeler au sultan; l'offense le méritait. Il se plaignit à son père, qui expédia des messagers à son fils Bajazet, avec une lettre fort dure le rappelant à l'ordre. L'affaire aurait pu en rester là; Bajazet aurait sans doute fait des excuses au frère qu'il avait prétendument insulté, et aurait néanmoins hérité de l'empire.

Mais Lala Mustapha tendit une embuscade aux messagers qui n'arrivèrent jamais, et accusa Bajazet de les avoir tués. C'en était trop... Le Magnifique, abusé par les mensonges de Lala Mustapha, enleva au prince Bajazet le gouvernement de Konya et l'exila à Amasya.

Bajazet, qui ne pouvait comprendre l'attitude de son père, refusa de quitter Konya. La guerre entre les deux frères éclata. Soliman prit parti pour son fils Sélim et Bajazet subit une terrible défaite. Lala Mustapha fit intercepter une dernière lettre où le fils demandait le pardon du père; Soliman ne sut pas que Bajazet était prêt à se réconcilier, et le malheureux Bajazet, traqué comme un animal, s'enfuit en

Perse, où le chah lui réserva bon accueil et fit serment de ne jamais le livrer à son père.

Mais serment de roi ne vaut rien. En 1561, je crois m'en souvenir, le chah, sous prétexte de « protéger » son hôte Bajazet, l'arrêta et le livra. Ah! certes pas à Soliman – on a de l'honneur quand on est souverain. Mais à un émissaire de Sélim, qui attendait.

Bajazet fut étranglé avec quatre de ses fils; le cinquième, qui n'avait que trois ans, vivait à Bursa; le janissaire chargé de l'étrangler, en le voyant, se trouva mal, et un eunuque se chargea du crime. Le chah reçut en récompense quatre cent mille pièces d'or.

« Je remercie Dieu, aurait dit Soliman en apprenant la nouvelle, d'avoir pu vivre assez longtemps pour voir les musulmans délivrés de la guerre entre mes fils. Je passerai le reste de mes jours en paix. »

Sélim restait le seul héritier de l'Empire.

A te raconter comment il y parvint, j'en ai encore des frissons, Caraffa... Et cependant, mon prince n'était pas coupable!

– Tu diras ce que tu veux, mon maître, mais les princes d'Occident n'ont pas d'intrigues aussi féroces! s'écria le bossu. Un enfant de trois ans!

– Crois-tu vraiment l'Inquisition plus tendre que Lala Mustapha? Le pape Paul IV n'était-il pas aussi cruel en exterminant toute une communauté innocente? Si l'on compare le pontife et le sultan, quel sera le pire? Les crimes de sang au sein d'une même famille, ou l'extermination d'une race? Non, non, le pire, c'est la Papauté d'aujourd'hui; le pire, ce sont les flammes des bûchers que l'on allume pour nos frères dans l'Europe entière.

– Je n'en démords pas, Naxos. Pour survivre dans le Sérail, il fallait vraiment que tu fusses un Judas!

– Et comment avons-nous survécu, nous, les Nasi, sinon par la ruse et le mensonge? Ce sont les princes d'Occident qui m'ont appris mon métier de Judas. Bonne école, Caraffa.

La dernière année du blocus ne s'acheva pas sans surprise. Pour me distraire de notre échec, Roustem Pacha me pro-

258

posa d'aller visiter l'arsenal de Kassim Pacha, en rade de la capitale. Les distractions que proposait le grand vizir dissimulaient toujours des intentions secrètes.

« Vous ignorez encore la réelle puissance de l'Empire, seigneur Nasi, me disait-il. Vous avez votre flotte marchande, et moi, qui suis le chef de l'armée, j'ai la mienne, et veux vous y intéresser. »

L'arsenal de Kassim Pacha se révéla une véritable ville, où vivent des Grecs, des Géorgiens ou des gens venus des îles, qui connaissent les travaux du bois et du fer. L'entrepôt géant où l'on construit les navires comprenait à l'époque cent cinquante formes différentes pour les galères ; Roustem Pacha me montra celles que je ne connaissais pas, les arcades, les arches et les voltes. Partout, on travaillait avec une frénésie calculée, dans un vacarme assourdissant. Les bois entassés, la poix, la résine, le fer et le suif, et le goudron fumant, le chanvre qu'on tissait, les toiles enroulées, tout contribuait à démontrer la force de la marine ottomane. Au milieu des fumées piquantes, les copeaux volaient dans la poussière ; les dos nus des esclaves ruisselaient de sueur ; du vivant de Soliman, il s'en trouvait dans l'arsenal environ trente mille, pour la plupart Moscovites et Tatars. Ils sont beaucoup plus nombreux aujourd'hui, qui réservent à l'Occident bien des surprises.

Enfant, à Lisbonne, quand Beatriz et moi escaladions notre caraque, et près de l'arsenal de Venise où j'aimais aller renifler les galères neuves, j'avais senti les bois odorants des bateaux en construction. Mais l'arsenal ottoman dépassait de loin tous mes souvenirs. Roustem Pacha savoura mon étonnement.

– Voyez, Nasi, le bois vient de la mer Noire ; la poix et la résine, d'Albanie et de Mytilène ; le fer provient de Salonique, et le chanvre d'Égypte ; les voiles, déjà préparées, sont d'Anatolie, et les cordages de Trébizonde. Quant à l'étain, il arrive d'Occident, c'est le seul produit qui nous vient de là-bas. L'Empire, le voilà sous vos yeux ; ma flotte, c'est l'Empire rassemblé. Vous n'allez pas tarder à le comprendre ; bientôt... Vous êtes un peu marin, Nasi, même si vous n'avez jamais conduit un navire. Intéressez-vous à ma flotte ; cela vous sera utile un jour.

Que voulait-il dire ?

— Lorsque notre Sélim sera sultan, il sera temps de vous éclairer, continua-t-il comme s'il lisait dans mes pensées. Vous avez perdu assez de temps avec l'embargo de votre tante. A vous le dé, maintenant. Au demeurant, je crois savoir que notre Padichah a décidé de consoler votre famille des déboires qui viennent de la frapper.

Et il me laissa sur ces mystères. J'avais appris avec lui à ne pas poser de questions.

Tu en feras autant, Caraffa, car le souvenir de ce blocus m'accable. De toutes les actions de Beatriz, ce fut la seule qui s'acheva par un échec ; j'ai beau n'avoir rien décidé de cette affaire, je ne me pardonne pas l'humiliation de la Senora. Laissons la nuit qui vient emplir son office, et nous apporter un peu d'oubli.

Chapitre VII

1558-1566

LES MÛRIERS DE PALESTINE

(Josef, prince européen de l'Empire; l'interdiction du vin; « Nous reconstruirons Tibériade, Josef »; le jeune rabbi Louria; le grand vizir Sokolli; le siège de Szeged et la mort du Magnifique; Sélim sultan.)

Jeudi, sous la lune

– Plus un bruit, murmura Naxos. Tout dort; et même ces deux-là que l'on a chargés de veiller sur moi sont assoupis dans l'ombre, à mes pieds. N'était la respiration de la ville, je croirais la mort venue. Mais non, trop tôt; et pas de sommeil. Dès que je ferme les yeux, surgit un rêve, toujours le même; un griffon lumineux m'égratigne, avec ses dures ailes me fouette les joues, et s'envole en silence. Il a le visage de Beatriz. Elle viendra la nuit, quand mes paupières seront closes; un matin, je ne les rouvrirai plus. Est-ce que j'ai peur pour autant? Sans doute. Je suis trop vigoureux encore pour ne pas m'effrayer. Tout ce que j'avais de courage s'en est allé avec Beatriz, et je guette l'aube en frissonnant comme une femme. Allons, Nasi, quand en finiras-tu? Si au moins un incendie éclatait. Ma nuit passerait à contempler les fumées; cela m'occuperait. Mais rien. Tout est terriblement tranquille.

Pendant notre visite à l'arsenal de la flotte ottomane, Roustem Pacha m'avait parlé d'un honneur que voulait me

261

faire le sultan. J'avais salué le grand vizir et m'apprêtais à monter mon cheval lorsqu'il me rappela.

« Ne partez pas si vite, seigneur Nasi... Notre sultan m'a chargé de vous informer qu'à la demande de son fils le prince Sélim, il vous nommait prince européen. »

Prince, moi! Pour la première fois, un vrai destin s'ouvrait à moi.

Jusqu'à cet instant, celui de Beatriz avait formé le mien; elle avait si étroitement lié nos deux vies que je me satisfaisais d'être son double. J'en étais heureux, je ne demandais rien d'autre. Avec nos maîtres ottomans, je me contentais de l'espace octroyé par Roustem Pacha, et des affaires secrètes de l'empire; cette pénombre m'allait bien. Au vrai, je n'y pensais pas souvent. Et voilà que ce jeune homme lourdaud, que j'avais pris en amitié, m'offrait une autre vie.

De la Senora, le prince Sélim connaissait confusément l'existence. Il ne s'était pas montré curieux des pérégrinations de Beatriz, et si je lui avais décrit les princes d'Occident, je n'avais presque rien dit de la reine de la maison Nasi. Avec Sélim du moins, je pouvais parler d'autre chose que de la Senora; son affection m'était destinée en propre; il ne m'aimait pas à travers elle. En conversant avec lui, je goûtais le plaisir ingénu de m'inventer un passé sans Beatriz; il était assez affectueux pour m'admirer sans réserve et trop innocent pour deviner la grande ombre absente auprès de moi. Prince européen... *Enfanghi Bey.*

Seul parmi les Juifs d'Istamboul, j'avais droit à cette étrange reconnaissance où Beatriz enfin n'avait plus de part; les princes d'Occident seraient contraints de me reconnaître. Le jour où Sélim deviendrait sultan, j'imaginais... Les possessions de Venise, si proches, à portée de galère, Chypre la belle aux belles collines couvertes de vignes, et Faustina, peut-être, ma reine obscure...

– Eh bien, seigneur Nasi, dans quels rêves vous perdez-vous? me dit une voix qui semblait venir de loin. Quoi, pas un mot pour vous jeter aux pieds de votre sultan, Ombre d'Allah sur la terre?

Le grand vizir avait raison de me rappeler à l'ordre. Je répétai machinalement : « Qu'Allah l'ait en sa sainte garde », et sortis tout étourdi.

Beatriz accusa le coup.

– Trahison, Josef! Toi, tu accepterais un titre ottoman? Que le détestable Mosche Hamon se rengorge d'être appelé « médecin personnel du Sultan », passe encore, ce n'est qu'un petit. Mais toi, un Nasi, te réjouir de ce colifichet, allons donc! Je te prie d'abandonner ce ridicule. Sois un juste, un tsaddiq, pas un prince, Nasi!

Et elle dressait sa petite tête orgueilleuse. Elle m'aurait attendri, Caraffa, comme à l'ordinaire, si elle n'avait pas soudain craché par terre en signe de mépris.

Voilà! Quand elle se mettait en colère, elle allait trop loin, et devenait brusquement vulgaire. Lorsqu'elle était jeune, je trouvais du charme à ces excès, mais ce jour-là je compris qu'elle avait vieilli pour de bon. Au-dessus de ses lèvres frémissantes se creusaient de profondes rides verticales; entre ses sourcils, une barre ravinait la naissance du front; sous le cou, la chair s'amollissait. J'abandonnai tristement mes regards à leur cruauté, et au lieu de m'adonner à nos colères préférées, je ne répondis rien. Ou presque.

– Pauvre Beatriz. Regarde ton miroir, contemple ton cou et dis-moi lequel de nous deux sera le plus ridicule..., lançai-je.

Elle pâlit, s'assit et me fixa douloureusement.

– Josef...

Puis l'arrogante Senora laissa tomber sa tête dans ses mains. Et comme à l'ordinaire, Caraffa, vaincue, je l'adorais. Je fis trois pas dans sa direction, mais elle me devança, et relevant la tête, elle m'écarta.

– Il est vrai, je suis une vieille femme, Josef. Je n'ai besoin ni de toi, ni d'un miroir pour le savoir. Mais du moins je suis la Senora. Toi, tu n'es rien, Josef, sinon ce prince européen à la solde d'un maître musulman. Tu ne m'as pas entendue, Nasi: je t'ai demandé d'être un juste. Un tsaddiq, Josef!

– Allons, Beatriz! Ai-je jamais eu l'étoffe d'un tsaddiq? Ne me connais-tu pas encore? Je suis dans le monde et l'aime tel qu'il est, comme un vieil arbre vivace avec ses mousses et les nids dans ses branches; la vie, quand je la traquais avec passion, tu la fuyais. Regarde-toi, Beatriz! Ah, oui, tu es la Senora. Une femme triste à la bouche sèche. Et tu voudrais que je renonce aux honneurs? Non, Beatriz. C'est assez de m'avoir pris pour gendre, toi que...

Elle bondit et étouffa de sa main les mots que j'allais lui crier.

– Ne poursuis pas, Josef. C'est entendu; sois un prince ottoman. Et laisse-moi à mes songeries. Je ne veux plus te voir. Va!

Cette fois, nous étions loin de nos querelles habituelles. Elle m'avait tenu solidement attaché comme un bouc au piquet, lâchant la corde pour des escapades consenties; elle avait toléré mes amours pour des femmes qui l'avaient fait souffrir, mais qui ne contrariaient pas ses desseins politiques. En acceptant un titre impérial, je rompais la corde, je m'échappais, et elle ne pouvait l'admettre. Je sortis.

De loin, elle cria.

– Occupe-toi désormais de ta princière épouse, Enfanghi Bey! Que tu prennes pour maîtresses les plus belles parmi nos servantes, passe encore; du moins, ne néglige pas les vêtements de ma Reyna... Rends-la digne de toi!

Ma foi, elle n'avait pas tort. Je me rendis chez sa fille, ma femme, et me mis en devoir de lui expliquer qu'une princesse européenne devait renoncer aux tuniques ottomanes, et se vêtir de jupes à la vénitienne. Comme sa mère. Reyna me regarda avec effroi, mais baissa la tête avec sa soumission habituelle.

Je fis venir de Venise des robes raides de broderies, des guimpes tissées de perles et des ferronnières attachées avec des chaînes d'or. Mais quand ma triste épouse apparut devant moi, obéissante, elle restait si empruntée que je désespérai; ses boucles mal peignées pendaient à la dérive, elle-même se tassait, voûtée, comme si elle avait peur. J'arrangeai vaguement la ferronnière sur son front, lissai les cheveux en vain, et j'allais rectifier la guimpe lorsqu'elle s'enfuit en claquant la porte.

Mais comment aimerais-je cette malheureuse enfant? En nous mariant, la Senora avait brisé nos vies; le mal était irrémédiable, et nous le savions tous deux. Rien ne me retenait plus au palais du Belvédère.

Fort opportunément, surgit de notre enfance un vague cousin de Lisbonne, qui avait tardivement décidé de rejoindre sa famille ottomane. Samuel Nasi avait dix ans de moins que moi; c'était un brave jeune homme d'humeur placide, discret, timide, qui se fondit aussitôt dans l'ombre du palais. A l'empressement des servantes, à l'émoi des dames de compagnie, je compris qu'il pourrait me soulager en partie de mon rôle familial, et je l'acceptai avec joie.

Beatriz décida aussitôt de le marier avec la Chica, qui, bonne fille, acquiesça sans rechigner; au demeurant, le cousin était assez beau garçon, et l'affaire fut vite conclue. Ils formaient un véritable couple dans cette maison qui en manquait cruellement, et ils étaient à cette époque si jolis ensemble qu'ils me réjouissaient le cœur, et je les bénissais tous deux d'apporter cette fraîcheur au sein de notre famille tourmentée. Samuel s'occupa donc de la maison et je pus me livrer entièrement à mes occupations politiques. Le gouvernement de l'empire m'intéressait bien davantage que les aspirations religieuses de la Senora; et si elle voulait un juste, elle avait désormais ce jeune homme qu'elle pourrait former.

Beatriz avait ses causes, et moi mes affaires.

Roustem Pacha me prit complètement en main tandis que je me détachais de la maison Nasi. Au demeurant, l'évolution des empires exige une grande attention; comme nous l'avions prévu, l'héritier de Charles-Quint n'était pas décidé à demeurer inerte, et les vieilles guerres recommençaient. Le roi Philippe, fils du Habsbourg, avait juré la perte de l'Empire ottoman et manifestait beaucoup de résolution, de patience et de ténacité. A la différence de son père, il se montra habile en machinations diplomatiques avant d'utiliser ses armées. Pour commencer, il cassa la subtile alliance clandestine qui unissait depuis longtemps notre sultan et le roi de France; il lui suffisait de ne plus lui chercher noise. Philippe II fit donc la paix avec la France, et conclut avec ce royaume l'un de ces traités qui jettent dans le lit des rois des tendrons innocents.

Le roi Philippe, devenu veuf, et que l'expérience conjugale avec Marie Tudor n'avait pas découragé, poursuivait un rêve anglais; il avait songé à épouser la fille d'Henri VIII et d'Ann Boleyn, la rousse Élisabeth; mais la nouvelle reine d'Angleterre ne voulait pas d'un mari. Il avait aussi rêvé d'unir son héritier Carlos avec une autre Élisabeth, fille d'Henri II; puis pour finir, le roi vola à son fils sa fiancée française, et l'épousa lui-même. Telle fut la victime du traité du Cateau-Cambrésis : la « reine de la paix », comme on la surnomma, épousa le père au lieu du fils. On disait du prince Carlos qu'il était un pauvre nain infirme, un monstre fort méchant, que seule sa jeune belle-mère parvenait à apprivoiser; on disait encore que le roi en était fort jaloux. Tout cela n'avait aucune importance, sinon pour les courtisans; la paix avec la France permettait à Philippe II de conduire sa propre politique. Ce roi d'Espagne, libre sur ses propres frontières, se retourna contre l'Ottoman.

Il frappa à Djerba. Le grand amiral Piali Pacha se porta aussitôt à sa rencontre; et Roustem Pacha se frottait les mains.

– L'Espagnol a grand tort de penser nous battre sur la mer... La mer est à nous, elle fait partie de l'Empire! Vous pouvez compter, Enfanghi Bey, que les galères amirales seront assez rapides pour nous ramener Piali Pacha ici avant l'hiver, et victorieux. Le croiriez-vous? s'exclama le grand vizir. L'impudent chef des armées espagnoles, ce duc de Médina-Celi qui conseilla à son roi cette grotesque entreprise, cherche à s'allier au Perse, et au malheureux prince Bajazet, toujours retenu en otage? Voilà qui hâtera leur perte à tous!

Et le grand vizir ne se trompait pas. En octobre, Piali Pacha était de retour dans la Corne d'Or, où il fit une arrivée triomphale sur une galère amirale aux couleurs vertes de l'Islam; quinze galères rouges formaient un cortège glorieux au son tumultueux des salves et des trompettes. Le sultan offrait à sa capitale ces superbes spectacles après chaque victoire, gonflant d'orgueil le cœur de ses sujets. Notre suprématie navale semblait invincible et le Padichah triomphait encore. Il en profita pour renouveler l'interdiction du vin.

Lointaine époque... Un verre de vin, une aspre d'amende; et il s'en était fallu de peu que le même règlement ne s'appliquât au café.

En associant Sélim à ses campagnes, et en le rappelant de Magnésie, le sultan avait eu l'occasion de découvrir les penchants de son fils pour le vin, et ne décolérait pas; il maudissait l'alcool, « la mère des bassesses », et lui barra la route.

Jusqu'alors seuls les musulmans étaient soumis à cette législation; après Djerba, tous les sujets de l'Empire furent frappés par l'interdiction. Sélim enragea. Et moi de même, mais que faire? Sélim n'était toujours pas sultan, et même exilé, banni, prisonnier, son frère Bajazet vivait encore. Le sultan avait fait plus; il renvoyait son fils dans sa province. Sélim repartait pour Magnésie et me demanda de lui fournir des tonneaux qu'il emmènerait secrètement.

— Non, mon prince! suppliai-je. Si le Padichah l'apprend, je suis perdu, et vous aussi. Il ne faut pas abuser du vin; votre père a raison, il alourdit les sens, brouille la raison, fait naître la colère...

— Voilà que tu moralises, toi? Deviendrais-tu comme ta tante la Senora? Ou bien aurais-tu pris le parti de mon père, serais-tu comme lui mélancolique et cruel? Je ne te parlerai plus, Yusuf!

Et il me jeta un tabouret à la tête. Je ne résistai pas. Jamais je n'ai trouvé aucun moyen de le convaincre de renoncer à son ivrognerie, car il devint ivrogne, il n'est que trop vrai! Je fus faible. Sélim eut ses tonneaux.

— Cela te va bien, fils, ricana le bossu. De quoi crois-tu que tu meurs aujourd'hui?

— Selon mes médecins, ce sont des pierres que j'ai dans les reins, Caraffa. Tu te trompes; j'aime le vin parce que j'aime la vie, dont il est l'une des beautés; et, je te l'ai déjà dit, depuis les foires d'Anvers, j'en connais la science. Pour Sélim, le vin était tout autre chose; il se mit à boire par révolte. Ah! certes, le jeune homme que je connus à Magnésie s'enivrait en poète, et parlait du vin comme du baiser d'une jeune fille; mais ensuite il s'abrutit avec avidité. Bajazet s'était enfui en Perse et trahissait son père le sultan avec le chah; Sélim, lui, le trahissait avec le vin. Le Magnifique avait compris cela.

— Bah! Ce sont des subtilités de grand seigneur, et je ne vois pas de différence entre l'ivresse du poète et celle du batelier de Galata. Le résultat est que vous ronflez tous comme des bêtes!

— *Sancta simplicitas*; la bête, c'est toi. Mais à qui pourrais-je aujourd'hui parler en poète?

**

Je ne pus accompagner Sélim et le protéger contre lui-même. La maison Nasi avait en effet avec la couronne de France un différend épouvantable. Nous avions prêté de fortes sommes au roi, comme cela arriva souvent, et un nouvel ambassadeur, M. de La Vigne, refusait absolument de reconnaître les créances.

Bientôt ce hobereau se répandit sur le « faux prince » que j'étais devenu, ressortit ma condamnation à mort par la république de Venise, fit de moi le mignon du prince Sélim... et mit un point d'honneur à parler de moi en m'appelant avec insistance « un certain Juan Micas ». Pendant l'hiver suivant, on parvint à saisir une des lettres diplomatiques qu'il expédiait à son roi ; il conjurait son souverain de me dénoncer au « Grand Seigneur », comme disent les Français, et de me faire punir pour trahison !

Roustem Pacha en gloussait de plaisir. « Pleutres sont les Français, Enfanghi Bey. Notre sultan, pour toute réponse, veut vous honorer davantage ; il désire ardemment que vous recouvriez vos créances, cela va sans dire. Il faut humilier le roi de France, et lui rabattre son caquet ; c'est ainsi qu'il paiera. Savez-vous ce que nous allons faire ? Puisque le titre de prince européen ne suffit pas à faire taire ce La Vigne, nous allons vous donner des terres. Lesquelles voulez-vous ? »

Soudain, j'eus une idée. Une idée qui comblerait Beatriz et qui la sortirait de sa morgue morose. N'importe quelles terres ? Non, pas n'importe lesquelles, justement.

La Palestine.

J'exposai avec feu les projets de la Senora ; elle rebâtirait les villes, établirait des écoles, relèverait les synagogues... Roustem Pacha sourit.

– Vous plaidez bien, Enfanghi Bey. Mais vous ne me tromperez pas : ce projet n'est pas le vôtre. Il appartient à la Senora. Elle a raison, soupira-t-il en caressant sa courte barbe, car les Juifs sont capables de redonner vie à leur pays. Et vous auriez grand tort de ne pas la prendre au sérieux. Souvenez-vous que le sultan Sélim Ier, le père du Padichah, encouragea lui-même les Juifs à s'installer en Palestine. Je devrais plutôt parler de l'administration de la région de Syrie-Palestine, car vous n'ignorez pas ce détail, Enfanghi Bey... Pour moi, je ne vois pas d'objection à vous faire don de ces déserts stériles où ne vivent que des rabbins exaltés et des bédouins. Faites-nous du commerce, seigneur Nasi!

Quelques jours plus tard, Roustem Pacha me fit venir; l'affaire était conclue.

« Le Padichah, dans sa grande sagesse, y ajoute autre chose, Enfanghi Bey. A vous personnellement, il octroie le monopole du vin dans son empire », me susurra le grand vizir en me pressant la main malicieusement.

Sur le moment, je le pris comme une insulte : que représentait le monopole d'un commerce interdit sur le territoire de l'Empire? Une seconde plus tard je compris que notre propre empire s'augmenterait un jour d'un fleuron considérable; une fois devenu sultan, Sélim aurait le pouvoir d'abolir l'interdiction paternelle.

Mais comment aborder la Senora? Nous ne nous étions pas parlé en tête à tête depuis plusieurs semaines; je la croisais dans la grande salle, la saluais en l'appelant ma mère, elle me donnait sa main à baiser et la retirait aussitôt sans me jeter un regard. Je rassemblai mon courage et l'allai voir dans sa chambre.

Celle-là qui dort encore sous ses voiles noirs, Ila, ce tas de vieux os qui craquent aujourd'hui, avait déjà pris l'habitude de ne pas quitter ses maîtres. Ila s'était attachée à Beatriz et la précédait partout, glissant sur ses pieds nus pour lui préparer la route, approchant les coussins, les couvertures, où elle-même s'accroupissait gracieusement. Qui voulait voir la Senora devait apprivoiser ce nouveau Cerbère, et passer pardessus les jupons rouges de la Tsigane. Une ou deux fois, j'avais pris la sauvage par la taille, l'avais baisée au cou; chaque fois, elle avait sauté en arrière et sorti de son jupon un petit couteau fort pointu.

J'ouvris la porte doucement. En travers de l'entrée, Ila, couchée sur une fourrure, montait la garde; au fond de la chambre, Beatriz était assise près d'un brasero, devant une grande table, et me tournait le dos.

Ila me décocha l'un de ses sourires de louve.

269

– Tu voir la maîtresse, mais elle se veut seule.

– Laisse-moi passer, noirpiaude, j'ai à lui parler, fis-je en l'enjambant de mon mieux.

D'un bond, elle était debout, et j'avais un vrai poignard pointé à la place du cœur.

– Impossible, maître, elle dit non, me dit-elle à l'oreille. Tu sortir, j'ai l'ordre. Surtout tu. *Chelo!*

J'écartai l'aiguillon et la guêpe, et je bousculai la Tsigane qui me mordit la main avec un cri perçant. J'entendis un grognement féroce qui sortait d'un coin de la chambre; l'ours Babûr approchait en se dandinant.

« *Chelo*, Babûr, au loin! » cria brutalement la Senora sans bouger de sa place, et la bête hocha lourdement la tête avant de se rasseoir. Ila restait debout, le poignard étincelant dans sa main crispée. Je ne pouvais avancer. Beatriz alignait des tarots en grignotant son halva, et ne releva pas la tête.

– Bonsoir, mon fils, me jeta-t-elle.

– Ma mère, bonsoir! Vous êtes mieux gardée que les cadines du Harem, et votre Gitane vaut cent eunuques. Au fait, elle m'a mordu au sang, et il s'en est fallu de peu que votre fauve ne m'attaque. Comment se porte la Senora?

Je n'obtins pas de réponse.

– La Senora sera peut-être heureuse d'apprendre que le Padichah, qu'Allah l'ait en sa sainte garde...

– La Maison-Dieu, coupa-t-elle froidement en retournant une carte. Mauvais signe, ou bon signe, cela dépend des autres cartes. Cessez de parler le langage des musulmans, mon fils.

– Qu'Allah l'ait en sa sainte garde, repris-je d'une voix forte. Notre sultan s'apprête donc à faire don d'un brin de Palestine à dona Gracia Nasi...

Il n'y eut pas un bruit.

– La Senora n'a peut-être pas entendu? fis-je inquiet.

– Si, me répondit une voix sans timbre.

Nous restions silencieux. Elle posa les tarots. Je ne savais que faire; je la connaissais trop pour ne pas deviner l'émotion qui soudain avait envahi nos âmes; mais elle avait tant d'orgueil qu'elle ne bougeait pas. Une fois encore, je ne résistai pas.

– Beatriz! Beatriz, pourquoi ne dis-tu rien lorsque je t'apporte ton royaume? criai-je.

Je me précipitai sur elle et la secouai de toutes mes forces. Ila courut au secours de sa maîtresse et leva un bras que Beatriz arrêta en plein vol.

– C'est bien, Ilaji, c'est bien. Tu peux sortir.

Les dents serrées, la Tsigane replongea l'arme dans son corsage. Puis elle prit sa bête par le cou et tous deux sortirent de la chambre. Beatriz se retourna alors vers moi, les yeux pleins de larmes.

– Josef, sois pardonné pour tes absences et tes abandons... Je m'étais juré de te faire payer les mauvaises manières que tu fais à ma fille, ton épouse; je ne supporte pas de te voir courtiser un sultan, je déteste ce titre de prince qui te comble d'aise et de facilités, mais tu me donnes une si grande joie, mon Josef!

Elle me prit les mains, et m'attira par le cou.

– Montre-moi ta blessure, Josef. Mon Dieu, c'est vrai qu'elle t'a fait saigner; c'est tout déchiré, là, et là encore... Donne.

Portant la main blessée à ses lèvres, elle lécha longuement le sang. C'en était fait de l'âcre violence qui nous mettait face à face comme deux chèvres sur un pont étroit, fronts baissés et cornes emmêlées; l'heure était à la tendresse, à sa langue sur ma peau.

– Que feras-tu de notre Palestine, ma Beatriz? chuchotai-je à son oreille comme si nous avions quinze ans. Mais la tête penchée sur son ouvrage, elle baisait mes doigts à petits coups, sans s'arrêter. Je la relevai de force.

– Laisse, chuchotai-je, ce n'est rien, tu vois, je ne saigne plus. Laisse... Vois, tes mains sont sèches et ridées; la Palestine leur fera du bien. Il faut de la douceur à cette peau, à ces bras, je leur donnerai du soleil, de la terre... Que veux-tu faire de notre Palestine?

– Nous recontruirons Tibériade, Josef, nous relèverons toutes les ruines et les rabbins de Safed viendront parler du Livre des Splendeurs dans la synagogue retrouvée, murmura Beatriz.

– Nous établirons une nouvelle agence pour le commerce des vins, ajoutai-je en la berçant doucement.

– Nous planterons des mûriers, élèverons des vers à soie; j'aurai une maison, blanche et simple, où viendra habiter le grand Cordovero...

271

– Nous aurons de nouvelles vignes dont je choisirai moi-même les plants...

– Nous rassemblerons nos frères, nous leur apprendrons à tisser, à fabriquer des rouleaux, je construirai un marché couvert... Tu viendras t'installer là-bas avec Reyna...

La comptine s'arrêta net. Dégrisé, je lâchai ma bien-aimée.

– Je n'irai pas, Beatriz. Ma vie est dans la capitale de l'Empire, et je ne te laisserai pas me la voler une seconde fois! criai-je violemment.

– Tu viendras, répéta Beatriz, plus Senora que jamais.

– Non! D'ailleurs nous ne connaissons rien à la fabrication de la soie; ces idées sont dénuées de sens!

– Crois-tu que je vais te laisser cultiver ton ivrognerie? Toi et ton Sélim, vous avez le cœur fermenté, Josef!

– Et toi, penses-tu que je n'ai pas entendu le nom de ce fou de Cordovero? Pour le peu que j'en sais, celui-là passe tous les autres, et David Rubeni était un enfant à côté de cet inspiré! Il te faut des eunuques pour te nommer Judith, hein?

Elle pâlit, je vis ses poings serrés. Les miens l'étaient aussi. Pourquoi fallait-il que nous nous querellions sans cesse? Je courus vers la croisée, l'ouvris, et respirai l'air glacé de l'hiver. Ma main recommençait à saigner; l'estafilade semblait profonde.

– Viens près de moi, ma Senora, dis-je soudain, calmé. Nous n'avons plus quinze ans. Tu verras tes rabbins, et je ne planterai pas de vignes. Les étoiles brillent comme jamais, et parmi elles tu es la plus brillante. Viens...

Elle vint à mes côtés, et reprit ma main qu'elle embrassa. Nous sortîmes sur le balcon, presque le même qu'aujourd'hui; c'était encore un balcon de bois noir, comme on les bâtit à Istamboul. De nos bouches mêlées s'échappaient deux buées qui se fondaient dans le froid; la nuit avait la limpidité immobile des ciels d'hiver, et la Corne d'Or resplendissait dans une tranquillité inhabituelle.

– On dirait que la ville est morte, dit-elle tout bas.

– La ville a froid, Beatriz. Écoute.

Nous demeurâmes ainsi longtemps, à tendre l'oreille ensemble. Nous entendîmes les toux des pauvres gens, d'abominables quintes qui ne s'arrêtaient pas, des soupirs à n'en plus finir; le pas sec des chevaux des janissaires qui faisaient leur ronde, et les cris épars des veilleurs; un marin saoul qui beuglait tout près du palais, et les pleurs des enfants. Les fumées sortaient des maisons et disparaissaient, avalées par la clarté bleue qui prenait Istamboul dans sa lumière de givre. Une odeur grasse planait vaguement sur les toits. Beatriz se serra contre moi; j'ouvris mon pourpoint et y cachai ma Senora.

– Et tu viendras en Palestine, Josef? fit une voix étouffée.

Je ne voulus pas troubler la paix d'une nuit impassible. Je ne répondis rien, et nous rentrâmes. Sur son col de dentelle, ma main avait laissé une longue traînée rouge, et sa lèvre était barbouillée de sang.

**

La mort subite de Roustem Pacha faillit mettre fin à nos rêves. Je pleurai cet homme avec qui je m'entendais si bien. Mais en nommant comme nouveau grand vizir Ali Pacha, vite surnommé Ali le Gros, Soliman avait fait le choix qui nous servait le mieux. Je connaissais Ali Pacha; moins rusé que son prédécesseur, il obéissait aveuglément à son maître. Roustem Pacha n'avait pas menti; les ordres concernant la Palestine étaient venus de haut.

– Comme vous avez raison, Enfanghi Bey, de faire confiance à notre seigneur! me dit avec emphase Ali Pacha. Il ne vous a pas oublié; et il a jugé, dans sa munificence, qu'il fallait vous accorder la portion de Palestine qui borde le lac de Tibériade, enchaîna-t-il en s'épongeant le front. On a rapporté à notre Padichah, Ombre d'Allah sur la terre, qu'Allah l'ait en sa sainte garde, que votre tante Son Altesse la Senora Nasi serait bien aise d'avoir en sa possession la ville sainte de Safed, dont les rabbins lui sont tout acquis, n'est-il pas vrai?

Celui-ci n'était vraiment pas dangereux; il ne se mettrait pas en travers de nos projets.

Beatriz commença les préparatifs. Elle convoqua des architectes et fit établir des plans pour la yeshiva et la synagogue; j'eus la surprise de constater qu'en matière de vers à soie, elle ne s'était pas contentée de vagues projets. Des marchands chinois se mirent à fréquenter la maison, et elle m'obligea à tout apprendre sur les précieux cocons.

Nous nous rendîmes dans les magnaneries autour d'Edirne. Il fallait trois jours pour y parvenir, à marches tranquilles; Beatriz refusa la litière, et voulut chevaucher près de moi. Je me souviens qu'elle montait hardiment malgré son âge, la tête entourée d'une sorte de turban bleu sombre qui la protégeait du soleil et lui donnait l'allure d'un jeune homme énigmatique. Elle voulut aussi coucher à l'air libre, sous une tente confortable, avec trois coussins pour tout lit; pourvu qu'elle trouvât du sucre à sa portée, elle était contente. A l'aube, je la trouvais debout dans la campagne, contemplant le lever du soleil sur les palmiers et les maisons sèches, au loin.

Nous arrivâmes. On me montra dans la campagne, sur les feuilles vernissées d'un mûrier, une chenille blanche et humide : j'eus peine à croire que la belle soie brillante pouvait sortir d'un corps si minuscule. J'appris tout de l'étrange tisserand; comment il pond pendant les chaleurs, quand il mue et grandit, comment il émet la soie de ses glandes pendant sa digestion. J'entendis le bruit sourd que faisaient les mandibules invisibles en mastiquant les feuilles des mûriers, comme le très doux et interminable écho d'un troupeau englouti. On me montra les vestes de soie arrachées aux chenilles : la veste soyeuse, la veste diaphane, et le cocon fondu, horrible putréfaction. Je vis comment on ébouillantait les vers... Cette industrie fascinait Beatriz, et me causait une discrète répulsion que je ne manifestais point.

Puis vint le moment de recruter nos futurs colons. Il ne fut pas difficile de convaincre les derniers de nos frères arrivés dans la ville; mais les autres rechignèrent. La Palestine? C'était un lointain désert. La terre de nos pères? Peut-être était-il sacrilège de vouloir s'y installer avant l'arrivée du Messie; et la Senora, pour qui se prenait-elle, cette femme qui voulait régenter Israël?

Beatriz s'en moqua; elle songeait à nos frères menacés en Europe. Elle voulut faire savoir à ceux qui avaient choisi, à leurs risques et périls, de rester en Italie qu'ils avaient désormais une terre, une patrie; elle fit imprimer un manifeste que nos agents distribuèrent partout où c'était possible, particulièrement dans les États du pape où la situation ne s'était guère améliorée.

Un jour, grande victoire, nous apprîmes que le village de Cori, en Italie, avait collectivement décidé de rejoindre Tibériade; Beatriz lutta pour obtenir leur autorisation de sortie. Nous suivîmes de loin la progression de leur exode, les longs pourparlers de leurs délégués avec les principautés et les États, leur dur cheminement jusqu'aux galéasses de notre flotte qui les attendaient à Pesaro, et dont les voiles affalées demeurèrent vainement au port...

Les pauvres gens ne purent tous sortir; à peine si une poignée d'entre eux parvint à s'échapper. Ce fut un rude coup; je crus que Beatriz allait tout abandonner; mais par chance, les premiers colons étaient déjà partis, et construisaient leurs maisons. Il avait été décidé que Beatriz et moi les rejoindrions lorsque la synagogue serait sortie de terre.

Il s'en fallait d'une bonne année. Beatriz ne s'enfermait plus jamais dans sa chambre, elle travaillait tout le jour sur la longue table de la salle du bas, et le palais grouillait de visiteurs. Elle maigrit, retrouva sa légèreté et le brillant de ses cheveux; Ila cessa de monter la garde devant la porte de sa chambre, et se remit à danser en compagnie de son ours. C'est aussi vers cette époque que la Tsigane devint moins farouche; je parvins à l'amadouer, glissant de temps en temps un baiser dans son cou sans qu'elle sorte aussitôt son petit poignard; un soir, je finis par me glisser dans son lit, tout naturellement. Tiens... La voici qui soupire dans son sommeil; on dirait qu'elle m'entend, la pauvre vieille. Dors, Ila, dors, personne ne te fera aucun mal.

Le cousin Samuel était devenu un parfait intendant, et veillait avec Reyna à la bonne marche de la maison. Les préparatifs de Palestine faisaient revivre le palais Nasi, et même Reyna s'arrangeait un peu mieux; à mon grand étonnement, je vis apparaître des colliers à son cou, elle qui refusait d'en porter, et même des pendants à ses oreilles.

Au beau milieu de cet enthousiasme, Beatriz prit la décision de faire revenir la bière où elle avait enterré le corps de son époux à Lisbonne. « Comprends, Josef, disait-elle avec exaltation, son cœur s'ennuie tout seul en Palestine. J'ai rempli une partie de la promesse que je lui ai faite; une partie seulement. Ni lui ni moi ne serons vraiment en repos avant que son corps tout entier soit pieusement enseveli là-bas. Nous avons un an devant nous; et puis, j'ai décidé, il suffit. »

Oh, elle n'en parlait pas tristement; nous étions loin des emportements macabres qui suivirent notre départ de Lisbonne. Non, elle n'était plus funèbre; elle nourrissait une préoccupation presque ménagère. Il fallait que tout fût en ordre, voilà tout. Et pendant que les colons juifs creusaient les fondations de la synagogue de Tibériade, un bateau traversa la Méditerranée, passa par le détroit de Tanger et rejoignit Lisbonne où, clandestinement, des fossoyeurs grassement payés sortirent le cercueil vermoulu du malheureux Francisco.

Puis les colons montèrent les murs de la synagogue, et le bateau revint au port d'Istamboul. On avait placé la bière dans une sorte de grande caisse de bois de santal, et j'étais aux côtés de Beatriz quand on la déchargea. Toute la maison Nasi était venue accueillir le défunt mari de la Senora; le grand vizir Ali Pacha, à la tête d'une compagnie de janissaires, s'était dérangé pour la circonstance.

Le lourd coffre descendit lentement aux cris des porteurs le long de gros filins, et s'immobilisa enfin sur le quai, au milieu des marins silencieux. Beatriz posa doucement sa main sur le bois en signe de bienvenue, et me regarda d'un air que je ne compris pas. Il y avait presque de la joie, une sorte de mystérieuse malice, quelque chose de gai et d'enfantin que je n'attendais pas.

– Nous voici enfin réunis, Josef, dit-elle à voix basse. Je veux dire... tous réunis. J'avais besoin de lui pour être libre.

– Que me dis-tu là, Beatriz? chuchotai-je à mon tour.

– On nous regarde, Josef, je t'expliquerai un jour. Plus tard. Laisse-moi accomplir mes devoirs.

Et elle se pencha sur le coffre pour le baiser solennellement.

On l'installa dans le vestibule du palais, et Beatriz préposa la Tsigane et l'ours à sa garde. Il n'y avait plus qu'à attendre la fin de la construction à Tibériade. Depuis la mort de

Roustem Pacha, je ne m'étais guère occupé de l'Empire; Ali le Gros, qui pourtant savait tout, ne semblait pas avoir connaissance des missions secrètes que m'avait confiées Roustem Pacha. Il ne me sollicita point; pas plus que mon prince Sélim qui se morfondait à Magnésie. Je n'avais rien d'autre à faire que suivre la Senora.

Beatriz se laissa convaincre aisément de laisser Reyna à Istamboul; je me persuadai qu'elle non plus ne souhaitait pas cette triste présence.

– Tu as raison, Josef. Nous chargerons notre cousin Samuel de veiller sur la santé de notre Reyna. N'est-ce pas mieux ainsi? disait-elle avec un sourire que je trouvai adorable.

N'était-ce pas étrange, Caraffa? Nous étions l'un et l'autre dans notre cinquantaine, et nous nous conduisions comme de vieux jeunes gens...

Nous embarquâmes au printemps. Lorsque je vis Beatriz à la proue du bateau, mon cœur frémit. Depuis combien de temps n'avions-nous pas navigué ensemble? Depuis notre départ de Lisbonne, j'avais souvent pris la mer, mais toujours sans elle. Elle avait navigué de son côté, quand elle partit pour la Palestine, mais elle était seule. Pour la première fois, je la revoyais sur le pont d'un navire, comme aux temps de désespoir et de jeunesse: debout, droite face à l'horizon, silhouette inchangée, le menton volontaire et les yeux rivés au ciel. Devant elle, fixé par des crampons, le squelette de Francisco voguait vers son dernier séjour.

La traversée fut douce. Nous longeâmes les côtes de l'Asie et, aux étapes, nous vîmes de nombreux vestiges de ces temples antiques qui me plongeaient chaque fois dans un ravissement auquel Beatriz ne prenait pas de part. Je me souviens qu'un soir, au crépuscule, je l'emmenai dans un amphithéâtre dont il ne restait plus que des ruines enfouies; elle s'assit sur une marche à peu près intacte. Les chèvres broutaient l'herbe au pied des colonnes renversées; et un berger jouait d'une flûte de Pan, comme si les siècles soudain s'effaçaient. Comme à Paestum, j'admirais la sérénité de la Grèce évanouie.

– Ne dirait-on pas Isaac faisant paître les troupeaux de

son père, ou David avant qu'il ne devienne roi ? me dit brusquement Beatriz en parlant du berger.

Les rivages de Palestine apparurent, noyés dans une brume bleue ; Beatriz, en descendant de bateau, courut vers le sable, baisa le sol de Jaffa et offrit une poignée de terre à notre Dieu.
– La Sekhina, Josef, la Sekhina...
Pour rejoindre Tibériade, il fallait de nouveau chevaucher ; de nouveau, je conduisis un convoi dont Beatriz était la reine invisible, assise dans sa litière ; derrière elle, huit mules traînaient le coffre de santal solidement attaché sur un chariot. Mais la Palestine est petite, et je n'eus guère le temps de respirer le parfum des cystes et des cyprès ; à peine si j'aperçus les bédouins qui apparaissaient soudain derrière une colline, immobiles et muets. Nous étions au bord du printemps ; le soleil, qui brillait sur les rivages asiatiques, ne parvenait pas à percer le gris du ciel de Palestine ; mais les champs d'orge poussaient dru, et les oliviers se couronnaient de touffes claires. Enfin, les enceintes de la ville apparurent, les gardes de janissaires et la clarté du lac.
Tibériade était en mauvais état. Nos colons s'efforçaient de relever ses murailles abîmées. Sur le chemin nous avions vu les hommes apporter des pierres, d'autres mélanger la terre et la paille pour construire des maisons de torchis ; ils sentaient la boue et la sueur, une bonne odeur vivace. Au loin, paissaient quelques moutons ; on ne voyait pas leurs bergers. C'était notre pays, et tout restait à faire.
Comme à Raguse et comme à Salonique, nos frères avaient préparé un cortège ; ils agitaient des palmes, lançaient les premières fleurs de la saison, des couronnes d'anémones et de cyclamens, et comme toujours criaient : « Vive la Senora ! Vive la nouvelle Esther ! » Mais les cris étaient graves ; nous nous trouvions en Palestine, et le pauvre cortège n'avait ni l'opulence ni la gaieté des lauriers de Salonique ; nous étions en Terre Sainte, elle nous était rendue.

Nous couchâmes dans la plus belle maison de Tibériade, sur le sol de terre battue, mais cela comptait peu. La nouvelle synagogue n'était pas tout à fait terminée ; mais cela n'avait pas d'importance. Les rabbins assemblés découvrirent solennellement les thoras en présence de la Senora qui, la tête soigneusement voilée, ne quittait plus une simple tunique de lin blanc.

Pour procéder à l'inhumation du corps de Francisco, il fallait le transporter au sud de la Palestine, là où était déjà le cœur, enterré dans la vallée de Josaphat. Je m'attendais à repartir vers le sud. Mais quand les cérémonies furent finies, Beatriz regarda au loin, derrière la ligne bleue des collines. Safed.

— Occupe-toi de nos plantations, Josef, et ne t'inquiète pas pour moi. Tu ne me verras plus pendant quelques jours, me dit-elle ; ne me rejoins pas à Safed, je te prie.

La Senora avait parlé. Le ton était sans réplique. Elle disparut. Je m'employai donc à faire labourer les terres où l'on allait planter les mûriers apportés dans les cales du bateau. On installa les plants ; je commençai à faire construire la grande bâtisse où les vers pourraient dévorer en paix les feuilles vernissées ; je ne songeai qu'à la soie, et Beatriz ne revenait pas de Safed.

Au bout de trois semaines, elle n'était toujours pas là. Les premiers cocons n'allaient plus tarder. Je n'y tins plus, et je l'allai chercher. Je me présentai dans la maison du grand Cordovero, maître incontesté des rabbins de Safed qui me reçut avec amitié.

— Je serais fort honoré d'héberger une si grande dame, me dit le vieillard, mais voyez-vous, mon frère, notre Senora suit les enseignements de plus grand que moi. Vous la trouverez chez mon disciple, rabbi Isaac Louria, qui se trouve justement non loin d'ici, pour quelques jours encore. Mon élève rabbi Isaac est jeune, certes, mais je reconnais en lui un maître incomparable, et je m'incline devant la volonté du Seigneur. Allez le visiter, vous verrez vous-même.

Ainsi donc, elle avait trouvé un nouveau mage ! J'entrai dans la maison de rabbi Louria, et dans la cour, assis sous un gros olivier, j'aperçus pour la première fois cet homme dont je ne savais pas encore qu'il m'avait pris Beatriz.

Elle était assise à ses pieds. A ses pieds, Caraffa, tu m'entends !

D'une extrême jeunesse, dix-huit ans peut-être, pas

davantage, rabbi Louria avait tout à fait l'air d'un prophète, avec sa barbe broussailleuse et son corps très maigre. Les yeux fermés, les mains posées sur les genoux, vêtu d'une chemise de lin blanc qui laissait sa poitrine nue, il ne disait rien. Beatriz se retourna, me vit, et le rabbi ouvrit les yeux lentement.

Quel incendie! C'était comme s'il m'avait jeté des braises sur les yeux. Beatriz se leva.

– Josef, voici notre maître à tous. Il sait qui tu es. Contemple le rabbi Isaac : il parle la langue des animaux, il peut apprivoiser les serpents, il peut arrêter les battements de son cœur, il connaît tout de l'univers... Il est prophète d'Israël, Josef, prosterne-toi!

Le jeune rabbi souriait, immobile. Je balbutiai un compliment de circonstance et son regard s'assombrit, presque douloureux. Nous demeurâmes ainsi dans le plus grand silence; je m'étais assis et ne savais pas ce que nous attendions. Beatriz regardait le rabbi et le rabbi regardait le vide. Après un moment, mes jambes me gênèrent, je les changeai de position; Beatriz me jeta un regard de côté. Puis je toussai nerveusement, pris d'angoisse et d'ennui. Il ne se passait rien. Enfin, je vis arriver avec soulagement quelques disciples qui touchèrent les pieds du rabbi avant de se prosterner devant lui, et qui s'assirent à leur tour. L'attente continua; nous étions simplement plus nombreux, et mes genoux craquaient plus souvent. Exaspéré, je finis par me lever; Beatriz me saisit le mollet et me fit signe de me rasseoir.

– Le maître va parler, Josef. Je veux que tu l'écoutes.

En effet, il parla enfin, d'une voix lente et aiguë. Je dois avouer que je ne compris pas grand-chose, Caraffa. Dans tout ce que j'entendais, je ne distinguais que pur délire. Autant qu'il m'en souvienne, il fut d'abord question de l'Adam primordial; avant de l'animer, quand le père de l'humanité n'était encore qu'un golem inerte, Dieu lui donna la vision de tous les justes ses descendants, et les lui montra suspendus à sa tête, à ses cheveux, à ses yeux, à sa bouche, à son nez et à ses bras. Alors Dieu anima la grande âme d'Adam, dont le corps était fait de lumière. Jusqu'à la chute d'Adam, tout allait bien entre l'âme première et les cinq mondes qui en dérivaient; puis l'harmonie se brisa, et les meilleures des âmes lumineuses, celles que le rabbi appelait les âmes suprêmes, rejoignirent leur origine. Toutes les autres, étincelles d'âmes éparpillées, tombèrent dans les pelures extérieures des *quelippot*, impures et matérielles.

Voilà à peu près le discours de rabbi Isaac, qui dura longtemps et m'ennuya fort.

Je ne m'éveillai vraiment que lorsque le rabbi évoqua la Sekhina. C'était l'un des mots favoris de la Senora, et ni dona Benvenida ni rabbi Soncino n'avaient réussi à me l'expliquer. Si! Une fois, peut-être... Rabbi Soncino m'avait dit que la Sekhina représentait la voie de l'exil, qu'elle était comme la femme pour l'homme, son avenir et son chemin, et j'avais songé à Beatriz. Mais ce sont de ces pensées fugaces qui s'enfuient aussitôt et n'expliquent rien. Le rabbi de Safed ne fut guère plus explicite. La haute figure de la présence divine en Israël, disait-il, fut entraînée par la chute d'Adam sur les dures terres du malheur et du bannissement, entraînant les tribulations de notre peuple, et voilà pourquoi nous étions dans cette masure à l'écoute d'un jeune homme qui comptait soigneusement les étincelles divines, les six cent mille escarbilles du corps d'Adam et les six cent treize membres qui se réincarnent à travers le *Gilgul*.

De tout ce sermon je retins surtout que, selon le rabbi, Beatriz était consacrée « étincelle privilégiée », réincarnation lointaine des âmes de Judith et d'Esther; cela du moins était clair. Je commençai à bâiller lorsque le rabbi Isaac prononça un mot qui me fit tressaillir : *Tsimtsum*.

Le mot mystérieux qu'avait prononcé Beatriz sur le bateau de Lisbonne, et qu'elle répétait dans les moments les plus graves. *Tsimtsum*, la contraction de Dieu, l'exposition du désordre et du mal, le commencement des troubles du monde... *Tsimtsum*, le malheur de l'univers, et sa déréliction. Était-ce donc cela qu'elle avait voulu dire quand nous quittions Lisbonne ? Était-ce le tressaillement initial de notre long voyage, le germe de l'exil des Nasi ? Ou bien me montrait-elle un autre malheur, insurmontable et impossible à dire, et qui ne s'appliquait pas à nous deux ?

Je frémis. A cet instant Beatriz cessa de fixer le maître et me jeta un long regard lumineux.

— *Haberim*, compagnons, dit le rabbi, le moment est venu de prendre notre repas de ronces et d'herbes amères.

On se leva, on s'ébroua, et je détendis péniblement mes pauvres jambes. Puis on fit circuler des écuelles où nageait un brouet sombre dont Beatriz se délecta; je ne puis nier qu'il y avait de la grandeur dans la simplicité des gestes, mais nul doute que ce rabbi était aussi fou que les précédents maîtres de la Senora. Je me secouai; il fallait la ramener à Tibériade. Pour rompre l'enchantement de Beatriz je lui annonçai que les premiers cocons allaient se former; elle fit non de la tête, avec obstination. Je m'y attendais; j'avais gardé une arme secrète.

— Beatriz, dans la vallée sainte, la tombe attend le corps de Francisco ton époux...! lui chuchotai-je doucement.

Avec un air de reproche, elle me suivit sans protester; j'avais gagné une première bataille.

Nous rentrâmes lentement à Tibériade; je parvins à entraîner ma sœur chérie dans la grande halle où les vers tissaient leurs cocons. De mes mains je plongeai la boule blanche et vivante dans l'eau bouillante, retirai le cadavre du ver et dévidai doucement le fil miraculeux.

— *Tsimtsum*, dit Beatriz paisiblement. Il faut que Dieu s'ébranle pour que naisse la soie... Josef, ajouta-t-elle brusquement, quand le moment sera venu tu me laisseras mourir, n'est-ce pas? tu es celui qui dévida le cocon de ma vie, tu es celui qui doit laisser la soie achever son cours...

Quelle étrange créature! Je ne voyais là qu'un cocon déchiré, pourquoi me parlait-elle de sa mort? J'étais aveugle et sourd, Caraffa. J'étais aussi celui qui ne pouvait comprendre. Je n'eus plus le cœur à l'ouvrage et laissai tomber le ver ébouillanté.

Dès le lendemain, je préparai le cortège pour partir dans la vallée funèbre.

***

Les mules et la litière commencèrent leur périple. Il faisait chaud; lentement, le coffre de santal monta jusqu'à Jérusalem. Bientôt nous aperçûmes les grands murs gris et droits de la Ville Sainte, et nous franchîmes le lit du Cédron, où coulait encore un semblant de ruisseau. Partout, des éboulements, des ruines, des blocs tombés et entre les pierres, des jets infinis d'asphodèles; nous arrivions dans la vallée des morts.

La tombe de Francisco Mendès était ouverte, au milieu des milliers de tombes de ce cimetière désolé. Beatriz voulut revoir le coffret qui l'avait accompagnée en exil; on le lui tendit, couvert de terre et de corruption. Pendant qu'on descendait la caisse de santal dans la terre, avec mille précautions, la Senora frotta le coffret avec un pan de son voile, puis le serra contre elle d'un geste familier.

Je la revois, tenant dans ses vieilles mains le cœur de son époux, prête à le déposer en terre... Et je vois son recul. Elle n'eut pas le courage qu'elle s'était promis.

« Je ne peux pas. Josef, je ne peux pas! balbutia-t-elle en sanglotant. Je n'ai plus la force de me séparer de lui... »

Et à la stupeur des rabbis assemblés, la Senora s'enfuit avec le coffret où dormait le cœur qu'elle avait arraché.

Il nous restait à pleurer au mur Occidental. Au milieu d'une cour de rabbins, la Senora posa ses mains sur les pierres de Salomon, et prit sa part des litanies rituelles.

« A cause du palais dévasté, entonna le premier rabbi...

– Nous sommes assis solitaires et nous pleurons, répondit la voix grave de Beatriz.

– A cause du temple détruit...

– Nous sommes assis solitaires et nous pleurons.

– A cause de notre majesté passée...

– Nous sommes assis solitaires et nous pleurons... »

Peu à peu, d'autres voix soutinrent celles de la Senora, et pour la première fois je me sentis ému. J'appartenais à notre peuple, moi, le prince européen; j'étais partagé entre deux mondes, celui de l'exil et celui de la puissance; Beatriz me tirait d'un côté, et l'Empire ottoman de l'autre. Et j'en suis toujours là, bouffon...

Quand ce fut fini, Beatriz, à l'étonnement des rabbis, entonna seule un chant inconnu : « Sion, couronne de la beauté, rappelle-toi le tendre amour des tiens, que ton bonheur transportait de joie et que tes malheurs ont plongés

283

dans le deuil; du fond de leur exil, ils t'ouvrent leurs cœurs et dans leurs prières s'inclinent vers tes portes. Tes troupeaux dispersés sur les montagnes n'ont pas oublié la chère patrie; ils se sentent encore entraînés vers tes hauteurs, sous l'ombre de tes palmiers... »

Puis elle baisa les pierres sacrées et partit légèrement.

– Votre tante vénérée est extraordinaire, me souffla un rabbi en me prenant par le coude. Comment connaît-elle l'élégie de rabbi Iedhouda Halevi? Peu de nos Juifs la savent, même s'ils sont nés en Espagne d'où il venait aussi. Mais la Senora!

Comment la connaissait-elle en effet? Quand elle fut dans sa litière, je le lui demandai.

– Tu t'es souvent moqué de dona Benvenida, n'est-ce pas? Elle m'a tout appris. Tu n'y as rien compris; mais souvent, Josef, tu ne comprends rien, fit-elle en me caressant la joue. Et elle enchaîna : « Dans ton vin, ô Sion, je respirerai le souffle de la vie; dans ta poussière, le parfum de la myrrhe; dans l'eau de tes fleuves, je savourerai le miel... »

– Du moins ton rabbin espagnol des temps anciens célèbre-t-il le vin, Beatriz! lui dis-je en éclatant de rire.

Elle se rembrunit, et ferma les portières de sa litière.

Francisco enterré, la synagogue construite, les magnaneries installées et les lamentations accomplies, nous avions rempli tous nos devoirs; la communauté nouvelle de Tibériade pouvait se passer de nous.

Cependant, les colons s'inquiétaient. Un vieux cheikh, entouré de bédouins armés, avait fait son apparition, et proférait chaque jour des menaces contre nos frères; parfois survenaient des attaques nocturnes, souvent des rapines, chaque jour des querelles. Beatriz voulut rencontrer le vieillard, et décida de se voiler le visage pour ne pas lui déplaire.

Après plusieurs jours de recherche, nous le trouvâmes fumant son houkha sous une vaste tente de toile noire, ornée de banderoles de couleur. Le cheikh nous regarda arriver jusqu'à lui, et demeura parfaitement immobile quand nous déposâmes à ses pieds des rouleaux de soie, des vaisselles, et une cassette de pièces d'or.

– *Salam Aleikhoum*, fit-il en portant la main à son front,

ses lèvres et son cœur. Je salue la Senora des Juifs et le prince européen, qui volent leurs terres aux bédouins et ne s'en soucient pas. Et je les avertis : quoi qu'ils fassent, ce pays retournera aux Arabes. Je suis très patient ; je ne vous hais point. Simplement, il vous faut partir ; vous n'êtes pas chez vous.

Un geste nerveux de Beatriz souleva son voile bleu ; je vis qu'elle s'irritait, et j'expliquai au vieil homme que nous n'avions aucune terre au monde qui nous appartînt plus que celle-ci, où étaient aussi les bédouins. Et si, à Istamboul, les Turcs vivaient aux côtés des chrétiens et des Juifs, ne pouvait-il admettre que vivent ensemble, et en paix, les bédouins, leurs troupeaux et les mûriers des colons juifs ?

Le vieux cheikh sourit sans méchanceté.

– Il n'en sera pas ainsi. Le désert est à nous. Vous ne l'aimerez pas, et il se vengera. Elle, ajouta-t-il en désignant Beatriz d'un mouvement de menton, peut-être elle pourra mourir ici. Mais vous, certainement pas.

Puis il se retira sous la tente, qu'il ferma d'un geste brusque.

A nos colons, Beatriz prêcha la patience ; quant à moi, je vérifiai leurs armes. Les bédouins n'étaient pas très nombreux, et leur cheikh était vieux ; la situation ne me parut pas dangereuse ; il suffisait d'un peu de bonté pour aménager la coexistence.

Avant de partir, Beatriz choisit un verger près duquel elle décida de faire construire sa maison.

« Blanche, simple, Josef... J'ai assez de ce luxe où nous avons vécu. Je serai la servante de Dieu et de son prophète rabbi Isaac. »

A tous, elle annonça qu'elle reviendrait bientôt. Les adieux de la Senora au rabbi Louria eurent lieu en tête à tête ; pendant quatre interminables heures, j'attendis dans une angoisse extrême : et si elle décidait de rester ? Mais non ; elle sortit de la maison, silencieuse ; j'avais gagné une seconde fois.

Puis nous refîmes le chemin jusqu'à Jaffa. Les arbrisseaux semblaient secs ; le sable volait partout, et le suint des moutons empestait. Au crépuscule, les bédouins se prosternaient sur le tapis devant leurs tentes, en direction de La Mecque. Notre Palestine demeurait partagée.

Beatriz et moi nous ne laissions pas la même Tibériade. Celle que j'abandonnai pour toujours était une ville neuve où des colons bâtissaient l'avenir de notre peuple; celle qu'elle quittait à regret était une cité céleste où l'on parlait aux serpents la langue de leur rédemption. Notre séjour avait duré près de quatre mois; mais la garantie de la colonie juive de Tibériade s'appelait, pour longtemps encore, Istamboul, capitale de l'Empire ottoman.

***

Mes agents m'attendaient. Istamboul bruissait de rumeurs guerrières, qui retentissaient jusqu'en Occident. Le Grand Seigneur était sur le point d'attaquer. En Espagne, à la cour du roi Philippe comme au Vatican, la grande question tournait autour d'une éventuelle sortie de la flotte ottomane. Sortira, sortira pas? On murmurait que le fameux duc de Medina-Celi avait conseillé au roi d'Espagne de devenir *Senor del Mar*. Seigneur de la Mer, lui, l'Espagnol!

L'idée fit rire Piali Pacha à qui je la rapportai.

– Ne nous inquiétons pas, Enfanghi Bey, dit-il en s'esclaffant. Ils construisent des navires grands comme des cathédrales, si lourds que nos galères les écrasent en un clin d'œil. Nous sommes rapides, Enfanghi Bey; ils ne nous auront jamais.

Je me disais néanmoins que la flotte de Christophe Colomb, pour lourde qu'elle fût, avait conquis de nouveaux mondes. Mais l'univers ottoman était fait de Méditerranée et de déserts; les Turcs ne parvenaient à imaginer ni l'océan ni les innovations techniques qu'il imposait aux constructeurs des navires. Leur effort principal portait sur les galères; l'avenir montra qu'ils se trompaient.

La Sérénissime, pour l'heure, ne bougeait pas. Piali Pacha, tapi au bord de la Corne d'Or, attendait son jour. Une activité frénétique agitait l'arsenal d'Istamboul; Piali Pacha me confia avec un air de joie malicieuse qu'on y construisait cent cinquante galères, dix galéasses, vingt navires ronds... Où se ferait cette fois la « sortie » ottomane? Le grand amiral refusa de me le dire.

– Vous aussi aurez la surprise, Enfanghi Bey. Mais vous verrez ; ce sera au cœur même de l'Infidèle, dans une place forte de la Chrétienté, fit-il mystérieusement.

Nous étions en 1565. Piali Pacha attaqua Malte où les chevaliers de l'Ordre se défendirent pied à pied en attendant le secours espagnol ; ce fut une furieuse bataille. Le grand amiral avait frappé en mai ; les Espagnols n'arrivèrent qu'en septembre, mais les assiégés n'avaient pas lâché prise et les troupes ottomanes, épuisées, durent abandonner leur proie. L'Ottoman avait subi une sérieuse défaite.

Ce fut un moment difficile. Les Grecs de Galata, à qui l'on reprochait leur foi chrétienne, n'osèrent plus sortir de leurs maisons : dès qu'on les apercevait, on les lapidait. Je recommandai à nos servantes de porter la couleur violette des Juifs d'Istamboul, pour éviter toute confusion, et optai moi-même pour le long caftan de nos frères, qui ne m'allait pas et dans lequel je me prenais les pieds. Ali le Gros conçut un tel dépit du revers de ses armées qu'il mourut d'apoplexie, et c'est alors que celui qui allait être mon pire ennemi devint le nouveau grand vizir.

Je n'imaginais pas qu'un jour entre Mehemet Sokolli et moi surgirait une quelconque inimitié. J'admirais cet homme grand et sec, aux traits tourmentés et graves. Sokolli était né en Bosnie ; il avait pour unique passion l'Empire, auquel il avait voué son intelligence aiguë. Du vivant du Magnifique, il se montra cordial mais ne me confia aucun des secrets des affaires ; courtois, il respectait le protégé de son sultan, mais je le sentais réservé. Nombre de janissaires ont gardé de leurs racines chrétiennes une haine du Juif qui se retrouve, intacte, dans leur loi islamique. Comme Roustem Pacha, Sokolli avait justement connu une enfance chrétienne ; puis, lui aussi razzié, il était devenu musulman et janissaire ; enfin, il avait également épousé l'une des filles du sultan, Esmahan. Comme Roustem Pacha, il avait somptueusement décoré sa résidence, et l'on murmurait même qu'un peintre vénitien avait composé sur l'un de ses murs une fresque qui représentait des hommes avec leurs visages, malgré l'interdiction du Coran. L'entente semblait possible. Mais son caractère rigide et farouche, déjà, ne me facilitait pas la tâche.

Le nouveau grand vizir, en bon guerrier, prépara la revanche de l'Empire contre l'Occident.

Mais son sultan Soliman était devenu un très vieil homme. Certes, sa présence pouvait galvaniser les janissaires qu'il avait déjà conduits jusque sous les murs de Vienne, avec bravoure – mais en vain. Allait-on courir le risque de recommencer l'aventure ? Sokolli irait-il jusqu'à Vienne ?

Je ne savais plus rien de ce qui se tramait à Topkapi. Piali Pacha, désœuvré, me jurait que cette fois l'attaque ne se ferait pas sur mer. Je profitai de l'accalmie militaire apparente et des longs préparatifs de Mehemet Sokolli pour relancer l'affaire de mes créances françaises : bientôt, le sultan aurait besoin d'argent, le moment semblait bien choisi pour qu'il eût envie de m'aider à les recouvrer.

Le nouveau grand vizir le comprit, accéda à ma requête, et choisit un dignitaire de l'Empire pour se rendre en ambassade récupérer en France l'argent de nos créances. Hadji Mourad Bey avait toutes les qualités requises pour séduire le jeune roi et sa redoutable mère Catherine de Médicis, devenue régente du royaume après la disparition de son mari, mortellement blessé au cours d'un tournoi. Grand rhéteur, élégant, animé de cette exquise politesse ottomane qui fait paraître rudes les plus raffinés des gentilshommes français, Hadji Mourad s'embarqua avec de somptueux présents, coupes de jade et de rubis, dagues ornées de fils d'or, plumiers de jaspe incrustés d'émeraudes, et des brocarts fleuris pour la reine. Avec pareil ambassadeur, mes affaires iraient bon train.

Mais quand je le vis partir, j'eus un coup au cœur. Hadji Mourad Bey allait revoir les ciels d'Europe, ferait halte à Venise... Je ne sais trop ce qui m'arriva. Une lubie me prit, comparable aux élans mystiques de Beatriz. Peut-être, après tout, sommes-nous bien du même sang fou qui nous pousse à des actions tourmentées... Si forte était en moi la nostalgie de Venise que je demandai au *bailo* qui représentait la Sérénissime un sauf-conduit pour accompagner notre ambassadeur. Pure extravagance; j'y étais toujours condamné à mort; mais je ne dis rien à personne, ni de ma condamnation, ni de ma requête.

288

Revoir les canaux endormis, entendre le clapot des marées contre le flanc des gondoles, humer la brise salée du petit matin, voir passer les femmes aux seins nus... Je n'en pouvais plus des minarets, des muezzins, des couchers de soleil sur la Corne d'Or, éternellement sublimes; je n'en pouvais plus des femmes voilées, de mon épouse et des amours ancillaires. J'étouffais, et j'étais encore jeune! Qu'est-ce que cinquante ans pour un Josef Nasi?

Le *bailo* me refusa le sauf-conduit avec de charmantes manières; je devais comprendre que même un très puissant prince de la Sublime Porte n'échappait point à l'effet d'une condamnation à mort qui n'était pas levée... Son regard ne mentait pas; je ne reverrai jamais Venise. Alors une violente haine pour la Sérénissime envahit mon âme.

Sokolli apprit mon coup de tête, et me fit grise mine; c'est à cette époque que, négligemment, il prit soin de me préciser que son nom, Sokolli, signifiait « nid d'aigle ». Et d'ajouter : « Ne vous croyez pas irremplaçables, ni la Senora ni vous-même, Enfanghi Bey. Je connais un Michel Cantacuzène qui, sans être juif, possède aussi une immense fortune qui nous est fort utile. »

Je serrai les dents. Sokolli n'aimait pas les Juifs. Comme par hasard, la rumeur publique répandit à cette époque une légende qui courut toute la ville. On ne savait pas où elle était née; un matin, autour d'une fontaine, un porteur d'eau l'avait racontée à une commère; l'une des matrones juives de la communauté qui se trouvait par là, et qui tendait l'oreille, l'avait ensuite colportée parmi nous.

Le grand vizir aurait creusé un tunnel jusque sous la chambre du sultan; puis il aurait attendu la nuit, et quand le sultan aurait été sur le point de s'endormir, il aurait, d'une voix caverneuse, soufflé chaque soir ces propos à son oreille : « Moi, le prophète Mohammed, je viens au nom de Dieu t'ordonner de massacrer dans un délai de trois jours tous les Juifs de ton royaume et de confisquer toutes leurs richesses. »

Pendant plusieurs nuits, le grand vizir aurait parlé au sultan à travers le tunnel. Étonné de ces voix nocturnes, Soliman aurait convoqué son médecin, le désormais bien vieux Mosche Hamon, pour s'assurer qu'il n'avait pas d'hallucinations. Mais en entendant la voix, terrorisé, Mosche se serait enfui en rase campagne. Sur la route, il aurait croisé un majestueux vieillard qui, lui barrant le chemin, lui aurait dit : « Où vas-tu, médecin ? Viens avec moi et retournons au Sérail. » C'était, concluait la légende, le prophète Élie en personne qui aurait raconté au Padichah la ruse de son grand vizir, et déjoué ses intrigues...

Nos frères s'enchantaient de cette histoire qui, naturellement, finit par revenir aux oreilles de Sokolli. Pour toute réponse, le grand vizir accabla Michel Cantacuzène de richesses et d'honneurs.

Beatriz haussait les épaules, indifférente ; son esprit était encore en Palestine et ses mains dans une bonbonnière. Pour ma part, je commençais à m'inquiéter. Ce Sokolli pouvait nous chasser d'Istamboul et mettre en péril nos affaires. Il était grand temps que Sélim accédât enfin au sultanat.

Nous en étions là lorsque le charmant Hadji Mourad Bey revint de France au terme d'une longue année d'absence, pendant laquelle il n'avait pas donné la moindre nouvelle. Dès qu'il eut été rendre ses devoirs au Sérail, je l'invitai au palais Nasi pour qu'il nous contât son voyage. Avait-il vu le roi ?

« Le roi de France, à vrai dire... La reine mère Catherine, pour cela, oui ! » Quel était le résultat de son ambassade ? Hadji Mourad Bey leva les bras au ciel.

– C'est que je n'en sais rien, Enfanghi Bey ! D'abord, il faut considérer tout le chemin qu'il m'a fallu parcourir pour parvenir jusqu'à la cour de France... Je ne savais pas que les rois de ce pays nourrissaient un tel penchant pour les déambulations !

Le malheureux avait débarqué à Marseille au moment précis où la reine mère, cherchant à renforcer le pouvoir de son fils, avait préparé à Bayonne une entrevue solennelle entre les deux familles de France et d'Espagne. Lorsque parvint la nouvelle qu'un ambassadeur de la Sublime Porte cherchait à rencontrer le roi, la régente Catherine s'inquiéta fort ; les créances à rembourser préoccupaient la royauté française, et l'arrivée d'un émissaire ottoman gênait les affaires en cours, car l'Espagnol n'aimait pas le Turc. La régente s'employa activement à dissimuler la présence de Hadji Mourad Bey dans le royaume de France, et fit en sorte de ne jamais le mettre en présence du jeune roi.

On lui fit ainsi rejoindre Narbonne, puis Toulouse, où on le reçut avec tant d'égards qu'il finit par comprendre qu'on cherchait à l'y retenir; enfin, il se retrouva à Bordeaux où il crut tenir sa royale proie. Que non! Le roi était déjà à Dax, où courut Hadji Mourad Bey... en vain; le roi arpentait Bayonne avec sa sœur Élisabeth, la *Reyna de la Paz*, la malheureuse épouse du roi Philippe, sacrifiée sur les autels de la paix pour raison d'État.

— Mais enfin avez-vous vu le roi? s'impatienta la Senora.

— Pour cela, oui, Madame, je l'ai vu, de loin, un bien aimable jeune homme... Mais j'ai surtout assisté à des fêtes équestres données en mon honneur. La régente, avec qui j'ai longuement conversé, se montra extrêmement avenante, me parlant abondamment de tout et de rien — et je n'ai pas pu mentionner vos créances. J'ai cependant laissé la lettre de notre Padichah, qui dépeint le prince européen en termes flatteurs : « Le modèle des notables de la nation mosaïque et l'un des nobles de mon fils Sélim. » Oh! ce sont des mots justes, Enfanghi Bey, des mots fort justes, et je ne doute pas de leur efficace...

Le pauvre homme avait manqué son ambassade. A la rancune que je nourrissais contre la république de Venise s'ajoutait désormais celle que j'allais porter au royaume de France, terre de légèreté et d'avarice. A la même époque, mourut Pie IV qui avait brièvement succédé à l'infâme Caraffa. Le nouveau pape, le cardinal Ghislieri, prit le nom de Pie V; fort vieux, il ne semblait pas destiné à survivre; il ne mangeait que quelques œufs, des soupes au pain, des salades et des fruits cuits. Nous savions qu'il était aussi fanatique que Caraffa; mâis avec ses bouillies et ses potages il n'irait pas loin, disait-on. On se trompait lourdement.

J'avais remarqué qu'il ne prenait jamais de repos; ce vieil homme à l'agonie n'avait peut-être pas dit son dernier mot. Sa toute première décision fut de contribuer financièrement au nouvel armement de la flotte espagnole; il soutenait le *Senor del Mar*. Piali Pacha se frottait les mains, comptait que sa flotte viendrait à bout et du roi et du pape, mais quant à moi je fronçais le sourcil. Ce Pie V ne me disait rien qui vaille.

L'orage éclata sur la frontière hongroise, là où on ne l'attendait guère. Le nouveau roi de Hongrie n'était autre que mon ami de jeunesse, Maximilien; il attaqua les forces ottomanes postées sur ses frontières. La guerre devenait inévitable; nous nous retrouvions dans deux camps opposés.

– Comprends-tu enfin que l'Europe nous est fatale, Josef? ironisa Beatriz devant ma tristesse. Ton ami est de l'autre côté, désormais; il te ferait tuer sans états d'âme. Cela t'apprendra; tu as toujours eu pour ces princes de Habsbourg et d'Autriche d'inexplicables tendresses.

Beatriz avait raison; j'avais soif de pouvoir, et j'aimais les puissants, à qui je finissais toujours par trouver de secrètes vertus. J'ai respecté Charles Quint, aimé Maximilien, Sélim... Notre peuple, qui n'avait pas de souverains, m'intéressait moins que les empires.

La guerre de Hongrie commença un matin de 1566 par un bruissement sourd qui montait de Topkapi. L'heure était venue; je courus au Sérail. Les janissaires achevaient de s'équiper et se mettaient en ordre, les uns à pied, les autres à cheval, tous vêtus de tuniques bordées de fourrure et coiffés de leur haute toque de feutre blanc, ornée d'une interminable plume qui retombait vers l'arrière, leur cuiller de bois accrochée en travers de leur couvre-chef. J'imaginai leur affrontement avec les hussards qui, pour terrifier l'ennemi, s'accrochaient au dos d'immenses ailes d'aigle: ce serait une bataille d'oiseaux, rapaces contre aigrettes, Nord contre Sud, la bourrasque contre le soleil. Les capitaines défilaient à la tête de leurs régiments, et les grands tambours souverains rythmaient la lourde respiration du départ. L'armée défila longtemps sous les acclamations d'une foule exaltée. Vint enfin une litière entièrement close de rideaux d'or, précédée de l'étendard blanc où une phrase du Coran était brodée en argent. Même les tambours ralentirent, comme si on allait porter quelqu'un en terre; soudain, le silence se fit.

Une main décharnée écarta la tenture et salua les janissaires; à la bague impériale, je reconnus Soliman, trop faible pour monter à cheval. Pour lui, on avait aplani toutes les routes, et un dispositif impressionnant avait été mis en place contre les attaques de brigands. Chaque fois que le Padichah partait en campagne, les troupes défilaient dans la ville, mais pour la première fois, on ne voyait de lui que cette main osseuse. Son cheval blanc, harnaché somptueusement, suivait la litière.

Mehemet Sokolli chevauchait avec son maître; la campagne serait longue et promettait quelques mois de tranquillité. J'en profitai pour vérifier l'état de notre fortune, et tout préparer pour un départ précipité en cas de menace. Nous vécûmes des semaines d'angoisse. J'envisageais même de repartir pour Tibériade, qui pourrait nous servir de refuge, lorsque j'appris que Sélim avait quitté Magnésie en toute hâte.

Que se passait-il? Se pouvait-il que le sultan eût décidé de lui confier le commandement de son armée? Les nouvelles de la campagne étaient bonnes; le Padichah assiégeait Szeged et l'on disait même que la ville était tombée. Le Magnifique voulait-il associer son fils à la victoire?

Je courus à sa rencontre sur le chemin de Magnésie, crevant les chevaux pour aller plus vite. Sélim ne savait presque rien; il avait reçu un message laconique de son père, lui enjoignant de rejoindre Szeged à marches forcées.

« Viens avec moi, me dit Sélim. Je te protégerai, n'aie crainte », ajouta-t-il avec ce sourire enfantin qui me ravissait toujours. Je cédai, malgré les supplications de Beatriz.

Andrinople, Sofia, Nich, nous traversâmes comme des flèches toutes ces villes effarées qui se remettaient mal d'avoir subi le passage de l'immense armée impériale... Tout au long du chemin, Sélim rêva de gloire. Son père allait le couronner devant les troupes assemblées, lui confier ses soldats pour reconquérir Vienne; Szeged tombée, l'entreprise semblait possible. Quant à moi, je me demandais quel était le piège, et si d'aventure Mehemet Sokolli n'avait pas persuadé le sultan d'en finir avec son unique héritier. Un coup d'État, encore? Mais pour quel successeur? Rien n'était clair.

Enfin nous arrivâmes à Szeged, où l'on nous attendait. En traversant le campement des trois cent mille hommes de troupe, nous sentîmes la liesse de la victoire, et le relâchement des armées que l'on autorise aux pires exactions. On dépouillait les paysans égorgés, on vidait les poules, on abattait les moutons, butins des pillages, on préparait les feux, et les filles emmenées de force criaient à perdre haleine; d'autres soldats au contraire chantaient de vieilles chansons lentes, des chants de montagne et de paix retrouvée. L'armée ottomane se reposait de ses conquêtes; rien ne paraissait indiquer un complot contre mon Sélim.

Sur le sommet d'une colline, face à la plaine hongroise, en haut de la tente impériale rouge et or, flottait la bannière blanche brodée d'argent. Juste à côté, attendaient la litière vide et le cheval du Magnifique.

Sokolli salua respectueusement le prince héritier. Puis, l'aidant à descendre de sa monture, il lui saisit le bras fermement et l'entraîna sans cérémonie.

« Entrez, mon prince, votre père vous attend. »

J'eus à peine le temps de remarquer qu'il manquait aux règles de l'Empire, et qu'il n'avait pas donné au sultan les titres convenables; il n'avait pas non plus invoqué le nom d'Allah. Ce n'était pas normal; je suivis en hésitant. Le Magnifique n'était pas dans la première pièce. Sokolli présenta un siège au prince héritier, qui l'interrompit impatiemment.

– Le Padichah mon père, Ombre d'Allah sur la terre, m'a fait mander toutes affaires cessantes. A sa hâte répond la mienne, seigneur; quand le verrai-je?

Sokolli, sans mot dire, écarta une tenture.

Le Magnifique reposait, mort, sur un lit d'apparat. Sélim poussa un cri et se précipita sur le corps. Il sanglotait, sans doute autant sur lui-même que sur la disparition de son père. Sokolli me poussa au-dehors.

– Oui, Enfanghi Bey, fit-il lentement, notre Padichah n'est plus. Personne ne le sait encore. Je peux bien vous le dire aujourd'hui; maintenant que le nouveau sultan est enfin arrivé, ce secret n'en est plus un. Subitement, à la veille de sa victoire, ses entrailles s'enflammèrent; il parvint à me dire qu'il fallait continuer la guerre, et confier le commandement de l'armée au prince héritier. A l'aube, il mourut, le jour même de l'assaut; ses derniers mots appartinrent à la guerre. « Est-ce que je n'entends pas le tambour de la victoire? » me demanda-t-il à l'instant d'expirer. Je dus dissimuler sa mort, ou nous étions perdus. Vous avez dû voir, Enfanghi Bey, que les soldats ne s'en doutent toujours point.

– Mais vous dites qu'il est mort le matin de l'attaque, cependant que dans la capitale on rapportait qu'il avait lui-même conduit ses troupes et que Szeged tombait... La victoire date déjà de plusieurs semaines, au moins trois! Mort depuis trois semaines, seigneur! Comment avez-vous fait?

Sokolli eut un geste évasif.

– Les médecins savent arranger ces choses-là.

Sélim me raconta plus tard les « arrangements » du grand vizir. Au jour de la bataille, la main du sultan ouvrit le chemin aux soldats qui ne surent pas qu'à l'intérieur de la litière impériale gisait un cadavre vide. De temps en temps Sokolli se penchait vers lui et faisait mine d'écouter; la feinte réussit, l'illusion de la présence du sultan fut la plus forte; et l'Ottoman demeura vainqueur. Sokolli fit mander le prince. Le médecin qui embauma le Padichah n'eut pas le temps de parler; Sokolli le fit enterrer derrière la colline, avec les viscères.

« Maintenant que nous sommes vainqueurs, fit Sokolli en me poussant hors de la tente impériale, il faut dire la vérité à l'armée ottomane; elle doit désormais prêter serment d'allégeance à son nouveau sultan. Votre ami, prince, et désormais votre maître absolu... »

Sokolli avait loyalement agi, et tout préparé. Il fut décidé qu'au matin du prochain jour, la litière serait voilée de noir; l'armée apprendrait ainsi qu'elle avait perdu son chef, et le croirait mort pendant la nuit. Après quoi elle reconnaîtrait officiellement Sélim pour son sultan; l'investiture aurait lieu au retour, à Istamboul.

Sokolli me traita avec déférence; j'étais devenu le favori du sultan. Nous travaillâmes de concert jusqu'à l'aurore, passant en revue le moindre détail du cérémonial que devrait suivre mon prince; après qu'un tailleur muet eut pris ses mesures pour lui confectionner en quelques heures le costume de grand deuil, Sélim tomba sur un lit, assommé de fatigue.

Je ne me souviens pas avoir jamais espéré l'aube avec de tels sentiments. Sélim Sultan, enfin!

Le ciel se mit à blanchir doucement, et bientôt un premier cri éclata, relayé par des milliers d'autres; des sanglots montaient vers la tente, par vagues. L'armée, désormais, savait; la plaine s'agita tout entière. J'aidai Sélim à revêtir les pantalons, la tunique de satin noir, et sur sa tête blonde, je posai un bonnet blanc de janissaire entouré d'un crêpe. Les dignitaires s'enturbannèrent de noir et revêtirent des caftans souillés; les janissaires ôtèrent leurs bonnets. Sokolli donnait des ordres pour rassembler l'armée en lisière de la plaine.

La garde personnelle du sultan posa le cadavre dans un cercueil que l'on hissa sur un canon, recouvert du drap vert de l'Islam; les bannières endeuillées commencèrent à se dresser dans la plaine. Le moment était venu; Sélim devait paraître.

Il me prit la main, et nous nous mîmes à trembler tous deux.

— Mon sultan, soyez digne de l'Empire, et aussi de vous-même, lui dis-je respectueusement. Le monde est là qui vous appartient, Seigneur.

Sélim me pressa la main; sa jeunesse s'achevait là. Les trompettes retentirent; Sokolli le poussa au-dehors et lui posa dans les mains le grand turban d'État blanc et or.

— Sur le cercueil, Votre Seigneurie, sur le cercueil...

Sélim avança d'un pas raide; il déposa sans trembler le turban sur le corps de son père et leva les bras au ciel. A ce moment, des quatre stations de l'armée s'éleva la première sourate du Coran.

« Toute domination périt, la dernière heure attend tous les humains... Le temps ni la mort ne peuvent atteindre l'Éternel. »

Alors une immense clameur perça le ciel. Mon prince était sultan.

Pendant deux longues heures, il passa les troupes en revue sur le cheval blanc de son père. Les janissaires l'aimaient et lui firent fête. Sélim nous revint épuisé et rayonnant. Une première décision s'imposait : continuer la guerre, ou revenir à Istamboul ? Sokolli fit réunir le premier Diwan de Sélim. Les capitaines ne parvenaient pas à se mettre d'accord. Sokolli demanda ses instructions au nouveau sultan.

Sélim hésita. Je le poussai du coude. Un sultan n'hésite jamais.

Il sursauta et, d'une voix autoritaire, ordonna le retour. Le corps du Magnifique serait tiré sur le canon par autant de chevaux qu'il le faudrait, de Szeged à Istamboul. Les capitaines sortirent en maugréant.

– Votre Seigneurie ne leur a pas parlé du don d'avènement, remarqua froidement Sokolli. Nous aurons des troubles en chemin.

Sélim n'y songeait pas, et n'y pensa pas davantage le lendemain en prenant la tête de l'interminable cortège. Il avait l'esprit occupé par l'état du cadavre de son père : trois semaines déjà, et combien de jours pour le retour ?

– Que le sultan ne s'inquiète pas, Enfanghi Bey, me dit Sokolli. J'ai fait fait bourrer le corps de coton et d'aromates ; il se desséchera tranquillement, sans risque. Au demeurant vous verrez que l'Empire exige d'autres soins que ce genre de songeries inutiles.

Il ne se trompait pas. Trois jours plus tard, alors que l'armée semblait à peu près calme, le nouveau sultan reçut la visite de deux *beglerbeys*, celui de Roumélie et celui d'Anatolie. Fort pieux, les deux hommes venaient demander à Sélim de maintenir l'ordonnance sur l'interdiction du vin dans l'Empire. Déjà !

Sélim entra dans une violente colère et les chassa. Sokolli me prit aussitôt à part.

– Il dépend de vous, de vous seul, Enfanghi Bey, que notre sultan respecte les lois saintes de l'islam. Persuadez-le et nous serons amis. Sinon, seigneur, il perdra l'estime de son peuple, et je ne vous le pardonnerai pas. Vous avez su distraire sa jeunesse, il vous appartient d'éduquer sa maturité.

L'un de mes destins bascula dans cet instant. Je n'entendis rien de la gravité du grand vizir ; je le jugeai austère et bigot. Et puis, un grand vizir, le sultan pouvait en changer...

297

– Eh quoi, Seigneur, répondis-je sottement, n'êtes-vous pas assez grand pour conseiller vous-même? Je ne suis que prince européen, je ne suis pas grand vizir!

Ainsi qu'il en avait fait la promesse, Sokolli ne me pardonna pas.

Comme par hasard, dès le lendemain retentit le sinistre bruit des cuillers frappées contre les chaudrons renversés par les janissaires. Rien n'est plus épouvantable pour un sultan que d'entendre ce signal de la révolte de son armée. Et cela battait comme un cœur qui palpite, de plus en plus fort...

– Il ne fallait pas méconnaître les règles de l'avènement, Votre Seigneurie..., dit Sokolli calmement.

– L'argent, Sokolli! Vite! cria Sélim affolé.

– Oh! non, pas immédiatement. Laissez-les s'époumoner un peu, puis vous céderez. C'est assez simple.

Et en effet les cris rituels commençaient déjà : « Un chariot de foin embarrasse le chemin...

– Et coupe la marche! » Puis, dominant les railleries, monta une unanime clameur: « Cède à l'ancien usage! Cède, sultan Sélim! »

Alors le rusé Sokolli demanda officiellement à son nouveau sultan le droit d'ouvrir les coffres qu'il tenait prêts; chaque soldat reçut vingt ducats, chaque janissaire, le double. Les capitaines, bien davantage encore – et tout rentra dans l'ordre; mais Sokolli avait su se montrer indispensable.

Sur le chemin du retour, Sélim partagea son temps entre Sokolli et moi; mais c'était son grand vizir qu'il écoutait lui parler de l'Empire. Je retrouvai chaque nuit un Sélim affaissé, qui avait chevauché tout le jour et n'avait plus de forces que pour le vin; je lui massai les pieds, le faisais rire, voilà tout ce qu'il lui fallait. Il était clair que Sélim Sultan ne renverrait pas le grand vizir de son père et que je serais avant tout préposé à l'organisation de ses plaisirs.

Une seule chose était certaine : il avait décidé d'abolir l'interdiction sur le vin, quoi qu'il advînt.

– Je te ferai duc, disait-il en bâillant. Assieds-toi près de moi; tu ne m'ennuies pas comme Sokolli, toi, au moins. Oui, tu seras duc..., répétait-il chaque soir au moment de s'endormir.

Le revers de ces honneurs n'était pas moins assuré : Mehemet Sokolli chercherait à me détruire.

— Et il vient tout juste d'y parvenir ; il lui aura fallu douze ans, conclut le bouffon en se levant. Aurais-tu cédé sur le vin, et convaincu ton sultan de renoncer à son abolition, tu n'aurais aujourd'hui rien perdu de ta puissance.

— Mais j'aurais perdu Sélim, Caraffa !

— Par ma foi ! Cela aurait mieux valu, car jamais tu ne lui portas chance, mon fils. D'ailleurs notre Senora avait raison : qu'avais-tu besoin de te mêler intimement des affaires de l'Empire ?

— Je ne sais, Caraffa. Elle résistait au monde, et je n'y résistais point. Tibériade était trop austère, et je ne m'y voyais pas vieillir, sans palais et sans luxe. Avec Sélim, j'avais une autre passion, enfin ; j'étais grisé, heureux, libéré.

— Je gage que la Senora s'est mise en travers du chemin...

— Bien dit, bouffon. Il lui restait une seule chose à faire pour me retenir dans la religion de nos pères ; et plus tard, elle osa... N'en parlons pas.

Le vieil homme s'était levé et regardait la ville éclairée par un rayon de lune.

— Et tant que vivra Sokolli, je vivrai, Caraffa... Cette prédiction me hante. Là-bas, dans ce Sérail où j'ai passé tant d'années, cet homme qui me hait dort sans doute, et dès qu'il ouvrira les yeux, il ira servir Mourad Sultan, successeur de mon Sélim. Mehemet Sokolli, seul survivant des combats qui peuplèrent mon existence...

Chapitre VIII

1566-1569

EYÜP, OU LA LITURGIE DES ADIEUX

(Le retour de Sélim II et de son favori dans la capitale de l'Empire; le recouvrement des créances françaises; le couronnement dans ses îles de Josef Nasi, duc de Naxos et des Cyclades; l'incendie d'Istamboul; la dernière fête de la Senora.)

Vendredi, au point du jour

Un léger cri le fit se retourner. Une ombre s'enfuyait dans l'obscurité.

— Ah! Mon épouse, que j'oubliais encore et qui survit aussi, soupira-t-il. Non, Caraffa, pas un mot. Tu veux savoir pourquoi je ne veux pas voir ta duchesse? Tu le sauras bientôt. Et tu me jugeras.

— Je suis curieux en effet, dit le bouffon, de connaître enfin la cause des mauvais traitements que tu infliges à ma duchesse. Cesse tes énigmes! Et instruis-moi, tu l'as promis.

— Tu ne t'endors plus, faquin, hein? Au moins va t'assurer que la duchesse ne m'écoute pas; elle en pâtirait, crois-moi.

Sokolli avait décidé le nouveau sultan, mon Sélim, à se trouver dans l'enceinte du Sérail au moment de l'entrée des troupes dans la capitale; prudence légitime, car toute succession comporte des risques de troubles. L'arrivée du cortège funèbre dans les rues d'Istamboul n'était pas sans dangers.

301

Mon prince quitta donc secrètement l'armée ottomane, en ma compagnie; nous chevauchâmes de nuit et traversâmes les postes de garde de Topkapi en nous faisant passer pour des émissaires de Sokolli; l'aube n'était pas levée. Sélim me fit venir jusque dans son pavillon, et nous préparâmes fébrilement les derniers dispositifs de son accession au pouvoir suprême. Puis il voulut prendre un peu de repos, et je partis rejoindre le palais des Nasi pour quelques heures.

Personne ne m'attendait. C'était un matin tranquille, et la maison s'éveillait; les servantes avaient commencé à laver le sol de la grande salle, et aux cuisines, on s'affairait déjà. Je grapillais en passant quelques raisins de l'été quand soudain j'eus un coup au cœur. Reyna chantait.

> *Yo m'enamori de notche*
> *el lunar ya m'enganyo*
> *Si esto era de diya*
> *Yo no atava amor...*

De la nuit suis tombé amoureux... Je ne connaissais pas cette romance. Il y avait des années que je n'avais entendu sa voix... aussi fraîche et joyeuse que dans les haltes, pendant notre long voyage. Reyna ressuscitée! Je ne parvenais pas à le croire. Je montai les escaliers en courant, l'esprit en fête. Reyna aurait-elle enfin retrouvé la joie de vivre?

> *Si otra ves yo m'enamoro.*
> *sea de dia kon sol.*

J'ouvris la porte, Caraffa. En plein soleil, Reyna s'accompagnait de la guitare. Et... Je ne parviens pas à le dire. Tu vois, moi le cynique, j'en tremble encore. Sur la nuque de ma chère épouse, un homme avait posé sa main. De l'autre, il lui caressait le bras. Le cousin Samuel! L'innocent Samuel, l'inoffensif intendant de la maison Nasi et l'époux de la Chica! La foudre serait tombée sur moi, elle n'aurait pas produit pareille secousse.

Ma femme leva la tête et me vit; ses yeux brillaient. De ses pommettes cramoisies, tout échauffées par le désir, le sang se retira d'un coup; elle posa lentement son instrument et mit la main sur sa bouche comme pour s'imposer silence. Je me ruai sur le cousin, l'assommai et brisai la guitare à coups de pied. Reyna se protégea le visage avec le bras; je la jetai à terre.

— C'est donc pour lui que tu chantais! Plus jamais je ne veux entendre ta voix, Reyna... Jamais! Tu cachais bien ton jeu, cousine; pour moi, une face triste, pour lui, le meilleur de toi-même!

Et je la traitai comme sa guitare, à coups de pied. Derrière moi, j'entendis les cris de Beatriz.

— Tu vas la tuer, Josef! Laisse-la! Josef, tu es fou!

Ma fureur se calma brusquement. La Senora courut relever sa fille gémissante; le cousin s'était enfui en clopinant. Voilà ce qui m'arriva lorsque je revins de Szeged sans être attendu dans mon palais.

Le bouffon se gratta la tête.

— Je ne te crois pas, Naxos, fit le bossu. Tu auras mal vu, tes yeux t'auront trompé, tu n'avais pas dormi pendant plusieurs nuits... Ma duchesse, coupable, allons donc! Impossible!

— Je m'étais si peu trompé que Beatriz crut bon de m'entretenir sur le charmant spectacle que, selon toi, j'aurais inventé de toutes pièces. Elle étendit sa fille sur le lit, ferma les courtines et me poussa rudement hors de la chambre. Hébété, je me laissai faire; elle me conduisit sur le balcon où nous sommes.

— Là, Josef, calme-toi. Ta colère, je la comprends; mais aussi, si tu n'avais pas délaissé ma Reyna, elle n'en serait pas arrivée à ces extrémités. Tu n'as jamais eu pour elle les égards d'un mari. Toujours au Sérail, jamais un geste de tendresse, un insupportable dédain, des moqueries sur ses vêtements, et son lit déserté... Sans même parler de tes maîtresses. As-tu vraiment le droit d'être jaloux, Josef?

— Je ne voulais pas l'épouser, Beatriz, soupirai-je. Et que fais-tu de la Chica, aussi trompée que moi?

— Elle ne sait rien! cria-t-elle.

Puis, comme si elle s'était coupée, elle se tut. Je fus pris d'un curieux soupçon.

303

— Beatriz, dis-moi, tu savais, toi?

Elle ne répondit pas. La Senora baissait la tête avec une confusion qui ne lui ressemblait pas.

— Beatriz! Je ne me trompe pas, tu as autorisé cette idylle, alors même que Samuel est le mari de ta nièce?

— Tu voulais que je laisse ma fille dans le malheur? cria-t-elle brusquement. Oui! j'ai vu, et je n'ai rien dit. Je n'ai pas ramené Reyna dans le droit chemin. Et maintenant, juge-moi, si tu l'oses!

Elle faisait front, en haletant. J'avais envie de l'étrangler; je me contentai de la gifler. Elle ne poussa pas un cri, et frotta sa joue sans mot dire.

— Sais-tu ce que tu vas faire, Josef? reprit-elle en se contenant. Tu vas oublier. Tu ne vas pas troubler davantage la vie de notre maison. Tu ne feras pas de scandale pour une simple et innocente attirance; tu ne tueras pas le cousin Samuel. Et qui sait, après tout, ajouta-t-elle avec un rictus, cela te fera réfléchir. Peut-être la jalousie te rendra-t-elle enfin à ma malheureuse enfant...

Je comprenais tout. Beatriz avait toléré l'amourette de sa fille; mieux, elle l'avait calculée. Reyna y trouvait un peu du bonheur que je ne lui donnais pas, et si j'étais jaloux, je la désirerais peut-être davantage. Oh! la misérable farce...

— Ma mère, lui dis-je durement, quand vous êtes la Senora, vous avez toutes les vertus, et nul n'a plus de courage que vous. Mais vous ne devriez pas vous mêler de sentiments; vous ne connaissez rien à l'amour. Vous êtes trop froide pour conduire intelligemment des intrigues libertines; on ne peut à la fois vouloir être Judith et comprendre les choses de la chair... Hormis votre goût des sucreries, la moindre de vos servantes a plus de sensualité que vous. Vous êtes une enfant, décidément.

J'entendis dans le lointain des clameurs qui m'inquiétèrent. Une émeute? Ou au contraire des acclamations? Je devais rejoindre mon sultan... La Senora eut un petit rire sec.

— Je ne connais rien à l'amour, Josef, moi...

— Adieu, ma mère, lui jetai-je, glacial. Il sera fait selon vos désirs. J'en userai avec mon épouse comme par le passé. mais je ne la toucherai plus. Quant au cousin, après tout, qu'il demeure; pourvu qu'il m'évite et que je ne sois plus témoin de ses écarts, je m'en arrangerai, tout comme vous. Mes appartements seront désormais au Sérail.

Beatriz leva une main, comme si elle voulait me dire quelque chose, pendant que les cris au-dehors redoublaient : je détournai la tête, et la Senora, achevant son geste dans un soupir, me laissa partir.

Plus tard, j'appris que Reyna s'était alitée aussitôt et qu'on avait craint pour sa vie; le bruit courut qu'elle était grosse, mais que l'enfant n'avait pas résisté à mes coups. Je n'ai jamais connu la vérité sur ce point. Nous perdîmes un bon intendant car le cousin Samuel disparut du palais aussi discrètement qu'il y était venu; la Senora l'expédia à Ferrare avec sa petite épouse, d'où ils s'échappèrent à temps lorsque vinrent les persécutions de l'Inquisition; la Chica ignora tout du drame. Ils vivent aujourd'hui à Salonique, je crois.

– Ton propre enfant, dans le ventre de ma duchesse, tu l'a tué! fit le bossu, hors de lui.

– Et qui te dit que l'enfant était de moi, pauvre imbécile? C'eût été un Nasi, voilà tout. Ah, tu ne trouves rien à répondre... Comprends-tu maintenant pourquoi je ne veux pas la voir?

– C'est égal, Naxos; la Senora avait raison, tu ignores la pitié.

– Et elle, avec ses calculs mesquins, avait-elle éprouvé la moindre pitié pour mon sort? Non, non, elle voulait m'humilier. Le beau résultat!

Je n'avais plus rien à faire au palais Nasi et partis pour le Sérail. Mais mon intuition ne m'avait pas fait défaut, et c'était bel et bien une émeute que j'avais entendue. Malgré toutes nos précautions, Sélim avait été reconnu; les janissaires de garde au Sérail, au cours de beuveries nocturnes, s'étaient monté la tête et je ne pus entrer dans Topkapi, dont ils avaient barré la route avec des tonneaux. On ne passait plus; Sélim était prisonnier dans ses palais.

Le cortège funèbre entra dans la ville; les janissaires de l'armée en campagne rejoignirent leurs camarades ivres, et l'affaire tourna fort mal. Le *kapoudan pacha* et le second vizir, tiraillés de toutes parts, tombèrent de cheval, reçurent des coups et restèrent aux mains des mutins. Sokolli, plus malin, jeta du haut de sa monture toutes les pièces d'or qu'il avait sur lui, et put s'échapper. Les émeutiers traînèrent les deux captifs dont ils s'étaient emparés jusque devant le nouveau sultan, qui fut bien obligé d'augmenter les soldes. Mais les troubles reprirent de plus belle. C'en était trop, même pour célébrer la perte du plus grand des sultans : Sokolli demanda à quelques-uns de ses gardes fidèles de capturer une dizaine de janissaires, à qui l'on trancha le cou aussitôt. Lorsque je pus enfin pénétrer dans l'enceinte du Sérail, les têtes coupées se trouvaient encore dans leurs niches, sur la grande porte du Salut.

Une fois les choses rentrées dans l'ordre, les cérémonies officielles commencèrent. Les dignitaires de l'Empire vinrent prêter serment à Sélim II, que l'on surnomma aussitôt Sélim le Blond ; le soir même, la première cadine Nour Banou, ainsi que la sœur du souverain et sa tante, toutes en vêtements de deuil, se rendirent auprès de lui pour baiser ses mains ; le lendemain, ce fut le tour des ambassadeurs de France et de Venise, les seuls qui comptaient pour la politique de l'Empire. Dès lors, les jours ne connurent plus de répit. Quand le long cortège de l'armée fut bien installé dans la ville, et que le danger fut écarté, Sélim conduisit le corps de son père, porté à bras d'hommes sur un simple brancard, jusqu'au mausolée élevé par Sinan derrière la mosquée de la Suleymanie. On recouvrit la tombe de châles et du turban impérial de soie blanche, l'aigrette dirigée vers le ciel, sous la coupole rouge peinte d'arabesques d'or. C'est là que Soliman repose, près de sa bien-aimée Hürrem, sous les trois grands cyprès que l'on devine à peine, là-bas.

Je n'étais pas encore mêlé aux affaires de l'Empire ; Sokolli y veillait. Il s'était contenté de me signaler qu'il n'était plus souhaitable de soutenir Sampiero Corso, voilà tout. Mais lorsque je retrouvais Sélim, il ne se passait pas de jour qu'il ne me demandât ce que je désirais. De lui-même et sans me consulter, il avait déjà aboli le *firman* d'interdiction du vin, dont j'avais toujours le monopole ; mais, répétait Sélim, ce n'était pas assez. Je réfléchis longtemps avant de trouver une première idée.

– Si mon sultan bien-aimé me le demande, je dirais qu'il faudrait sans doute que Sa Grâce utilise son ami et serviteur pour punir le royaume de France, qui nous doit de l'argent et refuse de reconnaître ses créances. Que le sultan me donne autorité pour mettre l'embargo sur des navires français; il en arrive justement dans les prochains jours quelques-uns à Alexandrie...

Sélim se mit à rire.

– L'embargo! En aurais-tu pris l'habitude, et ne te suffit-il pas de celui d'Ancône? Voyons... Oui, je crois que je vais t'autoriser, Josef. Je n'aime pas ce nouvel ambassadeur, celui qui a succédé à La Vigne, et qui te diffame encore davantage. Grandchamp, n'est-ce pas?

– Le grand vizir le tient en considération, fis-je vivement.

Sélim plongea son beau regard vif dans le mien, et me prit par l'épaule.

– Arraisonne ces navires, Josef, et paye-toi.

Il fallait d'abord écarter le petit Grandchamp. Ce jeune homme de vingt-sept ans ne songeait qu'à épouser une riche héritière. Il fut donc aisé de lui tendre un piège. Il avait jeté son dévolu sur la fille du voïvode de Valachie, dont il feignait d'être épris. Sur le conseil de ses amis, que je payai en cachette, il envoya force présents coûteux à sa belle; simulant l'indulgence, je devins son créancier. Il ne fut pas trop difficile de faire échouer les projets matrimoniaux du béjaune qui se retrouva ruiné. Je le tenais.

Il signa sans réfléchir une reconnaissance de dette que j'avais étendue à la dette du royaume lui-même. Le croiras-tu, Caraffa? Cet oison ne lut même pas le papier. L'ambassadeur de France engagea donc son roi sans s'en apercevoir. J'avais le droit pour moi; je pus m'emparer tranquillement de cinq vaisseaux marchands qui me remboursèrent nos créances; Hadji Mourad Bey, qui ne s'était pas remis de son ambassade manquée, s'enchanta de ce dénouement. Ainsi s'exerça la vengeance des Nasi sur la famille de France.

Mais, comme par un fait exprès, au lendemain de cette victoire financière, Sampiero Corso, le patriote corse mon ami, que j'avais aidé sur le conseil de Roustem Pacha et qui avait envahi son île bien-aimée avec le secours des Français, fut assassiné mystérieusement dans la patrie qu'il aimait tant. Certes, les suspects ne manquaient pas; mais ma propre conviction était faite; Sokolli, à n'en pas douter!

Et s'il avait pu faire tuer un rebelle allié de l'Empire, il pouvait lui prendre la fantaisie de se débarrasser d'un jeune sultan indocile. Je ne pouvais accuser Sokolli sans preuves, mais au moins pouvais-je protéger mon ami. Je pris prétexte de remercier le sultan pour l'aide qu'il m'avait apportée dans l'affaire de la saisie des bateaux français, et lui fis porter un grand panier hermétiquement scellé et qui arriva en ma présence.

Sélim examina le sceau.

– C'est encore l'un de tes tours, Nasi! Ouvre toi-même et montre-moi ces présents. As-tu inventé quelque coupe ouvragée, est-ce une statue, ou une toile?

Avec le sérieux d'un collectionneur, j'extirpai du panier un brouet de gélines, un aigre-doux de mouton qui embaumait le vin cuit, des darioles, et de la rosée aux violettes, préparés par mon cuisinier personnel. Puis solennellement, je sortis une vingtaine de mes meilleures fiasques. Je disposai le tout aux pieds de mon sultan.

– Crois-tu donc qu'on ne me nourrit pas, Josef? fit Sélim en éclatant de rire. De la fricassée de mouton, j'en ai tous les jours; les volailles, on me les sert à la cannelle, farcies de riz et d'œufs... J'ai tout ce que je veux, tu le sais! Ces mets ont certes l'air admirable, mais quelle mouche te pique?

J'expliquai longuement à mon maître qu'il avait tout intérêt à recevoir sa nourriture sous scellés, à l'abri du poison. Il s'assombrit. Je lui représentai que ces plats européens n'étant pas en usage à sa cour, personne ne prendrait ombrage d'une fantaisie culinaire, et qu'ainsi il serait en sécurité.

– Veux-tu dire que tu m'enverrais cela chaque jour? demanda-t-il songeur.

J'acquiesçai. Sélim me prit affectueusement par le cou.

– Il n'y a que toi pour veiller sur ma personne. Nourris-moi donc, ami; je le veux bien. Je n'accepterai plus aucun mets qui ne porte ce sceau. Mais je veux un sceau qui symbolise de vraies terres, un vrai royaume, celui d'un prince européen ne me suffit pas. Dis-moi ce que tu veux, tu l'auras dans l'instant.

Chypre! En un éclair je revis les sapins, les cyprès, Faustina... Je voulais cette île.

Je m'en étais beaucoup inquiété : tenue par l'antique famille française des Lusignan, rois de Jérusalem, jusqu'à ce qu'un duc Jacques épousât la Vénitienne Catherine Cornaro, elle appartenait maintenant, une fois l'époux disparu, à Venise, et constituait d'ailleurs son plus beau fleuron méditerranéen, aux portes de l'Empire ottoman. L'île ne semblait pas difficile à prendre. J'en ferais mon royaume, un royaume juif mille fois plus sûr et fertile que la Palestine; enfin, je serais roi.

J'en parlai aussitôt à Sélim : Chypre, volée par Venise, son intérêt stratégique, ses fortifications et ses vignes... Il m'arrêta.

– Tu déraisonnes, Josef. Sokolli ne veut pas de guerre, et nous négocions avec l'Espagnol. Nous ne pouvons pas attaquer une forteresse de la Sérénissime, et celle-ci est d'importance. Nous ne la prendrions jamais sans combattre. Non, Chypre, peut-être plus tard, nous verrons. Mais une toute petite île, et qui ne coûterait rien à prendre... Laisse-moi y penser.

Ce fut Naxos, aisément arrachée au duc de l'Archipel, Jacques III Crispo, vassal de la Sérénissime. La belle île d'où venaient le sel et le vin, celle que les Grecs appelaient la « toute ronde », avec ses carrières de marbre blanc, appartenait à Venise depuis que le premier de la famille Sanudo, Marco, l'avait prise, trois siècles auparavant; l'empereur Henri en avait fait le duché de la mer Égée, dit encore duché de l'Archipel; le souverain de Naxos avait autorité sur Andros, où régnaient les Dandolo, sur Skyros où étaient les Ghisi; sur Santorin avec les Barozzi, et sur Astypalée, gouvernée par les Querini. Un sire de Nègrepont avait obtenu l'île après l'extinction des Sanudo, pour tomber enfin aux mains des Crispi, d'où je la tiendrais moi-même. J'héritais donc d'un duché vénitien; ce n'était pas Chypre encore, mais ce n'était pas mal.

***

On mit le pauvre duc Jacques en prison; je devins duc de Naxos, comte d'Andros et de Paros, seigneur de Milos et des Iles, et souverain de tout un archipel.

Mon premier geste fut de graver mes armoiries; et je ne sais pourquoi il me prit fantaisie de faire graver un lion, la queue nouée, fourchée et passée en sautoir, comme sur les armoiries des Lusignan, pour prendre date; j'y ajoutai une lune et trouvai cela beau. Mais quand j'eus en main la bague de cornaline où la lune et le lion enlaçaient le N des souverains de Naxos, quand je vis embrassés le lion de mon duché et le nom marrane de Beatriz de Luna, je ne pus résister à la tentation de la revoir.

Quoi, la Senora m'avait rendu ridicule, elle avait fait de moi un mari trompé... C'était impardonnable. Mais ne plus revoir Beatriz? Ne pas lui montrer ma gloire nouvelle? Me priver d'elle, de ses foucades, de ses colères et de ses émotions? Et si elle mourait, là, soudainement? Est-ce que je ne savais pas tout de ses secrets?

Était-ce notre faute si nous formions les deux moitiés d'un même être? Ne m'avait-elle pas aussi fourni le meilleur prétexte pour tenir mon épouse à l'écart, et sans remords? Je balançai longtemps; ma fierté céda, comme toujours; la tendresse reprit le dessus et je finis par me persuader que le crime de Beatriz n'était pas si grand que je l'avais cru.

Je me résolus donc à rejoindre le palais Nasi, où je n'avais pas mis les pieds depuis de longs mois. En me voyant, les servantes s'égaillèrent et s'allèrent cacher derrière les tentures; des portes claquèrent brutalement, le palais chuchotant semblait m'épier. Seule la Tsigane se campa devant moi avec son insolence coutumière; je l'écartai rudement.

Je trouvai Beatriz assise dans son éternel fauteuil, appliquée à étudier ses tarots. Rien n'avait changé. J'entendais le petit craquement de ses dents sur ses éternelles sucreries; n'eût été la lenteur de mes pas retenus, et la raideur de la Senora, on eût pu croire que je l'avais quittée hier.

– C'est vous, monseigneur le revenant, désormais duc de Naxos, à ce qu'il paraît! fit-elle.

– C'est moi, ma mère, dis-je ironiquement. Je viens vous présenter mes devoirs, et vous montrer nos armoiries fraîchement ciselées.

Elle daigna prendre la bague en fléchissant le buste cérémonieusement, regarda la pierre d'un air distant et la fit tourner dans la lumière en fronçant le sourcil.

— Je ne vois aucun signe de notre famille, mon fils. Le N de Naxos coïncide avec celui des Nasi, qu'il étouffe, voilà tout. Qu'y a-t-il là de si admirable?

Et elle voulut me rendre la bague que je remis de force dans le creux de sa main serrée.

— Regardez mieux, ma chère mère. Vous reconnaîtrez un détail qui vous amusera sans doute, et auquel vous n'êtes pas étrangère.

Elle m'écouta, sérieuse, avec deux petits plis au milieu du front; ma voix n'était pas hostile. Je pris sa main et en ouvris les doigts, un par un. Elle pencha la tête, frotta la pierre contre un pan de sa robe pour ôter la buée qui l'avait ternie.

— On n'y voit rien, dit-elle courroucée. Je distingue un lion, et aussi une lune...

Allait-elle se souvenir de son nom marrane? Mais non, elle me regardait sans comprendre. Je la saluai à mon tour avec cérémonie.

— Dona Gracia Nasi souffrira-t-elle que je l'appelle encore madame de Luna? dis-je en riant.

Stupéfaite, elle contempla la cornaline, puis laissa rouler à terre la bague de Naxos.

— Beatriz, je vois que tu as compris... Le lion et la lune, est-ce assez bien trouvé?

— Tu ne me hais donc pas trop, mon Josef? Tu m'as pardonnée, enfin? dit-elle en me tendant les bras.

Je me retrouvai à ses genoux. Mon Dieu, quel âge avions-nous... L'interminable fâcherie avait pris fin. Elle me caressait la tête, et nous étions réunis, sans déchirure, seuls au bord de notre vieillesse, avec les cicatrices de nos querelles. Oubliés le cousin Samuel, les entêtements, les divergences, et même mon malheureux mariage... Nous naviguions de nouveau sur notre mer intime, celle qui ne nous fit jamais défaut, eaux calmes de la douceur partagée. Je rompis le silence.

— Madame la Lune, il faut partir pour Naxos. Vous y assisterez à mon couronnement. Savez-vous combien d'îles sont en ma possession?

311

Elle compta sur ses doigts.

– Santorin, Milos, Skyros, ... Syra, et Paros! fit-elle fière-ment.

– Tu en oublies, Beatriz. Ajoute Antiparos, Nio, Niamfo, Andros, Mykonos, Sériphos et Siphanto... Une poussière d'îles, Beatriz, voilà mon royaume!

– Emmèneras-tu Reyna? fit-elle avec inquiétude.

Avec la Senora, les moments de bonheur ne duraient jamais longtemps; je soupirai, baisai ses longs doigts et me relevai sans colère.

– Il le faut bien, ma mère. Mais vous serez à nos côtés; ainsi verrez-vous de vos yeux comment je surmonte mes passions. N'êtes-vous pas la mieux exercée du monde dans cet art particulier?

Elle parvint à rire.

Mes îles, éparpillées sur la Méditerranée, et peuplées de dieux abandonnés...

Je mis longtemps à les identifier. A Sériphos, Persée et le monstre Gorgone, à Délos, Apollon et sa sœur Artémis, mais en revanche, à Santorin, une sainte Irène bien chré-tienne... Dans l'île de Naxos, une Ariane abandonnée avait été épousée par Bacchus, le dieu du Vin, le mien. Il me fal-lut de patientes années de rêveries sur un bras divin détaché d'un torse perdu, une tête aux yeux aveuglés par la terre qui l'avait engloutie, pour saisir un peu de la vie disparue de cette Grèce qui me hantait. Je ne cessais de me pencher sur le massacre de marbre et de bronze que mes paysans labou-raient sans relâche. De belles îles, Caraffa; certaines, sèches comme le désert, il n'y pousse que des herbes folles et des plantes au cœur jaune, battues par le vent; d'autres sont plantées de cyprès et de glycines tombantes. Mais aucune n'égale Naxos, la perle de mon royaume.

Nous y débarquâmes au printemps. Sur le quai attendait au complet la cour du duc Crispo. Ces barons en houppe-landes fraîchement lavées, ces vieillards appuyés sur des cannes immenses, ces femmes en noir, vêtues à l'ancienne, avec de longues manches démodées, avaient gardé une raideur désuète mais digne. Certaines dames portaient encore les hennins à cornes du siècle dernier, dont les Lusignan de Chypre avaient lancé la mode, depuis longtemps abandonnée. De faibles clameurs nous accueillirent ; des paysans, encadrés par les soldats de l'Empire, brandirent de maigres gerbes de fleurs des champs. Je pris résolument le bras de la Senora ; la duchesse de Naxos – ta duchesse, bouffon – nous suivait timidement.

Nos deux dames montèrent dans un carrosse poussiéreux, et l'intendant de la maison Crispi me tendit sans un mot les rênes d'un mauvais cheval, trop vieux. Nous montâmes au château ; Dieu, que l'île était belle ! C'est un vaste verger où poussent pêle-mêle les oliviers, les figuiers, les orangers, les grenadiers ; les fontaines et les sources jaillissent à chaque pas, et l'on y trouve les meilleures vignes de la Grèce.

Mais le château aux douze tours gardait encore la marque du roi que l'Ottoman avait chassé. Tout y était si vieillot qu'on se serait cru un ou deux siècles auparavant ; aucune des commodités de notre temps n'y était apparue ; peu de tapis, mais dans certaines pièces, du foin ou de la paille par brassées, jetés sur le sol chaque matin ; quelques verres de Venise, mais surtout des gobelets d'étain ; pour nous, des assiettes, mais pour les autres de grosses tranches de pain, comme dans les campagnes. A peine un baquet pour se laver. Je songeais avec nostalgie à notre hammam particulier.

– Que faisons-nous ici ? murmura Beatriz. Nous n'y serons jamais chez nous, Josef.

Je mandai l'intendant qui nous avait accueillis. C'était un vieil homme droit et silencieux. Je tâchai de le questionner ; peu à peu, il s'anima. J'appris que l'île était régulièrement dévastée par les pirates : des Turcs, des Algérois, des Italiens, des Corses... Pas une semaine sans pillage. Les habitants de l'île avaient mal accueilli leur changement de souverain.

– Et vous ? lui demandai-je brutalement.

– Votre Grâce ne sait pas qui je suis, répondit-il. Mon père était grand rabbin de Séville aux temps des Rois Catholiques.

– Est-ce possible ? s'écria Beatriz. Êtes-vous le fils d'Abraham Senior, que l'on baptisa solennellement le premier des Marranes ?

313

— Oui, madame, je suis en effet le fils de celui qui devint Fernando Coronello; c'est le nom que je porte. Je fus l'un de ces enfants qui reçurent le baptême dans la cathédrale de Séville; le roi Ferdinand fut mon parrain, la reine Isabelle ma marraine. Parmi tous les chrétiens qui vous reçoivent aujourd'hui, je suis sans doute le seul à connaître vos mérites, parce que, peut-être, ne suis-je pas vraiment un bon catholique. Mon cœur a tressailli de joie quand j'ai su le nom de notre nouveau souverain...

Le vieux Coronello était si ému qu'il s'interrompit, les larmes aux yeux. Beatriz alla l'embrasser, et il vint à nos côtés où il essuya ses pleurs.

— Que Votre Grâce me pardonne... Jamais je n'ai pu parler à personne de ce passé révolu. Mais ce n'est rien. Questionnez-moi, monseigneur; je suis prêt.

Les nouvelles qu'il nous apprit n'étaient pas bonnes. Les vieux gentilshommes que nous avions vus sur le quai n'avaient pas attendu mon couronnement pour dépêcher un messager au sultan, et demander le retour du duc Jacques, prisonnier à Istamboul. Les pirates rôdaient, à l'affût d'une guerre civile qui leur ouvrirait l'île, et les paysans craignaient de leur côté de nouveaux impôts. Coronello me proposa un plan.

— D'abord, soumettez-vous au plus vite à la cérémonie du couronnement, dès demain; obligez ces gens à vous prêter serment; pour eux, cela compte. Mais attendez-vous à des rebuffades; ce sera une épreuve. Puis annoncez que vous remettez l'impôt de la mi-année; il vous en coûtera de l'argent mais vous rassurerez. Annoncez aussi que vous allez demander, comme Votre Grâce est en mesure de le faire, l'aide de la Sublime Porte, pour mettre fin aux pirateries; ils reviendront plus tard, sans doute, mais vous aurez marqué votre territoire. Enfin, et ce sera le plus difficile, monseigneur, annoncez que vous avez écrit au sultan Sélim pour demander la grâce de Jacques III Crispo, qui s'en ira ailleurs, mais libre, et par vos soins.

Si ce n'avait été Francesco Coronello, je l'aurais jeté dehors; mais c'était cet homme, et je l'écoutai.

— Donnez-moi une plume et un parchemin.

— Inutile, monseigneur, la lettre est prête, fit-il en sortant un rouleau de son pourpoint.

314

Elle était parfaite. Il m'expliqua ensuite le rituel du couronnement; puis il n'y eut plus rien à faire qu'aller dormir. J'entraînai cependant Coronello sur les remparts et nous regardâmes en silence la lumière décliner sur la mer, et s'éteindre sur les rochers et les chèvres égarées.

– Monseigneur a-t-il une descendance? murmura Coronello.

Le fils du grand rabbin de Séville nous avait adoptés.

Le couronnement se déroula dès le lendemain. Je dois avouer que ta duchesse fit plutôt bonne figure, Caraffa. Le grand manteau ducal, de brocart rouge bordé d'hermine, lui allait mieux que ses oripeaux habituels, et la pompe des Crispi lui convenait ma foi assez bien. Je m'employai à ne pas la maltraiter en public, et sous l'œil anxieux d'une Senora tout en noir nous descendîmes le grand escalier pour rejoindre notre cour.

Ce ne furent que toussotements, crachats de côté, sourires méprisants : une hostilité mal contenue. Puis l'on suivit le rituel; je ne ressentis aucune émotion en posant la couronne ducale sur la tête de Reyna à genoux. Le plus âgé des dignitaires nous troussa un petit discours ennuyeux où se mélangeaient l'amour du Christ pour son Église, celui du dieu Bacchus pour Ariane, et le mien pour la duchesse Reyna. Je m'agitai. Beatriz me lança un regard impérieux.

Dans ma réponse, j'assenai à ma cour les mesures prévues par Coronello. Mais je ne pus me retenir d'annoncer que, conformément aux usages de l'Empire, aucune religion ne serait interdite sur mes terres, « aucune, pas même celle de mes pères », ajoutai-je. Je vis des visages jaunir, d'autres se mordre les lèvres. Mais je continuai de plus belle. Si quelqu'un manquait à cette règle, quel que soit son rang, il serait immédiatement expulsé.

Bientôt, les paysans se calmèrent, les pirates aussi, et les nobles composèrent tant bien que mal avec leur nouvelle situation. Quelques semaines plus tard, le grand amiral, mon vieil ami Piali Pacha, arriva pour inspecter les lieux, et expulsa quelques musulmans soupçonnés de semer le désordre chez les chrétiens, mes sujets. Je fus heureux de le revoir – si heureux que ma joie le fit réfléchir.

315

– Ah, monseigneur, il est visible que vous n'êtes pas plus content sous le manteau d'un duc que vous ne l'étiez auparavant... Est-ce que je me trompe, ami?

J'en convins. Pas davantage que l'exercice de la guerre, celui de seigneur en ses terres ne me convenait. La Senora languissait au milieu de femmes de chambre sévères et maladroites; la cour, matée, nous craignait mais nous détestait; et j'eus vite fait le tour des richesses de Naxos. Quelques exaltantes chevauchées au soleil levant dans les vignes, certains soirs de nuages rouges sur le ciel, les chants des paysannes, la chaleur de l'après-midi, et ce château trop solennel... La capitale me manquait : ses platanes, ses fontaines, ses cafés, ses hammams, et l'amitié de mon sultan.

– Rentrez donc à Istamboul, ami! dit Piali Pacha à qui je racontai mon ennui. Sans vous, notre sultan fera des sottises pour se distraire; Sokolli, qui ne vous aime pas, vous le savez, s'efforcera de vous nuire; il vous tendra des pièges où vous aurez tôt fait de perdre ce duché tout neuf... Vous me parlez de votre excellent intendant : confiez-lui Naxos, et revenez tenir votre rang au Sérail.

Coronello assuma donc la charge du gouvernement de Naxos; notre séjour n'avait pas duré trois mois. Le peuple nous vit repartir alors même qu'il commençait à chanter nos louanges.

Sur le navire qui nous ramenait, Piali Pacha me montra un point à l'horizon.

– Celle-ci n'est pas à toi, monseigneur!

C'était une île minuscule qui commandait l'entrée des Dardanelles, juste un petit noyau sombre sur la ligne droite : Tenos. Piali Pacha souriait.

– La seule île qui manque à ta gloire, Nasi... Je veux bien entendu parler de la gloire du sultan Sélim, Ombre d'Allah sur la terre. Tenos appartient à la Sérénissime. Voilà ce qu'il serait bien de glisser dans l'oreille de ton illustre ami : prenons Tenos, Venise se fâchera, nous attaquerons Famagouste, la forteresse chypriote, et Chypre sera enfin à nous.

Le grand amiral connaissait mes ambitions. Le message était transparent, et m'ouvrait la voie vers l'île de mes rêves.

– Tu veux donc provoquer la guerre sur les mers, lui fis-je, perplexe.

– Justement, Naxos! Il ne faut point attendre que l'Espagnol ait fini d'armer sa flotte... Un jour, ces princes d'Occident se ligueront tous pour nous écraser. C'est demain qu'il nous faut Chypre. Demain...

***

Chaque fois que je m'absentais de la ville, je constatais à mon retour que les intrigues avaient fleuri contre moi. La moisson de nouvelles en provenance de l'Europe ne laissait pas de m'inquiéter. Le vieux pape Pie V, élu agonisant et pour cette raison même, s'accrochait à l'existence et conjurait sans relâche les princes d'Europe de s'unir contre l'Infidèle, dans une véritable croisade contre l'Empire ottoman. Plus grave, les Morisques de Grenade, brusquement révoltés, avaient occupé la cité et fomenté de si grands désordres que, pour les réduire à néant, un jeune chef de guerre venait d'être commis : don Juan d'Autriche, bâtard du Habsbourg et de la petite Barbara de Blomberg, la traînée de Ratisbonne.

J'avais oublié ce libertinage dont j'avais été témoin; le jeune homme, élevé comme un prince, avait grandi; on disait qu'il avait toutes les vertus, la force de son père, la beauté de sa mère, le courage d'un lion, et le roi Philippe, loin d'écarter son demi-frère, composait avec l'adolescent.

Pour ma part, j'étais de nouveau en butte à une offensive française. Cette fois, l'émissaire chargé de me nuire s'appelait Claude du Bourg. Méchant et rusé, il prétendait posséder une correspondance que j'aurais entretenue avec le roi Philippe, la reine Catherine de Médicis, mon ami Maximilien, que sais-je encore... Les pièces à conviction étaient entre les mains de Sokolli. Avait-il déjà entrepris Sélim? Le sultan me reçut à bras ouverts, et me parla surtout du talent de mes cuisiniers.

– Il était temps que tu revinsses, Josef! Je t'ai scrupuleusement obéi; mais j'ai souvent vu revenir les mêmes plats...

Rien d'autre? Pas un mot sur ma prétendue correspondance? Il fallait attendre.

Sélim s'amusa de la description de la cour des Crispi; il

écouta attentivement mon récit des pirateries dont l'île de Naxos était la victime, et promit, à contrecœur, de libérer Jacques III. J'allai même jusqu'à lui parler de Tenos, en lui répétant les propos de Piali Pacha.

– Le capoudan a raison, Josef, dit le sultan. Le pape devient dangereux, il ne faut plus attendre. Je vais bientôt obliger mon grand vizir à guerroyer. Oui, prenons d'abord Tenos, Chypre ensuite. Tu en seras roi, puisque je te l'avais promis.

Allons! Sélim ne savait rien. Prudemment, j'explorai encore.

– Votre Seigneurie a-t-elle connaissance d'une correspondance me concernant? Le grand vizir lui en a-t-il fait part?

Sélim me regarda avec étonnement.

– Une correspondance? On ne m'a parlé de rien. On ne me dit jamais rien! s'emporta-t-il, furieux.

Je lui racontai le complot. Sélim exigea de Sokolli qu'il lui montrât les épîtres.

Quelques jours plus tard, je lisais à mon tour les fausses lettres, confondantes de naïveté et de sottise, au point que Sokolli ne pouvait en effet les utiliser. J'y appelais les rois « mes frères »; je protestais de ma foi chrétienne; je dénonçais grossièrement l'ivrognerie du sultan, et je donnais même des détails sur les points faibles de sa santé – son poids trop lourd, le souffle, qu'il avait court, et le foie fragile. On eût pu penser que je donnais à l'ennemi les moyens d'empoisonner le sultan.

Seul un médecin pouvait en savoir aussi long. Or le vieux Mosche Hamon venait de se retirer; son fils Daoud lui avait succédé auprès du sultan. Daoud, à qui j'avais promis par écrit la main de la duchesse de Naxos, ma femme... La vengeance des Hamon avait été longue à venir. Une nuit, je fis rosser Daoud par mes hommes; et ne tardai pas à rencontrer Claude du Bourg dans les allées du Sérail.

– Sa Seigneurie est sans doute l'envoyé spécial du roi de France? lui fis-je, poli, en lui barrant le passage.

– Voici donc le duc de Naxos, siffla le petit homme en se dressant sur la pointe de ses souliers. Ou plutôt, Juan Micas, condamné à mort!

– Vous avez voulu me ruiner, monsieur; partez, l'air d'Istamboul ne vous vaut rien.

– Je ne fuirai pas, répliqua-t-il. Dans mon pays, nous réglerions nos comptes à l'épée... Mais vous êtes né d'un peuple de lâches!

J'éclatai de rire.

– On aura omis de vous signaler que j'étais en mon temps une fine lame, à la cour de Gand... Quand vous voudrez, monsieur.

Sa main frémit sur la poignée de l'épée, et il blêmit. Il se savait perdu; il tourna les talons. On ne le revit plus jamais au Sérail. Il paraît qu'il manqua toutes ses ambassades; l'étrange gnome français avait vainement travaillé pour le Habsbourg, car il se vendait au plus offrant; mais il n'avait pas réussi davantage. Au moins, pour intriguer, faut-il de l'élégance; et par Dieu, il n'en avait aucune.

Malgré les réticences de son grand vizir, Sélim avait ordonné à Sokolli de préparer la guerre contre Chypre; sa résolution, entière, ne fléchissait pas. Bientôt, je serai roi. Seule Beatriz considérait l'entreprise avec méfiance.

– Encore un royaume, encore un titre! protestait-elle. Quand te lasseras-tu des terres et des honneurs, Josef? Tu as pris sans joie possession de ton île, où tu t'es ennuyé si vite qu'à peine arrivés nous en sommes repartis. Je n'irai point à Chypre voir couronner Josef Nasi, qui, s'il y consentait, pourrait m'aider à faire renaître notre part de Palestine! Tu ferais mieux d'éviter ce que, par ambition, tu as glissé dans le faible esprit du sultan. Tu me crois indifférente à la fortune des Nasi? Mais j'ai mes renseignements, moi aussi. Et je crains une défaite navale, Josef, d'où les Nasi sortiraient vaincus par ta faute, car il sera facile de t'accuser d'avoir poussé à la guerre...

– Une défaite? Impossible; le grand amiral Piali Pacha est sûr de sa flotte.

– Josef, il faut briser le pacte qui se trame entre les souverains d'Europe. Piali Pacha ne pense qu'à l'Espagnol; mais si le pape réussit sa ligue? Use de ton influence pour renverser les alliances, suscite des mariages, brouille les cartes; tu le peux, tu le dois!

– Moi? Et comment ferais-je, Beatriz?

– Tiens, regarde, fit-elle en sortant une carte qu'elle déroula sur sa table.

319

Ce fut l'une des plus grandes surprises de ma longue vie de complots. Le doigt de la Senora courait d'un royaume à l'autre pendant qu'elle dévidait tout au long des frontières le fil des combinaisons qu'elle avait inventées.

– La Transylvanie est assujettie au sultan, et son roi cherche femme, dit-elle sans hésiter un instant; voici notre premier fiancé. Là, en Pologne, la sœur du souverain n'est pas mariée encore; et la Pologne est notre alliée. Il faut aller en France chercher les alliances; souviens-toi que François Ier était l'allié du Magnifique, ce n'est pas si lointain. Le duc d'Anjou pourrait épouser la sœur du roi de Pologne, et la sœur du roi de France, celui de Transylvanie.

– Ensuite?

– Ensuite la France chrétienne serait enfin liée pour de bon à l'Ottoman; la ligue dont rêve la Papauté deviendrait impossible.

L'œil sombre de la Senora me fixait attentivement.

– Je te croyais occupée à tes songeries kabbalistes, Beatriz... m'étonnai-je. D'où te vient cette inspiration?

Elle roula méticuleusement la carte et regarda ses mains sans répondre à ma question.

– On ne se marie pas pour être heureux, Josef, dit-elle après un silence; je sais ce qu'est un mariage, moi! Tu me l'as assez reproché, il me semble, ajouta-t-elle pensive en attrapant un loukoum sur la table. Va parler à ton sultan.

Sélim m'écouta longuement, puis se mit à rire aux éclats.

– Des mariages! Mon favori veut renverser les alliances! Et pendant qu'avec le grand vizir nous préparons la campagne de Chypre, dont justement Sokolli ne veut pas, s'esclaffa-t-il, le duc de Naxos, qui rêve d'être roi de cette île, se transforme en marieuse pour éviter la guerre qui comblerait ses ambitions! C'est à n'y rien comprendre. Tes projets sont pleins de brillantes idées, que Sokolli aurait pu avoir en tête pour ne pas guerroyer, puisqu'il pense que nous ne sommes pas prêts. Mais toi, lutter contre tes intérêts! Je ne te reconnais plus, Josef!

Il redevint sérieux.

– Au fond de toi, dit-il; tu hais la guerre, Nasi; mais il faut te rendre à la raison. L'Empire que m'a légué mon père ne saurait vivre sans combats; je ne peux pas laisser mes janissaires au repos; cette armée, ma plus sûre protection, est aussi la pire menace qui pèse sur les sultans. Chacun sait cela. Le plus grave, c'est que notre flotte n'étant pas achevée, j'entends déjà retentir le bruit de leurs cuillers sur le chaudron sacré. Tu l'as déjà entendu, ce grondement terrible qui vient du « centre du monde », comme mes soldats l'appellent... Ces damnés janissaires ne se sont pas trompés de nom : cette simple marmite, destinée à cuire leur riz, représente bel et bien le cœur du pouvoir de l'Empire.

Il se leva, majestueux; soudain, il me rappelait le Magnifique.

– La guerre n'est pas ton affaire, Naxos; c'est la mienne et celle de mon vizir. Toi, charge-toi des temps de paix. Occupe-toi de tes vers à soie, protège tes îles des pirates et les Juifs des persécutions; trouve-moi de l'argent, étends tes commerces, entretiens les artistes, marie les Français si cela t'amuse, et surtout continue à me faire parvenir chaque jour tes divines fiasques de vin de Samos.

Après sa mort, je compris la sagesse du sultan Sélim, le mal compris, que l'Occident tenait pour un ivrogne. Sur chacun de ses flancs, Mehemet Sokolli et Josef Nasi formaient les deux moitiés d'une même pensée. Le Bosniaque à l'œil d'aigle protégeait l'Empire et le refermait soigneusement sur lui-même; le Juif incarnait au contraire l'équilibre d'une société cosmopolite. Sokolli incarnait l'armée; moi, l'argent. Si mon sultan n'était pas mort dans d'aussi tristes circonstances, quel immense souverain il eût été, Caraffa...

– Écoutez, monseigneur... *Yangin var*, le cri des guetteurs sur la tour de Galata! Au feu! s'écria le bouffon en se levant.

Au loin, sonnait le tocsin; des cris fusèrent.

– Un incendie! fit-il en scrutant l'obscurité. Où cela? On ne voit rien... J'ai trouvé; là-bas, derrière l'église Saint-Georges. Ce n'est pas loin. Oh! les flammes sont déjà hautes, regarde!

Le vieil homme s'était levé à son tour.

– C'est le signe du ciel, dit-il sombrement. Les pauvres

gens. Cela va brûler toute la nuit... Je ne sais plus combien de maisons j'ai vu ainsi détruites; ce bois flambe trop bien, et les tonneaux d'eau sur les terrasses ne sont pas suffisants quand le feu commence. On dira encore que le sultan a donné l'ordre d'incendier Galata. Tiens, on entend les soldats; ils ne vont pas tarder à piller.

– Que dis-tu, mon maître? Tu déraisonnes!

Naxos se retourna pour ne plus voir les flammes; l'incendie faisait rage et jetait sur le velours de son manteau de pâles reflets.

– Écoute, gronda-t-il. Je n'ai jamais su moi-même si Sélim avait donné l'ordre, Caraffa. Peu après m'avoir confié ses craintes au sujet de ses janissaires, éclatait l'incendie de 1569, le pire qu'on ait jamais vu.

Il commença dans l'une des églises du quartier de Péra, gagna les quartiers grecs de Galata, et menaça notre palais. Nos hommes passèrent la nuit à protéger les alentours avec des sacs de terre; on voyait les maisons s'effondrer en quelques minutes, les enfants se jeter par les fenêtres en hurlant. Les janissaires arrivèrent, comme ils le font sans doute en ce moment, et se déchaînèrent. J'ai vu de mes propres yeux l'un de leurs chefs les encourager au pillage; il les excitait à massacrer quelques malheureux, pour le plaisir, et à violer les femmes... Quel affreux souvenir!

Le palais fut épargné par le vent qui tourna pendant la nuit. Nos hommes montaient la garde, armés de leurs arquebuses. Beatriz d'un côté et moi de l'autre, nous surveillions le creusement de tranchées, bons remparts contre le feu. Nous ne vîmes pas sortir Brianda, qui vivait depuis longtemps recluse dans une chambre écartée.

On nous la ramena le lendemain, enveloppée dans un drap; elle avait couru à l'aventure, s'était approchée imprudemment des flammes et sa robe avait pris feu. Elle n'avait plus de peau sur les bras, les jambes et la poitrine; le visage n'avait pas été épargné. Son agonie fut abominable; ses cris nous déchiraient le cœur. Beatriz qui ne pouvait pas même toucher les mains de sa sœur, sanglotait avec désespoir. Enfin Brianda mourut, dans un dernier hoquet de souffrance. Elle n'avait certes pas retrouvé la raison; elle était restée la pauvre créature hagarde et inoffensive que nous avions recueillie à Venise. Ce n'était pas tout; cette nuit-là, un autre coup frappa Beatriz. Nos hommes, trop occupés à protéger le palais, ne s'aperçurent pas que Reyna aussi s'était aventurée un peu trop loin, pour secourir un enfant.

Reyna fut enlevée par un groupe de janissaires qui s'amusèrent avec elle, la jetèrent sur leurs chevaux et se la lancèrent deux ou trois fois entre eux. Ils ne lui firent pas grand mal, mais elle en conçut une grande frayeur et perdit l'usage de la parole. C'est pourquoi tu la vois ainsi, muette, errant dans ce palais dont elle ne veut plus sortir...

Oui, je vois bien que tu t'agites, Caraffa. Tu ne peux avoir passé ces huit ans sous notre toit sans avoir entendu parler de ce désastre... Que t'arrive-t-il? Pourquoi roules-tu des yeux effarés? Tu parleras plus tard. Ce souvenir est trop douloureux...

Brianda morte au milieu de l'épouvante, brûlée vive comme sur un bûcher, et sa fille devenue muette... La Senora sombra dans une morose apathie, laissant faire toutes choses sans intervenir; elle s'enferma avec sa fille sans parvenir à la guérir de son mutisme. On parlait à voix basse; rabbi Soncino alla même, en signe de réconciliation, jusqu'à faire dire des prières à la synagogue. A vrai dire, nous redoutions la mort de la Senora.

Cela dura des semaines, des mois... Pour la distraire, j'essayai de nouvelles sucreries : des losanges au miel, des dattes fourrées, que sais-je encore, mais elle refusait tout.

Je fis édifier une de ces maisons de plaisance, un *yali*, dans le village d'Eyüp, où les grands de la cour avaient coutume d'aller se promener en caïque pour respirer l'air de la campagne. J'aimais cette petite maison de bois noir plantée au bord de l'eau, à côté de saules, avec un bel arbre de Judée, et un jardin plein de jonquilles auxquelles j'ajoutai des tulipes; mais une fois le *yali* achevé, la Senora se prétendit trop faible pour traverser la Corne d'Or en caïque. Je m'y rendis souvent seul; parfois, j'avais l'idée d'y conduire les servantes que j'avais pour maîtresses, mais il me semblait que j'aurais commis là un crime épouvantable. La maison d'Eyüp était destinée à Beatriz; j'y goûtais la solitude, comme si mes songeries pouvaient l'y faire venir par magie.

Je ne pensais pas Beatriz capable de mourir de chagrin. La vie lui revint peu à peu – ce que nous appelons la vie, Caraffa! Un jour, elle réapparut, descendit lentement l'escalier en s'appuyant sur l'épaule de sa Gitane, et me fit appeler. Elle avait son front têtu des grandes résolutions et je pressentis un malheur.

– Je prendrais bien un peu de vin, Josef, me dit-elle d'une voix trop tranquille.

Je courus chercher mon meilleur cru, le plus doux, le plus cuit, que je lui versai en toute hâte. Elle était si affaiblie que je dus porter moi-même le gobelet à ses lèvres, et l'aidai à boire comme on fait aux enfants, par petites gorgées. Un peu de couleur revint sur ses joues ridées. De nouveau, elle regarda ses mains.

– Il y a des taches de son maintenant, constata-t-elle. Puis, d'un geste juvénile, elle releva une mèche de ses cheveux avec un petit rire.

– Je suis à faire peur, n'est-ce pas, Josef?

Son enjouement m'inquiéta. Elle demanda un miroir. Au lieu de s'y mirer, elle joua avec les reflets du soleil qu'elle distribua aux quatre coins de la pièce. Enfin, elle se regarda longuement, en tournant la tête de tous côtés, pour mieux voir.

– Allons, Josef! Il est temps; mon visage me le dit, cette fois.

– Que veux-tu faire encore? balbutiai-je.

– Me lever, dit-elle paisiblement.

Elle fit quelques pas.

– La Senora a du mal à marcher, monseigneur! me dit-elle en s'appuyant sur mon bras. Vous souvient-il de Beatriz de Luna sur les quais de Lisbonne, Naxos? La petite Beatriz est devenue la vieille Senora, Joao...

Comment se fait-il que je n'ai pas aussitôt compris? J'étais tout à la joie de la revoir animée. Je l'aidai à faire le tour de la maison. Elle s'arrêtait à chaque instant.

– Cette aiguière, tu en prendras grand soin; elle appartenait à mon père; tu la placeras dans la chambre de la duchesse, ton épouse, fit-elle négligemment lorsque nous fûmes dans sa chambre.

Je m'arrêtai.

– C'est-à-dire ?

– Tout cela, ces chandeliers d'argent, ces vases, aux œuvres de la Grande Synagogue, continua-t-elle en marchant à pas comptés. Il faudra que je revoie rabbi José. Cette tenture que tu m'as offerte, avec ses déesses dévêtues, tu la reprendras. La vaisselle est encore bonne; je ne sais...

– Beatriz, fis-je excédé, si tu veux dresser l'inventaire pour ton testament, appelle quelqu'un d'autre, je te prie... Aurais-tu l'intention de mourir ?

Je sentis sa main tressaillir.

– Ne dis pas de sottises. Va donc chercher l'homme de loi. Et prépare un bateau au plus vite : je veux repartir pour Safed.

Elle n'avait pas dit Tibériade, où l'attendait sa maison blanche. Elle avait parlé de Safed, et je n'y pris point garde. Tout ce que je retins, c'est qu'elle voulait partir, et qu'elle était vivante. Un voyage à Safed ne lui ferait aucun mal.

Les jours suivants, elle s'enferma avec l'homme de loi. Puis elle m'avertit qu'elle donnerait une fête pour la signature de son testament.

Ce soir-là, elle avait remis une de ses vieilles robes blanches, l'une des plus ornées de ses tenues de cérémonie. Assise sur son fauteuil, elle tenait la main de Reyna. Et elle s'était mis un peu de rouge sur les joues. Elle commença par une annonce solennelle. A compter de la date de son départ pour Safed, elle abandonnait tout ses biens. Les hommes et les femmes qui composaient la maison Nasi défilèrent à un à un devant elle; à chacun elle donnait une part des richesses qui avaient peuplé notre vie, des tapis venus de Perse, des tapisseries de Lyon, des miroirs et des verres vénitiens, des fourrures... Tant d'effets dont elle ne s'était pas servie. Elle léguait à Ila la Tsigane tous ses bijoux. Sa bibliothèque, ses grimoires, ses livres d'études, les *Consolations* de Samuel Usque et la Bible de Ferrare me revenaient personnellement... A mesure que l'heure avançait, je comprenais. Beatriz ne reviendrait pas de Safed. Elle ne voulait plus revenir. Je ne la reverrais plus.

Ce fut la seule fête à laquelle elle veilla elle-même,

jusqu'au moindre détail. Les fêtes, d'ordinaire, restaient mon affaire; celle-là fut la sienne, son unique fête, et la dernière.

En un clin d'œil, les serviteurs déroulèrent des tapis et y semèrent des pétales; les servantes aspergèrent la salle avec de l'eau de rose, et les cuisiniers avec leurs plateaux de cuivre firent une entrée royale. Aux enfants de la maisonnée, elle distribua de petits chevaux de bois, des toupies et des gâteaux; ils se mirent à jouer; un luth sortit de je ne sais où, puis trois tambourins, une flûte; et Beatriz ordonna à ses femmes de danser.

Les vieilles dansaient comme à Lisbonne, en hésitant un peu; celles que nous avions recrutées à Anvers se lancèrent à leur tour dans les sarabandes et les saltarelles, malgré leur grand âge, et nos Vénitiennes tâchèrent de retrouver leurs rondes... Elles n'étaient plus jeunes, nos femmes; mais elles dansaient de bon cœur, et Beatriz frappait des mains en cadence. Ila se mit de la partie et entama l'un de ces sauvages tourbillons qui faisaient se dresser son ours sur les pattes de derrière.

Soudain, la Senora demanda la guitare de Reyna. Jamais je ne l'avais entendue chanter. « *Al resplendor de la luna...* » commença-t-elle d'une voix grave et profonde. Il y avait au moins quinze ans que je n'avais entendu la mélodie que chantait Reyna, et que j'avais moi-même fredonnée à l'oreille de la régente de Gand.

— Pourquoi n'as-tu jamais chanté, Beatriz? lui chuchotai-je à l'oreille quand elle eut terminé.

— J'apprenais les mélodies à ma fille, répondit-elle gravement. Tu ne l'as jamais su. Il fallait bien qu'elle eût quelque chose en partage, Josef...

Puis elle demanda le silence. Tout le monde se leva.

— Mes enfants, dit-elle d'une voix qui tremblait, je vais vous quitter. Je pars pour Safed, et j'y finirai mes jours. C'est donc adieu qu'il me faut vous dire maintenant...

Une sourde clameur monta; des vieilles se mirent à sangloter bruyamment. Beatriz étendit les mains.

— Non, pas de cris, pas de larmes. Je veux que mon départ soit une fête. J'ai consacré ma vie à la sauvegarde de nos frères et à la reconstruction de notre patrie. Désormais, je vais chercher notre Dieu; il n'y a pas de quoi pleurer... Dansons ensemble, mes enfants, comme le roi David devant l'arche de l'Alliance. Puis nous nous embrasserons et nous ne nous verrons plus.

Personne ne bougea; nos gens essuyaient de grosses larmes qu'ils ne pouvaient retenir. Alors je m'agenouillai devant la Senora.

– Viens, Beatriz, viens, ma Senora...

Je lui pris les mains. Nous fîmes dans le silence quelques pas lents de passemezzo, la seule danse qu'elle connaissait. Puis la flûte, hésitante, commença, suivie des tambourins.

– Chantez! criai-je aux femmes.

Elles entonnèrent une mélodie, frappant leurs mains à la manière portugaise. Nous dansâmes lentement. Beatriz tournait doucement sur elle-même, je la rattrapais par les poignets, elle s'essoufflait, touchait ma poitrine, repartait avec un sourire. Un par un, les hommes prirent leurs épouses par la taille, et nous rejoignirent. Beatriz me fit signe qu'elle voulait arrêter; une boucle blanche s'échappa de sa coiffe de perles.

– Fais danser ta femme, Josef, ce sera ton cadeau d'adieu..., me dit-elle en me pressant la main. Et je m'inclinai devant Reyna pour une pavane.

La danse continua longtemps, comme si nos gens voulaient la faire durer toute la vie, pour empêcher le départ de leur Senora... Mais à la fin, ils s'épuisèrent, et se retrouvèrent assis sur les coussins, essoufflés, ivres de fatigue. Des boissons circulèrent; la Senora se leva et alla embrasser l'un après l'autre ceux qui l'avaient accompagnée depuis le départ de Ferrare. Quand elle eut fait le tour, elle se dirigea vers la porte et leur dit :

– Je serai toujours avec vous; je ne vous quitte pas vraiment. Adieu, mes enfants, adieu...

Elle disparut. Je ne voyais aucun moyen d'arrêter l'impossible.

Le lendemain, je reçus d'elle un petit billet que j'ai là, dans mon pourpoint, et qui ne me quitte pas. Je le sais par cœur. « Les temps sont venus de nous séparer, Bien-Aimé. Retrouve-moi demain à l'aube au port, sur notre caïque. Viens seul. »

Misère! Je partis comme un homme ivre, abruti de douleur. Je ne crois pas avoir jamais tant souffert. J'errai toute la nuit dans les rues de la ville, croisant les veilleurs, les janissaires en goguette, les paysans qui venaient à la ville, perdus, et qui s'asseyaient dans le noir, résignés; aucun détail ne m'échappait, et je voyais tout comme si j'allais mourir.

Au port, les pêcheurs, d'un coup de reins, hissaient sur leur dos les espadons énormes à la peau luisante comme une armure, dressant leur épée sur la tête de leur porteur; sur les bateaux, à ras bord, la marée du matin, grouillante et nacrée, attendait, sous le vol des mouettes dont je n'avais jamais remarqué l'air féroce quand elles cherchent pitance. Les marchands ambulants remplissaient leur hotte de légumes, de yoghourt, ou encore de cruches de terre, en silence; plus tard, ils lanceraient leurs cris joyeux, mais dans cette petite aube laborieuse, ils se contentaient de paroles brèves, que j'entendais résonner comme de funèbres prières récitées à voix basse.

Longtemps avant l'heure, j'avais pris place dans le caïque où dormait notre batelier; j'avais emporté une gourde de vin, pour me donner du courage, et j'en bus un peu. Une lueur blanche apparut derrière la Suleymanie, en même temps que s'élevaient, de colline en colline, les chants des muezzins. Les ménagères passèrent la tête par les fenêtres, avec un regard endormi; les premiers fidèles procédaient à leurs ablutions avec l'eau de leurs cruches; pacifique image de l'Islam quotidien. Mais j'aperçus aussi un petit troupeau d'esclaves enchaînés que des gardes conduisaient au marché, pour les vendre; et si l'un d'eux traînait, le fouet du marchand claquait brutalement sur leur peau blanche.

Le joyeux brouhaha des rues s'élevait peu à peu. D'habitude, j'aimais l'éveil d'Istamboul; ce matin-là, hormis les prières de l'aube, je ne voyais partout que rudesse et amertume. Je n'oublierai jamais cette aurore dont je redoutais la venue, qui me prendrait Beatriz, et qui m'ouvrait les yeux sur l'envers de ma vie privilégiée.

La litière fermée de la Senora surgit du côté où je l'attendais. Beatriz en sortit, entièrement voilée de noir. Je l'aidai à descendre dans le long bateau rouge; elle fit un signe au batelier et le caïque s'ébranla.

— Où me conduis-tu, Beatriz? demandai-je.

— Vers Eyüp, voir ce *yali* que tu as construit pour moi, répondit-elle avec un faux air d'insouciance. Je ne voudrais pas partir sans l'avoir visité. Nous nous arrêterons d'abord au tombeau de ce saint disciple du Prophète qui attire tant de pèlerins; c'est un endroit que je veux voir depuis longtemps. Nous y serons bien, ajouta-t-elle doucement.

Je la serrai contre moi; ses mains étaient glacées.

— J'ai tant de choses à te dire, dit-elle en riant un peu, je ne sais par où commencer.

— Ne veux-tu pas ôter ce voile, et que je voie tes yeux? fis-je à son oreille.

Elle s'écarta.

— Non! Si tu me regardes, je ne pourrai pas parler.

— Qu'as-tu à me dire que je ne sache déjà, ma Beatriz? Toutes ces années côte à côte...

— Côte à côte... Oui, c'est cela, Josef, fit-elle avec un petit rire. Toute notre vie, nous l'avons passée ensemble, et tu ne sais presque rien de la Senora.

Je sentis monter en moi cette tourmente qui ne nous avait point lâchés. La géante colère des Nasi. Comment donc s'y prenait Beatriz pour me mettre si souvent hors de moi? Je serrai les poings. Elle retira sa main et soupira.

— Attends... Te souviens-tu de la caraque? dit-elle de sa voix la plus douce. Le *Sao Joao*? Te rappelles-tu le jour de ma promesse? C'est à cet instant précis que je fis le serment de t'appartenir pour toujours. Sans réfléchir, innocemment, comme font les enfants...

— Moi aussi, Beatriz, criai-je.

— Je le sais... Parle bas; le batelier ne comprend rien, mais je ne veux pas qu'il entende tes cris. Nous n'avions nul besoin d'échanger nos serments; cela allait sans dire. Mais plus tard, quand je devins femme, je fus bien obligée d'y songer; Joao Miquez était le fils de mon frère, et le jour de la

329

caraque n'aurait pas dû exister, jamais. Ce souvenir, je lui tordis le cou. Mais il ressuscita, si violemment, Josef... Je t'appartenais pour toujours, comme si les mots que j'avais prononcés en secret en ce jour m'avaient jeté un sort. Malgré moi, j'étais tienne. Je le suis restée, Josef.

– Moi aussi, Beatriz..., répétai-je en écho.

– Oui, tu m'appartiens, c'est vrai, reconnut-elle tranquillement. Mais à ta façon, par accès. Je t'ai souvent vu partir, d'un cœur trop léger à mon goût; tu t'enfuyais pour respirer loin de moi, je le sentais bien; parfois, de moi-même, je t'envoyais au bout du monde dans l'espoir inutile de me défaire de toi; mais ton esprit s'amusait ailleurs, tandis que moi, je t'attendais. Ma vie n'aura été qu'une longue attente de toi, Josef.

– Pourquoi dire l'évidence, Beatriz? Nous savons cela. Il eût été facile...

– Ah, trop facile! Tais-toi, laisse-moi parler, m'interrompit-elle avec brusquerie... Quand mon père me parla de mon futur mariage avec Francisco Mendès, il m'expliqua que notre famille avait besoin de cette alliance. Je n'avais rien à objecter; d'ailleurs l'affaire était déjà conclue. Puis mon père me rappela sévèrement que tu étais mon neveu. Je me sentis mourir de honte; le serment que je t'avais fait secrètement devenait coupable. J'étais découverte. Mon père acheva son discours en me disant que je ne devais pas éprouver pour toi «plus qu'une tante ne doit éprouver pour son neveu, une chaste affection». Ce furent ses propres mots. Mon père savait; j'étais perdue, je le suis toujours. *Tsimtsum*, Josef : te voilà, le premier désordre, le premier tumulte...

– Mais Francisco, ton époux, tu l'adorais!

Elle fit « non » de la tête, imperceptiblement. Un « non » de jeune fille, que je n'oublierai jamais.

– Il fut assez doux pour m'apprivoiser, et ne me fit aucunement souffrir; il était d'une grande bonté, et vieux, Josef, si vieux... Mais le jour de notre mariage, je pris grand soin de ne pas croiser ton regard, Josef, et je voulus te tenir à l'écart; je m'y employai de toutes mes forces, en vain. Après la mort de tes parents, tu n'étais encore qu'un tout jeune homme, mais tu vins vivre sous mon toit; tu grandis, et ce fut un désastre.

330

– Pourquoi alors garder le cœur de ton mari après sa mort, pourquoi ce coffret funèbre qui ne t'a pas quittée ? Pour me faire souffrir ?

– Pour me rappeler mon devoir, Josef. Pour ne jamais oublier que je n'eus jamais qu'un seul époux, Francisco Mendès. Pour me protéger contre toi. Pour me garder intacte...

– C'est trop de cruauté à la fin ! Je ne pouvais vivre sans toi... Folle ! fis-je à voix basse, en lui serrant les poignets.

– Je fis pour toi tout ce qui m'était permis, enchaîna-t-elle sans répliquer. Je demandai à Francisco de t'éduquer ; Diogo te forma au commerce ; tu devins avec moi le gérant de nos affaires ; je fis de toi un vrai prince, un Nasi, et je t'associai à ma vie.

– Au point de m'obliger à devenir ton gendre !

– Mais Reyna t'aimait ! cria-t-elle sans retenue. Que pouvais-je faire ? Sans cela, oh ! sans cela... Tu n'as jamais su la souffrance de mes nuits... Le jour, je te contemplais ; c'était toute ma joie. Tu devins le plus charmant des cavaliers, je l'avais voulu, et je me consumai douloureusement auprès de toi, à ton insu. Tous les soirs, avant d'aller au lit, et tu ne savais rien...

– Si, Beatriz, murmurai-je. Ne joue pas les naïves. Tu te souviens, à Ferrare, quand je suis revenu d'Istamboul, je te tenais dans mes bras, tu ne peux pas avoir oublié tes frissons...

Elle serra son voile étroitement et baissa la tête en silence. A son doigt, l'émeraude du vice-roi des Indes se mit à jeter des éclairs.

– Quelle honte...

– Quelles délices, ma Senora !

– Assez ! Tu n'as donc pas de pitié ? supplia-t-elle en regardant du côté du batelier comme si elle avait peur de lui. Ce jour-là, je compris qu'il fallait édifier entre nous un rempart infranchissable ; Reyna serait ta femme, je le jurai. Je ne pouvais plus trahir ainsi ma propre fille. Je devais me rendre détestable à tes yeux, ou du moins, inaccessible ; maladroitement, je feignis la froideur, cessai de contenir mes colères, qui devinrent plus sauvages, et m'appliquai même à exercer sur toi d'insupportables méchancetés...

– Oui, tu m'as fait vraiment souffrir... Le fallait-il ?

Le caïque heurta la rive. Il faisait jour.

– Je ne sais pas, chuchota Beatriz. Je ne sais plus... Reyna, ma fille, était devenue ton épouse. Toi et moi... C'eût été un si grand sacrilège. Ne me fais pas de reproches au moment où je te quitte, mon bien-aimé. Écoute ! Pour la première fois je peux prononcer à voix haute ce nom que j'ai si souvent murmuré quand j'étais seule. Je ne sais pas si j'ai bien fait ; Josef, il n'est plus temps de poser cette question. J'ai voulu fuir, trouver notre Dieu ; j'ai obéi à son appel. J'ai tout fait pour sauver nos frères, et j'ai réussi. Ne proteste pas ; tu t'es déjà assez moqué de mes exaltations et des maîtres que j'ai choisi de suivre. C'est de cela maintenant qu'il me faut te parler. Descendons.

Je l'aidai à sortir du caïque ; elle se hissa péniblement sur la rive et manqua tomber, embarrassée par les plis de son voile noir.

– Tu vois, je ne suis plus bonne à rien... souffla-t-elle. J'ai raison de te quitter.

Nous étions au début du mois de septembre 1569, l'année de l'incendie qui nous sépara pour jamais. L'air était doux ; la Corne d'Or étincelait sous le soleil levant ; au loin, les cyprès des cimetières frémissaient légèrement.

Elle voulut faire une brève halte au tombeau du saint Eyüp Ansari, et nous demeurâmes un instant devant la porte de cuivre ouvragé qui fermait l'enclos où, malgré l'heure matinale, se pressaient déjà les pèlerins, qui posaient leurs mains sur les croisillons de pierre de la tombe en implorant le mort. Des musulmanes en vives couleurs apportaient au creux de leurs mains jointes des pétales de roses rouges mêlés à des dragées, et les donnaient aux mollahs pour les verser sur le drap vert de l'Islam, posé sur la pierre tombale ; elles n'avaient pas le droit d'entrer et donnaient, en attendant leurs époux ou leurs pères, un peu de leur sucre aux pigeons qui, à rythme régulier, s'envolaient lourdement dans un fracas de plumes. J'en volai aux oiseaux dans la main d'une femme pour en donner à Beatriz, qui le mit dans sa bouche en souriant. Les ulémas, coiffés de bonnets d'astrakhan, inscrivaient sur un grand livre les donations des fidèles, et veillaient au bon déroulement du pèlerinage. Je donnai quelques pièces d'argent, et le nom de la Senora fut à son tour consigné sur le registre ; Beatriz daigna esquisser un autre sourire.

Juste derrière l'enclos commençait le premier cimetière. La Senora s'assit sur le bord d'une tombe surmontée d'un turban de marbre.

— Mets ta tête sur mes genoux, dit-elle ; comme tu l'as fait si souvent, Josef. Ce furent les seuls moments où tu m'appartenais vraiment tout entier. Maintenant que nous sommes seuls, je pourrai te parler plus librement. Sais-tu ce qu'est la jalousie ? Une invincible obsession, un poids qui creuse la poitrine et t'apporte la certitude que tu n'existes plus ; une tige de feu à travers le corps, et qui ne cesse de calciner l'esprit. A cause de toi, cela m'aura rongée toute ma vie. Le jour où tu surpris ma malheureuse enfant avec le cousin Samuel, tu m'as dit que je ne connaissais rien à l'amour, tu t'en souviens ? Au moins, grâce à toi, j'en aurais connu le plus affreux ; ce don cruel, tu me l'as fait généreusement. J'ai été jalouse chaque jour ; jalouse de tes passades, de tes prostituées, à Venise, jalouse de cette Faustina dont je connaissais l'existence, et même de la pauvre régente de Gand, cette vieille à la peau basanée que tu séduisais sur mon ordre. N'importe quelle femme pouvait user de toi, baiser tes lèvres, sentir ton haleine et ta langue au fond de sa bouche, et à moi seule c'était interdit ! Veux-tu savoir pourquoi nous nous querellions si souvent ? C'est que j'étais jalouse.

J'avais été aveugle et sourd, le plus aveugle et le plus sourd des hommes...

— Et ta fille, Beatriz, ta fille que tu as mise dans mon lit..., fis-je comme pour me disculper.

Elle caressa ma tête sans répondre.

— Je vais t'avouer mes fautes, Josef. Je veux que tu saches jusqu'où a été ma folie. Je t'ai toujours fait suivre par des gens à moi... A Anvers, ce fut Rosalinda, qui m'aimait bien ; à Venise, la vieille Minna, morte de pneumonie pendant notre traversée des montagnes ; à Ferrare, ce fut l'une des servantes de dona Benvenida, qui m'avait prise en pitié ; à Istamboul, Ila prit la relève, Ila que tu pris par la taille, un

333

jour, et qui me le rapporta aussitôt... Ila que tu parvins à mettre dans ton lit, comme les autres! Et même, une fois, je te suivis, moi; tu te rendais chez Faustina, dont je savais bien que tu l'aimais, et je voulais la voir. Je n'aperçus pas un bout de sa peau; mais j'entendis le grand soupir que tu poussais en la possédant, et je crus en mourir... Je me donnais mille prétextes; pour te protéger, pour aider ma fille, pour notre bien, il le fallait. Hélas! Je ne savais que trop à quel point je me mentais. J'ai quelque part la liste de tes maîtresses; je l'emporte avec moi, je la jetterai à la mer. Aucune de tes amours ne m'a été cachée, Josef... fit-elle en perdant le souffle.

— Mais ta fille, Beatriz! m'écriai-je pour l'arrêter.

— Oui, cria-t-elle de toutes ses forces en me repoussant violemment. Je l'ai jalousée aussi! Tu voulais me l'entendre dire? Sois satisfait, par instants, je l'ai haïe, Josef, tout comme toi, et nous aurons été des monstres! Ah! Je n'aurais pas dû parler, j'aurais dû persister dans le mutisme que je m'étais imposé; tu n'as pas de cœur, Josef, aide-moi... J'ai trouvé mon salut dans ces austérités que tu n'aimes pas, continua-t-elle en détournant les yeux. Tu détestais David Rubeni que j'avais connu à Lisbonne; tu haïssais Van Almaengien, tu n'aimes pas rabbi Soncino et tu supportes mal que j'aille rejoindre rabbi Isaac à Safed, n'est-ce pas? Il m'arrive de penser avec joie que toi aussi tu as peut-être été jaloux, et encore aujourd'hui, je redoublerais de zèle pour t'irriter davantage s'il n'était pas trop tard.

— Qui t'oblige à partir, Beatriz? dis-je en saisissant ses poignets.

— Mon premier amant, mon ultime amour, Josef, me dit-elle doucement. Privée de toi, je vais vers ce que je peux prendre de notre Dieu; non pas son inaccessible visage interdit, mais la fusion de mon âme avec Lui. Et j'y parviendrai.

— Veux-tu me rendre jaloux de Dieu? Tu es folle! lui dis-je avec fureur.

— Folle. Voilà un adjectif que j'aurais entendu tout au long de ma vie, et encore il y a peu, dit-elle en se penchant sur le bord de mes lèvres. Plus de querelles, veux-tu? Je ne connaîtrai jamais tes étreintes, mon bien-aimé; mais je gage

334

qu'elles ressemblent à ce grand frisson bleu qui abolit le monde et emplit le corps d'une joie sans partage... Mes amies de Ferrare appelaient cet état « la présence de Dieu ». Tu n'as jamais voulu comprendre la raison de mes langueurs, Josef; tu les attribuais certainement à mes désirs inassouvis. Tu te trompais à demi : car j'ai trouvé le moyen de les combler sans toi, et sans te trahir. Ce Seigneur terrible et tendre me possède désormais comme j'aurais voulu que tu le fisses, bien-aimé. Et c'est lui seul que je vais rejoindre à Safed pour la fin du voyage.

Je la suppliai de ne pas nous quitter; je baisais ses vieilles mains sèches...

— Tais-toi, tais-toi, ne dis plus rien, dit-elle en les retirant. Je suis trop lasse. Je me sens coupable de n'avoir pas protégé ma malheureuse sœur; mille fois plus coupable encore d'avoir plongé mon enfant dans le malheur avec ce mariage que je t'ai imposé.

— Enfin tu consens à le dire! Tu as condamné ta fille, et moi aussi. Crois-tu que je n'ai pas perdu ma vie à cause de tes folies? Tu m'as privé d'amour, Beatriz...

— Toi! Mais toi, Josef, tu as toujours eu la force de ton côté; tu es prince, duc, bientôt tu seras roi de Chypre; que te faut-il encore? Reyna souffrira de mon départ, oui; et bien qu'elle ne soit pas aussi coupable que tu le penses, Reyna aura besoin de ton pardon. Prends soin de ma fille, Josef; car j'ai du remords à l'abandonner dans l'état où elle se trouve. Pour ce qui te concerne, c'est différent. Je n'ai pas de honte à te quitter; j'ai fait de toi un homme et un seigneur. Je t'épargne le spectacle d'une Senora vieillissante, bientôt privée de l'usage de ses jambes, avec des mains qui vont se mettre à trembler, des dents gâtées, de sales odeurs de vieille femme, et qui sait, une tête qui pourrait t'oublier peu à peu... Voudrais-tu me voir impotente, la bouche ouverte, et t'imagines-tu au chevet de mon lit d'agonie? Non! Je veux que tu gardes comme dernière image une Beatriz avec des taches brunes sur les mains et des rides sur les joues, soit, mais debout à tes côtés. Et puis, songes-tu à ce que je te dis aujourd'hui? Notre existence serait corrompue par ces aveux que je m'étais juré de ne te faire qu'au moment de mourir.

Elle leva les yeux vers les cyprès. Son voile s'animait au souffle du vent, et elle se tenait plus droite que jamais, les mains jointes sur ses genoux serrés.

— J'ai soif; donne-moi de quoi humecter mes lèvres, dit-elle tendrement.

Je sortis ma gourde de cuir et la lui tendit.

— Je bois ce vin en ton honneur, Josef, comme la quatrième coupe du Séder; ce sera le dernier de ma vie, fit-elle, et elle renversa la tête. Il ne faudra pas en abuser, bien-aimé, tu sais, me dit-elle en me rendant la gourde.

Puis elle frotta ses mains l'une contre l'autre.

— Le plus dur est devant nous, murmura-t-elle gravement. Tu vas me forcer à te quitter maintenant; car toi seul peux m'aider à trancher ce lien terrestre entre nous. De toute mon âme, Josef, je crois que nous nous retrouverons après ce que les hommes appellent trop souvent la mort. Nos étincelles individuelles ne périront pas, et dans une autre vie, peut-être, nous serons enfin les époux que nous aurions dû devenir. Rabbi Isaac, qui connaît notre histoire, pense que nous nous sommes trompés de vie, voilà tout. Nous ne nous perdrons pas, Josef...

Elle se tut. La brise que l'on nomme ici *meltem* bruissait dans les platanes et faisait danser la cime des cyprès; la paix descendit sur nous. Des vers que je croyais oubliés me vinrent aux lèvres brusquement.

« A la vue de l'Aimée, récitai-je, s'en est allée mon existence »... Sous la mousseline noire j'aperçus vaguement qu'elle souriait. Elle leva la main comme pour me contredire.

— Non, Josef. Au contraire. Il y avait un roi, chanta-t-elle en prenant la voix des cantors à la synagogue, dont la fille était belle, bonne et parfaite. Il la maria à un prince et lui remit des vêtements, une couronne, une parure et beaucoup de richesses. A présent, le roi peut-il vivre sans sa fille? Non! Peut-il être constamment auprès d'elle? Non! Alors que fait-il? Il installe une fenêtre entre elle et lui, et chaque fois que le père a besoin de sa fille ou que la fille a besoin de son père, ils se rejoignent par cette fenêtre. C'est cela qui est écrit : toute la splendeur de la fille du roi est à l'intérieur, entrelacé de fils d'or est son habit. Il n'est aucune différence entre l'amour de Dieu et celui que je te porte, Josef. Nous nous rejoindrons, car pas plus que le roi ne peut vivre sans sa fille tu ne peux vivre sans moi. La fenêtre demeurera ouverte pour nous deux.

Elle se leva avec effort, et se mit debout en face de moi.

– Écoute encore, car après ceci nous allons nous séparer sur cette terre, souffla-t-elle en relevant son voile et en s'approchant de ma bouche. Lorsque la Shekina quitta le sanctuaire, dit-elle d'une voix sourde, elle se retourna pour étreindre et embrasser les murs et les colonnes du Temple, puis elle dit en pleurant : « Je te salue, mon sanctuaire, je te salue, maison de mon autorité, je te salue, maison de ma splendeur... »

Je sentis ses mains de chaque côté de mon visage, ses lèvres sur mon cou, et se blottissant dans mes bras, Beatriz me répéta ces mots passionnément : « Je te salue, chuchotait-elle en baisant ma peau, mon sanctuaire, je te salue, maison de mon autorité », et je la serrais à l'étouffer, « je te salue, maison de ma splendeur »...

Oui, la Senora avait été ma voie, ma synagogue, ma Shekina, et j'avais été son Temple sans jamais le deviner. Notre long voyage s'arrêtait là; comment elle disparaîtrait de ce monde, je l'ignorais. Le reste du chemin, je devrais le parcourir seul.

Nous demeurâmes longtemps embrassés. C'est pour ce moment mystérieux, le plus précieux de toute ma vie, que j'ai consenti à ta présence, bouffon, afin qu'il ne se perde pas dans ta mémoire comme il s'est perdu dans le sable de nos vies confondues. Quand je ne serai plus, tu diras tout à ta duchesse, et sa peine en sera consolée.

Mais tu t'essuies les yeux, Caraffa... Je n'en ai pourtant pas fini avec la Senora. L'incendie fait rage; et s'il vient par ici, bienvenue aux flammes, Caraffa!

***

Beatriz épuisée défaillit soudain dans mes bras. Je l'allongeai sur la tombe, défis sa chemise, et elle se reposa, abandonnée. Le ciel d'un bleu intense laissait filer ses nuages à

337

l'horizon ; je veillais sur la Senora pour la dernière fois. Puis nous redescendîmes lentement jusqu'au caïque. Nous n'avions pas visité la maison de bois noir, qu'elle ne connaîtrait jamais, et dont elle demeurerait l'absente souveraine. J'allais ordonner aux rameurs de retourner à Galata, lorsqu'elle leur dit d'aller directement au port. Allait-elle embarquer pour Safed, maintenant, tout de suite ?

– Je ne passerai pas un jour de plus près de toi, bien-aimé, dit-elle faiblement. Ce *yali* à Eyüp, mon Josef, je t'en remercie ; c'est à lui plus qu'à notre palais que je rêverai quand je serai à Safed. Une fois, le printemps dernier, je suis venue le voir, de loin, alors qu'il n'était pas encore terminé ; j'ai admiré la splendeur de l'arbre de Judée couvert d'écume rose, et aussi les premières tulipes que tu avais plantées toi-même. Mais je préfère ne pas le visiter. Ce sera notre maison à nous, à l'image de notre amour ; une maison vide qui nous attend, inhabitée... Maintenant, on a chargé mes coffres sur le bateau, et tout est prêt. Reyna doit déjà être arrivée au port, et aussi le pauvre Josué Soncino, mon vieil ennemi, mon pauvre soupirant devenu aveugle, qui se désespère de nos anciennes discordes, et qu'il faut consoler, vois-tu...

Le retour se fit en silence ; nos mains ne se quittèrent pas. Elle avait ôté son voile noir. Je remarquai que ses prunelles sombres étaient cerclées d'un bleu laiteux ; le noir de l'iris, presque disparu, avait pris une douceur magique ; et le soleil allumait sur ses cheveux blancs de pâles incendies couleur d'éternité. Je baisai profondément les lèvres interdites ; nous étions sans âge et sans histoire, aux commencements du monde, l'ancien Adam avec sa vieille Ève ; nous venions à peine de naître, et elle me quittait pour mourir...

Quand le caïque arriva dans la ville, la Senora rabattit son voile noir.

– N'oublie pas la Shekina, bien-aimé. Veille sur nos frères en Palestine. Ne cours pas au-devant des guerres pour accroître ta puissance, car un jour l'Ottoman se retournera contre toi. Et si tu le peux, sois bon avec ma pauvre Reyna... Tiens, fit-elle en faisant glisser de son doigt son émeraude, prends cette gemme ; elle contient sous le chaton un poison mortel et rapide, que je voulais porter sur moi pour éviter les brûlures des flammes du bûcher si j'avais dû y monter. Tu vois, la lâcheté de cette Senora que l'on dit si courageuse, cette Judith impitoyable... Elle avait peur de souffrir. Je te donne mon émeraude pour que tu saches bien que je ne prendrai pas ce poison. Garde-la, porte-la à ton annulaire, et ne t'en sers que si un jour tu redoutes pour toi-même une intolérable souffrance, Josef. Je t'interdis, tu m'entends, d'en faire un autre usage.

Le bateau attendait au port; sur le quai, j'aperçus ma femme dans son costume ottoman, ainsi que rabbi Soncino, voûté, les deux mains appuyées sur une canne. Du plus loin qu'elle le vit, Beatriz se mit à courir pour le rejoindre; il reconnut le bruit de ses pas, et la chercha du bout de son bâton devant lui, bien doucement, pour ne pas la heurter; quand la canne toucha la robe de Beatriz, le vieil homme, éclatant en sanglots, serra dans ses bras celle qu'il avait tant combattue, et tant aimée.

Reyna embrassa sa mère sans un mot en lui nouant au poignet une écharpe blanche, comme pour un signal convenu. L'instant du départ approchait. Il y eut encore un dernier geste avant la séparation définitive; Reyna donna à sa mère l'éternel coffret qui contenait le cœur de Francisco, son père. La Senora le prit, hésita, puis, mue par une impulsion subite, se tourna vers moi et me le tendit.

— Prenez ce cœur, Monseigneur, me dit-elle à voix haute, afin que tous entendent. Il vous revient de droit; il vous a toujours appartenu. Adieu.

Et ces mots que j'étais seul à comprendre animaient la mousseline qui s'envolait sur sa bouche. Je voyais à travers le tissu noir son regard brillant; puis même son sourire disparut dans les plis qu'agitait la brise. Elle fit un geste de la main, se dirigea vers la proue du navire et ne nous regarda plus.

Reyna se mit à crier; je chargeai rabbi Soncino de la consoler; il lui prit la main et l'attira contre son épaule. Je m'avançai vers le bateau; je voulais être seul pour regarder partir la Senora.

Non loin de nous, j'aperçus à l'embarcadère du Sérail le grand caïque rouge et or à quinze rangs du sultan, dont les longues rames se levaient toutes ensemble comme pour saluer le départ de Beatriz. Sélim partait en promenade sur le Bosphore, et la Senora sur la Méditerranée. Le caïque et le bateau s'ébranlèrent en même temps sous les cris des mariniers.

La dernière image que j'eus d'elle, je la revois toujours : droite à l'avant du navire, comme chaque fois qu'elle était partie sur la mer. L'écharpe blanche, une aile à son poignet, planait comme une mouette, à moins que ce ne soit justement un oiseau tournoyant autour d'elle... Je ne sais, la chaleur m'écrasait. Je crus confusément la voir se retourner, mais j'avais les yeux pleins de buée, et je ne voyais plus rien qu'une lumière éblouissante qui effaçait la Senora du monde des vivants. La mouette virevolta longtemps autour du navire noyé dans le soleil. Puis il n'y eut plus que le soleil et l'oiseau sur la mer. J'étais seul.

C'est ainsi qu'elle nous abandonna, Caraffa.

Naxos s'était tu, mais ce n'était pas un silence comme les autres. Le bossu prêta l'oreille; l'incendie semblait calmé, l'on n'entendait plus que quelques crépitements lointains.

Le vieil homme ne bougeait plus. Caraffa se leva doucement et se rapprocha du fauteuil. Sur les joues ravinées du duc de Naxos roulaient lentement des gouttes qui dessinaient, en longs chemins brillants, des vallées de larmes.

Chapitre IX

1569-1571

« ELLE N'EST PLUS,
LA FLEUR SPLENDIDE DE L'EXIL D'ISRAËL »

(Le message de rabbi Jérémiah; la mort de la Senora; Josef Nasi retrouve Faustina; Sélim II prend Chypre; la Sainte Ligue se rassemble; la bataille de Lépante.)

Vendredi, à l'aube

— Mon pauvre maître s'est endormi. Me pardonnera-t-il de l'avoir écouté ? Est-ce leur faute, vraiment, grommela le bouffon, à ces deux Nasi attachés l'un à l'autre par la volonté divine ? Un couple d'agneaux de lait que le berger ligote avec des brins d'osier pour les porter au marché ne serait pas plus tendre.

— Holà! jeta brusquement la Tsigane.

— Tiens, la vieille! Que dit-elle ?

— Pas parler. Il écoute, siffla-t-elle entre ses dents en tournant le menton vers le vieil homme.

Dressé sur son fauteuil, Naxos fixait son bouffon d'un regard dur.

— Ah ça! Mais tu t'es éveillé, mon fils, et je causais tout seul, bredouilla le bossu.

— Verse-moi à boire, Caraffa. J'ai déliré, je crois, dans mon sommeil. Le soleil m'a sauvé de mon cauchemar. Comme il est vif, déjà! Qu'ai-je pu raconter ? Donne-moi du

vin! La soif de cette vie est inextinguible. Tu ne dis rien;
c'est bien; tu garderas le secret.

— Et elle? fit le bossu en montrant la vieille.

— Elle sait déjà tout.

***

La Senora n'avait pas voulu de sa Tsigane... Elle avait
choisi la solitude et personne ne l'accompagna. A compter
de son départ, la pauvre Gitane revêtit les voiles noirs que tu
lui vois aujourd'hui. Elle resta tout le jour à côté de son ours,
si vieux qu'il ne bougeait presque plus; elle le grattait doucement, et chantonnait dans un coin de la chambre de sa
maîtresse.

J'aurais voulu en faire autant. Beatriz avait disparu, je ne
parvenais pas à le croire; allons, c'était une séparation
comme toutes les autres, une lubie nouvelle, elle ne résiste-
rait pas, elle reviendrait... mais quand vint la première nuit,
lorsque l'obscurité me révéla que je ne m'étais pas trompé, je
sanglotai longtemps, sans dormir. Au matin, après avoir vainement erré dans le palais où elle ne demeurait plus, je me
rendis au Sérail; l'agitation de la vie m'abusa, et je me repris
à songer qu'un soir, brusquement, j'apercevrais un bateau
d'où elle descendrait, plus ridée encore, mais vivante...

Les jours passèrent; sans que je pusse en arrêter le cours,
les souvenirs m'assaillirent en désordre. Je la revoyais à
Anvers au comble de sa jeune beauté, droite sous sa coiffe de
veuve, avec un front blanc et bombé; ou frêle épousée dans
la maison de Francisco Mendès, quand ses cheveux frisés
s'échappaient des tresses sagement roulées sous le bonnet. Je
la revoyais Senora, acclamée comme une souveraine, dispen-
sant aux foules ses trésors avec des gestes majestueux, puis
grignotant ses bonbons dans sa chambre; ou encore sur les
quais de Lisbonne, enfant en jupe amarante, reculant devant
les ours et refusant de s'enfuir... Et je me disais que peut-être
son maître le rabbi de Safed lui avait enseigné comment
m'envoyer ces portraits d'elle, immortelle et jeune bien-
aimée...

Souvent, je disais par mégarde : *Tsimtsum*. Mais ce n'était
plus sa voix, c'était la mienne; mon timbre mâle me surpre-

nait et je me râclais la gorge comme si j'avais proféré une insanité. *Tsimtsum*, ce n'était pas un mot qui m'appartînt; à peine si je pouvais comprendre ces syllabes et ces voyelles qu'elle m'avait données comme un talisman inconnu. Puis je m'habituai à *Tsimtsum*; je me l'appropriai; l'absence de Beatriz entrait dans ma vie.

La Tsigane, retirée aux côtés de sa bête, souffrait autant que moi; je tâchais sans succès de la faire lever, je vérifiais qu'on la nourrissait bien. Ila, qui m'avait subi mais qui ne m'aimait guère, finit aussi par s'habituer à moi et commença à me suivre en silence, l'ours sur ses talons dodelinant sa grosse tête innocente. Les premiers temps du moins, je n'eus pas le courage d'aller voir la duchesse Reyna dans ses appartements. « Sans cela... », avait dit Beatriz en parlant de notre mariage, au moment des adieux. Sans cela, eûssions-nous simplement été des amants heureux?

Le Sérail m'occupa; le départ de la Senora ne constituait pas un événement qui pût affecter la marche de l'empire auquel j'appartenais. Le grand vizir avait convaincu mon sultan de porter secours aux musulmans rebelles de Grenade, dont la révolte, face à l'Espagnol, tenait bon. Le jeune bâtard de Habsbourg menait contre eux un combat tenace; mais ses armées demeuraient impuissantes contre la farouche résistance des Morisques, embusqués dans les ravines sous les remparts mêmes de la cité maure. Sokolli me fit demander de l'argent pour acheter des armes au roi d'Alger; je me souvins des prédictions de Roustem Pacha et payai sans réfléchir.

Alors les rabbins de la communauté juive s'insurgèrent au nom de notre peuple, et l'absence de la Senora apparut au grand jour; je n'avais pas songé aux conséquences de mon geste, j'avais aidé des musulmans, et elle n'était plus là pour apaiser le courroux des nôtres. Il me fallut décider seul si j'avais eu raison ou tort; je tranchai en faveur des Morisques, victimes de l'intransigeance espagnole au même titre que notre peuple. N'avais-je pas aussi versé de l'argent aux rebelles corses? Mais je n'échappais pas à mes incertitudes: qu'aurait dit Beatriz?

Aurais-je eu droit à des embrassades ou à une froideur résolue? Aurait-elle manifesté de l'intérêt pour la cause d'autres persécutés, ou approuvé les reproches de Soncino, aux yeux duquel l'argent des Nasi devait aider le peuple juif et lui seul? J'avais perdu la pensée qui m'avait guidé; j'allais devoir assumer tous mes actes, sans recours. Tout à coup, je comprenais comment ses colères m'avaient protégé; j'avais, ma vie durant, pris des décisions que je croyais libres, alors qu'elle en modulait le cours jusque dans ses violences. Rien ne me retenait plus, et j'étais désespéré.

Quand mourrait-elle?

Beatriz ne m'avait rien dit de ce qu'elle allait faire à Safed; sans doute avait-elle décidé de mourir aux pieds de rabbi Isaac... Mais comment? Et si je me trompais? Si elle se contentait d'apprendre la langue des insectes comme son rabbi, bien tranquillement, en menant une vie simple dans sa maison blanche? Non, non, je ne pouvais me leurrer; c'était à la rencontre de sa mort qu'elle était partie. Et si, d'aventure, je frêtais un bateau pour l'aller rejoindre, j'étais certain de ne trouver à Safed que sa tombe.

Un tel désir ne m'effleura pas, je l'avoue; j'aurais eu le sentiment de la trahir. Nous avions épuisé en un instant tout le bonheur auquel nous avions droit, dans un adieu auquel je ne pouvais remédier. Bientôt, je compris que j'étais confronté à cette affreuse attente; et j'attendis en effet qu'on m'annonçât sa mort.

De temps en temps, rabbi Soncino venait me rendre visite, la tête basse.

« Savez-vous quelque chose de notre Senora? » demandait-il timidement. Je lui répondais en acquiesçant, pour le rassurer, et il repartait soulagé. Je ne doute pas qu'il eût compris de son côté le sens véritable du départ pour Safed; mais pas plus que le duc de Naxos, il ne savait le jour et l'heure.

Les Morisques furent expulsés de Grenade; nous avions échoué à les secourir. Ce fut un terrible exode; le jeune dom Juan d'Autriche avait, disait-on fait merveille; il s'était montré implacable. J'en conçus de la tristesse, mais pas d'inquiétude pour l'Empire ottoman; Beatriz, à n'en pas douter, eût montré plus de clairvoyance que moi. Le monde m'était devenu opaque; je m'ennuyais.

Contre toute espérance, je voulus visiter à la fin mon épouse; mais je ne trouvai qu'une misérable créature qui se protégeait en levant le bras, une femme effrayée, privée de langage, et qui ne s'exprimait plus que par légers grognements inintelligibles. Une fois cependant, je m'en souviens, quelques semaines après le départ de Beatriz, je découvris la duchesse dans ma propre chambre; elle lissait avec application les plis de mes couvertures, d'une main fiévreuse, comme une servante amoureuse. Insupportable vision! Je la pris par le bras avec cérémonie, et je la poussai au-dehors en lui baisant le bout des doigts.

Je voulus vivre; je courus les gueuses dans les quartiers grecs, aux côtés des marins; mais je m'en lassai assez vite. Les prostituées en pantalons bouffants, avec leurs ceintures brodées autour des hanches et leurs grelots aux chevilles me semblèrent vulgaires; où étaient la grâce perverse des courtisanes de Venise, et leur rire de gorge? Je cherchai derrière les moucharabiehs une absence de sourire, une femme enfermée et distante, inaccessible, au regard froid, mais ne trouvai rien, pas même l'ombre d'une ombre. Je devins si morose que Sélim s'inquiéta.

– Veux-tu des esclaves, Josef? Mon harem est fait pour le plaisir, tu le sais. Je ne veux pas de ta tristesse, Nasi! Et si tu as l'amour au cœur, arrache-le, car cette souffrance est mauvaise à ton âge... Crois-tu que j'aurais laissé ma favorite vénitienne prendre sur moi un pareil empire? Selon la coutume des sultans, après l'avoir bien aimée, j'ai élevé Nour Banou au rang de première cadine, et n'y ai plus pensé; nos règles nous débarrassent savamment de nos femmes. J'ai choisi d'autres esclaves que j'ai aimées à leur tour, dont j'ai fait d'autres cadines, et je ne commettrai pas la folie de mon père, qui épousa ma mère. Allons, Josef, accepte l'une de mes esclaves...

Que dire à mon sultan? Je riais sans répondre; si bien qu'un matin, un fastueux équipage s'arrêta devant le palais des Nasi. De la litière fermée par des rideaux de cuir descendit l'*Aga* noir en personne; et si le grand eunuque du

345

Harem impérial se déplaçait hors du Sérail, c'est qu'il en avait reçu l'ordre. Il m'informa dignement que le sultan, Ombre d'Allah sur la terre, avait daigné rendre visite au Harem selon le protocole, et qu'il avait par deux fois laissé tomber son mouchoir aux pieds de deux almées. Le mouchoir du sultan désignait les esclaves pour ses nuits; Sélim avait choisi pour moi. Puis, « à notre très grande surprise », ajouta l'Aga noir, le sultan avait ordonné que l'on préparât les demoiselles « comme pour lui-même », et qu'on les envoyât au duc de Naxos. Le grand eunuque avait obéi, malgré ses réticences, et les esclaves reposaient dans la litière, qu'il allait ouvrir, avec ma permission.

Je le suivis et aperçus deux petites formes tassées l'une contre l'autre, soigneusement voilées de bleu. Du pommeau de sa canne d'ivoire, l'Aga noir souleva le premier voile, puis le second; je vis des yeux brillants, et des mains d'enfant qui s'agrippaient aux montants de bois. Elles n'avaient pas treize ans, et mouraient de frayeur. Le grand eunuque les força à descendre, et m'apprit leurs noms avec emphase. Firouzé, dont le regard était gris, avait été razziée sur les côtes de Morée; Leilah venait de plus loin, à vrai dire on ne savait pas d'où, la Circassie, peut-être, ou la Perse, en tout cas elle avait les yeux noirs.

Les petites baissaient la tête; le grand Aga détaillait les enseignements qui leur avaient été appris, l'art des caresses, la musique, la littérature, la miniature; la grande maîtresse avait bien travaillé. C'en était assez; je voulus me débarrasser de l'importun avec des pièces d'or, mais il recula, indigné, et monta dans sa litière en toute hâte.

Le souvenir de Beatriz guida mes actes; je rabaissai précautionneusement les voiles bleus sur les petits visages fardés, et les expédiai chez ma duchesse, en leur précisant qu'elles étaient libres, si elles en décidaient, de partir.

— Et je veux qu'elles soient bien traitées, dis-je aux servantes assemblées, et qui croisaient ouvertement les bras en signe de protestation. Qu'on ne les trouble point, sinon!...

Firouzé et Leilah firent bon ménage avec Reyna et j'appris un beau jour que mes almées avaient repris leur vrai nom, l'une, Hélène, et l'autre, Safieh. La seconde fit bientôt partie de la maison, elle y apportait la nonchalance tranquille des femmes élevées au Harem et qui s'y sont résignées; c'était un doux oiseau gracieux qui raffolait du sucre, comme Beatriz. Mais dans les yeux gris d'Hélène, j'apercevais des éclairs de révolte; elle ne tenait pas en place, et ne manquait aucune occasion pour s'échapper du palais.

Le lendemain de cet événement mémorable, j'assurai Sélim de ma reconnaissance, le félicitai pour son bon goût et lui dissimulai toujours le destin des fillettes.

– Fort bien, Josef! dit-il en me tapant sur l'épaule. Maintenant ta mélancolie soignée, parlons de Chypre. Puisque la Sérénissime a volé cette île à la reine Catherine Cornaro, je ne vois pas pourquoi nous n'irions pas la voler à notre tour à la Sérénissime. Je te l'avais dit, les temps sont venus. J'ai envoyé un ambassadeur à Venise, en grande cérémonie, pour réclamer Chypre à ces marchands républicains. Ils refuseront; nous laisserons passer l'hiver, puis nous attaquerons. Venise n'a plus la force de se défendre; bientôt tu seras roi, Nasi.

Je n'avais plus le cœur à Chypre. Mais le moyen de reculer? Les mots de Beatriz me revinrent en mémoire. L'Ottoman pouvait perdre cette guerre, et s'il en était ainsi, l'Empire se retournerait contre moi.

– Et si le pape parvient à réunir la Ligue, Monseigneur? fis-je en hésitant.

– Bah! s'esclaffa Sélim. Qu'est-ce qu'un pape, après tout? Si les rois parviennent à se liguer, ils n'ont toujours pas de flotte assez puissante face à la nôtre, Josef. Maintenant Sokolli me dit que nos galères sont prêtes. Et n'oublie pas: mes janissaires ont besoin d'une guerre. Je la ferai pour toi; ce sera justice. Car tu paieras les dépenses, mes soldats toucheront de l'argent, et en devenant roi, tu m'auras bien servi.

Je songeai de nouveau aux craintes de Beatriz, et j'eus froid dans le dos. Les paroles de Sélim résonnaient comme un glas.

A mon retour de Topkapi, le drapeau des Naxos, frappé de la lune et du lion, ne flottait plus au sommet de mon palais; des hommes le tiraient vers le bas pour le laisser en berne.

Beatriz!

**

Les servantes avaient déjà voilé les miroirs dans toutes les pièces, et Reyna m'attendait en pleurant. Dans un coin, se tenait un jeune rabbin couvert de poussière. Je le poussai jusqu'à ma chambre que je fermai à double tour. Le pauvre petit demeurait abattu et muet, les yeux rivés sur le sol. Ses mains tremblaient.

— Eh bien, rabbi? fis-je rudement.

Il leva ses yeux délavés, et esquissa un geste de prière.

— Une bien grande fin, Votre Hauteur, comme il sied à si grande dame, fit-il timidement.

— Pas de cela, rabbi. Qui t'envoie?

Il sursauta, et frotta nerveusement ses mains l'une contre l'autre, comme une mouche ses pattes.

— La Senora était arrivée dans le meilleur état, Votre Hauteur, prête pour l'étude et le cœur en paix. Mon maître, rabbi Isaac Louria, l'accueillit sans étonnement et l'installa dans la petite étable à côté de sa maison. La Senora s'en accommoda avec une humilité exemplaire, et ne voulut jamais rejoindre sa maison de Tibériade, dont la construction était achevée et qu'elle donna à la yeshiva — noble dame, Votre Hauteur. Et dès lors, elle se mit à étudier les cinq mondes, l'Adam Quadmon, l'Astilut, la Beri'ah, la Yetsira et enfin...

— Je n'entends rien à ce langage, rabbi, coupai-je. Ensuite?

— Ensuite rien, Votre Hauteur. Elle pratiqua assidûment le jeûne et les exercices du souffle, propices à la méditation. Bientôt, nous vîmes avec joie que la peau de sa poitrine acquérait la couleur de la sainte flamme qui préside aux visions véritables, signe que le feu divin passe par le corps du disciple. Notre maître jugea qu'elle était prête pour de plus graves expériences; et une nuit de sabbat, il l'emmena dans le cimetière de Safed où il avait coutume de convoquer les morts; il les fait parler, Votre Hauteur, ils revivent, preuve incontestée de la réincarnation, du Gilgul!

— Assez! criai-je. Est-ce ton rabbi qui l'a fait mourir?

— N'employez pas ce mot, Votre Hauteur, fit le jeune rabbi gravement. Il ne convient pas pour l'événement admirable que je suis chargé de vous rapporter. J'étais le premier assistant de rabbi Isaac, et j'eus l'honneur de guider les pas de la Senora dans la nuit. Mon maître s'installa près d'une tombe, et commença ses exercices; il retint sa respiration, et tomba dans une profonde extase. A ce moment, je le jure, les souffles les plus suaves l'entourèrent, et je sentis avec délices la présence innombrable des étincelles de la Grande Ame voleter autour de nous. Bientôt la Senora se mit en position pour méditer, puis, après s'être concentrée, elle franchit à son tour le mystérieux passage entre notre monde et celui du Gilgul. Ils méditèrent longtemps; le premier, mon maître ouvrit les yeux, et il en jaillissait une lumière d'une incroyable douceur; il se tourna vers sa compagne, et s'aperçut qu'elle s'attardait dans l'autre vie. Le rabbi me commanda alors d'aller rabattre les serpents.

– Les serpents! Et que viennent faire ces animaux dans vos diableries? criai-je.

– Comme Votre Hauteur le sait certainement, continua le jeune homme avec un sourire crispé, notre maître a le pouvoir de parler la langue des animaux. Mais c'est au serpent, par où l'En-Sof s'est divisé grâce au Tsimtsum, qu'il réserve ses plus douces paroles, car c'est lui le principe du mal, c'est le serpent qu'il convient d'apprivoiser. Je commençai mon ouvrage en cherchant du côté des vieilles tombes où pullulent les vipères que l'on nomme aspics. Tout petit, j'avais appris de mon père comment les attraper derrière la tête, de sorte qu'elles ne peuvent plus retourner que la queue. Sous peu j'en tins une de belle taille que j'apportai soigneusement à mon maître. La Senora n'était pas encore revenue avec nous.

– Et ton maître a parlé à l'aspic? m'étonnai-je.

– Certes! Mais d'abord, il s'est adressé à moi: « Éloigne-toi, Jérémiah – car Jérémiah est mon nom, Votre Hauteur – et laisse-moi m'adresser à l'étincelle qui, dans le corps de cette bête, est partie de l'âme divine. » Je posai le serpent devant lui, et c'est alors que la chose se produisit, Votre Hauteur. L'aspic se tordit sur lui-même, et pendant que mon maître commençait ses formules en fermant les yeux pour mieux se concentrer, le petit animal glissa jusqu'à la main pendante de la Senora et la mordit, conclut paisiblement le rabbi.

349

J'eus un coup de cœur, comme si ma propre main eût été mordue à son tour. Beatriz, en pleine extase, sans défense...

— Ne vous effrayez pas, Votre Hauteur, je vous vois tout pâle... Mon maître n'avait rien vu. La Senora ouvrit brusquement les paupières, fit une petite grimace de douleur, abaissa son regard vers sa main et aperçut le reptile qui s'enfuyait. Le plus incroyable, Monseigneur, c'est qu'elle ne bougea pas le moins du monde. Elle leva sur moi des yeux dont la lumière était aussi douce que la lune, et me sourit. Je crus qu'elle avait déjà acquis les divins pouvoirs qui permettent de rendre inoffensif le venin de ces créatures, et je ne m'inquiétai pas. La Senora regardait l'autre astre dans le ciel, aussi suave que son cœur. Pendant ce temps, mon maître appelait l'aspic disparu par tous ses noms serpentins. Soudain la Senora vacilla et tomba à terre.

Allais-je assommer ce messager de malheur, ce jeune assassin illuminé ?

— N'a-t-elle rien dit, rabbi Jérémiah ? fis-je d'un ton suppliant.

— Je ne me souviens pas, Votre Hauteur. Non... vraiment, je n'en ai aucun souvenir. C'était un moment si paisible, voyez-vous. A moins que... Il me semble cependant avoir entendu un ou deux mots encore. L'un m'était familier, *Tsimtsum*; l'autre, je ne sais comment dire. Quelque chose comme *Joa, Jao, Jo*... Comprenez-vous ce qu'elle a voulu dire ?

— Non, fis-je en me levant pour étouffer mes larmes. Continue.

— Mon maître la recueillit dans ses bras; elle n'était plus. Je désignai la morsure sur la main gonflée, et mon maître loua le Seigneur, ajoutant que la Senora avait quitté un corps dont elle ne voulait plus, et que cet événement heureux était conforme aux desseins du Seigneur notre Dieu. Nous rapportâmes la dépouille jusque dans la synagogue pour les derniers devoirs; les deux communautés de Tibériade et de Safed se réunirent pour le kaddish, et beaucoup de gens disaient en pleurant qu'ils avaient perdu leur mère...

— Ils avaient raison de pleurer, et ton maître est inhumain, Jérémiah !

— Chaque fois qu'une âme s'échappe de sa passagère

enveloppe pour rejoindre la Grande Ame, mon maître est satisfait, et il a raison! Moi-même, alors que j'étais plein de remords pour avoir apporté le serpent aux pieds de notre rabbi, et pour l'avoir laissé échapper, je m'apaisai en l'entendant parler. J'avais contribué à la délivrance de l'âme captive de la Senora, Votre Hauteur.

– Cesse de m'appeler ainsi, Jérémiah, soupirai-je. Dis-moi plutôt si ton maître t'a chargé d'un autre message. T'a-t-il demandé d'apporter la nouvelle à Istamboul, ou t'a-t-il précisé qu'il fallait la transmettre au duc de Naxos?

– A vous-même, Votre Hauteur, répondit Jérémiah. Il m'a dit qu'à n'en pas douter, vous étiez celui qu'il fallait informer au plus vite. Il a ajouté que vous ne deviez pas éprouver de douleur, car la Senora à quitté son corps « dans la fidélité à son Seigneur », m'a-t-il répété plusieurs fois, pour que je n'oublie pas. Je m'en souviens très bien : dans la fidélité à son Seigneur.

A travers le pauvre jeune homme, et par l'intermédiaire d'un de ces fous kabbalistes, Beatriz me parlait encore.

– C'est bien, Jérémiah. Où as-tu été élevé?

– A Safed, Votre Hauteur, où je suis né. Et je dois y retourner par le prochain bateau.

Je lui tapai sur l'épaule et lui fis préparer un bain.

Les cérémonies à la mémoire de la Senora furent innombrables, glorieuses, interminables! Chaque synagogue de la ville eut à cœur d'en organiser une. Puis suivirent les synagogues de Salonique, Raguse et celles de toutes les communautés de l'Empire; partout résonnèrent de fervents kaddish. La duchesse se rendit partout; pour moi, je me contentai d'assister à la célébration que présida le rabbi Soncino dans la Grande Synagogue d'Istamboul; j'entendis l'éloge funèbre qu'il récita d'une voix cassée, et qui se terminait par ces mots : « Elle n'est plus, la Sérénissime Princesse, la Gloire d'Israël, la fleur splendide de l'exil qui a bâti sa maison sur la pureté et la sainteté; elle protégea les pauvres et sauva les affligés, afin de faire des heureux ici-bas et des bienheureux dans le monde à venir... »

Tout était vrai; hélas! tout était faux également. La fleur

vénéneuse de mon exil, la princesse tourmentée, ma trop pure Beatriz, avait bâti sa maison sur sa passion jalouse, et élevé une forteresse entre elle et moi. La Senora avait choisi de mourir pour l'Amant Divin, dont j'avais un jour lu le nom dans l'un des livres de la bibliothèque de mon père, et dont je n'étais que la pâle incarnation.

Pendant la cérémonie, je crus la voir apparaître au milieu des cierges allumés, jeune, avec son adorable sourire, tenant une pomme rouge qu'elle portait à sa bouche pour la croquer à belles dents; mais au moment où elle allait mordre la chair, son visage s'évanouit et je ne vis plus qu'un griffon lumineux achevé par une queue serpentine. Je m'évanouis; ce fut un beau tumulte.

On me ramena au palais; de ce jour, le griffon ne quitta plus mes songes.

Le lendemain, alors que je me reposais sur ce balcon, le rabbi Jérémiah demanda à me voir. Je le fis venir; il semblait en proie à une vive agitation.

– C'est qu'il m'est revenu quelque chose, Votre Hauteur. Quelque chose que mon maître m'a bien recommandé de vous dire, et que, la fatigue aidant, j'ai oublié.

Ses mains tremblaient, et je voyais la glotte du malheureux monter et descendre le long de son cou. Il s'approcha.

– Mon maître m'a demandé de vous dire, Votre Hauteur...

– Que je t'étrangle si tu m'appelles encore ainsi! soufflai-je épuisé.

– Votre Hauteur doit maintenant ouvrir le coffret, dit-il d'un seul trait, et il disparut comme une fourmi dans la fente d'un parquet.

Le coffret qu'elle m'avait donné!

Contenait-il autre chose que le cœur desséché de Francisco Mendès? Je courus dans ma chambre et fis sauter les serrures rouillées. Sur un coussin de velours qui avait dû être noir, reposait en effet un cœur d'argent vieilli. Mais à côté du reliquaire de Francisco, je trouvai un sachet de cuir bien fermé, un rouleau de papier et une chose brune, semblable à une prune séchée.

Je déroulai le papier en tremblant. Il était écrit de la main de Beatriz : « Bien-Aimé, quand tu liras ces mots sur ce papier déjà jauni, j'aurai quitté un corps qui n'était à personne : ni à moi, ni à toi. Au moment où j'écris, je sais déjà comment je rejoindrai la Grande Ame ; mon maître rabbi Isaac m'a désignée pour affronter le serpent qui nous chassa du Paradis ; ainsi, nouvelle Ève, je bénirai le monde, et telle est la destinée que je vais accomplir à Safed. Le rabbi m'a prédit que tu me retrouveras lorsque ton ennemi ne sera plus en vie ; alors seulement à ton tour tu quitteras ton corps. Tu trouveras dans le coffret la pomme rouge que tu m'as offerte au jour de mes noces ; et dans le sac de cuir, un peu de terre de Portugal que j'avais emportée au moment de notre départ. Prends le caïque, et répands-la sur les eaux du Bosphore en souvenir de nos adieux. Je ne te quitte pas, Bien-Aimé, je t'attends au sein de la Grande Ame. »

Je serrai les poings ; le papier se froissa. J'avais chaud et j'étais glacé, comme si le poison de l'aspic se glissait dans mon cœur malade. Puis une douceur passa sur mon front et je crus entendre sa voix à l'intérieur de moi, comme un étrange souffle à la fois chuchotant et muet. « Ce serpent est venu à moi, Josef, parce que je l'ai appelé... Il me délivre d'un corps qui aurait dû t'appartenir... Qu'importe, Josef, qu'importe ce corps disparu... »

J'ouvris le sac ; j'y trouvai la terre réduite en poudre, qui passa entre mes doigts.

— Repose-toi, mon fils, fit le bossu en essuyant le front de son maître. Tu es en sueur. Veux-tu que j'appelle le médecin ?

— Sokolli est-il toujours en vie ? fit le vieil homme dans un souffle.

— Il se porte comme un charme ; si la prédiction dit vrai, tu n'es pas encore mort, je t'assure !

— C'est que les serres du griffon me broient si puissamment le cœur aujourd'hui... Donne-moi de l'eau fraîche, je te prie.

— De l'eau ! Monseigneur, je ne te reconnais plus.

**

Sitôt connue la mort de la Senora, reprit Naxos, Sokolli me convoqua. Il était rare que le grand vizir eût avec le favori du sultan des entretiens particuliers; je m'y rendis avec méfiance.

– Savez-vous comment le *bailo* de Venise auprès de la Sublime Porte relate la disparition de la Senora votre tante, la très noble dona Gracia Nasi? me dit-il d'un air réjoui. Et il me tendit une missive qui venait d'être interceptée. Ce que j'y lus me plongea dans une foudroyante colère.

Le *bailo* vénitien parlait de Beatriz comme d'«une affreuse Juive qui, semblable à ces traîtres que le pape fit bien de brûler à Ancône, exerça toute sa vie l'usure sur les biens des rois et des princes, et ce dans le seul intérêt du Grand Seigneur, en trahison de toute la Chrétienté. C'est grand soulagement, ajoutait-il, de voir morte une pareille femme, dont l'âme fort laide se reflète encore dans son neveu Josef, dont elle a fait son homme-lige. »

Sokolli me guettait du coin de l'œil, et quand il me vit près d'éclater, il me dit doucement :

– Vengez-vous. Voici longtemps que Venise vous offense, Monseigneur, et cette vieille haine demande à être payée de retour. Je ne doute pas, ajouta-t-il avec son sourire de rapace, que vous n'ayez ici ou là satisfait quelques désirs de revanche. Mais rien de grand, Monseigneur, rien de grand...

– Qu'avez-vous en tête, Sokolli ?

– Oh! Monseigneur, pas de ces familiarités entre nous, fit-il en souriant toujours, je ne vous appelle pas Nasi, moi; nous ne nous aimons pas, et je n'agis que pour le bien de notre sultan, le Grand Seigneur, comme disent les Européens... Nous venons d'arraisonner deux naves vénitiennes; le grand amiral a déployé sa flotte sur les côtes adriatiques, et ses *rezzous* vont à merveille. Cependant notre ambassade est en ce moment à Venise pour exiger l'île de Chypre, et le désarmement de Famagouste, sa forteresse; j'attends le refus de la république pour sortir notre flotte au grand jour. Nous allons attaquer Chypre. Je crois savoir que l'Arsenal de la Sérénissime n'a jamais autant travaillé; eux aussi construisent des galères... Je n'ai rien de précis en tête en ce qui concerne votre vengeance, Monseigneur; mais parfois je songe que les incendies dans notre ville sont terribles, et que

Venise a bien de la chance de n'en être pas frappée. Avec tous ces canaux, il est vrai, l'eau est partout, au pied même de l'Arsenal... Évidemment, si l'Arsenal brûlait...

J'avais compris. J'envoyai des hommes à moi. Trois semaines plus tard, la ville de Venise était éveillée en pleine nuit par une immense explosion. L'Arsenal flambait. Sais-tu, Caraffa, ce qu'est le Grand Arsenal de la Sérénissime ?

Une fabrique où plus de trois mille *arsenalotti* assemblent près d'une centaine de coques de galère en six semaines. Dans un bassin, on ajuste les planches, dans un autre, les bancs des rameurs, enfin, dans les bassins de l'*arsenale vecchio,* on place les voiles, les cordages, les armes et les vivres. C'est un merveilleux spectacle que de voir sortir une à une les galères neuves toutes équipées pour la chasse...

De cet Arsenal dépend la puissance de la république ; et ce n'est point seulement pour épouser la mer que le doge monte chaque année sur le *Bucentaure,* le navire amiral de parade, le jour de l'ascension de leur Christ, c'est aussi pour que se déploient sur les vagues les milliers de galères avec leurs ailes rameuses, poissons volants autour d'un grand squale paresseux... Même la Corne d'Or égayée de caïques n'égalera jamais la beauté de ces épousailles.

Eh bien, l'Arsenal brûlait. La Sérénissime perdait à la veille d'une guerre des centaines de galères, et l'honneur de la Senora était vengé.

Le lendemain du jour où l'on connut la nouvelle de l'incendie de l'Arsenal, Sokolli me prit à part dans une allée de Topkapi.

– Partageons-nous les rôles, Monseigneur. On me prête pour la république de Venise une indulgence trompeuse qui nous sert ; car ainsi je feins de négocier, et j'endors la méfiance du *bailo.* On sait par ailleurs votre rancune ; vous serez tenu pour seul responsable de cet incendie, je n'en ai jamais rien su, je ne vous en ai jamais parlé auparavant et notre sultan n'en aura que plus de liberté pour prendre Chypre, qu'il veut vous donner. Vous l'aurez mérité.

En faisant incendier l'Arsenal de Venise, j'avais gagné

mon île, et mon titre de roi. Cela valait bien une réputation d'incendiaire.

L'ambassade turque revint de Venise avec la réponse négative qu'attendait Sokolli. La flotte ottomane partit vers Chypre, sous la conduite du grand amiral et la surveillance du grand vizir.

En mars, elle aborda aux rives de Famagouste, la splendide forteresse grâce à laquelle Venise tenait Chypre.

Un étrange incident coïncida avec le départ du grand amiral. Je t'ai parlé, Caraffa, de mon almée aux yeux gris, la Circassienne Hélène, au caractère sauvage et rebelle. La jeune fille avait décidé de porter autour de son cou, accrochée à un ruban de mauvaise toile, une petite croix de bois qu'elle avait elle-même confectionnée. Hélène me plaisait; je lui fis présent d'une des chaînes de Beatriz, un lourd tressage d'anneaux d'argent et de rubis, et lui achetai une croix d'argent au quartier grec. La jeune fille me baisa les mains avec emportement.

Quelques jours plus tard, elle avait disparu; je trouvai près de mon lit un méchant morceau de papier où elle avait écrit gauchement quelques mots : « Pardon, monsieur mon duc, tu comprendras, toi. »

Je n'y prêtai pas une grande attention; les préparatifs du siège de Famagouste m'occupaient entièrement. Nous guettions les messagers qui, de galère en galère, allaient et venaient d'Istamboul aux bateaux assemblés et qui s'apprêtaient à débarquer les armées. L'affaire semblait facile, et je n'aurais pas dû m'en mêler; pourtant, Mehemet Sokolli me demanda de le rejoindre près de Chypre.

Quand j'arrivai, le grand vizir venait d'échapper à la mort. Sa propre galère, où par miracle il n'était pas, avait sauté d'un coup. Une énigmatique jeune fille dont personne ne savait le nom s'était glissée sur la galère de Mehemet Pacha en feignant d'être une prostituée; elle portait sur elle une bombe qu'elle alluma. On ne retrouva que son corps, affreusement déchiqueté, et une croix d'argent.

J'étais aux côtés de Sokolli, sur une autre galère, quand on hissa sur le pont, enveloppés dans une toile, les restes de la jeune fille, une tête, un bout de torse; j'eus un mouvement de surprise en reconnaissant, sur un lambeau d'épaule, la croix que j'avais achetée; la chaîne de Beatriz, rompue, s'éparpillait sur les chairs ensanglantées. Et la belle figure de mon almée souriait d'un air de défi.

– Voilà donc ce qu'elle voulait dire! dis-je étourdiment.

Sokolli me jeta un regard soupçonneux.

– Vous la connaissiez donc?

– Oui; c'était l'une des esclaves dont notre sultan, qu'Allah l'ait en sa sainte garde, m'avait fait généreusement cadeau.

– Et vous l'avez laissée partir! Comprenez-vous maintenant pourquoi nous tenons nos femmes enfermées? Si l'on cherche à s'enfuir du Harem, un bon sac bien solide, trois chats enfermés avec la coupable, un nœud solide sur le tout, et au Bosphore! Vous avez été imprudent, seigneur Nasi! A moins que...

Il n'acheva pas. Mais dès le lendemain il me demanda de repartir.

Je n'obéis point. Si près de Chypre, j'aurais dû m'en éloigner! Non, je ne repartis pas.

Je soudoyai quelques rameurs, pris un canot, et débarquai en pleine nuit sur l'île assiégée, sur la côte, loin du port; mon costume à la mode de Venise me protégerait de la mort.

Je distinguai au clair de lune quelques maisons blanches près de la mer, une chapelle flanquée d'un campanile minuscule, et quoi que je n'en eus aucun besoin, je demandai du pain à la première porte. On ne répondit pas; mais un volet s'entrebâilla : je parlai dans la langue de la Sérénissime et une femme m'ouvrit. Je mangeai ce qu'elle me donna sans mot dire, un quignon de pain arrosé d'huile, et des olives; il n'y avait déjà plus rien d'autre. La femme répondait à mes questions par monosyllabes; elle vivait seule avec ses enfants; son mari était là-haut, dans la forteresse, avec les soldats; elle avait peur de la guerre à venir.

Elle finit par me demander d'une voix hésitante ce que je venais faire dans un moment si terrible. C'est alors que je lui dis que je cherchais une femme vénitienne du nom de Faustina. Elle plissa le front, chercha dans sa mémoire et m'indiqua le chemin d'une ferme isolée, de l'autre côté du village.

357

Faustina vivait donc! L'émotion me submergea. Je payai le pain et les olives et partis dès qu'il fit jour. Tout en haut de Famagouste, la forteresse sortait de l'ombre; on voyait les soldats à côté de leurs canons, et on entendait le cliquetis des armes. Je cheminai sur les pierres sèches jusqu'à la grande porte d'une ferme où je frappai. Des aboiements furieux, des pas...

— *Husdent!* Au pied! cria une voix de femme.

C'était elle. Faustina avait forci; la taille épaisse, envelopp-pée dans une mante noire, les cheveux enroulés sur le haut de la nuque, le teint hâlé, elle avait l'air d'une paysanne chy-priote. Mais sa bouche n'avait pas changé, et son regard était devenu paisible. A ses côtés, son limier jaune se calmait peu à peu, tournant autour de sa maîtresse pour la protéger, la langue pendante.

— Tu n'as donc plus ton bichon blanc, ma douce? fis-je comme si je l'avais quittée hier.

Ses yeux s'écarquillèrent, et elle me caressa la joue lon-guement, en silence. Nous nous retrouvâmes sans effort, et nos corps, mieux encore; sa peau était toujours aussi blanche, et elle m'aima avec une passion que je ne lui connaissais pas.

Faustina avait acheté cette ferme avec l'argent que je lui avais laissé; ses terres produisaient assez d'épeautre et de blé pour lui permettre de vivre confortablement. Elle avait des valets que la forteresse avait réquisitionnés; et aussi un amant, un capitaine vénitien, qu'elle n'avait pas vu depuis le début du siège. Mais il pouvait revenir, elle ne savait pas quand.

— Veux-tu que je t'emmène? lui dis-je. J'ai un canot et des rameurs, et une galiote sur la mer, qui m'attend. Veux-tu venir vivre avec moi dans mon palais d'Istamboul?

Elle secoua doucement la tête.

— *Per chè,* monseigneur? Là-bas tu as ta Senora; même ici, je connais son nom. Cette émeraude à ton doigt, c'est elle, sûrement, qui te l'a donnée... *No?*

— Elle est morte, fis-je en m'assombrissant et en tournant le chaton de ma bague.

C'était la première fois que je le disais si simplement.

— Alors je serais là pour te consoler, *e vero?* reprit Faus-

358

tina avec un petit sourire. Non, tu te lasserais ; je te connais, Juan. Ici, je suis bien. Tu dois t'en aller maintenant, *Geliebter.*

Je ne parvins pas à la convaincre du danger qui la menaçait ; je tâchai de lui parler de la cruauté des janissaires, mais elle se taisait, obstinée. Faustina ne désirait pas changer de vie, et je ne la troublai pas davantage. Son amant ne devait pas me trouver dans son lit, disait-elle ; je la quittai, le cœur soucieux. Le tranquille bonheur de Faustina m'obsédait ; en pleine guerre, si près des troupes ottomanes, avec son limier pour seul défenseur...

Le canot m'attendait ; je retournai à ma galiote et fit voile pour Istamboul, selon les instructions du grand vizir.

Le siège de Chypre dura deux mois et demi ; la garnison de Famagouste, composée de sept mille hommes, était commandée par le capitaine Bragadino. Je me souviens des rages qui saisissaient mon Sélim lorsqu'un messager arrivait au Sérail, avec le même éternel refrain : Famagouste résiste encore.

– Ce Bragadino est donc d'essence divine ! hurlait Sélim en renversant les plateaux de fruits. Quand nous l'aurons pris, il aura droit au pire des supplices ! Ne peut-on lui porter des plats empoisonnés ? Il crève de faim ; il avalera n'importe quoi. Josef, trouve un espion !

Sokolli, sur place, faisait fabriquer du biscuit pour les troupes, lançait chaque jour des assauts de plus en plus violents, et ne dormait plus. Nicosie tomba, mais la forteresse de Famagouste demeurait imprenable. J'étais partagé entre la colère et la joie ; je n'aurais peut-être pas mon royaume, mais Faustina vivrait paisiblement dans sa grande ferme, sur l'île.

Enfin Bragadino dut choisir entre la vie de ses hommes et la capitulation. Il décida de se rendre, accompagné de trois de ses lieutenants, Baglioni, Martinengo et Quirini. Le messager qui nous apporta la nouvelle précisa qu'au moment de sa reddition, le capitaine vénitien portait une robe de pourpre, et qu'un parasol de même couleur l'abritait.

Sélim pâlit de colère.

– Il veut une robe de pourpre, murmura-t-il d'une voix suave. Eh bien, il l'aura!

Je ne pus empêcher cette horreur, Caraffa. Piali Pacha, en me racontant l'exécution de Bragadino, en avait encore la nausée. D'abord on trancha prestement la tête des trois lieutenants. Puis les janissaires commencèrent par couper le nez et les oreilles de Bragadino.

– Il ne cria pas! s'exclamait Piali Pacha; et le sang coulait par les trois sources de son visage, dont les yeux étincelaient sans qu'un seul son sortît de sa bouche...

On abandonna Bradagino ainsi pendant dix jours, jusqu'au prochain vendredi, jour de prière. Puis on l'attacha sur un siège et on le plongea dans l'eau; on lui suspendit au cou deux lourds paniers de terre; on l'obligea, dans cet équipage, à se prosterner devant le *Sérasker*, chef des armées. Ce n'était rien encore.

Plus tard, on le flagella, afin que sa peau prît sur toute la surface du corps la teinte rouge promise par le sultan. Ce n'était point encore assez.

On l'écorcha vif devant le palais de la Signoria, son ancienne demeure.

– Pendant ce temps, disait Piali Pacha, il récitait le *Miserere,* et nos soldats lui criaient : " Où est donc ton Christ, Bragadino? Où est-il? "

Bragadino mourut; il avait une robe pourpre teinte avec son propre sang. Au moment où il rendit l'âme, on égorgea à ses côtés trois cents chrétiens chypriotes. Pas de femmes; Faustina, si elle vivait toujours, ne pouvait compter parmi les victimes.

– Et quand il mourut, disait Piali Pacha, il soupira : " Accordez-moi, Seigneur, un cœur pur. " C'était un brave.

On écartela le cadavre pantelant. Pour son corps, c'était fini. Mais pas pour sa peau; on la remplit de foin, et on promena Bragadino empaillé, à cheval sur un âne, à travers la forteresse. Quand la peau de Bragadino eut fait le tour des remparts, on la pendit haut et court; enfin on la mit dans une caisse avec les têtes des trois lieutenants.

C'est en cet état que je la vis lorsque la caisse arriva au

Sérail. On l'ouvrit devant le sultan. Sélim contempla la peau empaillée. De la tête de Bragadino, il ne restait presque rien : des touffes de cheveux ternis, une paupière fermée avec des cils collés, une ombre de rictus, quelques dents. Mon sultan me regarda, interdit.

— Qui a ordonné ce supplice ?

Sélim avait-il oublié ? Sokolli répondit vivement :

— Votre Seigneurie a voulu qu'il eût une robe pourpre...

— Oui, fit Sélim en réfléchissant. De cela je me souviens bien. Mais le reste ?

— Le reste, fit Sokolli en détachant les mots, est le plaisir des janissaires.

Le grand vizir ne perdait jamais une occasion de rappeler à son sultan que du bon vouloir des janissaires dépendait son autorité.

— Les janissaires, oui..., fit Sélim d'un ton hautain. Vois-tu, Josef, ce dont ils sont capables ?

Et il me prit par l'épaule pour se retirer. Au moment de sortir, il me chuchota à l'oreille :

— Je fais la guerre, Josef, et je suis un Osmanli. Ma race est, paraît-il, cruelle. Ne l'oublie jamais.

— Que faut-il faire de cette peau ? demanda Sokolli au sultan qui s'éloignait à grands pas.

— Expose tout cela au bagne pendant quelques jours, puis envoie la caisse à Venise, Naxos sera content, répondit la voix morose de Sélim dans le lointain.

Josef Nasi, duc de Naxos, s'était lui-même engagé dans la guerre, et les atrocités commençaient à peine.

Il songeait qu'avec la mort de la Senora, venaient les temps de l'horreur, comme si l'existence même de sa Beatriz avait suffi à l'en protéger jusqu'alors. Et quand Naxos regagna son palais, une main inconnue avait gravé sur le mur ces mots qui y sont toujours : « Josef de Naxos, roi de Chypre et des Juifs. » Un de nos frères impatients, sans doute, m'indiquait mon devoir.

La peau gonflée du malheureux Bragadino n'était pas encore arrivée à Venise que, déjà, la Sainte Ligue était en passe de se constituer. Pour l'Europe, la prise de Chypre constituait une agression intolérable ; les événements changèrent d'allure. Chypre était à nous, certes ; mais la grande guerre tant attendue semblait sur le point d'éclater.

Le pape Pie V avait réussi à fédérer l'Espagnol, l'Autrichien, Venise et les princes italiens ; le Français et le tsar Ivan n'étaient pas parties de la Ligue. Les ambitieux projets matrimoniaux qu'avait imaginés Beatriz avaient tourné court et, avant même la prise de Famagouste, les alliés étaient entrés dans une sorte de guerre. Hiéronimo Zane, qui commandait l'ensemble des galères d'Occident, avait failli attaquer au moment de la chute de Nicosie ; mais il hésita et rebroussa chemin. Mal lui en prit : le mauvais temps lui coula une trentaine de ses vaisseaux et les galères ottomanes en coulèrent quelques autres. Selon les lois de la Sérénissime, Hiéronimo Zane devait mourir en prison ; on l'y jeta, et Venise, qui n'était plus sûre de sa chiourme, s'affaiblissant visiblement, enrôla autant de vauriens que d'hommes libres.

Sokolli, en bon manœuvrier, profita de la défaite de Zane pour baisser le prix du blé, qu'il offrit à la Sérénissime pour la faire changer de camp ; il s'en fallut de peu qu'il n'y réussît. La Ligue se trouva sur le point de se décomposer.

Mais l'ascète du Vatican, qui se nourrissait toujours de soupes claires et de pruneaux, ne lâcha pas prise. Fouettant le sang des rois et des princes, il ordonna au cardinal Alessandrino de réunir tous les ambassadeurs dans ses salons. Nous recevions des messages incohérents. « On discute. » « On vient de rompre. » « L'on a renoué. » « Venise bloque. » « Venise va céder... »

Enfin, malgré les réticences de la Sérénissime, la Ligue fut presque constituée. Le vainqueur de la résistance morisque, le jeune don Juan d'Autriche, en serait sans doute le commandant en chef, mais d'obscures batailles d'arrière-cour en retardèrent la proclamation officielle. Le capitaine général de la mer s'appelait Sebastiano Veniero, qui descendait des empereurs Auréliens. Mon sultan, qui suivait avec amusement les détails de ces retards protocolaires, me plaisantait chaque jour : tous ces princes, ces fils d'empereurs, ligués à cause d'un Marrane exilé, et qui se battent pour avoir le privilège de l'empêcher d'être roi !

362

Mais je songeais aux prophéties de Beatriz et me demandais avec angoisse quel serait le sort de la bataille. Je n'y pouvais rien; qu'avais-je fait, d'ailleurs? J'avais désiré une île dont je serais le roi, et où je conduirais peut-être le peuple d'Israël. Nous avions été honteusement chassés d'Europe, et nous allions simplement nous venger de ses princes. La prise de Chypre réparerait l'injustice faite à Israël, et couronnerait le triomphe posthume de la Senora; si je devenais roi, elle serait vénérée dans toute l'île. Le droit, décidément, était de mon côté.

Le droit, certes, mais la force?

Enfin, les chefs chrétiens trouvèrent un arrangement. Et la cérémonie officielle qui consacrait la Ligue eut lieu à Saint-Pierre de Rome.

— Non, fit calmement le bossu.

— Comment cela, non? Oses-tu me contredire, Caraffa? Montre-toi, et explique-moi ce « non » que tu profères avec une telle assurance. On ne célébra pas la signature des accords à Saint-Pierre de Rome, et pourquoi donc?

— Parce que j'y étais, ignorant, et que tu n'y étais pas! dit le bossu en sortant de l'obscurité.

— Tu assistais à la proclamation de la Ligue, toi, pauvre Juif? Tu m'as toujours affirmé avoir été recruté de force par les hommes de don Juan d'Autriche en rade de Messine... Si tu as menti, gare!

— J'ai été recruté de force, mon fils; sur ce point je ne t'ai pas menti. Mais c'était bien avant, dans le *barrio* de Grenade, où j'étais un orphelin des rues vivant de chapardages et de petits métiers; un jour, j'y croisai par aventure le bâtard de la Blomberg qui me bouscula et me fit tomber à terre. Il n'avait pas mauvais cœur; il me prit en pitié, et fit de moi son bouffon. Ah, tu ne vas pas me reprocher la dissimulation, Nasi! Moi aussi, j'étais marrane, et j'étais pauvre, moi! Avec le corps que m'a fait ma mère, je n'ai pas d'autre ressource que d'amuser les puissants – je n'avais pas le choix. Bouffon de don Juan d'Autriche, cela ne se refuse pas! Dame, il n'était pas facile à dérider, l'archange. Presque aussi difficile que toi, Naxos.

– Eh bien, si la Ligue ne fut pas proclamée dans la basilique de Rome, où donc, s'il vous plaît, monsieur le savant ?

– Au Palais apostolique, *ignorante ignorantissime*, dans la salle du Sacré Consistoire, devant les cardinaux en rouge, dans un galimatias de leur damné latin, d'où il ressortait que les délégués de la République de Cela ou du Royaume de Ceci se promettaient aide et secours réciproques, qu'ils détruiraient le Turc sur terre et sur mer, et qu'ils comptaient bien aussi se mettre dans la poche Alger, Tunis, Tripoli et le reste... Moi, je n'ai retenu qu'une seule phrase qui me dilatait la poitrine : « Le général de toute la flotte et de l'armée de la Sainte Ligue sera l'Illustrissime Seigneur Don Juan d'Autriche. » Car la gloire des maîtres retombe sur le bouffon ; et je me gonfle aussi d'orgueil à l'idée que tu es duc.

– Tu ne m'avais jamais dit cela, bouffon...

– Tu n'écoutes personne ! Seule compte ta précieuse affaire ! Et celle des autres, pfft !... Comme d'une guigne. Vous autres, les puissants, on peut vous amuser avec vos propres secrets, mais pour ce qui est d'un pauvre nain difforme, on attendra... Le pis est que don Juan te ressemblait un peu ; comme toi, il avait l'âme enflée d'une ombrageuse fierté, comme toi, il ruminait de sombres pensées sur son destin – à la différence qu'il y a huit ans tu étais encore noir comme le charbon, et qu'il était blond, lui, aussi blond que la Senora dont on me rebat les oreilles depuis que je vis dans ce palais.

Après la proclamation de la Ligue, Naxos, continua le bouffon, il y eut les jubilés, sur le chemin de Messine où mon maître don Juan devait prendre son commandement. J'ai vu le Grand Turc sous la forme d'un dragon de carton qui tirait une immense langue de papier écarlate, j'ai vu, sur sa crête, une Lune croissantée où se battaient trois mouflets, le pape, le roi, et le doge... J'ai vu aussi une belle barque d'argent avec un Maure tout nu, qu'on avait affublé d'ailes d'ange, et les enfants dans les bras de leurs mères riaient de tout leur cœur ; ils n'avaient pas peur, ces chérubins, pas assez peur ! Ils voyaient déjà ton sultan attaché sur le dos d'un âne... Chrétiens, Bosniaques, Juifs, c'est tout la même engeance, va ! On part pour la guerre en criant de joie, et l'on s'en revient fou de terreur, quand l'on n'est pas mort...

364

– Fais-nous grâce de ta philosophie, Caraffa. Dis-moi plutôt comment se comporta don Juan quand il sut qu'il n'aurait pas droit au titre d'altesse, parce qu'il était bâtard.

– Tiens ? Tu sais cela aussi ? C'est vrai, il ne fut pas content. Il se mit dans une grande colère, Naxos, comme un hérisson qui sort ses piquants ; l'instant d'après, plus de piquants, et un regard tout doux. Don Juan écrivit une belle lettre bien furieuse à son frère le roi d'Espagne à la triste figure, et ce fut tout. Et qu'as-tu fait, toi, Naxos, quand tu as compris que tu ne serais pas roi de Chypre ? Pareil. Tu ruminas ta déception en silence.

Un méchant vieillard de la noblesse espagnole s'appliqua à l'appeler Excellence, et non pas Votre Altesse, pour le faire enrager ; les marins l'appelaient tout droit le Bâtard, et moi, pour lui faire plaisir, je ne manquais pas une occasion de lui balancer de l'Altesse. Pauvre don Juan !

Sa tête, aussi, quand il reçut du pape le commandement de licencier les débauchés dans la chiourme, et de ne pas embarquer les imberbes !... Cette vieille bête de pape redoutait la sodomie ! « Veut-il que j'aille inspecter un à un les poils de mes soldats ? criait don Juan hors de lui. Et comment reconnaît-on un débauché à la veille d'un combat ? »

Ma foi, il avait raison. Il fit un ou deux exemples pour donner sa pâture au sac d'os qui chauffait son grand âge sous le soleil de Rome, et il écarta trois ou quatre gitons qui auraient pu donner des idées aux Vénitiens. Pour finir, on embarqua. J'étais sur *La Réale* avec le Bâtard. Cela criait dans tous les coins, les galères s'emmêlaient les rames, chacune voulait passer devant l'autre ; les Pontificaux parce qu'ils étaient de religion, les Autrichiens parce qu'ils étaient d'empereur, et les Vénitiens parce qu'ils étaient en république. Le Bâtard décida qu'on mélangerait tout le monde ; il fit monter des Espagnols sur les galères vénitiennes, des Italiens sur les bateaux d'Espagne, jusqu'à ce qu'on ne puisse plus reconnaître une galère qu'à son fanion. Et pour être bien sûr qu'il tiendrait son monde, il fit mettre des pavillons aux vaisseaux. Je lui soufflai moi-même les couleurs : pour l'aile droite et Doria, du vert ; pour l'aile gauche et Agostino Barbarigo, du jaune ; pour nous, le milieu, l'azur. La réserve, conduite par Alvaro de Bazan, était en blanc. Sais-tu que le Bâtard est un grand capitaine ?

Et pendant que tu écorchais Bragadino, Naxos, moi j'avançais vers Corfou. Mais tu avais déjà fait son affaire à la pauvre petite île, dont il ne restait plus que des ruines. Alors le Bâtard jura de te trouver, et finit par te découvrir dans le golfe de Lépante.

Vois-tu, Naxos, c'est à Lépante que j'ai changé de maître; et nous trois, le Bâtard, toi et moi, aurons vu l'Apocalypse...

— Te souviens-tu, murmura le vieil homme, de l'instant qui précéda le premier assaut? J'avais rejoint notre flotte, et j'étais sur la galère de Piali Pacha, à l'arrière, un peu à l'écart, comme me l'avait demandé mon sultan; Ali Pacha, son gendre, commandait la bataille. Nous étions chacun dans un camp, Caraffa; mais as-tu oublié l'heure où chacune des deux flottes voit apparaître l'autre à l'horizon? L'on sait que le moment terrible est venu, mais pour en être sûr, il faut apercevoir les galères à l'autre bout du ciel... Des chuchotements, des cris de tous côtés, puis le même silence fragile, l'attente; et soudain on sait que les mouettes, là-bas, au fond de la mer, ne sont pas des oiseaux, mais l'ennemi, et voilà tout à coup que le même hurlement jaillit de cent trente mille gorges à la fois, un déferlement de joie, une naissance... *Tsimtsum*!

— Midi, dit Caraffa sombrement. Il était tout juste midi. Tu n'as pas vu le plus beau, Naxos. A l'aube de ce même jour, le Bâtard décida de passer les troupes en revue. Sur un canot à rames, avec son secrétaire et ton serviteur fièrement campé derrière lui, il parcourut sa flotte entière en élevant devant les galères un grand crucifix d'argent qui brillait au soleil levant. Il leur fit ensuite un si beau discours que les hommes en pleurèrent : la volonté divine, le châtiment pour les chiens barbares, la seule espérance du Dieu des armées, le gouvernement universel du monde... Personne n'y comprit goutte, mais c'était superbe. Puis, d'un geste puissant, il déploya l'étendard de la Ligue frappé d'une immense croix rouge, et il s'agenouilla. Ah! ce fut tôt fait, Naxos; tout le monde se mit à genoux, les vauriens comme les autres. Dans chacune des galères, le chapelain passa son étole, et à confesse, les marins! Quand ce fut fini, les trompettes s'en mêlèrent. Quatre cents galères sur la mer vibraient sous les

sonneries des cuivres, sans compter les fifres, les cas-
tagnettes, les cris des rameurs... Et les tambours, Nasi, les
tambours que j'oubliais! Cela faisait comme un orage; et
chacun criait en sa langue : « Victoire, et vive Jésus-Christ! »

– Modère-toi, bouffon, fit sèchement Naxos. Te voilà
debout, criant à pleins poumons, les yeux étincelants. On
dirait que tu es fier, toi, un Juif, d'avoir crié le nom du
Christ...

– Et toi, Nasi, bougonna le bossu, comment dis-tu déjà
quand tu parles de ton sultan ? Ombre d'Allah sur la terre ?
Hypocrite!

– Ce n'est pas pareil, Caraffa. Moi, je suis prince de
l'Empire ottoman. Mais j'ai crié en effet les invocations de
l'islam. Les troupes ottomanes en appelaient à Allah et à
Mahomet son prophète – et moi non plus je n'ai pas résisté.
Je connais l'ivresse dont tu parles, je la méprise, et pourtant
j'ai crié, hélas! Pendant un instant d'éternité, nos deux
flottes s'injurièrent ardemment. On échangea également des
saluts, selon l'usage, à grands coups de canons; les casques et
les armures brillaient sous le soleil, comme les jeux de ces
enfants qui s'envoient d'aveuglants rayons avec des mor-
ceaux de miroir; les drapeaux frémissaient autour des
hommes, et claquaient, mâchoires d'une invisible mort qui
jappait de joie...

– Comme tu parles bien, mon maître, fit le bouffon. C'est
à peu près cela. Une chiennerie. Une belle chienne, cette
bataille.

– Je le reconnais, Caraffa : le spectacle était grand. Les
batailles devraient s'arrêter là. Je ne me doutais pas de l'horreur qui allait suivre; comme toute l'armée ottomane, j'étais
sûr de la victoire. Nous avions plus de galères que la Ligue;
nous le savions depuis que le corsaire Kara Hodja avait
réussi un joli coup, en se glissant la nuit, après avoir peint sa
galiote en noir, au beau milieu de la flotte ennemie. Kara
Hodja avait silencieusement décompté les galères : deux cent
huit, pas une de plus. Nous en avions deux cent trente : nous
allions gagner!

Je me souviens toutefois qu'il avait cru apercevoir des
mâts; or les galères n'en ont pas. « Des mâts! lui dit dédai-

gneusement Ali Pacha. Tu rêves, Kara Hodja! Il faudrait alors qu'il y eût aussi dans la flotte de la Ligue des galéasses avec des canons. Nous le saurions déjà; nos espions nous l'auraient rapporté! Non, ce sont des naves pour le ravitaillement, voilà tout. »

La flotte de la Ligue comprenait bel et bien six galéasses armées de bon canons, dont Kara Hodja avait vu les voiles sans les identifier. A elles seules, elles firent le sort de la bataille.

Dès que les armées se rapprochèrent, nous vîmes les lourds bateaux massifs; et quand le premier rang de nos légères galères avança vers l'ennemi, les canons mugirent. Piali Pacha me saisit le bras :

— Nous sommes perdus, Josef! Kara Hodja ne s'était pas trompé, ils ont des canons, regarde!

Je vis en effet des toupets de fumée blanche; dans un bruit assourdissant, quelque part au loin, une de nos galères s'enfonça subitement au milieu des hurlements et des fifres, répandant autour d'elle un flot de sang. Une galère, deux, cinq, dix, tout le premier rang y passa. Puis le second. Au nord, l'aile droite, commandée par le pacha d'Alexandrie, essaya vainement de traverser la flotte ennemie, et n'y parvint pas. On voyait les soldats se jeter d'eau à l'eau et nager vers le rivage; il n'y avait plus d'aile droite, le centre était enfoncé. Nos galères étaient prises comme volailles dans le poulailler, et le renard avait des dents en forme de canon...

— Nous ne pouvons pas perdre, dit Piali Pacha sombrement. Nos galères sont plus nombreuses, c'est une certitude! Nous ne devons pas échouer; imaginez, Nasi, l'avenir de l'Empire? Occhiali, le bey d'Alger, va tout rattraper par le milieu. Mais qu'est-ce qu'attend donc ce grand amiral de malheur pour me donner le signal? Je suis là, moi, avec mes troupes, et je ne bouge pas!

Mon vieil ami se parlait à lui-même pour tromper son anxiété. Il savait déjà. Il me prit à part.

— Voici une galiote, Josef, là, sur le côté de notre bateau; elle n'en bougera pas, et nous suivra comme notre ombre. Nous n'en sommes pas là; mais si la galère amirale est prise, pars aussitôt. L'échelle de coupée est prête; la galiote a ordre de te ramener à Istamboul. Il ferait beau voir que Chypre fût privée de son roi, et le sultan de son ami!

Les canons de la Ligue tiraient toujours, et nos galères sombraient au même rythme.

– Tiens, fit soudain Piali Pacha, l'amiral gênois s'écarte. Que fait-il donc? Une trouée, c'est une trouée! Allons, Occhiali, vite, c'est à toi! Bon, il fonce. Bien. Il s'enfonce dans le creux laissé par Doria...

L'esprit de la bataille se nourrit du plus petit espoir; mais celui-ci était vain. Occhiali l'Algérois coula vaillamment une partie de la flotte génoise, mais l'effort ne s'avérait pas suffisant. Piali Pacha donnait déjà l'ordre d'avancer son aile, quand subitement il sursauta.

– La galère amirale, là-bas, touchée! Cette fois, Josef, descends...

Je quittai le bateau de Piali Pacha. De la galiote où j'étais descendu, pendant que s'éloignaient les rameurs, je vis se déchirer sur la galère d'Ali Pacha le drapeau aux trois croissants; la croix de la Ligue monta sur le navire amiral.

Dès lors, les galères ottomanes s'enfuirent en désordre; nous avions perdu. Piali Pacha parvint à s'échapper, et me rejoignit sur la galiote.

– Ali Pacha est mort, me dit-il en abordant. Un de ses marins l'a vu retourner contre lui son poignard quand il vit son drapeau déchiré. Il fit bien. As-tu vu la mer, Nasi? Elle est rouge de sang...

Je n'avais pas remarqué la couleur des flots. Je n'avais vu que des éclairs, des casques, des boucliers, des pavillons flottant au vent, de la fumée, de minuscules figurines qui tombaient en battant des bras, des têtes qui surnageaient, l'air hébété, et des corps qui flottaient, comme des poissons, le ventre à l'air, au milieu d'une clameur d'agonie.

– Et c'est ainsi, fils, que j'eus l'insigne honneur d'être recueilli par le duc de Naxos pendant qu'il s'enfuyait, fit le bossu avec une révérence.

– C'est vrai, soupira le vieil homme. Je te trouvai agrippé sur une planche à la dérive. Couvert de sang, tu agitais la main mais tu n'étais pas blessé. Tu tremblais comme une feuille. Te souviens-tu de ta première phrase ? « Monseigneur est sans doute de la flotte d'Espagne ! »

— Dame, tu portais un costume espagnol !

— Je te montrai du doigt le pavillon aux trois croissants qui flottait sur notre galiote et je crus que tu allais t'évanouir. Je t'expédiai dans un coin ; tu t'endormis, tu avais l'air d'un vieux bandit.

— Tiens donc, murmura le bossu les larmes aux yeux. Je n'avais pas vingt ans. Et je n'en ai pas trente aujourd'hui...

Tu as raconté ta bataille. A mon tour. Je m'étais modestement retiré dans la chambre de poupe, réservée au Bâtard, pour y méditer sur mes fins dernières. J'entendais le fracas des canons, mais j'étais encore assez tranquille dans mon coin, quand un grand diable d'arquebusier vint me dénicher de force et m'expédier sur le pont où, selon lui, me demandait le général.

Le Bâtard ne me regarda même pas. Mais le méchant arquebusier me poussa vers la rambarde, et d'une bourrade me jeta à la mer. « Les Juifs portent malheur ! » cria-t-il en guise d'adieu. Et me voilà dans l'eau au goût de sang et de sel, entouré de cadavres qui flottaient et de blessés qui beuglaient. A grand-peine, je débarrassai un mort d'une planche dont il n'avait que faire, et me laissai dériver en fermant les yeux.

J'ai encore un autre souvenir, plus drôle, celui-là. Juste avant de me retirer pour ma méditation écourtée, je vis grimper à tribord une fillette maigrichonne qui riait de toutes ses dents. Comme elle se secouait pour ôter l'eau de ses jupons, je la houspillai pour savoir ce qu'elle faisait là.

« Rejoindre mon fiancé d'Autriche », dit-elle en tordant ses cheveux mouillés. A ce moment un coup de canon expédia de la fumée sur la drôlesse, et je décidai qu'il était temps de disparaître. On m'a dit que c'était une illuminée, fille d'un pauvre fou qui se prétendait vice-roi du Pérou, et qui peignait des Évangiles à Messine ; elle s'était mis en tête que don Juan lui était par le ciel destiné ; elle s'était embarquée en cachette, déguisée en homme ; plongeant de la galère où elle s'était dissimulée, elle avait suivi à la nage la galère de son bien-aimé, comme une pauvre égarée qu'elle était, en plein milieu de la bataille. Ému par tant de vaillance, et étonné devant la prouesse de la jeune fille, le Bâtard l'avait gardée. Elle n'était point vilaine, d'ailleurs. Drôle d'histoire... Ce sont les folies des batailles; on n'y comprend rien. Comment était-elle arrivée jusque-là sans se faire tuer? Je ne le saurai jamais.

Tiens, je me souviens aussi, cela me revient, que les soldats riaient et pleuraient en même temps; et lorsqu'ils avaient épuisé leurs munitions, ils lançaient leurs provisions de citrons contre le scorbut, comme des armes. Des citrons! Nous étions fous. C'est l'effet de la peur, Naxos, la peur, tu t'en souviens?

– La peur? La peur, c'est avant; on la ressent dans l'instant qui précède la bataille, Caraffa. En mangeant un grain de raisin, une pêche, un melon sucré, tu te dis, c'est mon dernier raisin, ma dernière pêche, mon dernier melon : la voilà, la peur. C'est le minuscule « peut-être » qui se pose sur toutes les images : peut-être la dernière fois. Mais tu sais bien que, une fois l'heure venue, il n'y a plus qu'un « sûrement » et tu ne penses plus à la peur, elle a disparu. Tu dévisages les canons, tu vois leurs bouches de feu, mais elles ne signifient rien; tu sais que tu peux mourir, mais tu n'as pas le temps de le comprendre. Tu bouges, tu agis, tu baisses la tête, tu la relèves et ce n'est plus toi. Non, je n'ai pas eu peur à Lépante.

Sur les deux cent trente galères de l'Empire, il ne nous en restait plus qu'une trentaine. La tête coupée d'Ali Pacha avait été hissée au bout d'une lance, et vingt mille hommes avaient péri. Beatriz ne s'était pas trompée; l'oracle de la Pomme rouge, qui prédisait la défaite de l'Empire ottoman devant les princes d'Occident, s'était enfin accompli – et par ma faute.

Un messager apprit sans ménagement la défaite au sultan, qui entra dans une effroyable fureur aussitôt suivie d'un abattement dont il ne sortit plus. Il ferma sa porte et refusa même de me voir; on disait qu'il passait tout son temps en lamentations. Les galères survivantes revinrent avec leurs lots de blessés; pendant de longs jours, les femmes d'Istamboul hurlèrent à la mort. L'impossible avait eu lieu.

De l'autre côté, on célébrait la victoire. La Vierge avait protégé don Juan d'Autriche, disait-on; et d'ailleurs la bataille s'était déroulée un dimanche, signe du Ciel! A Rome, le vieil ascète était au comble de la gloire; à Venise, une semaine durant on ferma boutique; il paraît qu'on pouvait voir, clouée sur les portes des marchands, une affiche avec des mots qui couraient autour de drapeaux croisés : « *Chiuso per la morte dei Turchi.* » On composa des oratorios, du théâtre, des libelles, on récita des prières, on organisa des processions. Le monde où nous avions vécu basculait.

Jamais, pourtant, je n'avais douté de la puissance ottomane. Le sultan, quel que fût son nom, me paraissait invincible; les princes européens, trop divisés, se trahissaient avec frénésie. Pour les réunir et vaincre la Sublime Porte, il avait fallu un pape, encore un. Un pape nous avait persécutés au Portugal, un autre nous avait chassés de Ferrare, un troisième nous avait vaincus à Ancône, et celui-ci nous battait à Lépante!

Sokolli allait pouvoir assouvir sa rancune. Mais il me fit appeler pour une tout autre raison.

— Notre sultan sombre dans une mélancolie dont vous seul saurez le distraire, Monseigneur, dit mon vieil ennemi d'un air soucieux. Il ne veut recevoir personne, ni moi, son grand vizir, ni vous, son ami. L'Empire n'est pas perdu, mais il a besoin de son maître. Je ne peux gouverner sans l'autorité visible du sultan. Guérissez-le.

— Et comment ferai-je, seigneur Sokolli? L'on m'a même interdit de lui envoyer la nourriture sous scellés à laquelle il était accoutumé...

— Mesure trop rigoureuse, laissa tomber le grand vizir. On aura cru qu'un jeûne lui serait salutaire; et en effet il s'est plongé dans les macérations. Mais je suis sûr que vous n'avez pas épuisé vos ressources. Chargez-vous de le ramener à la vie; je me charge, moi, de lui montrer, dès qu'il sera remis, une flotte innombrable et en parfait état.

— Impossible! Vous n'y parviendrez pas. Avec trente galères seulement!

— Cela n'est pas votre affaire, Monseigneur, dit-il en découvrant ses dents étincelantes. Pour Chypre... Nous en reparlerons après notre prochaine victoire, voulez-vous?

J'envoyai à Sélim un panier plus grand que de coutume, avec des vaisselles ciselées ; je fis confectionner dans nos cuisines le menu le plus raffiné que je pus imaginer : du rosé de poisson qu'il ne connaissait pas, un mets succulent fait avec de petites loches, des roses pilées sur de la neige venues du mont Ararat, et du blanc-manger aux pépins de pomme ; enfin, toutes sortes de gâteries au sureau et aux amandes sèches bien grillées. J'accompagnai moi-même le repas de mon sultan, escorté de mes hommes et de superbes chevaux bais dont je voulais lui faire cadeau. Sur le sommet d'un gâteau, j'avais roulé un parchemin où j'avais écrit quelques mots : « Le duc de Naxos se désole de ne plus voir son sultan, et Josef, l'ami, se languit de Sélim. »

Au bout d'une heure, j'entrai enfin. Sélim, les cheveux en broussaille, portait un vêtement de deuil. Sa barbe blanche n'était pas propre, il avait les yeux fiévreux, cernés de mauve. Il avait affreusement vieilli. Mais le panier était ouvert.

– Tu voulais voir le Grand Seigneur, comme disent tes amis d'Europe ? Eh bien, regarde-le bien, il est vaincu, jeta-t-il avec hargne.

– Ainsi le fils du Magnifique se laisse-t-il abattre comme un vieillard, répondis-je d'une voix forte. On dit que, couvert de cendre et sans plus jamais se laver, Sélim le poète finit ses jours comme un malheureux fou, à l'instar de son frère Djihangîr...

Il me sauta à la gorge. Je ne résistai pas.

– Chien d'infidèle, Juif, l'on a bien raison de se garder de toi ! haletait le sultan hors de lui.

– Faites, Seigneur, parvins-je à dire, à demi étouffé. Je ne mérite pas plus. Que la faute retombe sur moi, j'ai voulu Chypre.

Dégrisé, il me lâcha, et se passa la main dans les cheveux.

– Pourquoi me parles-tu de Djihangîr, Josef, soupira-t-il. Comment oses-tu ? Mon pauvre frère était un saint, qu'Allah l'ait en sa sainte garde. Je ne le vaux pas ; je ne suis qu'un sultan. Mais je veux me battre, moi, cria-t-il brusquement, et mourir comme mon père, à la bataille ! Je suis un Osmanli !

Sans plus réfléchir il buta sur le panier ; ses narines

palpitèrent, il prit à pleine main un pâté, avidement. Il dévora, puis s'enivra. Les couleurs revinrent sur ses joues; enfin, avec un bâillement, il s'endormit. J'avais gagné.

Les paniers scellés reprirent le chemin du Sérail, et le sultan revint à la vie. L'Aga noir fit son devoir; il choisit lui-même des esclaves pour ranimer les ardeurs de son maître. Enfin, Sokolli tint parole.

Ah! l'étrange fête... Nous étions assemblés dans le petit pavillon qui domine la Corne d'Or; de là, nous apercevions l'estuaire qui s'étirait d'un côté jusqu'aux villages verdoyants, et de l'autre s'ouvrait sur la mer. Soudain, nous vîmes apparaître des files de galères vertes et rouges, peintes de frais, garnies de rameurs rapides. Un flot infini de galères, une armée de galères neuves, des centaines de galères...

Aux côtés de son sultan, le grand vizir souriait sans mot dire.

— C'est bien, dit Sélim rayonnant. Tu vois, Josef, ajouta-t-il en se retournant vers moi, notre flotte n'a pas disparu; elle est intacte. Nous pouvons recommencer demain. Je suis heureux.

— Je me souviens de cette magie-là, et je n'en ai jamais su le fin mot! s'écria le bossu.

— Laisse-moi en paix, je suis las. Tout à l'heure. L'odeur de l'incendie n'est pas encore tout à fait disparue; il reste un parfum de cendres et de bois brûlé. De la musique! Je veux de la musique!

A peine avait-il parlé qu'accompagnée d'un luth, une voix s'éleva, rauque et plaintive.

— Dieu! fit le vieil homme. Ce n'est pas possible... La voix de Beatriz, là, derrière nous...

— Allons, mon maître! fit le bossu en toussotant pour cacher sa gêne. Les morts ne reviennent pas. Écoute bien: ce n'est pas notre langue, mais du turc; et ton oreille reconnaîtra un *tanbûr*, tu sais, avec ses quatres cordes doubles. C'est ton almée, c'est Leilah sans doute.

— Leilah..., fit Naxos en se passant la main sur le front. Oui, certainement, Leilah. Je perds l'esprit. Cependant, cette voix... Ah, je ne sais plus! Dormir un peu...

374

Et sa tête s'affaissa doucement.

– Bon, fit le bossu. Rude journée! Mais attention... ma duchesse.

Il courut vers une ombre inquiète qui, pieds nus, se glissait dans la lumière.

Chapitre X

1579

LE DERNIER SABBAT

*(La revanche d'Occhiali; un jeune et brillant Juif de Pologne; la trahison de Josef Nasi; une représentation d'*Esther *au palais du Belvédère; mort de Sélim l'ivrogne; dernière rencontre avec Mehemet Sokolli; les paroles de la duchesse muette.)*

Vendredi, au crépuscule

— Vous ne devez pas rester, Madame, allez-vous-en! chuchota le bossu à l'oreille de la duchesse Reyna.

— Il a chaud, répondit-elle en agitant un éventail brodé devant le visage de Naxos. Il lui faut de l'air frais quand il dort; regarde la sueur sur ses joues.

— Ce n'est pas la sueur, dit-il à voix basse, ce sont des larmes, ma duchesse... Et s'il s'éveille, s'il vous voit, dans cette tenue? Vous vous vieillissez en vous habillant comme ces matrones juives du Levant; on vous donnerait soixante ans!

— Et quand je les aurai, dans dix ans, mon Naxos sera mort, dit-elle en souriant tristement.

— Mais il n'est pas prêt encore. Laissez-le; vous le mettrez hors de lui, et il n'a pas encore tout dit...

Reyna eut un geste d'impatience.

— Je ne te crois plus, Caraffa, murmura-t-elle. Tu voulais connaître ses secrets; et qu'en est-il sorti? La Senora, ma mère. Mais moi? Mourra-t-il sans savoir que je ne suis pas

377

muette ? Ne m'écoutera-t-il pas à son tour ? Non, cela ne sera pas. Je veux qu'en s'éveillant il m'aperçoive, et qu'il m'entende.

– Attendez! supplia le bossu en joignant les mains. Vous avez patienté plus de vingt ans. Voyez, déjà le soleil s'apprête à plonger derrière la Suleymanie; la lune se lève sur la mer, et c'est aujourd'hui le septième jour depuis qu'il a commencé d'ouvrir son cœur déchiré. Je ne vous demande qu'une heure, une toute petite heure; jusqu'au commencement du Sabbat. Remettez un vêtement vénitien, quittez ces pantalons bouffants qu'il déteste... A la nuit tombée, je vous livrerai votre époux.

– Le ciel est plein de flammes; la lune sera rousse... mauvais présage, soupira la duchesse Reyna en arrêtant le mouvement de l'éventail.

**

– Qui parlait avec toi, Caraffa ? dit le vieil homme d'une voix étouffée.

– Personne, mon fils, une servante. Tu t'es bien reposé; je suis content de toi. Maintenant, il faut poursuivre ton récit, Naxos; le plus dur aura déjà passé.

– Le plus dur, dis-tu ? C'est donc que la Senora est morte. Ensuite.

– Ensuite, fils ? Toute une flotte immense sur le Bosphore au lendemain de Lépante, quant trente misérables galères avaient réussi à s'échapper. Prodige!

– Une interminable flotte, oui, et qui semblait intacte... Le grand vizir l'avait promis; il tint parole. Du haut des jardins du Sérail, l'illusion fut parfaite. Les galères n'étaient que trente; mais elles défilaient sur la Corne d'Or une à une, puis disparaissaient derrière le Sérail; là, on changeait un pavillon, une figure de proue, et elles revenaient triomphalement, avec l'allure de galères neuves. A l'instar de son sultan, la ville entière s'y trompa, et une joie aveugle envahit les cœurs. Mehemet Sokolli ne rusait qu'à moitié; dès le lendemain de la défaite, l'armement des galères avait recommencé de plus belle. Et les trente galères repeintes anticipaient la véritable renaissance de la flotte ottomane.

J'avais cru à la fin de l'Empire, mais je m'étais trompé. La honte, tombée sur moi comme une nuit d'hiver, n'affectait pas l'Ottoman mais le seul favori du sultan, le duc de Naxos, qui avait voulu devenir roi de Chypre. Dans les longs couloirs de mon propre palais, j'entendais chuchoter les servantes : « Du temps de notre Senora, jamais pareil désastre ne se serait abattu sur la maison Nasi... » Osaient-elles vraiment le dire ? Je ne sais. Je voyais leurs mines compatissantes, leurs silences gênés, leur empressement apitoyé, et ce que je n'entendais pas, je me le répétais à moi-même. Mais j'étais seul à pleurer sur ma défaite ; l'Empire, lui, s'était déjà ressaisi.

Pendant que les ligueurs s'abandonnaient à leurs lauriers et rêvaient de prendre Tunis, Alger et peut-être, en Terre Sainte, Jérusalem, Occhiali, le berlebey d'Alger, grandi par l'héroïsme dont il avait fait preuve pendant la bataille, était devenu capoudan. Il avait aussitôt donné pour la construction des nouveaux bateaux des instructions précises : moins d'archers et de frondeurs, plus d'artillerie et d'arquebuses, et des galères plus légères qu'auparavant. On ajouta des galéasses massives, armées de canons, qui demandèrent beaucoup d'argent – j'aurais eu mauvaise grâce à le refuser à mes maîtres. En moins d'un an, ce fut chose faite.

Dans le camp ennemi, on continuait à chansonner. Je me souviens qu'un certain Maloni Blessi, ou peut-être Manoli, signa un abominable libelle, écrit en patois vénitien, qui faisait de Sélim un sodomite absolu, et de moi son giton ; j'y étais décrit sous la figure d'un galant vénitien, tête creuse, sexe libertin, profitant des ivresses de Sélim pour lui dérober royaumes, duchés, et même l'aigrette sacrée du turban de son couronnement. Un jour, Sélim reprenait ses esprits et me chassait de son lit en m'abreuvant d'injures.

C'est lui-même qui me le montra. On lui en avait traduit assez pour déchaîner sa colère. Je reconnus dans son regard la haine que j'avais pour Venise.

– Tu es mon ami, Josef ; punis cet avorton qui nous offense, dit-il simplement en me tendant le petit livre. Ne jette pas cette ordure sans la lire ; tu y verras l'âme corrompue de cette république dégénérée. Mais ils font erreur, tous : nous n'avons pas été vaincus.

Il me fallut quelques mois pour identifier l'auteur du pamphlet; sous le pseudonyme de Manoli Blessi se cachait l'acteur Bruchiella, c'est-à-dire un poète dont le vrai nom était Antonio Molino. J'avais encore des amis à Venise, et l'on ne tarda pas à retrouver le rimailleur au fond d'un canal. Vétille sans importance, qui témoigne surtout de la gloriole de l'Occident; Lépante inspirait les poètes, et les princes, en célébrant interminablement leur première victoire, avaient cru la partie gagnée; ils s'abusaient.

Les plans de la Ligue nous étaient connus : Tunis devait tomber au printemps 1572, Rhodes, Chypre et la Morée pendant l'été, Alger l'hiver suivant. Mais la France, toujours aussi rétive à l'égard d'une Ligue dans laquelle elle n'avait pas voulu entrer, montra les dents; Philippe l'Espagnol trouvait quant à lui la guerre fort coûteuse, et montrait peu d'empressement à abonder de nouvelles dépenses; son frère bâtard, le jeune vainqueur de Lépante, s'impatienta un peu trop, et enfin le principal fédérateur, le pape Pie V, mourut en mai. C'en était fait de la Ligue et de ses ardeurs belliqueuses.

Occhiali sortit ses galères et razzia de nouveau les côtes adriatiques, autour de Candie, Zante et Céphalonie. A Corfou, on lui expédia le jeune Autrichien; mais Occhiali, avec ses canons, noya la mer d'une épaisse fumée blanche et s'enfuit indemne avec toute sa flotte. Par trois fois, don Juan d'Autriche se laissa prendre à ce leurre enfantin; il dut se replier, vaincu. Il ne s'était écoulé qu'un an entre Lépante et Corfou, et la gloire du chef de guerre de l'Occident entier s'était déjà ternie.

Sitôt assurée la sécurité de l'Empire, Sokolli persuada le sultan de regarder vers les marches de l'Est. La Perse menaçait aux frontières. Je savais depuis longtemps que le grand vizir voulait se détourner des guerres à l'Occident, et porter le feu en Orient; mais ce n'était pas mon univers. Trop d'Europe coulait dans les veines de ma mémoire, et si je détestais profondément les princes qui nous avaient humiliés, j'adorais toujours la beauté de Venise, les jardins de Ferrare, les collines italiennes, le plat pays, les ciels changeants de l'Occident. Chacune des villes où nous avions vécu me laissait de violentes et soudaines nostalgies, comme le souvenir d'une maîtresse trop vite abandonnée. De même que frappe en plein cœur la brusque mémoire d'un geste au réveil, d'une hanche endormie, d'une boucle de cheveux, d'un sourire de femme, de même je retrouvais les sensations des rouges sombres sur les murs de Ferrare, la blancheur d'un écusson de marbre en plein soleil, ou la lumière de l'aube pénétrant à travers les carreaux verts dans notre maison, à Anvers; les clameurs des gondoliers filant à l'horizon des canaux, le souple corps de Faustina, à jamais perdu, l'éclat magnifique de la tour de Belem au départ de Lisbonne, l'odeur disparue des embruns atlantiques, les fortes houles et le vent sur les quais –, tout se mélangeait dans ma mémoire.

Je me lassai même d'Istamboul, et de l'éternel spectacle des minarets dans le rose du crépuscule. Au-delà des Dardanelles, l'Orient m'attirait peu; je n'y voyais qu'un désert confus et chaotique, des langues inconnues, des peuples de l'Islam chiite dont je ne connaissais que les sanglantes processions de flagellants, le jour de Moharram; j'appartenais à l'Ouest. Chypre, mon île d'entre deux mondes, plantée au centre de la mer, appartenait à l'Empire, mais je ne l'avais pas obtenue; je n'en étais pas roi. Je n'établirais pas le pays de notre peuple en exil au beau milieu de la Méditerranée, comme un pivot entre l'Islam et la Chrétienté. Au demeurant, je m'en détachais peu à peu; le spectacle du combat m'avait ôté le goût de me battre, fût-ce pour un royaume. Et même notre Palestine tomba de mes mains, comme par indifférence, sans que je susse vraiment pourquoi.

Je ne voulais plus me rendre à Tibériade ou à Safed; j'aurais tué de mes mains ce rabbi qui m'avait pris Beatriz. Je ne voulais pas voir sa tombe dans le petit cimetière, au milieu des paysages desséchés. J'abandonnais nos colons à leur travail; mais privés du soutien de leur Senora, harcelés par les bédouins du vieux cheikh qui ne leur laissa pas de répit, ils se fatiguèrent et ne résistèrent plus. Aujourd'hui, certains reviennent ici; je n'ai pas le courage de les exhorter à repartir. Les bédouins retrouveront bientôt leur désert, et le vieil homme de Palestine aura fini par gagner son combat.

*_**

Après le tumulte de Lépante, mon âme espérait le repos. Je ne maîtrisais plus le cœur du monde, mais la pensée de Beatriz ne me quittait pas ; elle apparaissait dans chacun de mes rêves, insinuante et rieuse, par-delà la mort, comme si elle se moquait de moi. Et si je m'étais trompé ? Si l'humanisme que je devais à Érasme et à Maximilien n'avait été qu'une paresseuse fantaisie ? Je me mis à douter de mes certitudes sceptiques. Je retournai à la synagogue et fis des efforts pour devenir un vrai et bon Juif ; en vain. La lecture de la Thora m'ennuyait ; et ce Dieu des armées qui châtie son peuple plaintif, l'Éternel qu'il faut supplier sans relâche, et devant lequel il faut s'humilier, je le trouvais toujours aussi terrible. Je voulus comprendre l'objet des dernières fascinations de Beatriz ; je fis venir au palais des adeptes de la Kabbale, mais je ne supportais pas leur emphase, leurs transes enflammées, leurs mouvements de derviches, leurs interminables exégèses... Je poursuivis l'alchimie, qui m'intéressait davantage, mais les transmutations que je voyais se faire sous mes yeux ne m'apportaient aucune réponse sur le divin. Ma raison persistait à me le dire : il n'y a rien, aucun dieu. Et cependant mon cœur tenait ferme : Beatriz était ma pierre philosophale, ma divinité personnelle, et je la rejoindrais puisqu'elle l'avait dit. Folie ! J'étais fou, je le suis encore, oui : hormis ce fil d'airain entre elle et moi, rien n'est. J'aime un fantôme.

De son côté Sélim devenait un véritable ivrogne. Son affection pour moi n'en était point changée, au contraire : plus que jamais, il m'entourait d'honneurs, me prenait par le cou et, le regard brillant, récitait de nouveaux poèmes... Mais un je ne sais quoi de faux souillait ces effusions ; ses vers se fatiguaient, ses baisers étaient ivres, sa raison troublée. L'Osmanli en lui se brouillait, et du prince orgueilleux qui avait enterré son père au retour de Szeged, ne restait plus qu'un homme vieux et gros, l'échec au cœur, dont les beaux cheveux blonds avaient tourné au blanc et qui laissait faire son grand vizir, sans plus de volonté.

Sokolli eut enfin la paix qu'il avait souhaitée. Il obtint la trahison de Venise, qui conclut une paix séparée en oubliant ses alliés. Un jour, il me convoqua ; Sokolli n'agissait jamais sans arrière-pensées. Il m'annonça d'un air aimable que le sultan, Ombre d'Allah sur la terre, m'octroyait généreusement, pour me consoler de la perte de mon royaume, le monopole de la cire.

— Qui, comme vous le savez, nous vient du royaume de Pologne, glissa-t-il d'un air entendu.

Je n'avais rien demandé et haussai les épaules.

— Ne vous récriez pas, Seigneur, dit-il en apercevant mon geste, nous savons votre humilité, même si elle est de fraîche date. Le monopole de la cire est de première importance, saviez-vous ? Vous m'obligeriez en prenant pour gérant de ces nouvelles sources de revenus l'un de vos frères en religion, le premier médecin de la cour de Pologne ; vous le comprendrez, nous avons besoin de cet homme-là. Vous vous en trouverez bien.

Je n'avais pas le choix. J'acceptai l'homme de Sokolli.

Ce jeune et brillant Juif s'appelait Salomon Eskenazi ; je l'accueillis avec réticence, mais bientôt il me charma ; de haute taille, la tête droite, l'œil profond et vif, il était à la fois élégant, intelligent et beau. J'eus la faiblesse de croire qu'il ressemblait à ce que j'avais pu être, aux temps de ma propre jeunesse ; ce portrait de moi me flatta. Je lui fis confiance et le traitai comme le fils que Reyna ne m'avait pas donné ; il avait une superbe écriture, et je l'engageai comme secrétaire ; il prit de l'importance dans la maison Nasi et, puisque Sokolli me l'avait conseillé, occupa naturellement entre le grand vizir et moi le rôle d'intermédiaire.

Pour comprendre les affaires de l'Empire, Salomon Eskenazi eut deux excellents maîtres ; Mehemet Sokolli lui enseigna la politique étrangère, je lui montrai les sources de financement. Il apprit vite, et je prenais plaisir à l'écouter. Une étrange idée lui vint un beau jour.

La paix avec Venise ne suffisait plus, disait-il, pour assurer la sécurité de l'Empire. Certes, la Papauté ne menaçait plus guère, et la France, déchirée par les conflits entre catholiques et partisans de la religion réformée, se perdait

383

dans d'horribles guerres intestines; seule demeurait, intacte et dangereuse, la puissance du roi d'Espagne. Le grand vizir le redoutait, mais il rappelait souvent le surnom qu'on donnait à Philippe, fils du Habsbourg : le « Roi Prudent ». Et comme le grand vizir était lui aussi fort prudent et se connaissait bien, il craignait ce souverain qui lui ressemblait trop. J'écoutais distraitement; les Habsbourg ne m'intéressaient plus.

Un autre jour, Salomon m'assura que Sokolli cherchait à conclure un traité de paix avec Philippe II, mais qu'il n'en voyait pas le moyen. Je trouvai l'idée bouffonne et le projet insensé. Salomon n'insista pas, mais la semaine suivante il revint à la charge. Bref, de jour en jour, il précisait sa pensée. Enfin il lâcha le tout : j'étais l'homme qui pourrait réconcilier l'Ottoman et l'Espagne, les deux empires.

— Par ma foi, petit, sais-tu bien à qui tu parles, et ce que nous a fait le Habsbourg? lui dis-je, indigné. Pendant dix ans, ou plus, il nous a persécutés, menacés, honteusement rançonnés. Sache-le, pour ta gouverne, nous les Nasi n'eûmes pas de pire ennemi que ce prince.

— Ennemi qui vous a anobli, Monseigneur, glissa Salomon Eskenazi. Vous l'avez affronté ouvertement, vous lui avez résisté, et il a reconnu vos mérites. Il voulait marier une fille Mendès à un grand d'Espagne, et il vous a fait chevalier... Ce n'est point là de la haine.

— Non! Je ne veux plus t'entendre. Tu offenses la mémoire de notre Senora, répliquai-je d'un ton cassant.

— Elle se vengea du pape, et non pas du Habsbourg, répliqua Eskenazi. Demandez-vous plutôt ce qu'elle dirait de mon idée.

Je plongeai dans l'incertitude. Salomon Eskenazi disait vrai. Beatriz m'avait toujours surpris par ses revirements subits : le jour où elle m'envoya faire le galant auprès de la régente de Gand, qu'elle détestait, celui où contre toute attente elle décida du blocus, ou encore la fondation de nos colonies de Palestine... Les retournements les plus inattendus avaient porté leurs fruits. Elle savait se saisir des occasions offertes, sans aucun doute; et moi, depuis sa disparition, j'hésitais souvent; je n'avais ni sa clairvoyance ni sa force de décision. Sans elle, aurais-je eu le courage de quitter le Portugal, aurais-je volé vers Istamboul pour obtenir la caution du sultan Soliman et gagné l'amitié de Sélim, serais-je devenu duc de Naxos? Certes non; je lui devais tout. La seule idée qui n'appartenait qu'à moi, c'était de devenir roi de Chypre. Et justement! J'avais conduit la flotte ottomane au désastre. Cette pensée me paralysait. Salomon s'en aperçut et s'empara de mes hésitations.

– La Senora, votre tante, aurait approuvé cette alliance, j'en suis certain, insista-t-il. Le Roi Prudent est le seul à vouloir la paix et la sécurité du commerce; il n'est point acharné à détruire la Sublime Porte; toujours, il a secrètement négocié avec nous, envoyé d'innombrables émissaires. Vous avez été banquier de Charles Quint, vous avez tenu les rois de France, vous les avez joués et, quoique marrane, vous êtes devenu un cavalier accompli, un prince de Palestine; mieux, un duc, installé au cœur des affaires de l'Empire, favori du sultan, et son financier... Qui, mieux que vous, peut le convaincre? Son père vous a reçu, et vous avez été de ses sujets; il vous croira.

Au fil des jours je me laissai convaincre. Je le dis à mon petit Salomon qui sauta de joie et me conseilla aussitôt d'écrire en mon nom personnel une lettre au roi Philippe.

– En mon nom personnel! Songes-tu bien, petit, que ses aïeux nous chassèrent d'Espagne, et que je suis redevenu juif?

– Est-il vrai, Monseigneur? dit-il en me regardant droit dans les yeux. On vous sait indifférent à ces choses; vous n'êtes pas comme la Senora, vous, vous êtes un esprit libre; nul ne l'ignore. Le traité vaut bien l'oubli du judaïsme...

– Mais quel homme es-tu donc pour parler ainsi? N'es-tu pas juif, toi aussi? Et te désintéresses-tu du sort de tes frères? criai-je en songeant par-devers moi que Beatriz m'avait souvent fait le même reproche.

– Moi? Non, Monseigneur, je ne suis pas indifférent à notre peuple. Mais je sais trop de choses. Par exemple, je connais la nature des présents que le sultan Sélim envoya à don Juan d'Autriche après Lépante...

– Tu plaisantes! Le sultan, à son jeune vainqueur?

– Lui-même. Je connais le nom de l'émissaire qui se chargea d'acheminer ces cadeaux, avec une lettre signée de

385

sa main : Acomato de Natolie, l'eunuque, vous savez... Dites-moi maintenant, si le sultan consent à oublier sa défaite, son favori ne peut-il oublier un instant l'expulsion des Juifs d'Espagne ? Allons ! Bientôt un siècle entier se sera écoulé depuis cette infâmie ; le roi d'Espagne possède désormais les Amériques, dont il se soucie bien davantage que du sort des Juifs. Et si Philippe II veut la paix, notre peuple pourra profiter de sa clémence. Soyez l'homme qui réconciliera les empires de notre mer commune...

Hélas ! Je fus flatté, et je reniai Beatriz en un instant. Je fus aussi piqué au vif ; Salomon m'apportait la preuve que la défaite de Lépante m'avait écarté des secrets de l'Empire. J'eus un dernier moment de résistance et voulus en parler à mon sultan ; mais Sélim m'écouta en bâillant, et me demanda d'une voix embrouillée de bien vouloir revenir aux choses sérieuses, à la poésie, par exemple. J'étais seul.

J'écrivis au roi Philippe.

Je rappelai la mémoire de son père, les conflits qui furent les nôtres et comment ils s'étaient résolus ; je mentionnai l'intérêt qu'aurait l'Espagne à traiter avec la Sublime Porte, et j'appuyai sur la vanité des guerres, qu'avaient démontrée successivement Lépante, puis Corfou. A la fin de cette missive enflammée en faveur de la paix, j'offrais mes services pour cet intermédiaire, puisque je connaissais à la fois les princes d'Europe et le sultan, maître de l'Empire ottoman.

Je montrai l'épître à Salomon, qui la jugea presque parfaite. Il me suggéra toutefois d'ajouter un détail : le Roi Prudent serait tout à fait en confiance si je promettais de revenir à la foi catholique.

– Tu vas trop loin, petit, grondai-je entre mes dents. La Pologne fabrique en toi du mensonge, et je n'irai pas jusque-là. Tiens-le-toi pour dit.

Il n'insista plus, et prit la lettre pour la recopier. Je la scellai moi-même avec le sceau de Naxos.

Quelques jours plus tard, Sokolli me mandait dans ses appartements. Sans doute allait-il étudier ma nouvelle mission ; je me rendis tranquillement au Sérail.

– Monseigneur, me dit-il sévèrement, de graves accusations pèsent sur vous. On me dit que vous avez écrit au roi d'Espagne... Nous osons croire que vous n'en avez rien fait sans nous consulter!

J'éclatai de rire.

– Accusations, Sokolli? Allons! C'est vous-même qui me l'avez demandé, par l'intermédiaire de Salomon Eskenazi. Car je ne nie point, j'ai écrit au roi Philippe. Pour négocier le traité de paix dont vous rêvez. Pour une fois, ce ne sont pas là vaines rumeurs

– Bien, fit Sokolli en découvrant ses dents. Fallait-il pour autant demander son pardon? Fallait-il abjurer votre foi, en échange d'une exemption des droits de douane et de gabelle pour votre commerce personnel? Et surtout, fallait-il lui demander un sauf-conduit pour quitter l'Empire?

Je demeurai assommé. Je lui demandai des preuves; j'étais prêt à porter l'affaire devant le sultan. Sokolli me tendit ma lettre avec un sourire.

Ma lettre! L'écriture était si bien imitée que mes mains en tremblaient; à coup sûr, le faussaire avait copié mes jambages sur de vrais documents. Il avait conclu ma missive en y ajoutant les sornettes qui justifiaient les accusations de Mehemet Pacha. La signature était aussi la mienne; j'étais perdu.

C'est en regardant le sceau que je fus sauvé. La cire était brisée; fébrilement, je reconstituai l'ensemble. Le lion et la lune des Naxos n'y étaient pas.

Le sceau manquant, le coup avait échoué. Sokolli se mordit les lèvres, examina la cire; j'ôtai ma bague et la lui tendis pour qu'il vérifie le vrai sceau de Naxos, mais il l'écarta d'un geste.

– Vous avez raison, Monseigneur, fut-il obligé de conclure. Ce document est un faux. Vous n'avez plus la vraie lettre; il me faut donc vous croire sur parole. C'est dommage, fit-il en retrouvant sa superbe; eussiez-vous procédé avec plus de subtilité que nous aurions pu nous entendre. J'aurais apprécié une lettre de vous au roi Philippe; j'aurais étudié le contenu avec vous. Mais vous ne vous fiez pas à moi, n'est-ce pas, Monseigneur? Au lieu de cela, vous avez voulu jouer seul, et vous vous retrouvez joué comme un débutant. Laisser un secrétaire recopier l'une de vos lettres, allons, Monseigneur... Quelle faute!

Eskenazi m'aurait trahi? Mon petit Salomon? Je surmontai mon trouble et demandai négligemment comment le grand vizir était entré en possession de cette lettre secrète, que seul connaissait mon secrétaire polonais. Sokolli eut un geste vague; on ne questionne pas un homme d'État sur ces détails. Nos regards se défièrent. Puis, avec une extrême courtoise, Sokolli m'anonça que Salomon Eskenazi devenait à compter de ce jour son conseiller personnel.

Voilà toute l'histoire de ma fameuse lettre à Philippe II d'Espagne, qui ne fut jamais acheminée et fit cependant de moi un renégat. Soigneusement diffusées, des rumeurs commencèrent à courir sur ma trahison; elles courent encore.

Eskenazi m'avait abusé, lui que j'aimais. Pis, il avait deviné mon violent regret de l'Europe; oui, j'avais en effet été tenté de quitter l'Empire, et cette demande de sauf-conduit, oui, j'aurais pu la rédiger de ma propre main... Je crois même que je lui en avais fait la confidence. Le jeune Juif de Pologne s'était contenté d'aller au bout de mes désirs. Je n'étais plus capable de ce courage. J'avais l'âme d'un traître, mais non la volonté de l'être; j'avais le cœur de Judas, mais pas même la force de trahir.

Je retirai de cette affaire un dégoût définitif du monde et de mon image; c'est alors que je ressentis les premières atteintes du mal qui m'afflige aujourd'hui, et à qui je veux donner son véritable nom, le désespoir de la vieillesse. L'ombre de Beatriz me soufflait à l'oreille qu'il fallait songer à quitter ce monde; et Sélim, l'œil strié de rouge, enflé de mauvaise graisse, n'était plus que le reflet de notre jeunesse enfuie. Souvent, je songeais à cette corde fétiche que m'avait vendue autrefois le lansquenet allemand dans un bouge à Lisbonne; je sortais le sac de velours, tâtais la fragile relique de Judas, et cherchais en vain le courage de nouer autour de mon cou un bon licol de chanvre, assez solide pour me pendre. Mais l'objet maudit retournait dans sa cachette, et le terrible goût de la vie l'emportait toujours.

C'est à cette époque que je mis dans mon lit la seconde de mes almées, la petite Leilah, la dernière de mes maîtresses. D'elle, je savais seulement qu'elle vivait en paix près de la duchesse Reyna, et qu'elle chantait à ravir des *zajdals* mélancoliques, d'une belle voix grave que parfois j'entendais de loin. Elle avait à peine seize ans quand, la croisant par aventure, je la vis ouvrir une figue noire et mordre à belles dents au cœur des pulpes roses. Sans lâcher le fruit, elle me jeta un regard vif, les graines de la figue coulaient sur son menton, elle s'essuya du revers de la main; mais elle dévorait toujours, avec une telle gaieté qu'elle me fit envie. Quand je la déflorai, au lieu de se plaindre, elle eut un petit rire, à peine un cri de mouette; puis doucement, savamment, elle m'enseigna l'art des caresses qu'elle avait appris au Harem. Je découvris la lenteur des gestes, le sommeil partagé, la langueur des réveils, une douceur inconnue, si tardive... Avec elle, j'aurai goûté le plaisir et l'innocence de la chair, dont la présence de Beatriz m'avait privé toute ma vie. Il fallait que meure la Senora pour que je trouve le temps de goûter un plaisir sans déchirements.

Le jour seul m'apportait d'incessantes angoisses; et malgré les chansons de cette enfant, les terreurs diurnes ont fini par vaincre le charme que m'apportaient ses nuits. Je n'ai plus touché Leilah depuis près de six mois.

Du jour où je perdis Eskenazi, je cessai de m'intéresser à l'Empire, et Sokolli me laissa en repos. Tant que vivrait Sélim, je ne risquerais rien; ma fortune, mes biens, ma famille, ma vie, rien ne serait menacé, si du moins je continuais à payer les dépenses des armées et si je renonçais à toute ambition politique. Sous le surnom de « docteur Salomon », le petit Eskenazi prit ma place au Sérail, et tissa savamment des réseaux d'espions de son cru : des renégats, qui voulaient rentrer en grâce soit dans l'Empire, soit dans la Chrétienté; des chevaliers de Malte, vrais ou faux, comme Juan Bareli; des agents déguisés en captifs évadés des galères, des Albanais, des Grecs, des drogmans, comme Horembey, successeurs de Claude du Bourg – ou de moi-même, du temps où je n'étais encore que Josef Nasi... Ombres puissantes et éphémères dont l'histoire ne retiendra jamais le nom.

Pour la première fois de ma vie, l'oisiveté m'ouvrait les

portes de la rêverie. Le fantôme de la Senora m'attendait dans mon nouveau royaume; Beatriz et moi n'étions plus en guerre; je débattais seul, j'inventais ses réponses, j'imaginais des disputes... Mais non; je vivrais désormais sans ces merveilleux conflits suivis de réconciliations émues, nos seuls moments de vraie tendresse. Parfois, j'entendais sa voix dans le vent, et je me retournais brusquement; parfois encore, elle apparaissait dans l'embrasure de la porte, jeune et vieille à la fois, gaie comme elle ne le fut jamais... Elle n'était plus jalouse; et quand je caressais le beau corps rond de Leilah, Beatriz acquiesçait, maternelle. Plus encore que de son vivant, elle emplissait ma vie. Mais si je lui parlais sans cesse, elle ne me répondait qu'en s'évanouissant brusquement.

C'est elle, à n'en pas douter, qui m'inspira l'idée de la représenter au théâtre. Pour me désennuyer, j'avais pris l'habitude d'organiser au palais des concerts; les invités, assis sur des tapis, écoutaient la musique en grignotant des sucreries, des grains de cardamome et des pépins de courge; parfois, j'allais jusqu'au divertissement où l'on moque les grands, tu le sais, Caraffa, puisqu'à ce jeu tu excelles. J'imaginai de commander une représentation dramatique de la vie d'Esther; je la voulus donner pour le cinquième anniversaire de la mort de la Senora, qui coïncidait avec la fête de Pourim; cela, tu ne l'as pas oublié. Mais sais-tu ce qui se passa?

Le rabbi Elias accepta de composer la pièce, et m'apporta bientôt le résultat de son travail. Las! Assuérus était un sot, un barbare au caractère inexistant, dépourvu d'amour; Mardochée radotait, comme tous les rabbins; le chœur priait sans relâche. Quant à Esther... Elle s'exprimait de façon si ampoulée qu'on n'y reconnaissait rien de ma Beatriz.

Je réécrivis tout avec exaltation, et sans méthode; il me semblait inscrire pour l'éternité des générations futures notre histoire la plus secrète. Pour Assuérus, je m'inspirai à la fois du duc d'Este et de Charles Quint; c'était un prince parfois brutal, au cœur partagé entre sa tendresse et la grandeur de son état. Mardochée ne pouvait être que l'obstiné rabbi Soncino; et mon Esther, naturellement, ressemblait à Beatriz. Emportée, entêtée, avec de grands moments de violence, elle s'affaissait brusquement dans de profonds chagrins qui, seuls, lui permettaient d'exprimer sa douceur. C'est ainsi, échevelée, éperdue, défaite, qu'elle séduisait Assuérus. Cependant, je ne parvenais pas à trouver les mots justes pour cette partie-là; et ma Beatriz n'aimait pas son royal époux. Cela n'allait pas; le roi perse, s'il n'était pas aimé, n'était pas assez aimable.

J'écartai résolument le duc Ercole et le Habsbourg et fis d'Assuérus un jeune homme qui me ressemblait comme un frère : impatient, incertain, libéral et sceptique; assez peu vraisemblable, mais fort attachant. Mon Esther se mit à aimer ce souverain de fiction, et j'en conçus un immense orgueil. Ces vers, oublions-les, Caraffa; à ces jeux-là je n'ai pas de talent; j'avais écrit pour la circonstance un hymne à Beatriz que moi seul pouvais comprendre. Restait la musique.

Je fis venir de Venise des chanteurs et un musicien d'une nouvelle école. Le sieur Palacci m'arriva tout meurtri par un voyage difficile; les vents d'août ne l'avaient guère épargné. Ce maestro possédait toutes les grâces des musiciens de la Sérénissime; il parlait avec de charmants gestes de la main, et des afféteries singulières; il ne terminait jamais une phrase sans une très légère courbette que je reconnaissais pour l'avoir déjà vue dans les fêtes vénitiennes. Sur le chapitre de la composition, il était intarissable. Il m'expliqua, avec force moulinets des poignets, que mon œuvre ferait d'un bout à l'autre un madrigal dramatique du plus heureux effet, qu'il composerait selon la nouvelle mode qui venait d'être lancée à Mantoue. Les personnages, parfois, chanteraient ensemble; ils ne se contenteraient pas de chanter immobiles, ils joueraient en même temps la comédie.

– Ensemble! lui dis-je. Et que de deviendra mon Esther? On n'y entendra rien. Voyez-vous Esther et Mardochée chanter l'un sur l'autre et se damer le pion? Et comment voulez-vous qu'ils bougent? Ils ne pourront pas chanter!

Froissé, il se rongea les ongles, mais ne renonça point. Les répétitions commencèrent. Le palais résonna des chants qu'il avait composés; je ne reconnaissais plus mes mots, ils avaient glissé dans la cacophonie, et Palacci rayonnait.

Au soir dit, la fête eut lieu. Je suis trop vieux pour ces nouveautés. Mardochée, couronné d'or, assommait Assuérus en chantant plus fort que lui, Assuérus lui-même, avec sur sa tête un casque couvert de plumes tressaillantes, brandissait une épée ridicule et une grasse Esther à la lourde poitrine roulait des yeux à fendre l'âme en se prenant les pieds, qu'elle avait grands, dans ses voiles; on eût juré un carnaval. Je m'étais habitué à la discrétion voilée des femmes turques qu'on entend sans les voir, et je n'aimais pas ce style. Les dignitaires du Sérail sortirent scandalisés, les ambassadeurs européens furent surpris à l'exception du *bailo* de Venise et de quelques négociants qui jugèrent la musique excellente. Rabbi Soncino vint me dire avec une sincère confusion que rien de tout cela ne valait les chansons de Ferrare que nous chantions en chœur, aux étapes de notre long voyage. On s'extasia sur le luxe des costumes, les draperies peintes du palais d'Assuérus, le vin de Naxos, la beauté du texte. Et je ne retrouvai de Beatriz que l'ombre d'un bras abandonné, l'espace d'un instant, pendant les brefs moments où une aria en solo lui rendait sa grandeur.

Le lendemain passait dans le ciel d'Istamboul une brillante comète. Je crus y reconnaître l'âme de Beatriz, et j'entendis sa voix m'avertir de la dureté des temps. Fut-ce le passage de la comète? Quelques jours plus tard, la terre trembla, et quatre cents maisons de bois s'effondrèrent. On chuchota que le malheur s'abattait sur l'Empire. Puis l'on apprit qu'une inondation avait menacé la Kaaba dans l'enceinte sacrée de La Mecque; tu sais comme cet événement marqua les esprits, Caraffa. Le ciel, la terre, l'eau... répétait-on en priant. Il ne manque plus que le feu – et de redouter l'incendie.

Il vint. Mais il ne frappa que les cuisines du Sérail. Les langues des commères allèrent bon train sur les marchés : peu avant la mort de Sélim Ier, un incendie avait éclaté aussi dans les cuisines du Sérail d'Andrinople... Présages, disait-on; je m'en moquais, comme à l'ordinaire. Mon sultan en rit également, et décida de tirer avantage de cet incendie bénéfique : les cuisines étaient vieillottes, on les reconstruirait.

Son père le Magnifique, disait Sélim, avait confié au grand Sinan la construction de la première mosquée plus haute qu'Aghia Sophia, et Sinan avait fait germer, sur la plus haute colline, l'admirable Suleymanie. Quand il avait accédé au trône, il avait lui-même commandé à Sinan, la construction d'une nouvelle mosquée, plus élancée encore, et la Seliminyie, son chef-d'œuvre, s'était dressée à Andrinople. Maintenant, Sélim ordonna à Sinan malgré son grand âge et à lui seul de refaire les cuisines de Topkapi.

Et des caves fraîchement aménagées. En même temps, Sélim envoya son sommelier en Égypte pour s'enquérir de la façon dont on y conservait le vin, son seul souci.

– Tu verras, Yusuf, nous aurons les plus belles caves du monde, et des cheminées à rôtir un éléphant entier! disait-il avec un rire irritant.

Le vieux Sinan, presque centenaire, n'avait rien perdu de son génie; en six mois, il construisit des caves splendides. Mon sultan me convia à la première visite. Vastes, avec de hautes voûtes claires et sonores, elles étaient dignes de l'immense architecte impérial. Sélim en fit le tour avec des grognements satisfaits, puis, pour fêter cette occasion, me pria de choisir un tonneau qu'on ouvrit. Il avait avec lui son gobelet d'albâtre, qui ne le quittait pas.

– En ton honneur, Yusuf! Je bois au futur roi de Chypre, dit-il, et il but d'un trait un premier gobelet d'un vin de Bordeaux excellent.

D'un trait! Il avait même perdu l'art de déguster le vin.

Le second gobelet fut à la santé du capoudan; le troisième en l'honneur des poètes; le quatrième pour le malheureux Ali Pacha, et il versa quelques larmes. Le cinquième, je ne sais plus, Bradagino, il me semble. Il n'arrêta point que le tonneau ne fût vide.

Puis il me prit le bras en trébuchant. Il riait...

– Te voici roi, Yusuf. Aide-moi à remonter l'escalier.

Comme son corps était devenu lourd! A grand-peine, je parvins à le hisser d'une marche l'autre en maudissant Sinan d'avoir fait de si grands écarts. Sélim hoquetait, s'étouffait de rire, et me glissait entre les bras. Soudain il me repoussa:

– Laisse, Yusuf. Tu deviens trop vieux; tu n'as plus de forces.

Il monta bravement à l'assaut de l'escalier. Sur la dernière marche, il se retourna, triomphant, mais son pied manqua le bord, il tomba de tout son long, et dévala jusqu'en bas. Il y eut un craquement effroyable, un hurlement.

Le sultan ne bougeait plus. Mon cœur cessa de battre.

Il n'était pas mort. L'un de ses yeux restait ouvert, fixé sur moi dans une expression de surprise. Je voulus le relever, et il hurla encore. Il ne faisait aucun doute qu'il s'était rompu les os; mais en le tâtant avec précaution, je vis qu'il n'avait rien aux jambes et aux bras. Quand ses pages le remontèrent, il ne cessa de crier; on fit appel aux gardes, qui transportèrent le grand corps inerte et douloureux. Enfin on l'allongea dans son lit; les médecins le palpèrent, et hochèrent la tête sans mot dire.

Le Sérail commença des prières; on doubla les gardes autour du Harem et les dignitaires parcouraient les allées des jardins en silence. Je ne quittai pas le chevet de mon Sélim, pas même lorsque vint le grand vizir, qui se contenta d'un coup d'œil et me regarda longuement, sans haine. Les médecins refusaient tout pronostic; mais régulièrement, l'un d'eux plantait sa lancette dans un bras, ou une cuisse, et je voyais que mon sultan ne sursautait pas. Insensible à la douleur, Sélim ne souffrait plus.

— Bah! Ce n'est rien, parvenait-il à dire. Pas plus qu'une chute de cheval. Par exemple, je voudrais bien savoir pourquoi je ne peux pas lever la main. Le bras est-il cassé, Yusuf? Je ne le sens plus.

A un cheval qui a le dos cassé, son maître donne le coup de grâce pour lui rendre la mort plus douce. On n'achève pas un sultan qui s'est cassé l'échine. Sélim agonisa onze jours. Il ne le sut pas. Son humeur demeura innocente jusqu'au moment où se déclara une infection qui l'empêchait de respirer.

— Je n'ai pas de chance, maugréait-il. Vraiment, malade, juste en ce moment...

Puis il perdit l'esprit lentement, en suffoquant. Ma main ne quittait pas la sienne, dont les doigts étaient devenus glacés. Il s'en allait sans le savoir, et je demeurais impuissant, comme je le fus pour empêcher Beatriz de partir pour Safed rejoindre l'aspic qui la tua.

Des derniers jours, j'ai d'abominables souvenirs. A demi inconscient, Sélim ne sortait de sa mortelle torpeur que pour exprimer des plaintes déchirantes, en cherchant l'air. Il s'apaisa quand on lui administra des doses massives d'opium. Il disait des mots sans suite, où revenaient des fragments de poèmes, des noms de femmes, de villes et de chevaux qu'il avait aimés.

Vint le moment où il me dit d'une voix enfantine ces mots que je n'oublierai pas :

– Magnésie... Yusuf ! Yusuf, roi de Chypre... Lépante...

Il mourut le lendemain matin, sans un bruit. Je le sus au geste que fit le médecin derrière moi, qui détacha ma main de la sienne et me prit par le bras.

Je n'eus pas un sanglot, pas une larme. Avec lui, finissait ma vie au Sérail ; avec Sélim, mourait le peu qui me restait de jeunesse : le duc de Naxos avait agonisé en même temps que son sultan.

Les présages avaient eu raison ; Amurat III devint sultan de l'Empire ottoman. Te souviens-tu de la loi des Osmanlis, Caraffa ? Elle est terrible.

Le Magnifique, qui la tenait de ses ancêtres, l'avait appliquée à sa manière, de loin en loin, par crises subites, comme s'il eût voulu manifester à ses pères une fidélité que sa propre désobéissance avait radicalement contrariée. En épousant Hürrem Sultane au mépris des lois impériales, Soliman avait trahi la première des lois de la succession ; et s'il mit à mort plusieurs de ses fils, c'est sans doute qu'il voulut appliquer les autres règles, qui exigent d'un sultan d'éviter à tout prix les querelles de succession, fût-ce en assassinant ses propres enfants. Encore le Padichah n'eut-il pas le triste courage d'exterminer Bajazet dans sa fuite, non plus que Djihangîr, le malheureux épileptique. Car le sultan ne doit prendre pour successeur qu'un fils aîné d'esclave ; avant sa propre mort, il doit surtout prendre garde à ce qu'aucun autre de ses enfants mâles ne constitue un obstacle à la succession du prince héritier.

C'est pourquoi on présente chaque année au sultan régnant le poil tombé des mentons adolescents de ses fils, jusqu'à ce qu'il durcisse et devienne le signe d'une barbe d'homme. Alors le sultan commence son horrible veille. L'accession de Sélim au sultanat avait été le tragique résultat de la vigilance d'un père soupçonneux. Mais Amurat, fils de

Sélim II et de la première cadine Nour Banou, appliqua les règles de succession avec simplicité, et fit étrangler cinq de ses frères le même jour, ceux dont le poil était dur et dru, les beaux-frères de Mehemet Pacha.

Leur mère Nour Banou, dont l'intervention aurait suffi pour les sauver, ne broncha pas. Son fils était sultan; elle était du même coup devenue *Validé Sultane*, respectée de tous, dotée d'un absolu pouvoir sur l'Empire. La présence d'une Validé aux côtés d'un jeune sultan pouvait m'ouvrir de nouvelles opportunités. J'accomplis sans enthousiasme ce que Beatriz, pensais-je, m'aurais conseillé de faire, et la Validé reçut une cassette de bijoux que je pris soin de choisir selon la dernière mode de Venise.

Le nouvel empereur avait été un jeune homme cruel, que son propre père évoquait parfois avec effroi. Sélim m'avait peu parlé de son fils aîné; de temps à autre, il soupirait en racontant les tortures qu'Amurat infligeait à ses favorites, ou à des animaux; le front naïf de mon ami se contractait sous la douleur, puis, vite, d'un geste large, il balayait ce souci et vidait un gobelet. Il m'est arrivé de penser que les dernières ivresses de mon sultan devaient aussi leurs abîmes à la perversion de son héritier.

Amurat me tint à l'écart et ne m'invita plus au Sérail. Je ne le regrettai pas. Mais lorsque le grand vizir Sokolli lui demanda de m'enlever le monopole du vin que m'avait en son temps accordé le Magnifique, le nouveau sultan lui rit au nez, et précisa que je pourrais jouir de mon privilège jusqu'à ma mort. La Validé, sans doute.

Le jour de la fête des jardins ambulants, pendant laquelle le petit peuple d'Istamboul rend hommage à la pousse des plantes, j'eus envie d'aller saluer le Magnifique et sa sultane, grandes figures d'un autre temps. De son vivant, Soliman ne manquait jamais à cette occasion de prodiguer ses largesses aux pauvres. Mon équipage avançait péniblement dans la foule, au milieu des plates-formes couvertes de laitues et de menthes piquées dans la terre, précédées des vastes tambours rituels dont le son battait comme un immense cœur dans la ville. Mes porteurs arrivaient en vue de la Suleymanie, et il ne restait plus qu'une rue à gravir, lorsqu'un choc soudain me déséquilibra : une autre litière avait cogné la mienne, et des janissaires bousculaient mes gens avec brutalité. J'écartai ma tenture et aperçus, face à moi, Sokolli qui écartait la sienne.

Nous nous saluâmes par habitude. Lorsqu'il connut le but de ma promenade, il me décocha son éternel sourire de loup; ses dents étaient devenues jaunes. Sans nous consulter, nous descendîmes chacun de nos équipages, et nous montâmes tous deux côte à côte les quelques mètres qui nous séparaient des deux mausolées.

Les tambours et les flûtes couvraient la paix du soir avec des sons perçants, et nous entrâmes dans le petit *turbeh*, celui de la sultane; les vitraux laissaient passer des lumières irisées. Nous nous assîmes sur le même tapis, contre la balustrade incrustée de nacre, au pied de la tombe de la Rieuse. Je voyais en face de moi cet homme qui m'avait tant combattu, je songeais à ses neveux morts, et j'attendis en silence qu'il parlât le premier.

— Elle n'était pas mauvaise au fond, commença Sokolli en désignant la tombe de Roxelane; et je crois qu'on calomnie Hürrem Sultane lorsqu'on prétend qu'elle exerça sur son époux une influence détestable. Ce n'est pas elle qui aurait laissé assassiner ses fils après la mort de Soliman, comme la Validé Nour Banou... Et celui qui dort dans l'autre mausolée sous les draperies vertes de l'Islam n'avait pas beaucoup de cœur, mais il fut un vrai sultan, soupira Sokolli. Les temps de la grandeur ottomane s'achèvent, Monseigneur...

— Le sultan Sélim avait aussi sa grandeur, répliquai-je vivement. Vous méprisiez votre beau-père. Vous ne connaissiez rien de ses sentiments.

— Si fait, lui non plus n'était pas méchant, répliqua Mehemet Pacha, je le savais; mais voyez-vous, il était faible. Assez faible pour vous permettre d'exercer sur lui un véritable empire; vous pensez que je vous hais, Naxos? Ce n'est pas cela. Mais vous avez pour l'Europe trop de ressentiment; cela vous aveugle, vous avez toujours voulu prendre votre revanche sur Venise, et vous n'avez pas voulu voir que le destin des Osmanlis se joue en Perse. Pas sur la mer. Pas à l'Ouest, avec qui nous devons faire la paix. La Senora votre tante, dont j'estimais le caractère, avait plus de sens politique

que vous; elle avait judicieusement choisi la Palestine, et vous seriez sage de l'imiter.

Je demeurai silencieux; Sokolli parlait comme eût fait Beatriz.

– Le sultan Sélim vous aimait trop, continua-t-il. Il n'a été que l'instrument de votre vengeance et voyez! Vous, vous aurez été l'instrument de sa mort. Le vin, Naxos, toujours le vin... Vous savez boire avec retenue, avec goût, vous êtes un cavalier d'Europe; mais notre sultan défunt, votre ami, vous a échappé. Vous avez voulu lui apprendre un art qui ne nous appartient pas; vous avez forcé l'islam en lui, et l'islam s'est vengé. Sa mère qui repose ici, ajouta-t-il en posant lentement sa main sur la tombe de la sultane, le pressentait; elle redoutait en Sélim l'emportement paternel, la facilité aussi, et m'avait bien recommandé de le protéger de vous...

– Il est vrai que dona Gracia ne me disait pas autre chose, fis-je dans un souffle.

– Elles se ressemblaient assez, savez-vous? Hürrem Sultane, que l'on disait cruelle, connaissait les enjeux de l'Empire et de sa grandeur; comme la Senora, elle avait ses colères, ses foucades, mais aussi ses obstinations et ses fidélités. L'âme de Soliman, c'était elle; et je me suis souvent demandé si votre âme à vous, Naxos, n'était pas la Senora... »

D'un bond, je me levai; la clairvoyance du grand vizir m'était insupportable. Je balayai la poussière au pied de la tombe, avec la paume.

– Laissez en repos la mémoire de ces femmes, Mehemet Pacha. Vous m'avez souvent empêché de ramener Sélim à la raison; vous avez tiré parti de ses ivresses pour prendre tout le pouvoir. Nierez-vous aujourd'hui qu'il ait eu aussi le courage de la guerre, et qu'il était vaillant?

– Maintenant que je connais l'autre, le fils de Nour Banou, murmura Sokolli avec colère, je vois que vous n'avez pas tort. Celui-ci passe en cruauté ce qui se peut concevoir. Soyons tous deux sans illusions, Naxos, nous sommes trop vieux pour nous battre contre ce jeune chacal enragé. Il a donné l'ordre d'étrangler Abdullah, Djihangîr, Mustapha, Osman, Suleyman, tous mes beaux-frères, et je n'ai rien pu faire...

Mon vieil ennemi, les larmes aux yeux, se mordit les lèvres. Je lui tendis une main qu'il refusa en secouant la tête.

– Non, Monseigneur, non, je ne veux pas de votre pitié ; j'ai assez de mes remords, et de la crainte d'Allah, fit-il d'une voix forte qui résonna sous la voûte. Laissons cela. Si le nouveau sultan m'en laisse le temps, avec l'aide de ce diable d'Eskenazi je conclurai une véritable trêve avec l'Espagnol ; j'aurais pu aisément vous utiliser à cette fin, mais depuis la mort de la Senora, vous n'êtes plus vous-même, Naxos. Soyez sans inquiétude ; il vous laissera crever en paix, et dépouillera votre famille dès que vous serez mort ; quant à moi, il compte les jours qui me séparent de ma chute. Oui, décidément, vous avez raison, le sultan Sélim était digne de l'Empire ottoman.

Nous sortîmes. Mehemet Pacha contempla le sommet des cyprès agités par la brise, puis se retourna, amical.

– Nous nous ressemblions trop pour ne pas nous quereller, Monseigneur : et, vous le découvrirez au moment de mourir, " Il n'est d'autre dieu que Dieu ", fit-il solennellement en portant la main à son front. *Es-Selâm'alaikum.*

– *Wa' Aleikum Salam*, répondis-je avec la même gravité en lui rendant son salut de paix.

Je n'ai pas revu Sokolli ; quant à l'imminence de sa chute, il se trompait, car il est toujours là ; et je ne me suis pas étonné de le voir obtenir, ces jours derniers, qu'on me retirât mes terres de Naxos et des Cyclades ; et depuis cette étrange conversation que veillaient deux ombres de femmes, je n'y vois pas même le signe d'une inimitié. Le grand vizir a trop à faire en face de son jeune maître.

La première cadine du nouveau sultan, qui porte le nom de Safiyé Sultane, pourrait venir en aide à Sokolli pour pacifier la Méditerranée ; je me suis même laissé dire qu'elle entretenait une correspondance secrète avec la vieille Catherine de Médicis, la régente de France... qui, non contente d'avoir fait exterminer les protestants de Paris voici sept ans, d'avoir ensanglanté la France avec six ou sept guerres religieuses, et d'avoir marié sa fille au prince protestant de Navarre, vient de fiancer son fils d'Anjou à la reine Elisabeth d'Angleterre, qui appelle son promis « ma petite grenouille ».

Les mœurs des rois ne sont pas différentes de celles des

autres hommes; et Beatriz avait raison de vouloir conduire au sein des cours princières d'Occident des intrigues matrimoniales; après tout, ne l'a-t-elle pas fait dans sa propre famille, en m'obligeant à épouser sa fille? Beatriz, Marie de Hongrie, Catherine de Médicis, des marieuses!...

Mais la Vénitienne Nour Banou, c'est autre chose; elle a laissé Amurat accomplir son forfait sans lever un sourcil; et je la crois capable de tout. La Validé veut affirmer son pouvoir sur le sultan, et fournit à son fils assez de belles esclaves pour contenter ses perversions. L'Empire verra sans doute un combat de harem entre la favorite et la sultane mère. Je gage que, pour mieux vaincre sa rivale, la Validé finira par avoir raison du grand vizir; quant à Amurat, pourvu qu'on le laisse torturer deux ou trois filles la semaine et que le vieux Sinan lui construise un salon de musique, il se moque du gouvernement de l'Empire.

Toutes les prédictions de Beatriz se sont réalisées; pour avoir désiré le royaume de Chypre, je perdis et mon sultan et mon pouvoir. L'année qui suivit la mort de Sélim, en 1575, si j'ai bonne mémoire, rabbi Soncino disparut également.

La veille de sa mort, il me fit appeler. Il avait pris froid et s'éteignait doucement; seul le feu cramoisi sur ses vieilles joues montrait que le corps était atteint. Les yeux dans le vide, il me fit signe de m'asseoir à son chevet.

– Je t'ai fait venir, Josef, parce que je vais quitter ce monde, commença-t-il d'une voix entrecoupée d'une toux sèche. Lorsque nous séjournions à Raguse, nous étions parvenus à parler, toi et moi, tu dois t'en souvenir; tu ne savais pas reconnaître l'âme inspirée de ta tante vénérée, et je t'avais dit qu'elle en souffrait. Et puis...

Une violente quinte l'interrompit.

– Et puis, enchaînai-je pour lui venir en aide, au moment de l'embargo sur les États du pape, vous avez affronté la Senora. A mon tour de vous révéler l'étendue du mal que vous lui fîtes, rabbi...

– Oh! Je le sais, Josef, dit-il en détournant la tête. Moi-même j'étais bien malheureux. Tu m'as brutalement malmené, mon enfant, et il n'était pas facile de te tenir tête, tu es si emporté.

– Pardonnez-moi, rabbi, j'obéissais aux ordres, fis-je en lui baisant la main.

– Or j'ai gagné, vois-tu, continua-t-il fièrement. La Senora fut contrainte de m'écouter. Depuis les temps de Ferrare, où nous fîmes connaissance, j'avais deviné en elle une âme trop entière, menacée par une passion secrète, et qui s'en défendait par des passions plus violentes encore. Notre religion est simple, Josef, il suffit de craindre et d'obéir. Mais pour elle, ce n'était pas suffisant. Elle n'avait pas seulement l'âme d'une femme.

Il s'interrompit encore. Qu'avait-il à me dire?

– Le temps presse, fit-il d'une voix cassée. A Raguse, je l'avais persuadée d'aller s'établir en Palestine; je comptais que, comme toujours, l'action occuperait ses désirs. Mais ce malheureux blocus brouilla nos vies; il était de mon devoir de la ramener à plus d'humilité. J'ai voulu l'abaisser, Josef, et j'y suis parvenu... Je n'avais pas prévu qu'elle nous quitterait aussi vite. A moi aussi, elle échappa, sais-tu? Mon enfant, dès que je vous ai vus ensemble, j'ai deviné la vraie nature de la passion qui la rongeait; il n'était pas difficile de comprendre aussi la tienne, Josef, et je t'ai haï, car j'aimais dona Gracia...

Le vieil homme ne retenait plus ses larmes. Je lui pressai la main pour l'apaiser.

– J'ai peu de choses à te dire, continua-t-il. Nous l'aimions tous deux, elle est morte; son âme imprudente l'a emportée, et ni toi ni moi nous n'avons su la retenir. *I el haram yerra en la teva*, même le rabbin se trompe en chaire, dit le proverbe, fit-il avec un petit rire brisé... Pour le temps qui te reste à vivre, rends-lui justice, et traite comme il convient sa fille, qu'elle t'a donnée pour épouse. Ne proteste pas; songe à l'histoire des Marranes, pense à tous ceux qui prirent le chemin de l'exil, et dont la Senora fut la reine. Force-toi! Si tu ne te lies pas à la loi de l'Éternel, tu ne mourras pas en repos. C'est justement pour apaiser mes remords que j'ai voulu te voir, Josef. J'ai dit. Laisse-moi maintenant.

Et repoussant ma main, il se tourna contre le mur.

Il expira le lendemain. Je n'ai pas respecté les derniers commandements de rabbi Soncino.

Plus d'occupations au Sérail, plus d'intrigues à conduire, plus d'îles à gouverner... J'aurais dû naviguer, partir à l'aventure, retrouver le goût des embruns sur la mer. Je crus que la vie m'en laisserait le loisir, et pour retrouver Beatriz, je décidai de me replier sur l'étude. Mes expériences alchimiques m'avaient convaincu de leur vanité, et du danger des exercices où les rabbins de Safed avaient entraîné Beatriz. Je me lassai des vengeances contre les cours d'Europe; elles ne seraient jamais comblées, je n'avais plus le temps. Mais il n'était pas trop tard pour dénoncer la Kabbale.

Rabbi Isaac Louria s'était éteint, deux ans après Lépante; mais ce n'était point assez à mon goût. Son disciple Haïm Vital, un Calabrais d'origine, qui hantait les cimetières avec son maître et se livrait aux mêmes extrémités, affirma que rabbi Isaac lui avait légué en héritage le titre de « Messie fils de Josef ». Un autre Messie! C'en était trop.

C'est à cette époque qu'avec l'aide du savant Isaac Onqueneira j'écrivis ce libelle, *Ben Porat Joseph,* contre les astrologues; mais à travers eux, c'est aux kabbalistes que je m'en suis pris. Je ne le regrette pas.

Texte impie, dit-on? Tant mieux. S'il est une vérité de notre religion, Caraffa, c'est sa dénonciation des idoles. Les rabbis de Safed ont fabriqué de nouvelles idoles qui ne valent pas mieux que le Veau d'Or; et tout athée que je sois, c'est un livre juif que j'ai écrit. En l'honneur de la Loi mosaïque, du moins. Tous ces astrologues pétris d'idées orientales, ces brasseurs de destin, ces mages aux yeux fixes qui endorment leurs fidèles et les entraînent dans la folie des extases, je les maudis. J'ai côtoyé de trop près les affaires du monde; je sais qu'elles n'évoluent pas selon les chiffres et les nombres, mais au gré des conquêtes que décident les princes; et il est malhonnête d'abuser les pauvres gens. Si la Senora a pu se compter au nombre de leurs dupes, combien d'autres auront laissé leur vie sombrer dans l'occulte et le magique...

Pendant que j'étais occupé à régler son compte aux petits rabbis de Safed, Mehemet Sokolli, malgré ses soixante-quinze années, eut toute liberté pour parvenir aux trêves dont il rêvait. Je n'ai jamais plus retrouvé l'occasion de parler avec lui de la trahison de Salomon Eskenazi. Le jeune homme désirait ardemment se rapprocher du grand vizir, et il m'avait vendu pour quelques phrases de son cru dont il m'avait attribué l'imprudence. Mais après tout, qu'importe ? Je vois la politique de Sokolli; et je crois qu'elle est bonne. Dans les dernières années, nous avons vu débarquer d'Europe d'autres ambassadeurs secrets, des Martin de Acuna, des Giovanni Margliani... Le roi d'Espagne et le grand vizir sont animés du même souci : économiser. Et les trêves, conclues pour dix mois, renouvelées en temps utile, leur permettent, pour peu qu'elles soient secrètes et n'humilient pas leurs armées, de gagner du temps et de l'argent.

J'ai entendu dire que le grand vizir avait de vastes projets; il veut, paraît-il, creuser un tunnel entre la Volga et le Don, pour fortifier l'Empire sur son flanc russe; il veut en creuser un autre à travers l'Égypte, pour relier la Méditerranée à la mer Rouge. Folies insensées! Il n'y parviendra pas. C'est trop d'entreprises à son âge que de vouloir contrôler la totalité des frontières de l'Empire. Sokolli serait sage de se limiter aux marches de l'Est, et d'achever la paix avec le roi d'Espagne.

Les deux puissances regardent ailleurs; l'Espagne, vers les Amériques, et la Sublime Porte, vers la Perse; chacune a ses Indes, l'une à l'ouest, l'autre à l'est. Ce n'est plus mon affaire; presque toute notre histoire se sera déroulée sur ce grand théâtre maritime de la Méditerranée, sur le pourtour de ses côtes. Qu'il est loin, le temps où Beatriz et moi regardions arriver les premiers galions des découvertes qui revenaient de traverser l'océan...

Il faut dire que la cruelle destinée du dernier roi de Portugal, affamé de croisades contre l'Infidèle musulman, donne raison au roi Philippe! Pauvre petit Sébastien, roitelet de fortune, élevé par sa grand-mère régente et son oncle inquisiteur; pauvre fou qui voulait conquérir le Maroc! C'est tout juste l'an dernier qu'il est mort misérablement, sur le champ de bataille, à Alquacer Kébir. Et que croyait-il donc ? Quinze mille fantassins portugais, quinze cents cavaliers, contre quarante mille cavaliers du sultan Mulay Abd al-Malik, et huit mille fantassins! A cause d'un rêve de croisade, le petit roi de Portugal aura ruiné son royaume; son grand oncle Henri est trop vieux pour garder le trône, et Philippe l'Espagnol ne fera qu'une bouchée des trois faibles prétendants à la succession; du Portugal de ma naissance, il ne fera bientôt qu'une province d'Espagne.

Ces querelles princières ont parfois d'heureux résultats; à l'occasion des extravagances du petit roi Sébastien, nos frères marranes demeurés au pays sont parvenus, contre deux cent quarante mille cruzades, à arracher au roitelet une bulle du pape en bonne et due forme, qui leur restitue les biens familiaux confisqués. Sébastien avait besoin d'argent pour sa croisade; il s'offrit à soudoyer le pape, il y parvint; nos frères ont payé, ils ont bien fait. Il nous faut profiter de la folie des princes; c'est ainsi que Beatriz en usait avec l'avidité du Habsbourg, et c'est ainsi qu'elle a obtenu Tibériade. Moi seul, j'ai tout perdu en voulant moi-même être roi : cela, les chrétiens ne le permettront pas. Josef Nasi, roi des Juifs sans royaume, et messie sans Dieu!

Comme David Rubeni, en somme, au bûcher près. Pourquoi ai-je failli quand Beatriz réussissait? Est-ce parce qu'elle avait la Palestine au cœur, quand je ne l'avais pas? Me suis-je trompé de rêve? Ou est-ce parce que la Senora n'est plus à mes côtés pour me servir de pensée?

Il ne me reste plus rien à faire en ce monde. Rien, sinon attendre le moment où je la rejoindrai.

— Tu te trompes encore, fils, murmura le bossu hésitant. Ton épouse te survivra; et cette part de ta vie n'est pas achevée.

Le vieil homme ne répondit pas.

— M'entends-tu, mon maître? Elle est là, derrière le balcon.

— Crois-tu que je ne le sache pas? soupira le duc de Naxos. Elle a voulu tout entendre, je t'avais averti qu'elle en souffrirait mille morts! C'est sa faute. Et tu veux que je lui parle sans qu'elle puisse répondre autrement que par les larmes? Elle est muette. Épargne-nous cette épreuve; je n'ai plus assez de forces et n'aurai pas cette cruauté.

– Soit ; ne parlons plus de ma duchesse, répondit vivement le bossu. Du moins repose-toi avec les chants que tu aimais, veux-tu ?

Et sans attendre, il leva la main ; une voix grave et rauque s'éleva.

– Ah ! C'est Leilah, fit le vieil homme en battant lentement la mesure. C'est bien. Qu'elle continue.

Soudain il fronça les sourcils.

– Dans notre langue, en judéo-espagnol ! dit-il en se levant péniblement. Et c'est une guitare ! La chanson de Reyna... Comment cette esclave perse la saurait-elle ? Ce n'est pas Leilah. Qui chante, Caraffa, qui est-ce ? Aide-moi, je veux voir. Vite !

Le bossu se précipita, et guida les pas de son maître vers l'intérieur du palais. Dans la pénombre de la salle, la duchesse Reyna, en rouge robe vénitienne, le saphir de sa mère en ferronnière sur le front, chantait en s'accompagnant à la guitare. Naxos s'arrêta.

– Elle parle ! Elle chante ! Elle m'a joué... Tu m'as donc menti, Reyna ?

La duchesse arrêta doucement les cordes de l'instrument, et se tut, les larmes aux yeux.

– Elle ne t'a pas joué, mon maître, fit le bossu doucement. C'est sa mère, c'est la Senora... Quand sa fille retrouva la parole, elle eut l'idée de ce simulacre, pour ne pas t'irriter. La Senora disait...

– La Senora, toujours la Senora ! cria le vieil homme. Et depuis dix ans, sur ordre de la Senora, je crois ma femme muette ! Suis-je donc un enfant qu'il faille protéger jusqu'au seuil de la mort ?

– Ma mère le pensait, Josef, murmura la duchesse. Je lui ai obéi. Comme toi, j'ai laissé la Senora décider de ma vie ; comme toi, j'étais un instrument entre ses mains. Maintenant que j'ai entendu le récit de vos vies mêlées, je connais sa souffrance, et je lui pardonne. Ne vois-tu pas comme elle nous a menés tous les deux à sa guise ? Nous comptions peu au regard de l'Éternel ; elle nous a écrasés l'un et l'autre, et pourtant, elle nous aimait, à sa façon. Je sais, je n'ai pas sa beauté ; elle me le disait souvent, et tu me l'as cruellement fait comprendre...

Le vieillard éclata en sanglots et lui tendit les bras.

– Viens, ma pauvre Reyna. Ce n'est pas ta faute si tu fus sacrifiée à la grandeur des Nasi... Viens près de moi, là... Là, répéta-t-il en enlaçant sa vieille épouse. Ce n'est rien; ne pleure plus. Tiens, veux-tu chanter encore pour me faire plaisir? Je l'ai reconnue, sais-tu, cette chanson où resplendit la rose de nos jeunesses. Tu n'es pas mal ainsi, avec ce brocart cramoisi, et ce saphir que je reconnais... Allons! J'aurais pu m'attacher à toi, rappelle-toi notre voyage et le bouquet que tu m'offris... Seuls tous les deux, nous étions bien ensemble. Allons, pour moi, Reyna, ma petite fille, chante encore...

Elle se pencha à son oreille et le vieil homme sourit.

Le bossu avait fait sortir la Tsigane et s'était éclipsé.

– Pourquoi fallait-il attendre pour me révéler ta guérison, et pourquoi ce temps perdu? soupira Naxos. Ah! J'aurais crié, sans doute, en découvrant ta dissimulation. Mais quoi! Tu connais les colères des Nasi, elles ne durent pas. Nous aurons été de mauvais époux; mais tu es toujours ma cousine. Aussi... Tu m'as trompé, Reyna; je ne l'ai jamais oublié, et je ne sais toujours pas si...

– Non, fit la duchesse d'une voix coupante en interrompant son époux. Non! L'enfant était de toi, je le jure, conçu pendant l'une des rares nuits où tu me rendis visite, et protégé par ce trop tendre cousin, qui me consolait, je l'avoue, de tes mauvais traitements.

– Comme tu le dis, Reyna, murmura le vieil homme, ce « non » que j'entends dans ta bouche pour la première fois! Je retrouve le ton qu'avait ta mère. C'est vrai, je n'ai pas été un bon époux, je t'ai martyrisée, je t'en demande pardon; mais tu le sais maintenant, sans Beatriz, peut-être t'aurais-je aimée bien tranquillement, de moi-même... Nous n'aurons pas d'héritiers, nous voici seuls et vieux. Mon Dieu, ma Reyna, qu'a-t-elle fait de nos vies...? Fallait-il tout ce malheur pour une Senora du peuple d'Israël? Maudite!

La duchesse posa la main sur la bouche de son mari.

– Non, Josef. Ne la maudis pas, tu te parjurerais. Laisse. Elle appartient à l'autre monde. Pour ma mère, il n'y a rien d'autre à dire que les dernières paroles du Kaddish : « Ô Toi qui te révèles comme le Dieu d'amour et de miséricorde, donne aux âmes de tes serviteurs la lumière et la paix. » Tu es fatigué; viens t'asseoir. Accorde-moi une faveur; déjà le soleil se couche, et c'est le soir du Sabbat; célébrons-le ensemble tous deux sur le balcon, allons-y accueillir notre reine Sabbat, veux-tu?

Le vieil homme se laissa conduire.

La duchesse appela les servantes; en un instant, elles eurent tout installé, la nappe brodée en l'honneur du Saint Sabbat, les assiettes, le sel, la coupe de vin, l'eau, le pain sans levain. Reyna alluma la bougie. La table était dressée, les flammes vacillantes jetaient de courts reflets sur le marbre du balcon; les muezzins avaient commencé leurs appels à la prière du soir, et pendant que la grandeur du nom d'Allah emplissait le ciel d'Istamboul, l'horizon s'empourpra; seuls les longs minarets des grandes mosquées avaient gardé les derniers rayons du soleil. Les servantes s'assirent sur le sol, déployant leurs jupes autour d'elles; la vieille Tsigane avait retrouvé sa place et se voila le visage. Installé sur son fauteuil, le vieux duc respira l'air du soir.

— « Viens, mon bien-aimé, au-devant de ta fiancée, le Sabbat paraît, allons le recevoir », psalmodia-t-il gravement. Tu vois, Reyna, je n'ai pas tout oublié, ajouta-t-il en souriant.

Reyna lui rendit son sourire et prit la main de son époux.

— « Le soir se fit, puis le matin; ce fut le sixième jour... » commença-t-elle, recueillie.

Le vieil homme regardait la nuit.

— « Ainsi furent terminés les cieux et la terre avec tout ce qu'ils renferment » enchaîna-t-elle...

Le bossu réapparut soudain, tout essoufflé, la mine grave; la duchesse, inquiète, s'interrompit brusquement. Naxos tourna la tête, et vit l'embarras de son bouffon.

— Tu as quelque chose à me dire, Caraffa, dit-il rudement. Je le lis sur ton visage. Allons!

— Naxos, commença le bossu bravement, il faut que tu m'écoutes bien tranquillement. Pendant que tu causais ici avec notre duchesse, je suis descendu aux cuisines. Bon! Ne t'irrite pas ainsi. Mehemet Pacha est mort. Assassiné il y a une heure. On dit qu'un fanatique lui a sauté dessus et l'a poignardé en lui trouant le cou.

Le vieil homme sourit, et pressa la main de sa femme.

– C'est bien, dit-il. Tout est en ordre. *Mazel Tov!* Le soleil a disparu dans l'ombre des collines, et les cyprès noirs au-dessus de la tombe du Magnifique remplissent leur office de bons et beaux gardiens. Tu veilleras, Reyna, après ma mort, à ce que la prière du Kaddish soit parfaitement chantée; rien de plus. Je ne veux pas de lamentations, pas de chants funèbres! Regarde : tout le sang du ciel a disparu, et le lait de la nuit se déverse sur le monde. Il est temps d'achever la journée. Continuons le Sabbat, veux-tu, cousine?

Et il tourna la tête vers la mer de Marmara.

D'une voix tremblante d'émotion, la duchesse reprit les prières; elle ne vit pas son époux ouvrir le chaton de sa bague et porter l'émeraude à ses lèvres.

– *Tsimtsum...*, murmura-t-il avec ferveur.

– « Dieu mit fin, le septième jour, à l'œuvre faite par Lui; et Il se reposa le septième jour de toute l'œuvre qu'il avait faite... » continua la duchesse Reyna.

De la poitrine du vieil homme sortit un murmure rauque.

– « Dieu bénit le septième jour et le proclama saint... » dit encore la duchesse en élevant la voix.

Le duc renversa la tête en arrière, et les yeux grands ouverts, cria le nom de Beatriz.

– « ... parce qu'en ce jour Il se reposa de l'œuvre entière qu'Il avait produite et organisée », dit la duchesse en achevant la prière avec force.

Josef Nasi n'existait plus.

– « Vous tous, ô peuples, louez l'Éternel, glorifiez-Le, ô nations! Car immense est la bonté qu'Il nous témoigne, et la fidélité de l'Éternel demeure à jamais » acheva-t-elle.

Et, étendant la main vers le visage de son mari, elle lui ferma les yeux.

– Halleluiah, murmura le bossu. Il n'est d'autre dieu que Dieu.

1579-1991

« POR LINHAS TORTAS »

Lorsque fut connue la mort du duc de Naxos, Nicolo Barbarigo, ambassadeur de la république de Venise auprès de la Sublime Porte, écrivit au Conseil des Dix : « Il y a huit jours a perdu la vie, par suite de rétention d'urine, ce scélérat et méchant homme Josef Nasi, autrement dit Juan Miquez, causant ainsi l'universelle allégresse des Turcs, des chrétiens, d'une partie de ses coreligionnaires juifs eux-mêmes, auxquels ses méfaits l'avaient rendu également odieux. »

Le Kaddish fut célébré en l'honneur du « modèle des princes de la nation juive » dans la grande synagogue d'Istamboul. Rabbi Saadia prononça l'éloge funèbre que voici : « Notre vive douleur doit éclater, surtout maintenant, en voyant s'élever de notre rive, pour demeurer dans l'ombre de Dieu, une lumière brillante, une étoile lumineuse, le sceptre d'Israël, le porte-étendard qui avait assemblé les Israélites dispersés, le noble duc, le seigneur sublime, don Josef Nasi. Là-haut, il aspire et puise les lumières de l'étoile du matin, la très gracieuse dona Gracia Nasi, qui a cessé d'être femme par ses mâles actions, quoi qu'elle fût la mère de tous les vivants qui voulaient marcher dans la voie du Seigneur... »

La duchesse de Naxos, sa veuve, fit installer à Istamboul une imprimerie hébraïque, construisit encore une yeshiva en mémoire de sa mère et de son mari défunt, et mena une vie retirée.

Quant au bouffon Caraffa, il attendit la mort de sa duchesse, qui survint en 1599; puis il s'en retourna en Europe, où l'on perdit sa trace.

Quelques années plus tard cependant, un bossu contrefait, dont on ne connaissait que le prénom de Josef, hantait les tavernes de Londres; quand il s'enivrait, il racontait de si belles histoires qu'on faisait cercle pour l'écouter. Parfois, il sortait d'un vieux sac de cuir un débris de chanvre et d'or et jurait à qui voulait l'entendre qu'il s'agissait là de la corde de Judas; mais personne ne voulut le croire.

Un étudiant du nom de Christopher Marlowe l'entendit un soir où il était fort aviné, oublia l'histoire de Gracia Nasi, confondit Chypre et Malte, et ne retint à son réveil qu'une livre de mémoire, une parcelle de vérité : un mauvais négociant juif avait réussi, par ses ruses, à tromper les princes européens. Il en fit une pièce qu'il intitula *Le Juif de Malte*.

Plus tard, William Shakespeare à son tour eut connaissance du Juif de Malte, et transforma Josef Nasi, duc de Naxos, en Shylock, *Le Marchand de Venise*.

Au Portugal, dans le village de Belmonte, une poignée de Marranes, qu'on appelle les *judeos*, allument encore aujourd'hui une lampe de terre cuite le vendredi soir, et l'enferment aussitôt pour que le village ne la voie point; ils pratiquent une rudimentaire fête de Pessah, fermant les portes et les fenêtres, et célèbrent la sortie d'Égypte qui les a délivrés de l'Inquisition, disent-ils. Il ne leur reste qu'un seul mot hébreu : *Adonaï*. Et lorsqu'on ouvre une synagogue, lorsqu'un rabbin fait revivre la religion juive authentique, parfois, ils la refusent, et préfèrent les rites dégradés hérités d'une clandestinité vieille de cinq siècles, toujours aussi vivante, et toujours rejetée par la communauté villageoise.

La mémoire de la Senora ne se perd pas tout à fait; à Lisbonne, dans une grande maison portugaise, une femme juive du XXe siècle, hantée par l'histoire de son peuple, crut tout au long de sa vie qu'elle était la réincarnation de Beatriz de Luna, épouse de Francisco Mendès, ou plutôt dona Gracia Nasi, Ha-Geveret, la Dame du peuple juif.

Son neveu confia ce secret, voici onze ans, à une Juive de France, qui écrivit, en hommage à toutes les Beatriz de la diaspora d'Israël, un récit qui s'appelle *La Senora*.

Paris-New-Delhi-Vienne, 1981-1991.

CHRONOLOGIE

1474 : avènement de Ferdinand, roi d'Espagne, et d'Isabelle, son épouse.

1478 : le pape Sixte IV promulgue une bulle fondant l'Inquisition en Espagne.

1481 : installation du Saint Office et début de la Reconquista.

1492 : chute du royaume de Grenade et de son dernier roi, Boabdil. Expulsion des Juifs d'Espagne.

1496 : expulsion des Juifs portugais par Manuel 1er de Portugal.

1505 : premier bombardement de Calicut par la flotte portugaise, au Kerala, en Inde.

19 avril 1506 : massacre des Juifs de Lisbonne.

1509 : deuxième bombardement de Calicut.

1510 : naissance, à Lisbonne, de Hannah « Gracia » Nasi, dite Beatriz de Luna ; troisième bombardement de Calicut. Début de la construction de la caraque *Sao Joao* dans le port de Lisbonne.

1515 : naissance de Josef Nasi, le neveu de Gracia ; expédition portugaise en Éthiopie. Diogo Mendès s'installe à Anvers.

1519 : départ de Magellan ; élection de Charles d'Autriche à la couronne impériale d'Allemagne contre son rival François 1er.

1520 : séjour d'Albrecht Dürer, ami de la communauté marrane, dans la ville d'Anvers ; excommunication de Martin Luther.

1521 : Luther est convoqué devant la Diète impériale à Augsbourg.

1522 : retour, sans Magellan, de Sebastian de Elcano.

1525 : bataille de Pavie, le roi de France prisonnier.

1526 : bombardement de Calicut ; au Portugal, arrêté d'expulsion des Tsiganes ; en Hongrie, défaite de Louis Jagellon, roi de Hongrie, face à Soliman le Magnifique, à la bataille de Mohacs ; Soliman prend Buda-Pest.

1527 : sac de Rome par les troupes impériales.

1528 : à Lisbonne, mariage de Beatriz de Luna et Francisco Mendès ; à Ferrare, mariage d'Ercole, duc d'Este, avec Renée de France.

1529 : Vienne assiégée par les troupes turques, conduites par Soliman le Magnifique.

1530 : couronnement de Charles Quint à Bologne, par le pape Clément VII.

1531 : à Anvers, procès de Diogo Mendès; création de la Bourse, gérée par des échevins; à Lisbonne, naissance de Brianda Mendès, dite Reyna, fille de Francisco et de Beatriz Mendès; l'Inquisition s'installe au Portugal.

1532 : seconde arrestation de Diogo Mendès; mort de Samuel Nasi, médecin du roi, père de Josef.

1534 : le corsaire Barberousse manque l'enlèvement de Julie de Gonzague; à Munster, massacre des anabaptistes; naissance de rabbi Isaac Louria.

1535 : devant Tunis, Barberousse est battu par la flotte de Charles Quint, commandée par Andrea Doria; à Ferrare, Clément Marot arrive à la cour du duc d'Este et devient le poète officiel de Renée de France.

1536 : le 23 mai, édit du pape contre les Marranes; mort de Francisco Mendès; la famille Mendès quitte le Portugal, passe par Londres avant de s'installer à Anvers; en France, dévastation de la Provence par Montmorency, qui pratique la politique de la terre brûlée pour résister à Charles Quint; mort du dauphin François, fils de François Ier; à Ferrare, Calvin se réfugie à la cour du duc d'Este.

1537 : mariage de Diogo Mendès et de Brianda de Luna, sœur cadette de Beatriz.

1538 : à Anvers, naissance de Beatriz, dite la Chica, fille de Diogo et Brianda Mendès. Révolte de Gand.

1539 : mort d'Isabelle, épouse de Charles Quint.

1540 : à Milan, Jean de Foix installe la commission de surveillance des Marranes; le 16 décembre, à Anvers, édit du bourgmestre contre les Juifs.

1541 : expédition manquée de Charles Quint et Andrea Doria contre Alger.

1542 : David Rubeni, messie juif, est brûlé à Evora; à Anvers, mort de Diogo Mendès; pressions financières de la régente de Gand sur l'héritage des Mendès.

1544 : traité de Crespy; Charles Quint séjourne à Bruxelles; don Francisco d'Aragon demande la main de Reyna Mendès; les dames Mendès obtiennent l'autorisation d'aller prendre les eaux à Aix-la-Chapelle.

1545 : Josef Nasi s'enfuit avec sa cousine Reyna, sur ordre de Beatriz Mendès, qui les rejoint quelques mois plus tard en compagnie de sa sœur Brianda; concile de Trente.

1546 : Diète de Ratisbonne. Charles Quint y reçoit officiellement Juan Micas, *alias* Josef Nasi, et le fait chevalier; il donne à sa maîtresse, Barbara de Blomberg, dite aussi Barbara Ratisbonne, un enfant bâtard, le futur don Juan d'Autriche.

1547 : mort de Luther, de Henri VIII, de François Ier; à Venise, Brianda Mendès dénonce sa sœur au Conseil des Dix et demande sa part d'héritage; Beatriz Mendès en résidence surveillée. Henri II de France refuse le remboursement de ses dettes aux Mendès. Juan Micas se rend à Milan; il est dénoncé à l'Inquisition et condamné à mort.

1548 : mariage de Maximilien et de Marie, fille de Charles Quint; à Venise, Beatriz et Brianda Mendès se retrouvent toutes deux en prison; Juan Micas, *alias* Josef Nasi, se rend à Istamboul et obtient l'appui du sultan Soliman.

1549 : à Venise, libération des sœurs Mendès.

1550 : départ de Beatriz Mendès et de sa fille Reyna pour Ferrare; Beatriz Mendès reprend son nom juif, Gracia Nasi; à Venise, décret d'expulsion des Juifs; les Marranes n'ont plus le droit de commercer avec la Sérénissime.

1552 : publication, à l'initiative de Beatriz Mendès, devenue Gracia Nasi, de la Bible de Ferrare, première Bible en judéo-espagnol, la langue parlée par les Marranes; la Horde d'Or, régiment tatar, est défaite à Kazan.

1553 : la peste éclate à Ferrare; le duc d'Este expulse les Marranes arrivés depuis moins de deux ans. La famille Nasi quitte Ferrare; Gracia Nasi, seule, retourne clandestinement à Venise, pour y acheter l'émeraude du vice-roi des Indes. Reconnue, elle se fait arrêter. Nouvelle intervention du sultan Soliman; départ de la famille Nasi pour Istamboul.

1553-1554 : voyage des Nasi de Ferrare à Istamboul en passant par Raguse et Salonique.

1554 : à Istamboul, mariage de Josef Nasi avec sa cousine Reyna, fille de Gracia Nasi. Les restes du mari de Gracia Nasi, Francisco Mendès, sont enterrés dans la vallée de Joshaphat, à Jérusalem; mariage de Philippe, fils de Charles Quint, et de Marie Tudor.

1555 : Giovanni Pietro Caraffa monte sur le trône papal sous le nom de Paul IV; il publie une bulle définissant le statut des Juifs dans ses États, met fin à leurs privilèges, et leur interdit la propriété, les fêtes, les domestiques, la cohabitation avec les chrétiens. Il attaque Charles Quint sur ses ascendances juives; mort de Jeanne la Folle, mère de Charles Quint; grossesse nerveuse de Marie Tudor; le 25 octobre, à Bruxelles, abdication solennelle de Charles Quint en faveur de son fils Philippe; premières persécutions des Juifs d'Ancône.

1556 : en mars, le sultan reçoit officiellement Gracia Nasi dans une entrevue au Sérail; il intervient en faveur des Juifs des États du pape, par l'intermédiaire du *bailo* de Florence et de l'ambassadeur de France; en juin, le pape refuse toute concession; en juillet, le duc d'Urbino offre à la flotte marchande de Gracia Nasi le port de Pesaro; Gracia Nasi décide l'embargo du port d'Ancône.

1557 : vif débat sur la poursuite de l'embargo entre les rabbins des communautés méditerranéennes; Gracia Nasi lance une pétition en faveur de la reconduction de l'embargo; Charles Quint prend possession de sa résidence à Yuste, en Espagne.

1558 : défaite de Gracia Nasi devant l'opposition des rabbins d'Ancône et du rabbin Soncino, à Istamboul ; l'embargo lâche ; en guise de représailles, spolié des nouvelles ressources que lui apportait l'embargo sur Ancône, le duc d'Urbino bannit les Marranes de son royaume ; la communauté juive de Ferrare est dissoute ; le 30 août, Charles Quint assiste à ses propres funérailles ; il meurt le 21 septembre ; mort de Paul IV à Rome, et de Hürrem Sultane, dite Roxelane, épouse de Soliman, à Istamboul ; Josef Nasi est nommé Prince européen par le sultan Soliman.

1559 : Bajazet, fils de Soliman et de Roxelane, se révolte contre son père ; Sélim, son frère, le combat victorieusement.

1560 : interdiction du vin dans l'Empire ottoman ; Roustem Pacha, grand vizir et gendre du sultan, tente vainement d'aider les Nasi à recouvrer les créances des rois de France.

1562 : à Istamboul, Sampiero Corso obtient l'aide des Nasi.

1563 : le sultan Soliman fait don de Tibériade à Dona Gracia Nasi.

1564 : débarquement de Sampiero Corso en Corse.

1565 : le sultan Soliman envoie Hadji Mourad Bey en ambassade en France pour recouvrer les créances des Nasi ; Mehemet Sokolli devient grand vizir du sultan.

1566 : mort de Soliman sous les remparts de Szeged ; son fils Sélim lui succède, sous le nom de Sélim II ; il autorise Josef Nasi à saisir les bateaux français en rade d'Alexandrie.

1567 : Sélim II nomme Josef Nasi duc de Naxos ; assassinat de Sampiero Corso.

1568 : complot de Daoud Hamon, médecin du sultan, contre Josef Nasi ; les Morisques de Grenade se révoltent ; don Juan d'Autriche, fils bâtard de Charles Quint, est chargé de la répression.

1569 : incendie à Istamboul ; les janissaires massacrent les minorités non musulmanes ; le rabbi Isaac Louria, fondateur de la Kabbale, s'installe définitivement à Safed ; Gracia Nasi meurt probablement cette même année, dans un lieu indéterminé : on n'est sûr ni de cette date ni de l'endroit de sa disparition.

1570 : à l'instigation de Josef Nasi, la flotte ottomane commence le siège de Chypre, possession vénitienne. Le pape Pie V fédère l'Espagne et les princes italiens dans une Sainte Ligue.

1571 : en mai, jubilé universel en l'honneur de la Sainte Ligue ; en octobre, prise de Famagouste par les Turcs ; exécution du capitaine vénitien Bragadino ; le 7 octobre, bataille navale de Lépante, entre les flottes de la Sainte Ligue, commandées par don Juan d'Autriche, et la flotte ottomane, commandée par Ali Pacha, gendre du sultan Sélim II.

1572 : Sélim II envoie des présents à don Juan d'Autriche ; Occhiali, corsaire d'Alger, lui échappe par trois fois, notamment à Corfou ; Josef Nasi écrit à Philippe II d'Espagne un mémorial demandant son pardon, annonçant sa conversion à la religion catholique et réclamant un sauf-conduit pour quitter l'Empire ottoman.

1573 : le docteur Salomon Eskenazi, médecin à la cour de Pologne, remplace Josef Nasi dans les affaires impériales; paix séparée entre l'Empire ottoman et Venise; à Safed, mort du rabbi Isaac Louria.

1574 : représentation d'*Esther* au palais du duc de Naxos; mort de Sélim II, qui glisse sur les marches d'une nouvelle cave; première expédition marocaine de Sébastien, roi de Portugal.

1575 : mort de rabbi Josué Soncino.

1576 : Josef Nasi publie *Ben Porat Joseph*, libelle contre les astrologues.

1578 : guerre ottomane contre la Perse, prise de Tiflis; défaite de Sébastien, roi de Portugal, au Maroc, à Alquacer-Kébir.

1578 (ou **1579 ?**) : assassinat de Mehemet Sokolli, grand vizir.

1579 : mort de Josef Nasi, duc de Naxos.

1592 : Christopher Marlowe écrit *Le Juif de Malte*.

vers 1599 : mort de Reyna Nasi, duchesse de Naxos.

ÉLÉMENTS BIBLIOGRAPHIQUES

Le livre de référence sur la vie de Beatriz de Luna est celui de Sir Cecil Roth, *Dona Gracia Nasi,* premier tome d'un ouvrage consacré à la maison des Nasi; ce livre fut publié en français aux éditions Liana Levi en 1990; j'en ai rédigé la préface; on doit aussi à Sir Cecil Roth une *Histoire des Marranes*, publiée chez le même éditeur la même année, ainsi qu'une vie du duc de Naxos, second tome de la maison des Nasi, et qui n'est pas encore traduit en français (*The House of Nasi, the Duke of Naxos*, by Cecil Roth, Greenwood Press Publishers, New York, 1940). On trouvera dans l'ouvrage de Sir Cecil Roth une bibliographie à peu près exhaustive des ouvrages, articles et fragments concernant la Senora et surtout son neveu.

L'étude détaillée de ces textes fait apparaître des hypothèses souvent contradictoires – notamment sur les aventures matrimoniales des Mendès et sur l'épisode de la fugue vénitienne – et qui ne facilitent pas l'établissement de la vérité s'agissant d'une famille qui passa la moitié de sa vie à se cacher. Le grand spécialiste britannique de l'histoire des Marranes se montre d'ailleurs pour sa part d'une extrême prudence et, dans l'incertitude, ne tranche pas par exemple sur la date et le lieu de la disparition de la Senora, tous deux hypothétiques.

Les deux volumes de Fernand Braudel, *La Méditerranée et le Monde méditerranéen à l'époque de Philippe II*, (Armand Colin, première édition, 1949) m'ont constamment éclairée; le grand historien n'est pas tendre pour Joseph Nasi, qui revient souvent sous sa plume, et sur lequel il s'interroge : « Trahit-il ? Ou bien, l'hypothèse restant permise, agit-il par ordre, lui aussi, jouant sans oublier d'en tirer son profit personnel, un rôle calculé dans une politique plus concertée qu'on ne le croit ? » écrit-il à propos des préparatifs de la bataille de Lépante. « Reconnaissons qu'il nous échappe, que nous l'apercevons mal... »

De Georges Nizan, on lira avec un grand intérêt un roman fort bien documenté, *Le Duc de Naxos*, publié aux éditions Balland en 1988.

Le livre de Robert Mantran, *La Vie quotidienne à Istanbul au siècle de Soliman le Magnifique* (Hachette, 1965; rééd. 1989) me fut indispensable; même remarque pour celui d'André Clot, *Soliman le Magnifique* (Fayard 1983), et pour les livres de Philippe Erlanger et de

D.B Wyndham Lewis consacrés tous deux à Charles Quint (Librairie Perrin pour le premier et Payot pour le second, tous deux publiés en 1980).

Pour l'étude des kabbalistes de Safed, j'ai utilisé les livres de Gershom Sholem (*La Mystique juive, les thèmes fondamentaux*, Éditions du Cerf, 1962) et d'Henri Sérouya (*La Kabbale*, Grasset, 1947). Mais pour les innombrables courants mystiques en Europe et dans l'Empire ottoman au XVIᵉ siècle, c'est la grande *Histoire des croyances et des idées religieuses* de Mircéa Eliade qui m'a fourni les informations les plus précises (Payot, rééd. 1987).

Les informations sur les dernières communautés marranes du Portugal proviennent du film réalisé par Frédéric Brenner et Stan Neumann, *Les Derniers Marranes*, diffusé sur la Sept en 1990.

Enfin, je rends grâce à Haïm Vidal Sephiha de m'avoir fait comprendre, dans *Le Judéo-espagnol* (Éditions Entente, 1986) que mes héros ne pouvaient pas parler le *ladino*, langue écrite réservée à l'usage pédagogique, juridique et religieux, mais, précisément, le judéo-espagnol. C'est dans ce livre aussi que j'ai trouvé les textes des romances et quelques expressions idiomatiques.

REMERCIEMENTS

Je remercie Pierre Amado, directeur honoraire de recherches au CNRS, professeur à l'École pratique des hautes études, lointain descendant du grand médecin marrane Amato Lusitano, pour m'avoir éclairé sur son aïeul, et notamment sur l'orthographe de son nom juif. Je remercie également Bertrand Dufourcq, ambassadeur de France en Russie, qui, lorsqu'il était ambassadeur auprès du Vatican, a bien voulu m'aider à rassembler une documentation sur le pape Paul IV; Conrad Seitz, ancien ambassadeur de République fédérale d'Allemagne en Inde, et sa femme Eva, tous deux latinistes, qui ont traduit les textes pontificaux; l'ambassadeur de Turquie en Inde, Yalun Eralp, qui m'a communiqué des informations documentées sur le poète que fut aussi Sélim II; les archivistes de la bibliothèque de Ferrare et le docteur Konrad Oberhuber, directeur du département des dessins du musée de l'Albertina, à Vienne; Philippe Carron, capitaine de frégate, pour ses conseils sur le déroulement de la bataille de Lépante; et la famille turque de mon ami Francis Wacziarg.
Et naturellement, A.L.

Imprimé en France par la SOCIÉTÉ NOUVELLE FIRMIN-DIDOT
Dépôt légal : janvier 1992
N° d'édition : 11777/03 - N° d'impression : 19973